Las crónicas de Cranford

Clásica
Narrativa

Biografía

Elizabeth Gaskell (Londres, 1810 – Alton, Hampshire, 1865) forma parte del grupo de escritores llamados victorianos cuya cúspide es Charles Dickens y en el que se incluyen autores de la talla de Anthony Trollope, George Eliot, Thackeray o Charles Kingsley. En 1848 publicó su primera novela, *Mary Barton*, que pronto obtuvo un gran éxito. Continuó su labor como escritora llegando a publicar, bajo el patrocinio de Charles Dickens, gran parte de su producción literaria en sus revistas *Household Words* y *All the Year Round*. Además de sus artículos, Gaskell escribió las novelas *Cranford* (1851-1853), *Norte y Sur* (1855), *La prima Phillis* (1864) o la inacabada *Hijas y esposas* (1865). Entre sus trabajos de no ficción destaca su singular biografía *La vida de Charlotte Brontë*. Elizabeth Gaskell alcanza junto con Jane Austen y Charlotte Brontë la cima de la literatura romántica de la época victoriana.

ELIZABETH
GASKELL

LAS CRÓNICAS DE CRANFORD

Traducción de Elisabete Fernández Arrieta

Prólogo de Marta Rivera de la Cruz

AUSTRAL

Obra editada en colaboración con Editorial Planeta – España

Título original: *The Cranford Chronicles*

Diseño de la colección: Compañía

Bajo el sello editorial AUSTRAL M.R.
Avenida Presidente Masarik núm. 111,
Piso 2, Polanco V Sección, Miguel Hidalgo
C.P. 11560, Ciudad de México
www.planetadelibros.com.mx

Primera edición impresa en España en Austral: marzo de 2025
ISBN: 978-84-08-29981-3

Primera edición impresa en México en Austral: junio de 2025
ISBN: 978-607-39-2860-1

Impreso en los talleres de Diversidad Gráfica S.A. de C.V.
Privada de Av. 11 No. 1 Col. El Vergel, Iztapalapa,
C.P.09890, Ciudad de México
Impreso en México - *Printed in Mexico*

Índice

Prólogo

En el número 84 de la calle Plymouth Grove, en Manchester, se alza una imponente casa decimonónica del estilo llamado *Greek revival* que contrasta fuertemente con los edificios de alrededor, ejemplos del desigual desarrollo urbanístico de una ciudad considerada por los ingleses una de las más feas de todo el Reino Unido. La urbe industrial, fuertemente castigada por las crisis económicas, conserva un casi nulo atractivo para el turista: quienes llegan a la villa lo hacen antes atraídos por su legendario equipo de fútbol que por el encanto de sus rincones. Manchester no es bello. Y en el barrio del que hablamos, una casa hermosa y con leve sabor aristocrático es una mezcla de provocación y broma de buen gusto.

La antigua mansión soporta con cierta dignidad la desalentadora presencia de los cubos de basura, los edificios de factura tan modesta como reciente y los coches que petardean ajenos a su grandeza pasada. Como si se tratase de sobrevivir a un singular naufragio de colores grises, la casa de Plymouth Grove está pintada de un vivo tono rosado. Es grande —aunque, seguramente, cuando se construyó habría alrededor otras residencias mayores— y tiene delante un curioso porche de columnas rematadas en forma de nenúfar. Los amplios ventanales permiten adivinar un interior luminoso —a pesar del eternamente triste cielo inglés— y, según los planos, alberga veinte habitaciones, entre las principales y las dedicadas al servicio.

Casi todos los vecinos de la zona conocen la historia de la casa, pero los visitantes ocasionales aún se sorprenden ante la vista de la mansión victoriana que desafía el mal gusto de los demás edificios del barrio. La sorpresa es mayor cuando alguien cuenta al paseante que en aquella casa rosada —cuyo deterioro empieza a ser más que evidente— pasaron largas veladas Charles Dickens, Charlotte Brönte, Harriet Beecher Stone o John Ruskin. Que era centro de conversaciones y tertulias, conciertos improvisados y discusiones de calado intelectual. Y que era una mujer la promotora de aquellos singulares encuentros culturales.

Se llamaba Elizabeth Gaskell, y había nacido en las afueras de Londres en 1810. Su padre, William Stevenson, un pastor unitario que volvió a casarse tras morir prematuramente la madre de Elizabeth, proporcionó a la joven una buena educación, en la que no faltaron las mejores lecturas. Tras contraer matrimonio con el reverendo William Gaskell, Elizabeth se trasladó a Manchester, donde inició una prometedora carrera literaria que siempre fue alentada por su marido.

Su primera novela, publicada en 1848 bajo el título de *Mary Barton*, supuso un notable éxito y le proporcionó algunos ingresos económicos que fueron de gran ayuda a la hora de construir la que sería la casa familiar en Plymouth Grove. Fue allí, precisamente, donde comenzó a escribir los tres escritos aquí reunidos bajo el título de *Las crónicas de Cranford*.

La primera de estas tres novelas, *Confesiones del señor Harrison*, da cuenta de un divertido enredo sentimental en torno a un joven médico que se convierte en pieza apetecible para las madres de muchachas solteras cuando toma posesión de una plaza en una pequeña ciudad inglesa. Desbordado por las estrategias manipuladoras de las cazadoras de maridos, el pobre señor Harrison ve cómo su buena fama se tambalea acechada por las maledicencias: las lenguas de doble filo le han acusado de hacer la corte a varias damas a la vez, mientras la verdadera enamorada del joven doctor —la bella e inocente Sophy— asiste, atónita, a los acontecimientos que a punto están de separarla de Harrison.

Si bien *Confesiones del señor Harrison* es la menos interesante de las tres novelas que componen el volumen, resulta especialmente curioso su planteamiento: en la primera escena, un amigo del protagonista le pide que le explique cómo consiguió contraer matrimonio con su esposa, cuyo nombre no se revela. El lector sabe, pues, que Harrison es un hombre felizmente casado, pero ignora cuál de las damas que van apareciendo a medida que avanza la trama es la elegida para compartir la vida del joven doctor. Ese recurso ha sido luego largamente explotado por el cine y la ficción televisiva —de hecho, es el punto de arranque de la exitosa serie *Cómo conocí a vuestra madre*—, pero a mediados del siglo XIX el empleo de esta estrategia para captar la atención del lector resulta, cuando menos, original.

Si *Confesiones...* está protagonizada por un joven que inicia su vida profesional y su educación sentimental, *Milady Ludlow*, que cierra el volumen, es una sólida novela de personaje. Está relatada en primera persona por Margaret Dawson quien, llegando al final de su vida, recuerda los años de su juventud cuando, tras perder a su padre, fue recogida por una excéntrica pariente lejana que había convertido su casa en una amable residencia para media docena de muchachas sin recursos. Madre de nueve hijos, lady Ludlow ha visto morir a ocho de ellos, y es fácil adivinar que en este rasgo del personaje puso Elizabeth su propia experiencia: sólo ella y otra de sus ocho hermanos llegaron a la edad adulta.

Elizabeth Gaskell compone con lady Ludlow una extraordinaria protagonista, paradigma de la mujer fuerte que sobrevive en un mundo que está cambiando con demasiada rapidez, y en el que ha de aprender a superar sus propios prejuicios. El mundo de lady Ludlow, reducido a su casa y sus tierras de Hanbury Court —sensacional la descripción que nos brinda la autora de un lugar presentado como de belleza idílica— empieza a tambalearse cuando llega al pueblo de Connington un nuevo párroco con ideas muy diferentes y novedosas sobre determinados asuntos. La autoritaria, dominante y férrea lady Ludlow tendrá que enfrentarse a sus propios atavismos ayudada por la mejor arma que posee: un corazón generoso y un estricto sentido de la justicia. Es precisamente eso lo que lleva a evolucionar al personaje a medida que avanza la trama, y a pesar de su edad provecta: no obstante su aparente arrogancia, lady Ludlow siempre se plantea secretamente que su contrincante pueda tener razón.

Como en todas las novelas de Elizabeth Gaskell, en *Milady Ludlow* se ponen de manifiesto constantemente las duras barreras que separan a unas clases y otras en la Inglaterra decimonónica. Cada grupo social es un mundo aparte de los otros, y los señores se hallan alejados por un abismo de los que han nacido para ser criados: «Esta gente, la antigua nobleza, no distinguen a un perro de un hombre fuera de su rango», se lamenta amargamente un personaje desfavorecido en la escala social. Y la propia lady Ludlow así lo declara, no sin cinismo, cuando se produce un conflicto con un juez local: «¿Quién rige las leyes? Gente como yo en la Cámara de los Lores, o gente como usted en la Cámara de los Comunes.»

Los protagonistas de cada una de las novelas de Elizabeth Gaskell están apuntalados por una espléndida galería de personajes secundarios, ninguno de ellos prescindible para el transcurso de la historia. En *Milady Ludlow*, y a pesar de que el lector es seducido desde las primeras páginas por la intensa personalidad de la anciana protagonista, desfila todo un elenco de caracteres entrañables: un capitán de navío retirado reconvertido en administrador, el hijo de un cazador furtivo que ansía convertirse en director de escuela, la extravagante señorita Galindo... Curiosamente, el personaje más desdibujado corresponde, precisamente, al de la narradora de la historia, de la que poco sabemos, quizá porque Elizabeth Gaskell retrata a los personajes a través de sus acciones, y quien narra la acción se dedica, simplemente, a observar, a juzgar y a describir, olvidándose de que también es parte de la historia.

Algo parecido sucede en *Cranford*, narración que da título al libro y que es, sin duda, la más brillante de cuantas componen el volumen. Publicada en 1853, la historia gozó de un considerable éxito entre el público de la época, y fue injustamente olvidada por generaciones posteriores hasta que, hace uno años, la BBC recuperó el texto para producir una serie de televisión protagonizada por la oscarizada Judy Dench. La novela conoció, pues, una segunda y merecida oleada de popularidad entre los lectores del siglo XXI.

Cranford es el nombre de un pueblo inglés —recreación literaria de la pequeña localidad de Knutsford, Cheshire, donde Gaskell pasó largas temporadas durante su adolescencia junto a una tía soltera— cuya población de nivel social alto es mayoritariamente femenina, y así lo declara humorísticamente la autora en la primera línea: «... Cranford pertenece a las Amazonas; todos los propietarios de casas de cierto nivel son mujeres. Si una pareja casada llega para establecerse en el pueblo, el hombre desaparece de alguna manera.» En efecto, la mayoría de las mujeres de la población son solteras o, en su defecto, viudas, y no sólo eso, sino que defienden su soledad con uñas y dientes. Hasta tal punto de que, cuando una mujer se compromete, una de las protagonistas del relato, la adorable señorita Matty, declara con aire fúnebre: «Una nunca sabe cuándo le puede llegar el turno.»

Desde este particular gineceo nos hace llegar la historia la señorita Mary Smith, trasunto novelístico de la propia autora. Mary, una joven procedente de una localidad cercana que suele pasar temporadas en Cranford, donde establece relaciones de afecto con la curiosa legión de solteronas que, comandadas por la señorita Jenkins, forman un modesto entramado de vida social.

La acción transcurre a través de pequeñas historias que se abren y se cierran y que sirven para caracterizar brillantemente a las protagonistas de la historia. Estructuralmente puede decirse que la novela tiene dos partes bien definidas: la primera, hasta la muerte de la señorita Jenkins, y de allí en delante, cuando la señorita Matty toma el relevo de su hermana en el inocente liderazgo sobre las damas del pueblo.

Son frecuentes en *Cranford* las referencias literarias, de *Las mil y una noches al Quijote*, de los textos del doctor Johnson a los de Addison. Y, sobre todo, llama la atención la encendida defensa que se hace de *Los papeles póstumos del Club Pickwick*. Es curioso cómo en todo momento se atribuye la obra a Boz —seudónimo de Charles Dickens— sin hacer referencia al verdadero nombre de su autor. Elizabeth Gaskell apreciaba mucho a Dickens, que además tuvo bastante que ver en la definitiva profesionalización de la escritora: tras leer *Mary Barton*, el autor de *David Copperfield* se interesó por la obra narrativa de Gaskell, llegando a publicar muchos de sus cuentos de fantasmas en la revista *Household Words*. Dickens y Elizabeth Gaskell mantuvieron una sólida amistad, que duró hasta el fallecimiento de la autora en 1856. El círculo de la autora lo completaban otras personalidades intelectuales de la época, como Charlotte Brönte o Charles Eliot Norton, que solían visitarla en su casa de Manchester.

Las historias que cuenta *Cranford* enlazan brillantemente unas con otras, como las cerezas extraídas de un cesto. Casi todas pueden ser leídas como cuentos independientes, pero en su conjunto forman una narración suficientemente sólida como para estar muy lejos de ser consideradas una mera sucesión de relatos. Si algo unifica todas las historias que se cuentan es, sin duda, la ternura que late en cada una de ellas: la de la mujer madura que recupera a un amor de juventud al que abandonó para cuidar a su hermana enferma; la solterona que, ablandada por la muerte de un viejo amor, autoriza a su criada a responder a los requiebros de un pretendiente; la del chiquillo descarriado que huye de la casa tras una inopinada paliza de su padre, de la que el hombre se arrepiente de por vida...

Es también más que notable la cuidada caracterización del ambiente cerrado de la amistosa localidad de Cranford, hasta el punto de que los forasteros acaban siendo considerados depositarios de las novedades del mundo. El signor Brunoni trae (supuestamente) el refinamiento de la Vieja Europa; lady Glenmire, los usos y costumbres de la Corte de Buckingham (que en realidad no conoce más que de lejos); Mary Smith, la visión aséptica del que llega desde fuera y está autorizado, por ello, a juzgar lo que se pone ante sus ojos.

La mirada de la autora es siempre tierna y comprensiva, aunque no por ello renuncia a las pinceladas de humor que enriquecen la historia. Es hilarante el episodio del ladrón, y el del esperado encuentro con toda una aristócrata llegada de Escocia que resulta ser más sencilla y modesta que las propias damas de Cranford, fascinadas con su nombre y su título. La descripción de algunos usos y costumbres de la época es tan sobria como acertada, lo mismo que el cuidado proceso de caracterización de todos y cada uno de los personajes, a los que el lector terminará reverenciando sin remedio.

El tiempo y las vanguardias literarias han tratado bastante mal a la novela victoriana, oscureciendo por completo a algunas de sus más señaladas representantes. Con las honrosas excepciones de las hermanas Brönte (Elizabeth Gaskell es autora de una ambiciosa biografía sobre Charlotte) y de Jane Austen, reivindicada por las sucesivas adaptaciones al cine que se han hecho de sus novelas, buena parte de la literatura de la época ha quedado relegada al olvido. Igual que la casa de Elizabeth Gaskell, varada en el tiempo en una calle de Manchester, las novelas de esta escritora pertenecen a una época perdida. Sus personajes ya no existen, y la sociedad que retrata ha pasado a formar parte de un inmenso baúl de los recuerdos. Pero, a pesar de que uno no puede evitar leerlas con una sonrisa, *Las crónicas de Cranford* conserva un encanto inmune al paso del tiempo y de las modas.

Cuando acabo de redactar estas líneas, tengo delante de mí una fotografía de la casa del número 84 de Plymouth Groove, cerrada ahora y en estado tan precario que algunos aseguran que acabará por declararse en ruina. Ahora, al volver a mirar esos muros rosados, esas ventanas amplias protegidas por cortinas que ocultan piadosamente un interior desolado y vacío, quiero imaginar para la casa otra época feliz, cuando sonaba el piano en veladas interminables, mientras Charles Dickens leía en voz alta los cuentos de Boz, Ruskin soñaba sus aguafuertes y Elizabeth Gaskell imaginaba el inicio de una nueva historia.

Marta Rivera de la Cruz, 2010

Confesiones del señor Harrison

Capítulo I

El fuego ardía alegremente y mi mujer acababa de subir a acostar al bebé. Charles se encontraba sentado frente a mí, bronceado y apuesto. Resultaba agradable sentirnos lo bastante cómodos como para pasar unas cuantas semanas bajo el mismo techo, pues era algo que no hacíamos desde que éramos niños. No me apetecía hablar, así que comía nueces mientras observaba el fuego. Pero Charles comenzó a inquietarse.

—Ahora que tu esposa ha subido, has de responderme a algo que he querido preguntarte desde que la he visto esta mañana, Will. Quiero saberlo todo sobre el cortejo y la conquista. Quiero la receta para conseguir una mujercita tan dicharachera como la tuya. Apenas decías nada en tus cartas, así que ponte a ello y cuéntame todos los detalles.

—Si tengo que contártelo todo, será una larga historia.

—No temas. Si me canso, puedo dormirme y soñar que vuelvo a ser un soltero solitario en Ceilán, y despertarme cuando termines, para caer en la cuenta de que me encuentro bajo tu techo. ¡Empieza de una vez, hombre! «Érase una vez un joven galán soltero...» ¡Ahí tienes el inicio de tu historia!

—Bien, pues, «Érase una vez un joven galán soltero» incapaz de decidir dónde establecerse, una vez finalizó sus estudios como cirujano. He de hablar en primera persona; no puedo seguir hablando como un joven galán soltero. Acababa de terminar mi ronda por los hospitales cuando te marchaste a Ceilán y, si recuerdas, yo también quería marcharme al extranjero. Pensé ofrecerme como cirujano de a bordo, pero descubrí que perdería reputación dentro de mi profesión y vacilé. Mientras tanto, recibí una carta del primo de mi padre, el señor Morgan, aquel anciano caballero que escribía unas extensísimas cartas llenas de buenos consejos a mi madre, y que me dio un billete de cinco libras de propina cuando accedí a entrar como aprendiz del señor Howard, en lugar de embarcarme. Bien, pues parece ser que el anciano caballero siempre había pensado tomarme como socio, si resultaba ser bueno; y, como un viejo amigo suyo, cirujano en el hospital Guy's and St. Thomas', le había hablado bien de mí, me escribió para proponerme un acuerdo: recibiría un tercio de los beneficios durante cinco años, después la mitad; y, con el tiempo, lo recibiría todo. No era una mala oferta para alguien sin blanca como yo, pues el señor Morgan tenía una enorme consulta en el campo y, aunque no le conocía personalmente, me había creado una buena imagen de él, como un viejo soltero honorable, de buen corazón, inquieto y chismoso; y, tras media hora con él, pude comprobar que no me equivocaba. Al ser soltero y lo más parecido a un amigo de la familia, pensaba que viviría en su casa, y creo que él temía que yo esperara tal arreglo, pues, cuando me acerqué a su puerta con el portero que cargaba con mi baúl, me recibió en la escalera y, mientras me estrechaba la mano, le dijo al portero:

»"Jerry, si esperas un instante, el señor Harrison estará listo para acompañarte a su alojamiento en Jocelyn's", y a continuación, se volvió hacia mí y me dirigió sus primeras palabras de bienvenida. Me sentí ligeramente inclinado a tacharlo de poco hospitalario pero, posteriormente, tendría la oportunidad de comprenderlo mejor.

»"Jocelyn's" dijo, "es el mejor sitio que he podido encontrar con tan poca antelación, y ronda una epidemia de fiebre que me hacía anhelar que llegara este mes. Se trata de una suave fiebre tifoidea, en la parte más antigua de la ciudad. Creo que se encontrará cómodo allí durante una o dos semanas. Me he tomado la libertad de pedirle a mi ama de llaves que envíe un par de cosas que proporcionen al lugar un aspecto más hogareño: un sillón, una hermosa caja de preparados, y uno o dos asuntos en forma de comestibles... pero, si me permite que le aconseje, tengo en mente un plan del que hablaremos mañana por la mañana. En este momento, no deseo tenerlo aquí de pie en la escalera; así que dejaré que se marche a su habitación, donde creo que ha ido mi ama de llaves, a prepararle el té."

Creí notar cierta inquietud por su propia salud en el anciano caballero, que se convirtió en preocupación por la mía; pero vestía un abrigo gris bastante amplio, y no llevaba sombrero. Me preguntaba por qué no me había invitado a entrar, en lugar de mantenerme en la escalera. Después de todo, supongo que me equivoqué al pensar que temía resfriarse; sólo temía parecer demasiado informal en su vestimenta. Y por su aparente falta de hospitalidad, no me hizo falta demasiado tiempo en Duncombe para entender la comodidad del propio hogar como una fortaleza que nadie había de penetrar, y entendí los motivos por los que, en la consulta que había establecido el señor Morgan, todos se acercaban a su puerta para ser atendidos. Era sólo la fuerza de la costumbre la que le había hecho recibirme así. Poco tiempo después, tendría la oportunidad de una visita gratuita a su casa.

Se observaban señales de amable atención y previsión por parte de alguien, que sin duda sería el señor Morgan, en mis habitaciones. Me sentía demasiado perezoso para hacer gran cosa aquella noche, y me senté en el pequeño mirador que sobresalía de la fachada del establecimiento de Jocelyn's, con vistas a ambos lados de la calle. Duncombe se autodenomina pueblo, pero debería considerarse una villa. Ciertamente, visto desde Jocelyn's, se trata de un lugar muy pintoresco. Las casas son cualquier cosa menos vulgares; pueden resultar humildes en sus detalles pero, en conjunto, tienen buen aspecto; no tienen esas fachadas lisas y sin relieve que presentan muchos pueblos más pretenciosos. Un mirador aquí y allí; un gablete que se eleva hacia el cielo de vez en cuando; en ocasiones, un piso superior que sobresale... todo ello crea un hermoso efecto de luces y sombras sobre la calle; y tienen la extraña costumbre de colorear la cal de algunas casas con una especie de tinte de papel secante rosa, más bien parecido a la piedra que se emplea en la construcción, en la ciudad de Mainz. Puede que sea de mal gusto pero, a mi parecer, le proporciona una gran calidez al colorido. Asimismo, de vez en cuando se observan residencias con patios en la parte frontal y parcelas de hierba a cada lado de la acera enlosada, y uno o dos árboles de grandes dimensiones, tilos o castaños de Indias, que proyectan sus enormes ramas superiores sobre la calle, creando redondos refugios secos en el pavimento durante los aguaceros estivales.

Sentado en el mirador, pensaba en el contraste entre este lugar y mis aposentos en el corazón de Londres que apenas había dejado doce horas atrás. Con la ventana abierta y a pesar de encontrarme en el centro del pueblo, sólo entraba el aroma de los tiestos en los alfeizares, en lugar del polvo y el humo de la calle. Los únicos sonidos que percibía en ésta, la calle mayor, eran las voces de las madres que llamaban a sus hijos, que estaban jugando, para que volvieran a casa a acostarse, y la campana de la vieja parroquia que repicaba a las ocho para recordar el toque de queda. Sentado ocioso, se abrió la puerta y, tras una reverencia, la pequeña sirvienta dijo:

—Señor, la señora Munton le envía sus saludos, y desearía saber cómo se encuentra tras su viaje.

¡Vamos! ¿No te parece cordial y amable? ¿Habría hecho lo mismo siquiera el mejor amigo que tuve en el hospital? Mientras, la señora Munton, cuyo nombre no había oído jamás, sin duda sufría ansiosa hasta que aliviara su pensamiento con un mensaje que le informara de mi bienestar.

—Envíele mis saludos a la señora Munton, y dígale que me encuentro bastante bien. Se lo agradezco mucho. —Bastaba con decirle que me encontraba «bastante bien», pues decirle que estaba «muy bien» hubiera acabado con el interés que la señora Munton evidentemente sentía por mí. ¡La buena y amable señora Munton! ¡Quizá fuera también la joven, bella, rica y viuda señora Munton! Me froté las manos con placer y deleite, y volviendo a mi puesto de observación, me pregunté cuál sería la casa de la señora Munton.

Una vez más, se oyó un pequeño golpe en la puerta, y entró la pequeña sirvienta:

—La señorita Tomkinson le envía saludos, y le gustaría saber cómo se encuentra tras su viaje.

No sé por qué, pero el nombre de la señorita Tomkinson no tenía el mismo magnetismo que el de la señora Munton. No obstante, era muy amable por parte de la señorita Tomkinson enviar a alguien a interesarse. Sólo deseaba no encontrarme tan bien. Casi me avergonzaba no poder decirles que me encontraba bastante exhausto por el cansancio, y que me había desmayado dos veces desde mi llegada. ¡Si tuviera un dolor de cabeza, al menos! Respiré profundamente: mi pecho estaba en perfectas condiciones; no me había resfriado, así que respondí de nuevo:

—Transmítale mi agradecimiento a la señorita Tomkinson. No estoy demasiado cansado, me encuentro bastante bien. Envíele mis saludos.

La pequeña Sally no tuvo tiempo de haber llegado abajo antes de volver, brillante y sin aliento:

—El señor y la señora Bullock le envían sus saludos, señor, y esperan que se encuentre bien tras su viaje.

¿Quién habría esperado semejante amabilidad de un apellido tan poco prometedor? El señor y la señora Bullock eran ciertamente menos interesantes que sus predecesoras, pero respondí gentilmente:

—Envíeles mis saludos. El descanso de una noche me restablecerá por completo.

El mismo mensaje me llegó, poco después, de parte de uno o dos cordiales desconocidos más. Deseaba profundamente no tener un aspecto tan rubicundo. Temía defraudar al bondadoso pueblo cuando vieran el joven tan saludable que era. Y casi me avergonzó confesar el gran apetito que sentía a la hora de la cena, cuando Sally subió a preguntarme qué tomaría. Los filetes resultaban tentadores, pero quizá debiera pedir gachas y acostarme. No obstante, ganaron los filetes. No era necesario sentir tal euforia, pues tal es la atención que brindan los habitantes del pueblo a todo el que llega de viaje. Muchos de ellos han preguntado por ti, siendo un magnífico, robusto y bronceado joven como eres, sólo que Sally te ha ahorrado la tarea de tener que idear respuestas interesantes.

Capítulo II

La mañana siguiente, el señor Morgan llegó antes de terminar de desayunar. Era el hombrecillo más pulcro que he conocido jamás. Veo el cariño con el que la gente se aferra a la forma de vestir que estaba en boga cuando eran jóvenes y apuestos pretendientes, y eran sujetos de la mayor admiración. No están dispuestos a creer que su juventud y apostura han desaparecido, y opinan que la moda imperante no es apropiada. El señor Morgan puede lanzar vituperios durante horas contra las levitas, por ejemplo, o contra las patillas. Mantiene su barbilla bien rasurada, viste una chaqueta negra y pantalones de color gris oscuro. En su ronda matutina a los pacientes del pueblo, siempre calza brillantes botas negras de oficial, con borlas de seda que cuelgan a cada lado. Cuando se marcha a casa hacia las diez, para prepararse para su visita a los pacientes del campo, se pone las botas altas más elegantes que he visto nunca, y que compra a un maravilloso zapatero a cientos de millas de aquí. Su aspecto es lo que nosotros denominaríamos «pulcro»; no hay otra palabra para describirlo. Su incomodidad era evidente cuando me vio con mis prendas de desayuno, con las costumbres que había adquirido con mis compañeros del hospital y había traído conmigo; los pies apoyados contra la chimenea, la silla inclinada sobre las patas traseras (una costumbre que, posteriormente, descubriría que él detestaba especialmente) y zapatillas de casa (las cuales también consideraba una muestra de desorden indigna de un caballero «fuera del dormitorio»). En resumen, por lo que he podido saber después, mi aspecto escandalizó cada uno de sus prejuicios en su primera visita. Dejé mi libro, y me levanté de un salto para recibirle. Él se quedo de pie, con el sombrero y el bastón en la mano.

—Vengo para preguntarle si le resulta conveniente acompañarme en mi ronda matutina, y ser presentado a algunos de nuestros amigos. —Pude detectar un ligero tono de frialdad, provocado por su disgusto ante mi aspecto, aunque nunca imaginó que fuera perceptible.

—Me prepararé inmediatamente, señor —dije yo, y salí disparado hacia mi habitación, feliz de escapar de su mirada escrutadora.

Cuando regresé, se me hizo notar, mediante diversas pequeñas toses y ruidos vacilantes, que mi vestimenta no le satisfacía. Permanecí de pie listo, con el sombrero y los guantes en la mano, pero no me invitó a iniciar nuestra ronda. Me puse cada vez más rojo, y me acaloré. Por fin, me dijo:

—Disculpe, mi querido y joven amigo, pero ¿puedo preguntarle si no cuenta con algún otro abrigo, además de esa «casaca», creo que la llaman? En Duncombe, somos muy puntillosos con el decoro, y gran parte depende de la primera impresión. Seamos profesionales, querido señor. El negro es el color que corresponde al atuendo de nuestro oficio. Disculpe que sea tan franco, pero me considero *in loco parentis.*

Era tan amable, tan suave y, ciertamente, tan simpático, que me pareció que sería muy infantil ofenderse; pero sentía cierto resentimiento en mi corazón ante ese trato. No obstante, murmuré:

—Por supuesto, señor, como usted diga —y volví una vez más a cambiarme de chaqueta, mi pobre casaca.

—Señor, esas chaquetas proporcionan al hombre un aspecto demasiado informal que no corresponde a las profesiones doctas, y es más propio de alguien que viene a cazar que el de alguien que viene a ser el galeno o el Hipócrates de los alrededores.

Sonrió gentilmente, así que reprimí un suspiro; pues, a decir verdad, esperaba y, de hecho, me había jactado en el hospital de los paseos que preveía dar con los sabuesos, ya que Duncombe estaba ubicado en una conocida zona de caza. Pero todas aquellas ideas se desvanecieron cuando el señor Morgan me llevó al patio del hostal, donde un vendedor de caballos que se dirigía a una feria de la zona me recomendó enérgicamente (lo cual, en nuestras relativas circunstancias equivalía a una orden judicial) que comprara un pequeño, útil y rápido poni marrón, en lugar del vistoso caballo «que salta todas las vallas que se le ponen por delante», según dijo el vendedor. El señor Morgan quedó visiblemente satisfecho cuando cedí a su decisión, y abandoné cualquier esperanza de una ocasional partida de caza.

Se abrió mucho más tras la adquisición. Me habló de su plan para instalarme en mi propia casa, lo cual resultaba mucho más respetable, ni que decir profesional, que mis aposentos; y siguió contándome que recientemente había perdido a un amigo, un compañero cirujano de un pueblo cercano, que había dejado a una viuda con una renta pequeña, que estaría encantada de vivir conmigo y trabajar como ama de llaves en mi consulta, reduciendo así los gastos.

—Es mujer muy elegante —dijo el señor Morgan—, a juzgar por lo poco que la he visto. Tendrá alrededor de cuarenta y cinco años, y podría serle de verdadera ayuda en cuanto a las costumbres de etiqueta de nuestra profesión: pequeños y delicados detalles que todo hombre debe aprender, si desea progresar en la vida. Ésta es la casa de la señora Munton, señor —dijo, deteniéndose frente a una puerta de aspecto muy poco romántico, con un pomo de latón.

No había tenido tiempo de preguntar quién era la señora Munton, cuando oímos que estaba en casa, y nos encontramos siguiendo a la pulcra y anciana sirvienta por la estrecha escalera alfombrada hasta el salón. La señora Munton era la viuda del antiguo vicario, tenía más de sesenta años y estaba bastante sorda pero, al igual que todos los sordos que he conocido, le encantaba hablar; quizá porque captaba el tema cuando otros comenzaban a hablar. Sufría una dolencia crónica que, a menudo, le impedía salir; y la amable gente del pueblo acostumbraba visitarla y sentarse con ella, para traerle las últimas noticias frescas. Por tanto, su salón era el centro del cotilleo de Duncombe, no del escándalo, ojo; pues yo distingo entre el cotilleo y el escándalo. Ahora podrás entender la diferencia entre la señora Munton ideal y la real. En lugar de cualquier idea estúpida de una bella y floreciente viuda, tiernamente ansiosa por la salud del extraño, vi a una anciana hogareña, parlanchina y observadora, con señales de sufrimiento en su rostro; sencilla en sus modales y vestido, pero una dama, sin duda alguna. Hablaba al señor Morgan, pero me miraba a mí; y observé que nada escapaba a su atención. La ansiedad del señor Morgan por exhibirme me incomodó, pero se mostró amablemente deseoso de mencionar todas mis virtudes ante la señora Munton, sabiendo que el pregonero del pueblo no tendría más ocasiones de publicarlo todo sobre mí que ella.

—¿Cuál era aquel comentario que me repetía sobre el señor Astley Cooper? —preguntó.

Se trataba de la conversación más trivial que habíamos mantenido mientras caminábamos, y me sentí avergonzado de tener que repetirla, pero respondía al propósito del señor Morgan. Antes de que cayera la noche, todo el pueblo había oído que yo era el alumno favorito del señor Cooper (sólo le había visto dos veces en mi vida); y el señor Morgan había temido que, en cuanto se diera cuenta de todo mi valor, el señor Cooper me retendría para ayudarle en sus obligaciones como médico de la familia real. Cualquier mínima circunstancia que pudiera resaltar mi importancia fue mencionada durante la conversación.

Tal y como una vez oí comentar al señor Robert Peel al señor Harrison, el padre de nuestro joven amigo, «Las lunas de agosto son extraordinariamente llenas y brillantes». Si recuerdas, Charles, mi padre siempre estuvo orgulloso de haber vendido un par de guantes al señor Robert cuando estuvo en Grange, junto a Biddicombe, y supongo que el bueno del señor Morgan le hizo su única visita a mi padre en aquella época; pero, obviamente, la señora Munton me miraba con aún mayor respeto tras aquel comentario accidental. Unos meses después, identificaría con deleite aquel comentario en la afirmación de que mi padre era un íntimo amigo del primer ministro y que, de hecho, había sido su consejero en la mayoría de las medidas que tomó durante su cargo. Me senté allí, medio indignado y medio divertido. El señor Morgan parecía tan satisfecho por el resultado completo de la conversación, que no me molesté en estropearlo con explicaciones. Es más, poco sabía yo entonces que aquellos pequeños comentarios se convertían en semillas de grandes acontecimientos en el pueblo de Duncombe. Cuando salimos de la casa de la señora Munton, estaba muy comunicativo.

—Le parecerá un curioso dato estadístico, pero cinco sextos de los propietarios de cierto rango en Duncombe son mujeres. Tenemos abundantes viudas y solteronas. De hecho, querido amigo, creo que usted y yo somos prácticamente los únicos caballeros del lugar, exceptuando al señor Bullock, por supuesto. Por caballeros, quiero decir profesionales. Es necesario recordar, amigo mío, que hay muchas féminas que dependen de nosotros para la bondad y la protección que todo hombre digno de llamarse así está siempre listo para prestar.

En cuanto a la señorita Tomkinson, nuestra siguiente visita, no me pareció que necesitara la protección de ningún hombre. Era una mujer alta, delgada y de aspecto masculino, con un aire desafiante. No obstante, se suavizaba tanto como le resultaba posible para el señor Morgan. Me pareció que él se sentía un poco intimidado por la señora, que era muy brusca y directa, y evidentemente se reafirmaba en su decisión de hablar con franqueza.

—¿Así que éste es el famoso señor Harrison del que tanto le hemos oído hablar, señor Morgan? He de decir que, por lo que he oído, esperaba algo más... ¡mmm, mmm! Pero aún es joven, es joven. Por la descripción del señor Morgan, señor Harrison, todos esperábamos una combinación de un Apolo y un Asclepios; o, ¡quizá debería limitarme a decir Apolo, pues creo que él era el dios de la medicina!

»¿Cómo había podido describirme el señor Morgan sin conocerme?, me pregunté. La señorita Tomkinson se puso sus lentes, y las ajustó sobre su nariz romana. De repente, relajando la severidad de su inspección, le dijo al señor Morgan:

—Deben visitar a Caroline. Casi lo había olvidado; está ocupada con las niñas, pero enviaré a buscarla. Ayer tuvo un pésimo dolor de cabeza y estaba muy pálida: me preocupó mucho.

Hizo sonar la campanilla, y pidió a la sirvienta que fuera a buscar a la señorita Caroline.

La señorita Caroline era la hermana menor (veinte años menor) y, por tanto, la señorita Tomkinson, que tenía al menos cincuenta y cinco, la consideraba una niña. Tratada como una niña, también la acariciaba y cuidaba como tal, pues la habían dejado a cargo de su hermana mayor cuando era sólo un bebé. Cuando el padre murió, y tuvieron que montar una escuela, la señorita Tomkinson se hizo cargo de cada arreglo, se negó cualquier capricho e hizo todos los sacrificios necesarios para que «Carry» no sintiera su cambio de circunstancias. Mi esposa me contó que una vez las hermanas compraron una pieza de seda que, bien administrada, sería suficiente para hacer dos vestidos; pero Carry quería volantes o algo por el estilo. Sin decir una palabra, la señorita Tomkinson renunció a su vestido para que le hicieran a Carry el que deseba; ella vistió uno viejo y raído como si fuera terciopelo de Génova. Es un buen ejemplo del tipo de relación que tenían las hermanas, y me alegro de mencionarlo temprano, pues pasó mucho tiempo antes de descubrir la verdadera bondad de la señorita Tomkinson, y antes tuvimos una gran pelea. La señorita Caroline tenía un aspecto muy delicado y apagado cuando entró. Era suave y sentimental, mientras que la señorita Tomkinson era dura y masculina; y tenía una manera de decir «Hermana, ¿cómo puedes?» ante los alarmantes discursos de la señorita Tomkinson, que nunca me gustó (sobre todo, porque iba acompañada de una mirada de protesta a la gente presente, como si quisiera que entendieran su sorpresa ante los modales exravagantes de su hermana). Aquello no era leal entre hermanas. Una queja en privado hubiera sido apropiada aunque, en lo que a mí se refiere, me he acostumbrado a los discursos y formas de la señorita Tomkinson. No obstante, no me gusta la manera en la que algunas personas se separan de lo que resulta poco popular en sus relaciones. Sé que hablé unos instantes a la señorita Caroline, cuando me preguntó si podía soportar el cambio de «la gran metrópolis» a una pequeña villa rural. En primer lugar, ¿por qué no los llamaba «Londres» o «pueblo» y se dejaba de tonterías? Y, segundo, ¿por qué no amaba tanto el lugar que era su hogar para que a todo el mundo le gustara cuando lo conocieran tanto como ella?

Fui consciente de mi brusquedad en mi conversación con ella, y vi que el señor Morgan me vigilaba, aunque fingía escuchar a la señorita Tomkinson, mientras ésta le susurraba los síntomas de su hermana. Pero, cuando salimos de nuevo a la calle, comenzó de nuevo: «Mi querido y joven amigo...»

Me estremecí, pues durante la mañana había observado que cada vez que me iba a dar un consejo desagradable, siempre comenzaba con «mi querido y joven amigo». Lo mismo había hecho con el caballo.

—Mi querido y joven amigo, hay uno o dos consejos que me gustaría darle sobre su actitud. El gran Everard Home solía decir: «Un médico general debería tener muy buena o muy mala actitud.» En caso de que fuera lo segundo, debe poseer los talentos suficientes para asegurarse ser solicitado, sea cual sea su actitud. Pero la grosería dará notoriedad a dichas capacidades. Abernethy es un buen ejemplo de ello. Yo mismo pongo en duda el gusto de los manos modales. Por tanto, he optado por una educación atenta y cortés, que combino con suave consideración e interés. No sé si he conseguido (pocos lo hacen) alcanzar mi ideal, pero le recomiendo que se esfuerce por lograr esta actitud, que es particularmente adecuada en nuestra profesión. Identifíquese con sus pacientes, querido señor. Estoy seguro de que tiene en su corazón la simpatía para sentir dolor cuando escucha su sufrimiento, y a ellos les calma ver la expresión de dicho sentimiento en su actitud. De hecho, son los modales los que hacen al monje en nuestra profesión. No me pongo como ejemplo, ni mucho menos. Ésta es la casa del señor Hutton, el vicario; una de las sirvientas está indispuesta, y será una buena ocasión para presentarle. Podemos acabar la conversación en otro momento.

No había sido consciente de que estuviéramos manteniendo una conversación en la que, según creo, es necesaria la participación de dos personas. ¿Por qué no había enviado el señor Hutton a nadie a preguntar por mi salud la noche anterior, según la costumbre del lugar? Me sentí ofendido.

Capítulo III

La vicaría estaba en la zona norte de la calle, en la abertura final hacia las colinas. Era una larga casa baja, hundida entre sus vecinas. Tenía un patio entre la puerta y la calle, con un camino enlosado, una vieja cisterna de piedra a la derecha de la puerta, y plantas liliáceas que crecían bajo las ventanas. Alguien miraba tras la cortina de la ventana, pues la puerta se abrió, como por arte de magia, en cuanto llegamos. Entramos en una habitación baja que servía de recibidor y estaba llena de asientos pasados de moda bajo las ventanas, y azulejos daneses en la chimenea; en conjunto, era un lugar fresco, en contraste con el sol ardiente en la calle roja y blanca.

—Bessie no se encuentra bien, señor Morgan —dijo la dulce niña de unos once años que nos abrió la puerta—. Sophy quería que enviaran a buscarle, pero papá dijo que estaba seguro de que vendría esta mañana temprano, y que debíamos recordar que hay otros enfermos que le necesitan.

—Aquí está el señor Morgan, Sophy —dijo, abriendo la puerta hacia una habitación interior en la que entramos bajando un escalón. Lo recuerdo bien, pues casi me caigo, absorto con la imagen ante mí. Era como una pintura; al menos, visto desde el marco de la puerta. La habitación era una mezcla de carmesí y aguamarina, y daba a un jardín soleado en la parte de detrás; tenía una baja ventana abisagrada, abierta al aire ambarino; ramos de rosas blancas se asomaban dentro, y Sophy se sentaba sobre un cojín en el suelo, con la luz iluminando su cabeza, con su robusto hermanito de ojos redondos arrodillado junto a ella, mientras ella le enseñaba el alfabeto. Pude ver el alivio del niño cuando entramos; y creo que no me equivoco al decir que sería difícil atraparlo de nuevo para que recitara la lección, una vez lo enviaron a buscar a su padre. Sophy se levantó en silencio, nos presentaron, y aquello fue todo, antes de llevarse al señor Morgan arriba para que viera a su sirvienta enferma. Me quedé solo en la habitación. Se parecía tanto a un hogar, que por una vez me hizo comprender todo el encanto de la palabra. Había libros y papeles por todas partes, así como vales de empleo; había un juguete infantil en el suelo, y de las paredes aguamarina colgaban un par de retratos en acuarela. Estoy convencido de que uno de ellos era de la madre de Sophy. Las sillas y el sofá estaban cubiertos de cretona, igual que la de las cortinas: una hermosa rosa roja sobre un fondo blanco. No sé de dónde salía el carmesí, pero estoy seguro de que había carmesí en algún lado; quizá en la alfombra. Bajo las ventanas, había una parcela de hierba y, más allá, caminos rectos rodeados de grava y estrechos parterres a cada lado, brillantes y alegres al final de agosto, tal y como era entonces. Detrás de aquellos parterres, había árboles frutales guiados hacia el maderamen, como para cerrar los parterres del huerto dentro.

Mientras echaba un vistazo, entró un caballero que, estaba seguro, sería el vicario. Resultó bastante extraño, pues tuve que explicar mi presencia allí.

—He venido con el señor Morgan. Me llamo Harrison —dije, con una reverencia.

Observé que mi explicación no le sirvió de mucho, pero nos sentamos y hablamos sobre la estación del año, o algo parecido, hasta que Sophy y el señor Morgan volvieron. Entonces vi avanzar al señor Morgan. Ante un hombre al que respetaba, como el vicario, perdió la actitud remilgada y artificial que mantenía en general, y se mostró tranquilo y digno; aunque no tan digno como el vicario. Nunca había visto a alguien así. Era muy callado y parecía estar casi ausente en algunas ocasiones; su apariencia personal no era llamativa pero, en su conjunto, era un hombre a quien hablarías retirándote el sombrero cada vez que te lo encontraras. Era su carácter el que provocaba aquel efecto; un carácter en el que nunca pensaba, pero que surgía en cada palabra, mirada y movimiento.

—Sophy —dijo—, el señor Morgan parece acalorado. ¿Podrías recoger unas cuantas peras de la pared sur? Creo que hay unas cuantas maduras allí. Nuestras peras tempranas han madurado muy pronto este año.

Sophy salió al soleado jardín, y la vi tomar un rastrillo e inclinarse ante las peras, que aparentemente se encontraban fuera de su alcance. El salón había refrescado (posteriormente descubriría que tenía un suelo enlosado que justificaba el frío), y pensé que me gustaría salir al calor del sol. Me ofrecí a salir a ayudar a la joven dama y, sin esperar respuesta, salí al cálido y perfumado jardín, donde las abejas saqueaban las flores y zumbaban sin parar. Creo que Sophy había comenzado a perder la esperanza de conseguir la fruta, y se alegró de mi ayuda. Se me ocurrió que había sido un inconsciente al hacerlas caer tan rápido, cuando me di cuenta de que tendríamos que entrar en cuanto las recogiéramos. Me hubiera gustado caminar por el jardín, pero Sophy se marchó directamente con las peras, y no me quedó más opción que seguirla. Retomó su trabajo de costura mientras nos las comíamos; se acabaron rápidamente y, cuando el vicario finalizó su conversación con el señor Morgan sobre algunos necesitados, nos levantamos para marcharnos. Agradecí que el señor Morgan dijera tan poco sobre mí. No hubiera soportado que hablara de sir Astley Cooper o sir Robert Peel en la vicaría, así como tampoco habría podido aguantar mucha mención a «mis grandes oportunidades de adquirir un profundo conocimiento de mi profesión», como le había oído describir a la señorita Tomkinson, mientras su hermana me hablaba a mí. No obstante, afortunadamente, me ahorró todo aquello en la casa del vicario. Cuando nos marchamos, era hora de montar nuestros caballos y hacer nuestra ronda rural, y me alegré de ello.

Capítulo IV

Pronto, los habitantes de Duncombe comenzaron a dar fiestas en mi honor. El señor Morgan me dijo que eran por mí, o de otra forma no creo que me hubiera enterado. Pero él estaba satisfecho con cada nueva invitación, y se frotaba las manos y reía como si se tratara de un cumplido hacia él, pues de aquello se trataba en realidad.

Mientras tanto, llegamos a un acuerdo con la señora Rose. Traería sus muebles y los instalaría en una casa, cuya renta yo pagaría. Ella sería el ama de llaves y, a cambio, no tendría que pagar nada por su alojamiento. El señor Morgan eligió la casa y se deleitó en el asesoramiento y la organización de todos mis asuntos. Me sentía en parte indolente, en parte divertido, y en conjunto pasivo. La casa que eligió para mí estaba junto a la suya: tenía dos salones en la parte baja, separados por puertas plegables que, normalmente, se mantenían cerradas. La habitación trasera era mi consulta (me aconsejó que lo llamara «biblioteca»), y me dio una calavera para que la colocara sobre mi librería, donde los libros de medicina se alineaban sobre las visibles estanterías, mientras que la señorita Austen, Dickens y Thackeray estaban dispuestos de cualquier manera, de arriba abajo, o con los lomos de cara a la pared. La sala delantera sería el comedor, y la habitación de arriba estaba amueblada con las sillas y la mesa de la sala de la señora Rose, aunque me di cuenta de que prefería sentarse abajo en el comedor, junto a la ventana, donde, entre puntada y puntada, podía levantar la vista y observar lo que ocurría en la calle. Me sentía bastante extraño como señor de aquella casa, llena de muebles de otra persona, antes de haber conocido siquiera a la persona a la que pertenecían.

Llegó poco después. El señor Morgan la recibió en la posada donde se detuvo el carruaje, y la acompañó a mi casa. Podía verlos a través de la ventana del salón: el pequeño caballero caminaba delicadamente, blandiendo su bastón y, evidentemente, parloteando. Ella era un poco más alta que él, y vestía prendas de luto como velos y capas, que la hacían parecer un almiar de crepé negro. Cuando nos presentaron, se levantó su grueso velo, miró alrededor y suspiró.

—Su aspecto y circunstancias, señor Harrison, me recuerdan irremediablemente a la época en la que estaba casada con mi querido marido, que en paz descanse. Al igual que usted, él también comenzaba a ejercer como cirujano. Durante veinte años le comprendí y le ayudé con todos los recursos a mi alcance, incluso haciendo píldoras cuando al joven se le acababan. ¡Deseo que vivamos juntos en armonía durante el mismo período de tiempo! ¡Espero que el respeto entre nosotros sea igualmente sincero aunque, en lugar de ser conyugal, sea maternofilial!

Estoy seguro de que había preparado aquel discurso en el carruaje, pues después me diría que era la única pasajera. Cuando terminó, sentí como si necesitara una copa de vino en mi mano, como si de un brindis se tratara. Y aun así dudo de si lo debía hacer con ganas, pues no esperaba vivir con ella durante veinte años; sonaba deprimente. Sin embargo, hice una reverencia y me guardé mis pensamientos para mí. Mientras la señora Rose se encontraba arriba, quitándose las cosas, pedí al señor Morgan que se quedara para el té. Accedió, y siguió frotándose las manos, satisfecho, diciendo:

—Una gran mujer, señor, ¡una gran mujer! ¡Y qué actitud! Recibirá tan bien a los pacientes, que puede que deseen dejar un mensaje durante su ausencia. ¡Qué don de palabra!

El señor Morgan no pudo quedarse demasiado tiempo tras el té, pues tenía un par de casos que atender. Yo hubiera ido voluntariamente y, de hecho, tenía el sombrero puesto para tal propósito, cuando dijo que no sería respetuoso, «que no estaría bien», dejar sola a la señora Rose la primera noche tras su llegada.

—Es una deferencia compasiva a su sexo, a una viuda durante los primeros meses de su soledad, que requiera un poco de consideración, querido señor. Le dejaré el caso de la señorita Tomkinson, quizá pueda llamar por la mañana temprano. La señorita Tomkinson es bastante peculiar, y habla con franqueza si le parece que no es atendida adecuadamente.

Advertí que a menudo me dejaba a mí las visitas a la señorita Tomkinson, y sospecho que temía un poco a aquella mujer.

Fue una noche bastante larga con la señora Rose. No tenía nada que hacer, y supongo que le parecía más cortés quedarse en la sala, que subir y deshacer el equipaje. Le rogué que no se sintiera apurada si deseaba hacerlo, pero (para mi disgusto) sonrió de manera comedida y apagada, y dijo que sería un placer conocerme un poco mejor.

Subió una sola vez, y mi corazón receló cuando la vi bajar con un pañuelo de bolsillo limpio y plegado. ¡Alma profética! Nada más sentarse, comenzó a relatarme la enfermedad, los síntomas y la muerte de su recientemente fallecido esposo. Era un caso muy común pero, obviamente, ella creía que se trataba de algo extraño. Tenía algunas nociones médicas y empleaba los términos técnicos tan inapropiadamente, que apenas podía evitar sonreír; pero no lo hubiera hecho por nada en el mundo, pues era evidente que ella sufría profunda y sinceramente. Finalmente, dijo:

—Tengo el *dignóstico* de la dolencia de mi amado esposo en mi escritorio, señor Harrison, si desea redactar el caso para la revista *Lancet*. Creo que se hubiera sentido agradecido, pobre hombre, si le hubieran dicho que sus restos recibirían tal cumplido, y que su caso aparecería en esas distinguidas columnas.

Resultaba bastante incómodo pues, tal y como he dicho antes, el caso era de lo más común. Sin embargo, y a pesar de llevar poco tiempo ejerciendo, ya había aprendido a realizar uno de aquellos ruidos que no comprometen a nada y que, a la vez, pueden ser muy constructivos, si el oyente decide emplear un poco la imaginación.

Antes de que la velada terminara, éramos tan buenos amigos que me bajó la imagen del fallecido señor Rose para que le echara un vistazo. Me dijo que no soportaba mirar aquellos amados rasgos, pero que, si yo deseaba mirar la miniatura, apartaría la cara. Me ofrecí a tomarla entre mis manos, pero ella pareció ofendida ante la sugerencia, y dijo que nunca, nunca podría confiar tal tesoro a nadie más. Por tanto, giró la cabeza mucho más allá de su hombro izquierdo, mientras yo examinaba la imagen que sostenía en su brazo derecho extendido.

El difunto señor Rose debía de ser un hombre alegre y apuesto, y el artista le había puesto una sonrisa tan amplia y tal brillo en los ojos, que resultaba verdaderamente difícil evitar devolverle la sonrisa. No obstante, me contuve.

Al principio, la señora Rose rechazó aceptar las invitaciones que se enviaron para acompañarme a las veladas de té en el pueblo. Era tan buena y sencilla que estoy convencido de que no tenía más motivo que el que alegaba: el breve período de tiempo que había transcurrido desde la muerte de su marido; si no, ahora que conozco los entretenimientos que ella rechazaba de forma tan pertinaz, sospecharía que estaba encantada con la excusa. A veces, yo mismo deseaba ser viudo.

Llegaba a casa después de un duro día a caballo y, sólo si estaba seguro de que el señor Morgan no vendría, me ponía mis zapatillas y mi amplia bata, y me permitía un puro en el jardín. Parecía un cruel sacrificio a la sociedad tener que ponerme botas estrechas y un rígido abrigo, y tener que asistir al té de las cinco. Pero el señor Morgan me daba grandes sermones sobre la necesidad de cultivar la buena voluntad de la gente entre la que me había establecido, y parecía tan triste y dolido cuando una vez me quejé del tedio de dichas fiestas, que sentí que no podía ser tan egoísta para rechazar más de una de cada tres. Si el señor Morgan descubría que tenía una invitación para aquella noche, tomaba la ronda más larga y las visitas más lejanas. Al principio, sospeché de su forma de rehuir las fiestas, que he de confesar que contemplaba; pero pronto descubrí que, en realidad, él sacrificaba sus deseos para lo que consideraba en mi favor.

Capítulo V

Hubo una invitación que parecía muy apetecible. El señor Bullock (abogado de Duncombe) estaba casado en segundas nupcias con una dama de un gran pueblo de la provincia. Ella deseaba marcar tendencia; algo muy sencillo, pues todo el mundo estaba dispuesto a seguirla. Así que, en lugar de organizar una reunión para tomar el té en mi honor, sugirió un picnic en una vieja mansión de la zona; y los planes resultaban de lo mas tentadores. Cada paciente que visitábamos parecía saberlo todo sobre el tema; tanto los invitados, como los que no lo estaban. Había un foso con una barca alrededor de la casa, y había una galería en la sala, en la que la música sonaba deliciosa. La familia a la que pertenecía el lugar se encontraba en el extranjero, y se instalaba en una mansión más nueva y más grande cuando volvían a casa. En la vieja, sólo vivían un granjero y su esposa, que se encargarían de los preparativos. El pequeño y cordial pueblo se mostró encantado cuando el sol salió brillante aquella mañana de octubre para nuestro picnic. Los comerciantes y campesinos parecían observar contentos la expedición que se reunía en la puerta del señor Bullock. Éramos alrededor de veinte; «un puñado», nos llamó, pero a mí me parecía que éramos bastantes. Estaban las señoritas Tomkinson y dos de sus jóvenes damas, una de las cuales pertenecía a una familia del condado, según me susurró la señora Bullock. A continuación, entraron el señor y la señora Bullock y una tribu de niños pequeños, la prole de la esposa actual. La señorita Bullock era sólo la hijastra. La señora Munton había decidido sumarse a nuestra reunión, lo cual resultó inesperado para los anfitriones, supongo, por los pequeños comentarios que pude oír, pero la hicieron sentir muy bienvenida. La señorita Horsman (una doncella de visita desde la semana anterior) era otra. Y finalmente, estaban el vicario y sus hijos. Todos ellos, junto con el señor Morgan y conmigo, componíamos la reunión. Me satisfizo sobremanera volver a ver la familia del vicario. Ciertamente, había asistido ocasionalmente a algunas veladas, y había hablado amablemente con todos nosotros, pero no acostumbraba quedarse demasiado. Y, según dijo, su hija era aún demasiado joven para salir de visita. Se había hecho cargo de sus pequeños hermanos y hermanas desde la muerte de su madre, lo cual le ocupaba gran parte de su tiempo, y por ello empleaba las noches para estudiar. Pero aquel día, el caso era distinto; y Sophy, Helen, Lizzie e incluso el pequeño Walter estaban allí, de pie frente a la puerta de la señora Bullock, pues ninguno de nosotros tenía la paciencia suficiente para sentarse en la sala con la señora Munton y los invitados más mayores, esperando en silencio los dos carruajes y la carreta que deberían haber llegado a las dos, y ya eran casi y cuarto.

—¡Lástima! La luz del día se desvanecerá.

Los simpáticos comerciantes, de pie frente a sus respectivas puertas con las manos en los bolsillos, giraban sus cabezas en la dirección por la que habían de llegar los carruajes (tal como los había llamado la señora Bullock). Se oyó un ruido sordo sobre la calle pavimentada, y los comerciantes se volvieron y sonrieron, mientras inclinaban sus cabezas, felicitándonos. Todas las madres y sus hijos pequeños del lugar permanecían de pie agrupados alrededor de la puerta para vernos marchar. Tenía mi caballo a la espera y, mientras tanto, ayudaba a otros a subirse a sus vehículos. Se observa una gran organización en este tipo de ocasiones. La señora Munton fue la primera en ser acomodada en el primer carruaje; y después hubo un ligero retraso, pues la mayoría de los jóvenes deseaban ir en el carro, no sé por qué. No obstante, la señorita Horsman dio un paso adelante, y al ser bien sabido que era una íntima amiga de la señora Munton, resultó satisfactorio. Pero ¿quién sería el tercer punzón con las dos señoras, que deseaba las ventanas cerradas? Vi a Sophy hablando con Helen y, a continuación, dio un paso al frente y se ofreció a ser la tercera. Las dos damas parecieron satisfechas y contentas (al igual que todo el mundo junto a Sophy); así que aquel carruaje quedó organizado. Sin embargo, justo cuando partía, un sirviente de la vicaría apareció corriendo con una nota para su señor. Tras leerla, se acercó a la puerta del carruaje, y supongo que le dijo a Sophy lo que después le oí decir a la señora Bullock: que el clérigo de una parroquia cercana estaba enfermo, y no podía llevar a cabo el servicio funerario de uno de sus parroquianos, que había de ser enterrado aquella tarde. Naturalmente, el vicario tenía que marcharse, y dijo que no regresaría a casa aquella noche. Percibí que algunos se sintieron aliviados al ser liberados de su digna presencia. El señor Morgan apareció en ese mismo instante, tras haber cabalgado durante toda la mañana para llegar a reunirse con nosotros a tiempo, así que todos nos resignamos a la ausencia del vicario. Observé que su propia familia fue la que más lo lamentó, y me gustaron mucho más por ello. Creo que yo fui el siguiente en sentir su partida, pero le respetaba y le admiraba, y siempre me sentía mejor en su compañía. La señorita Tomkinson, la señora Bullock, y la joven del condado se marcharon en el siguiente carruaje. Creo que la última hubiera preferido el carro con el grupo más joven y alegre, pero imagino que aquello se consideraba inferior a su dignidad. El resto del grupo debía cabalgar, y era un grupo extremadamente alegre y descontrolado. El señor Morgan y yo montábamos a caballo. Al menos, yo dirigía mi caballo, con el pequeño Walter sobre él, con sus piernas rellenas y robustas rígidas a cada lado del amplio lomo de mi caballo. Era un encanto, y parloteó durante todo el camino, tomando a su hermana Sophy como heroína de todas sus historias. Me enteré de que debía la excursión de aquel día a los ruegos que ella había realizado a su padre para que le dejara ir. El ama no lo aprobaba:

—¡Maldita ama! —exclamó en una ocasión, y a continuación, dijo—: No, no maldita, buena ama. Sophy dice a Walter que no maldiga al ama. —Jamás había conocido a un niño tan pequeño y valiente. El caballo respingó ante un tronco de madera. Walter estaba muy sonrojado, y agarró la crin, pero se sentó recto como un hombrecito, y no dijo palabra mientras el caballo saltaba. Cuando todo acabó, me miró y sonrió:

—Usted no dejaría que me hiciera daño, ¿verdad, señor Harrison? —Era el niño más encantador que he conocido jamás.

Me gritaban frecuentemente desde el carro:

—¡Señor Harrison! Cójanos aquella zarza de moras, está justo al alcance de la empuñadura de la fusta.

—¡Señor Harrison! Había unas nueces espléndidas en el otro lado de aquel seto; ¿podría volver a buscarlas? —La señorita Caroline Tomkinson se mareó un par de veces con el movimiento del carro, y me pidió las sales, pues había olvidado las suyas. Me divertía la idea de llevar tales artículos conmigo. Después se le ocurrió que le gustaría andar, y salió y se acercó a mi lado del camino, pero el pequeño Walter me resultaba una compañía más grata, y al poco puse el caballo al trote, cuyo paso no podía seguir dama de tan delicada constitución.

El camino a la vieja mansión era arenoso, con elevados setos a los lados; los olmos de la montaña se encontraban sobre nuestras cabezas.

—¡Una jardinería pésima! —dijo el señor Bullock, y puede que fuera así, pero tenía un aspecto muy agradable y pintoresco. Los árboles eran preciosos, con sus tonos naranja y carmesí, entremezclados con el gran verde oscuro de los arbustos de acebo, que brillaban al sol de otoño. Los colores me hubieran parecido muy vívidos, de haberlos visto en una imagen; especialmente cuando alcanzamos la cima, tras cruzar el pequeño puente sobre el arroyo (¡menudas risas y gritos provocaron las salpicaduras del carruaje!), y vi las colinas púrpura, más allá. Desde aquel punto, también podíamos ver la vieja mansión, con sus ricas maderas alzándose detrás, y las aguas azules del foso, quietas a la luz del sol.

Reír y hablar abren el apetito, y hubo una petición universal para comer, en cuanto llegamos al césped frente a la mansión, donde se había dispuesto que comiéramos. Vi a la señorita Carry llevarse a la señorita Tomkinson a un lado y susurrarle algo. Inmediatamente, la hermana mayor se acercó a donde yo estaba, más bien ocupado construyendo un asiento de heno que había tomado del desván del granjero, para mi pequeño amigo Walter, pues había advertido que estaba bastante ronco y temía que se sentara sobre la hierba, aunque ésta estuviera aparentemente seca.

—Señor Harrison, Caroline me dice que se está sintiendo bastante mareada, y que teme que le vuelva uno de sus ataques. Dice que confía más en sus capacidades médicas que en las del señor Morgan. No sería sincera si no le dijera que difiero pero, siendo así, ¿puedo pedirle que la vigile? Le he dicho que no debería haber venido si no se sentía bien: pero, pobre muchacha, estaba deseosa de disfrutar de los placeres del día de hoy. Me he ofrecido a acompañarla a casa; pero dice que si sólo se siente segura estando usted cerca, prefiere quedarse.

Naturalmente, hice una reverencia y prometí toda la atención necesaria a la señorita Caroline. Mientras tanto, hasta que requiriera mis servicios, pensé que también podría ir a ayudar a la hija del vicario, que estaba tan bonita y fresca con su vestido de muselina blanca, aquí, allí, en todas partes, al sol, bajo las sombras verdes, ayudando a acomodarse a todo el mundo, y pensando en todos excepto en sí misma.

El señor Morgan apareció en seguida.

—La señorita Caroline no se siente muy bien. Le he prometido sus servicios a su hermana.

—Yo también, señor, pero la señorita Sophy no puede cargar con esta pesada cesta.

No quería que ella escuchara aquella excusa, pero la oyó y dijo:

—¡Claro que puedo! Puedo sacar las cosas una por una. Vaya a ver a la pobre señorita Caroline, por favor, señor Harrison.

Fui, aunque he de decir que de muy mala gana. Una vez me senté junto a ella, creo que comenzó a sentirse mejor. Probablemente fuera sólo un temor nervioso que se alivió al saber que tenía mi ayuda a mano, pues cenó copiosamente. Pensé que nunca acabarían sus modestas peticiones de «un poco más de pastel de pichón, o un pedacito de pollo». Supuse que tan abundante menú la reviviría y, efectivamente, así fue, ya que me dijo que creía que podría dar un paseo por el jardín, y ver los viejos tejos, si yo era tan amable de ofrecerle mi brazo. Era muy irritante, pues yo deseaba estar con los hijos del vicario. Recomendé con fuerza a la señorita Caroline que se echara un rato y descansara antes del té, en el sofá de la cocina del granjero; no puedes imaginar con qué persuasión le rogué que se cuidara. Finalmente accedió, agradeciéndome mi tierno interés: jamás olvidaría mis amables atenciones para con ella. Ella desconocía lo que pasaba por mi mente en aquel instante. No obstante, la dejé a cargo de la esposa del granjero, y ya salía apresuradamente en busca de un vestido blanco y una figura ondulante cuando me encontré con la señora Bullock en la entrada de la mansión. Era una mujer delicada, de aspecto feroz. Me había parecido un poco disgustada ante mis (poco entusiastas) atenciones a la señorita Caroline durante la comida; pero ahora, al verme solo, era toda sonrisas.

—Señor Harrison, ¡está solo! ¿Cómo es así? ¿Por qué permiten las jóvenes damas que nos acompañan semejante mala educación? Y, de paso, he dejado a una joven dama que estará encantada de recibir su ayuda, estoy convencida. Se trata de mi hija, Jemima —se refería a su hijastra—. El señor Bullock es un padre tan peculiar y tierno, que se llevaría un susto de muerte si embarcara en el bote del foso sin alguien que supiera nadar. Se ha marchado a hablar con el granjero sobre el nuevo arado con ruedas (ya sabe que la agricultura es su afición, aunque el derecho, el horrible derecho, es su oficio). La pobre muchacha está triste en la orilla, esperando mi permiso para unirse a los demás. Pero temo dárselo, a menos que usted la acompañe y prometa que, si ocurre cualquier accidente, la mantendrá con vida.

—Oh, Sophy, ¿por que no hay nadie preocupado por usted?

Capítulo VI

La señorita Bullock permanecía junto a la orilla, observando melancólica, según pensé, la fiesta en el agua. El sonido de aquellas alegres risas llegaban agradables desde el bote, que navegaba a la deriva (pues, naturalmente, ninguno sabía remar, y el burdo fondo de la barca era liso) a unas cien yardas, «bloqueado por el tiempo», según gritaban, entre los largos tallos de los nenúfares.

La señorita Bullock no levantó la vista hasta que me acerqué a ella; y entonces, cuando le expliqué mi tarea, levantó sus enormes, pesados y tristes ojos, y me observó durante un instante. En ese momento, se me ocurrió que esperaba encontrar en mi cara una expresión que no reflejaba, y que su ausencia era un alivio para ella. Era una chica de aspecto muy pálido e infeliz, pero muy reservada y, pese a no tener una actitud agradable, tampoco era, en absoluto, descarada u ofensiva. Llamé al grupo que iba en el bote, y se acercaron lentamente a través de las enormes, frescas y verdes hojas de los nenúfares hacia nosotros. Cuando se aproximaron, vimos que no había espacio para nosotros, y la señorita Bullock dijo que prefería quedarse en el prado y pasear tranquilamente, si yo decidía subirme al bote. Por el aspecto de su semblante, estoy seguro de que decía la verdad, pero la señorita Horsman la llamó con una voz aguda, mientras sonreía con una complicidad muy desagradable:

—Su madre se disgustará mucho si no viene, señorita Bullock, después de preocuparse tanto por disponerlo todo.

Ante tal afirmación, la pobre muchacha vaciló y, finalmente, indecisa, como si no supiera si estaba haciendo lo correcto, tomó el lugar de Sophy en el bote. Helen y Lizzie desembarcaron con su hermana, de manera que había suficiente espacio para la señorita Tomkinson, la señorita Horsman y todos los pequeños Bullock. Las tres chicas de la vicaría se marcharon paseando por la orilla del arroyo, y jugando con Walter, que se hallaba en un profundo estado de excitación. El sol se estaba poniendo, pero la luz en declive sobre el agua huía muy hermosa y, para añadirle mayor hechizo al momento, Sophy y sus hermanas, de pie sobre el verde césped frente a la mansión, empezaron a cantar un canon alemán que nunca había oído antes:

Oh, wie wohl ist mir am Abend. Etc.

Finalmente, nos llamaron para remolcar el bote a la zona de desembarco del césped, el té, y un cálido fuego listo para nosotros en la mansión. Ofrecí mi brazo a la señorita Horsman, pues era un poco coja, y preguntó de nuevo con su desagradable tono:

—¿No sería mejor que acompañara a la señorita Bullock, señor Harrison? Será más satisfactorio.

No obstante, ayudé a la señorita Horsman a subir la escalera y volvió a repetirme su consejo; así que, recordando que la señorita Bullock era, de hecho, la hija de mis anfitriones, me acerqué a ella pero, aunque aceptó mi brazo, pude percibir que ella lamentaba que se lo hubiera ofrecido.

La mansión estaba iluminada con un glorioso fuego de madera en la vieja y amplia chimenea; la luz del día se atenuaba al oeste, y las enormes ventanas dejaban entrar lo poco que quedaba de ellas, a través de sus pequeños marcos emplomados, con cotas de armas que las engalanaban. La esposa del granjero había dispuesto una enorme y larga mesa en la que se apilaban deliciosos manjares, y una enorme tetera negra chirriaba sobre el brillante fuego y proyectaba una alegre calidez sobre la habitación mientras crepitaba y centelleaba. El señor Morgan (de quien descubrí que había estado haciendo una pequeña ronda en la zona entre sus pacientes) estaba allí, sonriendo y frotándose las manos como siempre. El señor Bullock mantenía una conversación con el granjero en la puerta del jardín, sobre la naturaleza de los distintos abonos, cuando se me ocurrió que, si el señor Bullock conocía todos los nombres técnicos y teorías, el granjero tenía todo el conocimiento práctico y la experiencia, y sabía en quién habría confiado. Creo que al señor Bullock le gustaba hablar sobre Liebig ante mí; sonaba bien y era cómplice. La señora Bullock no era especialmente apacible en su actitud. En primer lugar, yo quería sentarme junto a la hija del vicario, y la señorita Caroline estaba decidida a sentarse al otro lado, temerosa de otro de sus mareos, supongo. Pero la señora Bullock me ofreció un asiento junto a su hija. Ahora bien, pensé que ya había sido suficientemente cortés con una chica que estaba a todas luces más molesta que contenta ante mis atenciones, y yo fingí estar ocupado, agachado bajo la mesa, en busca de los guantes de la señorita Caroline, que habían desaparecido. No sirvió de nada, los severos ojos de la señora Bullock esperaban mi reaparición, y me llamó de nuevo.

—Reservo este asiento a mi derecha para usted, señor Harrison. ¡Jemima, siéntate recta!

Me acerqué al lugar de honor, y traté de ocuparme sirviendo café para ocultar mi disgusto; pero, al olvidar vaciar el agua que había dentro («para calentar las tazas», dijo la señora Bullock), y omitir añadir azúcar, la señora me dijo que prescindiría de mis servicios, y me hizo volverme hacia mi otra vecina.

—Está más en la vocación del señor Harrison hablar con la dama más joven, que asistir a la mayor.

Me atrevo a decir que era sólo el tono lo que hacía que aquellas palabras parecieran ofensivas. La señorita Horsman se sentaba frente a mí, sonriendo, y la señorita Bullock no hablaba, pero parecía más deprimida que nunca. Finalmente, la señorita Horsman y la señora Bullock iniciaron una guerra de indirectas, completamente ininteligibles para mí, y yo estaba muy molesto con la situación mientras, al fondo de la mesa, el señor Morgan y el señor Bullock hacían reír a los más jóvenes. Parte del chiste consistía en que el señor Morgan insistía en preparar el té al final; y Sophy y Helen estaban ocupadas ideando todo tipo de trampas para él. Pensé que el honor era buena cosa, pero la alegría era mejor. Allí estaba yo, en el lugar de honor, escuchando poco más que insinuaciones. Por fin llegó la hora de volver a casa. Como la noche era húmeda, los asientos de los carruajes eran los más deseados. Y esta vez Sophy se ofreció a ir en el carro; aunque parecía preocupada, igual que yo, por que Walter estuviera seguro ante los efectos de las blancas espirales de niebla que cubrían las colinas; pero el pequeño, violento y cariñoso chiquillo no quería separarse de Sophy. Ella lo anidó en su rodilla en una de las esquinas del carro, y lo cubrió con su propio chal, y esperé que no sufriera daño alguno. La señorita Tomkinson, el señor Bullock y algunos de los jóvenes caminaron; pero yo parecía encadenado a las ventanas del carruaje, pues la señorita Caroline me rogó que no la dejara, ya que temía terriblemente a los ladrones, y la señora Bullock me imploró que vigilara que el conductor no les hiciera volcar en los malos caminos pues, ciertamente, había bebido demasiado.

Me irrité tanto antes de llegar a casa, que pensé que era el día de placer más desagradable que había tenido nunca, y apenas podía soportar responder a las interminables preguntas de la señora Rose. No obstante, me dijo que mi relato del día había sido tan encantador que había decidido aflojar el rigor de su reclusión y mezclarse un poco más con la sociedad que tan tentadoramente le había descrito. Ella creía ciertamente que su querido señor Rose así lo hubiera deseado, y su voluntad debía ser ley tras su muerte, al igual que lo había sido en vida. Por tanto, y para cumplir sus deseos, ella reprimiría un poco sus propios sentimientos.

Era muy buena y amable, no sólo atenta a todo aquello que pensara que podría conducir a mi confort, sino que estaba dispuesta a ocuparse de proporcionar los caldos y alimentos que, a menudo, consideraba conveniente ordenar, bajo el nombre de purgante culinario, para mis pacientes más pobres. En realidad, no entendía por qué debía encerrarse en mero cumplimiento de la etiqueta cuando comenzó a desear mezclarse con la tímida sociedad de Duncombe. Por consiguiente, la animé a comenzar con las visitas e, incluso aplicado a lo que imaginaba que serían los deseos del señor Rose respecto al asunto, respondí en nombre de aquel respetable caballero, y aseguré a su viuda que estaba seguro de que él hubiera lamentado profundamente que ella se abandonara al dolor, y que hubiera agradecido verla comenzar a entretener sus pensamientos con unas cuantas visitas. Se animó y dijo, tal como yo pensaba, que sacrificaría sus propias inclinaciones, y aceptaría la siguiente invitación que llegara.

Capítulo VII

Un mensajero de la vicaría me despertó en mitad de la noche. El pequeño Walter tenía síndrome de croup, y el señor Morgan se encontraba en el campo. Me vestí apresuradamente, y atravesé la pequeña y silenciosa calle. Una luz ardía en la parte superior de la vicaría. Era la habitación de los niños. La sirvienta, que abrió la puerta en el mismo instante en que la golpeé, lloraba desconsolada, y apenas podía responder a mis preguntas mientras subía los escalones de dos en dos, a ver a mi pequeño favorito.

La habitación de los niños era una enorme habitación. Uno de los extremos estaba iluminado con una vela corriente, que dejaba el otro extremo, el de la puerta, en la penumbra, así que supongo que la niñera no me vio entrar, pues hablaba muy mal.

—¡Señorita Sophy! —dijo—. Le dije una y otra vez que no era conveniente que fuera con su ronquera, pero decidió llevárselo. Romperá el corazón de su padre, lo sé, pero yo no tengo la culpa.

Sintiera lo que sintiera Sophy, no respondió a aquello. Estaba de rodillas junto al baño templado en el que el chiquillo peleaba por respirar, con una mirada de terror en su cara que he acostumbrado ver a menudo en niños pequeños que sufren enfermedad. Es como si reconocieran algo infinito e invisible ante cuyo dolor y angustia no hay amor que los proteja. Es una imagen desgarradora, pues proviene de las caras de aquellos que son demasiado jóvenes para recibir tranquilidad con palabras de fe, o las promesas de la religión. Walter rodeaba con fuerza el cuello de Sophy con sus brazos como si ella, hasta entonces su ángel del paraíso, pudiera salvarlo de la grave sombra de la muerte. ¡Sí! ¡De la muerte! Me arrodillé junto a él al otro lado y lo examiné. La misma robustez de su constitución provocaba la violencia de la enfermedad, que es siempre una de las más temidas en niños de su edad.

—No tiembles, Watty —dijo Sophy, con un tono tranquilizador—. Es el señor Harrison, cariño, el que te dejó montar su caballo.

Podía percibir su voz temblorosa que trataba de hacer sonar calmada y suave, para apagar los temores del chiquillo. Lo sacamos de la bañera, y fui a buscar sanguijuelas. Mientras estaba fuera, llegó el señor Morgan. Amaba a los niños de la vicaría como si fuera su tío, pero se quedó aterrorizado al ver a Walter, que últimamente parecía tan risueño y fuerte, y ahora se acercaba tan rápidamente al silencioso y misterioso lugar donde, tan cuidado como había estado en la tierra, debía marchar solo.

¡Querido chiquillo!

Aplicamos las sanguijuelas en la garganta. Al principio se resistió; pero Sophy, ¡Dios la bendiga!, dejó a un lado la agonía de su propio dolor, y pensaba únicamente en él, comenzando a cantar todas las canciones que le gustaban. Nos quedamos todos quietos. El jardinero había ido a buscar al vicario, pero estaba a doce millas, y dudábamos si llegaría a tiempo. No sé si tenían alguna esperanza pero, en el momento en que los ojos del señor Morgan se toparon con los míos, vi que él, al igual que yo, no tenía ninguna. El tictac del reloj de la casa resonaba en la silenciosa y oscura casa. Walter dormía ahora, con las negras sanguijuelas colgando de su suave cuello blanco. Sophy siguió cantando nanas que había solido cantar en circunstancias muy distintas y más alegres. Recuerdo un verso, porque en aquel instante me pareció que venía muy bien al caso.

¡Duerme, niño, duerme!
Que los ángeles cuiden tu descanso;
Mientras la hierba alimenta al cordero,
Y nunca sufre menester ni necesidad,
Duerme, niño, duerme.

Las lágrimas anegaban los ojos del señor Morgan. No creo que ni él ni yo pudiéramos hablar con nuestros tonos naturales, pero la valiente muchacha siguió cantando claramente, aunque en voz baja. Finalmente se detuvo y levantó la vista.

—Está mejor, ¿verdad, señor Morgan?

—No, querida. Está... ejem... —No podía hablar. A continuación, dijo—: ¡Querida! Pronto estará mejor. Piense en su madre, mi querida señorita Sophy. Estará muy contenta de tener a uno de sus queridos hijos a salvo con ella, allá donde esté.

Aun así, no lloró. Pero inclinó la cabeza sobre su carita y la besó tiernamente durante largo rato.

—Iré a buscar a Helen y a Lizzie. Lamentarán no verle otra vez.

Se levantó y salió a buscarlas. Las pobres chiquillas entraron vestidas con sus camisones y los ojos dilatados por la repentina emoción, pálidas de terror, moviéndose sigilosamente, como si el más mínimo sonido pudiera molestarlo. Sophy las consoló con amables caricias. Pronto terminó todo.

El señor Morgan lloraba como un niño, pero consideró necesario pedirme disculpas, lo cual lo honraba.

—El trabajo de ayer me tiene agotado, señor. He tenido un par de malas noches, y me han alterado. Cuando tenía su edad, era tan fuerte y varonil como el que más, y hubiera desdeñado derramar lágrimas.

Sophy se acercó a donde estábamos.

—¡Señor Morgan! Lo siento mucho por padre. ¿Cómo se lo digo?

Intentaba reprimir el dolor que sentía. El señor Morgan se ofreció a esperar a que llegara a casa, y ella pareció agradecida ante la propuesta. Yo, el nuevo amigo, casi un extraño, no podía quedarme más. La calle estaba más silenciosa que nunca; no había cambiado ni una sombra, pues aún no eran ni las cuatro. Pero, durante la noche, una alma había partido.

Por lo que había visto y aprendido, el vicario y su hija se esforzaban por hacer todo aquello que consolara a los demás. Cada pensamiento estaba en el dolor de los demás; cada oración era por los demás, en lugar de por sí mismos. Los vimos salir hacia el campo; y oímos hablar de ellos en las casas de los pobres. Pero pasó algún tiempo antes de que volviera a encontrarme a cualquiera de los dos. Y entonces sentí, por algo indescriptible en su actitud hacia mí, que yo era una de esas «personas peculiares, a las que la muerte aprecia».

Aquel día en la vieja mansión lo provocó. Quizá fui yo la última persona que dio algún placer especial al chiquillo. ¡Pobre Walter! ¡Desearía poder haber hecho más para hacer su breve vida un poco más feliz!

Capítulo VIII

Hubo una pequeña pausa en las visitas, por respeto al duelo del vicario. Aquello le dio tiempo a la señora Rose de suavizar sus prendas de luto.

En Navidad, la señorita Tomkinson envió invitaciones para una fiesta. La señorita Caroline se había disculpado conmigo un par de veces por no haber organizado tal acontecimiento antes pero, tal como dijo, los quehaceres cotidianos les impedían organizar aquellas pequeñas reuniones, excepto durante las vacaciones. Y en cuanto comenzaron las fiestas, llegó una pequeña nota cortés:

«Las señoritas Tomkinson requieren el placer de la compañía de la señora Rose y el señor Harrison para el té, la noche del lunes, día 23. El té será a las cinco.»

El espíritu de la señora Rose se elevó, como el de un caballo de guerra al toque de una trompeta, ante esta nota. No era de las que languidecían, pero creo que pensaba que la población festiva de Duncombe había renunciado a invitarla en cuanto ella se había decidido a transigir, y aceptar invitaciones, en cumplimiento de los deseos del difunto señor Rose.

¡Cuántos pedazos de lazo blanco encontraba por todas partes, ensuciando la alfombra! Un día, desafortunadamente, me llegó una pequeña caja por error. No miré la dirección, pues nunca dudé que se tratara de un poco de beleño que esperaba de Londres. Así que la abrí y vi dentro un pedazo de papel que decía en grandes letras: «No más canas.» Lo doblé apresuradamente, la cerré de nuevo, y se la di a la señora Rose; pero no pude contenerme y, poco después, le pregunté si podía recomendarme algo que evitara que mi cabello caneara, añadiendo que era mejor prevenir que lamentar. Después de aquello, creo que descubrió la huella de mi sello en el papel, pues oí que había estado llorando, y que había hablado de que ya no había simpatía en el mundo para ella desde la muerte del señor Rose; y que contaba los días hasta que pudiera reunirse con él en un mundo mejor. Por lo mucho que hablaba sobre ello, creo que también contaba los días hasta la fiesta de la señorita Tomkinson.

Se retiraron las cubiertas de las sillas, las cortinas y los sofás de la señorita Tomkinson, y se colocó un gran jarrón de flores artificiales en el centro de la mesa que, según me dijo la señorita Caroline, era fruto de su trabajo, pues la belleza y el arte la habían salpicado en la vida. La señorita Tomkinson permanecía, firme como un soldado, junto a la puerta, recibiendo a sus amigos y estrechando sus manos mientras entraban. Les decía que estaba muy contenta de verlos. Y así era.

Acabábamos de terminar el té, y la señorita Caroline sacó un pequeño paquete de cartas de conversación, un fajo de cartulinas con preguntas intelectuales o sentimentales a un lado, y respuestas igualmente intelectuales o sentimentales al otro; y mientras que las respuestas y las preguntas podían adecuarse a cualquier pregunta y a todas ellas, podría pensarse que eran una serie de cosas ñoñas e insípidas. La señorita Caroline acababa de preguntarme:

—¿Puede decirnos qué es lo que piensan de usted sus seres más queridos en este momento? —Y había respondido:

—¡Cómo quiere que revele semejante secreto en la actual compañía! —cuando la sirvienta anunció que un caballero, un amigo mío, deseaba hablar conmigo abajo.

—¡Que suba, Martha, que suba! —dijo la señorita Tomkinson, hospitalaria.

—Cualquier amigo de un amigo nuestro es bienvenido —dijo la señorita Caroline con tono insinuante.

No obstante, me levanté de un salto, pensando que podía ser alguien en asuntos de negocios; pero estaba tan encajado entre las patas de araña de la mesa a cada lado, que no pude darme la prisa que deseaba y, antes de poder evitarlo, Martha había hecho subir a Jack Marshland, que estaba de camino a casa para pasar un par de días en Navidad. Subió de forma cordial, haciendo una reverencia ante la señorita Tomkinson, y explicando que se encontraba en la zona y se había venido a pasar una noche conmigo. Mi sirvienta le había dicho dónde me encontraba.

Su voz, siempre elevada, resonaba en aquella pequeña habitación, donde todos hablábamos con suaves ronroneos. No tenía ondulación en su entonación y, por tanto, su tono era *forte* desde el comienzo. Al principio parecía como si mis días de juventud hubieran vuelto, al oír una conversación masculina. Me sentí orgulloso de mi amigo, pues dio las gracias a la señorita Tomkinson por su amabilidad al pedirle que pasara la velada con nosotros. Poco después se me acercó, y me atrevo a decir que creía haber bajado el volumen de su voz, pues tenía aspecto de hablar confidencialmente, cuando, de hecho, toda la habitación habría podido oírle.

—Frank, amigo mío, ¿cuándo se cena en la casa de esta buena mujer? Me muero de hambre.

—¡Cenar! Pero si hemos tomado el té hace una hora.

Mientras hablaba, Martha entró con una bandeja en la que llevaba una única taza de café y tres pedazos de barquillo con mantequilla. Su disgusto y su evidente sumisión a las fuerzas del destino me hicieron tanta gracia que decidí que debía conocer mejor la vida que llevaba mes a mes, y renuncié a llevármelo a casa en seguida. Disfruté con anticipación de las calurosas risas que compartiríamos al final de la velada. Recibí un sonoro castigo por mi decisión.

—¿Seguimos jugando? —preguntó la señorita Caroline, que nunca había soltado su fajo de preguntas.

—No hay apuestas fuertes en este juego, ¿verdad, Frank? —preguntó Jack, que había estado observándonos—. Supongo que ya no pierdes diez libras en una sola mano, como solías hacer en el Short's. Supongo que eso se llama jugar por amor.

La señorita Caroline sonrió y bajó la mirada. Jack no pensaba en ella. Pensaba en los días que habíamos pasado en La Sirena. De repente, dijo:

—¿Dónde estabas tal día como hoy, hace un año, Frank?

—¡No lo recuerdo! —dije yo.

—Yo te lo diré. Fue el día veintitrés cuando te detuvieron por atizar a aquel tipo en Long Acre, y tuve que pagar tu fianza el día de Navidad. Esta noche estás en una habitación mucho más agradable.

No era su intención hacer público el recuerdo, pero en absoluto se ofendió cuando la señorita Tomkinson, con cara de franca sorpresa, preguntó:

—¿El señor Harrison detenido, señor?

—Sí, señora. Y era algo tan habitual que lo encerraran que ni siquiera puede recordar las fechas de sus arrestos.

Soltó una calurosa risa, y lo mismo debí hacer yo, pero advertí la impresión que había causado. De hecho, la cuestión era muy sencilla y de fácil explicación. Me había enfurecido al ver a un tipo enorme romper la muleta de un lisiado, por puro capricho. Le di más fuerte de lo que pretendía, salió corriendo, y llamó a la policía; de modo que tuve que presentarme ante esta para ser liberado. Decidí no dar explicaciones en aquel momento. No era asunto de nadie lo que yo estaba haciendo un año atrás; pero Jack debería haber contenido su lengua. No obstante, el miembro rebelde no se detuvo, y posteriormente me diría que estaba resuelto a dar un poco de vida a aquellas ancianas. Por tanto, recordó cada broma que habíamos gastado, y rió, habló y gruñó, una y otra vez. Traté de conversar con la señorita Caroline, con la señora Munton, con cualquiera; pero Jack era el héroe de la velada, y todo el mundo le escuchaba.

—Entonces, nunca ha enviado cartas en cadena desde que llegó, ¿verdad? ¡Buen chico! Ha pasado página. Era el muchacho más gamberro que jamás he conocido. ¡Menudas cartas anónimas solía mandar! ¿Recuerdas aquella que le enviaste a la señora Walbrook, Frank? ¡Qué lástima! —El desgraciado se reía sin parar—. No, no lo contaré, no temas. ¡Menuda broma pesada! —Rió de nuevo.

—Cuéntalo, por favor —le pedí, pues lo hacía parecer peor de lo que era.

—No, no. Te has labrado una buena reputación. Por nada del mundo arruinaría tus esfuerzos en ciernes. Enterraremos el pasado en el olvido.

Traté de contar a mis vecinos la historia a la que aludía, pero se sentían atraídos por la alegría de la actitud de Jack, y no se molestaron en escuchar la realidad del asunto.

Después hubo una pausa. Jack hablaba casi en silencio con la señorita Horsman. De repente, chilló desde el otro extremo de la habitación:

—¿Cuántas veces has salido con los sabuesos? Los setos se han cubierto muy tarde este año, pero has tenido algunos días templados desde entonces.

—No he salido —dije brevemente.

—¡Nunca! ¡Vaya! Pensaba que ésa era la mayor atracción de Duncombe.

¡Era verdaderamente irritante! Se compadecía de mí, y fijaba el asunto en las mentes de todos los presentes.

Trajeron las bandejas de la cena, y hubo un cambio de situación. Nos volvimos a sentar juntos.

—Y yo te digo, Frank, ¿qué te apuestas a que limpio esa bandeja antes de que la gente esté lista para el segundo plato? Estoy famélico.

—Tendrás un filete de ternera y chuletas de cordero cuando llegues a casa. Tan sólo compórtate.

—Está bien, pero aléjame de esas bandejas, o no respondo de mí mismo. Sujétame o pelearé, como diría un irlandés. Iré a hablar con la anciana de azul, y daré la espalda a los fantasmas de esos comestibles.

Se sentó junto a la señorita Caroline, a quien no le hubiera gustado la descripción que había hecho de ella, e inició una seria y tolerablemente silenciosa conversación. Traté de ser tan agradable como pude, para deshacerme de la imagen que había dado de mí; pero me di cuenta de que todo el mundo se quedaba un tanto rígido cuando me acercaba y nadie me animaba a hacer comentarios.

En medio de mis intentos, oí a la señorita Caroline rogarle a Jack que se tomara una copa de vino, y le vi servirse lo que parecía ser oporto. Un instante después, despegó la copa de sus labios y exclamó:

—¡Vinagre, por Júpiter! —Torció el gesto horriblemente, y la señorita Tomkinson se acercó apresuradamente a investigar el asunto.

Resultó ser un vino de grosella del que se enorgullecía especialmente. Yo mismo bebí dos copas para agraciarme con ella, y puedo dar fe de su acidez. No creo que percibiera mis esfuerzos, absorta como estaba con las disculpas de Jack por su observación inapropiada. Le dijo, con semblante grave, que había sido abstemio durante tanto tiempo que le costaba recordar la distinción entre el vino y el vinagre. Evitaba especialmente el último porque se había fermentado dos veces, y había pensado que la señorita Caroline le había invitado a tomar tostadas al agua, o nunca hubiera tocado la licorera.

Capítulo IX

De camino a casa, Jack dijo:

—¡Dios mío, Frank! Lo he pasado estupendamente con la mujercita de azul. Le he dicho que me escribes todos los sábados, relatándome los acontecimientos de la semana. Se lo ha tragado todo. —Se detuvo para reírse, pues le hacía tanta gracia, que no podía reír y caminar a la vez—. Y le he dicho que estabas profundamente enamorado —rió de nuevo—, y que no conseguía que me dijeras el nombre de la dama, pero que tenía el cabello castaño claro. En resumen, le di una descripción exacta de ella misma, y le dije que anhelaba conocerla y rogarle que tuviera piedad de ti, pues eres hombre tímido y pusilánime con las mujeres —Rió hasta el punto en que creí que se caería—. Le pregunté si podría adivinar quién era por la descripción que le había dado, y te diré que sí que lo hizo. Yo me preocupé de que así fuera, pues dije que habías descrito de la manera más poética un lunar en la mejilla izquierda, diciendo que Venus la había pellizcado envidiosa, al ver a alguien más bella... sosténme o me caeré. La risa y el hambre me debilitan. Tal y como iba diciendo, le pregunté si sabía quién podía ser tu amada, para implorarle que te salvara. Dije que sabía que habías perdido uno de tus pulmones tras un antiguo asunto amoroso, y que no podía responder por el otro, si la dama fuera cruel. Mencionó un respirador y le dije que le haría muy bien al pulmón desparejado, pero ¿serviría para un corazón enfermo? Hablé muy bien. He encontrado el secreto de la elocuencia: consiste en creerse lo que uno dice, y me he preparado bien, imaginándote casado con esa damita de azul.

Por muy enfadado que hubiera estado, finalmente me eché a reír, pues su insolencia era irresistible. La señora Rose se había marchado a casa en el palanquín, y se había acostado. Jack y yo no sentamos con un filete de ternera y *brandy* con agua hasta las dos de la mañana.

Me dijo que me había vuelto bastante profesional en mi forma de desenvolverme como un gatito en una habitación, maullando y ronroneando, dependiendo de si mis pacientes estaban enfermos o sanos.

Me imitó, e hizo que me riera de mí mismo. Se marchó temprano la mañana siguiente.

El señor Morgan llegó a la hora de siempre. Él y Marshland nunca se hubieran entendido, y yo me hubiera sentido incómodo al ver a dos amigos míos despreciándose mutuamente.

El señor Morgan estaba alterado, pero con su deferencia hacia las mujeres, se calmó ante la señora Rose. Lamentaba no haber podido asistir a la velada en la casa de la señorita Tomkinson la noche anterior y, por tanto, no haberla visto en la sociedad que tan apropiadamente adornaba. Pero cuando nos quedamos solos, dijo:

—La señora Munton me ha mandado llamar esta mañana; los viejos espasmos de siempre. ¿Puedo preguntar por la historia que me ha contado sobre un encarcelamiento? Quiero creer, señor mío, que la dama se ha equivocado y usted nunca ha sido arrestado, que se trata de un rumor infundado —no podía pronunciarlo—, ¡que pasó tres meses en la prisión de Newgate! —Me eché a reír, la historia había crecido como una seta. El señor Morgan estaba serio. Le dije la verdad, pero mantuvo el semblante serio.— No me cabe duda, señor, de que actuó usted correctamente, pero suena mal. Por su hilaridad he imaginado que no había base para esa historia. Desafortunadamente, la hay.

—Sólo pasé una noche en comisaría. Volvería hacerlo si se diera el mismo caso, señor.

—Tiene usted un espíritu magnífico, señor, muy similar al de don Quijote, pero ¿no se da cuenta de que podría haber ido a las galeras?

—No, señor.

—Hágame caso, en breve, la historia crecerá hasta ese punto. No obstante, no anticipemos acontecimientos aciagos. Recuerde que *Mens conscia recti*[1] es algo fundamental. Lo que lamento es que puede llevar algún tiempo reparar los pequeños prejuicios que esta historia puede levantar contra usted. Sin embargo, no nos aflijamos por ello. ¡*Mens conscia recti*! No le dé más vueltas, señor.

Era evidente que él ya le estaba dando las suficientes.

1. *Mens conscia recti*: locución latina que significa «una mente consciente de lo correcto». *(N. de la t.)*

Capítulo X

Dos o tres días antes del suceso, había recibido una invitación de los Bullock para comer con ellos el día de Navidad. La señora Rose iba a pasar la semana con amigos en el pueblo donde antes vivía, y yo estaba contento de ser recibido en una familia, y pasar algún tiempo con el señor Bullock, que me parecía un hombre directo y de buen corazón.

Pero el martes antes del día de Navidad, llegó una invitación del vicario para comer allí, sólo con su familia y el señor Morgan. «Sólo la familia.» Significaba todo para mí. Estaba enfadado conmigo mismo por haber aceptado tan rápido la invitación del señor Bullock, con sus modales toscos y poco caballerosos, los aires pretenciosos de su esposa, y la estupidez de la señorita Bullock. Le di vueltas a la idea en mi mente. ¡No! No podía tener un mal dolor de cabeza que me impidiera ir a un lugar que no me interesaba, y darme libertad para ir a donde quería. Lo único que podía hacer era unirme a las muchachas de la vicaría tras la misa, y caminar junto a ellas en un largo paseo por el campo. Estaban calladas; no estaban exactamente tristes, pero era evidente que el pensamiento de Walter estaba en sus mentes aquel día. Atravesamos una arboleda con un buen número de árboles de hoja perenne que servían de refugio para la caza. Había nieve en el suelo, pero el sol era claro y brillante, y relucía sobre las suaves hojas de acebo. Lizzie me pidió que recogiera algunas bayas de color rojo brillante, y comenzó una frase con:

—Recuerdas... —Helen la mandó callar y miró a Sophy, que caminaba un poco apartada, llorando suavemente para sí misma. Era evidente que había alguna conexión entre Walter y las bayas de acebo, pues Lizzie las tiró en cuanto vio las lágrimas de Sophy. Pronto llegamos a una escalera que daba a un campo abierto y ventoso, semicubierto de tojo. Ayudé a las pequeñas a cruzarla y las envié a correr cuesta abajo, pero tomé el brazo de Sophy sobre el mío y, aunque no podía hablar, creo que sabía lo que sentía por ella. Apenas podía soportar despedirme de ella en la puerta de la vicaría, pues parecía como si debiera entrar y pasar el día en su compañía.

Capítulo XI

Descargué mi mal humor llegando tarde a la comida en casa de los Bullock. Había un par de empleados a los que el señor Bullock trataba de forma condescendiente y apremiante. La señora Bullock vestía sus mejores galas. La señorita Bullock iba más sencilla que nunca: llevaba un viejo vestido, creo, pues oí decir a la señora Bullock que siempre trataba de llamar la atención. Aquel día comencé a sospechar que la madre no se lamentaría si me encaprichaba con su hijastra. Me volvieron a colocar junto a ella durante la comida y, cuando los pequeños vinieron para el postre, me hicieron ver cuánto le gustaban los niños. Efectivamente, cuando uno de ellos se acurrucó junto a ella, su cara se iluminó pero, en el instante en que oyó aquel comentario susurrado en voz alta, la melancolía volvió a caer sobre ella, incluso con cierto enfado en la mirada; y se mostró hosca y obstinada cuando la animaron a cantar en la sala. La señora Bullock se volvió hacia mí y me dijo:

—Algunas jovencitas no cantan si no se lo solicita algún caballero. —Hablaba con irritación—. Si se lo pide a Jemima, probablemente cantará. Es evidente que no lo hará para agradarme a mí.

Pensé que la sesión de canto sería extremadamente aburrida; sin embargo, hice lo que me solicitó, y me acerqué con mi petición a la joven dama, que se sentaba ligeramente apartada. Levantó la mirada hacia mí con los ojos anegados en lágrimas y dijo con tono decidido (si no hubiera visto sus ojos, hubiera dicho que era un tono tan irritado como el de su madre):

—No, señor, no lo haré. —Se levantó y salió de la sala. Esperaba oír a la señora Bullock injuriarla por su obstinación. En su lugar, comenzó a contarme el dinero que habían gastado en su educación, lo que había costado cada talento por separado.

—Era tímida —dijo—, pero muy musical. Sea cual sea su futuro hogar, no faltará la música. Siguió alabándola hasta que la odié. Si creían que iba a casarme con aquella tosca muchacha, estaban equivocados. Aparecieron el señor Bullock y los empleados. Sacó la obra de Liebig, y me llamó.

—Entiendo bastante de química agrícola —dijo— y la he puesto en práctica, aunque sin demasiado éxito, he de confesar. Pero estas letras inconexas resultan un poco confusas. Supongo que significan algo, o diría que sólo las pusieron para rellenar el libro.

—Creo que le dan un aspecto muy irregular a cada página —dijo la señora Bullock, que se había unido a nosotros—. He heredado un poco del gusto de mi difunto padre por los libros, y he de decir que me gusta ver un buen libro de márgenes anchos y elegante encuadernación. Mi padre despreciaba la variedad; ¡hubiera alzado las manos horrorizado ante la literatura barata de nuestra época! No necesitaba muchos libros, pero podía llegar a tener hasta veinte ediciones de aquellos que tenía, y pagaba más por la encuadernación que por los libros mismos. Pero él era todo elegancia. Él no hubiera admitido su ejemplar de Liebig, señor Bullock, así como tampoco hubiera admitido la naturaleza del tema, y la ordinariez del libro y su encuadernación no hubieran sido apropiadas para él.

—Ve a hacer el té, querida, y deja que el señor Harrison y yo hablemos sobre estos abonos.

Nos pusimos a ello, y le expliqué el significado de los símbolos y la doctrina de los equivalentes químicos. Finalmente, dijo:

—¡Doctor! Me está usted proporcionando una dosis demasiado grande de una sola vez. Tomemos una pequeña cantidad *hodie*;[2] tal como diría el señor Morgan, eso sería lo profesional. Venga y llámeme, cuando tenga tiempo de ocio, y deme una lección en mi idioma. De todo lo que me ha dicho, sólo recuerdo que «C» significa carbono, y «O», oxígeno; y veo que uno debe conocer el significado de todas esas letras confusas antes de poder hacer gran cosa con Liebig.

—Comemos a las tres —dijo la señora Bullock—. Siempre habrá un cuchillo y un tenedor para el señor Harrison. ¡Bullock!, no limites tu invitación a las veladas.

—Verá, yo siempre me recuesto un rato después de comer, así que no podría aprender química entonces.

—No sea egoísta, señor Bullock, piense en el placer del que disfrutaremos Jemima y yo en compañía del señor Harrison.

Puse fin a la discusión diciendo que iría alguna noche de vez en cuando, y le daría una lección al señor Bullock, pero que mis deberes

2. *Hodie*: palabra latina que significa «hoy». (*Nota de la t.*)

profesionales me mantenían invariablemente ocupado hasta aquellas horas.

Me gustaba el señor Bullock. Era sencillo y perspicaz; y estar con un hombre era un alivio, después de toda la compañía femenina que soportaba cada día.

Capítulo XII

La mañana siguiente me encontré con la señorita Horsman.

—Así que comió en casa del señor Bullock ayer, ¿verdad, señor Harrison? He oído que es una familia bastante peculiar. Están encantados con usted y sus conocimientos de química. El mismo señor Bullock me lo acaba de decir en la tienda de Hodgson. La señorita Bullock es una joven adorable, ¿verdad, señor Harrison? —Me miraba fijamente. Naturalmente, pensara lo que pensara, no me quedaba más opción que asentir—. También cuenta con una buena y pequeña fortuna: tres mil libras en anualidades consolidadas que le dejó su madre.

¿Qué más daba? En lo que a mí me concernía, podía tener tres millones. Yo había empezado a pensar bastante en dinero, aunque no por ella. Había estado revisando nuestros libros para pagar nuestras facturas de Navidad, y me preguntaba si trescientas libras anuales, con posibilidades de aumento, justificarían mi interés por Sophy ante el vicario. No podía evitar pensar en ella y, cuanto más pensaba en lo buena, dulce y bella que era, más pensaba que debería tener mucho más de lo que yo tenía que ofrecer. Además, mi padre era comerciante, y vi que el vicario mostraba cierto respeto hacia la familia. Me decidí a intentar ser muy solícito en mi profesión. Era tan cortés como me era posible con todo el mundo; y estropeé el ala de mi sombrero de tanto quitármelo.

Mantenía los ojos abiertos ante cualquier ocasión de ver a Sophy. Ahora tengo demasiados guantes que compré en aquella época, entrando a hacer recados en las tiendas en las que veía su vestido negro. Compré libras y libras de arruruz, hasta que me cansé de los interminables pasteles de arruruz que me hacía la señora Rose. Le pregunté si podía hacer pan con ello, pero a ella debía de parecerle demasiado caro; así que me pasé al jabón como compra segura. Creo que el jabón mejora con el tiempo.

Capítulo XIII

Cuanto más conocía a la señora Rose, más me gustaba. Era dulce, buena y maternal, y nunca teníamos problemas. Creo que la molesté un par de veces, al interrumpirla en sus largas historias sobre el señor Rose. Pero descubrí que cuando tenía mucho que hacer, no se acordaba tanto de él, así que le expresé que deseaba camisas para hacer la corte e, intentando idear cómo debían cortarse, olvidó al señor Rose durante un tiempo. Me agradó aún más su actitud ante una herencia que su hermano mayor le había dejado. Desconozco la cantidad, pero debía de ser cuantiosa, y hubiera podido poner servicio para sí misma pero, en su lugar, le dijo al señor Morgan (que me lo repitió a mí), que seguiría conmigo, pues tenía por mí el interés de una hermana mayor.

La «joven dama del condado», la señorita Tyrrell, regresó a la casa de la señorita Tomkinson después de las fiestas. Había tenido una inflamación de amígdalas que requería tratamiento frecuente con soda cáustica, y acudía a menudo a verla. La señorita Caroline siempre me recibía y seguía hablándome en su forma desganada, después de haber visto a mi paciente. Un día me dijo que creía que tenía una debilidad en el corazón, y que le gustaría que trajera mi estetoscopio la próxima vez, ¡cosa que hice! Mientras estaba de rodillas, escuchando sus pulsaciones, una de las jóvenes damas entró, y dijo:

—¡Dios mío! ¡Yo nunca...! ¡Lo siento mucho, señora! —y se escabulló. Al corazón de la señorita Caroline no le pasaba nada de importancia: era de funcionamiento un poco enclenque, un simple caso de debilidad y languidez general. Cuando bajé, vi a dos o tres chicas aparecer por la puerta entrecerrada de la clase, pero la cerré inmediatamente, y las oí reír. La siguiente vez que acudí, la señorita Tomkinson se sentaba nerviosa para recibirme.

—No parece que la señorita Tyrrell progrese demasiado. ¿Comprende el caso, señor Harrison, o debería pedir consejo a otra persona? Puede que el señor Morgan sepa más sobre el asunto.

Le aseguré que era la cosa más sencilla del mundo, que siempre implicaba algo de letargo en el cuerpo, y que preferíamos trabajar a través del sistema, que naturalmente era un proceso lento, y que el medicamento que la joven dama estaba tomando (yoduro de hierro) tendría éxito, aunque los avances no serían rápidos. Torció la cabeza y dijo:

—Puede que así sea, pero me ha confesado que confía más en los medicamentos que hacen efecto.

Parecía esperar que le dijera algo, pero no tenía nada que decirle y, por tanto, me despedí. De alguna manera, la señorita Tomkinson siempre me hacía sentir muy pequeño, mediante una sucesión de desaires, y cada vez que la dejaba, tenía que consolarme ante sus contradicciones, diciéndome a mí mismo que el hecho de que ella lo dijera no significaba que fuera así. Si no, inventaba buenas respuestas que hubiera dado a sus bruscos discursos si se me hubieran ocurrido en el momento apropiado. Pero resultaba irritante que no tuviera la capacidad necesaria para recordarlas cuando quería.

Capítulo XIV

En general, las cosas iban bien. La herencia del señor Holden llegó por aquel entonces, y me sentí bastante rico. Pensé que quinientas libras amueblarían la casa cuando se marchara la señora Rose y llegara Sophy. También estaba encantado de imaginar que Sophy percibiría la diferencia en mi actitud hacia ella, en comparación con los demás, y que, por tanto, se sentiría avergonzada y tímida, pero no molesta conmigo. Todo era tan próspero que tenía alas en lugar de pies. Estábamos muy ocupados, sin casos preocupantes. Mi herencia cayó en manos del señor Bullock, que había añadido un pequeño negocio bancario a su profesión legal. A cambio de sus consejos en inversiones (que nunca deseé recibir, pero tenía una actitud más encantadora en la mente, si bien menos rentable), iba bastante a menudo a enseñarle química agrícola. Estaba tan contento con los sonrojos de Sophy, que mi benevolencia era universal y estaba deseoso de complacer a todo el mundo. En respuesta a la invitación abierta de la señora Bullock, fui a comer un día inesperadamente: pero hubo tal alboroto de preparativos mal disimulados a consecuencia de mi visita, que no volví a ir. Su hijo pequeño entró y, con un mensaje audible de la cocinera, preguntó si aquél era el caballero por quien debía sacar el mejor servicio de vajilla y cubertería.

Me hice el sordo, pero decidí no volver.

Mientras, la señorita Bullock y yo nos hicimos amigos. Descubrimos que nuestro disgusto hacia el otro era mutuo, y nos alegramos ante el descubrimiento. Si la gente merece la pena, este tipo de desagrado es un muy buen inicio de amistad. Cada virtud se revela de forma natural y lenta, y es una sorpresa agradable. Descubrí que la señorita Bullock era sensata y tenía un temperamento dulce, cuando no la irritaban los intentos de su madrastra de exhibirla. Pero se enfurruñaba durante horas, después de los elogios ofensivos hacia sus cualidades por parte de la señora Bullock. Y jamás la vi tan enfadada como cuando entró en la habitación, mientras la señora Bullock me relataba todas las ofertas que había recibido.

Mi herencia incrementó mi extravagancia. Peiné el campo en busca de un glorioso ramillete de camelias que envié a Sophy el día de San Valentín. No me atreví a añadir ninguna línea, pero deseé que las flores pudieran hablar y decirle cuánto la amaba.

Fui a ver a la señorita Tyrrel aquel día. La señorita Caroline estaba más sonriente y afectada que nunca, y no paraba de hacer alusiones al día que era.

—¿Concede mucho significado a las pequeñas galanterías de este día, señor Harrison? —preguntó, con tono lánguido. Pensé en mis camelias, y en cómo mi corazón se había marchado con ellas al cuidado de Sophy; y le dije que pensaba que uno podía aprovechar dicha época para dar a entender sentimientos que no se atrevía a expresar abiertamente.

Después recordé la semblanza forzada que hizo de una enamorada, después de que la señorita Tyrrel abandonara la habitación. Sin embargo, no lo advertí en aquel momento, pues mi cabeza estaba llena de Sophy.

Fue ese mismo día cuando John Brouncker, el jardinero de todos aquellos que teníamos pequeños jardines que cuidar, se cayó y se lastimó de gravedad la muñeca (no te daré los detalles del caso pues, al ser demasiado técnicos, no te serán de interés; si te provocan curiosidad, podrás encontrarlos en la revista *Lancet* de agosto de aquel año). A todos nos gustaba John, y su accidente se consideró una desgracia para el pueblo. También los jardines deseaban crecer. Tanto el señor Morgan como yo acudimos de inmediato a verle. Era un caso terrible, y su mujer y sus hijos lloraban tristes. Él mismo estaba muy preocupado por su posible pérdida de empleo. Nos rogó que hiciéramos algo que le curara con rapidez, pues no podía permitirse estar fuera de servicio, con seis hijos a los que debía alimentar. No dijimos gran cosa frente a él; pero ambos pensamos que habría que amputar el brazo, y se trataba del brazo derecho. Lo discutimos cuando salimos de la casa. El señor Morgan no dudaba de la necesidad. Volví a la hora de comer para ver al pobre hombre. Tenía fiebre y estaba inquieto. Había percibido la expresión del señor Morgan por la mañana, y había adivinado la medida que contemplábamos. Pidió a su esposa que abandonara la habitación, y me habló.

—Si no le importa, señor, preferiría morir de una vez, antes que perder el brazo y ser una carga para mi familia. No temo la muerte, pero no soportaría ser un lisiado de por vida, comiendo pan y no siendo capaz de ganármelo.

Lágrimas sinceras anegaban sus ojos. Desde el principio, yo había dudado más que el señor Morgan de la necesidad de la amputación. Conocía un tratamiento mejorado para este tipo de casos. En su época, el ejercicio quirúrgico era mucho más improvisado, así que le di al pobre hombre un poco de esperanza.

Por la tarde, me encontré con el señor Bullock.

—Así que mañana va a probar su pericia con una amputación, según he oído. ¡Pobre John Brouncker! Solía decirle que no tenía suficiente cuidado con la escalera. El señor Morgan está bastante entusiasmado con el asunto. Me ha pedido que esté presente, y presencie lo bien que sabe operar un hombre del hospital Guy's and St. Thomas' de Londres; está convencido de que lo hará estupendamente. ¡Bah!, no deseo ver semejante imagen, gracias.

El rubicundo señor Bullock se volvió uno o dos tonos más pálido ante el pensamiento.

—¡Es curioso con cuánta profesionalidad puede ver un hombre este tipo de cosas! Ahí está el señor Morgan, que siempre ha sentido por usted el orgullo de un padre hacia su hijo, frotándose las manos ante la idea de semejante gloria, ¡semejante galardón! Me acaba de decir que siempre había sido demasiado nervioso para ser un buen cirujano y, por tanto, había preferido hacer llamar al doctor White de Chesterton. Pero, ahora, cualquiera puede tener un accidente serio, pues usted estará siempre a mano.

Le dije al señor Bullock que en verdad pensaba que debíamos evitar la amputación; pero su mente estaba absorta con la idea, y no se molestó en escucharme. Todo el pueblo lo comentaba. Ése es el encanto de los pueblos pequeños, todo el mundo comenta de forma comprensiva los mismos acontecimientos. Incluso la señorita Horsman me detuvo para preguntarme por John Brouncker con interés, pero echó por tierra mi intención de salvar el brazo.

—En cuanto a la esposa y a la familia, nosotros cuidaremos de ellos. ¡Piense en la fantástica oportunidad que se le presenta para mostrar sus habilidades, señor Harrison!

Aquello era tan típico de ella. Siempre llena de sugerencias que respondían a motivos maliciosos o interesados.

El señor Morgan escuchó mi propuesta de un tipo de tratamiento mediante el cual me parecía posible salvar el brazo.

—No estoy de acuerdo con usted, señor Harrison —dijo—. Lo siento, pero discrepo *in toto*[3] de su opinión. Su buen corazón le traiciona en este asunto. No hay duda alguna de que la amputación ha de tener lugar, mañana por la mañana sin falta, diría yo. Me he tomado la libertad de atenderle, señor. Estaré encantado de ejercer como su asistente. Hubo un tiempo en el que hubiera estado orgulloso de ser el cirujano principal; pero un ligero temblor en el brazo me incapacita.

Le volví a relatar mis razones, pero era obstinado. De hecho, había fanfarroneado tanto sobre mis virtudes como cirujano, que no deseaba que perdiera la oportunidad de exhibir mi habilidad. Era incapaz de ver que se mostraba mayor habilidad al salvar el brazo; y en aquel momento tampoco se me ocurrió a mí. Cuanto más lo pensaba, más me enfadaba ante semejante estrechez de mente pasada de moda; y me obstiné en mi decisión de seguir mi propio camino. Nos separamos con frialdad, y me marché directamente a ver a John Brouncker, para decirle que creía que podía salvarle el brazo si se negaba a que se lo amputaran. Cuando me calmé un poco, antes de entrar a hablar con él no pude evitar reconocer que correríamos cierto riesgo de trismo pero que, en general, y tras haberlo analizado y en conciencia, estaba seguro de que mi opción de tratamiento sería la mejor.

Era un hombre sensato. Le relaté la diferencia de opiniones que existía entre el señor Morgan y yo. Le dije que había cierto riesgo en la no amputación, pero que lo evitaría, y que creía que sería capaz de conservar su brazo.

—Dios le bendiga —dijo con respeto. Incliné la cabeza.

No me gusta hablar demasiado de la dependencia que siempre he sentido hacia dicha bendición en cuanto al resultado de mis esfuerzos; pero me alegré de oír aquel discurso de John, pues mostraba un corazón sereno y piadoso, y en aquel momento tenía verdaderas esperanzas para con él.

Acordamos que le explicaríamos al señor Morgan los motivos de su objeción a la amputación, y su confianza en mi opinión. Decidí recurrir a cada libro que tuviera relacionado con aquel caso, y convencer al señor Morgan, si era posible, de mis conocimientos. Desafortunadamente, más tarde descubrí que se había encontrado con la señorita Horsman en el breve período de tiempo que transcurrió antes de volver a verle en su casa aquella noche; y ella ya sospechaba que

3. *In toto*: locución latina que significa «completamente». (*N. de la t.*)

me había echado atrás ante la operación, «por muy buenas razones, sin duda alguna». Ella había oído que los estudiantes de medicina de Londres eran un mal grupo, y no destacaban por su asistencia regular en los hospitales. Posiblemente se equivocara; pero ella creía que quizá fuera mejor que el pobre John Brouncker no perdiera el brazo. ¿Existía algo más mortificante que la provocada por una torpe operación? ¡Quizá sólo fuera la elección de un tipo de muerte!

Aquello había irritado al señor Morgan. Quizá no hablé con suficiente respeto: estaba muy emocionado. Estábamos cada vez más enfadados el uno con el otro aunque, para ser justos, él era tan cortés como le era posible en todo momento, pensando que así disimulaba su contrariedad y disgusto. No intentó ocultar su preocupación por el pobre John. Me marché a casa, cansado y abatido. Me recompuse y llevé a John todas las solicitudes necesarias y, con la promesa de volver al amanecer (me hubiera quedado de buena gana, pero no quería que le alarmara su propia situación), me marché a casa y resolví sentarme y estudiar el tratamiento de casos similares.

La señora Rose golpeó la puerta.

—¡Adelante! —dije bruscamente.

Dijo que había advertido que llevaba todo el día dándole vueltas a algo en mi mente, y no podía acostarse sin preguntarme si no había algo que pudiera hacer. Era buena y amable, y no pude evitar contarle una pequeña parte de la verdad. Escuchó con simpatía, y le estreché la mano calurosamente pensando que, aunque no fuera muy inteligente, su buen corazón la hacía valer más que una docena de personas astutas y duras, como la señorita Horsman.

Cuando acudí al amanecer, vi a la esposa de John durante unos minutos fuera de la casa. Parecía desear que su esposo estuviera en manos del señor Morgan, en lugar de las mías, pero me relató tan bien como me atrevía a esperar cómo había pasado la noche su esposo. Pude confirmarlo con el examen que yo mismo realicé.

Cuando el señor Morgan y yo lo visitamos más tarde aquel día, John explicó lo que habíamos acordado el día anterior, y yo le dije abiertamente al señor Morgan que era por mi propio consejo por lo que había rechazado la amputación. No me habló hasta que salimos de la casa. Entonces me dijo:

—Desde este instante, señor, consideraré que este caso le pertenece por completo. Sólo recuerde que el pobre hombre tiene una esposa y seis hijos. Si decide cambiar de opinión, recuerde que el señor

White podría acudir, al igual que ha hecho en otras ocasiones, para la operación.

¡Así que el señor Morgan creía que me negaba a operar porque me sentía incapaz! ¡Muy bien! Me sentía mortificado.

Una hora después de habernos separado, recibí una nota que decía lo siguiente:

> Querido señor:
>
> Hoy llevaré a cabo la ronda más larga para darle la libertad para atender el caso Brouncker, el cual me parece de gran responsabilidad.
>
> J. Morgan

Aquello fue muy amable. Volví, tan pronto como pude, a la casa de John. Mientras estaba en la habitación interior con él, oí las voces de las señoritas Tomkinson fuera. Habían venido a preguntar. La señorita Tomkinson entró, y sin duda estaba fisgoneando. (La señora Brouncker le dijo que yo estaba dentro; y resolví quedarme dentro hasta que se marcharan.)

—¿Qué es ese fuerte olor? — preguntó—. Me temo que esto no está limpio. ¡Queso! ¡Queso en el armario! No me extraña el desagradable olor. ¿No sabe que debería cuidar su higiene sobre todo cuando ronda la enfermedad?

La señora Brouncker era exquisitamente limpia en general, y se ofendió ante aquellos comentarios.

—Disculpe, señora, pero ayer no pude dejar a John para limpiar la casa, y Jenny recogió la mesa de la comida. No tiene más que ocho años.

Pero aquello no satisfizo a la señorita Tomkinson, que evidentemente seguía el rumbo de sus propias observaciones.

—¡Mantequilla fresca! Bueno, señora Brouncker, ¿sabe que no me permito mantequilla fresca en esta época del año? ¿Cómo puede ahorrar con semejante extravagancia?

—Por favor, señora —respondió la señora Brouncker—, a usted le resultaría extraño que yo me tomara en su casa las libertades que se está usted tomando en la mía.

Esperaba una respuesta brusca. ¡No! A la señorita Tomkinson le gustaba hablar claramente. La única persona con la que se permitía rodeos en el habla era su hermana.

—Bueno, eso es cierto —dijo—. Aun así, debería seguir mi consejo. La mantequilla fresca es extravagante en esta época del año. No obstante, es usted una buena mujer, y respeto mucho a John. Envíe a Jenny a por un poco de caldo en cuanto pueda tomarlo. Vamos, Caroline, hemos de ir a la tienda de los Williams.

Pero la señorita Caroline dijo que estaba cansada, y que descansaría donde estaba hasta que la señorita Tomkinson volviera. Descubrí que sería prisionero durante un tiempo. Cuando se quedó sola con la señora Brouncker, dijo:

—No debe sentirse ofendida ante los modales bruscos de mi hermana. Sus intenciones son buenas. No tiene mucha imaginación ni compasión, y no puede entender la distracción mental que produce la enfermedad de un idolatrado esposo.

Pude oír el elevado suspiro de conmiseración que acompañó aquel discurso. La señora Brouncker dijo:

—Por favor, señora, yo no idolatro a mi marido. No sería tan malvada.

—¡Dios mío! ¿De verdad le parece malvado? En lo que a mí respecta, sí... yo lo idolatraría, lo adoraría.

Pensé que no necesitaba imaginar casos tan improbables. Pero la robusta señora Brouncker dijo de nuevo:

—Espero conocer mejor mi deber. No he aprendido los mandamientos para nada. Sé a quién debo venerar.

Justo en aquel momento entraron los niños, sucios, sin duda alguna. Fue entonces cuando salió a relucir la verdadera naturaleza de la señorita Caroline. Fue brusca con ellos, y les preguntó si no tenían modales, cochinos como estaban, al frotarse contra su vestido de seda de aquella manera. Se endulzó de nuevo, y estaba muy melosa cuando la señorita Tomkinson volvió a buscarla, acompañada de alguien cuya voz «como el viento en los suspiros estivales» supe que pertenecía a mi querida Sophy.

No dijo gran cosa, pero lo que dijo y la forma en la que habló fue tierna y compasiva al máximo; y vino a llevarse a los cuatro pequeños con ella a la vicaría, para que no molestaran a su madre. Los dos mayores podían ayudar en casa. Se ofreció a lavarles las manos y las caras y, cuando salí de mi cámara interior, después de que las señoritas Tomkinson se hubieran marchado, la encontré con un niño rechoncho sobre sus rodillas, babeando y balbuceando contra su pálida mano húmeda, con una cara brillante, sonrosada y alegre mientras lo limpiaba. Justo cuando entraba, le dijo:

—Ya está, Jemmy, ahora ya puedo besarte en esa carita limpia.

Se sonrojó al verme. Me gustaba cuando hablaba y cuando callaba. Ahora estaba callada, y la amaba mucho más. Di instrucciones a la señora Brouncker, y me apresuré a alcanzar a Sophy y a los niños, pero debieron de marcharse dando un paseo por los senderos, imagino, pues no los vi.

Estaba muy nervioso por el caso. Volví por la noche. La señorita Horsman había estado allí; creo que era muy amable con los pobres, pero no podía evitar provocar escozor allá adonde iba. Había estado asustando a la señora Brouncker sobre su marido y, sin duda alguna, expresando sus dudas en cuanto a mi habilidad, pues la señora Brouncker comenzó a decir:

—Por favor, señor, si le pide al señor Morgan que le quite el brazo, jamás pensaré mal de usted por no poder hacerlo.

Le dije que era, sin duda alguna, competencia mía realizar la operación que quería para salvar el brazo, pero que él mismo anhelaba salvarlo.

—¡Dios le bendiga! Le preocupa no ganar suficiente para mantenernos si está lisiado pero, señor, a mí eso no me importa. Trabajaría hasta caer rendida, y lo mismo harían los niños. Estoy convencida de que estaríamos orgullosos de hacerlo por él y mantenerle. ¡Dios le bendiga! La señorita Horsman dice que sería mejor tenerlo con un solo brazo que tenerlo en el cementerio.

—¡Maldita señorita Horsman! —dije yo.

—Gracias, señor Harrison —dijo su conocida voz tras de mí. Había salido de la oscuridad, para traer algo de vieja ropa blanca a la señora Brouncker, pues, tal y como he dicho antes, era muy amable con todos los pobres de Duncombe.

—Discúlpeme —pues ciertamente sentía mi vocabulario, o al menos que lo hubiera oído.

—No hay lugar para disculpas —respondió, acercándose, y apretando los labios en un venenoso gesto.

John estaba bastante bien pero, naturalmente, el peligro de trismo no había desaparecido. Antes de marcharme, su esposa me suplicó que le amputara el brazo; Retorcía las manos en su apasionado ruego.

—Sálvelo, señor Harrison —imploró. La señorita Horsman se mantuvo al margen. Ya era suficientemente mortificante; pero pensé que el poder estaba en mis manos, pues creía firmemente que se podía salvar la extremidad, y era inflexible.

No puedes imaginar lo bien que me sentó la comprensión de la señora Rose a mi regreso. Estoy seguro de que no entendía una sola palabra del caso que le detallé, pero escuchaba con interés, y mientras contenía la lengua, pensé que lo estaba asimilando, pero su primer comentario fue verdaderamente inapropiado.

—Está preocupado por salvar la tibia. Entiendo perfectamente lo difícil que será. Mi difunto marido tuvo un caso muy similar, y recuerdo su nerviosismo, pero no debe angustiarse demasiado, querido señor Harrison. No me cabe duda de que todo terminará bien.

Sabía que no tenía bases para su afirmación, pero me consoló.

No obstante, ocurrió que John se recuperó tan bien como esperaba. Naturalmente, necesitaba recuperar fuerzas, y el aire de mar era evidentemente tan necesario para su plena recuperación que acepté con gratitud la sugerencia de la señora Rose de enviarlo a Highport durante tres semanas. Su amable generosidad en este asunto me hizo desear mostrarle todo mi respeto y atención.

Capítulo XV

Durante esa época, hubo una subasta en Ashmeadow, una bonita casa en la zona de Duncombe. Era un paseo sencillo, y los días de primavera tentaban a muchos a ir allí, aun sin intención de comprar nada, pero complacidos ante la idea de pasear por los bosques alegremente, con las tempranas onagras y los narcisos salvajes, y ver los jardines y la casa, que se habían cerrado ante la llegada de la gente del pueblo. La señora Rose tenía intención de ir, pero un desafortunado resfriado se lo impidió. Me rogó que tomara buena nota de todo, diciendo que se deleitaba en los detalles, y siempre le preguntaba al señor Rose las guarniciones en las cenas a las que asistía. Siempre me mostraba la conducta del difunto señor Rose como el modelo a seguir. Caminé a Ashmeadow, deteniéndome u holgazaneando con distintos grupos de gente del pueblo, todos en la misma dirección. Por fin encontré al vicario y a Sophy, y me quedé con ellos. Me senté junto a Sophy, y hablé y escuché. Después de todo, una subasta es una reunión muy agradable. En el campo, el subastador tiene el privilegio de gastar bromas desde la tribuna, y conocer personalmente a la mayoría de la gente puede ser un golpe muy útil en sus circunstancias y volver las risas contra ellos. Por ejemplo, en esta ocasión, había un granjero con su esposa, que tenía el aspecto de una yegua. El subastador estaba vendiendo algunas prendas ecuestres, y pidió que le recomendaran el artículo, diciéndole con la mirada cómplice de todos los presentes, que serían un par de elegantes pantalones si deseaba tal artículo. Ella se levantó dignamente y dijo:

—Vamos, John, ya es suficiente —ante lo que hubo un ataque de risa y, durante el cual, John siguió mansamente a su esposa hasta la salida. Me pareció que los muebles de la sala eran muy hermosos, pero no me fijé demasiado. De repente, oí al subastador hablarme:

—Señor Harrison, ¿no desea pujar por esta mesa?

Era una hermosa mesilla de madera de nogal. Pensé que iría muy bien en mi estudio, así que pujé por ella. Vi a la señorita Horsman pujar contra mí, así que pujé con todas mis fuerzas hasta que, finalmente, me la adjudicaron. El subastador sonrió y me felicitó.

—Un regalo muy útil para la señora Harrison, cuando dicha dama llegue.

Todo el mundo rió. Les gustan las bromas sobre el matrimonio, son fáciles de entender. Pero la mesa que pensaba que era para escribir resultó ser una mesa de costura, con tijeras y dedal incluidos. No era de extrañar que pareciera estúpido. Sophy no me miraba, lo cual era un consuelo. Estaba ocupada arreglando un ramillete de anémonas de bosque y oxalídeas silvestres.

La señorita Horsman se acercó con ojos curiosos.

—No pensaba que las cosas estuvieran tan avanzadas para que compre una mesa de costura, señor Harrison.

Disimulé con una risa mi incomodidad.

—¿No lo sabía, señorita Horsman? Anda usted muy lenta. Entonces, supongo que no habrá oído hablar de mi piano.

—Pues no —dijo ella, sin estar completamente segura de si le hablaba en serio—. Pues entonces imagino que no le queda nada más que desear, excepto la dama.

—Quizá tampoco desee una —dije yo, pues quería ver desconcertarse su aguda curiosidad.

Capítulo XVI

Cuando llegué a casa de mi ronda de visitas, me encontré con una apenada señora Rose.

—La señorita Horsman llamó después de que se marchara —dijo—. ¿Sabe qué tal está John Brouncker en Highport?

—Muy bien —respondí—. Acabo de ver a su esposa, y acaba de recibir una carta suya. Estaba preocupada por él, pues no había sabido nada en toda la semana. Sin embargo, está todo bien, y ella tiene trabajo de sobra en casa de la señora Munton, pues su sirvienta está enferma. Les irá bien, no tema.

—¿En casa de la señora Munton? Entonces eso lo explica todo. Está muy sorda y mete mucho la pata.

—¿Qué explica? —pregunté.

—Quizá sea mejor que no se lo diga —vaciló la señora Rose.

—Dígamelo de una vez. Discúlpeme, pero odio los misterios.

—Se parece usted mucho a mi pobre y querido señor Rose. Solía hablarme en el mismo tono brusco. Es sólo que la señorita Horsman ha llamado. Ha estado haciendo una recolecta para la viuda de John Brouncker y...

—¡Pero el hombre está vivo! —dije yo.

—Eso parece. Pero la señora Munton le había dicho que había muerto. Y tiene al señor Morgan y al señor Bullock a la cabeza de la lista.

El señor Morgan y yo habíamos entrado en un breve período de frialdad desde nuestra divergencia en el tratamiento del brazo de Brouncker, y había oído hablar un par de veces sobre su resignación ante el caso de John. Por nada del mundo hubiera hablado en contra de mi método, y esperaba que disimulara sus temores.

—La señorita Horsman me parece muy desagradable —suspiró la señora Rose.

Advertí que había dicho algo que yo no había oído, pues el mero hecho de recaudar dinero para la viuda era algo bondadoso, fuera quien fuera el que lo hiciera, así que, discretamente, le pregunté qué había dicho.

—No sé si debería decírselo. Sólo sé que me hizo llorar, pues no estoy bien, y no soporto oír a nadie que insulte a la gente con la que vivo.

¡Bueno! Aquello era demasiado escaso.

—¿Qué dijo la señorita Horsman sobre mí? —pregunté, medio riendo, pues sabía que el aprecio era mutuo.

—Sólo dijo que se preguntaba cómo podía usted ir a subastas y gastar su dinero allí, cuando su ignorancia había dejado viuda a Jane Brouncker, y huérfanos a sus hijos.

—¡Que gracioso! John está vivo, y es probable que viva tanto como usted o como yo, gracias a usted, señora Rose.

Cuando llegó mi mesa de costura, la señora Rose estaba tan impresionada por su belleza y lo completa que era, y yo le estaba tan agradecido por identificar mis intereses con los suyos, y la bondad que había mostrado en su conducta con John, que le rogué que lo aceptara. Parecía muy contenta y, tras unas cuantas disculpas, la aceptó y la colocó en la parte más visible del salón, donde solía sentarse. Hubo bastantes llamadas matutinas en Duncombe después de la subasta, y durante aquel período se estableció la convicción de que John seguía vivo, excepto para la señorita Horsman, quien creo que aún dudaba. Yo mismo se lo dije al señor Morgan, quien fue inmediatamente a reclamar su dinero, dándome las gracias por la información. Estaba muy contento de oír aquello, y me estrechó la mano calurosamente por primera vez en un mes.

Capítulo XVII

Unos días después de la subasta, estaba en la consulta. La sirvienta debía de haber dejado las puertas plegables ligeramente entreabiertas, creo. La señora Munton vino a ver a la señora Rose; y con lo sorda que estaba la primera, yo podía oír toda la conversación de la segunda, pues se veía obligada a hablar muy alto para que la oyera. Comenzó diciendo:

—Es un gran placer, señora Munton, teniendo en cuenta que raramente se encuentra bien para salir.

Murmullos tras la puerta.

—Muy bien, gracias. Siéntese aquí, y podrá admirar mi nueva mesa de costura, señora: es un regalo del señor Harrison.

Murmullos.

—¿Quién se lo ha dicho, señora? ¿La señorita Horsman? Sí, se la enseñé a la señorita Horsman.

Murmullos.

—No la entiendo, señora.

Murmullos.

—No creo que me sonroje. Realmente no entiendo lo que me quiere decir.

Murmullos.

—Sí, el señor Harrison y yo nos encontramos muy cómodos juntos. Me recuerda mucho a mi querido señor Rose. Es igual de inquieto y ansioso en su profesión.

Murmullos.

—Estoy segura de que bromea, señora. —Entonces, oí en voz alta:

»Oh, no. —Muchos murmullos durante largo rato—. ¿En serio? Bueno, ciertamente, yo no lo sé. Sentiría pensar que está condenado a ser desafortunado en un asunto tan serio, pero usted ya conoce mi eterna estima por el difunto señor Rose.

Otro largo murmullo.

—Es usted muy amable, estoy segura. El señor siempre pensó más en mi felicidad que en la suya —un ligero llanto—, pero la tórtola siempre ha sido mi ideal, señora.

Murmullos.

—Nadie podría haber sido más feliz que yo. Tal como usted dice, es un cumplido al matrimonio.

Murmullos.

—¡No debe repetir tal afirmación! Al señor Harrison no le gustaría. No soporta que hablen de sus asuntos.

Entonces hubo un cambio de tema, una pregunta sobre algún pobre, supongo. Oí a la señora Rose decir:

—Me temo que tiene membrana mucosa, señora.

Un murmullo de conmiseración.

—No siempre es fatal. Creo que el señor Rose conocía algunos casos que vivieron durante años tras descubrir que tenían membrana mucosa. —Una pausa. Entonces la señora Rose habló en un tono distinto.

—¿Está segura, señora, de que es eso lo que dijo?

Murmullos.

—Le ruego que no sea tan observadora, señora Munton; descubre usted demasiado. Una no puede tener sus secretillos.

Se despidieron, y oí a la señora Munton decir en el pasillo:

—Le deseo felicidad, señora, de todo corazón. De nada sirve negarlo, pues siempre he sabido que ocurriría.

Cuando fui a cenar, le dije a la señora Rose:

—Creo que ha recibido a la señora Munton. ¿Ha traído alguna novedad? —Para mi sorpresa, se contuvo, sonrió y respondió:

—No pregunte, señor Harrison. Son sólo chismorreos.

No pregunté pues no parecía que quisiera, y sabía que siempre rondaban chismes absurdos. Entonces creo que se molestó por no haber preguntado. De repente, tomó una actitud tan extraña, que no podía dejar de mirarla. Entonces, tomó un abanico y lo sujetó entre ella y yo. Me puse nervioso.

—¿No se encuentra bien? —pregunté inocentemente.

—Gracias, pero me encuentro bastante bien. Es sólo que hace demasiado calor en la habitación, ¿no le parece?

—¿Quiere que baje las persianas? El sol comienza a brillar con fuerza. —Bajé las persianas.

—Es usted muy atento, señor Harrison. El mismo señor Rose nunca tuvo en tanta consideración como usted mis pequeños deseos.

—Desearía poder hacer más. Desearía poder expresarle cuánto

aprecio... —su bondad con John Brouncker, iba a decir, pero justo me llamaron para visitar un paciente. Antes de marcharme, me volví y le dije:

—Cuídese, mi querida señora Rose; será mejor que descanse un poco.

—Lo haré por usted —dijo tiernamente.

No me importaba por quién lo hacía. De verdad pensaba que no se encontraba bien, y que necesitaba descansar. Me pareció más afectada de lo habitual a la hora del té, y pude haberme enfadado con sus tonterías un par de veces, pero conocía la verdadera bondad de su corazón. Dijo que desearía tener el poder de endulzar mi vida igual que mi té. Le expresé el consuelo que había sido para mí durante mi reciente período de nerviosismo y, a continuación, me escabullí para intentar escuchar el recital vespertino de la vicaría, de pie junto al muro del jardín.

Capítulo XVIII

La mañana siguiente me cité con el señor Bullock para hablar un poco sobre la herencia que había depositado en sus manos. Cuando salía de su oficina, encantado con mi fortuna, me encontré con la señorita Horsman. Me ofreció una sonrisa adusta, y dijo:

—Señor Harrison, creo que debo felicitarle. No sé si debería saberlo, pero como lo sé, le deseo felicidad. Una bonita suma, además. Siempre supe que tendría dinero.

Así que había descubierto mi herencia. Bueno, no era ningún secreto, y a uno le gusta tener reputación de tener propiedades. En consecuencia, sonreí y le di las gracias. También le dije que si pudiera alterar las cifras a mi gusto, podría felicitarme aún más.

Ella respondió:

—Señor Harrison, no se puede tener todo. Desde luego, sería mejor de otra manera. El dinero es algo estupendo, tal como ha podido descubrir. He de decir que su pariente falleció en el momento más oportuno.

—No era un pariente —le dije—, sólo un íntimo amigo.

—¡Vaya! ¡Pensaba que era un hermano! Bueno, en cualquier caso, la herencia está a salvo.

Le deseé que tuviera una buena mañana, y seguí mi camino. Poco después, me mandaron llamar de la casa de la señorita Tomkinson.

La señorita Tomkinson me recibió sentada con aspecto grave. Entré con calma, pues siempre me sentía muy incómodo.

—¿Es cierto lo que he oído? —preguntó, de forma inquisitorial.

Pensaba que se refería a mis quinientas libras; así que sonreí, y le dije que así era.

—¿Es el dinero un asunto de tanta importancia para usted, señor Harrison? —preguntó de nuevo.

Le dije que nunca me había importado demasiado el dinero, excepto como ayuda para cualquier plan de establecerme en la vida. Entonces, como no me gustaba su forma grave de tratar el asunto, le dije que esperaba que todo el mundo estuviera bien aunque, por supuesto, esperaba que alguien estuviera enfermo, o no se me debería haber llamado.

La señorita Tomkinson tenía un aspecto muy solemne y triste. Entonces contestó:

—Caroline se encuentra muy mal. Las viejas palpitaciones del corazón pero, naturalmente, eso no significa nada para usted.

Le dije que lo sentía. Sabía que tenía debilidad en el corazón. ¿Podía verla? Posiblemente pudiera recetarle algo.

Me pareció oír a la señorita Tomkinson decir en voz baja que yo era un impostor sin corazón. Entonces dijo lo que pensaba:

—Nunca he confiado en usted, señor Harrison. Nunca me ha gustado su aspecto. Le rogué una y otra vez a Caroline que no confiara en usted. Podía ver cómo acabaría. Y ahora temo que su preciosa vida se vea sacrificada.

Le pedí que no se preocupara, pues probablemente el asunto de su hermana era poca cosa. ¿Podía verla?

—¡No! —dijo brevemente, levantándose como para despedirme—. Ha habido demasiadas visitas y llamadas. Desde ahora, no volverá a verla.

Hice una reverencia. Naturalmente, estaba molesto. Semejante despedida podía perjudicar mi consulta, justo cuando más deseaba que creciera.

—¿No tiene ninguna disculpa, ninguna excusa que ofrecer?

Le dije que lo había hecho lo mejor que había podido. No pensaba que hubiera motivos para ofrecer una disculpa vacía. Le di los buenos días. De repente, avanzó hacia mí.

—Señor Harrison —me dijo—, si de verdad ha amado a Caroline, no permita que el mísero dinero sea motivo para abandonarla por otra mujer.

Me quedé petrificado. ¡Amar a la señorita Caroline! Amaba mucho más a la señorita Tomkinson, y aun así no me gustaba. Siguió diciendo:

—He ahorrado casi tres mil libras. Si piensa que es demasiado pobre para casarse sin dinero, se lo daré todo a Caroline. Soy fuerte, y puedo seguir trabajando; pero ella es débil, y el disgusto la matará.

De repente se sentó, y se cubrió el rostro con las manos. Entonces, levantó la vista.

—Veo que no quiere. No crea que se lo hubiera pedido de haber sido por mí, pero está muy triste. —Entonces sollozó inconteniblemente. Intenté explicarme, pero no me escuchaba. Repetía una y otra vez:

—¡Márchese, señor! ¡Márchese! —Pero la obligaría a escucharme.

—Nunca he sentido más que respeto por la señorita Caroline, y nunca he mostrado más que ese sentimiento. Ni por un instante he pensado en tomarla como esposa, y ella no ha podido ver en mi comportamiento razones para imaginar que tenía tal intención.

—Eso es un insulto añadido a la ofensa —dijo ella—. ¡Márchese inmediatamente, señor!

Capítulo XIX

Me marché triste. En un pueblo pequeño, incidencias como ésa se convierten, ciertamente, en tema de conversación, y causan gran dolor. Cuando fui a casa a comer estaba harto, y preveía que pronto necesitaría un defensor para aportar luz al caso, así que decidí hacer de la señora Rose mi confidente. No podía comer. Ella observaba con ternura el rito, y suspiró al ver mi falta de apetito.

—Estoy segura de que algo ronda su mente, señor Harrison. ¿Le aliviaría compartirlo con una comprensiva amiga?

Era exactamente lo que deseaba.

—Mi querida y amable señora Rose —dije yo—. Deseo contárselo, si está dispuesta a escucharme.

Cogió la pantalla y la sostuvo de nuevo entre ambos, como el día anterior.

—Ha ocurrido un desafortunado malentendido. La señorita Tomkinson piensa que he mostrado interés por la señorita Caroline cuando, de hecho... ¿puedo decírselo, señora Rose? Cuando, de hecho, mi afecto está puesto en otro lugar. Quizá lo haya descubierto ya —pues pensaba que estaba demasiado enamorado para disimular mi apego por Sophy a cualquiera que conociera mis movimientos tan bien como la señora Rose.

Dejó caer la cabeza, y dijo que creía haber averiguado mi secreto.

—Entonces, será consciente de la miserable situación en la que me encuentro. Si tengo esperanzas... ¿Cree usted, señora Rose, que tengo alguna esperanza?

Acercó la pantalla aún más hacia su cara y, tras cierta vacilación, dijo que creía que «si perseveraba, con el tiempo, podría tener esperanzas». Entonces, se levantó repentinamente y salió de la habitación.

Capítulo XX

Aquella tarde me encontré con el señor Bullock en la calle. Mi mente estaba tan ocupada con el incidente con la señorita Tomkinson, que hubiera pasado sin advertirlo si no me hubiera detenido brevemente para decirme que debía hablar conmigo, sobre mis fantásticas quinientas libras, supongo. Pero aquello no me importaba en aquel momento.

—¿Es cierto lo que he oído —dijo gravemente— sobre su compromiso con la señora Rose?

—¡Con la señora Rose! —exclamé yo, casi riendo, aunque el corazón me apretaba el pecho.

—¡Sí! ¡Con la señora Rose! —dijo severamente.

—No estoy comprometido con la señora Rose —respondí—. Debe de haber habido algún error.

—Me alegro de oírlo, señor —contestó—. Me alegro mucho. No obstante, tendrá que explicarlo. Han felicitado a la señora Rose, y ella ha reconocido la verdad del asunto. Varios datos lo confirman. La mesa de costura que compró, su intención de regalársela a su futura esposa, y el habérsela dado a ella. ¿Cómo explica todo ello, señor?

Le dije que no pretendía explicarlo. En ese momento, gran parte no tenía explicación, y cuando pudiera darla, no creía que fuera a él a quien tuviera que dársela.

—Muy bien, señor, muy bien —me respondió, poniéndose cada vez más rojo—. Me ocuparé de hacerle saber al señor Morgan la opinión que tengo de usted. ¿Qué consideración le merece un hombre que entra en una familia bajo el pretexto de la amistad, y se aprovecha de su intimidad para ganarse el afecto de la hija y, a continuación, se compromete con otra mujer?

Creía que se refería a la señorita Caroline. Sencillamente respondí que lo único que podía decir era que no estaba comprometido, y que la señorita Tomkinson estaba muy equivocada al pensar que había mostrado interés por su hermana, más allá del que dictaba la cortesía.

—¡La señorita Tomkinson! ¡La señorita Caroline! No entiendo a qué se refiere. ¿Hay más víctimas de su perfidia? Yo me refiero a las atenciones que le ha mostrado a mi hija, la señorita Bullock.

¡Otra! No podía más que negarlo, igual que había hecho en el caso de la señorita Caroline, pero empezaba a desesperar. ¿Se mostraría también la señorita Horsman como víctima de mi tierno afecto? Todo era culpa del señor Morgan, que me había sermoneado sobre aquella tierna actitud de deferencia. Pero, en el caso de la señorita Bullock, fui valiente en mi inocencia. Me disgustaba, y así se lo dije a su padre, aunque en términos más corteses y comedidos, asegurándole que el sentimiento era recíproco.

Me miró como si deseara azotarme. Tenía ganas de gritarle.

—Espero que mi hija tenga suficiente sentido común para despreciarle. Espero que lo tenga, eso es todo. Confío en que mi esposa esté equivocada en cuanto a sus sentimientos.

Así que lo había oído a través de su mujer. Aquello lo explicaba, y me calmó. Le rogué que le preguntara a la señorita Bullock si alguna vez había pensado que tuviera motivos ocultos en mi trato con ella, más allá de la mera amistad (y tampoco mucha, podría haber añadido). Se lo remitiría a ella.

—A las chicas —dijo el señor Bullock, en voz más baja— no les gusta reconocer que han sido engañadas y defraudadas. Por ello, considero que el testimonio de mi esposa es más cercano a la verdad que el de mi hija. Y ella me dice que nunca ha dudado de que, si no estaban comprometidos, al menos se entendían perfectamente. Está convencida de que Jemima se siente muy herida ante su compromiso con la señora Rose.

—De una vez por todas, no estoy comprometido con nadie. Hasta que vea a su hija y ésta le diga la verdad, me despido de usted.

Le hice una rígida y altiva reverencia, y me marché hacia casa. Pero cuando llegué a mi propia puerta, me acordé de la señora Rose y de todo lo que había dicho el señor Bullock sobre el reconocimiento de mi compromiso con ella. ¿Dónde estaría a salvo? La señora Rose, la señorita Bullock y la señorita Caroline vivían en tres puntos de un triángulo equilátero, y yo estaba en el centro. Iría a casa del señor Morgan, a tomar el té con él. Allí, al menos, no habría nadie que quisiera casarse conmigo, y podría ser tan profesionalmente soso como quisiera, sin ningún malentendido. Pero allí también me aguardaba un contratiempo.

Capítulo XXI

El señor Morgan tenía un aspecto solemne. Después de un par de minutos murmurando, dijo:

—La señorita Caroline Tomkinson me ha mandado llamar, señor Harrison. Lamento oírlo. Me apena saber que ha habido algún malentendido con los afectos de una dama tan respetable. La señorita Tomkinson, que está tristemente alterada, me ha dicho que tenían todos los motivos para creer que sentía apego hacia su hermana. ¿Puedo preguntarle si pretende casarse con ella?

Le dije que no había nada más lejano en mi pensamiento.

—Querido señor —dijo el señor Morgan, bastante agitado—, no se exprese de manera tan dura y vehemente. Es despectivo hacia nuestro sexo hablar así. Es más respetuoso decir, en estos casos, que no se aventura a alentar esperanzas. Dicha disposición es de comprensión general, y no suena tanto a rechazo.

—No puedo evitarlo, señor. Debo hablar a mi manera. Jamás hablaría de forma irrespetuosa a una dama, pero nada me induciría a casarme con la señorita Caroline Tomkinson; incluso si fuera la mismísima Venus y la reina de Inglaterra en uno. No entiendo qué ha provocado tal idea.

—Creo que está muy claro, señor. Tiene usted un caso insignificante que atender en la casa, y usted lo emplea como pretexto para visitar y conversar con la dama.

—¡Eso es cosa suya, no mía! —dije vehementemente.

—Permítame seguir. Le descubrieron de rodillas frente a ella, lo cual es un signo claro de dicha afirmación, según la señorita Tomkinson. Le enviaron una apasionada tarjeta de San Valentín y, cuando se le cuestionó, usted reconoció la sinceridad del significado que les da a tales cosas. —Se detuvo, pues en su nerviosismo, había hablado más de lo habitual, y se había quedado sin aliento. Comencé a dar explicaciones:

—Una tarjeta de la que no sé nada.

—Tiene su letra —dijo fríamente—. Me afligiría profundamente... de hecho, me parece imposible que sea hijo de su padre. Pero debo decir que lleva su letra.

Lo intenté de nuevo, y por fin conseguí convencerle de que sólo había sido desafortunado, y no había sido mi intención ganarme el afecto de la señorita Caroline. Le dije que me había esforzado, ciertamente, en ejercer de la manera que él me había recomendado, la de la compasión universal, y rememoré algunos de los consejos que me había dado. Se sintió muy apurado.

—Pero, mi querido señor, no tenía ni idea de que provocaría tales consecuencias. «Mujeriego» fue la palabra que empleó la señorita Tomkinson. Es una dura palabra, señor. Mi actitud ha sido siempre servicial y compasiva; pero no creo haber alentado nunca esperanzas. Nunca ha habido ningún chisme sobre mí. Creo que ninguna dama se ha encariñado jamás conmigo. Debe esforzarse en conseguir ese término medio, señor.

Aún me sentía afligido. El señor Morgan sólo había oído un caso, pero había tres damas (incluida la señorita Bullock), que esperaban casarse conmigo. Advirtió mi desasosiego.

—No se aflija demasiado, querido señor. Desde el principio le he sabido un hombre honorable. Con una conciencia como la suya, desafiaría al mundo.

Se mostró muy preocupado por consolarme, y yo dudaba si debía contarle mis tres dilemas, cuando le llegó una nota. Era de la señora Munton. Me la lanzó, con cara consternada.

> Mi querido señor Morgan:
>
> Mis felicitaciones más sinceras en el feliz compromiso matrimonial que oigo que ha adquirido con la señorita Tomkinson. Tal y como le acabo de comentar a la señorita Horsman, todas las circunstancias anteriores se combinan para prometerle la felicidad. Les deseo todas las bendiciones para su vida conyugal.
>
> Atentamente,
>
> JANE MUNTON

No podía parar de reírme, después de haberse mostrado tan orgulloso de que no hubieran circulado chismes de ese tipo sobre él. Me dijo:

—¡Señor! No es un motivo de risa; le aseguro que no lo es.

No pude resistir preguntarle si estaba convencido de que no había nada de cierto en el asunto.

—¡La verdad, señor! Es una mentira de principio a fin. No me gusta hablar tan decididamente sobre ninguna dama, y respeto mucho a la señorita Tomkinson; pero le aseguro, señor, que antes me casaría con uno de los guardias de Su Majestad. Lo preferiría, sería más apropiado. La señorita Tomkinson es una dama muy respetable, pero es un auténtico sargento.

Se puso muy nervioso. Era evidente que se sentía inseguro. No le parecía imposible que apareciera la señorita Tomkinson y se casara con él, *vi et armis*.[4] Estoy convencido de que la vaga idea del secuestro rondaba su cabeza. No obstante, él aún estaba mejor que yo, pues se encontraba en su propia casa, y el chisme le comprometía con una única dama, mientras que yo, igual que Paris, me encontraba entre tres bellezas rivales. Ciertamente, la manzana de la discordia había caído en nuestro pequeño pueblo. Por aquel entonces ya sospechaba lo que ahora sé: que todo era cosa de la señorita Horsman; no deliberadamente, diré en su defensa. Pero había chillado la historia de mi comportamiento con la señorita Caroline a través de la trompeta de la señora Munton, y la dama, obsesionada con la idea de que yo me había comprometido con la señora Rose, había imaginado que el pronombre masculino correspondía al señor Morgan, a quien había visto aquella misma tarde *tête-à-tête* con la señorita Tomkinson, consolándola de forma cariñosa, debo decir.

4. *Vi et armis*: locución latina que significa «a la fuerza». (*N. de la t.*)

Capítulo XXII

Me sentía muy cobarde. No me atrevía a ir a casa pero, a la larga, debía hacerlo. Había hecho todo lo que había podido para consolar al señor Morgan, pero él rechazaba ser reconfortado. Finalmente fui. Toqué el timbre. No sé quién abrió la puerta, pero creo que era la señora Rose. Me tapé la cara con un pañuelo y, murmurando algo sobre un terrible dolor de muelas, volé hasta mi habitación y eché el pestillo de la puerta. No tenía vela, pero no me importó. Estaba a salvo. No podía dormir y, cuando por fin me atrapó el sopor, fue diez veces peor despertarme. No podía recordar si estaba comprometido o no. Si lo estaba, ¿quién era la dama? Siempre me había considerado un tipo poco agraciado, pero debía haber algún error. Debo ser ciertamente fascinante, pero quizá también fuera apuesto. En cuanto amaneció, me levanté para confirmar el dato en el espejo. Incluso estando dispuesto a convencerme de ello, no podía ver ninguna sorprendente belleza en mi redonda cara, con la barba sin afeitar y un gorro de dormir parecido al de un bufón. ¡No! Debía alegrarme de ser feo pero agradable. Te cuento todo esto en confianza. No mostraría mi pequeño punto de vanidad por nada en el mundo. Me quedé dormido hacia la mañana. Un golpe en la puerta me despertó. Era Peggy: traía en mano una nota que tomé.

—¿No es de la señorita Horsman? —dije yo, medio en broma, medio atemorizado.

—No, señor. La ha traído el sirviente del señor Morgan.

La abrí y leí lo siguiente:

> Querido señor:
>
> Han pasado casi veinte años desde que me tomé el último descanso, y creo que mi salud me lo pide. Tengo la máxima confianza en usted, y estoy seguro de que nuestros pacientes comparten este sentimiento. Por tanto, no temo poner en marcha este precipitado plan y marchar a Chesterton para coger el primer tren de camino a París. Si le

parece bien, probablemente me quede quince días. Escríbame a Meurice's.

Atentamente,
J. MORGAN

P.S.: —Quizá sea mejor que no diga dónde me he marchado. Especialmente a la señorita Tomkinson.

Me había abandonado. Con un solo chisme, me había dejado solo para defenderme con tres.

—Saludos de la señora Rose, señor. Son casi las nueve, y el desayuno está listo, señor.

—Dígale a la señora Rose que no quiero desayunar. O espere —pues estaba muy hambriento—, tomaré un poco de té y tostada aquí arriba.

Peggy subió la bandeja a la puerta.

—Espero que no se encuentre enfermo, señor —dijo amablemente.

—No demasiado. Me encontraré mejor cuando tome el aire.

—La señora Rose parece triste —dijo—, parece apenada.

Vi mi oportunidad, y salí por la puerta lateral del jardín.

Capítulo XXIII

Había querido pedirle al señor Morgan que llamara a la vicaría y explicara su partida antes de que oyeran el chisme. Ahora pensaba que si veía a Sophy, se lo contaría yo mismo, pero no quería encontrarme con el vicario. Fui por el camino de la parte trasera de la vicaría, y me encontré de repente con la señorita Bullock. Se sonrojó, y me preguntó si le permitía que me hablara. Sólo podía resignarme, pero pensé que al menos podría acabar con un chisme mediante aquella conversación.

Casi lloraba.

—Debo decirle, señor Harrison, que le he seguido hasta aquí para hablar con usted. Lamenté mucho oír la conversación que mi padre y usted mantuvieron ayer. —Lloraba abiertamente—. Creo que la señora Bullock opina que me interpongo, y quiere casarme. Es la única manera de explicar la completa distorsión de los hechos que le había presentado a mi padre. No me interesa usted lo más mínimo, señor. Usted nunca ha mostrado interés por mí. Ha sido casi hasta grosero conmigo, y entonces me gustaba más. Es decir, que nunca he sentido agrado por usted.

—Me alegro mucho de oírle decir eso —le respondí—. No se preocupe. Estaba convencido de que había habido algún error.

Pero lloraba amargamente.

—Resulta tan duro sentir que mi boda, mi ausencia, es tan deseada en casa. Temo cada nueva relación que establecemos con un caballero. Es casi el inicio seguro de una serie de ataques hacia él, del que todo el mundo debe ser consciente, y del que todos piensan que soy partidaria. Pero no me importaría tanto si no fuera por la convicción de que desea alejarme. Mi queridísima madre, ella nunca...

Lloraba más que nunca. Lo sentía mucho por ella. Acababa de tomar su mano, y había comenzado a decirle:

—Mi querida señorita Bullock... —cuando se abrió la puerta del jardín de la vicaría. Era el vicario que hacía salir a la señorita Tomkinson, con la cara hinchada de tanto llorar. Me vio, pero no se inclinó, ni hizo ninguna señal. Por el contrario, me miró con superioridad, y cerró la puerta apresuradamente. Me volví hacia la señorita Bullock.

—Me temo que el vicario ha oído algo que me desacredita por parte de la señorita Tomkinson, y es muy desafortunado...

Terminó mi frase:

—Que nos haya encontrado aquí juntos. Sí, pero mientras entendamos que no nos queremos, no importa lo que digan los demás.

—Pero a mí sí me importa —dije yo—. Le diré que siento afecto por la señorita Hutton, pero no se lo mencione a nadie.

—¡Por Sophy! Señor Harrison, me alegro mucho; es una mujer muy dulce. Le deseo felicidad.

—Aún no. Nunca he hablado de ello.

—Pero es seguro que ocurrirá —concluyó con rapidez femenina.

Entonces comenzó a elogiar a Sophy. No existe hombre a quien no le guste oír alabanzas sobre su amada. Caminé junto a ella, y pasamos frente a la vicaría juntos. Levanté la vista y vi a Sophy, y ella me vio a mí.

Aquella tarde la enviaron afuera a ver a su tía, aparentemente, aunque en realidad, era por los chismes sobre mi conducta, que llovieron sobre el vicario, y uno de los cuales confirmaron sus propios ojos.

Capítulo XXIV

Me enteré de la partida de Sophy de la misma forma que uno se enteraba de todo, poco después de que se marchara. No me preocupaba lo delicado de mi situación, que me había tenido tan perplejo y entretenido durante la mañana. Sentía que algo iba mal; que apartaban a Sophy de mí. Me hundí en la desesperación. Si alguien quería casarse conmigo, podía hacerlo. Estaba dispuesto a ser sacrificado. No hablaba a la señora Rose. Ella estaba sorprendida, y lamentaba mi frialdad. Yo era consciente, pero había dejado de sentir nada. La señorita Tomkinson me dejó con el saludo en la boca en la calle, y no me rompió el corazón. Sophy se había marchado; eso era lo único que me importaba. ¿Adónde la habían enviado? ¿Quién era su tía para que pudiera ir a visitarla? Un día me encontré con Lizzie, que me miró como si le hubieran dicho que no me hablara; pero no pude evitar hacerlo.

—¿Has sabido algo de tu hermana? —pregunté.

—Sí.

—¿Dónde está? Espero que esté bien.

—Está en casa de los Leon. —Yo no sabía mucho más—. Sí, está muy bien. Fanny dice que estuvo en la asamblea el miércoles, y bailó con los oficiales durante toda la noche.

Pensé en hacerme miembro del Cuerpo de Paz al instante. Era un poco coqueta, y una criatura dura de corazón. Creo que no me despedí de Lizzie.

Capítulo XXV

Me ocurrió algo que la mayoría de la gente hubiera considerado un mal mayor que la ausencia de Sophy. Descubrí que mi consulta se estaba hundiendo. El prejuicio del pueblo cayó con fuerza sobre mí. La señora Munton me contaba todo lo que se decía. Ella se enteraba por la señorita Horsman. Decían, pequeño pueblo cruel, que mi negligencia o ignorancia habían sido la causa de la muerte de Walter, que la señorita Tyrrel había empeorado bajo mi tratamiento y que John Brouncker, si no estaba muerto, estaba casi muerto por mi mala praxis. Todas las bromas y revelaciones de Jack Marshland, que yo creía olvidadas, se airearon para desacreditarme. Él mismo, que para mi asombro había caído muy bien entre la buena gente de Duncombe, cogió mala fama.

En resumen, la buena gente de Duncombe tenía tantos prejuicios, que poco hubiera faltado para convertirme en sospechoso de un brutal robo en la carretera que ocurrió en la zona en aquella época. La señora Munton me dijo, a propósito del robo, que ella nunca había entendido la causa de mi año de encarcelamiento en Newgate. Por lo que el señor Morgan le había dicho, no tenía duda alguna de que habría buenos motivos para ello, pero a ella le gustaría conocerlos, si tenía a bien relatárselos.

La señorita Tomkinson mandó llamar al señor White, de Chesterton, para que viera a la señorita Caroline; y, puesto que venía, todos nuestros antiguos pacientes parecieron aprovecharlo, y lo mandaron llamar también.

Pero lo peor de todo era la actitud del vicario hacia mí. Si me hubiera cortado, le hubiera podido preguntar por qué. Pero el helado cambio en su conducta era indescriptible, aunque amargo. Sabía de la alegría de Sophy por Lizzie. Pensé escribirle. Por aquel entonces se cumplieron las dos semanas de ausencia del señor Morgan. Yo estaba harto de los tiernos caprichos de la señora Rose, y no me consolaba su compasión, la cual, de hecho, evitaba. En lugar de afligirme, sus lágrimas me irritaban. Deseaba poder decirle de una vez que no tenía intención de casarme con ella.

Capítulo XXVI

El señor Morgan no llevaba aún dos horas en casa cuando lo llamaron de la vicaría. Sophy había vuelto y yo no me había enterado. Había vuelto a casa enferma y cansada, y necesitada de descanso: y ese *descanso* parecía aproximarse a pasos agigantados. El señor Morgan olvidó todas sus aventuras parisinas y todo su terror hacia la señorita Tomkinson cuando lo mandaron llamar. Sophy tenía una fiebre que progresaba rápidamente. Cuando él me lo dijo, deseé forzar la puerta de la vicaría para poder verla. Pero me controlé y maldije mi débil indecisión, que me había impedido escribirle. Estaba bien que no tuviera pacientes: no hubieran recibido demasiada atención. Esperé sin hacer nada al señor Morgan, que podía verla, y la vio. Pero, por lo que me dijo, percibí que las medidas que estaba adoptando eran ineficaces para contener una enfermedad tan repentina y violenta. ¡Ojalá me permitieran verla! Pero aquello estaba fuera de toda cuestión. No sólo porque el vicario hubiera oído que era un alegre mujeriego, sino porque se habían creado dudas sobre mi habilidad médica. Los informes médicos empeoraron. De pronto, tomé una decisión. La consideración que le tenía el señor Morgan a Sophy lo volvió especialmente tímido en su labor. Ensillé mi caballo y galopé hasta Chesterton. Tomé el expreso a la ciudad y fui a ver al doctor. Le conté todos los detalles del caso. Me escuchó, pero negó con la cabeza. Escribió una nueva receta, y recomendó un preparado que aún se estaba experimentando. De hecho, se trataba del preparado de un veneno que «podía salvarla», dijo.

—Es una oportunidad, dadas las circunstancias que me describe. Debe dárselo el quinto día, si el pulso lo soporta. Crabbe realiza el preparado de forma excelente. Le ruego que me mantenga informado.

Fui a ver a Crabbe y le rogué que me permitiera elaborarlo yo mismo, pero me temblaban las manos, de forma que no podía pesar las cantidades. Pedí al joven que lo hiciera por mí. Me marché, sin haber probado bocado, con el medicamento y la receta en mi bolsillo. Regresamos volando a través del campo. Salté sobre mi caballo, que mi mozo de cuadra tenía a mi espera, y galopé campo a través hacia Duncombe.

Pero aflojé la brida cuando alcancé la cima de la colina —la colina sobre la vieja mansión, desde la que se ve la primera perspectiva del pueblo—, pues dentro de mí pensaba que podría estar muerta, y temía descubrir que fuera cierto. Había espino en el bosque, los jóvenes corderos estaban en el prado, el canto de los tordos llenaba el aire, pero todo aquello hacía que el pensamiento fuera aún peor.

—¿Y si en este mundo de esperanza y vida, ella yace muerta?

Oí las campanas de la iglesia, tenues y claras. Me sentí enfermo al escucharla. ¿Tocaba a muerto? ¡No! Daba las ocho. Espoleé mi caballo colina abajo. Entramos como un rayo en el pueblo. Lo devolví con la silla y la brida al establo, y me marché a casa del señor Morgan.

—¿Está...? —dije—. ¿Cómo está?

—Muy enferma. Querido amigo, entiendo lo que le ocurre. Puede que viva, pero temo por ella. Querido señor, temo mucho por ella.

Le hablé de mi viaje y de mi consulta al doctor, y le mostré la receta. Sus manos temblaban mientras se ponía las lentes para leerla.

—Se trata de un medicamento muy peligroso, señor —dijo, con el dedo bajo el nombre del veneno.

—Es un nuevo preparado —dije yo—. El doctor confía mucho en él.

—No me atrevo a administrárselo —respondió—. Nunca lo he probado. Debe de ser muy potente. No me atrevo a jugármela en este caso.

Creo que di una patada de impaciencia, pero no sirvió de nada. Mi viaje había sido en vano. Cuanto más le insistía en que el peligro del caso requería un remedio potente, más nervioso se ponía.

Le dije que desharía nuestra asociación. Le amenacé con ello, aunque, de hecho, era lo que sentía que debía hacer y ya había tomado la decisión antes de la enfermedad de Sophy, ya que había perdido la confianza de sus pacientes. Sólo dijo:

—No puedo evitarlo, señor. Lo lamentaré por su padre, pero debo cumplir con mi deber. No osaré correr el riesgo de dar a la señorita Sophy este violento medicamento, el preparado de un veneno mortal.

Me marché sin decir palabra. Ahora soy consciente de que hacía bien en mantenerse fiel a sus principios, pero por aquel entonces me pareció cruel y obstinado.

Capítulo XXVII

Me fui a casa. Fui grosero con la señora Rose, que esperaba mi regreso en la puerta. Pasé de largo rápidamente, y me encerré en mi habitación. No podía acostarme.

El sol de la mañana entró por la ventana y me enfureció, tal como me enfurecía todo lo demás desde que el señor Morgan se negó. Bajé la persiana de forma tan violenta que la cuerda se rompió. ¿Qué significaba aquello? Que la luz podía entrar. ¿Qué era el sol para mí? Y entonces recordé que el sol podría estar brillando sobre ella, muerta.

Me senté y me cubrí el rostro. La señora Rose golpeó la puerta y la abrí. No se había llegado a acostar, pues también había estado llorando.

—El señor Morgan quiere hablar con usted, señor.

Corrí a buscar el medicamento, y fui a verle. Estaba de pie en la puerta, pálido y nervioso.

—Está viva, señor —dijo—, pero eso es todo. Hemos mandado llamar al doctor Hamilton, pero temo que no llegue a tiempo. ¿Sabe, señor? Creo que deberíamos aventurarnos a darle el medicamento con el consentimiento del doctor. No es más que una posibilidad, pero me temo que es la única. —Lloraba abiertamente antes de terminar de hablar.

—Lo tengo aquí —dije, echando a andar, pero él no podía ir tan rápido.

—Le pido disculpas, señor —dijo—, por mi brusco rechazo de anoche.

—Naturalmente, señor —respondí—. Yo también le debo disculpas. Fui muy violento.

—¡No se preocupe! ¡No se preocupe! ¿Puede repetirme lo que le dijo el doctor?

Se lo expliqué y después le pregunté, con una humildad que me sorprendió a mí mismo, si podía entrar y administrárselo.

—No, señor —me dijo—. Me temo que no. Estoy seguro de que su buen corazón no desea causar dolor. Además, podría alterarla si recupera el conocimiento antes de morir. En su delirio, ha mencionado su nombre varias veces y, señor, estoy seguro de que no lo repetirá de nuevo, ya que, de hecho, se consideraría secreto profesional, pero escuché a nuestro buen vicario hablar duramente sobre usted. De hecho, señor, le oí maldecirle. Estoy convencido de que entiende el daño que esto podría causar en la parroquia, si se diera a conocer.

Le entregué el medicamento, y le observé entrar y cerrar la puerta. Anduve por el lugar durante todo el día. Tanto ricos como pobres venían a preguntar. La gente del condado venía en sus carros, y los inválidos y los cojos llegaban con sus muletas. Su preocupación aliviaba mi corazón. El señor Morgan me dijo que dormía, y vi al doctor Hamilton entrar en la casa. Cayó la noche y ella dormía. Me quedé vigilando la casa. Podía ver la luz de la vela en el piso superior, ardiendo quieta. Entonces vi que se movía. De alguna manera, se trataba de la crisis.

Capítulo XXVIII

El señor Morgan salió. ¡Buen anciano! Las lágrimas corrían por sus mejillas y no podía hablar, pero no dejaba de estrecharme las manos. Yo no quería palabras. Entendí que estaba mejor.

—El doctor Hamilton dice que era el único medicamento que hubiera podido salvarla. Fui un viejo estúpido, señor. Le pido disculpas. El vicario se enterará de todo. Discúlpeme, señor, si fui brusco.

Todo comenzó a marchar estupendamente a partir de entonces.

El señor Bullock llamó para disculparse por su error y por su consecuente reprimenda. John Brouncker volvió a casa, sano y salvo.

Aún quedaba la señorita Tomkinson en el bando enemigo, y me temía que la señora Rose se encontraba en el bando demasiado amigo.

Capítulo XXIX

Una noche, ella ya se había acostado, y yo estaba pensando hacer lo mismo. Había estado estudiando en la habitación trasera, adonde iba a protegerme de ella en las circunstancias actuales (leí una considerable cantidad de libros de cirugía durante aquella época, y también el *Vanity Fair*). Entonces, oí un elevado y prolongado golpeteo en la puerta, suficiente para despertar a toda la calle. Antes de llegar a abrir, oí el conocido timbre de voz de Jack Marshland (una vez se oye, ya no se olvida) que comenzaba a entonar:

—¿Quién llama a la puerta?

Aunque llovía a mares en aquel momento, y yo esperaba de pie a que entrara, terminó su melodía al aire libre, que resonaba alta y clara en toda la calle. Vi la cabeza de la señorita Tomkinson cubierta con un gorro de dormir emergiendo de una ventana. Chillaba:

—¡Policía! ¡Policía!

En el pueblo no había policía, tan sólo un guardia con reuma, pero era costumbre entre las damas llamar a una policía imaginaria cuando las alarmaban por la noche; ya que, en su opinión, tenía un efecto intimidatorio. No obstante, como todo el mundo conocía la verdadera situación del pueblo sin vigilancia, en general no nos importaba demasiado. Sin embargo, en aquel instante quería recuperar mi reputación, así que tiré de Jack, que cantaba mientras entraba.

—Has estropeado una buena canción —dijo él—, vaya si la has estropeado. Soy casi tan bueno como Jenny Lind; y verás que, igual que ella, soy un ruiseñor.

Nos quedamos despiertos hasta tarde y, no sé cómo ocurrió, pero le conté todas mis desventuras matrimoniales.

—Sabía que era capaz de imitar bien tu letra —dijo—. ¡Palabra! ¡Era una intensa tarjeta! ¡No me extraña que pensara que la amabas!

—Así que fue cosa tuya. Entonces te digo que tendrás que compensármelo. Me escribirás una carta confesando tu broma. Una carta que pueda mostrar.

—¡Dame papel y pluma, amigo mío! Tú me la dictarás. «Con el corazón profundamente ansioso de penitencia.» ¿Te sirve como comienzo?

Le dije que escribiera una confesión sencilla y franca de su broma pesada. Añadí unas cuantas líneas en las que lamentaba que, sin yo saberlo, uno de mis amigos hubiera actuado así.

Capítulo XXX

Durante todo ese tiempo supe que Sophy se recuperaba lentamente. Un día me encontré con la señorita Bullock, que la había visto.

—Hemos hablado de usted —dijo con una brillante sonrisa, pues, desde que sabía que no me gustaba, se sentía cómoda y podía sonreír de forma agradable. Entendí que había estado explicando su malentendido conmigo a Sophy; así que, cuando Jack Marshlands envió su nota a la señorita Tomkinson, pensé que había conseguido recuperar dos cuartas partes de mi reputación. Pero la tercera era un dilema. Tenía a la señora Rose en tan sincera consideración por sus virtudes, que no me agradaba la idea de una explicación formal, en la que gran parte de lo que dijera la heriría. Nos habíamos distanciado mucho desde que oí el rumor de nuestro compromiso. Podía ver que aquello la afligía. Mientras Jack Marshland estaba con nosotros, me sentía cómodo en la presencia de una tercera persona. Pero me dijo en confianza que no se atrevía a quedarse demasiado, por temor a que alguna dama no le dejara escapar y se casara con él. Ciertamente, no me parecía improbable que él mismo atrapara a alguna, si pudiera. De hecho, cuando nos encontramos un día con la señorita Bullock, y escuchamos su esperanzador y alegre relato de los avances de Sophy (a quien visitaba a diario), me preguntó quién era aquella muchacha tan llena de vida. Y cuando le dije que se trataba de la señorita Bullock, de quien ya le había hablado, comentó satisfecho que yo había sido un estúpido y me preguntó si Sophy tenía unos ojos tan espléndidos como los suyos. Me hizo repetirle las infelices circunstancias de la señorita Bullock en su casa, y se volvió muy pensativo, un síntoma muy poco habitual y preocupante en su caso.

Poco después de que se marchara, gracias a las amables explicaciones del señor Morgan, me permitieron ver a Sophy. No podía hablar mucho; estaba prohibido, por temor a alterarla. Hablamos sobre el tiempo y las flores, y nos quedamos callados. Pero su pequeña y fina mano blanca se posó sobre la mía, y nos entendimos mutuamente sin palabras. Después, tuve una larga entrevista con el vicario, y salí feliz y satisfecho.

El señor Morgan llamó por la tarde, claramente alterado, aunque no me hizo preguntas directas (era demasiado educado para eso), para conocer el resultado de mi visita a la vicaría. Le dije que me felicitara. Me estrechó calurosamente la mano y, a continuación, se frotó las suyas. Pensé consultarle sobre mi dilema con la señora Rose, a quien me temía afectaría profundamente mi compromiso.

—Sólo hay un terrible inconveniente —le dije—, con la señora Rose. —No sabía cómo expresar el hecho de que la hubieran felicitado por su supuesto compromiso conmigo, y su manifiesto apego; pero, antes de que pudiera hablar, me interrumpió:

—Querido señor, no se preocupe por eso; tendrá un hogar. De hecho —dijo, enrojeciendo ligeramente—, he pensado que, quizá, podría detener todos esos rumores que vinculan mi nombre con el de la señorita Tomkinson si me casara con otra persona. Esperaba que fuera una eficaz contradicción. Y admiro profundamente el recuerdo inmortal de la señora Rose hacia su difunto marido. Para no extenderme demasiado, ¡esta mañana he obtenido el consentimiento de la señora Rose para casarme con ella! —dijo exaltado.

¡Menudo acontecimiento! Por tanto, el señor Morgan nunca había llegado a oír el rumor sobre la señora Rose y yo. (A día de hoy, creo que hubiera aceptado, si yo me hubiera declarado.) Mucho mejor.

Las bodas estuvieron en boga aquel año. Me encontré con el señor Bullock una mañana, cuando iba a cabalgar con Sophy. Ya habíamos superado nuestro malentendido, gracias a Jemima, y volvíamos a ser tan amigos como siempre. Aquella mañana se reía en voz alta mientras caminaba.

—¡Deténgase, señor Harrison! —dijo, cuando pasaba rápidamente junto a él—. ¿Ha oído la noticia? ¡La señorita Horsman acaba de decirme que la señorita Caroline se ha fugado con el joven Hoggins! ¡Es diez años mayor que él! ¿Cómo puede casarse alguien de su refinamiento con un vendedor de sebo? Aunque es muy beneficioso para ella —añadió más serio—. El viejo Hoggins es muy rico y, aunque ahora está enfadado, pronto se resignará.

Cualquier orgullo que hubiera podido albergar en cuanto a las tres damas que, en su día, se dijo que estuvieron cautivadas por mis encantos, se desvanecía rápidamente. Poco después de la boda del señor Hoggins, me encontré con la señorita Tomkinson cara a cara por primera vez desde nuestra memorable conversación. Me detuvo y me dijo:

—No se niegue a recibir mis felicitaciones, señor Harrison, por su feliz compromiso con la señorita Hutton. También le debo una disculpa por mi comportamiento, la última vez que nos vimos en nuestra casa. De verdad creía que Caroline estaba encariñada con usted entonces, y he de confesar que me irritaba de una manera equivocada e injustificable. No obstante, ayer mismo la oí decirle al señor Hoggins que llevaba años encaprichada con él; desde que era un jovencito, explicaba. Cuando después le pregunté cómo podía decir aquello, después de su dolor tras oír aquel rumor incierto sobre usted y la señora Rose, se echó a llorar y dijo que nunca la había comprendido; y que los ataques de nervios que tanto me alarmaban eran provocados por los pepinos en escabeche. Siento mucho mi estupidez y mi forma inapropiada de hablar, pero espero que seamos amigos, señor Harrison, pues desearía agradar al esposo de Sophy.

¡La buena de la señorita Tomkinson! ¡Confundir una indigestión con afecto desilusionado! Le estreché calurosamente la mano, y nos hemos llevado bien desde entonces. Creo que ya te he dicho que es la madrina del bebé.

Capítulo XXXI

Tuve cierta dificultad para convencer a Jack Marshland de que fuera el padrino pero, cuando oyó todos los preparativos, acudió. La señorita Bullock fue la dama de honor. Le gustábamos tanto, que volvió en Navidad y se comportó mucho mejor que el año anterior. De hecho, obtuvo opiniones muy favorables. La señorita Tomkinson dijo que era un joven reformado. Comimos todos juntos en casa del señor Morgan (el vicario quería que fuéramos allí; pero, por lo que me dijo Sophy, Helen no estaba segura de su pastel de carne, y temía a un grupo tan grande). Pasamos un día estupendo. La señora Morgan fue tan buena y maternal como siempre. La señorita Horsman expuso una historia referente al interés del vicario por la señorita Tomkinson para sus segundas nupcias. Por lo demás, no circularon más rumores sobre nuestro feliz día de Navidad; y resulta extraño, teniendo en cuenta que Jack Marshland seguía con Jemima.

Entonces Sophy volvió de acostar al bebé, y Charles se despertó.

Cranford

Capítulo I. La alta sociedad

En primer lugar, Cranford pertenece a las amazonas; todos los propietarios de casas de cierto nivel son mujeres. Si una pareja casada llega para establecerse en el pueblo, el hombre desaparece de alguna manera: se asusta de muerte al ser el único hombre en las veladas de Cranford, o es requerido por su regimiento, su nave, o está muy ocupado con sus negocios durante toda la semana en el cercano pueblo comercial de Drumble, a sólo veinte millas en ferrocarril. En resumen, sea lo que sea que ocurre con los caballeros, no están en Cranford. ¿Qué podrían hacer si estuvieran allí? El cirujano tiene su ronda de treinta millas, y duerme en Cranford, pero no todos los hombres pueden ser cirujanos. Las damas de Cranford son suficientemente capaces de mantener los elegantes jardines llenos de selectas flores sin hierbas que los estropeen, de amedrentar a los chiquillos que observan melancólicamente dichas flores a través de las verjas, de alejar los gansos que ocasionalmente se aventuran por los jardines si las puertas se quedan abiertas, de decidir sobre todo tipo de cuestiones literarias y políticas sin molestarse con razones o argumentos innecesarios, de obtener un conocimiento claro y apropiado de todos los asuntos de los parroquianos, de mantener a sus pulcras criadas en un orden admirable, de ser buenas (aunque un poco dictatoriales) con los pobres, y de prestarse buen servicio mutuamente cuando están afligidas. Tal como me dijo una de ellas una vez, «¡Un hombre estorba mucho en casa!». Aunque las damas de Cranford conocen todas las opiniones de las demás, son extremadamente indiferentes a las mismas. De hecho, dado que cada una tiene su propia individualidad, por no decir excentricismo, bastante desarrollada, no hay nada tan sencillo como las represalias verbales, pero la buena voluntad reina en buena medida entre ellas.

Las damas de Cranford sólo tienen alguna pequeña riña ocasional, animada con unas cuantas palabras exaltadas e irritadas sacudidas de cabeza; suficiente para evitar que el constante curso de sus vidas se vuelva demasiado aburrido. Su vestimenta no sigue los dictados de la moda pues, tal como ellas dicen: «¿Qué más da cómo nos vistamos en Cranford, donde todas nos conocemos?» Y si salen de casa, su argumento es igual de convincente: «¿Qué más da cómo nos vistamos donde nadie nos conoce?» Los materiales de sus prendas son, en general, buenos y sencillos, y la mayoría son tan escrupulosas como la señorita Tyler, de clara memoria. Eso sí, diré que las últimas mangas abullonadas, las últimas enaguas ceñidas y ligeras de Inglaterra se vieron en Cranford, y sin sonrisa alguna.

Puedo asegurar haber visto un magnífico paraguas familiar de seda roja bajo el que una soltera, sin sus hermanos y hermanas, solía caminar a la iglesia los días de lluvia. ¿Tienen paraguas de seda roja en Londres? Tenemos el orgullo de decir que el primero que se vio fue en Cranford; y los chiquillos lo atacaron y lo llamaron «un palo con enaguas». Ya podía ser un padre con una tropa de chiquillos, o una pobre mujercilla, la superviviente de todos ellos, los que llevaran ese mismo paraguas de seda roja.

Asimismo, había normas para las visitas y las llamadas, y se daban a conocer a cualquier joven que viniera al pueblo, con la misma solemnidad con la que se leían las viejas leyes Manx[5] una vez al año en el Monte Tynwald.

—Nuestras amigas desean saber cómo se encuentra tras su viaje esta noche, querido —tras quince millas en carruaje—. Le dejarán descansar mañana pero, al día siguiente, sin duda, le visitarán. Así que esté disponible a partir de las doce. Nuestras horas de visita son de doce a tres.

Entonces, después de la visita:

—Es el tercer día. Me atrevo a decir que su madre le ha enseñado, querido, que no se deben dejar pasar más de tres días desde que se recibe una visita hasta que se responde, y que nunca se debe quedar más de un cuarto de hora.

—Pero ¿debo vigilar el reloj? ¿Cómo sabré que ha pasado un cuarto de hora?

—No debe dejar de pensar en el tiempo, querido. No se permita olvidarlo en el ardor de la conversación.

Como todo el mundo tenía dicha norma en mente, tanto si recibían como si realizaban una visita, nunca se trataba de ningún tema absorbente. Nos limitábamos a breves frases sobre banalidades, y éramos puntuales con nuestro tiempo.

5. *Manx law*: antiguo sistema legal de la isla de Man, Gran Bretaña (*N. de la t.*)

Imagino que habría gente de buena familia que fuera pobre y tuviera dificultades para llegar a fin de mes; pero eran como espartanos, y ocultaban su hambre bajo una sonrisa. Ninguna de nosotras hablaba de dinero, porque el tema sabía a comercio y, aunque algunas fueran pobres, todas éramos aristócratas. Las habitantes de Cranford tenían aquella agradable moral que les hacía pasar por alto cualquier deficiencia cuando alguien entre ellos trataba de ocultar su pobreza. Cuando, por ejemplo, la señora Forrester dio una fiesta en su casita de muñecas, y la pequeña sirvienta interrumpió a las damas sentadas en el sofá al preguntarles si podía sacar la bandeja de té de abajo, todo el mundo tomó aquel nuevo procedimiento como la cosa más natural del mundo, y hablaron sobre ritos y ceremonias domésticas, como si todos creyéramos que nuestra anfitriona tenía una habitación para los criados, con una segunda mesa, ama de llaves y administrador, en lugar de una pequeña criada de escuela de beneficencia, cuyos pequeños brazos rubicundos nunca hubieran podido subir la bandeja arriba si no la hubiera ayudado su ama en privado. Ésta se sentaba nerviosa, fingiendo no saber qué pasteles se habían enviado, aunque sabía, y nosotras sabíamos, y ella sabía que nosotras sabíamos, y nosotras sabíamos que ella sabía que sabíamos, que había estado ocupada toda la mañana preparando panecillos y bizcochos para el té.

Esta pobreza general pero no reconocida y el reconocido refinamiento, que no faltaban, conllevaban un par de consecuencias; y es que podían presentarse en muchos círculos sociales para mejorar su situación. Por ejemplo, las habitantes de Cranford se levantaban temprano, y caminaban a casa calzadas con sus zapatos de suela de madera, acompañadas por un farolero, a las nueve de la noche, y todo el pueblo estaba acostado y dormido a las diez y media de la noche. Es más, se consideraba «vulgar» (tremenda palabra en Cranford) dar algún refrigerio, ya fuera en forma de comida o bebida, en las veladas. La honorable señora Jamieson sólo daba barquillos con mantequilla y bizcochos, aun siendo cuñada del difunto conde de Glenmire, pues ella también practicaba aquel «ahorro elegante».

«¡Ahorro elegante!» ¡Qué fácil resulta volver a la fraseología de Cranford! El ahorro era siempre «elegante», y el gasto era siempre «vulgar y ostentoso»; una especie de frugalidad que nos mantenía en paz y satisfechas. Nunca olvidaré la consternación que hubo cuando un tal capitán Brown vino a vivir a Cranford, y habló abiertamente sobre su pobreza. No en forma de susurro a un amigo íntimo, tras cerrar previamente puertas y ventanas, ¡sino en la vía pública! ¡Y en un elevado tono militar! Aludió a su pobreza como motivo para no adquirir una casa concreta. Las damas de Cranford ya se estaban quejando por la invasión de un hombre y un caballero en sus territorios. Era un capitán con media paga, y había obtenido un empleo en un ferrocarril cercano contra el que el pequeño pueblo había protestado vehementemente. Y si, además de su género masculino y su conexión con el repugnante ferrocarril, era tan descarado para hablar de su pobreza, ciertamente debía ser condenado al ostracismo. La muerte era tan cierta y habitual como la pobreza; no obstante, la gente nunca hablaba de ella en voz alta en la calle. No era una palabra digna de mencionar ante oídos educados. Habíamos acordado tácitamente ignorar que ninguna de las personas con quienes nos relacionábamos en términos de igualdad podía hacer lo que quería a causa de su pobreza. Si caminábamos a o de una fiesta, era porque hacía «muy» buena noche, o el aire era «muy» refrescante, y no porque los palanquines fueran caros. Si vestíamos estampados, en lugar de sedas veraniegas, era porque preferíamos un material lavable; y así nos excusábamos, hasta que nos cegamos ante el vulgar hecho de que todas nosotras éramos gente de medios muy moderados. Naturalmente, entonces no sabíamos qué hacer con un hombre que pudiera hablar de pobreza sin considerarla una desgracia. Sin embargo, de alguna manera, el capitán Brown se convirtió en un hombre respetado en Cranford, y recibía visitas, a pesar de todas las determinaciones en contra. Me sorprendía oír citar sus opiniones como si fuera una autoridad en una visita que hice a Cranford, un año después de que se instalara en el pueblo. Mis propias amigas habían sido algunas de las personas más implacablemente opuestas a cualquier propuesta de visitar al capitán y a sus hijas, tan sólo doce meses antes. Ahora se le permitía la entrada incluso en las horas prohibidas antes de las doce. Cierto es que fue para descubrir la causa de una chimenea que humeaba antes de encender el fuego pero, aun así, el capitán Brown subió arriba sin amilanarse, habló en voz demasiado alta para la habitación, y bromeó dócilmente sobre la casa. Había hecho caso omiso de todos los pequeños desaires y descuidos de las ceremonias triviales con las que había sido recibido. Había sido amistoso, aunque las damas de Cranford habían sido frías; había respondido pequeños cumplidos sarcásticos de buena fe; y con su franqueza masculina había dominado a todas las tímidas damas que le conocieron como un hombre que no se avergonzaba de ser pobre. Y finalmente, su excelente sentido común masculino y su facilidad para idear recursos para superar dilemas domésticos le hicieron ganarse una posición extraordinaria como autoridad entre las damas de Cranford. Él siguió su camino, tan poco consciente de su popularidad como lo había sido de lo contrario; y estoy segura de que un día se sobresaltó cuando descubrió que su opinión se tenía en tan alta consideración como para que un consejo que había dado en broma se tomara con la mayor seriedad.

El asunto era el siguiente. Una anciana dama tenía una vaca Alderney a la que cuidaba como una hija. Uno no podía hacer su breve visita de un cuarto de hora sin que se mencionara la maravillosa leche o la fantástica inteligencia de dicho animal. Todo el mundo conocía y tenía en amable consideración la vaca Alderney de la señorita Betsy Barker y, por tanto, hubo una profunda compasión y pesar cuando, en un momento de descuido, la pobre vaca cayó en una fosa de cal. Se quejó tan alto que pronto la oyeron y la rescataron pero, para entonces, la pobre bestia había perdido la mayor parte del pelo, y salió con aspecto desnudo, frío y miserable. Todo el mundo compadeció al animal, aunque unos cuantos no pudieron reprimir una sonrisa ante su gracioso aspecto. La señorita Betsy Barker lloraba de pena y consternación, y dicen que pensó en intentar un baño de aceite. Quizá aquel remedio lo recomendara alguna de las personas cuyo consejo solicitó, pero la sugerencia que se le metió en la cabeza, si alguna vez la hizo, fue la del capitán Brown con su decidido:

—Si desea mantenerla con vida, consígale un chaleco y calzones de franela, señora. Pero yo le aconsejo que sacrifique a la pobre criatura en seguida.

La señorita Betsy Barker se secó los ojos, y le dio las gracias efusivamente al capitán. Se puso manos a la obra y, al poco tiempo, todo el pueblo salió a ver la vaca Alderney, que salía dócilmente a pastar, vestida de franela gris oscura. Yo misma la he visto alguna vez. ¿Ven alguna vez vacas vestidas de franela gris en Londres?

El capitán Brown había adquirido una casita a las afueras del pueblo, donde vivía con sus dos hijas. Debía de tener más de sesenta años la primera vez que visité Cranford, después de haber dejado de vivir allí. Sin embargo, tenía una figura enjuta, bien trabajada y elástica; un rígido movimiento militar de cabeza, y un paso rápido que le hacían parecer mucho más joven de lo que era. Su hija mayor parecía casi tan mayor como él, y ocultaba el hecho de que su edad real era mayor que su edad aparente. La señorita Brown debía de tener cuarenta años; tenía una expresión enfermiza y preocupada de reproche en el rostro, y parecía que la alegría de la juventud se hubiera desvanecido largo tiempo atrás. Incluso cuando era joven, debía de haber sido poco agraciada y de rasgos duros. La señorita Jessie Brown era diez años menor que su hermana, y veinte veces más bonita. Tenía una cara redonda y hoyuelos. La señorita Jenkyns dijo una vez, enfurecida contra el capitán Brown (inmediatamente relataré la causa), «que opinaba que era hora de que la señorita Jessie olvidara los hoyuelos, y no intentara parecer siempre una niña». Ciertamente, había algo infantil en su cara, y creo que lo seguirá habiendo hasta que muera, aunque viva hasta los cien. Tenía unos enormes ojos azules e inquisitivos que miraban directamente; su nariz estaba poco formada y era respingona, y sus labios eran rojos y firmes. También llevaba el cabello en pequeñas hileras de rizos que realzaban su aspecto. No sé si era hermosa o no, pero me gustaba su cara, igual que a todo el mundo, y no creo que pudiera evitar los hoyuelos. Tenía parte del garbo de su padre en sus andares y formas, y cualquier observadora femenina podía detectar una ligera diferencia en el atuendo de las dos hermanas: el de la señorita Jessie era dos libras más cara al año que el de la señorita Brown. Dos libras eran una cantidad importante en los desembolsos anuales del capitán Brown.

Aquélla fue la primera impresión que tuve de la familia Brown cuando los vi juntos por primera vez en la iglesia de Cranford. Ya había conocido al capitán anteriormente por el caso de la chimenea humeante, que arregló con un sencillo cambio en el tiro. En la iglesia, sostuvo sus lentes sobre los ojos durante el himno de la mañana y, a continuación, alzó la cabeza y cantó en voz alta y alegre. Respondía más alto que el asistente parroquial, un anciano de voz aguda y enclenque que, creo, se sintió ofendido por el timbre sonoro del capitán y, en consecuencia, chillaba cada vez más alto.

Al salir de la iglesia, el enérgico capitán prestó las atenciones más galantes a sus dos hijas. Saludó con la cabeza y sonrió a sus conocidos, pero no estrechó las manos de nadie hasta que ayudó a la señorita Brown a abrir su paraguas, le retiró su libro de oraciones, y esperó pacientemente hasta que, con manos temblorosas, ella se recogió el vestido para caminar por el camino mojado.

Me pregunto qué hacían las damas de Cranford con el capitán Brown en sus fiestas. En otra época, nos regocijábamos de que no hubiera caballero al que atender o para el que hubiera que encontrar conversación en nuestras partidas de cartas. Estábamos orgullosas de la comodidad de nuestras veladas y, en nuestro aprecio por el refinamiento y nuestro desagrado hacia el género masculino, casi nos habíamos convencido de que ser hombre era ser «vulgar». Así que, cuando supe que mi amiga y anfitriona, la señorita Jenkyns, iba a dar una fiesta en mi honor, y que el capitán y las señoritas Brown estaban invitados, me pregunté cómo iría la velada. Se instalaron mesas de cartas con cubiertas de paño verde a la luz del día; era la tercera semana de noviembre, así que las veladas comenzaban hacia las cuatro. Se colocaron velas y barajas nuevas en cada mesa. El fuego estaba encendido, la pulcra sirvienta había recibido las últimas instrucciones, y allí estábamos, vestidas con nuestras mejores galas, cada una con un encendedor en las manos, listas para prender las velas a la primera llamada a la puerta. Las fiestas de Cranford eran celebraciones solemnes que provocaban euforia entre las damas, mientras se sentaban juntas con sus mejores atuendos. En cuanto llegaron las tres primeras, nos sentamos por «preferencia», siendo yo la cuarta desafortunada. Las cuatro siguientes en llegar fueron instaladas inmediatamente en otra mesa y, rápidamente, las bandejas de té que yo había visto disponer en la despensa por la mañana se colocaron en medio de cada mesa de juego. La porcelana tenía la delicadeza de la cáscara de huevo; la cubertería pasada de moda brillaba tras haberla lustrado, pero los alimentos eran mínimos. Aún con las bandejas en las mesas, entraron el capitán y las señoritas Brown, y pude ver que, de alguna manera, el capitán era muy apreciado entre todas las presentes. Los ceños fruncidos se suavizaban y las voces agudas reducían su volumen cuando se acercaba. La señorita Brown parecía enferma y deprimida, casi hasta la melancolía. La señorita Jessie sonreía como siempre, y parecía casi tan popular como su padre. Él asumió inmediatamente y en silencio el lugar del hombre de la casa; atendió todos los deseos de las presentes, redujo la labor de la bonita criada al servir té y pan con mantequilla a las damas y, no obstante, lo hizo de una manera tan sencilla y digna, y como si fuera habitual que el fuerte atendiera al débil, que se comportó como un verdadero hombre desde el principio hasta el fin. Jugó puntos de tres peniques con la solemnidad de quien se juega libras y, no obstante, aun tras todas sus atenciones a los extraños, no perdió de vista a la hija que sufría. Yo estaba segura de que sufría aunque, a los ojos de otras, sólo parecía ser irritable. La señorita Jessie no sabía jugar a las cartas: pero hablaba con las damas sentadas que, antes de que llegara, se habían sentido inclinadas al mal humor. También cantó con un viejo piano, que yo creo que anteriormente había sido una espineta. La señorita Jessie cantó *Jock of Hazeldean*[6] ligeramente desafinada, pero a ninguna nos iba demasiado la música, aunque la señorita Jenkyns marcó el ritmo, a destiempo, para parecerlo.

Fue muy amable por parte de la señorita Jenkyns, pues yo había advertido que, un poco antes, se había sentido un tanto molesta por la declaración imprudente de la señorita Jessie Brown (en referencia a la lana Shetland) de que tenía un tío, el hermano de su madre, que era comerciante en Edimburgo. La señorita Jenkyns trató de ahogar la confesión con una terrible tos, pues la honorable señora Jamieson se sentaba a una mesa cercana a la señorita Jessie, y ¿qué diría o pensaría si supiera que estaba en la misma habitación que la sobrina de un comerciante? Pero la señorita Jessie Brown (que no tenía tacto, tal como acordamos la mañana siguiente) repitió la información, y le aseguró a la señorita Pole que podía conseguirle la misma lana Shetland que necesitaba, «a través de mi tío, que tiene mejor surtido de productos Shetland que ningún otro en Edimburgo». Para quitarnos el sabor de boca y el sonido que aquello había dejado en nuestros oídos, la señorita Jenkyns propuso algo de música; así que, tal como he dicho, fue muy amable por su parte marcar el ritmo.

Cuando reaparecieron las bandejas con galletas y vino, puntualmente a las nueve menos cuarto, hubo conversación; se compararon cartas y se habló de trucos, pero el capitán Brown mencionó de pronto algo de literatura.

—¿Han leído algún número de *Los papeles póstumos del Club Pickwick*? —dijo (por aquel entonces, se publicaba por entregas)—. ¡Es impresionante!

La señorita Jenkyns era hija de un fallecido párroco de Cranford y, basándose en una considerable cantidad de sermones manuscritos y una buena biblioteca sobre divinidad, se tenía por literaria y consideraba cualquier conversación sobre libros como un desafío hacia ella. Por tanto, respondió y dijo que sí, «que los había visto; de hecho, podría decirse que los había leído».

—¿Y qué le parecen? —exclamó el capitán Brown—. ¿No son estupendos?

Así que la incitada señorita Jenkyns no podía más que decir:

6. *Jock of Hazeldean*: tradicional balada escocesa. (*N. de la t.*)

—Debo decir que no están, para nada, al nivel del doctor Johnson. Aunque, quizá, el autor sea demasiado joven. Dejémosle perseverar, ¿y quién sabe en qué se convertirá si toma al gran doctor como ejemplo?

Evidentemente, aquello era demasiado para el capitán Brown, y vi las palabras en la punta de su lengua, antes de que la señorita Jenkyns hubiera terminado de hablar.

—Es bastante diferente, querida señora —comenzó.

—Soy consciente de ello —respondió ella—. Y lo tengo en cuenta, capitán Brown.

—Permítame leerle una escena del número de este mes —rogó él—. Lo he recibido esta mañana, y no creo que el resto lo haya leído todavía.

—Como desee —dijo ella, acomodándose con un aire de resignación.

Él leyó el relato de la fiesta que Sam Weller dio en Bath. Algunas rieron con ganas. Yo no me atrevía, porque me alojaba en aquella casa. La señorita Jenkyns se sentaba con paciente solemnidad. Cuando terminó, se volvió hacia mí, y con suave dignidad, dijo:

—Tráeme *La historia de Rasselas* de la biblioteca, querida.

Cuando se lo traje, se volvió al capitán Brown:

—Ahora permítame *a mí* leerle una escena, y la compañía presente podrá juzgar entre su adorado señor Boz y el doctor Johnson.

Leyó una de las conversaciones entre Rasselas e Imlac, en voz alta y majestuosa, y cuando terminó, dijo:

—Imagino que esto justifica mi preferencia por el doctor Johnson como escritor de ficción.

El capitán selló sus labios y tamborileó la mesa con los dedos, pero no habló. A ella se le ocurrió darle un par de golpes finales.

—Me parece vulgar, y por debajo de la consideración de literatura, publicar por entregas.

—¿Cómo se publicó *El divagador*, señora? —preguntó el capitán Brown en voz tan baja, que creo que la señorita Jenkyns no pudo oír.

—El estilo del doctor Johnson es un modelo para los jóvenes principiantes. Mi padre me lo recomendó cuando comencé a escribir cartas. He basado mi estilo en él; se lo recomendé a su favorito.

—Lamentaría mucho que cambiara su estilo por ese tipo de escritura pomposa— dijo el capitán Brown.

La señorita Jenkyns se tomó aquello como una afrenta personal, de una manera que el capitán jamás hubiera imaginado. Tanto ella como sus amigas consideraban el género epistolar como su fuerte. He visto escribir muchas copias de muchas cartas en la pizarra, antes de que ella «aprovechara la media hora anterior al envío para asegurar» a sus amigas esto o aquello y, tal como decía, el doctor Johnson era su ejemplo a seguir en aquellas composiciones. Se levantó con dignidad, y sólo respondió al capitán Brown diciendo, con un profundo énfasis en cada sílaba:

—Prefiero al doctor Johnson que al señor Boz.

Se dice, no responderé por el hecho, que se oyó al capitán Brown decir, *sotto voce*:

—¡Condenado doctor Johnson!

Si lo hizo, se arrepintió después, tal como mostró al acercarse al sillón de la señorita Jenkyns y esforzarse en cautivarla para conversar sobre un tema más agradable. Pero ella fue inexorable. Al día siguiente, ella realizó el comentario que he mencionado sobre los hoyuelos de la señorita Jessie.

Capítulo II. El capitán

Era imposible vivir un mes en Cranford y no conocer las costumbres diarias de cada residente, y bastante antes de finalizar mi visita sabía mucho sobre el trío Brown. No había nada nuevo que descubrir en cuanto a su pobreza, pues habían hablado sencilla y abiertamente sobre ello desde el principio. No ocultaban su necesidad de ser ahorradores. Lo único que quedaba por descubrir era la infinita bondad de corazón del capitán y las diversas formas en las que, inconscientemente, la manifestaba. Se habló de varias pequeñas anécdotas durante un tiempo, después de que ocurrieran. Como no leíamos mucho, y como todas las damas contaban con criados, comenzó a haber una escasez de temas de conversación. Por tanto, discutimos las circunstancias en las que el capitán arrebató la comida de una pobre anciana de sus manos un resbaladizo domingo. Se la había encontrado ella cuando volvía de la panadería, y él venía de la iglesia y advirtió su precario equilibrio. Así que, con la solemnidad con la que solía hacerlo todo, la liberó de su carga y atravesó la calle junto a ella, llevando su añojo asado con patatas hasta su casa. Aquello se consideró muy excéntrico, y se esperaba que realizara una ronda de visitas el lunes por la mañana para explicarse y disculparse ante Cranford por su falta de decoro, pero no hizo tal cosa. Entonces se decidió que estaba avergonzado y que se estaba ocultando. Sintiendo amable piedad por él, comenzamos a decir:

—Después de todo, el incidente del domingo por la mañana muestra una gran bondad de corazón.

Así que se determinó consolarlo en su siguiente aparición entre nosotras, pero se encontró sin ningún tipo de vergüenza, hablando tan alto como siempre, con la cabeza alta y su peluca tan desenfadada y bien rizada como siempre. Por tanto, nos vimos obligadas a concluir que se había olvidado del domingo.

La señorita Pole y la señorita Jessie Brown habían establecido cierta confianza a partir de la lana Shetland y los nuevos puntos de costura; así que, cuando fui a visitar a la señorita Pole, vi más a los Brown que cuando me alojaba con la señorita Jenkyns, que nunca superó lo que ella denominaba «los comentarios desdeñosos del capitán Brown sobre el doctor Johnson, como escritor de ficción ligera y agradable». Descubrí que la señorita Brown padecía de una enfermedad prolongada e incurable, cuyo dolor le provocaba aquella molesta expresión de su cara que yo había considerado un profundo enfado. A veces también estaba enfadada cuando la irritabilidad nerviosa que le causaba su enfermedad se tornaba insoportable. La señorita Jessie la soportaba en aquellas ocasiones más pacientemente, incluso, que los amargos reproches que invariablemente se hacía a sí misma después. La señorita Brown solía acusarse a sí misma no sólo de un temperamento impulsivo e irritable; también de ser la causa por la que su padre y su hermana se veían obligados a apretarse el cinturón, para que ella pudiera permitirse los pequeños lujos necesarios en sus circunstancias. Ella se habría sacrificado tan dichosa por ellos, y hubiera aligerado tanto sus cuidados, que la generosidad original de su predisposición añadía mordacidad a su temperamento. La señorita Jessie y su padre soportaban todo aquello, más que con serenidad, con absoluta ternura. Disculpé a la señorita Jessie que cantara desafinada y lo juvenil de su vestimenta cuando la vi en casa. Pude advertir que la peluca oscura y el abrigo acolchado del capitán Brown (¡ay! muy gastado) eran vestigios de la elegancia militar de su juventud, que ahora vestía de manera inconsciente. Era un hombre de infinitos recursos, los cuales había obtenido en su experiencia en los barracones. Tal como confesó, nadie podía lustrar sus botas de la forma que quería excepto él, pero, además, no le importaba ahorrar el máximo trabajo a la criada, sabiendo que, probablemente, la enfermedad de su hija hacía de aquél un duro lugar.

Se esforzó por hacer las paces con la señorita Jenkyns poco después de la disputa que he mencionado, regalándole una pala de madera para el fuego (que él mismo había fabricado), al oírle decir cuánto le molestaba el chirrido de la pala de hierro. Ella aceptó el regalo con fría gratitud y le dio las gracias formalmente. Cuando se marchó, me pidió que la dejara en el trastero, pensando, probablemente, que ningún regalo de un hombre que prefería al señor Boz antes que al doctor Johnson podía ser menos incoherente que una pala de madera para el fuego.

Tal era el estado de las cosas cuando me marché de Cranford y me fui a Drumble. No obstante, tenía diversas corresponsales que me mantenían al día de los eventos del querido pueblo. Estaba la señorita Pole, que se estaba aficionando al ganchillo casi tanto como lo había estado a la calceta, y cuyo contenido epistolar venía a ser algo así como: «Pero no olvide el estambre blanco de Flint's», que decía la canción;[7] pues al final de cada retazo de información añadía una nueva instrucción sobre algún encargo relacionado con el ganchillo que debía realizar para ella. La señorita Matilda Jenkyns (a quien no le importaba que la llamáramos señorita Matty, cuando la señorita Jenkyns no estaba cerca) escribía bonitas y amables cartas incoherentes, expresando alguna opinión propia de vez en cuando pero, de repente, interrumpiéndose y rogándome que no mencionara lo que había dicho, pues Deborah tenía otra opinión, y ella lo sabía, o añadiendo una posdata para informarme de que, desde que había escrito lo anterior, había hablado del asunto con Deborah, y estaba bastante convencida de que... (aquí venía, probablemente, una retractación de cada opinión que había expresado en la carta). Después estaba la señorita Jenkyns, Deborah, como le gustaba llamarla la señorita Matty, pues su padre había dicho una vez que aquel nombre hebreo debía ser pronunciado. Secretamente opino que tenía a la profetisa hebrea como ejemplo de carácter y, de hecho, no era tan distinta de la severa profetisa en cierta manera, teniendo en cuenta, naturalmente, las costumbres modernas y las diferencias en el campo de la moda. La señorita Jenkyns vestía un pañuelo al cuello y un pequeño sombrero parecido al casco de un jinete y, en general, parecía una mujer decidida, aunque hubiera despreciado la idea moderna de la igualdad de hombres y mujeres. ¡Iguales, claro! Ella sabía que ellas eran superiores. Pero volvamos a sus cartas. Todo en ellas era grandilocuente y majestuoso como ella. Las he estado inspeccionando (¡querida señorita Jenkyns, cómo la honraba!) y daré un un extracto, especialmente porque se refiere a nuestro amigo el capitán Brown:

> La honorable señora Jamieson se acaba de marchar y, en el curso de la conversación, me ha comunicado que ayer recibió una visita de un viejo amigo de su reverenciado marido, lord Mauleverer. No adivinará fácilmente qué es lo que trajo a su señoría a nuestro pequeño pueblo. Era para ver al capitán Brown, a quien, según parece, conoció en las guerras napoleónicas, y que tuvo el privilegio de impedir la ruina de su señoría

7. *When you get the white worsted at Flint's*: hace referencia al verso de una canción llamada *Country Commissions to my Cousin in Town*. Flint's era una camisería de Londres. (*N. de la t.*)

cuando cierto y terrible peligro pendía sobre ella en el equivocadamente denominado cabo de Buena Esperanza. Usted conoce las carencias de la honorable señora Jamieson en aras de inocente curiosidad y, por tanto, no le sorprenderá que le diga que no ha sido capaz de revelarme la naturaleza exacta del peligro en cuestión. Admito que ansiaba conocer de qué manera, con su limitada reputación, podía recibir invitado tan distinguido; y averigüé que su señoría se retiraba a descansar y, esperemos, a dormir, en el hotel Ángel; pero compartió sus comidas con los Brown durante los dos días que honró a Cranford con su presencia. La señora Johnson, la esposa de nuestro cortés carnicero, me ha informado de que la señorita Jessie compró una pata de cordero pero, además de eso, no he sabido de ningún preparativo para recibir apropiadamente a un visitante tan distinguido. Quizá lo entretuvieron con «el festín de razón y el flujo del alma»; y en cuanto a nosotras, que conocemos el triste gusto del capitán Brown por los «pozos puros de inglés inmaculado», puede que nos corresponda alegrarnos de que tenga la oportunidad de mejorar su gusto al conversar con un elegante y refinado miembro de la aristocracia británica. Pero ¿quién carece completamente de algún defecto mundano?»

La señorita Pole y la señorita Matty me escribieron sobre el mismo asunto. Una noticia como la visita de lord Mauleverer no podía ser ignorada por las corresponsales de Cranford: lo aprovecharon al máximo. La señorita Matty se disculpó humildemente por escribir al mismo tiempo que su hermana, que era mucho más hábil que ella a la hora de relatar el honor que había tenido Cranford; pero, a pesar de ciertos errores ortográficos, el relato de la señorita Matty me dio la mejor idea de la conmoción que causó la visita de su señoría, después de que ocurriera. Y es que, excepto por la gente del hotel Ángel, los Brown, la señora Jamieson, y un chiquillo al que su señoría maldijo por guiar su sucio aro contra sus aristocráticas piernas, no supe de nadie con quien su señoría hubiera conversado.

Mi siguiente visita a Cranford fue en verano. No había habido nacimientos, muertes ni bodas desde mi anterior visita. Todo el mundo vivía en la misma casa, y vestía prácticamente las mismas prendas bien conservadas y pasadas de moda. El mayor acontecimiento fue la compra de una nueva alfombra por parte de la señorita Jenkyns para su sala de estar. ¡Qué ocupadas estábamos la señorita Matty y yo persiguiendo los rayos de sol mientras caían por la tarde sobre su alfombra a través de la ventana sin persianas! Repartíamos periódicos por todas partes y nos sentábamos con nuestro libro o nuestras labores ¡y quién lo iba a decir! Al cuarto de hora el sol se había movido, y brillaba en un nuevo rincón; así que nos poníamos de nuevo de rodillas para cambiar la posición de los periódicos. También estuvimos muy ocupadas durante una mañana entera, antes de que la señorita Jenkyns diera su fiesta, siguiendo sus instrucciones y cortando y juntando pedazos de periódico para formar pequeños caminos a cada asiento para los visitantes que esperaba, por si sus zapatos ensuciaban o estropeaban la pureza de la alfombra. ¿Hacen caminos de papel para cada invitado en Londres?

El capitán Brown y la señorita Jenkyns no eran demasiado cordiales entre ellos. La disputa literaria cuyo inicio presencié había sido áspera y la más mínima mención les hacía estremecerse. Fue la única diferencia de opinión que tuvieron jamás, pero aquella diferencia era suficiente. La señorita Jenkyns no había podido evitar hablar al capitán Brown y, aunque él no respondió, tamborileó los dedos, acción que ella sintió y resintió como muy desdeñosa hacia el doctor Johnson. Él hacía ostentación de su preferencia por los escritos del señor Boz; caminaba por las calles tan absorto en su lectura que se tropezó con la señorita Jenkyns y, aunque sus disculpas fueron serias y sinceras y aunque, de hecho, no hizo más que sobresaltarla a ella y sobresaltarse a sí mismo, ella me confió que no le hubiera importado que la derribara si hubiera estado leyendo un estilo literario superior. ¡Pobre y valiente capitán! Parecía mayor, más gastado, y sus prendas estaban muy raídas. Pero él se veía tan alegre y lleno de vida como siempre, a menos que se le cuestionara por la salud de su hija.

—Sufre muchísimo, y aún sufrirá más: ¡hacemos lo que podemos para aliviar su dolor, con la ayuda de Dios! —se retiró el sombrero con aquellas últimas palabras.

Supe por la señorita Matty que, de hecho, ya lo habían hecho todo. Habían llamado a un médico de gran reputación en la zona, y habían atendido cada una de las órdenes que había dado, sin importar los gastos. La señorita Matty estaba convencida de que se negaban muchas cosas para hacer que la inválida estuviera cómoda, pero nunca hablaban de ello. ¡En cuanto a la señorita Jessie!

—De verdad creo que es un ángel —dijo la pobre señorita Matty, bastante abrumada—. Es hermoso ver su manera de soportar la irritabilidad de la señorita Brown, y la alegre cara que pone después de haberla velado toda la noche y haber soportado sus reprimendas durante la mitad de la misma. No obstante, a la hora del desayuno con el capitán Brown, está tan fresca y descansada como si hubiera dormido en la cama de la reina durante toda la noche. ¡Querida mía! Nunca volvería a reírse de sus pequeños y mojigatos rizos o sus lazos rosa, si la hubiera visto como la he visto yo.

Sólo podía sentirme arrepentida y saludar a la señorita Jessie con redoblado respeto cuando me la encontrara de nuevo. Parecía apagada y dolorida, y sus labios comenzaban a temblar, como si estuviera muy débil, cuando hablaba de su hermana. Pero se iluminaba y contenía las lágrimas que anegaban sus ojos cuando decía:

—¡Qué gran amabilidad la del pueblo de Cranford! Supongo que nadie prepara nada de comer fuera de lo habitual, pero la mejor parte llega en un tazón cubierto para mi hermana. Los pobres dejan sus primeras hortalizas en nuestra puerta para ella. Son parcos y bruscos de palabra, como si se avergonzaran; pero me llega al corazón ver su consideración. —Las lágrimas volvían de nuevo y se desbordaban pero, un par de minutos después, comenzaba a reñirse a sí misma, y acababa marchándose como la misma alegre señorita Jessie de siempre.

—Pero ¿por qué no hace ese lord Mauleverer algo por el hombre que salvó su vida? —pregunté yo.

—Verá, a menos que tenga motivos para hacerlo, el capitán Brown nunca habla de su pobreza; y caminó junto a su señoría tan feliz y alegre como un príncipe. Y como nunca llamaban la atención en sus comidas, y como la señorita Brown estaba mejor aquel día y todo parecía magnífico, me atrevo a decir que su señoría nunca supo cuánto cuidado había por detrás. Solía venir a menudo a cazar en invierno, pero ahora está en el extranjero.

A menudo tuve la ocasión de advertir el uso que se hacía de las pequeñas oportunidades en Cranford: los pétalos de rosa que se recogían se empleaban para hacer popurrí para alguien sin jardín; se enviaban pequeños ramilletes de flores de lavanda para esparcir en los cajones de algún ciudadano, o para quemar en la habitación de algún inválido. Cosas que muchos despreciarían, y acciones que no parecían dignas de llevar a cabo se realizaban en Cranford. La señorita Jenkyns preparó una manzana llena de clavos que, al calentar, proporcionaría un agradable olor a la habitación de la señorita Brown y, mientras colocaba cada clavo, murmuraba una frase de Johnson. De hecho, no podía pensar en los Brown sin hablar de los Johnson y, como casi nunca se apartaban de sus pensamientos por aquel entonces, escuchaba sucesiones de frases de tres en tres.

El capitán Brown vino un día de visita para agradecerle a la señorita Jenkyns sus pequeños detalles que hasta entonces yo desconocía. Súbitamente, se había convertido en un anciano, su voz de bajo tenía un ligero temblor, sus ojos eran oscuros, y las líneas de su cara eran profundas. No hablaba, no podía hablar, alegremente del estado de su hija, pero hablaba con una resignación masculina y piadosa, aunque no demasiado. Dos veces dijo:

—¡Sólo Dios sabe lo que Jessie ha supuesto para nosotros! —Y tras la segunda vez, se levantó apresuradamente, estrechó las manos de todas sin hablar y salió de la habitación.

Aquella tarde advertimos pequeños grupos en la calle que escuchaban con caras horrorizadas alguna historia. La señorita Jenkyns se estuvo preguntando cuál era el asunto durante algún tiempo, hasta que tomó la indigna decisión de enviar a Jenny a preguntar.

Jenny volvió atemorizada.

—¡Señora! ¡Señorita Jenkyns! El capitán Brown ha muerto atropellado por un terrible ferrocarril! —Y se echó a llorar. Ella, con muchos otros, había experimentado la bondad del pobre capitán.

—¿Cómo? ¿Dónde? ¿Dónde? ¡Señor! Jenny, no pierdas el tiempo llorando, y dinos algo. —La señorita Matty salió a la calle inmediatamente, y agarró al hombre que contaba la historia.

—Entre, venga a ver a mi hermana, la señorita Jenkyns, hija del párroco, inmediatamente. ¡Señor, señor! Diga que no es cierto —chilló, mientras acompañaba al asustado carretero que se atusaba el pelo a la sala, donde se quedó de pie con las botas mojadas sobre la nueva alfombra y a nadie le importó.

—Lo siento, señora, es cierto. Lo he visto yo mismo —y se estremeció ante el recuerdo—. El capitán estaba leyendo absorto un libro nuevo, mientras esperaba la llegada del tren. Un chiquillo que quería volver con su madre dio un resbalón y se tambaleó sobre la vía. Al oír la llegada del tren, levantó la vista súbitamente y vio al niño. Salió como una flecha hacia la vía y lo cogió, pero su pie resbaló y el tren lo atropelló antes de que se diera cuenta. ¡Dios mío! Señora, es cierto, y han venido a decírselo a sus hijas. El niño está a salvo, y sólo tiene un golpe en el hombro, provocado al lanzarlo a su madre. El pobre capitán estaría orgulloso, ¿no le parece? ¡Dios le bendiga! —El grande y tosco carretero arrugó la nariz y se volvió para esconder las lágrimas. Me volví hacia la señorita. Parecía enferma, como si fuera a desvanecerse, y me hizo un gesto para que abriera la ventana.

—Matilda, tráeme el sombrero. He de ir a ver a las chicas. ¡Dios me perdone si he hablado al capitán de forma despectiva!

La señorita Jenkyns se preparó para salir, diciéndole a la señorita Matilda que le sirviera un vaso de vino al hombre. Mientras estaba fuera, la señorita Matty y yo nos acurrucamos junto al fuego, hablando en voz baja y sobrecogida. Sé que lloramos en silencio todo el rato.

La señorita Jenkyns vino a casa, callada, y no nos atrevimos a preguntarle demasiado. Nos dijo que la señorita Jessie se había desmayado, y que ella y la señorita Pole habían tenido ciertas dificultades para despertarla pero que, en cuanto se recuperó, rogó que una de ellas subiera a sentarse con su hermana.

—El señor Hoggins dice que no vivirá mucho tiempo, y hemos de ahorrarle el disgusto —dijo la señorita Jessie, estremecida por sentimientos que no se atrevía a expresar.

—Pero ¿cómo lo hará, querida? —preguntó la señorita Jenkyns—. No podrá soportarlo, verá sus lágrimas.

—Dios me ayudará. No se lo revelaré. Estaba dormida cuando ha llegado la noticia, puede que siga dormida. Se sentirá profundamente abatida, no sólo por el fallecimiento de mi padre, sino por pensar qué será de mí. Es tan buena conmigo. —Alzó la mirada con gran seriedad, con sus ojos suaves y sinceros. La señorita Pole le diría posteriormente a la señorita Jenkyns que apenas había podido soportarlo, sabiendo, como sabía, cómo había tratado la señorita Brown a su hermana.

No obstante, se acordó hacerlo conforme a los deseos de la señorita Jessie. Se le diría a la señorita Brown que habían convocado a su padre a un breve viaje de negocios ferroviarios. Lo arreglaron todo de alguna manera, la señorita Jenkyns no sabía decir cómo. La señorita Pole se quedaría con la señorita. La señora Jamieson envió a alguien a preguntar. Y aquello fue todo lo que supimos aquella noche, aquella triste noche. Al día siguiente, el periódico del condado que recibió la señorita Jenkyns traía el relato completo del fatal accidente. Según dijo, sus ojos eran muy débiles, y me pidió que lo leyera. Cuando llegué a «el cortés caballero estaba absorto en el estudio de una entrega de *Pickwick*, que acababa de recibir», la señorita Jenkyns sacudió la cabeza de forma prolongada y solemne, y suspiró:

—¡Pobre hombre obsesionado!

Llevarían el cuerpo de la estación a la iglesia parroquial, para enterrarlo. La señorita Jessie se había empeñado en seguirlo hasta la tumba, y no hubo argumentos que pudieran alterar su decisión. Su compostura la volvía casi obstinada; se resistía a todas las súplicas de la señorita Pole y al consejo de la señorita Jenkyns. Finalmente, la señorita Jenkyns se rindió y, tras un silencio que yo temía presagiara algún comentario desagradable contra la señorita Jessie, la señorita Jenkyns dijo que la acompañaría al funeral.

—No es apropiado que vaya sola. Iría contra el decoro y la humanidad que se lo permitiera.

No parecía que a la señorita Jessie le agradara lo más mínimo aquel arreglo, pero su obstinación, si la tenía, se había agotado en su empeño por ir al entierro. Pobrecilla, sin duda alguna ansiaba llorar a solas sobre la tumba de su querido padre, para quien lo había sido todo, y dejarse ir durante media hora, sin interrupciones compasivas y sin ser observada por sus amigos. Pero no había de ser así. Aquella tarde, la señorita Jenkyns mandó traer casi un metro de crepé negro, y se puso a ribetear el pequeño sombrero de seda negra que he mencionado. Cuando terminó, se lo puso y buscó nuestra aprobación con la mirada, pues despreciaba la admiración. Yo estaba muy afligida pero, por uno de esos pensamientos caprichosos que nos vienen a la cabeza sin ser llamados en épocas de profundo dolor, en cuanto vi el sombrero, me recordó a un casco. De modo que la señorita Jenkyns asistió al funeral del capitán Brown con un sombrero híbrido, mitad casco y mitad sombrero de jinete, y creo que apoyó a la señorita Jessie con una tierna e indulgente firmeza inestimable, permitiéndole derramar todo lo que llevaba dentro antes de marcharse. La señorita Pole, la señorita Matty y yo atendíamos, mientras tanto, a la señorita Brown, y nos resultó una dura tarea aliviar sus constantes y lastimeras quejas. Pero si nosotras estábamos tan cansadas y desanimadas, ¡cómo debía estar la señorita Jessie! Volvió muy calmada, como si hubiera obtenido nuevas fuerzas. Se quitó el vestido de luto y entró, pálida y amable, dándonos las gracias a todas con un suave y prolongado apretón de manos. Incluso nos sonrió (una sonrisa débil, dulce y austera), para convencernos de su capacidad para resistir, pero su aspecto hacía que nuestros ojos se llenaran de lágrimas, más que si hubiera llorado abiertamente.

Se acordó que la señorita Pole se quedara velando con ella, y que la señorita Matty y yo volviéramos por la mañana para relevarlas, y dar a la señorita Jessie la oportunidad de unas cuantas horas de sueño. Pero cuando llegó la mañana, la señorita Jenkyns apareció en la mesa de desayuno, cubierta con su casco-sombrero, y ordenó a la señorita Matty que se quedara en casa, puesto que tenía intenciones de ir y ayudar a atender a la señorita Brown. Evidentemente, estaba en un estado de gran excitación, que mostró comiéndose su desayuno de pie e increpando a toda la casa.

Ninguna enfermera, ninguna mujer enérgica y decidida podía ayudar a la señorita Brown. Al entrar en la habitación, percibimos algo más fuerte que nosotras, y que nos hizo encogernos hasta una sobrecogida impotencia. La señorita Brown se estaba muriendo. Apenas reconocíamos su voz, desprovista de aquel tono quejumbroso al que la asociábamos. La señorita Jessie me diría posteriormente que aquella voz y también su cara eran las que tenía antes, antes de que la muerte de su madre la convirtiera en una joven y preocupada cabeza de familia, de la que la señorita Jessie era la única superviviente.

Era consciente de la presencia de su hermana, aunque creo que no de la nuestra. Nos quedamos un poco más atrás, junto a las cortinas. La señorita Jessie se arrodilló con la cara junto a la de su hermana, para poder escuchar sus últimos y terrible susurros.

—¡Jessie! ¡Jessie! ¡Qué egoísta he sido! Dios me perdone por haberte permitido sacrificarte por mí como lo has hecho! Te he querido mucho y, aun así, sólo he pensado en mí. ¡Dios me perdone!

—¡Calla, cariño, calla! —dijo la señorita Jessie, sollozando.

—¡Y mi padre, mi queridísimo padre! No me quejaré ahora, si Dios me da la fuerza para ser paciente pero, ¡Jessie! dile a mi padre cuánto he esperado y anhelado verle por fin, y pedirle perdón. Ahora nunca sabrá cuánto le quería. ¡Si pudiera decírselo antes de morir! ¡Ha tenido una vida llena de pesar, y yo he hecho muy poco para animarlo!

Una luz iluminó la expresión de la señorita Jessie.

—¿Te aliviaría saber que lo sabe, querida? ¿Te aliviaría saber, cariño, que sus preocupaciones, sus penas... —le tembló la voz, pero consiguió calmarla—. ¡Mary! Él se ha marchado antes que tú al lugar en que los exhaustos descansan. Él sabe cuánto le querías.

Una mirada extraña que no era de dolor ocupó la cara de la señorita Brown. Durante un rato no habló pero, en lugar de oír el sonido, vimos las palabras que se formaban en sus labios: «Padre, madre, Harry, Archy.» Entonces, como si una nueva idea arrojara su vaporosa sombra sobre su oscura mente, pronunció:

—¡Pero te quedarás sola, Jessie!

Creo que la señorita Jessie advirtió todo durante el silencio, pues las lágrimas corrían por sus mejillas como la lluvia ante sus palabras y, al principio, no pudo responder. Entonces, juntó estrechamente las manos, las alzó y dijo, aunque no a nosotras:

—Aunque me dé muerte, confiaré en Él.

Unos instantes después, la señorita Brown yacía tranquila, condenada a no quejarse o murmurar nunca más.

Después del segundo funeral, la señorita Jenkyns insistió en que la señorita Jessie debía quedarse con ella, en lugar de volver a su desolado hogar que, de hecho, según supimos después por la señorita Jessie, debía abandonar, pues no tenía medios para mantenerlo. Tenía alrededor de veinte libras anuales, además del dinero que le daría la venta de los muebles, pero no podía vivir de aquello, así que hablamos sobre sus posibilidades de ganar dinero.

—Coso bien —dijo ella— y me gusta la enfermería. Creo que también podría administrar una casa, si alguien me tomara como ama de llaves; o podría ser dependienta, si tuvieran algo de paciencia conmigo al principio.

La señorita Jenkyns declaró enfadada que no haría tal cosa, y murmuró para sí misma que «algunos no conocían su rango como hija de un capitán» casi una hora después, cuando trajo a la señorita Jessie un cuenco de delicado arruruz y se quedó junto a ella como un soldado hasta que se terminó la última cucharada: a continuación, desapareció. La señorita Jessie comenzó a relatarme un poco más los planes que le habían sugerido e, inconscientemente, empezó a hablar sobre los días pasados, que me interesaron tanto que no supe ni presté atención al tiempo que había pasado. Ambas nos sobresaltamos cuando la señorita Jenkyns reapareció y nos cogió llorando. Temía que se disgustara, pues decía que las lágrimas dificultaban la digestión, y yo sabía que quería que la señorita Jessie se fortaleciera. Sin embargo, parecía extraña y ansiosa, y se movía nerviosa a nuestro alrededor sin decir nada. Finalmente, dijo:

—Me ha sobresaltado mucho... no, no me ha sobresaltado. Perdone, querida señorita Jessie. Me ha sorprendido mucho recibir la visita de alguien a quien usted conocía, querida señorita Jessie.

La señorita Jessie se puso muy blanca y, a continuación, se sonrojó intensamente, y miró ansiosa a la señorita Jenkyns.

—Un caballero, querida, que desea saber si aceptaría verle.

—¿Es...? ¿No será...? —balbuceó la señorita Jessie, y se detuvo.

—Ésta es su tarjeta —dijo la señorita Jenkyns, y se la entregó a la señorita Jessie. Mientras ésta inclinaba la cabeza sobre ella, la señorita Jenkyns comenzó a hacerme una serie de guiños y extraños gestos. Asimismo, gesticuló una larga frase de la que, naturalmente, no entendí una palabra.

—¿Puede subir? —preguntó la señorita Jenkyns, finalmente.

—¡Sí! ¡Por supuesto! —dijo la señorita Jessie, como diciendo que aquélla era su casa y podía aceptar a cualquier visitante. Cogió una labor de ganchillo de la señorita Matty y comenzó a trabajar con entusiasmo, aunque podía advertir lo temblorosa que estaba.

La señorita Jenkyns hizo sonar la campana y le dijo al sirviente que respondió que hiciera pasar al comandante Gordon. Poco después entró un hombre alto, apuesto y de mirada franca de unos cuarenta años. Estrechó las manos de la señorita Jessie, pero no pudo ver sus ojos, pues ésta los mantenía fijos en el suelo. La señorita Jenkyns me preguntó si le ayudaría a recoger las conservas en la despensa y, aunque la señorita Jessie se agarró a mi falda, e incluso me miró con ojos suplicantes, no osé negarme a ir a donde me pedía la señorita Jenkyns. Sin embargo, en lugar de recoger las conservas en la despensa, fuimos a hablar al comedor, y la señorita Jenkyns me dijo allí lo que el comandante Gordon le había dicho: que había servido en el mismo regimiento que el capitán Brown, y que había conocido a la señorita Jessie, una dulce y floreciente chica de dieciocho años, por aquel entonces. Aquella relación se convirtió en amor por su parte, aunque pasaron algunos años hasta que lo dijo. Al convertirse por la herencia de un tío en poseedor de una buena finca en Escocia, se había declarado y lo había rechazado, aunque con tanto desasosiego y angustia, que estaba convencido de que a ella no le era indiferente. Descubrió que el obstáculo era la enfermedad que, ya entonces, amenazaba a su hermana. Ella había mencionado que los cirujanos preveían un gran sufrimiento, y no había nadie más que ella para cuidar de la pobre Mary, o animar y consolar a su padre durante la enfermedad. Habían tenido largas discusiones y, al rechazar convertirse en su esposa cuando todo acabara, se enfadó, terminaron y se marchó al extranjero, creyendo que era una persona de corazón frío que le convenía olvidar. Había estado viajando por Oriente y volvía a casa cuando, en Roma, leyó sobre el fallecimiento del capitán Brown en el *Galignani*.

Justo entonces, la señorita Matty, que había pasado toda la mañana fuera, y acababa de regresar a casa, entró con una expresión de consternación e indignación:

—¡Válgame Dios! —dijo—. Deborah, ¡hay un caballero sentado en la sala, con el brazo alrededor de la cintura de la señorita Jessie! —Los ojos de la señorita Matty parecían enormes y aterrorizados.

La señorita Jenkyns la ignoró al instante.

—Es el lugar más adecuado del mundo para ese brazo. Vete y métete en tus asuntos, Matilda. —Aquella declaración por parte de su hermana, hasta entonces un ejemplo de decoro femenino, fue un golpe para la señorita Matty, y con una redoblada sorpresa abandonó la habitación.

La última vez que vi a la pobre señorita Jenkyns fue muchos años después. La señora Gordon mantenía una relación cálida y afectuosa con toda la gente de Cranford. La señorita Jenkyns, la señorita Matty y la señorita Pole habían ido a visitarla, y volvieron con maravillosas descripciones de su casa, su marido, su vestido y su aspecto. Y es que, con la felicidad, algo de su antiguo rubor juvenil volvió; era un par de años menor de lo que aparentaba. Sus ojos eran encantadores y, como señora Gordon, sus hoyuelos no estaban fuera de lugar. En el momento al que me refiero, la última vez que vi a la señorita Jenkyns, la dama era anciana y débil, y había perdido algo de su determinación. La pequeña Flora Gordon se alojaba con las señoritas Jenkyns y, cuando entré, ésta le leía en voz alta a la señorita Jenkyns, que estaba tendida, débil y cambiada, en el sofá. Flora bajó *El divagador* cuando entré.

—¡Ah! —dijo la señorita Jenkyns—, me encuentra cambiada, querida. No puedo ver como solía. Si Flora no estuviera aquí para leerme, no se cómo pasaría el día. ¿Has leído *El divagador*? Es un libro maravilloso, ¡maravilloso!, y una lectura estupenda para Flora —(me atrevo a decir que lo sería, si pudiera leer la mitad de las palabras sin deletrearlas, y pudiera entender lo que significaba un tercio)—, mejor que aquel extraño libro de nombre raro por el que se mató el capitán Brown. Aquel libro del señor Boz, ya sabe... *El viejo Poz*;[8] sí, cuando era una chiquilla (hace mucho tiempo), hice el papel de Lucy en *El viejo Poz*. —Farfulló durante el tiempo suficiente como para que Flora pudiera echar un buen vistazo a *Un cuento de navidad*, que la señorita Matty había dejado sobre la mesa.

8. *Old Poz*: historia infantil que su autora, Maria Edgeworth (1767-1849), publicó en su obra *The Parent's Assistant*.

Capítulo III. Una antigua aventura amorosa

Pensaba que, probablemente, mi relación con Cranford acabaría después de la muerte de la señorita Jenkyns o, al menos, tendría que mantenerla por correspondencia, que viene a ser al trato personal lo que los libros de plantas secas que veo a veces (*Hortus Siccus*, creo que lo llaman) a las flores vivas y frescas de los caminos y los prados. Por tanto, me sorprendió agradablemente recibir una carta de la señorita Pole (que siempre había venido una semana, tras mi visita anual a la señorita Jenkyns), en la que sugería que fuera y me alojara con ella. Entonces, un par de días después de aceptar, llegó una nota de la señorita Matty en la que, de manera menos directa y humilde, me explicaba cuánto placer le causaría que pasara un par de semanas con ella, antes o después de estar en casa de la señorita Pole; pues, según decía, «soy plenamente consciente de que, desde la muerte de mi querida hermana, no tengo atracciones que ofrecer. Debo la compañía de mis amigas a su bondad».

Naturalmente, prometí ir a casa de la señorita Matty en cuanto finalizara mi visita a la señorita Pole, y el día después de mi visita a Cranford fui a verla, preguntándome cómo sería la casa sin la señorita Jenkyns, y temiendo el aspecto cambiado de las cosas. La señorita Matty comenzó a llorar en cuanto me vio. Estaba claramente nerviosa al anticipar mi visita. La consolé tanto como pude, y me di cuenta que el mejor consuelo que le podía dar era el sincero elogio que procedía de mi corazón al hablar de la fallecida. La señorita Matty sacudió la cabeza lentamente ante cada virtud que se mencionó y atribuyó a su hermana. Finalmente, no pudo contener las lágrimas que habían estado fluyendo en silencio durante un buen rato, y escondió su cara tras un pañuelo y sollozó en voz alta.

—Querida señorita Matty —dije yo, tomándola de la mano, pues no sabía cómo decirle cuánto lo sentía por ella, sola en el mundo. Bajó el pañuelo, y dijo:

—Querida, prefiero que no me llame Matty. A ella no le gustaba, pero yo hacía muchas cosas que no le gustaban, me temo. ¡Y ahora ya no está! ¿Puede llamarme Matilda, querida?

Se lo prometí fielmente, y comencé a practicar el nuevo nombre con la señorita Pole aquel mismo día. Poco a poco, se conoció la opinión de la señorita Matilda respecto al asunto en Cranford, y todas tratamos de olvidar el nombre cariñoso, aunque con tan poco éxito que, inmediatamente, nos dimos por vencidas.

Mi visita a la señorita Pole fue muy tranquila. La señorita Jenkyns había tenido el mando en Cranford durante tanto tiempo que, ahora que no estaba, apenas sabían cómo dar una fiesta. La honorable señora Jamieson, a quien la misma señorita Jenkyns le había cedido el puesto de honor, era gorda e inerte, y estaba a merced de sus viejos criados. Si decidían que debía dar una fiesta, le recordaban la necesidad de hacerlo: si no, lo dejaba pasar. Había más tiempo para escuchar las viejas batallas de la señorita Pole, mientras ella se sentaba a hacer ganchillo y yo cosía las camisas de mi padre. Siempre llevaba una buena cantidad de costura a Cranford pues, como no leíamos ni caminábamos mucho, me parecía un tiempo primordial para adelantar trabajo. Una de las historias de la señorita Pole tenía que ver con una aventura amorosa que había percibido sutilmente o sospechado muchos años atrás.

Poco después, llegó el momento de marcharme a casa de la señorita Matilda. Los arreglos para mi comodidad la tenían tímida y preocupada. Mientras deshacía el equipaje, vino muchas veces a remover el fuego que ardía mucho peor por haberlo atizado tanto.

—¿Tiene suficientes cajones, querida? —me preguntó—. No sé exactamente cómo solía organizarlos ella. Tenía métodos fijos. Estoy segura de que hubiera entrenado a una sirvienta en una semana para conseguir un fuego mejor que éste, y Fanny lleva cuatro meses conmigo.

El asunto de los criados era un motivo de queja permanente, y a mí no me maravillaba demasiado pues, si los caballeros eran escasos y casi desconocidos en la «sociedad cortés» de Cranford, éstos o sus homólogos abundaban en las clases bajas. Las bonitas criadas tenían su selección de pretendientes deseables, y sus amas, sin el misterioso pavor a los hombres y al matrimonio que tenía la señorita Matilda, bien podían sentirse un tanto preocupadas si sus atractivas sirvientas se veían pretendidas por el carpintero, el carnicero o el jardinero, que tenían la obligación de acudir a las casas si se les llamaba y que, desafortunadamente, solían ser apuestos y solteros. Los amantes de Fanny, si los tenía (y la señorita Matilda sospechaba que tenía muchos flirteos pero, si no hubiera sido tan bonita, yo dudaría de que tuviera uno siquiera), eran una constante preocupación para su ama. Conforme a su acuerdo, tenía prohibido tener pretendientes y ella había respondido inocentemente, agarrando el borde de su delantal mientras hablaba:

—Por favor, señora, nunca he tenido más de uno a la vez. —Y la señorita Matty prohibió el que tenía. Pero la visión de un hombre parecía rondar la cocina. Fanny me aseguró que era pura imaginación, pero podría afirmar que vi el bajo de un abrigo de hombre entrar apresuradamente en el fregadero una vez, cuando fui a hacer un recado a la despensa de noche.

Otra noche, habiéndose detenido nuestros relojes, fui a mirar el reloj, y había una presencia extraña, parecida a un joven apiñado entre el reloj y la parte trasera de la puerta abierta. Pensé que Fanny había cogido la vela rápidamente para dejar el reloj a la sombra, mientras me decía que era media hora antes de la hora real, tal como pudimos comprobar después con el reloj de la iglesia. Pero no agravé las preocupaciones de la señorita Matty al mencionar mis sospechas, especialmente porque, al día siguiente, Fanny me dijo que era una cocina tan extraña en la que rondaban sombras raras, que casi temía quedarse:

—Pues ya sabe, señorita —añadió—, que no veo a criatura alguna desde el té de las seis hasta que la señorita llama para las oraciones de las diez.

No obstante, ocurrió que Fanny tuvo que marcharse y la señorita Matilda me rogó que me quedara y la ayudara a «asentarse» con la nueva criada. Yo acepté, después de saber que mi padre no quería que volviera a casa. La nueva sirvienta era una tosca chica de campo y aspecto honesto, que sólo había vivido en una granja antes, pero me gustó su aspecto cuando se presentó para el empleo, y le prometí a la señorita Matilda enseñarle las costumbres de la casa. Dichas costumbres se observaban religiosamente, a la manera en la que la señorita Matilda pensaba que su hermana aprobaría. Muchas normas y leyes domésticas habían sido objeto de susurro lastimero durante la vida de la señorita Jenkyns; pero ahora que no estaba, no creo que ni siquiera yo, que era una favorita, hubiera podido sugerir un cambio. Por ejemplo: en las comidas, seguíamos las costumbres que se observaban «en la casa de mi padre, el párroco». Por tanto, siempre tomábamos vino y postre, pero las licoreras sólo se llenaban cuando había una fiesta, y lo que quedaba apenas se tocaba, aunque tomábamos dos copas de vino todos los días después de comer, hasta que llegaba la siguiente ocasión festiva, cuando se examinaba el estado del vino sobrante en un consejo familiar. Los posos se daban a menudo a los pobres pero, en ocasiones, cuando sobraba mucho de la fiesta anterior (cinco meses atrás, tal vez), se le añadía vino de una botella nueva, traída de la bodega. Creo que al pobre capitán Brown no le gustaba demasiado el vino, pues pude advertir que nunca terminaba el primer vaso, y la mayoría de los militares toman más de uno. En cuanto a nuestro postre, la señorita Jenkyns solía recoger ella misma pasas y grosellas que, a veces, pensaba que sabrían mejor recién caídas del árbol; pero, tal como solía decir la señorita Jenkyns, no habría nada de postre en verano. Así pues, nos sentíamos muy distinguidas con nuestras dos copas y un plato de grosellas al principio, pasas y galletas después, y dos copas al final. Cuando llegaron las naranjas, se llevaba a cabo un curioso procedimiento. A la señorita Jenkyns no le gustaba cortar la fruta, ya que, tal como decía, todo el jugo se escapaba de Dios sabía adónde. Chuparlas (creo que ella empleaba una palabra más recóndita) era, de hecho, la única manera de disfrutar las naranjas; pero estaba aquella desagradable asociación con una ceremonia que los bebés llevaban a cabo frecuentemente. Así que, después del postre, en época de naranjas, la señorita Jenkyns y la señorita Matty solían levantarse, cogían una naranja en silencio, y se retiraban a la privacidad de sus propias habitaciones para permitirse chupar las naranjas.

En esas ocasiones, había intentado convencer un par de veces a la señorita Matty de que se quedara, y había tenido éxito en vida de su hermana. Yo sostenía una pantalla y no miraba; por su parte, ella intentaba no hacer un ruido demasiado ofensivo. Pero ahora que estaba sola, parecía horrorizada cuando le rogué que se quedara conmigo en el cálido comedor y disfrutara de la naranja como más le gustara. Así ocurría en todo. Las normas de la señorita Jenkyns se volvieron más estrictas que nunca, porque quien las había establecido ya no estaba, y no había apelación posible. En todo lo demás, la señorita Matilda era dócil e indecisa en extremo. He oído a Fanny hacerle dar veinte vueltas en una sola mañana por la comida, tal como quería la pequeña pícara; y a veces pensaba que se centraba en la debilidad de la señorita Matilda para desconcertarla, y para hacerla sentir bajo el dominio de su lista sirvienta. Decidí que no la dejaría hasta que viera qué tipo de persona era Martha y, si me parecía de fiar, le diría que no preocupara a su ama con cada pequeña decisión.

Martha era franca y clara en extremo; por otra parte, era una chica enérgica y bien intencionada, pero muy ignorante. No llevaba una semana con nosotras cuando la señorita Matilda y yo nos vimos sorprendidas una mañana por la carta de un primo suyo que había pasado veinte o treinta años en la India y que, recientemente, según habíamos visto en la «Lista del Ejército», había vuelto a Inglaterra con una esposa inválida que nunca había conocido a sus parientes ingleses. El comandante Jenkyns escribió para mencionar que él y su esposa pasarían una noche en Cranford, de camino a Escocia (en la posada, si a la señorita Matilda no le venía bien recibirlos en su casa; en cuyo caso esperaban estar con ella el máximo tiempo posible durante el día). Naturalmente, tal como ella dijo, le venía bien, pues todo Cranford sabía que la habitación de su hermana estaba libre, pero estoy segura de que deseaba que el comandante se hubiera quedado en la India y hubiera olvidado a sus primas totalmente.

—¿Cómo me las arreglaré? —preguntó desesperada—. Si Deborah estuviera viva, hubiera sabido qué hacer con un visitante masculino. ¿He de poner cuchillas de afeitar en su vestidor? ¡Dios mío! No tengo ninguna. Deborah las hubiera tenido. ¿Y zapatillas? ¿Y cepillo para el abrigo? —Le dije que, probablemente, él mismo traería aquellas cosas—. Y después de comer, ¿cómo sabré cuándo levantarme y dejarle con su vino? Deborah lo hubiera hecho muy bien; hubiera estado en su elemento. ¿Crees que querrá café?

Asumí la gestión del café, y le dije que le enseñaría a Martha el arte del servicio (en el que hay que admitir que era muy deficiente), y que no tenía duda de que el comandante y la señora Jenkyns entenderían la forma discreta en la que una dama vivía en un pueblo campestre. Pero estaba tristemente agitada. La hice vaciar las licoreras y subir dos botellas nuevas de vino. Desearía haber podido evitar que estuviera presente cuando le di las instrucciones a Martha, pues me interrumpía frecuentemente con nuevas instrucciones, confundiendo a la pobre chica, mientras nos escuchaba boquiabierta a ambas.

—Distribuye las hortalizas —le dije (ahora veo que inútilmente, pues estaba pidiendo más de lo que podíamos conseguir con sencillez y discreción), y al ver su mirada de desconcierto, añadí—: Lleva las hortalizas a la gente, y deja que se sirvan.

—Y atiende a las damas primero —añadió la señorita Matilda—. Has de atender siempre a las damas, antes que a los caballeros.

—Lo haré como me dice, señora —dijo Martha—, pero me gustan más los mozos.

El discurso de Martha nos hizo sentir incómodas y horrorizadas, pero no creo que pretendiera ofendernos. En general, seguía muy bien nuestras instrucciones, excepto cuando dio un ligero codazo al comandante cuando no se sirvió las patatas con la rapidez que esperaba mientras las distribuía.

Cuando llegaron, el comandante y su esposa resultaron ser gente tranquila y poco pretenciosa; eran lánguidos, como todos los indios orientales, supongo. Sentimos gran consternación al ver que traían dos sirvientes con ellos: un mayordomo hindú para el comandante, y una anciana dama para su esposa. Éstos dormían en la posada, y nos quitaban una gran parte de responsabilidad al atender cuidadosamente la comodidad de sus amos. Ciertamente, Martha no podía dejar de mirar su turbante blanco y su constitución oscura, y advertí que la señorita Matilda se encogió un poco ante él cuando servía la comida. De hecho, cuando se marcharon, me preguntó si no me recordaba a Barba Azul. En general, la visita fue muy satisfactoria, y es tema de conversación de vez en cuando con la señorita Matilda. Por aquel entonces, creó gran entusiasmo en Cranford, e incluso consiguió despertar cierto interés en la honorable señora Jamieson, cuando fui a visitarla y darle las gracias por las amables respuestas que había dado a las preguntas de la señorita Matilda en cuanto al vestidor de un caballero (respuestas que, he de confesar, dio con la actitud cansada de una profetisa escandinava).

—Déjeme, déjeme reposar.

Y ahora relataré el asunto amoroso.

Parece ser que la señorita Pole tenía un primo, apartado un par de veces, que se había declarado a la señorita Matty mucho tiempo atrás. Ahora su primo vivía a cuatro o cinco millas de Cranford en su propia finca; pero su propiedad no era lo suficientemente grande para tener derecho a un rango mayor que el de granjero, o algo con algo de un «orgullo de humildad similar». Se había negado a ascender de la misma forma que muchos de su clase habían hecho hasta el rango de escudero. No se permitía llamarse Thomas Holbrook, *Escudero*; incluso devolvía las cartas dirigidas a ese nombre, diciéndole a la jefa de la oficina de correos que su nombre era señor Thomas Holbrook, granjero. Rechazaba todas las innovaciones domésticas; tenía la puerta de la casa abierta en verano y cerrada en invierno, sin aldaba o campana para llamar a un criado. El puño cerrado o el puño de un bastón realizaban aquella labor, si la puerta estaba cerrada. Despreciaba cualquier refinamiento que no estuviera profundamente enraizado en la humanidad. Si la gente no estaba enferma, no veía la necesidad de moderar su voz. Hablaba el dialecto de la zona a la perfección, y lo empleaba constantemente en la conversación, aunque la señorita Pole (que me dio estos detalles) añadió que recitaba mejor y con más sentimiento que ninguna otra persona a la que hubiera oído jamás, excepto el difunto párroco.

—¿Y cómo es que la señorita Matilda no se casó con él? —pregunté yo.

—No lo sé. Creo que ella estaba dispuesta, pero el primo Thomas no debía ser suficiente caballero para el párroco y la señorita Jenkyns.

—¡Bien! Pero no eran ellos quienes se iban a casar con él —dije yo, impaciente.

—No, pero no querían que la señorita Matty se casará con alguien de rango inferior. Ya sabe que era la hija del párroco, y están emparentados de alguna forma con sir Peter Arley: la señorita Jenkyns pensaba mucho en aquello.

—¡Pobre señorita Matty! —dije yo.

—No, ahora, sólo sé que él se declaró y fue rechazado. Puede que a la señorita Matty no le gustara, y puede la señorita Jenkyns no hubiera dicho palabra. Es sólo una suposición mía.

—¿Le ha visto desde entonces? —quise saber.

—Creo que no. Verá, Woodley, la casa del primo Thomas, está a medio camino entre Cranford y Misselton; y sé que comenzó a comerciar en Misselton poco después de declararse a la señorita Matty. No creo que haya venido a Cranford más que un par de veces desde entonces. Una vez caminaba con la señorita Matty por la calle Mayor y, de repente, se apartó de mí como una flecha y se metió por Shire Lane. Unos minutos después, me sobresalté al encontrarme con el primo Thomas.

—¿Qué edad tiene él? —pregunté tras una pausa para meditar.

—Creo que tendrá alrededor de setenta, querida —dijo la señorita Pole, echando abajo mis conjeturas, como si de un castillo de naipes se tratara.

Muy poco después, al menos durante mi prolongada visita a la señorita Matilda, tuve la oportunidad de ver al señor Holbrook, y de presenciar, también, su primer encuentro con su antiguo amor, después de treinta o cuarenta años de separación. Estaba ayudando a decidir si alguna de las nuevas sedas de colores que acababan de recibir en la tienda irían bien con una muselina gris y negra que necesitaba más anchura, cuando un anciano alto, delgado y quijotesco entró en la tienda en busca de guantes de lana. Nunca había visto a aquel hombre (bastante llamativo, por cierto) antes, y le miré atentamente mientras la señorita Matty escuchaba al dependiente. El extraño llevaba un abrigo azul con botones dorados, bombachos grises y polainas, y tamborileaba los dedos sobre el mostrador hasta que lo atendieron. Cuando respondió a la pregunta del dependiente, que le cuestionaba qué podría ofrecerle aquel día, vi que la señorita Matilda dio un respingo y, de repente, se sentó. Al instante imaginé de quién se trataba. Ella había realizado una consulta que debía responder el otro dependiente.

—La señorita Jenkyns desea la seda negra a dos chelines y dos peniques la yarda. —Al oír el nombre, el señor Holbrook cruzó la tienda en dos zancadas.

—¡Matty, señorita Matilda, señorita Jenkyns! ¡Dios bendiga mi alma! No la hubiera reconocido. ¿Cómo está? ¿Cómo está? —Le estrechaba la mano de una forma que probaba la cercanía de su amistad, pero repitió tantas veces «¡No la hubiera reconocido!», como para sí mismo, que cualquier romance sentimental que me hubiera sentido inclinada a imaginar se desvaneció con sus modales.

No obstante, siguió hablándonos durante todo el tiempo que estuvimos en la tienda. Después, despidiéndose del dependiente con los guantes que no había comprado a su lado y diciéndole «¡Otro día, señor! ¡Otro día!», nos acompañó a casa. Me alegra decir que mi clienta, la señorita Matilda, salió de la tienda igual de desconcertada, sin haber comprado seda verde ni roja. Era evidente que el señor Holbrook estaba lleno de vociferante y sincera alegría al encontrarse con su antiguo amor; mencionó los cambios que habían tenido lugar, e incluso habló de la señorita Jenkyns como «¡Su pobre hermana! ¡Bueno, bueno! Todos tenemos nuestros defectos.» Nos despidió expresando su esperanza de volver a ver pronto a la señorita Matty. Ella se marchó directamente a su habitación, y no salió de nuevo hasta poco antes de la hora del té. Se me ocurrió que parecía haber estado llorando.

Capítulo IV. Visita a un anciano soltero

Unos días después, llegó una nota del señor Holbrook, pidiéndonos (imparcialmente a ambas) de una manera formal y a la antigua usanza que pasáramos un día en su casa. Un largo día de junio, pues estábamos en junio. Mencionó que también había invitado a su prima, la señorita Pole, de manera que podíamos coger un coche juntas y dejarlo en su casa.

Esperaba que la señorita Matty se sobresaltara ante la invitación, ¡pero no! La señorita Pole y yo tuvimos grandes dificultades para convencerla de que fuéramos. Le parecía inapropiado, e incluso se sintió un tanto molesta cuando ignoramos completamente la idea de que hubiera cualquier falta de decoro en que fuera con otras dos damas a ver a su antiguo amor. Entonces, surgió un obstáculo mayor. Se le ocurrió que a Deborah no le hubiera gustado que fuera. Nos llevó más de la mitad de un día de conversación superar aquello pero, a la primera frase de debilidad, aproveché la oportunidad, y escribí y envié una nota de aceptación en su nombre, fijando el día y la hora, de forma que todo estuviera decidido y establecido.

A la mañana siguiente me pidió que fuera con ella a la tienda y, allí, tras muchas dudas, elegimos tres sombreros para que enviaran a casa y nos los probáramos, de forma que pudiéramos escoger el más favorecedor para llevar el jueves.

Estuvo en un estado de silenciosa agitación durante todo el camino a Woodley. Era evidente que nunca había estado allí antes y, aunque ella no tenía idea de que yo supiera algo de su antigua historia, podía advertir que temblaba ante la idea de ver el lugar que hubiera podido ser su hogar, y concluir que era todo lo que sus imaginaciones de niña inocente hubieran esperado. Era un viaje largo a través de traqueteantes caminos pavimentados. La señorita Matilda se sentaba muy erguida, y miraba melancólicamente por las ventanas a medida que nos acercábamos al final de nuestro viaje. El aspecto del terreno era tranquilo y bucólico. Woodley estaba situado entre campos, y había un jardín pasado de moda donde las rosas y los arbustos de grosellas se tocaban mutuamente, y donde los espárragos emplumados formaban un bello fondo para las clavelinas y los claveles; no había camino de entrada a la puerta. Salimos junto a una pequeña puerta, y subimos un camino recto.

—Creo que mi primo está pensando hacer una entrada para coches —dijo la señorita Pole, que temía el dolor de oído, y llevaba el sombrero puesto.

—Me parece muy bonito —contestó la señorita Matty con un suave tono lastimero en la voz y casi en un susurro, pues justo entonces apareció el señor Holbrook en la puerta, frotándose las manos en plena efervescencia hospitalaria. Me parecía más quijotesco que nunca, aunque el parecido era sólo externo. Su respetable ama de llaves permanecía de pie modestamente junto a la puerta para darnos la bienvenida y, mientras llevaba a las damas mayores a una habitación, pedí visitar el jardín. Mi solicitud agradó de manera evidente al anciano, que me llevó por todo el lugar y me enseñó sus veintiséis vacas, a las que había nombrado según cada letra del alfabeto. Mientras caminábamos, me sorprendía ocasionalmente al repetir acertadas y bellas citas de poetas, pasando fácilmente de Shakespeare y George Herbert a los contemporáneos. Lo hacía de una forma natural, como si estuviera pensando en voz alta, y sus certeras y bellas palabras fueran la mejor expresión de sus pensamientos o sentimientos. Estoy segura de que llamó a Byron «mi señor Byrron», y pronunció el nombre de Goethe en perfecta concordancia con el sonido inglés de las letras: «Tal y como dice Goethe: "Los siempre verdes palacios..."». En general, no he conocido hombre, antes o después, que haya pasado su vida en un lugar solitario y no demasiado imponente, con un creciente deleite en el cambio diario y anual de estación y la belleza.

Cuando entramos, descubrimos que la comida estaba casi lista en la cocina, así que supuse que había que hacer sitio, pues había aparadores y armarios de roble por todas partes y junto al fuego, y sólo una pequeña alfombra turca en medio del suelo embaldosado. La habitación podía convertirse fácilmente en un bello comedor de roble oscuro quitando el horno y otros accesorios de cocina, que evidentemente nunca se usaban, puesto que se cocinaba a cierta distancia. La habitación en la que habíamos de sentarnos era un departamento feo de muebles fríos, pero en el que nos instalamos era lo que el señor Holbrook llamaba la oficina de contabilidad, donde pagaba a sus peones sus salarios semanales, en un gran escritorio junto a la puerta. El resto de la bella sala, que daba al huerto y estaba cubierto de ondeantes sombras de árboles, se hallaba lleno de libros. Los había por el suelo, cubrían las paredes, estaban desparramados sobre la mesa. Se sentía evidentemente semiavergonzado y semiorgulloso de su excentricidad en ese ámbito. Los había de todo tipo, aunque predominaban la poesía y las historias extrañas. Estaba claro que elegía los libros según sus gustos, y no porque fueran clásicos o favoritos establecidos.

—¡Ah! —dijo—. Nosotros, los granjeros, no deberíamos tener mucho tiempo para leer; no obstante, uno no puede evitarlo.

—¡Qué habitación tan bonita! —dijo la señorita Matty, *sotto voce*.

—¡Qué lugar tan agradable! —dije yo en voz alta, casi a la vez.

—¡No! —respondió—. Pero siéntense en aquellas sillas triangulares de piel negra. Me gusta más que el salón bueno, pero he pensado que a las damas aquél les parecería más elegante.

Era más elegante pero, igual que la mayoría de las cosas elegantes, no era bonito, ni agradable, ni acogedor. Por tanto, mientras comíamos, la criada quitó el polvo y limpió las sillas de la oficina de contabilidad, y nos sentamos allí el resto del día.

Comimos *pudding* antes que la carne, y pensé que el señor Holbrook se iba a disculpar por sus costumbres antiguas, porque comenzó:

—No sé si les gustan las costumbres modernas.

—¡Para nada! —dijo la señorita Matty.

—A mí tampoco —dijo él—. Mi ama de llaves ha de respetar éstas, o si no le digo que, cuando yo era joven, nos ceñíamos estrictamente a la norma de mi padre: «Si no hay caldo, no hay *pudding*; si no hay *pudding*, no hay carne», y siempre comenzábamos la comida con caldo. A continuación, tomábamos *pudding* de grasa hervida en el caldo con la carne, y después la carne. Si no nos bebíamos el caldo, no teníamos pudding, que nos gustaba mucho más. La carne llegaba al final, y sólo la tomaban aquellos que habían hecho justicia al caldo y al *pudding*. Ahora la gente comienza con cosas dulces, y enrevesa su comida.

Cuando llegaron el pato y los guisantes, nos miramos consternadas; sólo teníamos tenedores de dos dientes, con mango negro. Ciertamente, el acero estaba tan brillante como la plata, pero ¿qué podíamos hacer? La señorita Matty cogía sus guisantes uno por uno, pinchándolos con los dientes del tenedor, de la misma forma que Amina comía sus granos de arroz, tras su anterior festín con el demonio.[9] La

9. Referencia a la *Historia de Amina, la segunda joven* (*Las mil y una noches*). (*N. de la t.*)

señorita Pole suspiraba sobre sus delicados guisantes, mientras los dejaba a un lado del plato sin probarlos, ya que caerían entre los dientes del tenedor. Miré a mi anfitrión: los guisantes entraban en grandes cantidades en su amplia boca, empujados por su enorme cuchillo redondeado. Lo vi, lo imité, ¡y sobrevivo! En lugar de seguir mi ejemplo, mis amigas no pudieron reunir la valentía para hacer algo tan poco decoroso y, si el señor Holbrook no hubiera estado tan hambriento, hubiera visto que aquellos buenos guisantes se retiraban sin apenas haberlos tocado.

Después de la comida, trajeron una pipa de arcilla y una escupidera y, tras pedirnos que nos retiráramos a otra habitación donde se reuniría con nosotras en seguida, si nos molestaba el humo del tabaco, le entregó la pipa a la señorita Matty y le pidió que se la llenara. Aquello era un cumplido para una dama en su juventud, pero era muy inapropiado que lo sugiriera como un honor a la señorita Matty, que había sido entrenada por su hermana para que aborreciera cualquier tipo de humo. Pero si se trataba de una conmoción a su refinamiento, también era gratificante que la hubiera seleccionado; así que puso delicadamente el fuerte tabaco en su pipa, y nos retiramos.

—Es muy agradable comer con un soltero —dijo suavemente la señorita Matty, mientras nos instalábamos en la oficina de contabilidad—. Sólo espero que no sea inadecuado: ¡hay tantas cosas agradables que lo son!

—¡Qué cantidad de libros tiene! —dijo la señorita Pole, echando un vistazo a la habitación— ¡Y cuánto polvo tienen!

—Creo que debe de ser como una de las habitaciones del gran doctor Johnson —dijo la señorita Matty—. ¡Qué hombre tan magnífico debe de ser su primo!

—¡Sí! —dijo la señorita Pole—. Lee mucho, pero me temo que ha adquirido costumbres muy zafias al vivir solo.

—«Zafio» es una palabra demasiado dura. Yo lo llamaría excéntrico. ¡La gente muy lista siempre lo es! —respondió la señorita Matty.

Cuando el señor Holbrook regresó, sugirió un paseo por el campo; pero las dos damas mayores temían la humedad, la suciedad, y sus sombreros eran muy inapropiados, así que declinaron la oferta, y me encontré de nuevo en su compañía, en una vuelta que, según dijo, debía dar para hacerse cargo de sus hombres. Daba largas zancadas, olvidando completamente mi existencia, o silenciosamente sereno por su pipa, aunque no era exactamente en silencio. Caminaba un poco encorvado por delante de mí, con las manos unidas tras de sí y, cuando un árbol, una nube o el destello de lejanos pastos de los páramos llamaban su atención, citaba poesía para sí mismo, recitándola en voz alta con su resonante voz, con el énfasis justo que el verdadero sentimiento y su aprecio proporcionan. Llegamos a un viejo cedro en un extremo de la casa.

—El cedro despliega sus capas de sombra verde oscura.

—¡Gran palabra! ¡«Capas»! ¡Un hombre maravilloso! —No sabía si me hablaba a mí o no; pero añadí un «maravilloso» de aprobación, aunque no sabía nada, porque estaba cansada de ser ignorada y, por tanto, de estar callada.

Se volvió hacia mí de golpe.

—¡Ay! ¡Puede usted decir que es «maravilloso». Cuando leí una reseña de sus poemas en la revista *Blackwood*, salí una hora después, y caminé siete millas hasta Misselton (pues no había caballos por el camino) y los pedí. Ahora bien, ¿de qué color son los fresnos en marzo?

«Estaba loco» pensé. Se parecía mucho a don Quijote.

—¿De qué color son, le digo? —repitió vehementemente.

—Ciertamente, no lo sé, señor —dije yo, con la docilidad de la ignorancia.

—Sabía que no lo sabía. Yo tampoco lo sabía, viejo estúpido, hasta que un joven vino y me lo dijo. Negro como los fresnos en marzo. Y he vivido toda mi vida en el campo; me avergüenza no saberlo. Negros: son negro azabache, señora. —Y echó a andar de nuevo, balanceándose al son de la música de una rima que se le había pegado.

Cuando volvimos, sólo quería leernos los poemas de los que había estado hablando; y la señorita Pole le animó en su sugerencia, creo que porque quería que yo escuchara su bella forma de recitar, de la que tanto había alardeado. Posteriormente diría que era porque había llegado a una parte difícil de su ganchillo, y quería contar sus puntos sin tener que hablar. Cualquier cosa que él hubiera propuesto hubiera estado bien para la señorita Matty, aunque se quedó completamente dormida a los cinco minutos de comenzar a recitar un extenso poema llamado «Locksley Hall», y se echó una agradable siesta, desapercibida, hasta que terminó. Cuando el cese de su voz la despertó, dijo, sintiendo que era de esperar, y puesto que la señorita Pole estaba contando:

—¡Qué libro tan bonito!

—¡Bonito, señora! ¡Es precioso! ¡Verdaderamente bonito!

—¡Sí! ¡Quería decir precioso! —dijo ella, agitada por su desaprobación de la palabra—. Se parece mucho a aquel poema del doctor Johnson que mi hermana solía leer. He olvidado su nombre. ¿Cómo era, querida? —dijo, volviéndose hacia mí.

—¿A cuál se refiere, señora? ¿Sobre qué trataba?

—No recuerdo sobre qué trataba, y he olvidado su nombre; pero lo había escrito el doctor Johnson, y era muy hermoso. Muy parecido al que el señor Holbrook acaba de leer.

—No lo recuerdo —dijo, reflexivo—. Pero no conozco bien los poemas del doctor Johnson. He de leerlos.

Mientras subíamos al coche para regresar, oí al señor Holbrook decir que pronto visitaría a las damas, para interesarse por cómo habían llegado a casa. Aquello agradó y agitó de manera evidente a la señorita Matty en cuando lo dijo; pero una vez perdimos de vista entre los árboles la vieja casa, sus sentimientos hacia su dueño se convirtieron gradualmente en angustia por si Martha había faltado a su palabra, y había aprovechado la oportunidad de la ausencia de su ama para llevar un pretendiente. Martha tenía buen aspecto, y parecía seria y bastante serena cuando vino a ayudarnos a salir. Siempre cuidaba de la señorita Matty, y aquella noche hizo uso de su desafortunada oratoria:

—¡Eh! ¡Querida señora, pensar en salir de noche con un chal tan fino! No es mucho más grueso que la muselina. A su edad, señora, debería tener cuidado.

—¡A mi edad! —dijo la señorita, hablando casi en un tono iracundo para ella, que normalmente era muy suave—. ¡Mi edad! ¿Cuántos años crees que tengo, para hablar de mi edad?

—Bueno, señora. Diría que no anda usted lejos de los sesenta, pero el aspecto de la gente a veces no les hace justicia, y yo ciertamente no pretendía ofenderla.

—¡Martha, aún no he cumplido los cincuenta y dos! —dijo la señorita Matty, con un solemne énfasis; pues, probablemente, el recuerdo de su juventud había sido muy vívido para ella aquel día, y le molestaba advertir que su época dorada había quedado tan lejos.

Pero nunca mencionó ninguna relación anterior o más íntima con el señor Holbrook. Probablemente se había encontrado tan poca simpatía en su temprano amor, que lo había encerrado en su corazón, y sólo mediante la observación, que apenas podía evitar desde la confidencia de la señorita Pole, podía ver cuán fiel había sido su pobre corazón en su pena y su silencio.

Me dio buenos motivos para ponerse su mejor sombrero cada día, y se sentaba junto a la ventana, a pesar de su reumatismo, para poder ver la calle, sin ser vista.

Él vino. Colocó sus palmas abiertas sobre las rodillas, ampliamente separadas, mientras se sentaba con la cabeza inclinada hacia abajo, silbando, después de que hubiéramos respondido a sus preguntas sobre nuestro seguro regreso. De repente, se sobresaltó.

—¡Bueno, señora! ¿Tiene algún encargo de París? Iré en un par de semanas.

—¡A París! —exclamamos las dos.

—¡Sí, señora! Nunca he estado allí, y siempre he querido ir. He pensado que si no voy pronto, puede que no vaya nunca; así que, en cuanto recojamos el heno, iré, antes de la cosecha.

Estábamos tan sorprendidas, que no teníamos encargos.

Justo cuando salía de la habitación, se volvió con su exclamación favorita.

—¡Dios bendiga mi alma, señora! pero casi olvido la mitad de mi recado. Aquí tiene los poemas que tanto admiró la otra noche en mi casa. —Sacó un paquete de un tirón del bolsillo de su abrigo—. Adiós, señorita —dijo—. ¡Adiós, Matty! Cuídese —y se marchó.

Pero le había dado un libro y la había llamado Matty, tal como solía hacer treinta años atrás.

—Desearía que no fuera a París —dijo la señorita Matilda, nerviosa—. No creo que la rana le siente bien. Solía ir con mucho cuidado con lo que comía, lo cual era curioso en un joven de aspecto tan fuerte.

Poco después de aquello, me marché, dándole a Martha diversas instrucciones para que cuidara de su ama, y me hiciera saber si pensaba que la señorita Matilda no se encontraba bien, en cuyo caso me ofrecería a visitar a mi vieja amiga sin hacerle saber que Martha me había proporcionado la información.

Por consiguiente, recibía un par de líneas de Martha de vez en cuando y, hacia noviembre, recibí una nota que decía que su ama estaba «muy baja y sin apetito». Aquello me incomodó tanto que, aunque Martha no me había convocado claramente, hice el equipaje y fui allí.

Recibí una calurosa bienvenida, a pesar de la ligera agitación que produjo mi improvisada visita, pues sólo había avisado con un día de antelación. La señorita Matilda tenía muy mal aspecto, y me preparé para consolarla y mimarla.

Fui a mantener una conversación privada con Martha.

—¿Cuánto tiempo lleva así tu ama? —le pregunté, de pie junto al fuego de la cocina.

—¡Bueno! Creo que más de quince días. Fue un martes, después de una visita de la señorita Pole, cuando entró en este estado de abatimiento. Pensaba que estaba cansada, y que desaparecería con una noche de descanso, ¡pero no! Ha seguido así desde entonces, hasta que me pareció mi deber escribirle, señora.

—Has hecho bien, Martha. Es un consuelo saber que tiene una sirvienta tan fiel con ella. ¿E imagino que tú estarás cómoda, también?

—Bueno, señora, la señorita es muy amable, y no falta de comer ni de beber. Además, el trabajo es sencillo, pero... —vaciló Martha.

—Pero ¿qué, Martha?

—Me parece muy duro que la señorita no me permita tener pretendientes. Hay muchos jóvenes en el pueblo, y muchos me han ofrecido su compañía. Puede que no vuelva a estar en un lugar tan prometedor, y es como perder una oportunidad. Muchas de las chicas que conozco los hubieran tenido sin que la señorita lo supiera; pero he dado mi palabra y la mantendré. Ésta es una casa en la que la señorita nunca se enteraría si vinieran: es una cocina tan amplia, ¡y tiene tantos rincones oscuros! Podría esconder a cualquiera. Lo consideré el pasado domingo por la noche, pues no negaré que lloré porque tuve que darle con la puerta en las narices a Jem Hearn, y es un muchacho serio, bueno para cualquier chica; sólo que le había dado mi palabra a la señorita. —Martha lloraba de nuevo, y yo poco podía consolarla, pues sabía por experiencia el horror que tenían las dos señoritas Jenkyns a los pretendientes; y en el actual estado nervioso de la señorita Matty, era poco probable que aquel terror se redujera.

Al día siguiente, fui a ver a la señorita Pole, y la cogí por sorpresa, pues no había ido a ver a la señorita Matilda en dos días.

—Y he de volver contigo, querida, pues le prometí hacerle saber cómo seguía Thomas Holbrook. Lamento decir que su ama de llaves me ha mandado hoy una nota, diciendo que no le queda mucho de vida. ¡Pobre Thomas! Aquel viaje a París fue demasiado para él. Su ama de llaves dice que apenas ha paseado por el campo desde entonces, sólo se sienta con las manos sobre las rodillas en la oficina de contabilidad, sin leer ni nada, diciendo la maravillosa ciudad que es París. París tiene mucha culpa si mata a mi primo Thomas, pues no ha existido hombre mejor.

—¿Conoce la señorita Matilda su enfermedad? —pregunté, cuando se me ocurrió como posible motivo de su indisposición.

—¡Querida! ¡Claro que sí! ¿No se lo ha dicho? Se lo hice saber hace quince días o más, cuando lo supe. ¡Qué raro que no se lo haya dicho!

«Para nada» pensé; pero no dije nada. Casi me sentía culpable de haber espiado con demasiada curiosidad su tierno corazón, y no iba a hablar de sus secretos (la señorita Matty pensaba que estaban ocultos) por nada del mundo. Acompañé a la señorita Pole a la salita de la señorita Matilda, y las dejé solas. Pero no me sorprendí cuando Martha vino a la puerta de mi habitación para pedirme que bajara a comer sola, ya que la señorita tenía una de sus terribles jaquecas. Vino al salón a la hora del té, pero era un evidente esfuerzo para ella y, como para compensar un sentimiento lleno de reproches contra su difunta hermana, la señorita Jenkyns, que la había tenido inquieta toda la tarde, y del que ahora se arrepentía, me decía una y otra vez lo buena y lista que era Deborah en su juventud; cómo solía decidir los vestidos que debía vestir en todas las fiestas (ideas débiles y fantasmales de sombrías fiestas largo tiempo atrás, ¡cuando la señorita Matty y la señorita Pole eran jóvenes!); y cómo Deborah y su madre habían comenzado una asociación benéfica para los pobres, y enseñaban a las chicas a cocinar y a coser; y cómo Deborah bailó una vez con un lord; y cómo solía visitar a sir Peter Arley, e intentó remodelar la tranquila rectoría según los planos de Arley Hall, donde tenían treinta sirvientes; y cómo había atendido a la señorita Matty durante una prolongada enfermedad de la que nunca había oído hablar, pero que ahora databa en mi mente tras el rechazo a la propuesta del señor Holbrook. Por tanto, hablamos suavemente y tranquilamente sobre los viejos tiempos durante aquella larga tarde de noviembre.

Al día siguiente, la señorita Pole nos informó de que el señor Holbrook había muerto. La señorita Matty escuchó la noticia en silencio; de hecho, después de las noticias del día anterior, era de esperar. La señorita Pole buscaba en nosotras alguna expresión de lamento, preguntándonos si no era triste que hubiera fallecido, y diciendo:

—¡Y pensar que aquel día de junio tenía tan buen aspecto! Y hubiera podido vivir una docena de años más si no hubiera ido a ese maldito París, donde siempre tienen revoluciones.

Hizo una pausa, esperando alguna manifestación por nuestra parte. Vi que la señorita Matty no podía hablar, de lo que temblaba por los nervios, así que dije lo que verdaderamente sentía, y después de una visita bastante prolongada (durante la que, sin duda alguna, la señorita Pole pensó que la señorita Matty había recibido la noticia con mucha calma), nuestra visitante se marchó.

La señorita Matty se esforzó mucho por ocultar sus sentimientos (ocultación que practicaba incluso conmigo, pues no ha vuelto a mencionar al señor Holbrook, aunque el libro que le dio sigue junto a su Biblia, sobre la mesilla junto a su cama). Ella creyó que no la había oído cuando le pidió a la pequeña sombrerera de Cranford que arreglara sus sombreros como los de la honorable señora Jamieson, ni que oí su respuesta:

—Pero lleva sombrero de viuda, señora.

—Sólo me refería a algo parecido, no de viuda, naturalmente, pero parecido a los de la señora Jamieson.

Aquel esfuerzo de ocultación fue el principio del temblor de cabeza y manos que he visto en la señorita Matty desde entonces.

La noche del día que supimos de la muerte del señor Holbrook, la señorita Matilda estaba muy callada y meditabunda. Después de las oraciones, llamó a Martha, y se quedó de pie sin saber qué decir.

—¡Martha! —dijo por fin—. Eres joven —entonces hizo una pausa tan larga que Martha, para recordarle su frase inacabada, olvidó el decoro y dijo:

—Sí, señora. Veintidós años el pasado 3 de octubre, señora.

—Y, quizá, Martha, puede que encuentres algún día un joven que te guste, y a quien le gustes. Dije que no podías tener pretendientes; pero si encuentras tal joven, me lo dices, y si me parece respetable, no pondré pegas a que venga a verte una vez por semana. Dios no permita —dijo en voz baja— que tenga que apenarme por jóvenes corazones. —Hablaba como si previera alguna lejana contingencia, y se sobresaltó cuando Martha respondió ansiosa:

—Por favor, señora. Está Jem Hearn, que es un carpintero que gana tres chelines y seis peniques al día, y mide metro noventa, señora. Si mañana por la mañana pregunta por él, todo el mundo le hablará de su seriedad, y estará encantado de venir mañana por la noche, estoy convencida.

Aunque la señorita Matty se sobresaltó, se rindió al destino y al amor.

Capítulo V. Viejas cartas

He advertido a menudo que todo el mundo tiene sus pequeños ahorros individuales, pequeñas costumbres de ahorrar fracciones de peniques para un propósito concreto, cuyo gasto molesta más que gastar chelines o libras en una verdadera excentricidad. Un anciano caballero al que conocía, que supo de la ruina de una sociedad anónima en la que había invertido parte de su dinero, con suavidad estoica, preocupó a su familia durante todo un día de verano porque uno de ellos había arrancado (en lugar de cortarlas) las hojas escritas de su ahora inútil libreta de ahorros. Naturalmente, las páginas correspondientes al otro extremo fueron arrancadas también, y aquel pequeño gasto innecesario de papel (su ahorro privado) le molestó más que la pérdida de todo su dinero. La llegada de sobres afligía terriblemente su alma; la única manera en la que podía reconciliarse con semejante gasto de aquel preciado artículo era dando la vuelta pacientemente a todos los que le mandaban, y empleándolos de nuevo. Incluso ahora, aquejado por la edad, le veo lanzando miradas melancólicas a sus hijas, cuando envían una hoja entera de papel, con tres líneas de aceptación para una invitación, escrita por un único lado. No puedo negar que yo misma tengo la misma debilidad humana. El hilo es mi punto débil. Mis bolsillos se llenan de pequeñas madejas, recogidas y enrolladas, listas para posibles usos que nunca llegan. Me molesta mucho que alguien corte la cuerda de un paquete en lugar de deshacer el nudo pacientemente y con cuidado, poco a poco. No puedo creer cómo es capaz la gente de emplear ovillos de goma india, que viene a ser la divinización de la cuerda, con la ligereza con la que lo hacen. Para mí, un ovillo de goma india es un tesoro precioso. Tengo uno que no es nuevo, uno que encontré en el suelo hace casi seis años. De verdad he intentado usarlo, pero el corazón no me lo permite, y no puedo lleva a cabo tal excentricidad.

Otros se afligen por pequeños pedazos de mantequilla. No pueden participar en la conversación, molestos por la costumbre de algunas personas de coger más mantequilla que la que quieren. ¿No ha visto nunca la mirada ansiosa (casi hipnotizante) que algunos fijan sobre tal artículo? Les resultaría un alivio que la apartaran de su vista, metiéndosela en la boca y tragándosela; y son verdaderamente felices si la persona poseedora del plato en el que yace la mantequilla inutilizada parte una tostada (que en realidad no desea) y se come su mantequilla. Entonces no les parece un desperdicio.

La señorita Matty Jenkyns era cauta con las velas. Teníamos diversos trucos para emplear las menos posibles. En las tardes de invierno, se sentaba a tejer durante dos o tres horas (podía hacerlo a oscuras, o junto al fuego), y cuando le preguntaba si podía llamar para que trajeran velas para acabar las puntadas de los puños, me decía que esperara hasta que anocheciera. Normalmente las traían a la hora del té, pero sólo encendíamos una cada vez. Como vivíamos constantemente preparadas por la posible visita de una amiga cualquier noche (pero que nunca llegaba), requería cierta creatividad mantener ambas velas con la misma largura, listas para ser encendidas, y para que pareciera que siempre encendíamos dos. Turnábamos las velas e, hiciéramos lo que hiciéramos, y habláramos de lo que habláramos, los ojos de la señorita Matty estaban siempre fijos en la vela, lista para saltar y apagarla y encender la otra, antes de que fueran demasiado desiguales en largura para devolverles la igualdad durante la velada.

Una noche, recuerdo que aquel ahorro de velas me molestaba especialmente. Estaba muy cansada de esperar obligada al anochecer, especialmente porque la señorita Matty se había quedado dormida, y no quería atizar el fuego y correr el riesgo de despertarla; así que tampoco podía sentarme en la alfombra y chamuscarme cosiendo junto al fuego, tal como solía hacer. Creo que la señorita Matty soñaba con su juventud; pues durante su sueño inquieto hizo referencia a gente que había muerto largo tiempo atrás. Cuando Martha trajo la vela encendida y el té, la señorita Matty comenzó a despertarse, con una mirada extraña y desconcertada, como si no fuéramos la gente que esperara ver a su alrededor. Cierta expresión triste ensombreció su rostro cuando me reconoció, pero inmediatamente trató de ofrecerme su sonrisa habitual. Estuvo hablando de su infancia y juventud durante todo el té. Quizá aquello le provocó el deseo de revisar las viejas cartas familiares, y destruir aquellas que no deberían caer en manos de extraños, pues había hablado a menudo de la necesidad de realizar aquella tarea, pero siempre había huido de ella, con el ligero temor de encontrarse con algo doloroso. No obstante, aquella noche se levantó después del té y fue a buscarlas (en la oscuridad, pues se enorgullecía de la precisa pulcritud en la disposición de sus habitaciones, y me miraba incómoda cuando encendía una vela para ir a otra habitación a buscar algo). Cuando regresó, la habitación se llenó de un ligero y agradable aroma a sarrapia. Siempre había percibido aquel olor en todas las cosas que pertenecían a su madre, y muchas de las cartas estaban dirigidas a ella (fajos amarillentos de cartas de amor, con sesenta o setenta años de antigüedad).

La señorita Matty deshizo el paquete con un suspiro, pero lo contuvo inmediatamente, como si no fuera apropiado lamentar el paso del tiempo o de la vida. Acordamos mirarlas por separado, cada una cogiendo una carta diferente del mismo fajo, y describiendo el contenido a la otra antes de destruirla. Nunca supe lo triste que era leer viejas cartas hasta aquella noche, aunque no sabría decir por qué. Las cartas eran tan felices como podían ser (al menos, las primeras). Tenían un vívido e intenso sentimiento de actualidad que resultaba fuerte y pleno, como si nunca pasara, y como si los cálidos y vivos corazones que se expresaban nunca pudieran morir y no ser nada en la soleada tierra. Me hubiera sentido menos melancólica, creo, si las cartas hubieran sido más actuales. Vi las lágrimas rodar por las arrugadas mejillas de la señorita Matty, y tuvo que limpiar sus lentes a menudo. Confiaba en que por fin encendería otra vela, pues yo misma tenía la vista bastante turbia, y necesitaba más luz para ver la pálida y descolorida tinta; pero no, incluso a través de las lágrimas, mantuvo y guardó sus costumbres ahorrativas.

El primer grupo de cartas eran dos fajos atados y etiquetados (con la letra de la señorita Jenkyns): «Cartas intercambiadas entre mi honorable padre y mi queridísima madre, antes de su matrimonio, en julio de 1774.» Averigüé que el párroco de Cranford tenía unos veintisiete años cuando escribió la carta, y la señorita Matty me dijo que su madre tenía apenas dieciocho cuando se casó. Con la idea que tenía del párroco (sacada de una pintura del comedor, en la que aparece rígido y majestuoso, con su peluca empolvada, sotana y alzacuellos, y la mano sobre una copia del único sermón que jamás publicó), resultaba extraño leer aquellas cartas. Estaban llenas de un ardor apasionado y ansioso; eran frases breves y familiares, recién salidas del corazón (muy diferentes al estilo latinizado y Johnsoniano del sermón impreso que dio ante un juez). Sus cartas contrastaban de forma curiosa con las de la que sería su futura esposa. Ella se mostraba evidentemente molesta ante sus peticiones para que le expresara su amor, y no podía entender lo que quería decir al repetir lo mismo de tantas formas distintas; pero era bastante clara en cuanto a su deseo de un chal de seda de Padua blanco, fuera lo que fuera aquello, y empleaba seis o siete cartas para pedirle a su amante que empleara su influencia con sus padres (que evidentemente la tenían bajo control), para obtener uno u otro artículo de vestir y, especialmente, el chal de seda de Padua blanco. A él no le importaba cómo se vistiera; ella siempre estaba preciosa para él, tal como se esforzaba en asegurarle, cuando ella le rogó que le expresara en sus respuestas su predilección por piezas concretas de ropa, de forma que pudiera mostrarles a sus padres lo que decía. Pero, al tiempo, pareció averiguar que ella no se casaría hasta que tuviera el ajuar que deseaba y, entonces, él le envió una carta que evidentemente acompañó de una caja llena de ropa, en la que le pedía que se pusiera todo lo que su corazón deseara. Aquélla era la primera carta etiquetada, con una letra frágil y delicada, como «De mi queridísimo John». Supongo que poco después se casaron, por la interrupción de la correspondencia.

—Creo que debemos quemarlas —dijo la señorita Matty, mirándome dudosa—. A nadie le importarán cuando yo no esté.

Y una por una, las echó al hogar, mientras las observaba arder, morir y elevarse débilmente, con apariencia blanca y fantasmagórica, por la chimenea, antes de dar el mismo destino a la siguiente. La luz estaba entonces suficientemente iluminada pero, al igual que ella, yo observaba fascinada la destrucción de aquellas cartas, en las que se había derramado el honesto ardor de un corazón masculino.

La siguiente carta, igualmente etiquetada por la señorita Jenkyns, se llamaba «Carta de piadosa felicitación y exhortación de mi venerable abuelo a mi querida madre, con motivo de mi propio nacimiento. También contiene algunos comentarios prácticos sobre la conveniencia de mantener calientes las extremidades de los niños, por parte de mi excelente abuela».

La primera parte era, ciertamente, una ilustración severa y contundente de las responsabilidades de las madres, y una advertencia contra los males del mundo, a la horrorosa espera del pequeño bebé de dos días. Según el anciano caballero, su esposa no escribía porque él se lo había prohibido, debido a su indisposición por una torcedura de tobillo, que (según él) le impedía sujetar una pluma. No obstante, al pie de la página, había un pequeño «D.V.» y, al dar la vuelta a la hoja, había una carta a «mi querida, queridísima Molly», en la que le pedía que, cuando saliera de la habitación, hiciera lo que hiciera, subiera la escalera en lugar de bajarla: y diciéndole que envolviera los pies de su bebé en franela y la mantuviera caliente junto al fuego, aunque fuera verano, pues los bebés eran muy sensibles.

Era bonito ver en las cartas, que evidentemente intercambiaban madre y abuela con cierta frecuencia, cómo la vanidad infantil dejaba paso en su corazón al amor por su bebé. El chal de seda de Padua blanco aparecía de nuevo en las cartas, con casi la misma fuerza de antes. En una de ellas, se estaba empleando para hacer la capa de bautizo para el bebé. Engalanaba a su bebé cuando iba con sus padres a pasar un día o dos a Arley Hall. Aumentaba sus encantos cuando era «el bebé más bonito que jamás se había visto. Querida madre, ¡ojalá pudieras verla! Modestamente, ¡creo de verdad que se convertirá en una verdadera belleza!». Pensé en la señorita Jenkyns, pálida, canosa y arrugada, y me pregunté si su madre la habría conocido en la corte celestial: y entonces supe que sí, y que permanecían allí, con apariencia angelical.

Hubo una gran laguna hasta que volvieron a aparecer las cartas del párroco. Entonces, su esposa cambió su forma de etiquetarlas. Ya no eran de «Mi queridísimo John»; eran de «Mi honorable esposo». Las cartas habían sido escritas con motivo de la publicación del mismo sermón que figuraba en la pintura. El sermón ante «Mi Señor Juez», y la «publicación por petición expresa» eran evidentemente su punto culminante, el acontecimiento de su vida. Había tenido que subir a Londres para supervisar su impresión. Tuvo que visitar y consultar a muchos amigos antes de decidir un impresor adecuado para una tarea tan pesada; y finalmente decidió que J. y J. Rivington tendrían la honorable responsabilidad. El respetable párroco parecía haber adquirido un elevado tono literario dada la ocasión, pues apenas podía escribir una carta a su mujer sin caer en el latín. Recuerdo el final de una de sus cartas que decía así: «Siempre tendré en consideración las virtuosas cualidades de mi Molly, *dum memor ipse mei, dum spiritus hos regit artus*»,[10] que, teniendo en cuenta que el inglés de su destinataria era defectuoso gramaticalmente en ocasiones, y a menudo en ortografía, puede considerarse una prueba de cuanto «idealizaba a su

10. *Dum memor ipse mei, dum spiritus hos regit artus:* verso de la *Eneida* de Virgilio que significa «siempre que me recuerde a mí mismo, siempre que mi espíritu gobierne estos miembros». (*N. de la t.*)

Molly» y, tal como solía decir la señorita Jenkyns: «La gente habla mucho de idealizar hoy en día, sea lo que sea a lo que se refieren.» Pero eso no era nada en comparación con la temporada en la que le dio por escribir poesía clásica, y en la que Molly pasaba a ser «María». La carta que contenía el poema aparecía como «Versos hebreos enviados por mi honorable marido. Pensaba que sería una carta sobre la matanza del cerdo, pero deberá esperar. Mem., para enviar el poema a sir Peter Arley, tal y como mi esposo desea». Y una posdata con la letra de él establecía que la oda había aparecido en la revista *Gentleman's Magazine*, en diciembre de 1782.

Las cartas en respuesta a su esposo (atesoradas por él como si fueran las mismísimas cartas de Cicerón) eran más satisfactorias hacia un marido y padre ausente de lo que las de él hacia ella hubieran podido ser jamás. Le contaba cómo Deborah realizaba su costura estupendamente cada día y le leía los libros que él había establecido; cómo era una niña muy buena y «espabilada», pero le hacía preguntas que ella no podía responder. Ella no se rebajaba a decir que no sabía y, en su lugar, atizaba el fuego o mandaba a la niña «espabilada» a hacer algún encargo. Matty era ahora el amor de su madre, y prometía (igual que su hermana a su edad) convertirse en una verdadera belleza. Leía aquello en voz alta a la señorita Matty, que sonreía y suspiraba ligeramente ante la esperanza de su madre, tan cariñosamente expresada, de que «la pequeña Matty no fuera vanidosa, aunque fuera una belleza».

—Tenía un cabello muy bonito, querida —dijo la señorita Matilda—, y no tenía mala boca. —Poco después la vi ajustarse el sombrero y enderezarse.

Pero volvamos a las cartas de la señora Jenkyns. Hablaba a su esposo sobre los pobres de la parroquia, sobre las medicinas hechas en casa que había administrado y los purgantes que había enviado. Era evidente que ella había tomado su disgusto como un futuro castigo para todos los desgraciados. Pedía instrucciones sobre las vacas y los cerdos, y no siempre las obtenía, tal como he mostrado antes.

La buena y anciana abuela había muerto cuando nació el niño, poco después de la publicación del sermón, pero había otra carta de exhortación del abuelo, más estricta y admonitoria que nunca, ahora que había un chico que proteger de las trampas del mundo. Describía todos los pecados en los que los hombres podían caer, hasta que me pregunté cómo podía alcanzar cualquier hombre una muerte natural. La horca parecía ser el fin de la vida de la mayoría de amigos y conocidos del abuelo, y no me sorprendía la forma en la que hablaba de su vida como «un valle de lágrimas».

Me resultaba curioso no haber oído hablar antes de su hermano, pero concluí que habría muerto joven, pues si no, sus hermanas hubieran mencionado su nombre.

Después llegamos a los paquetes de cartas de la señorita Jenkyns. La señorita Matty lamentó quemar aquéllas. Dijo que las anteriores sólo interesaban a aquellos que amaban a sus autores, y parecía que le hubiera dolido permitir que cayeran en manos de extraños que no habían conocido a su querida madre y lo buena que era, aunque no siempre escribiera correctamente. ¡Pero las cartas de Deborah eran muy superiores! Cualquiera podía beneficiarse de leerlas. Había pasado mucho tiempo desde que había leído a la señora Chapone, pero solía pensar que Deborah podría haber dicho las mismas cosas igual de bien. En cuanto a la señora Carter, la gente tenía en gran consideración sus cartas, sólo porque había escrito *Epictetus*, pero ella estaba convencida de que Deborah nunca hubiera empleado una expresión tan vulgar como «¡Me fastidia!».

La señorita Matty quemó aquellas cartas de evidente mala gana. No permitió que las pasara sin la debida atención, leyéndolas para mí en silencio y saltándomelas. Me las quitó, e incluso encendió la segunda vela para leerlas en voz alta con el énfasis apropiado, y sin atrancarse con las palabras difíciles. ¡Señor! ¡Necesitaba hechos en lugar que reflexiones, antes del fin de las cartas! Nos duraron dos noches, y no negaré que puede que empleara el tiempo para pensar en muchas otras cosas. No obstante, siempre estaba preparada al final de cada frase.

Las cartas del párroco y las de su esposa y la suegra eran tolerantemente breves y concisas, escritas con mano firme en líneas apretadas. A veces, un simple pedazo de papel contenía toda la carta. El papel estaba muy amarillento y la tinta muy marrón; algunas hojas eran (tal como me hizo observar la señorita Matty) del antiguo correo, con el sello que representaba un cartero a caballo y haciendo sonar su cuerno en la esquina. Las cartas de la señora Jenkyns y de su madre estaban atadas con un enorme lacra roja, pues eran de antes de que la obra *Patronage* de la señorita Edgeworth desterrara la lacra de la sociedad educada. A tenor de lo que decían, era evidente que había una gran demanda de franqueo, y que los miembros del Parlamento necesitados lo empleaban incluso para pagar deudas. El párroco sellaba sus epístolas con una enorme cota de armas, y mostrado el cuidado con el que había realizado aquella ceremonia, esperaba que se cortaran y no las rompiera cualquier mano descuidada o impaciente. Las cartas de la señorita Jenkyns eran más actuales en su forma y escritura. Escribía en las cuartillas que ahora nos parecen pasadas de moda. Calculaba admirablemente su mano, así como el uso de palabras de muchas sílabas, para llenar la hoja y, a continuación, llegaban el orgullo y el deleite de la contrariedad. La pobre señorita Matty se quedó tristemente perpleja, pues las palabras adquirían el tamaño de bolas de nieve y, hacia el final de su carta, la señorita Jenkyns solía volverse un tanto pedante. En una carta a su padre, con un tono ligeramente teológico y controvertido, hablaba de Herodes, Tetrarca de Idumea. La señorita Matty lo leyó como «Herodes, Petrarca de Etruria», y se quedó tan satisfecha como si lo hubiera dicho bien.

No recuerdo bien la fecha, pero creo que fue en 1805 cuando la señorita Jenkyns escribió su serie de cartas más larga, con motivo de su ausencia por una visita a unos amigos junto a Newcastle-upon-Tyne. Aquellos amigos eran íntimos del comandante de la guarnición del lugar, y supo gracias a él de todos los preparativos que se estaban llevando a cabo para repeler la invasión de Bonaparte, que algunos creían que podía tener lugar en la boca del Tyne. Evidentemente, la señorita Jenkyns estaba muy alarmada, y la primera parte de las cartas estaba a menudo escrita en un inglés bastante inteligible, que expresaba detalles de los preparativos que hacía la familia con la que residía frente al temido acontecimiento: los fardos de ropa que habían empaquetado, y estaban listos para una huida a Alston Moor (un terreno agreste y accidentado entre Northumberland y Cumberland); la señal que habían de recibir para tal huida, y para la simultánea llamada de voluntarios a las armas (dicha señal consistía, si mal no recuerdo, en tocar las campanas de la iglesia de una manera específica y siniestra). Un día, mientras la señorita Jenkyns y sus anfitriones estaban en una fiesta en Newcastle, dieron la llamada de emergencia (lo cual no fue un procedimiento demasiado inteligente, si hay algo de cierto en la moraleja de la fábula de Pedro y el lobo; pero así fue), y la señorita Jenkyns, apenas recuperada del susto, escribió al día siguiente para describir el sonido, el tremendo sobresalto, las prisas y la alarma. Después, tomando aire, añadió: «¡Cuán triviales parecen, querido padre, todas nuestras aprensiones de la pasada noche en el momento actual, con la mente calma e inquisitiva!» Y en ese punto, la señorita Matty interrumpió:

—Pero, naturalmente, querida, no eran para nada triviales ni insignificantes en aquel momento. Recuerdo que solía despertarme de noche muchas veces, y me parecía oír la marcha de los franceses que entraban en Cranford. Muchos hablaban de esconderse en las minas de sal, y hubiéramos estado estupendamente allí abajo, aunque quizá un poco sedientos. Mi padre dio toda una serie de sermones para la ocasión. La primera por las mañanas, sobre David y Goliat, para animar a la gente para luchar con palas o ladrillos si hubiera necesidad; y la otra por las tardes, para probar que Napoleón (que era otro de los nombres de Bony, tal como solíamos llamarle) era el mismísimo Apollyon y Abaddon.[11] Recuerdo que mi padre pensaba que debían pedirle que publicara aquella última serie pero, quizá, la parroquia tuviera suficiente con escucharlas.

Peter Marmaduke Arley Jenkyns («¡pobre Peter!», tal como comenzó a llamarle la señorita Matty) estaba en el colegio en Shrewsbury en aquella época. El párroco tomó su pluma, y afiló su latín una vez más para escribir a su hijo. Estaba claro que las cartas del muchacho eran cartas para exhibir. Tenían una elevada descripción mental, y daban cuenta de sus estudios y sus diversas esperanzas intelectuales, con alguna cita ocasional a los clásicos. No obstante, de vez en cuando, su naturaleza animal surgía en pequeñas frases como «Madre querida, mándeme una tarta, y póngale mucho limón», que escribía apresuradamente, después de que la carta fuera inspeccionada. La «madre querida» probablemente respondía a su niño en forma de tartas y dulces, pues sus cartas no figuraban en aquel fajo, pero sí una colección completa del párroco, para quien el latín de las cartas de su hijo era como una trompeta para un viejo caballo de guerra. Lo cierto es que no sé mucho latín y, quizá, a mi parecer, sea una lengua ornamental, aunque no muy útil (al menos, a juzgar por los retazos que recuerdo de las cartas del párroco. Una decía: «No tienes esa ciudad en tu mapa de Irlanda, pero tal como dice el proverbio *Bonus Bernardus non videt omnia*».[12] En ese momento, se hizo muy evidente que el «pobre Peter» se metía en muchos líos. Había cartas de forzada penitencia a su padre por alguna fechoría; y entre ellas había alguna nota mal escrita, mal sellada, mal dirigida y emborronada: «Querida, queridísima ma-

11. Ambos nombres son la denominación griega (*Apollyon*) y hebrea (*Abbadon*) del ángel exterminador, según el Apocalipsis. (*N. de la t.*)

12. *Bonus Bernardus non videt omnia*: locución latina que significa que todos olvidamos cosas a menudo, las cosas no siempre salen como uno planea. (*N. de la t.*)

dre, seré un buen chico, de verdad; pero, por favor, no se enferme por mí, no lo merezco. Pero seré bueno, querida madre.»

La señorita Matty no podía hablar a causa de los sollozos, después de leer aquella nota. Me la dio en silencio, y a continuación se levantó y la llevó al rincón secreto de su habitación, por miedo a que se quemara por casualidad.

—¡Pobre Peter! —dijo—, siempre se metía en líos, era demasiado sencillo. Lo guiaron mal, y después lo dejaron plantado. Pero le gustaban demasiado las travesuras. No podía resistirse a las bromas. ¡Pobre Peter!

Capítulo VI. Pobre Peter

La carrera del pobre Peter había sido agradablemente diseñada por buenos amigos, pero *Bonus Bernardus non videt omnia* tampoco lo veía todo en su mapa. Debía graduarse con honores en el colegio Shrewsbury, y mantenerlos hasta Cambridge, y después de eso, le esperaban unos bienes, el regalo de su padrino, sir Peter Arley. ¡Pobre Peter! Su destino en la vida fue muy diferente a lo que sus amigos habían esperado y planeado. La señorita Matty me lo contó todo, y creo que le resultó un alivio hacerlo.

Era el niño bonito de su madre, que parecía adorar a todos sus hijos, aunque quizá temía un poco las capacidades superiores de Deborah. Deborah era la favorita de su padre y, cuando Peter le decepcionaba, ella se convertía en su orgullo. El único honor que Peter trajo de Shrewsbury fue la reputación de ser el mejor compañero posible, y de ser el capitán del colegio en lo que al arte de las bromas pesadas se refería. Su padre estaba decepcionado, pero decidió remediar el asunto de manera masculina. No podía permitirse mandar a Peter a leer con un tutor, pero él mismo podía leer con él. La señorita Matty me contó muchos de los terribles preparativos que se hicieron en el estudio de su padre, en cuanto a diccionarios y léxicos, la mañana que empezó Peter.

—¡Mi pobre madre! —dijo—. Recuerdo cómo solía quedarse en el vestíbulo, lo suficientemente cerca de la puerta del estudio para escuchar el tono de voz de mi padre. Podía saber inmediatamente si todo iba bien por su cara. Y fue bien durante un buen tiempo.

—¿Qué salió mal? —pregunté—. Me atrevo a decir que ese aburrido latín.

—¡No! No fue el latín. Peter tenía la estima de mi padre, pues trabajaba bien con él. Pero parecía creer que se podían gastar bromas y reírse de la gente de Cranford, y a ellos no les gustaba, a nadie le gusta. Siempre estaba engañándolos; «engañar» no es una palabra bonita, querida, y espero que no le diga a su padre que la he empleado, pues no me gustaría que pensara que no cuido mi lenguaje, después de haber vivido con una mujer como Deborah. Y asegúrese de que usted tampoco la usa. No sé cómo ha salido de mi boca, excepto porque estaba pensando en el pobre Peter y ésa era su expresión. Pero era un chico muy caballeroso en muchos aspectos. Era como el querido capitán Brown: siempre dispuesto a ayudar a cualquier anciano o niño. Aun así, le gustaban las bromas y divertirse; y parecía creer que las ancianas de Cranford se lo creían todo. Por aquel entonces, había muchas ancianas residiendo aquí. Sé que ahora somos mayoritariamente damas, pero no somos tan mayores como las que solía haber cuando yo era una chiquilla. Podría reír al pensar en algunas de las bromas de Peter. No, querida, no se las contaré, porque puede que no la sorprendieran como debieran, y eran realmente sorprendentes. Una vez, incluso engañó a mi padre al vestirse como una dama que estaba de paso por el pueblo y deseaba ver al párroco de Cranford, «que había publicado aquel admirable sermón». Peter dijo que se había asustado muchísimo cuando vio que mi padre se lo creía todo, e incluso le ofreció copiar todos sus sermones sobre Napoleón Bonaparte para ella, digo para él, no, ella, pues Peter era una mujer en ese momento. Me dijo que jamás había estado tan aterrorizado que durante todo el tiempo que mi padre habló. No creía que su padre fuera a creerle y, aun así, si no hubiera sido así, hubiera sido algo triste para Peter. Así pues, tampoco estaba muy contento, pues mi padre lo puso a copiar aquellos doce sermones de Bonaparte para la dama, que era el mismo Peter, ya lo sabe. Él era la dama. Y una vez que quería ir a pescar, Peter dijo «¡Maldita mujer!». Un lenguaje terrible, querida, pero Peter no era siempre tan cauto como debiera. Mi padre se enfadó tanto con él, que me aterrorizó. No obstante, apenas podía dejar de reírme ante las pequeñas reverencias que Peter hacía una y otra vez, disimuladamente, siempre que mi padre hablaba del excelente gusto y el sólido criterio de la dama.

—¿Conocía la señorita Jenkyns aquellas bromas? —pregunté.

—¡No! Deborah se hubiera escandalizado. No, nadie lo sabía excepto yo. Desearía haber conocido siempre los planes de Peter, pero a veces no me los contaba. Solía decir que las ancianas del pueblo querían algo de que hablar, pero no creo que fuera así. Tenían el *St. James Chronicle* tres veces por semana, como ahora, y tenemos mucho de qué hablar; y recuerdo el charloteo que había siempre que las damas se reunían. Pero, probablemente, los niños hablan más que las damas. Finalmente, ocurrió algo triste y terrible. —La señorita Matty se levantó, caminó hasta la puerta y la abrió. No había nadie. Tocó la campanilla para llamar a Martha, y cuando Martha llegó, su ama la envió a por huevos a una granja en el otro extremo del pueblo.

—Yo cerraré la puerta tras de ti, Martha. No tienes miedo de ir, ¿verdad?

—No, señora, en absoluto. Jem Hearn estará encantado de acompañarme.

La señorita Matty se irguió y, en cuanto nos quedamos solas, deseó que Martha fuera más discreta.

—Apagaremos la vela, querida. Podemos hablar igual junto al fuego, ¿sabe? ¡Así! Bien, verá, Deborah había salido para un par de semanas. Era un día muy tranquilo en general y las lilas estaban en flor, así que supongo que era primavera. Mi padre había salido a visitar a algunos enfermos de la parroquia; recuerdo verle marcharse de casa con su peluca, su sombrero de sacerdote y su bastón. No sé qué poseyó a nuestro pobre Peter; tenía un temperamento dulce y, aun así, siempre pareció gustarle acosar a Deborah. Ella nunca se reía de sus bromas, y le parecía mal educado y poco preocupado por mejorar su mente. Aquello le irritaba.

»¡Bien! Parece ser que fue a su habitación, y se puso su vestido viejo, un chal y un sombrero; las cosas que solía ponerse en Cranford y por las que la conocían en todas partes. Convirtió un pequeño cojín en... ¿está segura de que ha cerrado la puerta, querida? No me gustaría que nadie lo oyera. Lo convirtió en un pequeño bebé con grandes faldones blancos. Tal como me diría después, era sólo para dar tema de conversación en el pueblo; no pensó que fuera a afectar a Deborah. Salió y caminó por el paseo de avellanos: medio escondido entre las verjas, acunaba su cojín como a un bebé, y le decía todas las tonterías que dice la gente. ¡Señor! Mi padre subía la calle majestuosamente, tal como hacía siempre, y cuál fue su sorpresa al ver una pequeña multitud oscura de gente (diría que unos veinte), espiando a través de la verja de su jardín. Así que, al principio, pensó que sólo miraban el nuevo rododendro que estaba en plena flor y del que estaba muy orgulloso; y caminó más despacio, para que tuvieran más tiempo para admirarlo. Se preguntaba si podría sacar un sermón de aquella ocasión, y pensó que quizá hubiera alguna relación entre los rododendros y los lirios del campo. ¡Mi pobre padre! Cuando se acercó, comenzó a preguntarse por qué no le veían, pero sus cabezas estaban muy juntas, ¡espiando! Mi padre estaba entre ellos pues, según él, quería pedirles que entraran con él al jardín, para admirar el hermoso artículo vegetal cuando... ¡Señor!, tiemblo al pensarlo... cuando miró a través de la verja y vio... No sé lo que creyó ver, pero el viejo Clare me dijo que palideció de furia, y sus ojos centellearon bajo sus fruncidas cejas negras. Entonces, alzó la voz ¡terriblemente! y les mandó quedarse donde estaban, que no se fueran, que no dieran ni un solo paso. Rápido como un rayo, llegó a la puerta del jardín, cruzó el camino de avellanos, agarró al pobre Peter, rasgó todas sus prendas (el sombrero, el chal, el vestido y todo), y tiró el cojín a la gente que estaba tras la verja: estaba muy, muy enfadado y, delante de todo el mundo, ¡levantó el bastón y azotó a Peter!

»Querida, la broma de aquel chiquillo aquel día soleado, cuando todo parecía ir tan bien, rompió el corazón de mi madre, y cambió a mi padre para siempre. Así fue. El viejo Clare dijo que Peter estaba tan pálido como mi padre, y quieto como una estatua mientras le azotaba. ¡Y mi padre golpeaba con fuerza! Cuando mi padre se detuvo para recobrar el aliento, Peter dijo "¿Ha terminado, señor?" con voz ronca, de pie, bastante tranquilo. No sé qué dijo mi padre, ni si dijo algo. Pero el viejo Clare dijo que Peter se volvió hacia la gente que estaba tras la verja, hizo una profunda reverencia, tan seria y solemne como la de un caballero, y caminó lentamente adentro de la casa. Yo estaba en la despensa, ayudando a mi madre a hacer vino de prímula. Ya no soporto el vino ni el olor de las flores; me ponen enferma, igual que aquel día, cuando Peter entró tan altivo como cualquier hombre. De hecho, parecía un hombre, no un muchacho.

»"¡Madre!", dijo. "Vengo a decirle que Dios la bendiga siempre". Vi que sus labios temblaban mientras hablaba, y creo que no se atrevió a decir nada más cariñoso, por la intención que tenía en su corazón. Ella le miró asustada y, asombrada, le preguntó qué iba a hacer. No sonrió ni habló, pero la rodeó con los brazos y la besó, como si no supiera detenerse. Antes de que ella pudiera hablar de nuevo, se había marchado. Hablamos sobre ello, no lo entendíamos, y me pidió que fuera a buscar a mi padre y le preguntara qué era todo aquello. Le encontré caminando de arriba abajo, muy disgustado.

»"Dile a tu madre que he azotado a Peter, y que se lo merecía."

»No me atreví a hacer más preguntas. Cuando se lo dije a mi madre, se sentó durante un instante, mareada. Recuerdo ver, unos días después, las pobres prímulas marchitas fuera del ramo, pudriéndose y muriendo. No hubo vino de prímula en la rectoría aquel año. De hecho, nunca más.

»Mi madre fue inmediatamente a ver a mi padre. Recuerdo que me recordaban a la reina Esther y al rey Asuero, pues mi madre era muy hermosa y delicada, y mi padre tenía el terrible aspecto del rey Asuero. Un rato después salieron juntos y mi madre me contó lo que había ocurrido. Iba a subir a la habitación de Peter por deseo de mi padre, aunque no podía decirle aquello a Peter, para hablar del asunto con él. Pero Peter no estaba allí. Le buscamos por toda la casa; ¡Peter no estaba allí! Incluso mi padre, que no había querido unirse a la búsqueda al principio, comenzó a ayudarnos al poco tiempo. La rectoría era una casa muy vieja: todo era escalera arriba a una habitación, escalera abajo a otra. Al principio, mi madre le llamaba en voz baja y suave, como para tranquilizar al pobre muchacho: "¡Peter! ¡Peter, cariño! Soy sólo yo", pero, al rato, cuando los criados volvieron de realizar las tareas a las que mi padre les había encomendado, en distintas direcciones, para buscar a Peter (cuando descubrimos que no estaba en el jardín, ni en el granero, ni en ningún otro lugar), los gritos de mi madre se volvieron más elevados y salvajes: "¡Peter! ¡Peter, cariño! ¿Dónde estás?", pues entonces sintió y comprendió que aquel largo beso era una triste despedida. La tarde avanzaba, y mi madre no descansaba, buscándolo una y otra vez en cada lugar posible en los que ya habíamos mirado, en los que ella misma ya había mirado, veinte veces antes. Mi padre se sentó con la cabeza entre las manos, sin hablar excepto cuando sus mensajeros llegaban sin noticias. Entonces, alzaba la cabeza, fuerte y triste, y los enviaba de nuevo en otra dirección. Mi madre seguía recorriendo todas las habitaciones, dentro y fuera de la casa, caminando sin hacer ruido, pero sin cesar. Ni ella ni mi padre se atrevían a abandonar la casa, que era el lugar de encuentro para todos los mensajeros. Finalmente (ya casi había oscurecido), mi padre se levantó. Agarró a mi madre del brazo cuando atravesaba con un paso salvaje y triste hacia la siguiente. Se sobresaltó ante el contacto de su mano, pues había olvidado todo excepto a Peter.

»"¡Molly!", dijo. "Nunca pensé que esto fuera a ocurrir". La miró a la cara en busca de consuelo. Su pobre cara estaba pálida y desesperada, pues ni ella ni mi padre se atrevían a reconocer, y mucho menos a aceptar, el terror que habitaba sus corazones, que Peter hubiera acabado con su vida. Mi padre no podía ver una mirada consciente en los ojos enrojecidos y sombríos de su esposa, y echaba de menos la comprensión que ella siempre había estado dispuesta a darle. Aun siendo el hombre fuerte que era y ante la muda desesperación en la cara de ella, sus lágrimas comenzaron a rodar. Pero al ver aquello, una tierna compasión alcanzó su rostro y le dijo:

»"¡Queridísimo John! No llores, ven conmigo y le encontraremos", casi tan alegremente como si supiera dónde estaba. Tomó la enorme mano de mi padre en su pequeña y suave mano, y le guió, anegado en lágrimas, mientras llevaba a cabo aquel incesante y cansado paseo, habitación por habitación, por la casa y el jardín.

»¡Cómo deseaba que Deborah estuviera allí! No tenía tiempo de llorar, pues todo parecía depender de mí. Escribí a Deborah para que volviera a casa. Envié un mensaje en privado a casa del mismo señor Holbrook, pobre señor Holbrook, ya sabe a quién me refiero. No le mandé un mensaje a él, sino que mandé una nota para saber si Peter estaba en su casa. Y es que, en una ocasión en la que el señor Holbrook vino de visita a la rectoría (ya sabe que era primo de la señorita Pole), fue muy amable con Peter, y le enseñó a Peter a pescar. Era muy amable con todo el mundo, y pensé que Peter podría haber ido allí. Pero el señor Holbrook estaba en casa, y no había visto a Peter. Ya era de noche, pero las puertas estaban completamente abiertas, y mis padres seguían dando vueltas. Hacía más de una hora que él se había unido a ella, y creo que no hablaron durante todo ese tiempo. Yo estaba encendiendo el fuego de la sala, y uno de los criados estaba preparando el té, pues quería que tuvieran algo de comer y de beber que los calentara. Entonces, el viejo Clare preguntó por mí.

»"He sacado las redes de la presa, señorita Matty. ¿Quiere que rastreemos el estanque esta misma noche, o esperamos a la mañana?"

»Recuerdo mirarle a la cara para entender lo que decía y, cuando lo hice, me reí a carcajadas. El horror de aquel nuevo pensamiento, ¡nuestro brillante y querido Peter, frío, en cueros y muerto! Ahora recuerdo el sonido de mi propia risa.

»Al día siguiente, Deborah volvió a casa antes de que yo volviera en mí. Ella no hubiera sido tan débil para hundirse como había hecho yo; pero mis gritos (mi horrible risa había acabado en lloro) habían despertado a mi querida y dulce madre, cuyo juicio errante respondió y se recompuso ante una hija que necesitaba su cuidado. Ella y Deborah se sentaron junto a mi cama. Por sus miradas supe que no había noticias de Peter: no había terribles y horrendas noticias, que era lo que yo más temía en mi estado de embotamiento, semidespierta.

»El mismo resultado de la búsqueda había proporcionado el mismo alivio a mi madre, a quien, estoy segura, la idea de que Peter estuviera colgado muerto en algún lugar de la casa familiar la había empujado a caminar sin cesar el día anterior. Sus suaves ojos nunca volvieron a ser los mismos después de aquello; siempre tuvieron un aspecto agitado y ansioso, como si buscaran algo que no pudieran encontrar. Fue un momento terrible, que llegó como un rayo en aquel día soleado y tranquilo, cuando las lilas estaban en flor.

—¿Dónde estaba el señor Peter? —pregunté yo.

—Se había marchado a Liverpool. Eran tiempos de guerra, y algunos de los barcos del rey salían de la desembocadura del Mersey. Estaban encantados de que un muchacho bueno y prometedor como él (medía metro ochenta) se hubiera ofrecido voluntario. El capitán escribió a mi padre, y Peter escribió a mi madre. ¡Espera! Esas cartas deben de estar por aquí.

Encendimos la vela, y encontramos la carta del capitán y la de Peter. También encontramos una breve y suplicante carta de la señora Jenkyns a Peter, dirigida a la casa de un antiguo compañero de colegio con quien creía que podía haberse ido. La habían devuelto sin abrir; y había seguido cerrada desde entonces, pues la habían dejado entre el resto de las cartas de la época sin darse cuenta. Decía lo siguiente:

> Queridísimo Peter:
>
> No debiste de pensar que lo lamentaríamos tanto, lo sé, o nunca te hubieras marchado. Eres demasiado bueno. Tu padre se sienta y suspira hasta hacer que me duela el corazón sólo oírle. No puede alzar la cabeza del dolor, aunque sólo hizo lo que él creía correcto. Tal vez haya sido demasiado severo, y tal vez no haya sido demasiado amable, pero Dios sabe cuánto te queremos, mi querido y único hijo. Don lamenta muchísimo que te hayas marchado. Vuelve y haznos felices a nosotros, que te queremos tanto. Sé que volverás.

Pero Peter no volvió. Aquel día de primavera fue el último en el que vio la cara de su madre. La autora de la carta, la última, la única persona que había visto su contenido, había muerto largo tiempo atrás; y yo, una extraña que no había nacido cuando este incidente tuvo lugar, fui la que la abrió.

La carta del capitán convocaba a los padres a Liverpool inmediatamente, si deseaban ver a su hijo. Por alguna extraña casualidad del destino, la carta del capitán había quedado retenida en algún lugar, de alguna manera.

La señorita Matty continuó:

—Era época de carreras, y todos los caballos de las posadas de Cranford estaban en las carreras. Mi padre y mi madre salieron en nuestro propio carruaje pero, ¡querida! Llegaron demasiado tarde. ¡El barco ya había zarpado! ¡Ahora lea la carta de Peter a mi madre!

Estaba llena de amor, pena, orgullo por su nueva profesión, y un amargo sentimiento de vergüenza en los ojos de la gente de Cranford; pero acababa con una apasionada súplica para que fuera a verle antes de que abandonara el Mersey: «Madre, puede que tengamos que entrar en batalla. Espero que podamos machacar a esos franceses: pero necesito verla antes.»

—Y llegó demasiado tarde —dijo la señorita Matty—. ¡Demasiado tarde!

Nos quedamos sentadas en silencio, sopesando el pleno significado de aquellas tristísimas palabras. Finalmente, le pregunté a la señorita Matty cómo lo había soportado su madre.

—¡Oh! —dijo—. Era la paciencia personificada. Nunca había sido fuerte, y aquello la debilitó terriblemente. Mi padre solía sentarse de cara a ella: estaba más que triste. Él parecía no poder mirar nada más cuando ella estaba cerca, y era muy humilde, muy amable. En ocasiones, hablaba como antes (es decir, dando órdenes) y, a continuación, un par de minutos después, volvía para poner su mano en nuestros hombros, y preguntarnos en voz baja si había dicho algo que nos hubiera dolido. No me asombraba que hablara así a Deborah, pues era muy lista, pero no soportaba que me hablara así a mí.

»Pero, verá, él veía lo que nosotras no, es decir, que estaba matando a mi madre. ¡Sí! Matándola (apague la vela, querida, hablo mejor a oscuras), porque era una mujer demasiado frágil y enfermiza para soportar el miedo y el susto que había pasado. Ella le sonreía y le consolaba; no con palabras, sino con miradas y tonos, que siempre eran alegres cuando él estaba allí. Y ella le contaba que pensaba que Peter tenía buenas posibilidades de convertirse en almirante muy pronto, pues era muy valiente y listo; que estaba deseando verle con su uniforme de marina de guerra, y el tipo de sombreros que llevaban los almirantes; y que le iba mucho más ser marino que clérigo. Todo aquello para hacer pensar a mi padre que estaba contenta de lo que había conllevado lo ocurrido aquella desafortunada mañana, y de los azotes, que siempre los tenía en mente, como todos sabíamos. Pero, ¡querida! Cuán amargas lágrimas derramaba cuando estaba sola. Finalmente, a medida que se debilitaba, no podía contener las lágrimas cuando Deborah o yo estábamos cerca, y nos daba un mensaje tras otro para Peter (su barco había zarpado hacia el Mediterráneo, o algún lugar ahí abajo, y después lo destinaron a la India, y no había ruta por tierra entonces); pero ella aún decía que nadie sabe dónde le espera la muerte a uno, y que no pensáramos que la suya estaba cerca. No lo pensábamos, pero lo sabíamos, pues la veíamos apagarse.

»Bueno, querida, sé que es muy estúpido por mi parte, cuando estoy tan cerca de verla otra vez.

»¡Piénselo, querida! El mismo día después de su muerte, pues apenas vivió un año tras la marcha de Peter, al día siguiente llegó un paquete para ella desde la India, de su pobre chiquillo. Era un enorme y suave chal indio blanco, con una pequeña cenefa alrededor, tal como le hubiera gustado a mi madre.

»Pensamos que podría despertar a mi padre, pues se había sentado con la mano de ella en la suya durante toda la noche. Así que Deborah se lo llevó, junto con la carta de Peter a ella. Al principio, no se dio cuenta; e intentamos provocar una especie de conversación ligera sobre el chal, abriéndolo y admirándolo. Entonces, de repente, se levantó y dijo:

»"Será enterrada con él. Peter necesita ese consuelo, y a ella le hubiera gustado."

»Bueno, quizá no fuera sensato, pero ¿qué podíamos hacer o decir? Una le permite su voluntad a la gente afligida. Lo tomó y lo tocó:

»"Es como el chal que quería para su boda, y su madre no le dio. Yo no lo supe hasta después, o lo hubiera tenido. Debería haberlo tenido, pero lo tendrá ahora."

»¡Mi madre estaba tan bella en su muerte! Siempre había sido bonita, y ahora parecía hermosa, cérea y joven; más joven que Deborah, que permanecía temblando junto a ella. La adornamos con su suave y largo velo; estaba acostada sonriendo, como si estuviera contenta, y la gente vino (vino todo Cranford) para suplicarnos verla, pues la habían amado mucho, tanto como pudieron. Las campesinas trajeron ramilletes; y la esposa del viejo Clare trajo violetas blancas y pidió que yacieran en su pecho.

»Deborah me dijo, el día del funeral de mi madre, que incluso si tuviera cientos de ofertas, nunca se casaría ni abandonaría a mi padre. No era probable que tuviera tantas, no sabía que tuviera ninguna; pero no por ello tiene menos mérito decirlo. Desde entonces, fue para mi padre una hija como la que no ha habido jamás. Sus ojos le fallaban, y ella le leía un libro tras otro, y escribía y copiaba, y siempre estaba a su servicio para cualquier asunto parroquial. Podía hacer muchísimas más cosas de las que mi madre podía hacer. Una vez, incluso, escribió una carta al obispo en nombre de mi padre. Pero él echaba terriblemente de menos a mi madre; toda la parroquia lo advirtió. No es que fuera más activo; creo que lo era más, y era más paciente para ayudar a todo el mundo. Hice todo lo que pude para darle a Deborah toda la libertad necesaria para estar con él; pues yo sabía que valía para poco, y que lo que mejor hacía en el mundo era hacer trabajos extraños discretamente, y dar libertad a otros. Pero mi padre era otro.

—¿Volvió el señor Peter a casa?

—Sí, una vez. Volvió como teniente, no consiguió ser almirante. ¡Y él y mi padre se volvieron tan buenos amigos! Mi padre lo llevó a cada casa de la parroquia, de lo orgulloso que estaba de él. Nunca salía de casa sin el brazo de Peter sobre el que apoyarse. Deborah solía sonreír (creo que no volvimos a reírnos después de la muerte de mi madre), y decir que había sido arrinconada. Mi padre sólo la necesitaba cuando había que escribir cartas, leer o decidir algo.

—¿Entonces? —dije yo, tras una pausa.

—Entonces Peter volvió al mar y, al poco, mi padre murió bendiciéndonos a ambas, y dando las gracias a Deborah por todo lo que había hecho por él. Naturalmente, nuestras circunstancias cambiaron y, en lugar de vivir en la rectoría y tener tres criadas y un hombre, tuvimos que venir a esta pequeña casa, y contentarnos con una sirvienta para todo. No obstante, tal como Deborah solía decir, siempre hemos vivido con refinamiento, incluso si las circunstancias nos han obligado a la sencillez. ¡Pobre Deborah!

—¿Y el señor Peter? —pregunté yo.

—Hubo una gran guerra en la India. No recuerdo cómo la llamaron, y no volvimos a saber de él. Yo misma creo que está muerto; y a veces me pone nerviosa no haber llevado duelo por él. Y, aun así, cuando me siento sola y la casa está tranquila, me parece oír sus pasos subiendo la calle, y mi corazón comienza a revolotear y palpitar. Pero el sonido siempre pasa de largo, y Peter nunca llega.

»¿Es Martha la que llega? ¡No! Yo iré, querida. Ya sabe que me oriento bien en la oscuridad. Y un golpe de aire fresco en la puerta le hará bien a mi cabeza, pues parece que ya comienza a dolerme.

Así que salió. Yo había encendido la vela, para darle a la habitación un aspecto alegre a su regreso.

—¿Era Martha? —pregunté.

—Sí. Y me siento un tanto incómoda, pues he oído un ruido extraño cuando abría la puerta.

—¿Dónde? —pregunté, pues tenía los ojos abiertos y asustados.

—En la calle, ahí fuera. Parecía como si...

—¿Estuvieran hablando? —terminé, mientras ella vacilaba.

—¡No! Besándose.

Capítulo VII. Visitas

Una mañana, mientras la señorita Matty y yo nos dedicábamos a nuestras labores (era antes de las doce, y la señorita Matty no se había cambiado el sombrero con lazos amarillos que había sido el mejor de la señorita Jenkyns, y que la señorita Matty ahora se ponía en privado. Siempre que esperaba ser vista, se ponía el que se había hecho a imitación del de la señora Jamieson), Martha subió y preguntó si la señorita Betty Barker podía hablar con su ama. La señorita Matty asintió, y desapareció rápidamente para cambiarse los lazos amarillos, mientras la señorita Barker subía; pero, como había olvidado sus lentes, y se encontraba bastante agitada por la hora poco habitual de la visita, no me sorprendió verla regresar con un sombrero sobre el otro. Ella tampoco era muy consciente y nos miraba, ligeramente satisfecha. Tampoco creo que la señorita Barker lo advirtiera, puesto que, dejando a un lado la circunstancia de que ya no era tan joven, estaba demasiado absorta en su tarea, que realizaba ella misma con una opresiva modestia que descargaba con interminables disculpas.

La señorita Betty Barker era la hija del viejo dependiente de Cranford que trabajaba en época del señor Jenkyns. Ella y su hermana habían tenido buenas posiciones como doncellas, y habían ahorrado suficiente para poner una sombrerería, que había sido frecuentada por las damas de la zona. Lady Arley, por ejemplo, en ocasiones daba a las señoritas Barker el patrón de uno de sus viejos sombreros, que ellas inmediatamente copiaban y divulgaban entre la élite de Cranford. Digo élite, porque las señoritas Barker habían captado el truco del lugar, y se promocionaban en base a su «conexión aristocrática». No vendían sus sombreros y lazos a nadie que no tuviera cierto pedigrí. Muchas esposas o hijas de granjeros salían enfurruñadas de la selecta sombrerería de las señoritas Barker, y se iban a la tienda universal, donde los beneficios del jabón marrón y azúcar húmedo permitían a su propietario ir directamente a (París, decía él, hasta que sus clientes se volvieron demasiado patrióticos y John Bullish comenzó a vestir lo que los franchutes vestían) Londres, donde, tal como les decía a menudo a sus clientes, la reina Adelaida había aparecido justo la semana anterior, con un sombrero exacto al que él les enseñaba, ribeteado con lazos amarillos y azules, y había sido halagada por el rey Guillermo por el favorecedor aspecto de su tocado.

Las señoritas Barker, que se ceñían a la verdad y no aprobaban a diversa clientela, prosperaban a pesar de ello. Eran gente abnegada y buena. He visto a la mayor muchas veces (la que fue doncella de la señora Jamieson) realizando alguna delicada tarea para un pobre. Pretendían ser superiores no mezclándose con la clase inmediatamente inferior a la suya. Y cuando la señorita Barker murió, los beneficios y los ingresos resultaron ser tan grandes que la señorita Betty pudo cerrar la tienda y retirarse del negocio. También compró una vaca (creo que ya lo he mencionado antes); lo cual era una señal de respetabilidad en Cranford, similar a tener un carruaje para otros. Vestía mejor que cualquier otra dama de Cranford y no nos extrañaba, ya que se daba por hecho que se ponía todos los tocados, sombreros y extravagantes lazos que una vez fueron su especialidad. Habían pasado cinco o seis años desde que había dejado la tienda, así que, en cualquier otro lugar que no fuera Cranford, su vestido se hubiera considerado pasado de moda.

Y ahora la señorita Betty Barker venía para invitar a la señorita Matty al té en su casa el martes siguiente. A mí también me ofreció una invitación improvisada, ya que yo era una visitante (aunque pude percibir cierto miedo, puesto que mi padre había ido a vivir a Drumble, y podría haberse metido en ese espantoso «comercio de algodón» y haber arrastrado a su familia fuera de la «sociedad aristocrática». Introdujo su invitación con tantas disculpas que animó mi curiosidad. Debíamos disculpar su atrevimiento. ¿Qué había estado haciendo? Parecía tan abrumada, que sólo se me ocurrió pensar que había estado escribiendo a la reina Adelaida para pedirle consejo sobre el lavado de encaje; pero el acontecimiento que tanto la sofocaba era sólo una invitación que había llevado a la antigua ama de su hermana, la señora Jamieson. «Teniendo en cuenta su antiguo oficio, ¿le permitiría la señorita Matty la libertad?» Pensé que había descubierto el doble sombrero e iba a rectificar el tocado de la señorita Matty. ¡No! Sencillamente quería extendernos su invitación a la señorita Matty y a mí. La señorita Matty hizo una reverencia de aceptación; y me pregunté si, durante aquel gracioso gesto, no sentiría el peso poco habitual y la extraordinaria altura de su tocado. Pero creo que no, pues recuperó el equilibrio, y siguió hablando con la señorita Betty de una forma amable y condescendiente, muy distinta a la manera inquieta en la que lo hubiera hecho si hubiera sospechado lo curioso que resultaba su aspecto.

—¿Ha dicho que viene la señora Jamieson? —preguntó la señorita Matty.

—Sí. La señora Jamieson ha dicho de la forma más amable y condescendiente que estará encantada de venir. Ha puesto una única condición: traer a *Carlo*. Le he dicho que si tenía alguna debilidad, era hacia los perros.

—¿Y la señorita Pole? —preguntó la señorita Matty, que pensaba en su grupo para las cartas, en el que Carlo no estaría disponible como compañero.

—Voy a invitar a la señorita Pole. Naturalmente, no podía pensar siquiera en invitarla hasta que la hubiera invitado a usted, señora, la hija del párroco. Créame, no olvido las circunstancias de mi padre en época del suyo.

—Y la señora Forrester, naturalmente.

—Y la señora Forrester. De hecho, he pensado en ir a verla a ella, antes de ir a casa de la señorita Pole. Aunque sus circunstancias hayan cambiado, señora, nació en Tyrrell, y no podemos olvidar su parentesco con los Bigges, de Bigelow Hall.

A la señorita Matty le importaba mucho más la circunstancia de que fuera una buena jugadora de cartas.

—La señora Fitz-Adam, supongo.

—No, señora. Debo poner el límite en algún lugar. Creo que a la señora Jamieson no le gustaría encontrarse con la señora Fitz-Adam. Respeto muchísimo a la señora Fitz-Adam, pero no me parece compañía apropiada para damas como la señora Jamieson y la señorita Matilda Jenkyns.

La señorita Betty Barker hizo una profunda reverencia a la señorita Matty, y frunció la boca. Me miraba de soslayo con dignidad, ya que, a pesar de ser una sombrerera retirada, no era demócrata, y entendía la diferencia de rangos.

—¿Puedo pedirle que venga hacia las seis y media a mi pequeño hogar, señorita Matilda? La señora Jamieson come a las cinco, pero ha prometido amablemente no retrasar su visita más allá de dicha hora, las seis y media. —Y con una profundísima reverencia, la señorita Betty Barker se marchó.

Mi alma profética preveía una visita de la señorita Pole aquella tarde, que normalmente visitaba a la señorita Matilda después de cualquier acontecimiento, o a la vista de cualquier acontecimiento, para hablarlo con ella.

—La señorita Betty me ha dicho que sería un círculo selecto —dijo la señorita Pole, mientras ella y la señorita Matty comparaban notas.

—Sí, eso ha dicho. Ni siquiera la señora Fitz-Adam.

Ahora la señora Fitz-Adam era la hermana viuda del cirujano de Cranford, al que ya he mencionado antes. Sus padres eran granjeros respetables, contentos con su posición. El nombre de aquella buena gente era Hoggins.[13] El señor Hoggins era el doctor de Cranford; nos disgustaba el nombre y lo considerábamos vulgar; pero, tal como la señorita Jenkyns solía decir, tampoco sería mejor que se lo cambiara a Piggins.[14] Habíamos esperado descubrir su parentesco con la marquesa de Exeter, que se llamaba Molly Hoggins; pero el hombre, que no cuidaba sus propios intereses, ignoraba completamente y negaba tal parentesco aunque, tal como la querida señorita Jenkyns decía, tenía una hermana llamada Mary, y solían ponerse los mismos nombres cristianos en las familias.

Poco después de que la señorita Mary Hoggins se casara con el señor Fitz-Adam, desapareció de la zona durante muchos años. No se movía en una esfera suficientemente elevada de la sociedad de Cranford para que nos importara saber quién era el señor Fitz-Adam. Él murió y ella volvió a casa de su padre sin que nosotros hubiéramos pensado jamás en él. Entonces, la señora Fitz-Adam reapareció en Cranford («tan audaz como un león», según la señorita Pole), como viuda adinerada, vestida de susurrante seda negra, tan poco después de la muerte de su esposo, que la señorita Jenkyns tuvo justificación para decir que aquel «bombasí hubiera mostrado un sentimiento más profundo de pérdida».

Recuerdo la convocatoria a las damas, que se reunieron para decidir si la señora Fitz-Adam debía ser visitada por las habitantes de sangre azul de Cranford. Se había instalado en una enorme y laberíntica casa, que siempre se había considerado que confería refinamiento a su residente porque, una vez, setenta u ochenta años atrás, la hija soltera de un conde había vivido allí. No estoy segura de si el hecho de

13. *Hog* en inglés significa «cerdo». (*N. de la t.*)
14. *Pig* es otra palabra para «cerdo» en inglés. (*N. de la t.*)

habitar aquella casa también transmitía algún extraño poder del intelecto, pues la hija del conde, lady Jane, tenía una hermana, lady Anne, que se había casado con un general durante la guerra americana y, aquel general había escrito una o dos comedias que aún se representaban en los teatros londinenses y que, cuando las veíamos anunciadas, nos hacían erguirnos y sentir que Drury Lane le estaba realizando un hermoso cumplido a Cranford. Aun así, aún no se había decidido que se debiera visitar a la señora Fitz-Adam cuando la querida señorita Jenkyns murió y, con ella, desapareció también parte del claro conocimiento del estricto código del refinamiento. Tal como comentaba la señorita Pole, «como casi todas las damas de buena familia de Cranford eran ancianas solteronas, o viudas sin hijos, si no nos relajábamos un poco y nos volvíamos menos exclusivas, pronto no tendríamos sociedad alguna».

La señora Forrester seguía opinando lo mismo.

Ella siempre había entendido que Fitz significaba algo aristocrático. Estaban los Fitz-Roy y creía que algunos de los hijos del rey se llamaban Fitz-Roy; y después estaban los Fitz-Clarence, que eran los hijos del buen rey Guillermo IV. ¡Fitz-Adam! Era un nombre bonito, y creía que probablemente significaba «Hijo de Adán». Nadie que tuviera buena sangre en las venas osaría llamarse Fitz; había algo en el nombre. Ella tenía un primo que escribía su apellido con dos efes minúsculas (ffoulkes), y siempre menospreciaba las mayúsculas y decía que pertenecían a familias surgidas recientemente. Ella temía que él muriera soltero, siendo tan selecto. Cuando conoció a una señora ffarringdon, en un balneario, le tomó gusto inmediatamente. Se trataba de una mujer muy refinada, una viuda de buena fortuna, y «su primo», el señor ffoulkes, se casó con ella, y todo por sus dos efes minúsculas.

La señora Fitz-Adam no tenía ni la más mínima posibilidad de conocer a ningún señor Fitz-algo en Cranford, así que ése no podía ser el motivo de que se estableciera allí. La señorita Matty pensaba que era por esperanza a ser admitida en la sociedad del lugar, lo cual hubiera sido un ascenso muy agradable para una antigua señorita Hoggins; y si ésa era su esperanza, sería cruel disgustarla.

Así que todo el mundo visitaba a la señora Fitz-Adam, todo el mundo menos la señora Jamieson, que solía demostrar lo honorable que era al ignorar siempre a la señora Fitz-Adam, cuando se encontraban en las fiestas de Cranford. Sólo habría ocho o diez damas en la habitación, y la señora Fitz-Adam era la más grande de todas. Siempre se levantaba cuando entraba la señora Jamieson, y hacía una profunda reverencia cuando se volvía en su dirección (de hecho, eran tan profundas que creo que la señora Jamieson miraba a la pared detrás de ella, pues jamás movía un músculo de la cara, como si no la hubiera visto. Aun así, la señora Fitz-Adam seguía intentándolo.

Las tardes de primavera estaban aclarando y alargando cuando tres o cuatro damas con capucha se encontraron en la puerta de la señorita Barker. ¿Sabe lo que es una «capucha»? Es un tocado que se coloca sobre el sombrero, similar al que se ataba en la cabeza en los antiguos carros, pero a veces no es tan grande. Ese tipo de tocado siempre creaba una terrible impresión entre los niños de Cranford; y en ese momento, dos o tres dejaron de jugar en la tranquila y soleada calle, y se reunieron en un inquisitivo silencio alrededor de la señorita Pole, de la señorita Matty, y de mí. Nosotras también estábamos calladas, para poder oír los elevados y contenidos susurros dentro de la casa de la señorita Barker:

—¡Espera, Peggy! Espera a que suba y me lave las manos. Cuando tosa, abre la puerta. No tardaré ni un minuto.

Y, ciertamente, no transcurrió ni un minuto antes de oír un ruido, entre un estornudo y un cacareo, y la puerta se abrió de golpe. Detrás había una criada de ojos redondos, aterrada ante la honorable compañía de capuchas que caminaban sin decir palabra. Recuperó la compostura suficiente para acompañarnos a una pequeña habitación que había sido la tienda, pero ahora se había convertido en un vestidor provisional. Allí nos quitamos nuestros abrigos, nos sacudimos y recompusimos nuestros rasgos hasta lograr una agradable y graciosa cara de compañía. Después, inclinándonos hacia atrás con un «Después de usted, señora», permitimos a la señora Forrester ser la primera en subir la estrecha escalera que llevaba al salón de la señorita Barker. Allí se sentaba ella, tan majestuosa y compuesta como si nunca hubiéramos oído aquella extraña tos, a causa de la cual debía de tener la garganta áspera y ronca. La amable y pobremente vestida señora Forrester fue inmediatamente conducida al segundo lugar de honor (un asiento dispuesto como el del príncipe Alberto junto al de la reina), bueno, pero no tan bueno. El lugar superior estaba reservado para la honorable señora Jamieson, que subía la escalera en ese momento, con *Carlo* corriendo a su alrededor mientras ella subía, como si quisiera ponerle la zancadilla.

¡La señorita Betty Barker era una mujer orgullosa y feliz! Atizó el fuego, cerró la puerta y se sentó tan cerca de él como pudo, casi al borde de su asiento. Cuando entró Peggy, tambaleándose bajo el peso de la bandeja de té, advertí que la señorita Barker temía que Peggy no mantuviera la distancia suficiente. Ella y su ama se trataban de forma muy familiar en sus relaciones cotidianas, y ahora Peggy le quería hacer pequeñas confidencias que la señorita Barker se moría por oír pero que, como dama, creía su deber reprimir. Así que ignoró todas las señas de Peggy; pero dio un par de respuestas inapropiadas a lo dicho y, finalmente, con una brillante idea, exclamó:

—¡Pobre y dulce *Carlo*! Me he olvidado de él. Baje conmigo, perrito, y tendrá su té, ¡claro que sí!

Unos minutos después volvió, sosa y benigna como antes, pero pensé que había olvidado darle al «pobre perrito» algo de comer, a juzgar por la avidez con la que tragaba pedazos enteros de tarta. Me agradó ver que la bandeja del té estaba repleta, pues me sentía muy hambrienta; pero temía que las damas presentes pensaran que todo estaba vulgarmente apilado. Sé qué hubiera ocurrido en sus propias casas pero, de alguna manera, las pilas desaparecían allí. Vi a la señora Jamieson comer tarta de semillas, de forma lenta y considerada, igual que hacía con todo lo demás, y me sorprendió, pues con motivo de su última fiesta nos había dicho que nunca la tomaba en casa, ya que le recordaba al jabón perfumado. Siempre nos ofrecía galletas Savoy. No obstante, la señora Jamieson fue bastante indulgente con la curiosidad de la señorita Barker en cuanto a las costumbres de la alta sociedad y, para no herir sus sentimientos, se comió tres grandes pedazos de tarta de semillas, con una expresión plácida y rumiante de contención, similar a la de una vaca.

Después del té hubo ciertas objeciones y dificultades. Éramos seis; cuatro podían jugar al Preference, y las otras dos jugarían al Cribbage. Todas, excepto yo (temía a las damas de Cranford a las cartas, pues era el asunto más serio en el que se metían), anhelaban estar en el «grupo». Incluso la señorita Barker, que declaraba que era incapaz de distinguir el as de espadas de la sota, ansiaba jugar una mano. Un ruido peculiar acabó con el dilema. Si la nuera de un barón pudiera roncar, diría que la señora Jamieson lo hizo; ya que, superada por el calor de la habitación, y propensa a dormitar por naturaleza, la tentación de aquel comodísimo sillón había sido demasiado para ella, y la señora Jamieson cabeceaba. Abrió los ojos con esfuerzo un par de veces, y nos sonrió tranquila pero inconscientemente; sin embargo, al rato, ni su benevolencia era equivalente a su esfuerzo, y se quedó profundamente dormida.

—Me resulta muy gratificante —susurró la señorita Barker en la mesa de cartas a sus tres oponentes a quienes, a pesar de su desconocimiento del juego, estaba machacando sin piedad—, ciertamente, ver que la señora Jamieson se siente como en casa en mi pequeña vivienda. No podría haberme hecho un cumplido mayor.

La señorita Barker me proporcionó algo de literatura en forma de tres o cuatro libros de moda lujosamente encuadernados de unos diez o doce años, comentando, mientras colocaba una mesilla y una vela para mí sola, que sabía que a las jóvenes les gustaba mirar dibujos. *Carlo* estaba tendido y resoplaba y daba respingos a los pies de su ama. Él también se sentía como en casa.

La mesa de cartas resultaba una escena digna de ver; las cabezas de cuatro damas con gorritos, casi echadas sobre el centro de la mesa en su ansia por susurrar suficientemente rápido y alto. De vez en cuando, la señorita Barker decía:

—¡Silencio, señoras! ¡Silencio, por favor! La señora Jamieson está dormida.

Era muy difícil de evitar, entre la sordera de la señora Forrester y el sueño de la señora Jamieson. Pero la señorita Barker gestionó bien aquella ardua tarea. Repetía el susurro a la señora Forrester, distorsionando su cara de forma considerable, para mostrarle mediante el movimiento de sus labios lo que se había dicho. A continuación, nos sonreía amablemente a todas, y murmuraba para sí:

—Muy gratificante, ciertamente. Desearía que mi pobre hermana estuviera viva para ver este día.

En ese instante se abrió la puerta; *Carlo* se alzó sobre sus patas con un elevado ladrido, y la señora Jamieson se despertó: o, quizá, no había estado dormida, pues tal como dijo casi directamente, había tanta luz en la habitación que había querido mantener los ojos cerrados, pero que había estado escuchando con gran interés toda nuestra divertida y agradable conversación. Peggy entró de nuevo, roja de la urgencia. ¡Otra bandeja! «¡Refinamiento!», pensé. «¿Soportarás este último embate?» Y es que la señorita Barker había ordenado todo tipo de manjares para cenar (no, sin duda alguna, los había preparado, aunque dijo: «Peggy, ¿qué nos traes?», y parecía agradablemente sorprendida ante el inesperado placer): vieiras, paté de langosta, gelatina, un plato llamado «pequeños Cupidos» (que fue muy bien acogido por las damas de Cranford, aunque muy caro de ofrecer, excepto en ocasiones solemnes y oficiales. Yo lo hubiera llamado bizcochos sumergidos en *brandy*, si no hubiera conocido su nombre refinado y clásico). En resumen, estaba claro que íbamos a recibir un festín de todo lo mejor, y pensamos que sería preferible someternos graciosamente, aun a costa de nuestro refinamiento (ya que, en general nunca cenábamos pero que, como casi todos aquellos que no cenan, estábamos particularmente hambrientas en ocasiones especiales).

En su círculo anterior, me atrevo a decir que la señorita Barker estaba familiarizada con el licor conocido como jerez. Ninguna de nosotras lo conocía, y nos encogimos un poco cuando nos lo ofreció:

—Sólo un vasito, señoras: después de las ostras y la langosta, ¿saben? En ocasiones, el marisco no se considera muy sano.

Todas dijimos que no con la cabeza como chinas mandarinas pero, finalmente, la señora Jamieson se dejó convencer, y nosotras la seguimos. No era exactamente desagradable, aunque era tan fuerte que demostramos que no estábamos acostumbradas a tales cosas al toser terriblemente, de una forma tan extraña como había hecho la señorita Barker antes de que Peggy nos hiciera entrar.

—Es muy fuerte —dijo la señorita Pole, cuando dejó su vaso vacío—. Es evidente que lleva alcohol.

—Sólo un poco, lo justo para que se conserve —dijo la señorita Barrer—. Ya saben que empleamos pimiento de *brandy* en nuestras conservas para mantenerlas. A menudo, yo misma me siento un poco contenta cuando como tarta de ciruelas damascenas.

Me pregunto si la tarta damascena hubiera abierto el corazón de la señora Jamieson de la misma forma que el jerez; pero nos comentó un futuro acontecimiento, respecto al cual se había mantenido callada hasta entonces.

—Mi cuñada, lady Glenmire, viene a verme.

Hubo un coro de «vayas», y una pausa. Todas revisaron rápidamente su vestimenta para asegurarse de que era apropiada para estar en presencia de la viuda de un barón; pues, naturalmente, siempre se llevaba a cabo una serie de pequeños festivales cuando un visitante llegaba a casa de alguna de nuestras amigas. En esta ocasión, nos sentíamos agradablemente entusiasmadas.

Poco después, anunciaron a las doncellas y a los faroleros. La señora Jamieson tenía su silla de manos, que había estrujado en el estrecho vestíbulo de la señorita Barker con cierta dificultad y, literalmente, «impedía el paso». Hicieron falta unas habilidosas maniobras por parte de los porteadores (de día eran zapateros pero, cuando los llamaban para portar la silla, vestían una antigua y extraña librea: largos abrigos con pequeñas capas de la época de la silla, y similares a las vestimentas de los dibujos de Hogarth) hacia un costado y hacia atrás, para intentarlo otra vez y, finalmente, conseguir sacar su carga a través de la puerta principal de la señorita Barker. Después, oímos su paso rápido por la calle tranquila, mientras nos poníamos nuestras capuchas y arreglábamos nuestros vestidos. La señorita Barker nos atosigaba con ofertas de ayuda que, si no recordaba su anterior oficio, y deseaba que nosotras olvidáramos, hubieran resultado demasiado apremiantes.

Capítulo VIII. «Su señoría»

La mañana siguiente, temprano (recién dadas las doce), la señorita Pole apareció en casa de la señorita Matty. Empleó alguna insignificancia como motivo para su visita, pero era evidente que había algo por detrás. Finalmente, habló:

—Por cierto, les parecerá que soy una ignorante, pero la cuestión de cómo debemos dirigirnos a lady Glenmire me tiene perpleja. ¿Se dice «su señoría» cuando se le diría «usted» a una persona normal? He estado dándole vueltas toda la mañana y, ¿debemos decir «milady», en lugar de «señora»? Usted conocía a lady Arley. ¿Sería tan amable de decirme la forma más apropiada de hablar a la nobleza?

¡Pobre señorita Matty! Se quitó las lentes y se las volvió a poner, pero no podía recordar cómo se dirigían a lady Arley.

—Ha pasado tanto tiempo —dijo—. ¡Señor! ¡Soy tan estúpida! No creo haberla visto más de dos veces. Sé que solíamos llamar a sir Peter, «sir Peter», pero venía a vernos mucho más que lady Arley. Deborah lo hubiera sabido al instante. «Milady», «su señoría». Suena muy raro, como si no fuera natural. Nunca lo hubiera pensado pero, ahora que lo dice, estoy confundida.

Estaba claro que la señorita Pole no conseguiría una decisión acertada por parte de la señorita Matty, que estaba cada vez más desconcertada y perpleja, en cuanto a la etiqueta del tratamiento.

—Bueno, creo —dijo la señorita Pole— que será mejor que vaya a comentarle a la señora Forrester nuestro pequeño apuro. A veces, una se pone nerviosa, y no nos gustaría que lady Glenmire pensara que en Cranford ignoramos la etiqueta de la alta sociedad.

—Querida señorita Pole, ¿podría pasar por aquí cuando vuelva, para decirme lo que han decidido, por favor? Estoy convencida de que establezcan lo que establezcan usted y la señora Forrester estará bien. «Lady Arley», «sir Peter» —dijo la señorita Matty para sí misma, intentando recordar las antiguas formas de las palabras.

—¿Quién es lady Glenmire? —pregunté yo.

—Es la viuda del señor Jamieson; ¿sabe el difunto marido de la señora Jamieson? Es la viuda de su hermano mayor. La señora Jamieson era la señorita Walker, hija del gobernador Walker. «Su señoría.» Querida, si establecen ese tratamiento, deberá permitirme que practique un poco con usted antes, pues me sentiría tonta y avergonzada al decírselo por primera vez a lady Glenmire.

Fue un verdadero alivio para la señorita Matty que la señora Jamieson viniera con un encargo muy descortés. Advierto que la gente apática tiene una impertinencia más discreta que otros, y la señora Jamieson vino a insinuar bastante claramente que no deseaba especialmente que las damas de Cranford vinieran a visitar a su cuñada. Me cuesta explicar cómo dejó claro aquello, pues me indigné y enfadé mucho mientras explicaba de forma deliberadamente lenta sus deseos a la señorita Matty quien, una verdadera dama, no podía entender el sentimiento que había provocado que la señora Jamieson deseara parecer, ante su noble cuñada, que sólo visitaba a familias «condales». La señorita Matty siguió confundida y perpleja bastante tiempo después de que yo descubriera el objetivo de la visita de la señora Jamieson.

Cuando entendió el sentido de la visita de la honorable dama, fue hermoso contemplar la calma dignidad con la que recibió los indicios que le había dado de forma tan descortés. No se sintió herida en absoluto (era demasiado buena para eso), y tampoco era exactamente consciente de desaprobar la conducta de la señora Jamieson; pero había algo de ese sentimiento en su mente, estoy convencida, que la hacía saltar de un tema a otro, de una forma menos agitada y más compuesta de lo habitual. La señora Jamieson era, de hecho, la más agitada de las dos, y advertí que se alegraba de marcharse.

Poco después volvió la señorita Pole, roja e indignada.

—¡Bueno! Martha me ha dicho que la señora Jamieson ha estado aquí, y no debemos visitar a lady Glenmire. ¡Sí! Me he encontrado con la señora Jamieson, a medio camino entre su casa y la de la señora Forrester, y me lo ha dicho. Me he llevado tal sorpresa que me he quedado sin palabras. Desearía haber pensado algo agudo y sarcástico, y puede que lo haga esta noche. ¡Y lady Glenmire no es más que la viuda de un barón escocés! He mirado la Nobleza de la señora Forrester, que guarda en una vitrina, para ver quién es esa señora: es la viuda de un noble escocés (nunca se sentó en la cámara de los Lores), tan pobre como Job, me atrevería a decir. Y ella es la quinta hija de un tal señor Campbell. Usted es la hija de un párroco, por lo menos, y está emparentada con los Arley; todo el mundo dice que sir Peter pudo haber llegado a ser el vizconde Arley.

La señorita Matty trató de calmar a la señorita Pole, pero fue en vano. Aquella dama, normalmente tan buena y afable, estaba en pleno ataque de ira.

—Y yo he encargado un sombrero esta mañana, para estar preparada —dijo finalmente, dejando escapar el secreto que hacía que las insinuaciones de la señora Jamieson escocieran—. ¡Ya averiguará la señora Jamieson si es tan fácil si consigue reunir a cuatro personas para jugar a las cartas cuando no tenga a sus finos parientes escoceses alrededor!

Al salir de la iglesia, el primer domingo tras la aparición de lady Glenmire en Cranford, nos reunimos diligentemente para hablar, dando la espalda a la señora Jamieson y a su invitada. Si no podíamos visitarla, tampoco la miraríamos, aunque nos moríamos de curiosidad por saber cómo era. Tuvimos el consuelo de poder preguntar a Martha por la tarde. Martha no pertenecía a un círculo social cuya observación pudiera ser un cumplido implícito a lady Glenmire, y Martha había hecho buen uso de sus ojos.

—¡Bueno, señora! ¿Se refiere a la pequeña dama que está con la señora Jamieson? Pensaba que preferiría saber cómo estaba vestida la joven señora Smith, al ser recién casada —(La señora Smith era la esposa del carnicero.)

La señorita Pole dijo:

—¡Por Dios! Como si nos importara la señora Smith —pero se quedó callada mientras Martha continuaba hablando.

—La pequeña dama del banco de la señora Jamieson llevaba una vieja seda negra y una capa de cuadros escoceses de pastor, señora. También tenía unos ojos muy negros, señora, y una cara agradable y angulosa. No era demasiado joven, señora, pero diría que es más joven que la señora Jamieson. Ojeaba toda la iglesia, como un pajarillo y, al salir, se ha sujetado las enaguas más rápido que nadie que haya visto jamás. Le diré, señora, que se parecía a la señora del diácono en la taberna.

—¡Calla, Martha! —dijo la señorita Matty—. Eso es muy poco respetuoso.

—¿Lo es, señora? Discúlpeme, pero Jem Hearn ha dicho lo mismo. Dijo que tenía el cuerpo anguloso de...

—Una dama —dijo la señorita Pole.

—Una dama, como la mujer del diácono.

Pasó otro domingo, y nosotras aún apartábamos nuestra mirada de la señora Jamieson y de su invitada, y comentábamos entre nosotras que nos parecía que éramos muy severas, quizá demasiado. La señorita Matty se sentía claramente incómoda ante nuestra sarcástica forma de hablar.

Quizá para entonces, lady Glenmire ya había descubierto que la casa de la señora Jamieson no era la más alegre del mundo. Quizá la señora Jamieson había descubierto que la mayoría de las familias del condado estaban en Londres, y que aquellas que se habían quedado en el campo tampoco estaban tan vivas como debieran, ante la circunstancia de que lady Glenmire estuviera en la zona. Los grandes acontecimientos surgen de causas pequeñas, así que no intentaré adivinar qué indujo a la señora Jamieson a alterar su decisión de excluir a las damas de Cranford y enviar invitaciones a todas, para una pequeña fiesta el martes siguiente. El mismo señor Mulliner las trajo. Siempre ignoraba el hecho de que las casas tenían puerta trasera, y golpeaba la puerta con más fuerza que su ama, la señora Jamieson. Tenía tres pequeñas notas, que llevaba en un cesto enorme para hacer creer a su ama que pesaba mucho, aunque bien hubiera podido llevarlas en el bolsillo de su chaleco.

La señorita Matty y yo decidimos discretamente que tendríamos un compromiso anterior en casa: era la noche en que la señorita Matty empleaba para fabricar mechas para velas con todas las notas y cartas de la semana. Los lunes arreglaba sus cuentas (no debía ni un penique de la semana anterior), así que, siguiendo el orden natural, fabricaba las mechas los martes por la noche, y nos daba una excusa válida para rechazar la invitación de la señora Jamieson. Pero antes de escribir nuestra respuesta llegó la señorita Pole con una nota abierta en la mano.

—¡Bueno! —dijo—. Veo que ustedes también han recibido la nota. Mejor tarde que nunca. Sabía que a lady Glenmire le gustaría conocer nuestro círculo, antes de que transcurrieran dos semanas.

—Sí —dijo la señorita Matty—, nos ha invitado para el martes por la noche. Quizá quiera traer sus labores y tomar el té con nosotras esa noche. Es cuando reviso las facturas, las notas y las cartas de la semana anterior, y las convierto en mechas para velas. No parece motivo suficiente para decir que tengo un compromiso anterior en casa, pero pienso emplearlo. Ahora bien, si viene, tendría la conciencia más tranquila y, afortunadamente, aún no hemos escrito la nota.

Advertí que el semblante de la señorita Pole cambiaba mientras la señorita Matty hablaba.

—Entonces, ¿no van a ir? —preguntó.

—¡No! —dijo la señorita Matty, tranquilamente—. Y supongo que usted tampoco, ¿verdad?

—No lo sé —respondió la señorita Pole—. Sí, creo que sí —dijo vivamente y, al ver la sorpresa de la señorita Matty, añadió—: Verá, una no querría que la señora Jamieson pensara que todo lo que hace o dice es motivo suficiente para ofenderla. Sería como rebajarnos y a mí, personalmente, no me gustaría. Sería muy halagador para la señora Jamieson permitir que pensara que lo que dijo nos afectó durante una semana, no, diez días.

—¡Bueno! Supongo que está mal sentirse dolida y molesta durante tanto tiempo por nada y, quizá, después de todo, no pretendía irritarnos. No obstante, he de decir que yo nunca hubiera podido expresar las cosas que dijo la señora Jamieson para que no la visitáramos. No creo que deba ir.

—¡Venga! Señorita Matty, debe ir; ya sabe que nuestra amiga, la señora Jamieson, es mucho más flemática que la mayoría de la gente, y no tiene en cuenta las delicadezas en cuanto a sentimientos, que usted posee a tan elevado nivel.

—Pensaba que usted los tenía también, el día en que la señora Jamieson vino para decirnos que no fuéramos —dijo la señorita Matty, inocente. Pero la señorita Pole, además de delicados sentimientos, también tenía un elegante sombrero que ansiaba mostrar al mundo; así que, parecía haber olvidado todas las iracundas palabras que había pronunciado apenas quince días atrás, y estaba lista para practicar el gran principio cristiano de «perdonar y olvidar». Sermoneó durante tanto tiempo sobre ese tema a la querida señorita Matty, que acabó asegurándole que era su deber, como hija de un difunto párroco, comprarse un sombrero nuevo y asistir a la fiesta de la señora Jamieson. Por tanto, estábamos «encantadas de aceptar», en lugar de «lamentar que nos sentíamos obligadas a declinar la invitación».

El mayor gasto en vestimenta de Cranford era, principalmente, el que se hacía en el artículo ya mencionado. Si las cabezas iban coronadas con elegantes sombreros nuevos, las damas eran como avestruces, y no les importaba el resto de su cuerpo. Viejos vestidos, cuellos blancos y venerables, innumerables broches por todas partes (algunos tenían pintados ojos de perro; algunos eran como pequeños marcos de imágenes con mausoleos y sauces llorones bellamente reflejados con pelo dentro; otros eran miniaturas de damas y caballeros que sonreían dulcemente desde un nido de tiesa muselina), viejos broches como adorno permanente, y sombreros nuevos para adaptarse a la moda del momento. Las damas de Cranford siempre vestían con casta elegancia y decoro, tal como bellamente lo expresó la señorita Barker una vez.

Y con tres sombreros nuevos y una colección de broches mayor de la que jamás se ha visto junta a la vez en Cranford desde que se convirtió en pueblo, aparecieron la señora Forrester, la señorita Matty y la señorita Pole aquel memorable martes por la noche. Yo misma conté siete broches en el vestido de la señorita Pole. Dos estaban negligentemente puestos en su sombrero (uno era una mariposa realizada con guijarros escoceses, que harían que una imaginación vívida pensara que era un insecto de verdad); otro sujetaba su pañuelo de gasa, otro sujetaba su cuello; otro adornaba la parte frontal de su vestido, a medio camino entre su garganta y su cintura, y otro adornaba su estómago. No recuerdo dónde estaba el último, pero lo llevaba en algún lugar, estoy segura.

Pero me estoy precipitando en la descripción de la vestimenta. Debería relatar antes el encuentro de camino a casa de la señora Jamieson. La dama vivía en una enorme casa a las afueras del pueblo. Una carretera que había sido una calle llevaba a la casa, que surgía sin un jardín o patio intermedio. Estuviera donde estuviera el sol, nunca daba a la parte frontal de aquella casa. De hecho, las salas se hallaban en la parte trasera, y daban a un agradable jardín. Las ventanas pertenecían a la cocina, a las habitaciones del ama de llaves y a la despensa, y el señor Mulliner se sentaba frente a una de ellas. De hecho, veíamos recelosas la parte posterior de una cabeza empolvada, cuyo polvo se extendía sobre el cuello de su abrigo hasta su cintura, y su imponente espalda estaba siempre ocupada leyendo el *St. James's Chronicle*, lo cual justificaba, de algún modo, el tiempo que tardaba dicho periódico en llegarnos (éramos suscriptoras con la señora Jamieson, aunque, dada su honorabilidad, ella siempre era la primera en leerlo). Ese mismo martes, el retraso a la hora de enviar el último número había sido especialmente exasperante; justo cuando tanto la señorita Pole como la señorita Matty, especialmente la primera, estaban deseando verlo, para preparar las noticias de la Corte, de cara a la entrevista de la noche con la aristocracia. La señorita Pole dijo que se había hecho el copete y se había vestido para las cinco, para estar lista si el *St. James's Chronicle* llegaba en el último momento, el mismo *St. James's Chronicle* que la cabeza empolvada leía con tranquilidad y compostura mientras pasábamos frente la ventana de siempre, aquella noche.

—¡Que hombre más insolente! —dijo la señorita Pole, en un indignado susurro—. Me gustaría preguntarle si su ama paga su parte para su uso exclusivo.

La miramos con admiración ante el valor de aquel pensamiento, pues el señor Mulliner nos atemorizaba a todas. Parecía no haber olvidado nunca su condescendencia al venir a vivir a Cranford. En algunas ocasiones, la señorita Jenkyns se había presentado ante él como la impertérrita campeona de su sexo, y le había hablado en términos de igualdad, pero ni la señorita Jenkyns podía llegar más allá. Aun con sus modales más agradables y graciosos, parecía una cacatúa malhumorada. No hablaba, excepto para soltar bruscos monosílabos. Esperaba en el vestíbulo cuando le rogábamos que no lo hiciera y, a continuación, parecía profundamente ofendido por haberlo tenido allí, mientras nos preparábamos con manos temblorosas y apresuradas para presentarnos ante las visitas.

La señorita Pole hizo un pequeño chiste mientras subíamos que, aunque estaba dirigido a nosotras, pretendía proporcionar cierta diversión al señor Mulliner. Todas sonreímos, para parecer cómodas, y buscamos con la mirada la simpatía del señor Mulliner. Ni un solo músculo de su cara de madera se relajó, y nosotras nos pusimos serias al instante.

La sala de la señora Jamieson era alegre; el sol de la tarde entraba a raudales en ella, y una enorme ventana cuadrada estaba rodeada de flores. Los muebles eran blancos y dorados; no estaban a la moda (Luis XIV, creo que lo llaman, lleno de conchas y giros). No, las sillas y mesas de la señora Jamieson no tenían ni una sola curva. Las patas de las sillas y la mesa decrecían a medida que se acercaban al suelo, y eran rectas y cuadradas en todas sus esquinas. Las sillas estaban en fila contra las paredes, excepto cuatro o cinco que se encontraban en círculo alrededor del fuego. Tenían barras blancas en el respaldo, y estaban acabadas en oro. Ni las barras ni los acabados invitaban a la comodidad. Había una mesa asiática para la lectura, sobre la que había una Biblia, la nobleza, y un libro de oraciones. Había otra mesa cuadrada Pembroke para las bellas artes, sobre la que se posaban un caleidoscopio, cartas de conversación, fichas de puzles (atadas con un larguísimo lazo de satén rosa gastado), y una caja pintada, que imitaba los dibujos que decoran las cajas para el té. *Carlo* yacía sobre la alfombra más gastada, y ladró de forma descortés cuando entramos. La señora Jamieson se levantó, dándonos una torpe sonrisa de bienvenida, y mirando desesperadamente al señor Mulliner, que estaba detrás de nosotras, como si esperara que nos acomodara en los asientos pues, si no lo hacía él, ella sería incapaz. Supongo que él pensó que nos las arreglaríamos para llegar al círculo alrededor del fuego, que me recordaba a Stonehenge, no sé por qué. Lady Glenmire vino al rescate de nuestra anfitriona y, de alguna manera, nos encontramos situadas de forma agradable, y no de manera formal, en casa de la señora Jamieson. Ahora que habíamos tenido tiempo para mirarla, lady Glenmire demostró ser una pequeña mujer inteligente de mediana edad, que debía de haber sido muy hermosa en su juventud, y que aún era muy bonita. Vi a la señorita Pole alabar su vestido durante los cinco primeros minutos, y la creería cuando dijo, al día siguiente:

—¡Señor! Diez libras hubieran bastado para comprar cada puntada que llevaba encima, lazo incluido.

Era agradable sospechar que una noble podía ser pobre y, en parte, nos reconcilió con el hecho de que su marido nunca se sentó en la Cámara de los Lores. Y es que, la primera vez que lo oímos, parecía como una estafa a nuestras expectativas, en base a falsas pretensiones; una especie de «lord pero sin ser lord».

Al principio, todas estábamos muy calladas. Estábamos pensando de qué hablar, que fuera suficientemente relevante para interesar a milady. El precio del azúcar había subido, lo cual, dado que la época de las conservas se acercaba, era una gran información para nuestras almas domésticas, y hubiera sido un tema natural si lady Glenmire no hubiera estado allí. Pero no estábamos seguras de si la nobleza comía conservas, y mucho menos si sabía cómo se hacían. Finalmente, la señorita Pole, que siempre había tenido un gran valor y *savoir faire*, habló con lady Glenmire que, por su parte, parecía igual de perpleja que nosotras, sin saber cómo romper el silencio.

—¿Ha estado su señoría en la Corte recientemente? —preguntó y, a continuación, nos miró durante un instante a las demás, mitad tímida y mitad triunfante, como diciendo: «Observad con qué sensatez he elegido un tema apropiado para el rango de la extraña.»

—Nunca he ido —dijo lady Glenmire, con un fuerte acento escocés, pero con una dulce voz. Y después, como si hubiera sido demasiado brusca, añadió—: Rara vez íbamos a Londres. De hecho, sólo dos veces durante mi vida de casada y, antes de casarme, mi padre tenía una familia demasiado grande —(estoy convencida de que todas pensábamos en que era la quinta hija del señor Campbell)— para sacarnos a todos de casa, incluso para llevarnos a Edimburgo. Quizá hayan estado en Edimburgo —dijo ella, iluminándose repentinamente ante la esperanza de un interés común. Ninguna había estado allí, pero la señorita Pole tenía un tío que pasó una noche allí una vez, y fue muy agradable.

Mientras tanto, la señora Jamieson estaba absorta, preguntándose por qué no traía el té el señor Mulliner. Finalmente, se le escapó la pregunta de la boca.

—Quizá hubiera sido mejor que tocara la campanilla, ¿verdad, querida? —dijo Lady Glenmire, vivamente.

—No, creo que no. A Mulliner no le gusta que le metan prisa.

Deseábamos nuestro té, pues habíamos comido antes que la señora Jamieson. Sospecho que el señor Mulliner tenía que terminar el *St. James's Chronicle* antes de preocuparse por el té. Su ama se movía inquieta y decía una y otra vez:

—No sé por qué Mulliner no trae el té. No se me ocurre qué puede estar haciendo.

Finalmente, lady Glenmire se impacientó, pero era una impaciencia bella; y tocaba la campanilla con fuerza, con el permiso de su cuñada para hacerlo. El señor Mulliner apareció con una actitud de digna sorpresa.

—¡Oh! —dijo la señora Jamieson—. Lady Glenmire ha tocado la campanilla. Creo que es para el té.

El té llegó unos minutos después. La porcelana era muy delicada, la vajilla era muy antigua, el pan y la mantequilla eran muy finos, y los terrones de azúcar eran muy pequeños. El azúcar era claramente el ahorro favorito de la señora Jamieson. Me preguntó si las pequeñas tenacillas con filigranas para el azúcar, parecidas a unas tijeras, hubieran podido abrirse lo suficiente para agarrar un terrón normal de buen tamaño; y cuando traté de coger dos miniaturas a la vez, para que no se detectaran demasiadas vueltas a la azucarera, sólo dejaban caer uno, con un ruido agudo, bastante malicioso y antinatural. Pero antes de que aquello ocurriera, habíamos tenido un ligero disgusto. En la pequeña jarra de plata había crema de leche, y leche en la más grande. En cuanto entró el señor Mulliner, *Carlo* comenzó a pedir, que era algo que nuestros modales nos impedían hacer, aunque estoy convencida de que sólo teníamos hambre; y la señora Jamieson dijo que estaba segura de que la disculparíamos si le daba al pobre y tonto *Carlo* su té antes. Por consiguiente, mezcló un platillo para él, y lo puso en el suelo para que se lo bebiera a lengüetazos. Después, nos contó lo inteligente y sensato que era su querido amigo; conocía bien la crema de leche, y siempre rechazaba el té solo con leche. Por tanto, a nosotras nos tocó la leche, pero en silencio pensamos que éramos tan inteligentes y sensatas como *Carlo*, y sentimos que se añadía un insulto al agravio cuando nos invitó a admirar la gratitud que mostraba el perro al menear la cola por la crema que debería haber sido para nosotras.

Después del té, la situación se distendió, y hablamos sobre temas de la vida cotidiana. Agradecimos que lady Glenmire propusiera algo más de pan y mantequilla, y aquel deseo mutuo nos hizo conocerla mejor que si hubiéramos hablado sobre la Corte, aunque la señorita Pole dijo que esperaba saber cómo se encontraba la querida reina, de alguien que la hubiera visto.

La amistad que comenzó con el pan y la mantequilla se extendió a las cartas. Lady Glenmire jugaba al Preference admirablemente, y era una auténtica autoridad en cuanto a la Zanga y al Quadrille. Incluso la señorita Pole olvidó decir «milady» y «su señoría», y dijo: « ¡Bastos!, señora»; «creo que tiene usted el as de espadas», tan discretamente como si nunca hubiéramos celebrado el gran Parlamento de Cranford sobre la forma adecuada de tratamiento a la nobleza.

Como prueba de cómo olvidamos que estábamos en presencia de alguien que hubiera podido sentarse a tomar el té con una diadema en la cabeza en lugar de sombrero, la señora Forrester relató un dato curioso a lady Glenmire: una anécdota que su círculo de amigas íntimas conocía, pero que la señora Jamieson no conocía. Estaba relacionado con un antiguo encaje fino, la única reliquia de tiempos mejores, que lady Glenmire estaba admirando en el cuello de la señora Forrester.

—Sí —dijo la dama—. Tal encaje no puede obtenerse ahora ni por amor ni por dinero. Me dijeron que lo fabricaban monjas extranjeras. Dicen que ya no lo hacen allí tampoco. Pero quizá ya puedan, ahora que han aprobado la Ley de Emancipación Católica. No me extrañaría. Pero, mientras tanto, aprecio muchísimo mi encaje. Ni siquiera se lo confío a mi criada para que lo lave —(la muchacha de la escuela de beneficencia que he mencionado antes, pero quedaba mejor llamarla «mi criada»)—. Siempre lo lavo yo misma. Y, una vez, se salvó por poco. Naturalmente, su señoría sabrá que tal encaje no debe almidonarse ni plancharse jamás. Algunas lo lavan con azúcar y agua, y otras con café, para darle el color amarillo apropiado; pero yo tengo una receta estupenda para lavarlo con leche, ya que lo endurece lo suficiente, y le da un color cremoso muy bonito. Pues bien, señora, lo había doblado (lo hermoso de este fino encaje es que, cuando está húmedo, ocupa muy poco), y lo había empapado en leche cuando, desafortunadamente, salí de la habitación. Cuando regresé, me encontré con la gata sobre la mesa, con aspecto de ladrona, pero tragando incómoda, como si se hubiera atragantado con algo que quería tragar y no podía. ¿Puede creérselo? Al principio, sentí lástima por ella y dije: « ¡Pobre gatita! ¡Pobre gatita!», hasta que, de golpe, miré y vi la taza de leche vacía, ¡totalmente limpia! «¡Gata traviesa!», dije yo, y creo que me provocó lo suficiente para que le diera un tortazo. Aquello no ayudó, pues sólo hizo que el encaje bajara, igual que cuando damos palmadas en la espalda a un niño que se atraganta. Hubiera podido gritar de lo irritada que estaba, pero decidí que no renunciaría al encaje sin luchar por él. Esperaba que el encaje le sentara mal de alguna manera, pero hubiera sido demasiado hasta para Job, si hubiera visto, como yo, entrar a la gata, tranquila y ronroneante, apenas un cuarto de hora después, casi esperando que la acariciara. «¡No, gatita!», dije yo, ¡si tienes algo de conciencia, no deberías esperar eso!». Entonces, se me ocurrió algo, y toqué la campanilla para llamar a mi criada. La envié a ver al señor Hoggins con mis saludos, para pedirle si sería tan amable de prestarme una de sus botas altas durante una hora. No creo que hubiera nada extraño en el mensaje, pero Jenny dijo que los jóvenes de la consulta se rieron como si estuviera mal que quisiera una bota alta. Cuando llegó, Jenny y yo metimos a la gata dentro, con las patas delanteras hacia abajo, para atárselas y no dejar que arañara. Le dimos una cucharada de jalea de grosella, en la que (su señoría deberá disculparme) había mezclado algo de vomitivo. Nunca olvidaré lo nerviosa que estuve durante la media hora siguiente. Me llevé a la gata a mi habitación, y extendí una toalla limpia en el suelo. Hubiera podido besarla cuando devolvió el encaje, de la misma manera que había entrado. Jenny tenía lista el agua hirviendo, lo pusimos a remojo, y lo extendimos sobre un arbusto de lavanda al sol, antes de tocarlo de nuevo, incluso para ponerlo en leche. Pero su señoría nunca adivinaría que ha estado dentro de una gata.

En el curso de la velada, averiguamos que lady Glenmire le iba a hacer una larga visita a la señora Jamieson, pues había dejado su casa en Edimburgo, y no tenía ataduras que la enviaran de vuelta apresuradamente. En general, nos alegramos de oír aquello, pues nos había causado una agradable impresión, y era también cómodo oír, por detalles que había dejado caer durante la conversación, que, además de otras virtudes corteses, también estaba alejada de la «vulgaridad de la riqueza».

—¿No les parece desagradable caminar? —preguntó la señora Jamieson, cuando anunciaron a nuestras respectivas criadas. Era una pregunta bastante habitual en la señora Jamieson, que tenía su propio carruaje en la cochera, y siempre salía en un palanquín hasta para las distancias más cortas. Las respuestas eran casi igual de habituales.

—¡No, querida! ¡La noche es tan agradable y tranquila! ¡Es tan refrescante después de la emoción de una fiesta! ¡Las estrellas son tan hermosas! —la última era de la señorita Matty.

—¿Le gusta la astronomía? —preguntó lady Glenmire.

—No demasiado —respondió la señorita Matty, confusa, en ese momento, al intentar recordar cuál era la astronomía, y cuál era la astrología. No obstante, la respuesta era cierta en ambas circunstancias, pues leía y estaba ligeramente alarmada ante las predicciones astrológicas de Francis Moore. En cuanto a la astronomía, en una conversación privada y confidencial, me dijo que nunca podría creer que la tierra se movía constantemente, y que no se lo creería aunque pudiera. Pensarlo la hacía sentirse cansada y mareada.

Calzadas con nuestros resonantes zapatos, tomamos el camino a casa con mayor cuidado aquella noche, dado lo refinados y delicados que estaban nuestros sentidos después de tomar el té con «milady».

Capítulo IX. Signor Brunoni

Poco después de los acontecimientos que relaté en mi carta anterior, me llamaron a casa por la enfermedad de mi padre y, preocupada por él, durante un tiempo olvidé preguntarme cómo estarían mis amigas de Cranford, o cómo se estaba reconciliando lady Glenmire con el aburrimiento de la larga visita que aún le estaba haciendo a su cuñada, la señora Jamieson. Cuando mi padre se recuperó un poco, le acompañé a la costa, así que, en general, parecía desterrada de Cranford, y fui privada de la oportunidad de oír cualquier información fortuita sobre el querido pueblo durante la mayor parte del año.

A finales de noviembre, cuando regresé a casa y mi padre volvía a gozar de buena salud, recibí una carta de la señorita Matty; y una carta muy misteriosa, por cierto. Comenzaba muchas frases sin terminarlas, atropellándolas con las siguientes, de la misma forma confusa en que las palabras escritas emborronan en papel secante. Todo lo que pude concluir fue que me preguntaba si mi padre estaba mejor (y esperaba que así fuera), que le hiciera caso y me pusiera un abrigo desde San Miguel hasta el día de la Anunciación,[15] y que si podía decirle si los turbantes estaban de moda. Iba a tener lugar un acontecimiento como no se había visto igual desde que llegaron los leones de Wombwell y uno de ellos se comió el brazo de un niño. Quizá ella ya era demasiado mayor para preocuparse por la vestimenta, pero debía tener un nuevo sombrero y, al oír que los turbantes estaban de moda, y que era probable que vinieran algunas familias del condado, le gustaría parecer arreglada. ¿Podría llevarle un sombrero de la sombrerería a la que yo iba? Y, ¡oh, querida!, qué descuidado había sido por su parte olvidar que escribía para pedirme que fuera a hacerle una visita el martes siguiente, cuando esperaba tener algo divertido que ofrecerme, algo que no quería detallarme ahora, sólo que el aguamarina era su color favorito. Así finalizaba su carta, pero en la posdata añadía que bien

15. Desde San Miguel (29 de septiembre) hasta el día de la Anunciación (25 de marzo). (*N. de la t.*)

podía decirme cuál era la atracción del momento en Cranford: el signor Brunoni iba a exhibir su fantástica magia en el Salón de la Asamblea de Cranford, el miércoles y el viernes de la semana siguiente.

Estaba encantada de aceptar la invitación de mi querida señorita Matty, independientemente del ilusionista, y me preocupaba especialmente impedir que desfigurara su pequeña, agradable y tímida cara con un enorme turbante de sarraceno. Así pues, le compré un bonito y sencillo sombrero que, no obstante, fue una decepción para ella cuando, a mi llegada, me siguió a mi habitación, aparentemente para atizar el fuego pero, en realidad, creo que para ver si el turbante aguamarina se escondía en la sombrerera que había traído. Fue en vano girar el sombrero en mi mano para enseñarle la parte frontal y la posterior: se había empeñado en un turbante, y todo lo que podía hacer era decir con aspecto y voz de resignación:

—Estoy segura de que ha hecho lo que ha podido, querida. Es igual que los sombreros que llevan todas las damas de Cranford, y me atrevo a decir que ya llevan un año con el suyo. Admito que me hubiera gustado algo más innovador, algo más parecido a los turbantes que la señorita Betty Barker me dice que lleva la reina Adelaida. Pero es muy bonito, querida. Y diría que la lavanda es más fácil de conjuntar que la aguamarina. Bueno, después de todo, ¿qué importa lo que nos pongamos? Dígame si necesita algo, querida. Aquí tiene la campanilla. Supongo que los turbantes no han llegado aún a Drumble, ¿verdad?

Tras decir aquello, la anciana dama salió de la habitación lamentándose, dejándome para que me vistiera para la velada pues, tal como me informó, esperaba a la señorita Pole y a la señora Forrester, y confiaba en que no estuviera demasiado cansada para unirme a la fiesta. Naturalmente, no lo estaba, y me di prisa para deshacer el equipaje y ocuparme de mi vestimenta pero, aun a toda velocidad, oí las llegadas y el zumbido de la conversación en la habitación de al lado, antes de que estuviera lista. Justo cuando abría la puerta, oí las palabras: «He sido tonta al esperar algo demasiado refinado de las tiendas de Drumble. ¡Pobre muchacha! Ha hecho lo que ha podido, no tengo duda alguna». Aun así, prefería que culpara a Drumble y a mí, antes de dejar que se desfigurase con un turbante.

En el trío de damas de Cranford que ahora se reunía, la señorita Pole era siempre la que había tenido aventuras. Solía pasar la mañana paseando de tienda en tienda, no para comprar nada (excepto algún carrete de algodón ocasional, o un pedazo de cinta adhesiva), sino para ver los nuevos artículos e informar sobre ellos, y para recoger todos los pedazos sueltos de información del pueblo. También tenía la costumbre de dejarse caer discretamente, aquí y allí, en todo tipo de lugares, para satisfacer su curiosidad sobre algo. Una costumbre que, de no tener un aspecto tan fino y remilgado, se hubiera podido considerar impertinente. Y ahora, por la expresiva forma de aclararse la garganta y esperar a que finalizaran los temas menores (como los sombreros y los turbantes), sabíamos que tenía algo muy especial que contarnos cuando llegara la debida pausa (y desafío a cualquiera con algo de sentido común a alargar una conversación, cuando una de ellas se sienta en silencio, despreciando todas las cosas que consideran triviales y deleznables en comparación con lo que ellas podrían revelar, si se les ruega adecuadamente. La señorita Pole comenzó a decir:

—Cuando salía hoy de la tienda de Gordon, he entrado por casualidad en el George (mi Betty tiene una prima segunda que es camarera allí, y he pensado que a Betty le gustaría saber cómo estaba) y, al no ver a nadie por allí, he subido la escalera, y me he encontrado en el pasillo que da al Salón de la Asamblea (usted y yo recordamos el Salón de la Asamblea, ¿verdad, señorita Matty? ¡Y los *minuets de la cour*!).[16] Así que he seguido adelante, sin saber lo que estaba haciendo, cuando, de repente, he advertido que estaba en medio de los preparativos para mañana por la noche: estaban dividiendo la sala con enormes telas, sobre las que los hombres de Crosby estaban cosiendo franela roja. Todo parecía muy oscuro y extraño, y me ha desconcertado bastante. Iba entre bastidores, totalmente ausente, cuando un caballero (y puedo asegurarles que era muy caballero) se me ha acercado y me ha preguntado si podía hacer algo por mí. Su inglés era muy fuerte, y no he podido evitar pensar en Tadeo de Varsovia, en los hermanos Húngaros y en Santo Sebastiani. Mientras estaba ocupada imaginándome su pasado, se ha retirado de la habitación. ¡Pero esperen un instante! ¡Aún no conocen la mitad de mi historia! Bajaba la escalera, cuando me he encontrado con la prima segunda de Betty. Naturalmente, me he detenido a hablar con ella por Betty, y me ha dicho que había conocido al ilusionista: el caballero que chapurreaba inglés era el mismo Signor Brunoni. ¡Justo en ese momento se ha cruzado con nosotras en la escalera y nos ha hecho una reverencia muy elegante, a la que le he respondido con otra

16. *Minuet de la cour*: baile de origen francés. (*N. de la t.*)

(todos los extranjeros son tan educados, que a una se le pega algo)! Pero cuando ha bajado, he recordado que había perdido un guante en el Salón de la Asamblea (en realidad, estaba seguro en mi manguito, pero no lo he encontrado hasta después), y he vuelto. Justo cuando me acercaba sigilosamente al pasillo que hay a uno de los lados de la enorme pantalla que cruza casi toda la sala, he visto al mismo caballero que había conocido antes y se había cruzado conmigo en la escalera, saliendo de la parte interior de la habitación para la que no hay entrada (ya lo recuerda, señorita Matty) y repitiéndome de nuevo en su inglés chapurreado si podía ayudarme en algo. No quiero decir que fuera tan brusco, pero parecía decidido a que no atravesara la pantalla. Naturalmente, le he hablado de mi guante que, curiosamente, he encontrado en ese mismo instante.

Entonces, la señorita Pole había visto al ilusionista, ¡al verdadero ilusionista!, y le hicimos muchas preguntas. «¿Tenía barba?», «¿Era joven o mayor?», «¿Rubio o moreno?», «¿Parecía...?» (Incapaz de formar mi pregunta de forma prudente, la hice de otra manera), «¿Qué aspecto tenía?». En resumen, la señorita Pole era la heroína de la noche, dado su encuentro matutino. Si no era la rosa (es decir, el ilusionista), había estado junto a ella.

El ilusionismo, los juegos de manos, la magia y la brujería fueron los temas de la velada. La señorita Pole era un poco escéptica, y tendía a creer que podía haber soluciones científicas para los actos de la bruja de Endor. La señora Forrester se lo creía todo, desde los fantasmas a los presagios de muerte. La señorita Matty oscilaba entre las dos, siempre convencida por la última en hablar. Creo que, por naturaleza, se inclinaba más hacia el lado de la señora Forrester, pero el deseo de demostrar que era digna hermana de la señorita Jenkyns la mantenía igualmente equilibrada. La señorita Jenkyns nunca permitía a las criadas que llamaran «sudarios» a las pequeñas piezas de sebo que se formaban alrededor de las velas, ¡e insistía en que las llamaran «rollitos»! ¡Su hermana, supersticiosa! Imposible. Después del té, me enviaron al comedor a buscar la vieja enciclopedia que contenía los nombres que comenzaban por *C*, para que la señorita Pole pudiera preparar explicaciones científicas para los trucos de la noche siguiente. Estropeó la partida de Preference que la señorita Matty y la señora Forrester deseaban, pues la señorita Pole estaba tan absorta en su tema y las imágenes que lo ilustraban, que nos pareció cruel molestarla de otra forma que no fuera con un par de bostezos bien calculados, que lanzaba de vez en cuando, ya que me conmovió la docilidad con la que ambas damas soportaban su decepción. No obstante, la señorita Pole leía con más afán, transmitiéndonos la siguiente información:

—Ya veo, lo entiendo perfectamente. A representa la bola. Ponga *A* entre *B* y *D*, ¡no! entre *C* y *F*, y gire la segunda articulación del tercer dedo de su mano izquierda sobre la muñeca de su *H* derecha. ¡Está muy claro! Mi querida señora Forrester, el ilusionismo y la brujería son sólo cuestión del alfabeto. ¿Me permiten leerles este pasaje?

La señora Forrester imploró a la señorita Pole que se lo ahorrara, diciéndole que, desde pequeña, no soportaba que le leyeran en alto. Yo dejé caer la baraja, que había estado mezclando de forma muy audible, y con este discreto movimiento, obligué a la señorita Pole a percibir que el Preference debía haber sido el orden de la velada, y a sugerir, involuntariamente, que el juego debería comenzar. ¡Cómo se iluminaron las caras de ambas damas ante aquello! La señorita Matty tuvo un par de punzadas de remordimiento por haber interrumpido a la señorita Pole en sus estudios, y no pudo recordar bien sus cartas o prestar toda su atención al juego, hasta que calmó su conciencia ofreciendo el préstamo de su enciclopedia a la señorita Pole, que lo aceptó agradecida, y dijo que Betty lo llevaría a casa cuando viniera con el farolero.

La noche siguiente estábamos agradablemente agitadas ante la idea de la diversión que nos esperaba. La señorita Matty subió a vestirse temprano, y me metió prisa hasta que me preparé, cuando averiguamos que teníamos una hora y media de espera hasta que «las puertas se abrieran a las siete en punto». ¡Y sólo había veinte metros de distancia! No obstante, tal como dijo la señorita Matty, no serviría de nada concentrarse demasiado en nada y olvidar la hora; así que pensó que lo mejor sería sentarnos tranquilamente, sin encender las velas, hasta las siete menos cinco. Por tanto, la señorita Matty dormitaba, y yo tejía.

Por fin nos pusimos en camino, y en la puerta de la calzada del George, nos encontramos con la señora Forrester y la señorita Pole: la última discutía el asunto de la velada con más vehemencia que nunca, y nos lanzaba equis y bes a la cabeza como si fueran granizo. Incluso había copiado una o dos «recetas», tal como ella las llamaba, para los distintos trucos, en la parte posterior de algunas cartas, lista para explicar y detectar el arte del signor Brunoni.

Fuimos al guardarropa anexo al Salón de la Asamblea; la señorita

Matty suspiró un par de veces ante su juventud perdida y el recuerdo de la última vez que había estado allí, mientras se ajustaba su bonito sombrero nuevo frente al curioso y viejo espejo del guardarropa. Algunas familias del condado, que se reunían una vez al mes durante el invierno, para bailar y jugar a las cartas, habían unido el Salón de la Asamblea a la posada unos cien años atrás. Muchas bellezas del condado habían dado sus primeros pasos de *minuet* allí, antes de bailar ante la reina Carlota en aquella misma habitación. Se decía que una de las Gunnings había honrado el lugar con su belleza; era cierto que la rica y hermosa viuda lady Williams se había enamorado locamente allí mismo de la noble figura de un joven artista, que se alojaba con alguna de las familias por asuntos profesionales, y había acompañado a sus patrones a la Asamblea de Cranford. Y menuda ganga había obtenido la pobre lady Williams con su bello marido, si las historias eran ciertas. Ahora, no había bellezas que se sonrojaran y mostraran sus hoyuelos en las esquinas del Salón de la Asamblea de Cranford; ningún joven artista se ganaba corazones con una reverencia, sombrero en mano; la vieja sala tenía un aspecto lúgubre; la pintura de color salmón se había desteñido hasta apagarse; enormes pedazos de escayola se habían descascarillado de las finas coronas y los festones de las paredes. No obstante, aún perduraba un rancio aroma aristocrático, y el polvoriento recuerdo de los días pasados hizo que la señorita Matty y la señora Forrester se sintieran molestas cuando entraron y comenzaron a recorrer la habitación de forma remilgada, como si fueran un par de distinguidas observadoras, en lugar de dos chiquillos con un pedazo de caramelo entre ellos, para pasar el tiempo.

Nos detuvimos en seco en la segunda fila, y yo fui incapaz de entender el motivo, hasta que oí a la señorita Pole preguntarle a un mozo descarriado si se esperaba a alguna de las familias del condado. Cuando éste negó con la cabeza para decir que creía que no, la señora Forrester y la señorita Matty fueron hacia adelante, y nuestro grupo formó un cuadrado de conversación. La primera fila pronto aumentó y se enriqueció con lady Glenmire y la señora Jamieson. Las seis ocupábamos las dos primeras filas, y nuestro aristocrático aislamiento fue respetado por los grupos de comerciantes que se extraviaban de vez en cuando, y se apiñaban en los bancos posteriores. Al menos, eso deduje por el ruido que hacían, y los sonoros golpes que daban al sentarse, pero cuando, cansada ante el obstinado telón verde que no se levantaba y me observaba con dos ojos extraños, a través de dos agujeros, como en la vieja historia del tapiz, me volví voluntariamente para mirar a la gente alegre que parloteaba detrás de mí. La señorita Pole me agarró del brazo y me pidió que no me volviera, pues «no era apropiado». Nunca pude averiguar qué era «lo apropiado», pero debía de ser algo terriblemente aburrido y pesado. Sin embargo, todas nos sentábamos con la mirada al frente, fija en el tentador telón, y apenas hablábamos de forma inteligible, temerosas de que nos vieran cometer la vulgaridad de hacer ruido en un lugar de ocio público. La señora Jamieson fue la más afortunada, pues se quedó dormida.

Por fin desaparecieron los ojos (el telón se agitó), y un lado subió antes que el otro y se atascó. Lo dejaron caer de nuevo y, con un nuevo esfuerzo y un vigoroso tirón de una mano invisible, se alzó de nuevo, mostrándonos a un magnífico caballero de traje turco, sentado frente a una mesita y mirándonos fijamente (diría que con los mismo ojos que había visto a través del agujero del telón) con calma y dignidad condescendiente, «como si fuera de otra esfera», tal como oí decir a una voz sentimental tras de mí.

—¡Ése no es el signor Brunoni! —dijo la señorita Pole de forma tan decidida y alta que estoy segura de que la oyó, pues lanzó una mirada a nuestro grupo con su barba larga, con un aire de mudo reproche—. El signor Brunoni no tenía barba, aunque quizá salga pronto.

Así que cayó en un falso sentimiento de paciencia. Entretanto, la señorita lo observó a través de sus gafas, las limpió y miró otra vez. Entonces se volvió, y me dijo con un tono agradable, suave y afligido:

—¿Lo ve, querida? Se llevan los turbantes.

Pero no tuvimos más tiempo para conversar. El Gran Turco, tal como decidió llamarle la señorita Pole, se levantó y se presentó como el signor Brunoni.

—¡No le creo! —exclamó la señorita Pole, desafiante. Él la miró de nuevo con la misma mirada solemne y reprobadora en su rostro—. ¡No le creo! —repitió más segura que nunca—. El signor Brunoni no tenía esa cosa peluda en el mentón. Tenía el aspecto de un buen caballero cristiano bien afeitado.

El enérgico discurso de la señorita Pole provocó que la señora Jamieson se despertara y abriera los ojos con profunda atención. Aquello calló a la señorita Pole y animó al Gran Turco a seguir, cosa que hizo en un inglés muy imperfecto. De hecho, era tan imperfecto, que no había cohesión entre las partes de sus frases. Finalmente, él también percibió aquello, y dejo de hablar para comenzar a actuar.

Aquello nos dejó atónitas. No consigo imaginar cómo hacía sus trucos. No, ni siquiera cuando la señorita Pole sacó sus pedazos de papel y comenzó a leer en voz alta (o al menos en un susurro muy audible) las distintas «recetas» para el más común de sus trucos. Si alguna vez he visto a un hombre con el ceño fruncido y enfurecido, ése era el Gran Turco frunciendo el ceño a la señorita Pole. Pero, tal como dijo ella, ¿qué se podía esperar de un musulmán, excepto un aspecto de bárbaro? Si la señorita Pole era escéptica estaba más absorta en sus recetas y diagramas que en los trucos, la señorita Matty y la señora Forrester estaban profundamente desconcertadas y perplejas. La señora Jamieson se quitaba y limpiaba sus lentes una y otra vez, como si pensara que tenían algún defecto que el juego de manos provocaba; y lady Glenmire, que había visto muchas cosas curiosas en Edimburgo, estaba muy sorprendida ante los trucos, y no estaba en absoluto de acuerdo con la señorita Pole, que afirmaba que cualquiera podía hacerlos con un poco de práctica y que ella misma podía hacer todo lo que él hiciera, con dos horas para estudiar la enciclopedia y flexibilizar su tercer dedo.

Al final, la señorita Matty y la señora Forrester estaban sobrecogidas. Se susurraban mutuamente. Yo estaba sentada detrás de ellas, así que no pude evitar oír lo que decían. La señorita Matty le preguntó a la señora Forrester «si le parecía correcto venir a ver aquellas cosas». No podía evitar temer que estuvieran promoviendo algo que no era del todo... Una ligera sacudida con la cabeza rellenó el hueco. La señora Forrester respondió que el mismo pensamiento había cruzado su mente; ella también se sentía muy incómoda ante lo extraño que era. Estaba bastante segura de que era su pañuelo de bolsillo el que estaba en aquella hogaza de pan, y lo había tenido en su mano apenas cinco minutos antes. Se preguntaba quién había trucado el pan. Estaba segura de que no podía haber sido Dakin, pues era el guarda de la iglesia. De repente, la señorita Matty se volvió ligeramente hacia mí:

—Querida, usted es una forastera en el pueblo, y no levantará chismes desagradables. ¿Puede mirar a su alrededor y ver si el párroco está aquí? Si está, creo que significa que la iglesia aprueba a este maravilloso caballero, y me será de gran alivio.

Miré, y vi al alto, delgado, seco y polvoriento párroco sentado, rodeado de chicos de la escuela de beneficencia, protegido por tropas de su mismo sexo ante cualquier acercamiento de las abundantes solteronas de Cranford. Su amable cara estaba boquiabierta con una amplia sonrisa, y los chicos que le rodeaban estaban a punto de echarse a reír. Le dije a la señorita Matty que la iglesia daba su aprobación con una sonrisa, y aquello pareció tranquilizarla.

Nunca he mencionado al señor Hayter, el párroco, porque yo, como feliz joven de fortuna, nunca tuve contacto con él. Era un anciano soltero, pero temía que se extendieran chismes sobre su matrimonio, como una chiquilla de dieciocho años, y prefería correr a una tienda o meterse en un portal antes que encontrarse con cualquier dama de Cranford en la calle. En cuanto a las partidas de Preference, no me extrañaba que no aceptara nuestras invitaciones. A decir verdad, siempre he sospechado que la señorita Pole persiguió con ganas al señor Hayter cuando llegó por primera vez a Cranford; y no es para menos, pues ahora ella parecía compartir su mismo pavor a que su nombre se asociara al de él. Lo único que le interesaba a él eran los pobres y los desvalidos; había invitado a la actuación de aquella noche a los chicos de la escuela de beneficencia y la virtud era su recompensa, pues le escoltaban por la derecha y la izquierda, y se le pegaban como si él fuera la abeja reina, y ellos el enjambre. Se sentía tan seguro en su ambiente, que incluso se permitió hacernos una reverencia al salir. La señorita Pole ignoró su presencia, y fingió estar concentrada en convencernos de que nos habían engañado y que, después de todo, no habíamos visto al signor Brunoni.

Capítulo X. El pánico

Creo que hay una serie de acontecimientos que tuvieron lugar durante la visita del signor Brunoni a Cranford, que en aquel entonces parecían relacionados con él en nuestras mentes, aunque no sé si verdaderamente tuvo algo que ver con ellos. De repente, comenzaron a surgir todo tipo de rumores incómodos en el pueblo. Hubo un par de robos (verdaderos robos en los que se llevó a los hombres ante los magistrados, y fueron juzgados), y aquello nos hizo temer que nos robaran. Durante mucho tiempo, en casa de la señorita Matty hacíamos una expedición por las cocinas y las bodegas cada noche: la señorita Matty a la cabeza, armada con un atizador, yo detrás con un cepillo para la chimenea, y Martha con la pala y los utensilios de la chimenea para hacer sonar la alarma. Cuando, por accidente, los hacía chocar, nos asustaba tanto que nos encerrábamos las tres juntas en la cocina trasera, en la despensa o donde fuera que estuviéramos, hasta que desaparecía nuestro temor, nos recomponíamos y salíamos con valentía redoblada. Durante el día, oíamos extrañas historias de los tenderos y los granjeros sobre carros que pasaban en la oscuridad de la noche, tirados por caballos herrados con fieltro y guardados por hombres de ropas oscuras, que vagaban por el pueblo, sin duda, buscando alguna casa sin vigilancia o alguna puerta abierta.

La señorita Pole, que fingía gran valentía, era la que recogía y manipulaba aquellos chismes para que tomaran el aspecto más temible. Pero descubrimos que le había pedido al señor Hoggins uno de sus sombreros raídos para colgar en su vestíbulo, y dudábamos (al menos yo) de si realmente disfrutaría la pequeña aventura de que entraran en su casa, tal como decía. La señorita Matty no ocultaba ser una cobarde, pero realizaba de forma regular su deber de inspección como encargada de la casa (sólo que la hora era cada vez más temprana, hasta que, finalmente, hacíamos las rondas a las seis y media, y la señorita Matty se iba a la cama poco después de las siete, «para que la noche acabara antes».

Cranford se había enorgullecido durante tanto tiempo de ser un pueblo honesto y moral, que había llegado a considerarse demasiado distinguido y bien educado para que fuera de otra manera, y sintió doblemente la mancha que cayó sobre el pueblo durante esa época. Pero nos consolábamos, asegurándonos mutuamente que los robos nunca hubieran podido ser cometidos por gente de Cranford; debía ser un extraño o extraños los que nos habían traído aquella desgracia al pueblo, y habían provocado tantas cautelas como si viviéramos entre los indios rojos o los franceses.

Fue la señora Forrester la que hizo esa última comparación sobre nuestro estado nocturno de defensa y fortificación, cuyo padre había servido al general Burgoyne en la guerra americana, y cuyo marido había peleado contra los franceses en España. De hecho, se inclinaba a pensar que, de alguna manera, los franceses estaban relacionados con los pequeños robos, que eran datos establecidos, y los allanamientos y los asaltos, que eran rumores. Le impresionaba profundamente la idea de haber tenido espías franceses en algún momento de su vida, y nunca la había podido erradicar completamente; de forma que brotaba de nuevo de vez en cuando. Y ahora, su teoría era la siguiente: la gente de Cranford se respetaba demasiado y estaba demasiado agradecida a la aristocracia, que era tan amable de vivir junto al pueblo, para deshonrar su educación siendo deshonestos o inmorales. Por tanto, debíamos pensar que los ladrones eran extraños y, si eran extraños, ¿por qué no extranjeros? Y si eran extranjeros, ¿de dónde iban a ser, sino franceses? El signor Brunoni chapurreaba inglés como un francés y, aunque llevaba turbante como un turco, la señora Forrester había visto un grabado de madame de Stael con turbante, y otro del señor Denon con una vestimenta similar a la que había empleado el ilusionista, mostrando claramente que los franceses, igual que los turcos, llevaban turbantes. No había duda de que el signor Brunoni era francés, un espía francés que había venido a descubrir los lugares débiles e indefensos de Inglaterra e, indudablemente, tenía sus cómplices. Por su parte, ella, la señora Forrester, siempre había tenido su propia opinión sobre la aventura de la señorita Pole en la posada George, al ver dos hombres donde sólo se suponía uno. Los franceses tenían medios que, afortunadamente, los ingleses desconocían; y ella nunca se había sentido totalmente cómoda al ir a ver al ilusionista (le parecía algo prohibido, aunque el párroco estuviera allí). En resumen, la señora Forrester estaba más entusiasmada de lo que la habíamos visto jamás y, al ser hija y viuda de un oficial, naturalmente, respetábamos mucho su opinión.

Lo cierto es que no sé cuánto había de cierto en los chismes que se extendían como el fuego por el pueblo durante aquella época, pero me parecía que había motivos suficientes para creer que, en Mardon (un pequeño pueblo a unas ocho millas de Cranford), entraban en las casas y las tiendas mediante agujeros en las paredes; sacaban los ladrillos en medio de la noche, y lo hacían tan silenciosamente, que no se oía nada dentro ni fuera de la casa. La señorita Matty se dejó llevar por la desesperación cuando escuchó aquello.

—¿De qué sirven —decía— las cerraduras y los pestillos, las campanas de las ventanas, y dar vueltas a la casa cada noche? —Aquel último truco era digno de un ilusionista. Ahora creía que el signor Brunoni estaba en el fondo de la cuestión.

Una tarde, hacia las cinco, nos sobresaltaron unos rápidos golpes en la puerta. La señorita Matty me pidió que corriera a decirle a Martha que no abriera la puerta hasta que ella (la señorita Matty) hubiera mirado por la ventana; y se armó con un taburete para lanzar a la cabeza del visitante, en caso de que tuviera la cara cubierta de crepé negro, cuando levantara la cabeza para responder a la pregunta de quién había ahí. Pero no eran más que la señorita Pole y Betty. La primera subió con un pequeño cestillo, en un estado de evidente agitación.

—¡Cuide esto! —me dijo, mientras me ofrecía a tomar su cesto—. Es mi vajilla. Estoy segura de que hay un plan para robar mi casa esta noche. Vengo a aprovecharme de su hospitalidad, señorita Matty. Betty dormirá con su prima en el George. Si me lo permite, me quedaré aquí sentada toda la noche; pero mi casa está tan alejada de cualquier vecino, ¡que no creo que nos oyeran si chilláramos!

—Pero —dijo la señorita Matty—, ¿qué es lo que la ha alarmado tanto? ¿Ha visto a algún hombre merodeando por su casa?

—¡Sí! —respondió la señorita Pole—. Dos hombres de muy mal aspecto han pasado tres veces frente a mi casa, muy lentamente; y una mendiga irlandesa ha venido hace apenas media hora, y ha intentado forzar a Betty para que la dejara entrar diciendo que sus hijos se estaban muriendo de hambre, y que debía hablar con la señora. Verá, ha dicho «señora», aunque había un sombrero en la pared, y hubiera sido más natural que dijera «señor». Pero Betty le ha cerrado la puerta en la cara, y ha venido a donde yo estaba. Hemos recogido la vajilla y nos hemos sentado junto a la ventana de la sala, mirando hasta que hemos visto a Thomas Jones llegando del trabajo. Le hemos llamado, y le hemos pedido que nos acompañara al pueblo.

Puede que hubiéramos triunfado sobre la señorita Pole, que había mostrado tanta valentía hasta que se asustó; pero nos alegraba demasiado ver que participaba de las debilidades de la humanidad para regocijarnos. Por tanto, le cedí mi habitación voluntariamente, y compartí la cama de la señorita Matty durante una noche. Pero antes de retirarnos, ambas damas hurgaron en sus recuerdos historias de robos y asesinatos tan terribles que me hicieron temblar. La señorita Pole estaba claramente ansiosa por demostrar que había experimentado tan espantosos acontecimientos durante su vida, que su repentino pánico estaba justificado. A la señorita Matty no le gustaba que la superaran, y tapaba cada historia con una más horrible aún, hasta que, curiosamente, me recordó una vieja historia que había leído en algún lugar. Trataba sobre un ruiseñor y un músico, que se esforzaban por demostrar quién era capaz de producir la música más hermosa, hasta que el pobre *Filomelo* cayó muerto.

Una de las historias que me persiguieron durante largo tiempo después era la de una chica que habían dejado a cargo de una mansión en Cumberland en un día de feria, mientras que el resto de los sirvientes salían de permiso. La familia estaba en Londres, y un vendedor ambulante fue y pidió dejar su enorme y pesado paquete en la cocina, diciendo que iría a recogerlo por la noche. Vagando en busca de diversión, la chica (hija de un guardabosque) se encontró por casualidad con una arma colgada en la pared, y la cogió para mirar el grabado. Ésta se disparó, la bala atravesó la puerta abierta de la cocina y le dio al paquete, del que salió un lento y oscuro hilo de sangre. (¡Cómo disfrutaba la señorita Pole de aquella parte de la historia, saboreando cada palabra como si le encantara!) Relataba rápidamente la valentía posterior de la chica, y tengo la confusa idea de que, de alguna manera, frustró a los ladrones con una plancha al rojo vivo, y después la devolvió a la normalidad, untándola con grasa.

Aquella noche nos separamos, preguntándonos sobrecogidas qué oiríamos por la mañana, y yo, por mi parte, con un fuerte deseo de que la noche pasara; temía que los ladrones hubieran visto, desde algún oscuro lugar al acecho, que la señorita Pole se había llevado su vajilla, dándoles doble motivo para atacar nuestra casa.

Pero no oímos nada extraño hasta que lady Glenmire vino de visita la mañana siguiente. Los utensilios de cocina estaban exactamente en la misma posición en la que los habíamos apilado Martha y yo contra la puerta trasera, como palillos, listos para caer con un estruendo si tan sólo un gato tocaba la parte exterior. Me preguntaba qué deberíamos hacer si nos despertábamos y nos alarmábamos, y propuse a la señorita Matty que nos cubriéramos la cara con sábanas, de forma que no hubiera peligro de que los ladrones pensaran que podíamos identificarlos; pero la señorita Matty, que temblaba mucho, desechó la idea, y dijo que le debíamos a la sociedad atraparlos, y que ella, desde luego, haría lo que pudiera para atraparlos y encerrarlos en la buhardilla hasta la mañana.

Cuando lady Glenmire llegó, casi sentimos celos de ella. Habían atacado de verdad la casa de la señora Jamieson; al menos, había pisadas de hombre en los arriates de las flores, bajo las ventanas de la cocina, «donde no debería haber ningún hombre», y *Carlo* había estado ladrando durante la noche, como si hubiera extraños fuera. Lady Glenmire había despertado a la señora Jamieson, y habían tocado la campana que comunicaba con la habitación del señor Mulliner en el tercer piso. Cuando su cabeza cubierta con un gorro de dormir apareció por la barandilla, en respuesta a su llamada, le relataron su alarma y sus motivos. Ante aquello, él se retiró a su habitación, cerró con llave la puerta (por miedo a las corrientes, según informó por la mañana), abrió la ventana, y llamó valientemente a los supuestos ladrones, diciéndoles que si entraban, pelearía contra ellos. No obstante, tal como observó lady Glenmire, aquello era un pobre consuelo, pues tendrían que pasar por la habitación de la señora Jamieson y la suya propia antes de que llegaran hasta él, y mostrarían una gran beligerancia si rechazaban las oportunidades de robo que presentaban los pisos inferiores sin vigilancia, para subir a una buhardilla y forzar la puerta para enfrentarse al defensor de la casa. Después de esperar y escuchar durante un rato en la sala de estar, lady Glenmire había propuesto a la señora Jamieson que se fueran a la cama; pero la señora dijo que no se sentiría cómoda a menos que se sentara y vigilara. Por tanto, se acurrucó cómodamente en el sofá, donde la criada la encontró profundamente dormida cuando entró en la sala a las seis. Sin embargo, lady Glenmire se acostó, pero estuvo despierta toda la noche.

Cuando la señorita Pole oyó aquello, asintió con la cabeza satisfecha. Estaba segura de que oiría que había ocurrido algo en Cranford aquella noche, y así fue. Estaba claro que primero se habían propuesto atacar su casa, pero cuando vieron que Betty y ella estaban de guardia, y se habían llevado la plata, habían cambiado de táctica y habían ido a casa de la señora Jamieson, y nadie sabía qué hubiera pasado si *Carlo* no hubiera ladrado, ¡como buen perro que era!

¡Pobre *Carlo*! Sus días de ladridos estaban acabando. Tanto si la banda que infestaba la zona le tenía tanto miedo o era tan vengativa para envenenarlo, por la forma en la que les había frustrado la noche en cuestión, o si había muerto de apoplejía por demasiada comida y poco ejercicio, tal como pensaban algunas personas sin educación; en cualquier caso, lo cierto es que, dos días después de aquella noche llena de acontecimientos, *Carlo* apareció muerto, con sus pobres patas estiradas rígidamente en posición de correr, como si con semejante esfuerzo pudiera escapar del seguro perseguidor, la muerte.

Todas lamentamos la pérdida de *Carlo*, el viejo amigo conocido que nos había intentado morder durante tantos años, y su misteriosa forma de morir nos hizo sentir muy incómodas. ¿Era posible que el signor Brunoni estuviera en el fondo de todo aquello? Aparentemente, había matado un canario con una sola orden; su voluntad parecía tener una fuerza mortal; ¡quién sabía si aún rondaría la zona deseando todo tipo cosas terribles!

Susurrábamos aquellas fantasías entre nosotras por las noches, pero por las mañanas recuperábamos nuestra valentía con la luz del día, y una semana después todas habíamos superado el susto de la muerte de *Carlo*, excepto la señora Jamieson. Ella, pobre, se sentía como no se sentía desde la muerte de su marido. De hecho, según la señorita Pole, como el honorable señor Jamieson bebía bastante y le causaba mucha inquietud, era posible que la muerte de *Carlo* le hubiera causado una aflicción aún mayor. Pero siempre había un tinte de cinismo en los comentarios de la señorita Pole. No obstante, una cosa era cierta: la señora Jamieson necesitaba un cambio de aires, y el señor Mulliner fue admirable en ese aspecto, meneando la cabeza siempre que preguntábamos por su ama, y hablando siniestramente de su pérdida de apetito y las malas noches; y con justicia también, pues si su estado natural de salud tenía dos características, eran la facilidad para comer y dormir. Si no podía comer ni dormir, debía de estar muy mal de ánimo y de salud.

A lady Glenmire (que evidentemente le había cogido mucho gusto a Cranford) no le gustaba la idea de que la señora Jamieson se fuera a Cheltenham, e insinuó de forma bastante clara más de una vez que todo era cosa del señor Mulliner, que se había alarmado mucho con el ataque a la casa y, desde entonces, había dicho más de una vez que le suponía mucha responsabilidad tener que defender a tantas mujeres. Fuera como fuera, la señora Jamieson se marchó a Cheltenham, acompañada por el señor Mulliner; y lady Glenmire tomó posesión de la casa, siendo su labor principal cuidar de que las sirvientas no tuvieran pretendientes. Era un dragón de aspecto muy agradable y, en cuanto se decidió que se quedara en Cranford, descubrió que la visita de la señora Jamieson a Cheltenham era lo mejor del mundo. Había alquilado su casa en Edimburgo y, en ese momento, no tenía hogar, así que la responsabilidad de la cómoda morada de su cuñada era muy conveniente y aceptable.

La señorita Pole se sentía muy inclinada a proclamarse una heroína, por los decididos pasos que había dado al huir de los dos hombres y de la mujer a los que había denominado «la banda asesina». Describía su aspecto de forma colorida, y advertí que, cada vez que repasaba la historia, añadía un nuevo rasgo de villanía a su aspecto. Uno era alto (llegó a ser gigante, antes de terminar con él) y, naturalmente, tenía el pelo negro (y, al rato, lo tenía rizado por la frente y la espalda). El otro era bajo y ancho (y le salió una joroba en el hombro antes de oír hablar sobre él por última vez), era pelirrojo (que destiñó hasta ser color zanahoria), y estaba casi convencida de que tenía una sombra en la mirada (decididamente, era bizco). En cuanto a la mujer, sus ojos brillaban y tenía un aspecto masculino (una mujerona; probablemente, un hombre vestido de mujer. Después supimos de la barba en el mentón, la voz masculina, y sus zancadas).

Si la señorita Pole estaba encantada de relatar los acontecimientos de la tarde a todos los curiosos, otros no estaban tan orgullosos de sus aventuras en el campo de los asaltos. El señor Hoggins, el cirujano, había sido atacado en su propia puerta por dos rufianes que estaban escondidos en las sombras del porche, y lo silenciaron de forma tan eficaz, que le robaron en el intervalo entre el toque del timbre y la respuesta del criado. La señorita Pole estaba segura de que se descubriría que aquel robo lo habían cometido «sus hombres, y el mismo día en que oyó la noticia, fue a examinarse los dientes y a interrogar al señor Hoggins. Después vino a vernos; así que escuchamos lo que ella había oído directamente desde la fuente, mientras que nosotras aún seguíamos inquietas y agitadas por las primeras informaciones, pues el acontecimiento había tenido lugar la noche anterior.

—¡Bien! —dijo la señorita Pole, sentándose con la determinación de una persona que ha aceptado la naturaleza de la vida y el mundo (y esa gente nunca pisa suavemente, ni se sienta sin dar un golpe)—. ¡Bien, señorita Matty! Los hombres son hombres. Todas las madres desean que sus hijos sean una mezcla de Sansón y Salomón (demasiado fuertes para ser vencidos o incomodados, y demasiado listos para ser burlados). Si se dan cuenta, siempre prevén los acontecimientos, aunque nunca se lo advierten a una antes de que ocurran. Mi padre era un hombre, y conozco bastante bien su género.

Había hablado hasta quedarse sin aliento, y a nosotras nos hubiera gustado llenar la pausa necesaria como un coro, pero no sabíamos exactamente qué decir, ni qué hombre había provocado semejante diatriba contra su género; así que participamos generalmente con una solemne sacudida de la cabeza, y un suave murmullo de «¡Son ciertamente incomprensibles!».

—Piénsenlo —dijo—. He corrido el riesgo de que me arrancaran uno de los dientes que me quedan (pues una está a merced de cualquier cirujano dentista y yo, por mi parte, siempre hablaré bien de ellos, mientras que tenga mi boca fuera de sus garras) y, después de todo, el señor Hoggins es demasiado hombre para admitir que le atracaron anoche.

—¡Que no le atracaron! —exclamó el coro.

—¡Ahórrenselo! —exclamó la señorita Pole, enfadada de que, por un instante, pudiéramos creérnoslo—. Yo creo que le robaron, tal como me dijo Betty, y le avergüenza admitirlo. Ciertamente, fue muy estúpido que le robaran en su propia puerta; me atrevo a decir que cree que tal cosa no le elevará ante los ojos de la sociedad de Cranford, y desea ocultarlo, pero no tenía que intentar engañarme diciendo que debía de haber escuchado un relato exagerado sobre un pequeño robo de un cuello de cordero que, al parecer, robaron de la despensa de su jardín la semana pasada. Ha tenido la impertinencia de añadir que creía que lo había cogido el gato. No tengo duda alguna de que, si pudiera llegar al fondo del asunto, descubriría que fue el irlandés vestido de mujer que vino a espiar a mi casa, con la historia de los niños hambrientos.

Después de condenar debidamente la falta de franqueza que había mostrado el señor Hoggings, e insultar a los hombres en general, tomándolo a él como representante y ejemplo, volvimos al tema del que estábamos hablando cuando entró la señorita Pole: teniendo en cuenta la agitada situación del campo, ¿en qué medida nos podíamos aventurar a aceptar la invitación que había recibido la señorita Matty por parte de la señora Forrester, para asistir y celebrar como siempre el aniversario de su boda, tomando el té con ella a las cinco, y jugando una partida de cartas después? La señora Forrester había dicho que nos preguntaba con cierta inseguridad porque temía que las carreteras fueran muy inseguras. Pero sugirió que quizá una de nosotras no pondría pegas a coger el palanquín, y que las demás, caminando de prisa, podrían seguir el paso rápido de los porteadores, y así llegar seguras a Over Place, un barrio residencial del pueblo. (No, eso es mucho decir: se trata de un pequeño grupo de casas separadas de Cranford por un oscuro y solitario camino de unos doscientos metros.) No había duda de que una nota similar esperaba a la señorita Pole en su casa, así que su visita era muy afortunada, pues nos permitía consultarlo juntas. Hubiéramos preferido rechazar la invitación, pero sentíamos que no sería amable para con la señora Forrester que, de otra manera, se quedaría sola ante una solitaria retrospectiva de su no demasiado feliz ni afortunada vida. La señorita Matty y la señorita Pole la habían visitado en dicha ocasión durante muchos años, y galantemente decidieron mostrar sus colores, y atravesar el Camino Oscuro, antes que faltar a la lealtad de su amiga.

Pero cuando llegó la noche, antes de ser encerrada en el palanquín como una caja de sorpresas (pues se votó que fuera ella en el palanquín, porque estaba resfriada), la señorita Matty imploró a los porteadores que, pasara lo que pasara, no huyeran y la dejaran allí atada, para ser asesinada; e incluso después de haberlo prometido, la vi tensar sus rasgos con la severa determinación de una mártir, y ofrecerme un gesto de melancolía y mal agüero a través del cristal. No obstante, llegamos sanas y salvas, aunque sin aliento, por el duro trote a través del Camino Oscuro, y me temo que la pobre señorita Matty había recibido terribles sacudidas.

La señora Forrester había llevado a cabo algunos preparativos adicionales, en reconocimiento a nuestro esfuerzo de ir a verla a pesar de los peligros. Las formas habituales de distinguida ignorancia en cuanto a lo que sus sirvientas iban a traer habían desaparecido, y la armonía y el Preference parecían el orden del día para aquella noche aunque, no sé cómo, comenzó una interesante conversación en relación, naturalmente, con los ladrones que infestaban la zona de Cranford. Habiendo hecho frente a los peligros del Camino Oscuro, y habiéndonos ganado así cierta reputación de valentía sobre la que apoyarnos; y también, me atrevo a decir, deseosas de demostrar que éramos superiores a los hombres (*videlicet* el señor Hoggins) en cuanto a franqueza, comenzamos a contar nuestros temores individuales, y las precauciones particulares que tomaba cada una. Yo admití que mi aprensión particular eran los ojos (ojos que me miraban y me vigilaban brillantes desde alguna superficie apagada, plana y de madera); y que si me atrevía a subir a mi espejo cuando me atacaba el pánico, debía darle la vuelta y ponerlo de espalda, por miedo a ver detrás de mí ojos que me miraban desde la oscuridad. Vi a la señorita Matty armarse de valor para su confesión, y finalmente la hizo. Admitió que, desde su juventud, había temido que alguien escondido bajo la cama la atrapara por una pierna justo cuando se acostaba. Dijo que, cuando era más joven y activa, solía saltar a cierta distancia, para meter las piernas en la cama de forma segura a la vez, pero aquello siempre había molestado a Deborah, que se enorgullecía de meterse en la cama con elegancia, y por consiguiente, dejó de hacerlo. Pero ahora aquel antiguo pavor la sobrecogía a menudo, especialmente desde el ataque a la casa de la señorita Pole (habíamos llegado a creer que el ataque había tenido lugar), y aun así era muy desagradable pensar en mirar bajo la cama y ver a un hombre escondido, con una enorme y feroz cara mirándote; así que se le había ocurrido algo. Quizá yo había notado que le había pedido a Martha que le comprara una pelota de un penique como la que emplean los niños para jugar, y ahora lanzaba la pelota bajo la cama cada noche: si la pelota salía por el otro lado, todo estaba bien; si no, siempre se ocupaba de tener a mano el tirador de la campana y llamar a John y a Harry, como si esperara que criados masculinos respondieran a su llamada.

Todas aplaudimos su ingeniosa ocurrencia, y la señorita Matty se sentó de nuevo con un silencio satisfecho, mirando a la señora Forrester como para preguntarle su debilidad privada.

La señora Forrester miraba recelosa a la señorita Pole, y trató de cambiar de tema diciéndonos que había tomado a un chico de una de las granjas de la zona, y había prometido a sus padres cincuenta kilos de carbón en Navidad y su cena diaria, por tenerlo a su servicio cada noche. Le instruyó en sus posibles deberes cuando llegó y, al verlo sensato, le dio la espada del alcalde (el alcalde era su difunto marido), y le pidió que la pusiera bajo su almohada con mucho cuidado cada noche, colocando el filo hacia la parte superior de la almohada. Estaba segura de que era un muchacho inteligente pues, mirando el sombrero ladeado del alcalde, había dicho que, de tener que ponérselo, estaba seguro de poder asustar a dos ingleses, o a cuatro franceses cualquier día. Pero la impresionó más aún que no perdiera el tiempo en ponerse sombreros o ninguna otra cosa y que, si oía cualquier ruido, corría hacia él con la espada desenvainada. Al sugerir que podía haber algún accidente a causa de unas instrucciones tan carniceras e indiscriminadas, y que podía precipitarse hacia Jenny cuando iba a lavar y atravesarla antes de descubrir que no era un francés, la señora Forrester dijo que no le parecía probable, pues dormía profundamente y, generalmente, había que menearlo o quitarle las mantas y echarle agua fría por las mañanas para despertarlo. A veces pensaba que aquel sueño tan profundo se debía a las pesadas cenas que hacía el muchacho, pues estaba casi muerto de hambre en casa, y le había dicho a Jenny que se ocupara de que cenara bien por las noches.

Aun así, aquélla no era una confesión de especial timidez por parte de la señora Forrester, y la instamos a que nos dijera lo que creía que la asustaría más que ninguna otra cosa. Hizo una pausa, atizó el fuego, extinguió las velas y dijo con un resonante susurro:

—¡Los fantasmas!

Miró a la señorita Pole con una mirada que insinuaba que ya lo había dicho, y se reafirmaba en ello. Aquella mirada era un reto en si mismo. La señorita Pole le salió con indigestiones, ilusiones espectrales, ilusiones ópticas, y otro montón de argumentos del doctor Ferrier y el doctor Hibbert. La señorita Matty tenía cierta inclinación hacia los fantasmas, tal como ya he mencionado antes, y lo poco que tenía que decir era favorable a la señora Forrester que, envalentonada por la simpatía, declaró que los fantasmas eran parte de su religión; que seguramente ella, la viuda de un mayor del ejército, sabía qué debía temer y qué no. En resumen, nunca antes ni después he visto a la señora Forrester tan excitada, pues era una anciana amable y dócil en la mayoría de los ámbitos. Ni todo el vino de saúco de aquella noche podría borrar el recuerdo de aquella diferencia entre la señorita Pole y su anfitriona. De hecho, cuando trajeron el vino de saúco, provocó una nueva discusión, puesto que Jenny, la pequeña criada que se tambaleaba bajo la bandeja, declaró haber visto un fantasma con sus propios ojos apenas unas noches atrás en el Camino Oscuro, el mismo camino que debíamos atravesar de camino a casa.

A pesar del incómodo sentimiento que aquel comentario me provocó, no pude evitar sentirme divertida ante la postura de Jenny, que era la de un testigo que estaba siendo examinado por dos abogados que no tienen escrúpulo alguno para hacer preguntas importantes. La conclusión a la que llegué fue que Jenny ciertamente había visto algo más allá de lo que le hubiera podido provocarle una indigestión. Ella declaraba y afirmaba que se trataba de una dama vestida de blanco y sin cabeza, apoyada por la seguridad que le proporcionaba la secreta simpatía de su ama, ante el desdén fulminante que le dedicó la señorita Pole. Y no era ella la única que había visto a aquella dama sin cabeza junto al camino, retorciéndose las manos como si sufriera una gran aflicción. La señora Forrester nos miraba de vez en cuando con un aire triunfal pero, claro, ella no tenía que atravesar el Camino Oscuro antes de poder esconderse bajo sus propias sábanas.

Mantuvimos un prudente silencio en cuanto a la dama sin cabeza mientras nos poníamos las cosas para ir a casa, pues era imposible saber dónde podían estar la cabeza y los oídos del fantasma, o cuál podía ser su conexión espiritual con el infeliz cuerpo del Camino Oscuro. Por tanto, incluso la señorita Pole sentía que no estaba bien hablar ligeramente sobre esos temas, por miedo a irritar o insultar aquel cuerpo afligido. Al menos, eso creo pues, en lugar del cacareo habitual durante el proceso, nos atamos las capas tan tristes como si asistiéramos a un funeral. La señorita Matty cerró las cortinas de las ventanas de la silla para evitar visiones desagradables, y los hombres (quizá porque estaban contentos de que su trabajo estuviera a punto de finalizar, o porque iban cuesta abajo) arrancaron a un paso tan rápido, que la señorita Pole y yo no podíamos seguirlos. Su aliento no le permitía más que implorarme: «¡No me deje!», mientras me agarraba del brazo tan fuerte, que no hubiera podido soltarla, con o sin fantasma. ¡Fue un alivio cuando los hombres, cansados de su carga y su rápido trote, se detuvieron en el cruce entre la calzada Headingley y el Camino Oscuro! La señorita Pole me soltó, y agarró a uno de los hombres.

—¿Podrían llevar a la señorita Matty por la calzada Headingley? El pavimento del Camino Oscuro es muy accidentado, y no está muy fuerte.

Se oyó una voz amortiguada dentro de la silla.

—¡Por favor, sigan! ¿Qué ocurre? ¿Qué ocurre? Les daré seis peniques más para que vayan más de prisa pero, por favor, no se detengan aquí.

—Yo les daré un chelín —dijo la señorita Pole, con temblorosa dignidad— si van por la calzada Headingley.

Ambos hombres gruñeron su consentimiento, levantaron la silla, y fueron por la calzada que, ciertamente, respondía al amable propósito de salvar los huesos de la señorita Matty; pues estaba cubierto de un suave y grueso lodo, e incluso caerse hubiera sido fácil hasta que llegara el momento de levantarse, donde hubiera habido alguna dificultad para la extracción.

Capítulo XI. Samuel Brown

La mañana siguiente, me encontré con lady Glenmire y con la señorita Pole, cuando salían a dar un largo paseo para ver a una anciana famosa en la zona por su habilidad para tejer medias de lana. Con una sonrisa mitad amable y mitad despectiva en el rostro, la señorita Pole me dijo:

—Acabo de hablar a lady Glenmire sobre nuestra pobre amiga, la señora Forrester, y sobre su miedo a los fantasmas. Es a causa de vivir tan sola, y escuchar las historias de miedo de su Jenny. —Estaba tan calmada y tan por encima de aquellas supersticiones, que casi me avergonzaba decir lo que me había alegrado su sugerencia de ir por la calzada Headingley la noche anterior, y cambié el tema de conversación.

Por la tarde, la señorita Pole vino a ver a la señorita Matty para contarle su aventura, la verdadera aventura que habían vivido durante su paseo matutino. Habían dudado del camino exacto que debían tomar para cruzar los campos, para encontrar a la anciana tejedora, y se habían detenido para preguntar en una pequeña taberna junto al camino hacia Londres, a unas tres millas de Cranford. La buena mujer les pidió que se sentaran y descansaran mientras iba a buscar a su marido, que podría dirigirlas mejor que ella. Mientras estaban sentadas en la pulida sala, entró una chiquilla. Pensaron que era de la dueña, y comenzaron una conversación trivial con ella pero, al regreso de la señora Roberts, les dijo que la chiquilla era la única hija de una pareja que se alojaba en la casa. Entonces comenzó a contarles una larga historia, de la que lady Glenmire y la señorita Pole sólo pudieron sacar dos datos claros, que eran que, unas seis semanas atrás, se había roto un carro justo frente a su puerta. En él iban dos hombres, una mujer y aquella niña. Uno de los hombres estaba muy herido (la dueña dijo que no tenía huesos rotos, sólo estaba conmocionado), pero probablemente tenía alguna herida interna grave, pues languidecía en la casa desde entonces, atendido por su mujer, la madre de la chiquilla. La señorita Pole preguntó qué aspecto tenía el hombre. La señora Roberts respondió que no era ni como un caballero, ni como una persona normal; si él y su mujer no hubieran sido gente tan decente y discreta, hubiera pensado que él era un charlatán o algo parecido, pues tenían un paquete enorme en el carro, lleno de algo que ella desconocía. Ella había ayudado a deshacer el paquete y sacar la ropa blanca y sus prendas, cuando el otro hombre (ella creía que era el gemelo de él) se marchó con el caballo y el carro.

La señorita Pole comenzó a sospechar en ese punto, y expresó que le parecía extraño que la caja, el carro, el caballo y todo hubieran desaparecido, pero la buena señora Roberts pareció indignarse ante la sugerencia implícita de la señorita Pole. De hecho, la señorita Pole dijo que se había enfadado, como si hubiera sugerido que ella misma era una estafadora. Para convencer a las damas, se le ocurrió pedirles que vieran a la esposa y, tal como dijo la señorita Pole, no había motivo para dudar del honesto, deteriorado y bronceado rostro de la mujer que, a la primera palabra tierna de lady Glenmire, se echó a llorar; estaba demasiado débil para controlarse, hasta que una palabra de la dueña hizo que se tragara sus sollozos para dar fe de la bondad cristiana que habían mostrado el señor y la señora Roberts. La señorita Pole cambió de opinión para creer con vehemencia en la triste historia de la que había dudado antes y, como prueba de aquello, no se amilanó frente a la pobre sufridora cuando descubrió que él, y no otro, era nuestro signor Brunoni, ¡a quien todo Cranford había atribuido todo el mal de las pasadas seis semanas! ¡Sí! Su mujer dijo que su verdadero nombre era Samuel Brown («Sam», le llamó ella), pero al final preferimos llamarle «el signor»; sonaba mucho mejor.

El final de su conversación con la signora Brunoni fue que debía recibir atención médica, y lady Glenmire prometió hacerse cargo de cualquier gasto derivado de aquél. Por consiguiente, habían ido a ver al señor Hoggins para pedirle que fuera al Rising Sun aquella misma tarde, para examinar el verdadero estado del signor y, tal como dijo la señorita Pole, si era necesario llevarlo a Cranford para estar más cerca de la vigilancia del señor Hoggins, ella se ocuparía de buscar alojamiento y hacerse cargo del alquiler. La señora Roberts había sido tan amable como había podido durante todo aquello, pero estaba claro que su larga estancia allí le había resultado un poco inconveniente.

Antes de que la señorita Pole se marchara, la señorita Matty y yo estábamos tan entusiasmadas con su aventura matutina como ella. Hablamos sobre ello durante toda la tarde, examinándolo por todos los ángulos, y nos acostamos ansiosas de que llegara la mañana, cuando seguramente sabríamos por alguien lo que pensaba y recomendaba el señor Hoggins; pues, tal como comentó la señorita Matty, aunque el señor Hoggins decía «arriba la sota», «un higo por sus talones» y llamaba «Pref» al Preference, a ella le parecía un hombre muy digno y un cirujano muy inteligente. De hecho, en Cranford estábamos muy orgullosos de nuestro doctor, como doctor. Cuando oíamos que la reina Adelaida o el duque de Wellington estaban enfermos, deseábamos que llamaran al señor Hoggins pero, pensándolo bien, estábamos contentos de que no lo hicieran porque, si nosotros enfermáramos, ¿qué haríamos si designaban al señor Hoggins médico de la Familia Real? Como cirujano, estábamos orgullosos de él pero, como hombre, o debería decir caballero, sólo podíamos menear la cabeza ante su nombre y él mismo, y cuando sus modales eran susceptibles de mejorar, deseábamos que hubiera leído las Cartas de lord Chesterfield. Sin embargo, en el caso del signor, todas dimos por infalible su dictamen, y cuando dijo que con cuidado y atención podía recuperarse, ya no temimos más por él.

Pero, aunque ya no temíamos, todo el mundo hacía como si fuera una gran causa de preocupación (y así era hasta que el señor Hoggings se hizo cargo de él). La señorita Pole buscó alojamientos limpios, cómodos y hogareños; la señorita Matty envió el palanquín a por él, y Martha y yo lo aireamos bien antes de que saliera de Cranford, pasando una sartén llena de brasas de carbón, y cerrándolo con el humo, hasta que se metiera dentro en el Rising Sun. Lady Glenmire asumió la parte médica bajo las instrucciones del señor Hoggins, y hurgó todos los frascos de medicamentos, las cucharas y las mesillas de la señora Jamieson con una soltura que hizo que la señorita Matty se preocupara un poco por lo que la dama y el señor Mulliner pudieran decir, si lo supieran. La señora Forrester hizo un poco de pan de agua por el que era tan famosa, para que estuviera listo como refresco en su alojamiento cuando llegara. Un regalo en forma de pan de agua era la mayor demostración de aceptación que podía conferir la señora Forrester. La señorita Pole le había pedido su receta una vez, pero se encontró con un decidido rechazo; la dama le dijo que no podía transmitírsela a nadie en vida y que, después de su muerte, se la legaría a la señorita Matty, tal como descubrirían sus albaceas. Lo que la señorita

Matty, o, tal como la llamó la señora Forrester (recordando la cláusula de su testamento y la solemnidad de la ocasión), la señorita Matilda Jenkyns, decidiera hacer con la receta cuando cayera en sus manos (ya fuera hacerla pública, o dejársela a sus herederos), ella lo desconocía, y tampoco podía dictarlo. Y la señora Forrester envió un molde de aquel admirable, digestivo y único pan de agua a nuestro pobre ilusionista enfermo. ¿Quién dijo que la aristocracia fuera soberbia? He ahí una dama nacida en Tyrrell y descendiente del gran sir Walter que disparó al rey Guillermo, y en cuyas venas corría la sangre de aquél que mató a la princesita en la torre, que iba todos los días a ver qué exquisitos platos podía preparar para Samuel Brown, ¡un charlatán! Pero, de hecho, era maravilloso ver los amables sentimientos que aquel pobre hombre provocaba entre nosotras. Y también era maravilloso ver que el gran pánico que había causado en Cranford su llegada inicial, vestido a la turca, se desvanecía totalmente con su segunda llegada, pálido y débil, con aquellos ojos pesados y apagados que sólo se iluminaban un poco cuando se posaban sobre el rostro de su fiel esposa, o su pálida y afligida niña.

De alguna manera, todas olvidamos tener miedo. Me atrevo a decir que fue el descubrir que él, que había animado nuestro amor hacia los prodigios con sus inauditas artes, no guardaba suficientes trucos en su chistera, lo que nos hizo sentirnos nosotras mismas de nuevo. La señorita Pole venía con su cestillo a cualquier hora de la noche, como si su casa solitaria y su poco frecuentada calle nunca hubieran estado infestadas con aquella «banda asesina». La señora Forrester dijo que creía que ni Jenny ni ella debían preocuparse por la dama sin cabeza que lloraba y vagaba por el Camino Oscuro pues, seguramente, aquellos seres no tenían poder para hacer daño a aquéllos que intentaban hacer el poco bien que estaba en sus manos, a lo que Jenny asintió temblorosa. No obstante, la teoría de su ama tuvo poco efecto en las costumbres de la criada, hasta que se cosió dos retazos de franela roja en forma de cruz en su ropa interior.

Me encontré a la señorita Matty cubriendo su pelota de un penique (la que solía tirar bajo la cama) con un colorido estambre con las rayas del arco iris.

—Querida —dijo—, mi corazón está afligido por esa preocupada chiquilla. Aunque su padre sea ilusionista, parece que nunca haya jugado en su vida. Solía hacer bonitas pelotas así cuando era joven, y he pensado intentar adornar ésta, y llevársela a Phoebe esta tarde. Creo que «la banda» debe de haber dejado la zona, pues ya no se oye nada de su violencia y sus robos.

Estábamos demasiado pendientes del precario estado del signor, para hablar sobre ladrones o fantasmas. De hecho, lady Glenmire dijo que ella nunca había oído ningún robo real, excepto que dos chiquillos habían robado algunas manzanas del huerto del granjero Benson, y que habían desaparecido algunos huevos del puesto de la viuda Hayward, un día de mercado. Pero aquello suponía esperar demasiado de nosotras; no podíamos reconocer que sólo teníamos aquella pequeña base para todo nuestro pánico. La señorita Pole se irguió ante el comentario de lady Glenmire, y dijo que deseaba «poder estar de acuerdo con ella en cuanto al mínimo motivo que teníamos para la alarma, pero con el recuerdo de un hombre vestido de mujer que había tratado de entrar en su casa mientras sus compinches esperaban fuera; y con el conocimiento de la misma lady Glenmire de las pisadas en los arriates de flores de la señora Jamieson, con el hecho del osado robo que sufrió el señor Hoggins en su propia puerta...». En ese instante, lady Glenmire interrumpió con una fuerte expresión de duda en cuanto a si aquella historia no era una completa fantasía basada en el robo de un gato; y se puso tan roja mientras decía todo aquello, que no me sorprendió la creciente molestia de la señorita Pole. Estoy segura de que si lady Glenmire no hubiera sido «su señoría», le hubiera dado una respuesta más enfática que « ¡Sí, claro!» y otras expresiones similares, que pronunciaba en presencia de milady. Pero, cuando se marchó, la señorita Pole comenzó a felicitar a la señorita Matty por haber escapado del matrimonio ya que, según había podido advertir, volvía a la gente crédula en extremo. De hecho, ella creía que indicaba una gran credibilidad natural en las mujeres que no podían evitar casarse; lo que había dicho lady Glenmire sobre el robo del señor Hoggins era una muestra de en lo que se convertía la gente cuando se rendía a tal debilidad. Naturalmente, lady Glenmire se tragaría cualquier cosa, si podía creerse la historia improvisada sobre un cuello de cordero y un gatito que le había intentado colar a la señorita Pole, sólo que ella siempre había estado en guardia para no creerse demasiado de lo que decían los hombres.

Tal como deseaba la señorita Pole, estábamos agradecidas de no habernos casado pero, creo que, ante ambas opciones, estábamos aún más agradecidas de que los ladrones hubieran abandonado Cranford. Al menos, eso concluyó de un discurso que dio la señorita Matty aquella noche, cuando nos sentamos al fuego. Evidentemente, ella veía al marido como el gran protector ante ladrones, atracadores y fantasmas; y dijo que no creía que debiera atreverse a advertir a los jóvenes contra el matrimonio, tal como hacía la señorita Pole, continuamente. Ciertamente, tal como podía ver ahora que tenía cierta experiencia, el matrimonio era un riesgo, pero recordaba la época en la que ella deseaba casarse tanto como cualquiera.

—No es por ninguna razón concreta, querida —dijo, rectificando apresuradamente, como si temiera haber admitido demasiado—. Ya sabe, es la vieja historia de las damas que siempre dicen «Cuando me case», y los caballeros que dicen «Si me caso»—. Era un chiste en tono triste, y dudo de si alguna de las dos sonrió; pero no podía ver la cara de la señorita Pole junto al parpadeante fuego. Al poco, siguió:

—Pero, después de todo, no le he dicho la verdad. Ocurrió hace mucho tiempo, y nadie supo jamás cuánto pensé en ello, a menos, claro, que mi querida madre lo adivinara. No obstante, puedo decir que hubo un tiempo en el que no pensaba que sería la señorita Matty Jenkyns durante toda mi vida; e incluso si encontrara a alguien que deseara casarse conmigo ahora (y tal como dice la señorita Pole, una nunca está segura), no podría aceptar (espero que no se lo tomara a pecho, pero no podría aceptarlo) a nadie excepto a la persona que una vez creí que debía tomar como esposo. Ya está muerto, y nunca sabrá por qué dije que no, cuando lo pensé muchas veces. Bueno, no es cuestión de lo que yo pensara. Dios lo ordena todo, y soy muy feliz, querida. Nadie tiene tan buenas amigas como yo —continuó, tomando mi mano y sujetándola en la suya.

Si no hubiera sabido del señor Holbrook, hubiera podido decir algo durante aquella pausa pero, como lo sabía, no se me ocurría nada que pudiera sonar natural; así que ambas nos quedamos calladas durante un rato.

—Una vez, mi padre nos hizo —comenzó— llevar un diario en dos columnas. En un lado debíamos poner por la mañana los que creíamos que serían el rumbo y los acontecimientos del día que comenzaba y, por la noche, debíamos poner en la otra columna lo que había ocurrido en realidad. Para algunos, sería una forma triste de contar sus vidas —(una lágrima cayó sobre mi mano ante aquellas palabras)—. No pretendo decir que la mía haya sido triste, sólo ha sido muy diferente a lo que esperaba. Recuerdo, una noche de invierno, sentada junto al fuego de nuestra habitación con Deborah (lo recuerdo como si fuera ayer), y planeábamos nuestras vidas futuras. Las dos planeábamos, aunque sólo ella hablaba de ello. Ella decía que le gustaría casarse con un archidiácono y escribir sus sermones. Ya sabe, querida, que nunca se casó y, por lo que yo sé, jamás habló con un archidiácono soltero en su vida. Yo nunca fui ambiciosa, y tampoco hubiera podido escribir sermones, pero pensaba que podía administrar una casa (mi madre solía decir que era su mano derecha), y siempre me gustaron mucho los chiquillos (los bebés más tímidos estiraban sus bracitos para venir conmigo). Cuando era una muchacha, pasaba la mitad de mi tiempo de ocio cuidando niños de las granjas de la zona, pero no sé cómo me volví triste y seria (cosa que ocurrió un par de años después de esta ocasión), y los chiquillos retrocedían ante mí. Me temo que le perdí el tranquillo, aunque los niños me siguen gustando tanto como siempre, y tengo un extraño anhelo en el corazón, siempre que veo a una madre con su bebé en brazos. No, querida —(y gracias a un repentino chisporroteo provocado por la caída del carbón sin atizar, pude ver que tenía los ojos anegados en lágrimas, mirando atentamente una visión de lo que hubiera podido ser—. ¿Sabe que algunas veces sueño que tengo un bebé (siempre el mismo), una niña de unos dos años? Nunca crece, aunque he soñado con ella durante muchos años. No creo que haya soñado nunca con ninguna de sus palabras o ruidos; es muy callada y tranquila, pero se me aparece cuando estoy muy triste o muy contenta, y me he despertado con el apretón de sus queridos bracitos alrededor de mi cuello. Anoche mismo, quizá porque me acosté pensando en la pelota para Phoebe, mi niñita apareció en mis sueños, y ponía el gesto de la boca para que la besara, de la misma forma que he visto hacer a bebés de verdad con sus madres de verdad, antes de ir a la cama. ¡Pero son un montón de tonterías, querida! No deje que la señorita Pole la asuste para no casarse. Creo que puede ser una situación muy feliz, y un poco de credulidad ayuda a una a llevar su vida sin problemas (siempre es mejor que dudar constantemente, y ver dificultades y desacuerdos en todo).

Si yo me sintiera intimidada ante el matrimonio, no sería a causa de la señorita Pole; sería a causa del pobre signor Brunoni y su esposa. Y aun así, animaba mucho ver cómo, a través de sus cuidados y sus penas, pensaban en el otro y no en sí mismos; y lo entusiastas que eran en su alegría, con tan sólo cruzarse mutuamente, o con la pequeña Phoebe.

La signora me contó un día buena parte de sus vidas hasta entonces. Comenzó cuando le pregunté si la historia de los gemelos de la señorita Pole era cierta. Parecía una semejanza tan maravillosa, que hubiera tenido mis dudas si la señorita Pole no hubiera estado soltera. Pero la signora, o (tal como descubrimos que prefería que la llamaran) la señora Brown, dijo que era cierto; que muchos tomaban a su cuñado por su marido, lo cual les ayudaba mucho en su profesión, «aunque —continuó—, no entiendo cómo puede la gente confundir a Thomas con el verdadero signor Brunoni. Él dice que es así, así que supongo que debo creerle. Es un hombre muy bueno; ciertamente, no sé cómo hubiéramos pagado nuestra cuenta en el Rising Sun, si no fuera por el dinero que envía; pero la gente debe de saber muy poco de arte si le toman por mi marido. Verá, señorita, en el truco de la pelota, en el que mi marido extiende los dedos y saca el dedo pequeño con arte y gracia, Thomas cierra la mano como un puño, y puede tener tantas bolas escondidas como quiera. Además, nunca ha estado en la India, y no sabe cómo se coloca correctamente un turbante».

—¿Han estado ustedes en la India? —pregunté sorprendida.

—¡Sí! Muchos años, señora. Sam era sargento en el regimiento 31; y cuando los destinaron a la India, peleé mucho para ir, y estoy más agradecida de lo que puedo contar; pues me resultaba una muerte lenta estar alejada de mi marido. De hecho, señora, si lo hubiera sabido, no sé si no hubiera preferido morir allí entonces, en lugar de pasar todo lo que he pasado desde entonces. Ciertamente, he podido consolar a Sam y estar con él pero, señora, he perdido seis hijos —dijo, mirándome con aquellos ojos extraños que sólo he visto en madres de hijos muertos, con una especie de mirada salvaje, como si buscaran lo que ya nunca volverían a encontrar—. ¡Sí! Seis niños murieron, como pequeños capullos arrancados prematuramente, en esa cruel India. Cuando moría uno, pensaba que nunca podría, que nunca volvería a querer a un niño de nuevo y, cuando llegaba el siguiente, no tenía sólo su propio amor, sino que llegaba un amor más profundo de los pensamientos de sus pequeños hermanos y hermanas muertos. Y cuando Phoebe estaba de camino, le dije a mi marido: «Sam, cuando nazca el bebé y me recupere, te dejaré. Me partirá el corazón pero, si el bebé muere también, me volveré loca. La locura ya está en mí pero, si me permites ir a Calcuta, llevando a mi bebé paso a paso, quizá funcione y ahorraré, y acumularé dinero, y pediré y moriré para conseguir un pasaje a casa en Inglaterra, donde nuestro bebé pueda vivir.» ¡Dios le bendiga! Me dijo que podía ir; él ahorró su paga y yo ahorré cada penique que pude lavando o de cualquier otra forma. Cuando Phoebe llegó y me recuperé, me marché. Me sentía muy sola a través de los densos bosques, oscuros de nuevo con los pesados árboles, por la orilla del río (pero yo había crecido junto al Avon en Warwickshire, así que aquel ruido fluido me recordaba a casa), de estación en estación, de un pueblo indio a otro, llevando a mi bebé. Había visto a la esposa de un oficial con una pequeña imagen, señora (pintada por un extranjero católico), de la Virgen y el pequeño Salvador. Ella le llevaba sobre su brazo, suavemente inclinada rodeándole, y sus mejillas se tocaban. Bien, cuando fui a despedirme de aquella dama, para la que había lavado, lloró tristemente, pues ella también había perdido a sus hijos, pero no tenía otro que salvar como yo; y yo fui tan descarada para pedirle que me diera aquel grabado. Lloró aún más, y dijo que sus hijos estaban con el bendito Jesús, y me lo dio y me dijo que había oído que lo habían pintado en fondo de un barril, lo que le daba aquella forma redondeada. Y cuando mi cuerpo estaba muy cansado, y mi corazón enfermo (pues había veces en las que dudaba si alguna vez podría llegar a casa, veces en las que pensaba en mi marido, y una vez en la que pensé que mi bebé estaba muriendo), sacaba la imagen y la miraba, hasta que me parecía que la madre me hablaba y me consolaba. Y los nativos eran muy amables. No nos entendíamos, pero veían a mi bebé en mi pecho, y se me acercaban y me traían arroz y leche, y flores, en algunas ocasiones (sequé algunas de las flores). Después, a la mañana siguiente, estaba muy cansada, y querían que me quedara con ellos (podía deducirlo), e intentaban asustarme para que no me metiera en los profundos bosques, que tenían un aspecto muy extraño y oscuro. No obstante, me parecía que la muerte me seguía para quitarme a mi bebé, y que debía seguir y seguir. También pensaba en cómo ha cuidado Dios de las madres desde que se creó el mundo, y que también cuidaría de mí, así que me despedía y me marchaba. Y una vez que mi bebé estaba enfermo, y las dos necesitábamos descansar, Él me dirigió a un lugar donde vivía un amable inglés, en medio de los nativos.

—¿Y llegó a salvo a Calcuta?

—¡Sí, sana y salva! Cuando supe que sólo me quedaban dos días de viaje, no pude evitarlo, señora (puede que sea idolatría, no lo sé), pero estaba junto a un templo nativo, y entré con mi bebé para dar gracias a Dios por su gran piedad; ya que me parecía que un lugar donde otros rezaban a su Dios, en sus alegrías o en sus agonías, debía de ser un lugar sagrado. Me puse de sirvienta de una dama inválida que le cogió mucho cariño a mi bebé a bordo y, en dos años, Sam consiguió licenciarse, y vino a casa conmigo y con nuestra niña. Entonces, tenía que decidir un oficio, pero no conocía ninguno. Una vez, largo tiempo atrás, había aprendido algunos trucos con un malabarista indio; así que comenzó con el ilusionismo, y le fue tan bien que tomó a Thomas para que le ayudara (como ayudante, ¿sabe?, no como ilusionista, aunque ahora Thomas se ha establecido por su cuenta). Nos ha sido de gran ayuda el parecido entre los gemelos, y ha hecho que muchos trucos que inventaron juntos salgan bien. Thomas es un buen hermano, pero no tiene el buen carruaje de mi marido, así que no sé cómo pueden tomarlo por el signor Brunoni, tal como dice que es.

—¡Pobre Phoebe! —dije yo, pensando en el bebé que transportó a lo largo de aquellos cientos de millas.

—¡Puede jurarlo! No creí que fuera a recuperarla cuando se puso enferma en Chunderabaddad; pero aquel buen Aga Jenkyns nos acogió, y creo que es lo que la salvó.

—¡Jenkyns! —dije.

—Sí, Jenkyns. Tendré que pensar que toda la gente con ese apellido es buena, pues aquí está esa agradable anciana que viene todos los días para llevarse a pasear a Phoebe.

Una idea cruzó mi mente: ¿era posible que el Aga Jenkyns fuera el Peter perdido? Era cierto que muchos lo habían dado por muerto, pero era igualmente cierto que muchos habían dicho que había llegado a convertirse en gran lama del Tíbet. La señorita Matty creía que estaba vivo. Investigaría.

Capítulo XII. Compromiso de matrimonio

¿Era el pobre Peter de Cranford el Aga Jenkyns de Chunderabaddad, o no? Tal como dijo alguien, aquélla era la cuestión.

En mi casa, cuando la gente no tenía nada mejor que hacer, me culpaban por mi falta de discreción. La indiscreción era mi gran defecto. Todo el mundo tiene un terrible defecto, una especie de característica predominante (una *piece de resistance* con la que sus amigos se meten, y que generalmente se corta y surge de nuevo). Estaba cansada de que me llamaran indiscreta e incauta y, por una vez, estaba decidida a demostrar que era un modelo de prudencia y sabiduría. Ni siquiera insinuaría mis sospechas sobre el Aga. Recogería pruebas y las llevaría a casa para exponérselas a mi padre, como amigo de la familia de las dos señoritas Jenkyns.

En mi búsqueda de datos, recordé a menudo una descripción que mi padre hizo una vez de un comité de damas que tuvo que presidir. Decía que no podía evitar recordar un pasaje de Dickens, que hablaba de un coro en el que cada hombre cantaba la melodía lo mejor que sabía, y la cantaba para su propia satisfacción. Así que, en aquel comité de caridad, cada dama hablaba del tema más importante en su mente, y hablaba sobre él para su propia satisfacción, pero no ayudaba mucho en el progreso del tema para el que se habían reunido a discutir. Pero incluso aquel comité no hubiera sido nada en comparación con las damas de Cranford, cuando intenté conseguir información clara y definida sobre la altura y el aspecto de Peter, y cuándo y dónde se había sabido de él por última vez. Por ejemplo, recuerdo preguntarle a la señorita Pole (y la pregunta me pareció muy oportuna, pues se la hice cuando me la encontré en una visita en casa de la señora Forrester, y ambas habían conocido a Peter. Por tanto, pensé que se refrescarían mutuamente las memorias) qué era lo último que habían sabido de él. Ella comentó aquel absurdo chisme que ya he mencionado sobre su elección como gran lama del Tíbet; y aquélla fue la señal para que cada dama arrancara con su propia idea. La señora Forrester comenzó con el profeta de cara velada de Lalla Rookh[17] (si pensaba que estaba destinado a gran lama, aunque Peter no era tan feo. De hecho, habría sido apuesto si no hubiera tenido pecas...). Me sentí agradecida al ver que volvía a Peter pero, en un momento, la desorientada dama comenzó a hablar sobre el Kalydor[18] de Rowland, y los méritos de los cosméticos y los aceites para el pelo en general con tantas ganas, que me volví a escuchar a la señorita Pole que (a través de las llamas, las bestias de carga) había llegado a los bonos peruanos, el mercado de valores, y la mala opinión que le producían los bancos privados en general, y en especial uno en el que había invertido su dinero la señorita Matty. Pregunté en vano cuándo fue, en qué año fue, la última vez que oyeron que el señor Peter era el gran lama. Sólo unieron sus conversaciones para discutir si las llamas eran animales carnívoros o no; y en dicha disputa no partían como iguales, pues la señora Forrester (después de enfadarse y tranquilizarse de nuevo) reconoció que siempre confundía los carnívoros y los herbívoros, igual que confundía lo horizontal y lo perpendicular. Pero después se disculpó, diciendo que, en su día, el único uso que hacía la gente de palabras de cuatro sílabas era para enseñar cómo debían deletrearse.

La única conclusión que saqué de aquella conversación fue que, ciertamente, la última vez que se había sabido de él había sido en la India, o «en aquella zona», y que aquella escasa información sobre su paradero había llegado a Cranford el año en que la señorita Pole había traído su vestido de muselina india, ya raída (lo lavamos y lo arreglamos, convertimos su descenso y caída en un estor antes de poder seguir); y en un año en el que Wombwell vino a Cranford, porque la señorita Matty había querido ver un elefante, para poder imaginarse mejor a Peter montado en uno. También había visto una boa constrictora, que era más de lo que hubiera deseado imaginar en sus fantasías sobre la localidad de Peter. También supieron de él un año en el que la señorita Jenkyns se aprendió un poema de memoria, y solía decir, en todas las fiestas de Cranford, que Peter estaba «inspeccionando la humanidad desde China a Perú», lo cual a todo el mundo le parecía magnífico y apropiado, porque la India estaba entre China y Perú, si uno se molestaba en girar el globo hacia la izquierda, en lugar de a la derecha.

17. *Lalla Rookh*: romance oriental de Thomas Moore (1817). Consta de cuatro relatos, uno de los cuales se llama *El profeta velado de Khorassan*.

18. Kalydor de Rowland: crema cosmética popular en la época (*N. de la t.*)

Supongo que todas aquellas investigaciones y la consecuente curiosidad que provocaron en las mentes de mis amigas nos volvieron ciegas y sordas a lo que ocurría a nuestro alrededor. Me parecía que el sol salía y brillaba, y que llovía como siempre en Cranford, y no advertí señales típicas de las épocas que podían considerarse un pronóstico de un acontecimiento poco común. Tampoco creo que lo hicieran la señorita Matty y la señora Forrester; ni siquiera la señorita Pole, a quien teníamos por una especie de profetisa por la capacidad que tenía de prever cosas antes de que ocurrieran (aunque no le gustaba molestar a sus amigas contándoles su presciencia). Ésta última llegó atónita y sin aliento cuando vino a contarnos una noticia increíble. Pero he de recuperarme; el mero pensamiento, incluso después de tanto tiempo, me quita el aliento y la gramática y, a menos que domine mi emoción, también fallará mi ortografía.

La señorita Matty y yo estábamos sentadas como siempre: ella en el sillón de cretona azul con la espalda hacia la luz, y su labor en la mano; y leyendo en voz alta el *St. James's Chronicle*. Unos minutos después, hubiéramos tenido que marcharnos a hacer los ligeros cambios de vestimenta habituales, antes de la hora de visita (las doce) en Cranford. Recuerdo bien el escenario y la fecha. Habíamos estado hablando de la rápida recuperación del signor desde que había comenzado el clima cálido, alabando la pericia del señor Hoggins, y lamentando su falta de refinamiento y modales (parece una curiosa coincidencia que aquél fuera nuestro tema, pero así fue), cuando oímos un golpe en la puerta (el golpe de un visitante, tres golpes claros). Volamos (es un decir, ya que la señorita Matty no podía caminar demasiado rápido debido a un toque de reumatismo) a nuestras habitaciones, para cambiarnos de sombrero y cuello, cuando la señorita Pole nos frenó chillando, mientras subía la escalera:

—No se vayan. No puedo esperar. Sé que aún no son las doce, pero no importa el vestido. He de hablar con ustedes. —Hicimos lo que pudimos para aparentar que no éramos nosotras las que habíamos hecho el movimiento apresurado (el cual ella había oído); pues, naturalmente, no queríamos que se supusiera que teníamos prendas viejas que sólo nos parecían convenientes en el «santuario del hogar», tal como lo describió una vez la señorita Jenkyns en el salón trasero, mientras cerraba conservas. Por tanto, doblamos nuestro refinamiento en nuestros modales, y fuimos muy corteses durante los dos minutos que necesitó la señorita Pole para recuperar el aliento y avivar nuestra curiosidad levantando las manos con sorpresa y bajándolas en silencio, como si lo que tuviera que decir fuera demasiado para expresarlo en palabras, y sólo pudiera decirse mediante la pantomima.

—¿Qué le parece, señorita Matty? ¿Qué le parece? Lady Glenmire se va a casar... se va a casar, quiero decir... lady Glenmire... el señor Hoggins... ¡El señor Hoggins se va a casar con lady Glenmire!

—¡Casarse! —dijimos nosotras.

—¡Casarse! ¡Qué locura!

—¡Casarse! —dijo la señorita Pole, con la determinación propia de su carácter. He dicho «¡Casarse!» igual que ustedes, y también he pensado «¡Qué ridículo va a hacer milady!». Hubiera podido decir «¡Qué locura!», pero me he controlado, pues estaba en una tienda cuando lo he oído. ¡No sé dónde ha quedado la delicadeza femenina! ¡Usted y yo, señorita Matty, nos hubiéramos sentido avergonzadas de que nuestro matrimonio se comentara en la tienda de ultramarinos, en presencia de los tenderos!

—Pero —protestó la señorita Matty, suspirando como cuando una se recupera de un golpe— quizá no sea verdad. Quizá estemos cometiendo una injusticia.

—No —dijo la señorita Pole—. Me he asegurado de confirmarlo. He ido directamente a ver a la señora Fitz-Adam, para pedirle un libro de cocina que sé que tiene; y he mostrado mi regocijo en cuanto a la dificultad que han de tener los caballeros para llevar una casa. La señora se ha indignado, y ha dicho que creía que era verdad, aunque no sabía cómo ni dónde podía haberlo oído yo. Ha dicho que su hermano y lady Glenmire han llegado finalmente a un acuerdo. «¡Un acuerdo!» ¡Qué palabra tan vulgar! Pero milady tendrá que aceptar un escaso refinamiento. Tengo motivos para creer que el señor Hoggins come pan con queso y cerveza cada noche.

—¡Casarse! —repitió de nuevo la señorita Matty—. ¡Bueno! Nunca se me hubiera ocurrido. Dos personas que conocemos se van a casar. ¡Es muy repentino!

—Tan repentino que se me ha parado el corazón cuando lo he oído, y hubiera podido usted contar hasta doce mientras tanto —dijo la señorita Pole.

—Una nunca sabe cuándo le puede llegar el turno. Puede que aquí, en Cranford, la pobre lady Glenmire se hubiera creído segura —declaró la señorita Matty, con un amable tono de lástima.

—¡Bah! —dijo la señorita Pole, meneando la cabeza—. ¿No recuerda *Tibbie Fowler*, la canción del pobre y querido capitán Brown y este verso?

Se instaló en Tintock tap,
El viento soplará un hombre hasta ella.

—Eso es porque Tibbie Fowler era rica, creo.

—¡Bueno! Lady Glenmire provoca una especie de atracción que a mí, por mi parte, me avergonzaría.

Mostré mis dudas.

—¿Cómo es posible que le guste el señor Hoggins? No me sorprende que al señor Hoggins le guste ella.

—No lo sé. El señor Hoggins es rico y apuesto —dijo la señorita Matty—. Y también tiene buen temperamento y un corazón bondadoso.

—Se casa por acuerdo, eso es. Supongo que acepta la cirugía —dijo la señorita Pole, con una risa seca ante su propio chiste.

Pero, al igual que mucha gente que cree haber dado un discurso severo y sarcástico, comenzó a aflojar su dureza en el momento en el que aludió a la cirugía, y volvimos a especular sobre la forma en la que se tomaría la noticia la señora Jamieson. La persona a la que había dejado a cargo de su casa para alejar a los pretendientes de sus sirvientas, ¡se había buscado su propio pretendiente! Y el pretendiente era un hombre que la señora Jamieson había calificado de vulgar e inadmisible en la sociedad de Cranford, no sólo por su nombre, sino por su voz, su constitución, sus botas, el olor de su establo y el suyo propio, a medicamentos. ¿Había ido alguna vez a ver a lady Glenmire en casa de la señora Jamieson? Si así había sido, la lejía no purificaría la casa, a ojos de la propietaria. ¿Sus entrevistas se habían limitado a los encuentros ocasionales en la habitación del pobre ilusionista enfermo, con quien, con todo nuestro sentimiento de casamiento inconveniente, no podíamos evitar pensar que ambos habían sido demasiado amables? Y ahora parecía que una criada de la señora Jamieson había estado enferma, y el señor Hoggins la había estado atendiendo durante varias semanas. Así que el lobo se había metido en el redil, y ahora se llevaba a la pastora. ¿Qué diría la señora Jamieson? Miramos hacia la oscuridad del futuro, igual que un niño observa un cohete en el cielo nublado, lleno de expectación ante el estruendo, la descarga y la brillante ducha de chispas y luz. Entonces volvimos a la tierra y al presente al preguntarnos mutuamente (siendo todas igualmente ignorantes, y careciendo todas del más mínimo dato sobre el que basar conclusiones): ¿Cuándo tendría lugar? ¿Dónde? ¿Cuánto ganaba al año el señor Hoggins? ¿Dejaría ella su título? ¿Y cómo anunciarían Martha y el resto de los criados de Cranford a la pareja casada como lady Glenmire y el señor Hoggins? ¿Recibirían visitas? ¿Nos lo permitiría la señora Jamieson? ¿O deberíamos elegir entre la honorable señora Jamieson y la rebajada lady Glenmire? A todas nos gustaba más lady Glenmire. Era lista, buena, sociable y agradable; y la señora Jamieson era aburrida, inerte, pomposa y pesada. Pero habíamos reconocido el dominio de la última durante tanto tiempo, que nos parecía una especie de deslealtad incluso meditar la desobediencia a la prohibición que anticipábamos.

La señora Forrester nos sorprendió con nuestros sombreros zurcidos y nuestros cuellos remendados, y los olvidamos en nuestra ansia por ver cómo se tomaría la información, la cual dejamos honorablemente que le transmitiera la señorita Pole; aunque, si nos hubiéramos sentido inclinadas a tomar una injusta ventaja, la hubiéramos podido adelantarlo nosotras, pues tuvo una tos de lo más inoportuna durante cinco minutos, después de que la señora Forrester entrara en la habitación. Nunca olvidaré la expresión implorante de sus ojos, mientras nos miraba tras su pañuelo de bolsillo. Decían, tan claramente como las palabras: «No permitan que la naturaleza me prive de mi tesoro, aunque durante un tiempo no pueda hacer uso de él.» Y no lo hicimos.

La sorpresa de la señora Forrester fue idéntica a la nuestra, y su sentimiento de ofensa aún mayor, porque tenía que cuidar su rango, y era más consciente de la mancha que aquella conducta podía provocar a la aristocracia.

Cuando ella y la señorita Pole nos dejaron, nos esforzamos por calmarnos; pero la señorita Matty estaba muy disgustada por la información que habíamos oído. Lo calculó, y habían pasado más de quince años desde la última vez que había oído que un conocido se iba a casa, a excepción de la señorita Jessie Brown y, tal como dijo, le había causado gran sorpresa, y la había hecho sentir como si no pudiera pensar qué ocurriría después.

No sé si es imaginación mía o un dato real, pero he advertido que, justo después del anuncio de un compromiso en cualquier grupo, las damas solteras del grupo se revuelven con una alegría inusual y nuevas prendas, como si dijeran de una forma tácita e inconsciente «Nosotras también estamos solteras». La señorita Matty y la señorita Pole hablaron y pensaron más sobre sombreros y chales durante las dos semanas posteriores a la visita que durante todos los años que las había conocido. Pero puede que fuera el tiempo primaveral, pues era un marzo cálido y agradable; y las ovejas merinas y los castores, y los materiales de lana de todo tipo no eran más que receptáculos descorteses de los rayos del brillante sol. No había sido la vestimenta de lady Glenmire la que se había ganado el corazón del señor Hoggins, pues hacía sus obras de caridad más desharrapada que nunca. A excepción de los apresurados vistazos que le echaba en la iglesia o en cualquier otro lugar, parecía rehuir encontrarse con ninguna de sus amigas, su cara parecía tener algo del rubor de la juventud; sus labios parecían más rojos y temblorosos que en su anterior estado comprimido, y sus ojos se posaban sobre todas las cosas con una luz persistente, como si estuviera aprendiendo a amar Cranford y sus propiedades. El señor Hoggins parecía alegre y radiante, e hizo crujir un nuevo par de botas altas por el pasillo central de la iglesia (una señal audible y visible de su intención de cambiar de estado pues, según se decía, las botas que había calzado hasta entonces eran el mismo par con el que había comenzado sus rondas en Cranford veinticinco años atrás, sólo que las habían remendado por arriba y por abajo, el tacón y la suela, con cuero negro y marrón, más veces de las que se podían contar).

Ninguna de las damas de Cranford decidió aprobar el matrimonio felicitando a cualquiera de las partes. Queríamos ignorar todo el asunto hasta que nuestra señora feudal, la señora Jamieson, regresara. Hasta que volviera para aconsejarnos, sentíamos que sería mejor considerar el compromiso igual que las piernas de la reina de España, es decir, datos que ciertamente existían, pero cuanto menos se dijera sobre ellos, mejor. Aquella contención sobre nuestras lenguas (pues si no hablábamos de ello con las partes implicadas, ¿cómo conseguiríamos respuestas a las preguntas que ansiábamos conocer?) comenzaba a ser molesta, y nuestra idea de la dignidad del silencio empezaba a palidecer ante nuestra curiosidad, cuando nuestros pensamientos se dirigieron en otra dirección por el anuncio por parte del principal comerciante de Cranford (cuyo comercio variaba desde la venta de ultramarinos hasta la venta de quesos o sombreros de hombre, en fun ción de la necesidad) de que la moda de primavera había llegado, y se exhibiría el martes siguiente en su sala de la Calle Mayor. La señorita Matty había estado esperando aquello antes de comprarse un nuevo vestido de seda. En verdad, me ofrecí a enviar a alguien a buscar patrones a Drumble, pero rechazó mi propuesta, insinuando amablemente que no había olvidado su disgusto por el turbante aguamarina. Agradecía estar en el mismo lugar para contrarrestar la deslumbrante fascinación ante cualquier seda amarilla o escarlata.

Aquí he de decir un par de palabras sobre mí misma. He hablado de la vieja amistad de mi padre con la familia Jenkyns; de hecho, no sé si no hay algún antiguo parentesco. Me había permitido de buena gana quedarme todo el invierno en Cranford, en consideración de una carta que la señorita Matty le escribió en la época del pánico, en la que sospecho que exageró mis capacidades y valentía como defensora de la casa. Pero ahora que los días eran más largos y alegres, comenzaba a insistir en la necesidad de mi regreso; y sólo me retrasé con la desolada esperanza de que si lograba alguna información clara, podría hacer coincidir el relato de la signora sobre el Aga Jenkyns con el del pobre Peter y su aparición y desaparición, que había extraído de la conversación de la señorita Pole y la señora Forrester.

Capítulo XIII. Pago detenido

El mismo martes por la mañana en el que el señor Johnson iba a mostrar las prendas, la cartera trajo dos cartas a casa. Digo la cartera, pero debería decir la esposa del cartero. Era un zapatero lisiado, un hombre muy limpio y honesto, y muy respetado en el pueblo; pero nunca repartía las cartas excepto en ocasiones inusuales como el día de Navidad o Viernes Santo; y esos días, las cartas, que deberían haber sido repartidas a las ocho de la mañana, no aparecían hasta las dos o las tres de la tarde, pues a todo el mundo le gustaba el pobre Thomas, y le daban la bienvenida en aquellas ocasiones festivas. Solía decir que «estaba lleno, pues había tres o cuatro casas en las que le invitaban a compartir el desayuno» y, para cuando terminaba su último desayuno, llegaba a casa de algún amigo que estaba comenzando a comer. Pero llegara lo que llegara en forma de tentación, Tom siempre era serio, cortés y sonriente y, tal como solía decir la señorita Jenkyns, era una lección de paciencia, que dudaba que existiera en algunas mentes en las que podía permanecer aletargada y desconocida, excepto en la de Thomas. Ella siempre esperaba cartas, y tamborileaba los dedos sobre la mesa hasta que entraba la cartera o pasaba de largo. El día de Navidad y en Viernes Santo, tamborileaba los dedos desde el desayuno hasta la iglesia, y desde la iglesia hasta las dos (a menos que hubiera que atizar el fuego, cuando invariablemente tiraba los utensilios de la chimenea, y regañaba a la señorita Matty por ello). Pero era igualmente cierta la calurosa bienvenida y la buena comida para Thomas. La señorita Jenkyns le vigilaba como un dragón, preguntándole por sus hijos (lo que hacían, la escuela a la que iban), reprendiéndole si venía otro en camino, pero enviando un chelín y pastel de carne hasta a los bebés, que era su regalo a todos los niños, con media corona para sus padres. El correo no tenía tanta relevancia para la querida señorita Matty; pero por nada del mundo hubiera reducido su bienvenida a Thomas y su aguinaldo, aunque veía que se sentía un poco tímida ante la ceremonia, que la señorita Jenkyns reconocía como una oportunidad gloriosa para aconsejar y ayudar al prójimo. La señorita

Matty solía poner todo el dinero en su mano de golpe, como si se avergonzara. La señorita Jenkyns le daba cada moneda por separado con un «¡Tome! Esto es para usted, esto es para Jenny», etc. La señorita Matty incluso hacía salir a Martha de la cocina mientras él comía y, una vez, que yo sepa, parpadeó ante su rápida desaparición en un pañuelo de algodón azul. La señorita Jenkyns casi le reprendía si no dejaba el plato limpio, sin importar lo lleno que estuviera, y le daba una orden con cada bocado.

Me he alejado mucho de aquellas dos cartas que nos esperaban en la mesa del desayuno aquel martes por la mañana. La mía era de mi padre. La de la señorita Matty estaba lacrada. La de mi padre era sólo una carta masculina; es decir, era muy aburrida y no proporcionaba información más allá de que estaba bien, que había llovido mucho, que el comercio estaba estancado, y que flotaban rumores muy desagradables. Entonces me preguntó si sabía si la señorita Matty aún tenía sus participaciones en el banco Town and County, pues había noticias muy desagradables al respecto; aunque nada más que lo que él siempre había predicho y le había profetizado a la señorita Jenkyns años atrás, cuando invirtió sus escasos bienes en él. Ése era el único paso poco prudente que la mujer había dado jamás, que él supiera (era la única vez que ella había actuado en contra de su consejo, según había podido saber). No obstante, si algo iba mal, naturalmente, no podía pensar en dejar a la señorita Matty mientras pudiera serle de ayuda, etc.

—¿Quién le escribe, querida? La mía es una invitación muy educada de un tal Edwin Wilson, que me pide que asista a una importante reunión de accionistas en el banco Town and County en Drumble, el jueves veintiuno. Ciertamente, es muy atento por su parte acordarse de mí.

No me gustaba nada cómo sonaba aquella «importante reunión» pues, aunque no sabía mucho sobre negocios, temía que confirmara lo que mi padre había dicho: no obstante, pensé que las malas noticias siempre volaban, así que decidí no mostrar alarma, y sólo le dije que mi padre estaba bien, y le mandaba sus saludos. Ella volvía su carta una y otra vez, y no dejaba de admirarla. Finalmente, dijo:

—Recuerdo que una vez le mandaron a Deborah una igual que ésta; pero no me extrañé, pues todo el mundo sabía que era muy lúcida. Me temo que no podría ayudarles demasiado si se trata de cuentas. Sería un estorbo, pues nunca he podido sumar de cabeza. Deborah quiso asistir, y llegó a encargar un nuevo sombrero para la ocasión: pero cuando llegó el momento, tenía un mal resfriado, así que le enviaron un informe muy educado sobre lo que habían hecho. Elegir un director, creo. ¿Cree que quiere que les ayude a elegir un director? ¡Elegiría a su padre, sin duda!

—Mi padre no tiene acciones en el banco —dije yo.

—¡No! Lo recuerdo. Creo que puso muchas pegas a que Deborah las comprara. Pero era una mujer de negocios, y siempre juzgaba por sí misma. Y ya ve, han pagado un ocho por ciento durante todos estos años.

Me resultaba un tema muy incómodo con mi semiconocimiento; así que pensé en cambiar de conversación, y pregunté a qué hora creía que debíamos salir para ver las prendas.

—Bien, querida —dijo—. La cuestión es la siguiente: no es educado ir antes de las doce pero, verá, todo Cranford estará allí, y a nadie le gusta mostrarse demasiado curiosa sobre la vestimenta, los adornos y los sombreros con todo el mundo mirando. No es cortés ser demasiado curiosa en estas ocasiones. Deborah siempre aparentaba que la última moda no significaba nada para ella; un hábito que había tomado de lady Arley, que veía todas las nuevas modas en Londres, ¿sabe? Así que he pensado que nos podríamos dejarnos caer (pues quiero ir esta mañana, después del desayuno, a buscar media libra de té), y podemos subir y examinar las cosas a nuestro gusto, para ver exactamente cómo debe confeccionarse mi nuevo vestido de seda. Después de las doce, podemos ir con la mente tranquila, y sin pensar en la ropa.

Comenzamos a hablar del nuevo vestido de seda de la señorita Matty. Descubrí que sería la primera vez en su vida que tuviera que elegir algo por sí misma; pues la señorita Jenkyns siempre había sido la más decidida, fuera cuál fuera su gusto; y resulta sorprendente cómo ese tipo de gente arrastra el mundo con el mero poder de su voluntad. La señorita Matty esperaba ver aquellas brillantes telas con deleite, como si los cinco soberanos que había apartado para la compra pudieran adquirir todas las telas de la tienda; y (recordando haber perdido dos horas en una juguetería antes de decidir en que gastarme tres peniques de plata) me alegré de ir temprano, para que la querida señorita Matty pudiera tener tiempo para deleitarse.

Si encontrábamos un alegre aguamarina, el vestido sería aguamarina; si no, se sentía inclinada hacia el maíz, y hacia el gris plateado, y discutimos las anchuras necesarias hasta que llegamos a la puerta de la tienda. Íbamos a comprar té, elegir la seda y subir la escalera de acero en forma de caracol hacia lo que antes era un desván, y ahora una sala de exposición de modas.

Los jóvenes de la tienda del señor Johnson llevaban sus mejores galas y sus mejores corbatas, y se giraban sobre el mostrador con una actividad sorprendente. Querían llevarnos arriba en seguida, pero siguiendo el principio que promulgaba el negocio antes que el placer, nos quedamos a comprar el té. La ausencia mental de la señorita Matty la traicionó. Si recordaba haber bebido té verde en algún momento, siempre sentía que era su deber quedarse en vela durante la noche siguiente (he sabido que lo ha tomado muchas veces sin darse cuenta y sin tales efectos) y, en consecuencia, el té verde estaba prohibido en la casa. No obstante, aquel día ella misma pidió el detestable artículo, bajo la impresión de que estaba hablando de la seda. Sin embargo, pronto rectificó su error; y después desenrollaron las sedas. Para entonces, la tienda estaba bastante llena, pues era día de mercado en Cranford, y muchos granjeros y gente del campo de la zona entró, atusándose el pelo y mirando alrededor tímidamente bajo los párpados, tan deseosos de llevar a sus amas o señoras alguna idea de alegría inusual y, aun así, sintiendo que estaban fuera de lugar entre los elegantes tenderos y los alegres chales y estampados veraniegos. No obstante, un hombre de aspecto honesto se acercó al mostrador en el que estábamos, y pidió descaradamente ver un par de chales. El resto de la gente del campo se apiñaba en la parte de ultramarinos, pero nuestro vecino estaba evidentemente demasiado lleno de amables intenciones hacia su ama, esposa o hija como para avergonzarse, y pronto comencé a cuestionarme quién de los dos retendría a sus dependientes más tiempo, él o la señorita Matty. Cada chal le parecía más bonito que el anterior. En cuanto a la señorita Matty, sonreía y suspiraba ante cada nuevo fardo que sacaban; un color llevaba al siguiente y, tal como dijo, la pila hacía que incluso el arco iris pareciera soso.

—Temo —dijo, vacilante— que elija el que elija, desear haber elegido otro. ¡Mire este precioso carmesí! Sería muy cálido en invierno. Pero ya sabe que llega la primavera. Desearía tener un vestido para cada estación —declaró bajando la voz (tal como todos hacíamos en Cranford, siempre que hablábamos de algo que deseábamos pero no podíamos permitirnos)—. No obstante —continuó en tono más alto y alegre—, me supondría mucho trabajo cuidarlos si los tuviera, así que creo que sólo me llevaré uno. Pero ¿cuál, querida?

Ahora se cernía sobre una seda lila con lunares amarillos, mientras yo sacaba un discreto verde salvia que se había perdido en la insignificancia bajo colores más brillantes, pero que era, sin duda, una buena seda en su humildad. Nuestro vecino llamó nuestra atención. Había elegido un chal de unos treinta chelines, y tenía un aspecto muy feliz por la anticipación, sin duda, de la agradable sorpresa que le daría a alguna Molly o Jenny en casa. Había sacado una cartera de piel del bolsillo de sus pantalones de montar, y ofreció un billete de cinco libras en pago por el chal y unos paquetes que le habían sacado sobre el mostrador de los ultramarinos. Fue justo entonces cuando llamó nuestra atención. El dependiente examinaba el billete con un aspecto confuso y vacilante.

—¡El banco Town and County! No estoy seguro, señor, pero creo que hemos recibido un aviso frente a los billetes emitidos por ese banco esta misma mañana. Preguntaré al señor Johnson, señor; pero me temo que debo pedirle que pague al contado, o con un billete de otro banco.

Nunca había visto el rostro de un hombre mostrar semejante consternación y desconcierto. Resultaba casi penoso ver el brusco cambio.

—¡Maldita sea! —dijo, golpeando el puño contra la mesa, como para probar cuál era más duro—. El muchacho habla como si tuviera billetes y oro para escoger.

La señorita Matty había olvidado su vestido de seda, en su interés por el hombre. No creo que hubiera oído el nombre del banco y, en mi nerviosa cobardía, deseaba que así fuera. Así pues, comencé a admirar la tela lila de lunares amarillos que había estado desdeñando entre dientes, tan sólo un minuto antes. Pero no sirvió de nada.

—¿Qué banco era? Es decir, ¿a qué banco pertenecía su billete?

—El banco Town and County.

—Déjeme ver —le pidió tranquilamente al dependiente, quitándoselo de la mano, cuando éste se lo devolvía al granjero.

El señor Johnson lo lamentaba mucho pero, por la información que había recibido, los billetes emitidos por ese banco no eran mucho más que papel inútil.

—No lo entiendo —me dijo la señorita Matty en voz baja—. Ése es nuestro banco, ¿no? ¿El banco Town and County?

—Sí —le contesté—. Esta seda lila va a juego con los lazos de su sombrero nuevo, creo —continué, sosteniendo los rollos hacia la luz, y deseando que el hombre se apurara y se marchara. A la vez, me acababa de surgir una nueva duda: ¿hasta qué punto era prudente o correcto que le permitiera a la señorita Matty hacer una compra tan cara, si los asuntos del banco eran tan malos como sugería el rechazo del billete?

Pero la señorita Matty adquirió su suave actitud solemne, extraña en ella y que rara vez usaba, aunque le sentaba muy bien y, posando su mano sobre la mía, dijo:

—Olvide las sedas durante unos minutos, querida. No le entiendo, señor —dijo, volviéndose al dependiente que había atendido al granjero—. ¿Es un billete falso?

—No, señora. Es un billete de verdad pero, verá señora, es un banco privado, y según algunas noticias, es probable que quiebre. El señor Johnson está cumpliendo con su deber, señora, y estoy seguro de que el señor Dobson es consciente de ello.

Pero el señor Dobson no podía responder a su reverencia con ninguna sonrisa. Giraba el billete entre sus dedos de forma ausente, mirando lúgubremente el paquete que contenía el recién elegido chal.

—Es duro para un hombre pobre —dijo—, pues gana cada cuarto de penique con el sudor de su frente. No obstante, no hay nada que hacer. Tenga su chal, señor; Lizzle deberá seguir con su capa durante un tiempo. Y los higos para los chiquillos (se los he prometido), me los llevo; pero el tabaco y lo demás...

—Le doy cinco soberanos por su billete, buen hombre —dijo la señorita Matty—. Creo que debe de haber un gran error, porque yo soy una accionista, y estoy segura de que me lo hubieran dicho si las cosas no fueran bien.

El dependiente le susurró un par de palabras a través de la mesa a la señorita Matty. Ella le miró con aire dudoso.

—Puede que así sea —dijo ella—. Pero no finjo entender de negocios; sólo sé que si va a quebrar, y si la gente honesta va a perder su dinero porque han aceptado nuestros billetes... no puedo explicarme —dijo, dándose cuenta repentinamente de que se había embarcado en una larga frase frente a cuatro oyentes—. Sólo desearía intercambiar mi oro por el billete, por favor —pidió volviéndose al granjero—. Así podrá llevarle el chal a su mujer. Sólo me supone esperar unos días más para mi vestido —continuó, hablándome a mí—. Entonces, no tengo duda alguna de que todo se aclarará.

—Pero, ¿y si se aclara de forma negativa? —dije yo.

—Entonces, sólo será honrado por mi parte, como accionista, darle a este buen hombre el dinero. Lo tengo bastante claro en mi mente pero, ya sabe, no soy capaz de hablar de una manera tan comprensible como otros. Debe darme su billete, señor Dobson, y seguir sus compras con estos soberanos.

El hombre la miró con silenciosa gratitud, demasiado torpe para darle las gracias en palabras; pero se quedó parado durante un par de minutos, manejando torpemente su billete.

—Me resisto a hacer que sea otro el que pierda, en lugar de ser yo, si es una pérdida pero, verá, cinco libras es mucho dinero para un hombre con familia y, tal como dice usted, apuesto diez a uno a que el billete valdrá lo mismo que el oro en un par de días.

—No se aferre a eso, amigo —dijo el dependiente.

—Más razón para quedármelo —respondió la señorita Matty tranquilamente. Extendió los soberanos al hombre que, lentamente, le entregó su billete a cambio—. Gracias, esperaré un par de días antes de comprar una de estas sedas; quizá para entonces tengan mayor selección. Querida, ¿me acompaña arriba?

Inspeccionamos los diseños con un interés tan minucioso y curioso como si la tela con la que se iba a confeccionar hubiera sido comprada ya. No parecía que el pequeño acontecimiento en la parte de abajo de la tienda hubiera apagado lo más mínimo la curiosidad de la señorita Matty en cuanto a las mangas o a la caída de la falda. Nos felicitamos un par de veces por nuestra visión privada y pausada de los sombreros y los chales, pero no estaba tan segura de que nuestra inspección estuviera siendo tan privada, pues advertí el movimiento de una figura escabullirse entre las capas y los mantos y, con un movimiento diestro, me encontré cara a cara con la señorita Pole, con su vestimenta matutina (cuya característica principal era su falta de dientes, y el velo que llevaba para ocultar el defecto), que venía con el mismo propósito que nosotras. Se marchó rápidamente pues, según dijo, tenía jaqueca, y no se sentía capaz de conversar.

Cuando bajamos a la tienda, el cortés señor Johnson nos estaba esperando. Le habían informado del intercambio del billete por oro y, de muy buena fe y con verdadera bondad, pero con cierta falta de tacto, le ofreció sus condolencias a la señorita Matty, y le relató la verdadera situación del caso. Sólo esperaba que hubiera escuchado un rumor exagerado, pues dijo que sus acciones valían poco más que nada, y que el banco no podía pagar ni un chelín por libra. Me alegré de que la señorita Matty aún pareciera un poco incrédula, pero no sabría decir cuánto de aquello era real o fingido, con aquel autocontrol que parecía habitual en las damas del nivel de la señorita Matty en Cranford, que hubieran considerado su dignidad comprometida ante la más mínima expresión de sorpresa, consternación o cualquier sentimiento similar frente a alguien inferior en su presencia, o en una tienda. No obstante, caminamos a casa muy calladas. Me avergüenza decir que me sentía irritada y molesta ante la conducta de la señorita Matty, al tomar el billete, tan decidida. Deseaba profundamente que tuviera su nuevo vestido de seda que tan tristemente deseaba; en general, era tan indecisa que cualquiera podía hacerla cambiar de opinión. En este caso, sentía que no servía de nada intentarlo, pero no era la menos afectada por el resultado.

De alguna manera, después de las doce, ambas reconocimos habernos hartado de los diseños, y cierta fatiga del cuerpo (que era, de hecho, depresión de la mente), que nos impidió salir. Aun así, no mencionamos el billete hasta que, de repente, algo me hizo preguntarle a la señorita Matty si le parecía su deber ofrecer soberanos por todos los billetes del banco Town and County con los que se encontrara. Me hubiera mordido la lengua en el momento en que lo dije. Levantó la mirada triste, como si hubiera lanzado un nuevo desconcierto a una ya alterada mente, y no dijo nada durante un par de minutos. Después, mi querida señora Matty dijo, sin sombra alguna de reproche en la voz:

—Querida, nunca he sentido que mi mente fuera lo que la gente llama fuerte y, a menudo, me resulta muy difícil decidir lo que debería hacer con el caso que se me presenta. Me he sentido muy agradecida... me he sentido muy agradecida de poder ver mi deber esta mañana, con el pobre hombre que estaba junto a mí; pero me supone un esfuerzo pensar una y otra vez qué debería hacer si tal cosa ocurriera y, créame, prefiero esperar y ver qué viene. Y no tengo duda alguna de que entonces me ayudarán si no me revuelvo y me pongo demasiado nerviosa de antemano. Sabe, querida, que yo no soy como Deborah. Si Deborah viviera, no tengo duda de que ella se hubiera encargado de ellos antes de llegar a esta situación.

Ninguna de las dos tenía apetito para comer, aunque tratamos de hablar alegremente sobre temas insignificantes. Cuando volvimos a la sala, la señorita Matty abrió su escritorio y comenzó a revisar sus libros de cuentas. Me sentía tan arrepentida por lo que había dicho por la mañana, que decidí no presuponer que podía ayudarla. La dejé sola mientras que, con el ceño fruncido, sus ojos seguían la pluma de arriba abajo a lo largo de las páginas rayadas. Al rato, cerró el libro, echó la llave al escritorio y acercó una silla a la mía, donde me sentaba con pesar junto al fuego. Escurrí mi mano entre las suyas, ella la agarró, pero no dijo una palabra. Finalmente declaró, con una compostura forzada en la voz:

—Si el banco se hunde, perderé ciento cuarenta y nueve libras, trece chelines y cuatro peniques al año. Sólo me quedarán trece libras al año. —Estreché su mano con fuerza. No sabía qué decir. En ese momento (estaba demasiado oscuro para ver su cara), sentí sus dedos moviéndose de forma convulsa en mi apretón, y supe que iba a volver a hablar. Oí los sollozos en su voz, mientras decía—: Espero que no esté mal, que no sea retorcido, pero me alegro tanto de que la pobre Deborah no tenga que ver esto. Ella no hubiera soportado venir a menos en el mundo. Tenía un espíritu tan noble y elevado.

Aquello fue todo lo que dijo sobre la hermana que había insistido en invertir sus escasos bienes en aquel desafortunado banco. Aquella noche tardamos más de lo habitual en encender la vela y, hasta que aquella luz nos animó a hablar, nos sentamos juntas tristes y en silencio.

No obstante, nos pusimos a trabajar en nuestras labores después del té, con una especie de alegría forzada (que pronto se convirtió en cierta a medida que charlábamos), hablando de aquella maravilla interminable, el compromiso de lady Glenmire. A la señorita Matty casi comenzaba a parecerle algo bueno.

—No pretendo negar que los hombres son problemáticos en una casa. No juzgo por propia experiencia, pues mi padre era la pulcritud personificada, y se limpiaba los zapatos al entrar con el mismo cuidado que una mujer pero, aun así, un hombre tiene cierto conocimiento de lo que debe hacerse en las dificultades, y es muy agradable tener a uno a mano sobre el que apoyarse. Ahora, en lugar de ser zarandeada de un lugar a otro y preguntarse dónde establecerse, lady Glenmire tendrá la seguridad de un hogar entre gente agradable y buena, como nuestra buena señorita Pole y la señora Forrester. Y el señor Hoggins es una persona muy agradable; en cuanto a sus modales, aunque no estén muy pulidos, conozco gente de muy buen corazón y mente muy inteligente, que no era lo que algunos llamarían refinada, pero que era honesta y tierna.

Entró en un suave ensueño sobre el señor Holbrook, y no la interrumpí, pues estaba ocupada madurando un plan que tenía en mente desde hacía días, pero que aquella amenaza de quiebra bancaria había puesto en crisis. Aquella noche, después de que la señorita Matty se fuera a la cama, encendí de nuevo la vela de forma traicionera, y me senté en la sala de estar para escribir una carta al Aga Jenkyns, una carta que le conmovería si era Peter, y aun así parecía una mera declaración de hechos secos, si era un extraño. El reloj de la iglesia dio las dos antes de que hubiera terminado.

La mañana siguiente llegó la noticia oficial y no oficial de que el banco Town and County había suspendido los pagos. La señorita Matty estaba arruinada.

Trató de hablarme calmada, pero cuando llegó al hecho de que tendría unos cinco chelines semanales para vivir, no pudo contener algunas lágrimas.

—No lloro por mí, querida —dijo, secándoselas—. Creo que lloro por el estúpido pensamiento de cuánto se afligiría mi madre si lo supera. Siempre se preocupaba mucho más por nosotros que por sí misma. Pero muchos pobres tienen menos, y no soy muy extravagante. Y, gracias a Dios, una vez pagué el cuello del cordero, los honorarios de Martha y la renta, no debo nada. ¡Pobre Martha! Creo que lamentará dejarme.

La señorita Matty me sonrió a través de las lágrimas y, si por ella fuera, sólo me dejaría ver la sonrisa, y no las lágrimas.

Capítulo XIV. Amigos necesitados

Fue un ejemplo para mí, y creo que también podría serlo para muchos otros, ver con qué rapidez la señorita Matty emprendió las limitaciones que le parecían adecuadas ante sus nuevas circunstancias. Mientras bajaba a hablar con Martha, y explicarle la noticia, me escabullí con mi carta al Aga Jenkyns, y fui al alojamiento del signor para obtener la dirección exacta. Le hice prometer a la signora que me guardaría el secreto y, desde luego, sus modales militares tenían un nivel de brevedad y reserva que la hacían decir lo mínimo posible, excepto cuando sentía la presión de una emoción fuerte. Es más (lo cual doblaba la seguridad de mi secreto), el signor estaba suficientemente recuperado para desear volver a viajar y hacer juegos de manos en unos días, cuando él, su esposa y la pequeña Phoebe dejaran Cranford. De hecho, lo encontré mirando un enorme letrero negro y rojo, en el que se exponían las habilidades del signor Brunoni, y en el que sólo faltaba el nombre del pueblo en el que tendría lugar la siguiente exhibición. Él y su mujer estaban tan absortos en decidir dónde provocarían mayor efecto las letras rojas (puede que fuera para el título), que pasó algún tiempo antes de que pudiera hacer mi pregunta en privado, y no antes de que tomara algunas decisiones, que cuestioné después con la misma prudencia sincera, en cuanto el signor mostró sus dudas y argumentos sobre el importante asunto. Finalmente, conseguí la dirección, deletreada como sonaba, y tenía un aspecto muy extraño. La dejé en el correo de camino a casa y, por un minuto, me quedé de pie mirando la ventanilla con la hendidura que me separaba de la carta que, un momento antes, estaba en mi mano. Se marchaba como la vida, para nunca volver. La lanzarían al mar, la salpicarían las olas de mar, y la llevarían entre las palmeras, perfumada con una fragancia tropical. El pequeño pedazo de papel, tan familiar y corriente apenas una hora antes, ¡había iniciado su carrera hacía los extraños y salvajes países más allá del Ganges! Pero no podía permitirme perder demasiado tiempo en aquella especulación. Me apresuré a casa, esperando que la señorita Matty no me echara de menos. Martha me abrió la puerta con la cara hinchada de llorar. En cuanto me vio, comenzó a llorar de nuevo y, agarrándome del brazo, tiró de mí y cerró la puerta de golpe, para preguntarme si era cierto lo que la señorita Matty había dicho.

—¡Nunca la dejaré! No, ni hablar. Se lo he dicho, y también le he dicho que no sabía cómo podía darme el aviso. Yo no hubiera tenido la cara de hacerlo, si hubiera sido ella. Hubiera podido hacer lo mismo que Rosy en casa de la señora Fitz-Adam, que sé que luchó por los honorarios después de vivir siete años y medio en una casa. Dije que yo no era de las que se iban y servían a la codicia a aquel precio; que sabía cuándo tenía una buena señora, aunque ella no supiera que tenía una buena sirvienta...

—Pero, Martha —dije, interrumpiéndola mientras se secaba los ojos.

—Pero Martha, nada —respondió ante mi tono de disculpa.

—Atiende a razones...

—No atenderé a razones —dijo, ahora en plena posesión de su voz, que antes estaba ahogada con los sollozos—. La razón siempre es lo que otro tiene que decir. Ahora pienso que lo que yo tengo que decir es razón más que suficiente; pero, razón o no, lo digo y lo confirmo. Tengo dinero en la Caja de Ahorros, y tengo un buen montón de ropa, y no voy a dejar a la señorita Matty. No, ¡aunque me despida cada hora de cada día!

Puso los brazos en jarras, como si me desafiara y, ciertamente, no sabía cómo comenzar a discutir con ella, pues sentía que la señorita Matty, en su creciente debilidad, necesitaba la atención de aquella buena y fiel mujer.

—Bien... —dije finalmente.

—¡Le agradezco ese «bien»! Si hubiera comenzado con «pero», como antes, no la hubiera escuchado. Puede seguir.

—Sé que serías una gran pérdida para la señorita Matty, Martha...

—Eso le he dicho. Una pérdida que siempre lamentaría —interrumpió Martha triunfante.

—Aun así, tendrá tan poco, tan poco, con lo que vivir, que no sé cómo podrá alimentarte, pues ella también estará apurada por su propio alimento. Te lo digo, Martha, porque siento que eres como una amiga para la querida Matty, pero sabes que no le gustaría que se hablara de ello.

Aparentemente, aquélla era una visión más oscura del asunto que la que le había presentado la señorita Matty, pues Martha se sentó en la primera silla que tuvo a mano y lloró en voz alta (habíamos estado de pie en la cocina).

Finalmente, se quitó el delantal y, mirándome muy seria, preguntó:

—¿Es por eso por lo que la señorita Matty no ha pedido *pudding* hoy? Dijo que no le apetecía nada dulce, y que hoy le sería suficiente con una chuleta de cordero. No se lo diga, pero le haré un *pudding*, un *pudding* que le guste, y lo pagaré yo misma; así que asegúrese de que se lo come. Muchos se han consolado en las penas con un buen plato sobre la mesa.

Me alegraba de que la energía de Martha hubiera tomado la inmediata y práctica dirección de la preparación del *pudding*, pues posponía la pelea sobre si debía dejar el servicio de la señorita Matty. Comenzó a atarse un delantal limpio, y a prepararse para ir a la tienda a comprar mantequilla, huevos y lo que necesitara. No utilizaría absolutamente nada de lo que ya había en la casa para cocinar y, en su lugar, se acercó a una vieja lata de té en la que guardaba su reserva privada de dinero, y sacó lo que necesitaba.

Me encontré con la señorita Matty muy callada y bastante triste pero, al rato, trató de sonreír por mí. Estaba establecido que escribiría a mi padre, y le pediría que viniera e hiciera una consulta. En cuanto enviamos la carta, comenzamos a hablar sobre nuestros planes futuros. La idea de la señorita Matty era coger una sola habitación, manteniendo tantos muebles como pudiera para arreglarla, y vender el resto, y vivir allí tranquilamente con lo que le quedara después de pagar la renta. En cuanto a mí, era más ambiciosa y no estaba tan satisfecha. Pensé en todas las cosas que una mujer, pasada la mediana edad, y con la educación habitual de las damas cincuenta años atrás, podía hacer o ganar, sin perder casta material, pero, finalmente, también dejé a un lado esa última cláusula, y me pregunté qué podría hacer la señorita Matty.

La enseñanza era, naturalmente, lo primero que me venía a la mente. Si la señorita Matty podía enseñar algo a niños, caería entre los duendecillos que deleitaban su corazón. Repasé sus logros. Una vez la oí decir que podía tocar *Ah! vous dirai-je, maman?* al piano, pero aquello fue largo tiempo atrás; la sombra fantasmagórica de una habilidad musical había desaparecido muchos años antes. Una vez, también había sido capaz de diseñar hermosos patrones para el bordado de muselina, a fuerza de colocar papel de plata sobre el diseño para copiarlo, y sosteniendo ambos contra la ventana mientras marcaba el festón y los ojetes. Pero aquélla había sido su mayor aproximación al dibujo, y no creo que fuera mucho más allá. Y además de las ramas de una sólida educación inglesa (la costura y el uso de los globos), que como maestra del seminario de damas, al que todos los comerciantes de Cranford enviaban a sus hijas, manifestaba enseñar. Los ojos de la señorita Matty fallaban, y dudaba si podía descubrir el número de hilos en un patrón de estambre, o apreciar correctamente las distintas sombras necesarias para la cara de la reina Adelaida en la labor de lana que ahora estaba de moda en Cranford. En cuanto al uso de los globos, yo nunca fui capaz de descubrirlo, así que, tal vez, no me correspondía juzgar la capacidad de la señorita Matty para instruir en esa rama de la educación; pero se me ocurrió que los ecuadores y los trópicos y aquellos círculos místicos eran líneas verdaderamente imaginarias para ella, y que consideraba que los signos del zodíaco eran restos de magia negra.

En cuanto a artes en las que sobresalía, se enorgullecía de hacer cuerdas para velas, o «mechas» (tal como ella las llamaba), de papel de colores, cortado de forma que parecieran plumas, y de tejer ligas en una enorme variedad de delicados puntos. Una vez, después de recibir un elaborado par a modo de regalo, dije que me sentía tentada a dejar caer una en la calle, para que la admiraran; pero descubrí que aquella pequeña broma (y era muy pequeña) suponía una gran angustia a su sentido de la propiedad, y se la tomó con tal inquietud y alarma, de que la tentación fuera algún día demasiado grande para mí, que lamenté haberlo aventurado. Un regalo de aquellas ligas delicadamente bordadas, una serie de alegres «mechas», o una baraja de cartas en la que la seda de coser estaba enrollada de forma mística eran los elementos más conocidos del favor de la señorita Matty. Pero ¿pagaría alguien para que sus hijos aprendieran aquellas artes?, o ¿vendería la señorita Matty, por el afán de lucro, el truco y la habilidad con la que hacía insignificancias de valor a aquellos que la amaban?

Me quedaban la lectura, la escritura y la aritmética, y en la lectura del capítulo cada mañana, siempre tosía antes de llegar a las palabras largas. Dudaba de su capacidad de llegar a un capítulo genealógico, con cualquier cantidad de toses. Escribía bien y de forma delicada, pero ¡la ortografía! Parecía pensar que cuanto más extravagante fuera y más trabajo le costara, mayor cumplido le haría a su corresponsal; y palabras que deletreaba bien en las cartas que me escribía a mí, se convertían en verdaderos enigmas cuando escribía a mi padre.

¡No! No había nada que pudiera enseñar a la nueva generación de Cranford, a menos que fueran estudiantes rápidos y prestos imitadores de su paciencia, su humildad, su dulzura, y su calma satisfacción con todo lo que no sabía hacer. Seguí sopesando opciones hasta que Martha anunció la comida, con la cara hinchada de llorar.

La señorita Matty tenía unas pequeñas peculiaridades que Martha a menudo tomaba como caprichos más allá de su atención, y parecía considerar antojos infantiles que una anciana de cincuenta y ocho años debía intentar curar. Pero, aquel día, todo se atendió con el mayor cuidado. El pan se cortó según el patrón de excelencia que existía en la mente de la señorita Matty, pues era la forma favorita de su madre; la cortina estaba corrida para que no se viera la pared ciega de ladrillos del establo de un vecino, y aun así abierta para mostrar cada tierna hoja del álamo que estaba floreciendo con belleza primaveral. El tono de Martha hacia la señorita Matty era como el que aquella buena y brusca criada reservaba para los niños pequeños, y nunca le había oído emplear con ningún adulto.

Había olvidado hablar a la señorita Matty sobre el *pudding*, y temía que no lo apreciara, ya que era evidente que tenía poco apetito aquel día; así que aproveché la oportunidad para contarle el secreto, mientras Martha se llevaba la carne. Los ojos de la señorita Matty se llenaron de lágrimas, y no podía hablar, ni para expresar sorpresa ni deleite, cuando Martha regresó cargando con él, formando la más bella representación de un león tumbado que se ha moldeado jamás. La cara de Martha brillaba triunfante mientras lo colocaba frente a la señorita Matty con un exultante « Aquí tiene!». La señorita Matty quería darle las gracias, pero no podía; así que tomó la mano de Martha y la sacudió cálidamente, lo cual hizo que Martha se echara a llorar, y yo apenas podía mantener la compostura necesaria. Martha salió de la habitación, y la señorita Matty tuvo que aclararse la voz un par de veces, antes de poder hablar. Finalmente, dijo: «¡Me gustaría conservar este *pudding* bajo una vitrina de cristal, querida!», y la idea del león tumbado, con sus ojos de grosella, ocupando el lugar de honor sobre la repisa de la chimenea provocó mi imaginación y comencé a reírme, lo cual sorprendió a la señorita Matty.

—Estoy convencida, querida, de que he visto cosas más feas bajo vitrinas de cristal antes —dijo.

Yo también, muy a menudo y, por tanto recompuse mi rostro (y ahora apenas podía contener el llanto), y las dos atacamos el *pudding*, que estaba verdaderamente excelente (sólo que cada bocado parecía atragantarnos, de lo afligidas que estábamos).

Teníamos demasiado en lo que pensar aquella tarde para hablar. Pasó de manera muy tranquila. Pero cuando trajeron la tetera, me vino a la cabeza una nueva idea. ¿Por qué no vendía té la señorita Matty? ¿Por qué no se convertía en agente de la Compañía Británica de Té de las Indias Orientales que existía por entonces? No le veía pegas a aquel plan, mientras las ventajas eran diversas, suponiendo que la señorita Matty pudiera superar la degradación de rebajarse a algo como el comercio. El té no era grasiento ni pegajoso (la grasa y la pegajosidad eran dos características que la señorita Matty no soportaba). No le hacía falta escaparate. Ciertamente, necesitaría una pequeña y refinada notificación de su licencia para vender té, pero esperaba que se pudiera poner donde nadie la viera. El té no era un artículo tan pesado para poner a prueba las frágiles fuerzas de la señorita Matty. Lo único que iba en contra de mi plan era que implicaba la compra y la venta.

Mientras daba respuestas ausentes a las preguntas de la señorita Matty (casi igual de ausente), oímos un sonoro golpe en la escalera, y un susurro en la puerta que, de hecho, se abrió y se cerró una vez, como por una fuerza invisible. Un rato después entró Martha, arrastrando tras ella a un joven alto, sonrojado por la timidez, y buscando su único alivio en atusarse continuamente el pelo.

—Por favor, señora, es sólo Jem Hearn —dijo Martha, a modo de presentación, y tan ahogada, que imagino que había tenido cierta pelea física antes de superar su renuencia a ser presentado en la cortesana sala de estar de la señorita Matilda Jenkyns—. Y, por favor, señora, quiere casarse conmigo inmediatamente. Además, queremos coger un inquilino, un inquilino tranquilo para llegar a fin de mes. Alquilaríamos cualquier casa cómoda y, querida señorita Matty, si me permite el descaro, ¿tendría alguna pega en alojarse con nosotros? Jem lo desea tanto como yo. —Se volvió hacia Jem y le dijo—: ¡Zoquete! ¿Por qué no me apoyas? Pero él también lo desea mucho, ¿verdad, Jem? Es sólo que está aturdido al ser llamado a hablar ante la alta sociedad.

—No es eso —interrumpió Jem—. Es sólo que me has pillado por sorpresa, y no esperaba casarme tan pronto (y esas palabras tan rápidas dejan estupefacto a un hombre). No es que esté en contra, señora —dijo, dirigiéndose hacia la señorita Matty—, sólo que Martha se precipita mucho cuando se le mete algo en la cabeza. Y el matrimonio, señora, podría decirse que el matrimonio atrapa a un hombre. Me atrevo a decir que no me importará después de haberlo hecho.

—Por favor, señora —dijo Martha, que se había agarrado a la manga de Jem, y le codeaba ligeramente, o intentaba interrumpirle mientras él hablaba—. No se preocupe, cambiará de opinión. Es sólo que anoche me presionaba una y otra vez, y todo porque no podía pensar en casarme aún. Ahora sólo se ha echado atrás por lo repentino de la alegría pero, ya sabes, Jem, tú estás tan contento como yo de tener una inquilina —Otro codazo.

—¡Ay! Si la señorita Matty pudiera alojarse, no tendría que preocuparme por tener gente extraña en la casa —dijo Jem, con una falta de tacto que enfadó a Martha, que trataba de presentar una inquilina como su gran objeto de deseo y que, de hecho, la señorita Matty les facilitaría el camino y les haría un favor, si ella fuera a vivir con ellos.

La misma señorita Matty estaba perpleja ante la pareja; la repentina resolución de ambos, o más bien de Martha, de casarse la dejaba estupefacta, y permanecía de pie entre ella y la idea del plan que se le había ocurrido a Martha. La señorita Matty comenzó a decir:

—El matrimonio es algo muy serio, Martha.

—Lo es, señora —dijo Jem—. No es que tenga nada en contra de Martha.

—Nunca dejas de pedirme que fije la fecha para casarnos —dijo Martha, sonrojada y lista para gritar de irritación—, y ahora me avergüenzas ante mi señora.

—¡Basta! Martha, ¡no es eso! ¡no es eso! Es sólo que un hombre necesita tiempo para respirar —dijo Jem, tratando de agarrarle la mano, aunque en vano. Entonces, viendo que estaba más dolida de lo que imaginaba, pareció intentar reunir sus dispersas facultades, y con una solemnidad más franca que la que le hubiera creído capaz de asumir diez minutos atrás, se volvió hacia la señorita Matty, y declaró—: Espero que sepa, señora, que respeto a todo aquel que ha sido bueno con Martha. Siempre la he mirado como mi futura esposa... algún día; y ella ha hablado muy a menudo de usted como una dama muy buena. Aunque la verdad es que no me gustarían inquilinos entre la gente vulgar, señora, si nos hiciera el honor de vivir con nosotros; estoy seguro de que Martha haría todo lo que estuviera en su mano para que estuviera cómoda, y yo me apartaría de su camino tanto como pudiera, que sé que es lo mejor que puede hacer un tipo torpe como yo.

La señorita Matty había estado demasiado ocupada quitándose las gafas, limpiándolas y colocándoselas de nuevo, pero lo único que podía decir era:

—No permitáis que yo sea el motivo para apresuraros al matrimonio: no lo hagáis, por favor. ¡El matrimonio es algo muy serio!

—Pero la señorita Matilda meditará vuestro plan, Martha —dije yo, pensando en las ventajas que ofrecía, y sin querer perder la oportunidad de considerarlo—. Estoy segura de que ni ella ni yo olvidaremos tu bondad; y tampoco la tuya, Jem.

—¡Claro, señora! Mis intenciones son buenas, aunque estoy un poco agitado por saltar directamente al matrimonio, y no me puedo expresar bien. Pero estoy dispuesto, y deme tiempo para acostumbrarme. Entonces, Martha, cariño, ¿de qué sirve llorar y abofetearme, si acepto?

Lo último fue *sotto voce*, e hizo que Martha saliera de la habitación, seguida de su amado para que la tranquilizara. Con lo cual, la señorita Matty se sentó y lloró con ganas, argumentando que la idea de que Martha se casara tan pronto la había sorprendido, y no se lo perdonaría si pensara que estaba apresurando a la pobre criatura. Creo que, de los dos, yo sentía más lástima por Jem; pero tanto la señorita Matty como yo apreciábamos muchísimo la bondad de la honesta pareja, aunque apenas hablamos sobre eso, y mucho sobre los riesgos y peligros del matrimonio.

La mañana siguiente, muy temprano, recibí una nota de la señorita Pole, que estaba tan misteriosamente envuelta y tenía tantos sellos para asegurar su secreto, que tuve que romper el papel para poder abrirla. En cuanto a la redacción, apenas podía entender el significado, de lo enrevesada y enigmática que era. No obstante, descifré que debía ir a casa de la señorita Pole a las once en punto. El número once aparecía escrito en letras y número, y *a.m.* estaba subrayado dos veces, como si fuera probable que fuera a las once de la noche, cuando todo Cranford estaba acostado y dormido a las diez. No había firma, excepto las iniciales de la señorita Pole invertidas, P.E.; pero como Martha me había dado la nota «con los saludos de la señorita Pole», no necesitaba más pistas para descubrir quién la había enviado; y si debía guardar en secreto el nombre de la autora, era muy conveniente que estuviera sola cuando Martha me la trajo.

Fui a casa de la señorita Pole, tal como me pidió. Su pequeña criada Lizzy me abrió la puerta con el vestido de los domingos, como si hubiera un gran acontecimiento inminente en aquel día laborable. El salón de arriba estaba arreglado en base a aquella idea. La mesa estaba puesta con el mejor tapete verde y materiales de escritura. Sobre la pequeña cómoda había una bandeja con una botella recién decantada de vino de prímula, y algunas galletas. La señorita Pole estaba en posición marcial, como para recibir visitantes, aunque sólo fueran las once. La señora Forrester estaba allí, llorando triste y en silencio, y mi llegada pareció provocarle nuevas lágrimas. Antes de terminar de saludarnos, cosa que hicimos con un lúgubre misterio, hubo otro golpeteo y apareció la señora Fitz-Adam, carmesí por la caminata y la emoción. Parecía que aquélla era toda la compañía que esperábamos, pues la señorita Pole hizo varias señales de estar a punto de abrir el orden del día, atizando el fuego, abriendo y cerrando la puerta, y tosiendo y sonándose la nariz. Después nos dispuso alrededor de la mesa, cuidando de colocarme frente a ella. Finalmente, me preguntó si la noticia era cierta, tal como ella temía, y si la señorita Matty había perdido toda su fortuna.

Naturalmente, yo tenía una única respuesta, y nunca había visto una aflicción menos afectada que la que mostraban aquellos tres rostros frente a mí.

—¡Desearía que la señora Jamieson estuviera aquí! —dijo la señora Forrester por fin; pero a juzgar por la cara de la señora Fitz-Adam, ella no podía secundar su deseo.

—Pero, sin la señora Jamieson —dijo la señorita Pole, con un ligero tono ofendido en la voz—, nosotras, las damas de Cranford reunidas en mi salón, podemos decidir algo. Imagino que ninguna de nosotras somos lo que se dice ricas, aunque todas poseemos una competencia distinguida, suficiente para los gustos elegantes y refinados, aunque sin ser tampoco vulgarmente ostentosa. —Entonces vi a la señorita Pole echar un vistazo a una pequeña hoja que guardaba en su mano, en la que imagino que había escrito unas cuantas notas.

—Señorita Smith —continuó, dirigiéndose a mí (familiarmente conocida como «Mary» para las allí reunidas, pero se trataba de un motivo oficial)—, he conversado en privado (me ocupé de ello ayer por la tarde) con estas damas, sobre la desgracia que le ha ocurrido a nuestra amiga, y todas hemos acordado que, mientras a nosotras nos sobre, no es sólo un deber, sino un placer, ¡un verdadero placer, Mary!

—su voz se ahogó en ese punto, y tuvo que limpiarse las gafas antes de poder seguir— dar lo que podamos para ayudarla, para ayudar a la señorita Matilda Jenkyns. Sólo en consideración a los sentimientos de delicada independencia que existen en la mente de todas las damas refinadas. —Estoy convencida de que había vuelto a su nota—, deseamos contribuir un poco de forma secreta, para no herir los sentimientos que he mencionado. Y nuestro propósito al solicitarle que se reúna con nosotras esta mañana es que, dado que usted es la hija... que su padre es, de hecho, su consejero privado para todos los asuntos monetarios, hemos imaginado que, consultándole a él, podría usted idear alguna forma en la que podamos hacer que nuestra contribución parezca parte legal de lo que la señorita Matilda Jenkyns debería recibir. Probablemente, al conocer sus inversiones, su padre pueda rellenar el hueco.

La señorita Pole concluyó su discurso, y miró a su alrededor, buscando aprobación y acuerdo.

—He expresado su voluntad, ¿verdad, señoras? Y mientras la señorita Smith considera qué respuesta darnos, permítanme que les ofrezca un pequeño refrigerio.

No tenía gran respuesta que dar: tenía más gratitud en mi corazón por sus buenas intenciones de la que podía expresar con palabras, así que sólo farfullé algo para decir que «le mencionaría lo que había dicho la señorita Pole a mi padre, y que si se podía arreglar algo para la querida señorita Matty...». (En ese punto me desmoroné, y tuvieron que refrescarme con una copa de vino de prímula, antes de poder controlar los sollozos que había reprimido durante los dos o tres últimos días.) Lo peor fue que todas las damas lloraban conjuntamente. Incluso la señorita Pole lloró, ella que había dicho cientos de veces que mostrar emociones ante cualquiera era un signo de debilidad y falta de autocontrol. Se recuperó y tomó una ligera actitud de enfado impaciente, dirigida a mí por haberlas hecho llorar y, más aún, creo que la irritó que no pudiera devolverle el discurso. Si hubiera sabido de antemano lo que iba a decir, y tuviera una hoja en la que pudiera expresar los sentimientos que probablemente surgirían en mi corazón, hubiera intentado darle las gracias. Así pues, fue la señora Forrester la que habló cuando recuperamos la compostura.

—Entre amigas, no me importa confesar que... ¡no! No soy exactamente pobre, pero no creo que sea lo que ustedes llamarían rica. Desearía serlo por la querida señorita Matty pero, si me lo permiten, escribiré en una hoja sellada lo que puedo dar. Sólo desearía que fuera más, querida Mary, de verdad.

Ahora entendía el porqué de las hojas, las plumas y la tinta. Cada dama escribió la suma que podía dar al año, firmó la hoja, y la selló misteriosamente. Si se accedía a su propuesta, mi padre tendría permiso para abrir las hojas, bajo la promesa de mantener el secreto. Si no, se les devolvería a sus autoras.

Cuando terminó la ceremonia, me levanté para salir, pero cada dama parecía desear tener una charla privada conmigo. La señorita Pole me retuvo en la sala para explicarme por qué, en ausencia de la señora Jamieson, había tomado el liderazgo en aquel «movimiento», tal como le gustaba llamarlo, y también para informarme de que había oído de buenas fuentes que la señora Jamieson volvía a casa directamente, muy disgustada con su cuñada, que debía dejar inmediatamente su casa y, según creía, iba a volver a Edimburgo aquella misma tarde. Naturalmente, no podía transmitir aquella información ante la señora Fitz-Adam, especialmente, porque la señorita Pole pensaba que el compromiso de lady Glenmire con el señor Hoggins no podría soportar el disgusto de la señora Jamieson. Unas cordiales preguntas sobre el estado de salud de la señorita Matty concluyeron mi entrevista con la señorita Pole.

Al bajar la escalera, me encontré a la señora Forrester esperándome en la entrada del comedor. Me arrastró adentro y, cuando se cerró la puerta, trató de comenzar dos o tres veces a hablar sobre un tema aparentemente tan inabordable, que empecé a temer que nunca llegáramos a un claro entendimiento. Finalmente salió; la pobre anciana había estado temblando todo ese tiempo, como si fuera un gran crimen que estuviera confesando a la luz del día, para decirme lo poco que tenía para vivir. Sentía la necesidad de hacer aquella confesión por miedo a que pensáramos que la pequeña contribución que había puesto en su papel era proporcional a su amor y respeto por la señorita Matty. Y aun así, la suma a la que renunciaba tan ansiosa era, en verdad, más de la vigésima parte de lo que tenía para vivir, mantener la casa, y una pequeña sirvienta, habiendo nacido dentro de la familia Tyrrell. Cuando todos los ingresos apenas suman cien libras, renunciar a veinte supone un ahorro muy cuidadoso y muchas privaciones, pequeñas e insignificantes a ojos del mundo, pero de un valor muy distinto en otro libro de contabilidad que conozco. Dijo desear ser rica, y lo repetía una y otra vez, no por ella, sino por su anhelante deseo de poder mantener las comodidades de la señorita Matty.

Pasó algún tiempo antes de que pudiera consolarla lo suficiente como para dejarla y, entonces, al salir de la casa, la señora Fitz-Adam me tendió una emboscada, pues tenía que hacerme una confidencia casi opuesta. No había querido escribir todo lo que podía permitirse y estaba dispuesta a dar. Me dijo que creía que nunca podría volver a mirar a la señorita Matty a la cara si fingía estar dándole tanto como quería.

—¡La señorita Matty! —continuó—. Me parecía una joven tan fina cuando yo no era más que una campesina que iba al mercado con huevos, mantequilla y similares. Y es que mi padre, aunque adinerado, siempre me hacía ir como había hecho mi madre antes que yo, y tenía que venir a Cranford cada sábado y encargarme de las ventas, los precios y demás. Recuerdo que, un día, me encontré a la señorita Matty en el camino que lleva a Combehurst; caminaba por el sendero que, como ya sabe, está bastante más allá del camino, y un caballero cabalgaba junto a ella y le hablaba. Ella miraba unas prímulas que había recogido, y las deshojaba. Creo que estaba llorando. Pero después de pasar junto a mí, se volvió y corrió a preguntarme, muy amablemente, por mi pobre madre, que estaba en su lecho de muerte; y cuando me eché a llorar, tomó mi mano para consolarme a mí, al caballero que la esperaba, y su pobre corazón que estaba lleno de algo, estoy convencida. Pensé que era un honor que la hija del párroco, que visitaba Arley Hall, me hablara tan amablemente. La he querido desde entonces, aunque quizá no tenga derecho a ello; pero si se le ocurre alguna manera en la que se me permita dar un poco más sin que nadie lo sepa, le estaría muy agradecida, querida. Y mi hermano estará encantado de atenderla de forma gratuita (medicamentos, sanguijuelas y demás). Sé que él y su señoría (querida, en la época a la que me refiero, ¡nunca hubiera imaginado que me convertiría en cuñada de una aristócrata!) harían lo que fuera por ella. Todos lo haríamos.

Le dije que estaba convencida de ello, y le prometí de todo en mi nerviosismo por llegar a casa y a la señorita Matty, que podría estar preguntándose qué me había ocurrido (ausente durante dos horas, sin poder explicarlo). No obstante, no se había percatado del paso del tiempo, pues había estado ocupada con innumerables preparativos para el gran paso de abandonar su casa. Era un evidente alivio para ella hacer algo a modo de restricción pues, tal como decía, siempre que se paraba a pensar, le venía el recuerdo del pobre hombre con su billete de cinco libras, y se sentía deshonesta. Si aquello la hacía sentirse tan incómoda, ¿cómo se sentirían los directores del banco, que debían conocer mucho mejor la miseria que había provocado aquella ruina? El hecho de que dividiera su simpatía entre aquellos directores (a quienes ella imaginaba abrumados por el autorreproche, a causa de la mala gestión de los asunto de la gente) y aquellos que sufrían como ella casi me enfadó. Ciertamente, entre ambas opciones, parecía pensar que la pobreza era una carga más ligera que el autorreproche pero, en privado, yo dudaba que los directores estuvieran de acuerdo con ella.

Se sacaron viejas joyas y se examinó su valor monetario que, afortunadamente, era pequeño, o no sé cómo se hubiera convencido la señorita Matty para deshacerse de cosas como la alianza matrimonial de su madre, el zafio broche con el que su padre desfiguraba los adornos de su camisa, etcétera. No obstante, dispusimos las cosas en orden, según su valor monetario, y ya estábamos listas para cuando llegó mi padre la mañana siguiente.

No voy a cansarles con los detalles de todos los asuntos que llevamos a cabo; y uno de los motivos para no hacerlo es que, en ese momento, no entendía lo que hacíamos, y ya no lo recuerdo. La señorita Matty y yo nos sentábamos asintiendo ante las cuentas, los planes, los informes y los documentos, de los que creo que ninguna de las dos entendía una palabra. Mi padre era lúcido y decidido y un importante hombre de negocios, y si hacíamos la más mínima pregunta, o expresábamos la más ligera incomprensión, tenía una brusca forma de decir « ¿Eh?, ¿eh? Está tan claro como el agua. ¿Cuál es su duda?» Y como no habíamos entendido nada de lo que había propuesto, nos resultaba difícil formular nuestras dudas. De hecho, nunca estábamos seguras de si teníamos alguna. Así que, poco después, la señorita Matty entró en un estado de aquiescencia nerviosa, y decía «Sí» y «Ciertamente» en cada pausa, fuera necesario o no. No obstante, una vez que me uní a un «Decididamente» que pronunció la señorita Matty en un tembloroso tono de duda, mi padre me lanzó una mirada y me preguntó: «¿Qué es lo que hay que decidir?». A día de hoy, aún no lo sé. Pero, para hacerle justicia, he de decir que había venido de Drumble para ayudar a la señorita Matty, cuando podría habérselo ahorrado, y cuando sus propios asuntos se encontraban en un estado preocupante.

Mientras que la señorita Matty estaba fuera de la habitación, dando órdenes para la comida (y tristemente perpleja entre su deseo de honrar a mi padre con una comida delicada y refinada, y su convicción de que no tenía derecho, ahora que todo su dinero había desaparecido, a satisfacer ese deseo), le relaté la reunión de las damas de Cranford en casa de la señorita Pole el día anterior. Se frotaba las manos ante sus ojos mientras yo hablaba y, cuando volví a la oferta que Martha había hecho la noche anterior de tomar a la señorita Matty como inquilina, se alejó de mí hacia la ventana y comenzó a tamborilearla. Entonces se volvió bruscamente y dijo:

—Mary, mira cómo una vida buena e inocente hace amigos en todas partes. ¡Maldita sea! Yo sacaría una buena lección de ello si fuera clérigo, pero soy incapaz de acabar mis frases. Estoy seguro de que entiendes lo que quiero decir. Tú y yo daremos un paseo después de comer, y hablaremos un poco más sobre estos planes.

Trajeron la comida (una caliente y sabrosa chuleta de añojo, y un poco de lomo, frito en tajadas). Acabamos cada bocado de aquel plato, para gran satisfacción de Martha. Mi padre le dijo a la señorita Matty sin rodeos que quería hablar conmigo a solas, y que saldría a ver algunos de los viejos lugares. Después, yo podría comunicarle qué plan nos parecía el más deseable. Justo antes de salir, me llamó y me dijo:

—Recuerde, querida, que soy la última que queda. Me refiero a que no hay nadie a quien perjudique con mis acciones. Estoy dispuesta a hacer lo que sea, siempre que sea correcto y honesto y, si Deborah lo sabe allá donde esté, no creo que le importe mucho que no sea refinada pues, verá, ella ya lo sabrá todo, querida. Sólo hágame saber qué puedo hacer para pagar a la pobre gente, en la medida de mis posibilidades.

Le di un caluroso beso, y corrí detrás de mi padre. El resultado de la conversación fue el siguiente. Si todas las partes estaban de acuerdo, Martha y Jem se casarían cuanto antes, y vivirían en la actual morada de la señorita Matty; la suma que las damas de Cranford habían acordado contribuir al año era suficiente para pagar la mayor parte de la renta y dar a Martha la libertad de asignar lo que la señorita Matty debía pagar por sus alojamientos, con las pequeñas comodidades adicionales necesarias. En cuanto a la venta, al principio mi padre dudaba. Dijo que, aunque se habían usado con cuidado y se habían tratado con respeto, los muebles del viejo refectorio darían muy poco; y aquello no sería más que una gota en el mar de deudas del banco

Town and County. Pero cuando expliqué que la tierna conciencia de la señorita Matty se calmaría al sentir que había hecho lo que había podido, se rindió; especialmente después de contarle la aventura del billete de cinco libras, y recibir una reprimenda por permitirlo. Después, mencioné la idea de que aumentara sus ingresos vendiendo té y, para mi sorpresa (pues casi había renunciado al plan), mi padre se aferró a ella con toda la energía de un comerciante. Creo que sopesó las ventajas, pues inmediatamente calculó los beneficios de las ventas que podía hacer en Cranford en veinte libras más al año. El comedor pequeño se convertiría en tienda, sin ninguna de sus características degradantes; una mesa haría de mostrador; una de las ventanas se quedaría igual y la otra se convertiría en una puerta acristalada. Evidentemente, me elevé a sus ojos por haber realizado aquella brillante sugerencia. Sólo esperaba que no cayéramos los dos ante los de la señorita Matty.

Pero ella se mostró paciente y contenta con nuestros arreglos. Dijo saber que nosotros haríamos lo mejor para ella, y sólo esperaba, sólo estipulaba, poder pagar cada céntimo que debiera, por su padre, que había sido tan respetado en Cranford. Mi padre y yo habíamos acordado hablar lo mínimo posible sobre el banco, de hecho, no volver a mencionarlo, si podíamos evitarlo. Algunos planes eran, evidentemente, un poco desconcertantes para ella; pero me había visto lo suficientemente desairada por la mañana por mi falta de comprensión para hacer demasiadas preguntas ahora; y todo se pasó por alto con la esperanza, por su parte, de que nadie tuviera que apresurarse al matrimonio por ella. Cuando llegamos a la propuesta de vender té, advertí que fue una sorpresa para ella; no por la pérdida de refinamiento que suponía, sino porque desconfiaba de sus propias capacidades en una nueva línea de vida, y hubiera preferido tímidamente unas cuantas privaciones, antes que cualquier esfuerzo para el que temía no estar preparada. No obstante, cuando vio que mi padre estaba resuelto, suspiró y dijo que lo intentaría; si no le iba bien, naturalmente, lo dejaría. Lo bueno era que no creía que los hombres compraran té, y era a los hombres a quienes temía principalmente. Eran bruscos y ruidosos, ¡y calculaban y contaban el cambio muy rápido! Eso sí, si pudiera vender confituras a los niños, ¡estaba segura de poder complacerlos!

Capítulo XV. Un feliz regreso

Todo había sido dispuesto cómodamente para la señorita Matty antes de dejarla en Cranford. Incluso habíamos obtenido la aprobación de la señora Jamieson para que vendiera té. El oráculo había necesitado varios días para considerar si, haciendo aquello, la señorita Matty perdería su derecho a los privilegios sociales en Cranford. Creo que pretendía mortificar un poco a lady Glenmire con la decisión que tomó finalmente, que fue la siguiente: mientras que la mujer casada toma el rango de su esposo por ley estricta de prioridad, una mujer soltera retiene la posición que ocupaba su padre. Por tanto, Cranford podía visitar a la señorita Matty y, lo permitiera o no, pretendía visitar a lady Glenmire.

¡Pero cuál fue nuestra sorpresa, y consternación, cuando supimos que el señor y la señora Hoggins volvían el martes siguiente! ¡La señora Hoggins! Había renunciado a su título y, por bravuconería, a la aristocracia para convertirse en una Hoggins! ¡Ella, que hubiera podido ser lady Glenmire hasta el día de su muerte! La señora Jamieson estaba contenta. Dijo que sólo le había confirmado lo que había sabido desde el principio: que la criatura tenía poco gusto. Sin embargo, «la criatura» parecía muy feliz el domingo en la iglesia, y, tampoco nos pareció necesario mantener los velos de nuestros sombreros bajados por el lado en el que se sentaban los señores Hoggins, tal como hizo la señora Jamieson, perdiéndose la radiante sonrisa de la cara de él, y los favorecedores rubores de la cara de ella. No sé si Martha y Jem parecían más radiantes por la tarde, cuando ellos también realizaron su primera aparición. La señora Jamieson calmó la agitación de su alma bajando las persianas de su ventana el día en que los señores Hoggins recibían visitas, como si estuviera de funeral; y costó convencerla de que siguiera participando en el *St. James's Chronicle*, indignada como estaba de que hubieran insertado el anuncio del matrimonio.

La venta de la señorita Matty iba estupendamente. Conservó los muebles de su salón y su habitación, la cual ocuparía hasta que Martha encontrara un inquilino que la deseara. Tuvo que apilar todo tipo de cosas que un desconocido compró para ella en la venta (según aseguró el subastador) en aquella sala y habitación. Siempre he sospechado de la señora Fitz-Adam en este asunto; pero hubo de tener un cómplice que supiera cuáles eran los artículos más queridos de la señorita Matty, por sus vínculos con sus días de juventud. El resto de la casa parecía bastante desnuda; excepto por una pequeña habitación, cuyos muebles mi padre me permitió comprar para mi uso ocasional, en caso de enfermedad de la señorita Matty.

Yo había gastado mis pequeños ahorros en todo tipo de dulces y caramelos, para tentar a los niños que a la señorita Matty tanto le gustaba tener alrededor. Té en brillantes latas, y dulces en frascos; la señorita Matty y yo nos sentíamos orgullosas mientras mirábamos a nuestro alrededor, la víspera de la inauguración de la tienda. Martha había fregado el suelo entarimado hasta una blancura impoluta, y estaba adornado con un brillante hule, sobre el que debían posarse los clientes ante el mostrador. El sano olor a yeso y cal impregnaba el apartamento. Un pequeño «Matilda Jenkyns, licencia para vender té» estaba escondido bajo el dintel de la nueva puerta, y dos cajas de té con inscripciones cabalísticas esperaban listas para verter su contenido en las latas.

Tal como hubiera debido mencionar antes, la señorita Matty sentía escrúpulos de conciencia por vender té cuando estaba el señor Johnson en el pueblo, y lo incluía entre su abundante género. Antes de que pudiera reconciliarse con la idea de la adopción del nuevo negocio, trotó hasta su tienda, sin saberlo yo, para contarle el proyecto que contemplaba, y para preguntar si había posibilidad de perjudicar su negocio. Mi padre consideró aquélla una «auténtica bobada», y se preguntaba «cómo iban a progresar los comerciantes, si iba haber una consulta constante de los intereses de los demás, lo cual evitaba cualquier competencia directa». Y, quizá, no hubiera funcionado en Drumble, pero respondió muy bien en Cranford, puesto que el señor Johnson alivió amablemente todos los escrúpulos y los temores de perjuicio de su negocio de la señorita Matty, y tengo motivos para creer que le enviaba clientes constantemente, diciendo que los tes que vendía él eran corrientes, pero que la señorita Jenkyns tenía un selecto surtido. Y el té caro es uno de los lujos preferidos de los comerciantes adinerados y las esposas de los granjeros ricos, que le hacen ascos al Congou y el Souchong que predominan en muchas mesas refinadas, y no toman más que Gunpowder y Pekoe.

Pero volvamos a la señorita Matty. Era muy agradable ver cómo su generosidad y su sencillo sentido de la justicia provocaban las mismas buenas cualidades en los demás. Nunca parecía pensar que nadie pudiera abusar de ella, porque ella lamentaría mucho hacérselo a los demás. La he oído detener las afirmaciones del hombre que le traía el carbón, diciéndole tranquilamente «Estoy segura de que lamentaría traerme el peso erróneo», y si el peso del carbón era corto en ese momento, no creo que lo volviera a ser nunca más. La gente se hubiera sentido igual de avergonzada de suponer su buena fe, tanto como de suponer la de un niño. Pero mi padre dice que «tal sencillez está muy bien en Cranford, pero nunca funcionaría en el mundo». Y creo que el mundo debe de ser muy malo, porque con todas las sospechas de mi padre hacia la gente con la que trata, y a pesar de todas sus precauciones, perdió más de mil libras por pillería tan sólo el año pasado.

Me quedé lo suficiente para acomodar a la señorita a su nueva forma de vida, y para empaquetar la biblioteca que había comprado el párroco. Había escrito una carta muy amable a la señorita Matty, diciéndole «cuánto le gustaría comprar la biblioteca, tan selecta como sabía que debía haber sido la colección del difunto señor Jenkyns, a cualquier precio». Cuando ella aceptó, con un toque de afligida alegría de que volvieran a la rectoría y fueran colocados en las acostumbradas paredes una vez más, envió otra nota que decía que temía que no le entraran todos los libros, y que quizá la señorita Matty le permitiría dejar algunos volúmenes en sus estanterías. Pero la señorita Matty dijo que tenía su Biblia y el *Diccionario* de Johnson, y temía que no tendría demasiado tiempo para leer. No obstante, conservé algunos libros en consideración a la bondad del párroco.

El dinero que pagó y el que produjo la venta se gastó, en parte, en reservas de té y, en parte, se invirtió para vacas flacas (es decir, vejez o enfermedad). Era ciertamente una cantidad pequeña; y provocó unas cuantas evasivas y mentiras piadosas (que me parecen terribles, en teoría, y preferiría no poner en práctica), pues sabíamos que la señorita Matty se quedaría desconcertada en cuanto a su deber, si supiera que tenía un pequeño fondo de reserva, mientras las deudas del banco seguían sin ser pagadas. Es más, nunca se le había dicho la manera en la que sus amigas estaban ayudando a pagar la renta. Me hubiera gustado contárselo, pero el misterio del asunto le daba cierto atractivo a su acto de bondad, al que las damas no querían renunciar; y, al principio, Martha tuvo que responder a muchas preguntas perplejas en cuanto a sus medios para vivir en semejante casa pero, pronto, la prudente desazón de la señorita Matty se convirtió en aquiescencia hacia el acuerdo existente.

Dejé a la señorita Matty con un buen presentimiento. Sus ventas de té durante los dos primeros días habían sobrepasado mis expectativas más optimistas. Todo el campo cercano pareció quedarse sin té a la vez. El único cambio que hubiera deseado en la forma de hacer negocio de la señorita Matty era que no debería suplicar de forma tan lastimera a sus clientes que no compraran té verde, presentándolo como un veneno lento que destrozaba los nervios y producía todo tipo de mal. Su insistencia en tomarlo, a pesar de sus advertencias, la preocupaba tanto que llegué a pensar que se negaría a venderlo, perdiendo la mita de su venta; y estaba desesperada por ponerle ejemplos de longevidad completamente atribuibles al consumo continuado del té verde. Pero la discusión final que saldó la cuestión fue una feliz referencia mía hacia el aceite de pescado y las velas de sebo que los esquimales no sólo disfrutaban, sino que digerían. Después de aquello, reconoció que «la carne de un hombre puede ser el veneno de otro», y se contentó, a partir de entonces, con una queja ocasional cuando el comprador era demasiado joven e inocente para conocer los malvados efectos que el té verde producía en algunos cuerpos, y un suspiro habitual cuando gente suficientemente mayor para elegir con más sabiduría lo prefería.

Iba a Drumble una vez cada trimestre al menos, para liquidar las cuentas, y encargarme de las cartas comerciales necesarias. Y, hablando de cartas, comencé a avergonzarme mucho al recordar mi carta al Aga Jenkyns, y me alegraba mucho de no habérselo mencionado a nadie. Sólo esperaba que la carta se hubiera perdido. No llegó respuesta. No hubo señales.

Alrededor de un año después de que la señorita Matty pusiera la tienda, recibí uno de los jeroglíficos de Martha, pidiéndome que fuera a Cranford cuanto antes. Temía que la señorita Matty hubiera enfermado, y acudí aquella misma tarde, tomando a Martha por sorpresa cuando me vio al abrir la puerta. Fuimos a la cocina como siempre, para tener nuestra charla confidencial. Entonces Martha me dijo que esperaba pronto el parto (en una semana o dos), y no creía que la señorita Matty fuera consciente de ello. Quería que yo le diera la noticia pues, «señorita —dijo Martha, llorando histérica—, temo que no lo apruebe, y no sé quién cuidará de ella como necesita, cuando yo esté postrada».

Consolé a Martha diciéndole que me quedaría hasta que se recuperara, y que hubiera deseado que me dijera el motivo de su repentina convocatoria, pues hubiera traído la reserva de ropa necesaria. Pero Martha estaba tan emotiva y sensible, tan distinta a cómo solía ser, que dije lo mínimo posible sobre mí misma y me esforcé por consolar a Martha ante las probables y posibles desgracias que llenaran su imaginación.

Después me escabullí por la puerta de la casa, e hice mi aparición como si fuera una clienta de la tienda, para tomar a la señorita Matty por sorpresa, y hacerme una idea de su aspecto en su nueva situación. Hacía un clima templado de mayo, así que sólo la portezuela estaba cerrada, y la señorita Matty estaba sentada detrás del mostrador, tejiendo un elaborado par de ligas. A mí me parecían elaborados, pero el difícil punto no parecía pesarle en la mente, pues cantaba en voz baja para sí, mientras las agujas entraban y salían con rapidez. Digo que cantaba, pero me atrevo a decir que un músico no emplearía esa palabra para el tarareo sin melodía y, aun así, dulce de la baja voz gastada. Por la letra, más que por el intento de la melodía, averigüé que era *Old Hundredth*[19] lo que cantaba; pero el bajo sonido continuo reflejaba satisfacción, y me proporcionó un sentimiento agradable, mientras permanecía en la calle frente a la puerta, en armonía con aquella suave mañana de mayo. Entré. Al principio no distinguió quién era, y se levantó para atenderme; pero un minuto después, la vigilante gata había agarrado su labor, que había dejado caer con la alegría de verme. Después de una breve conversación, descubrí que, tal como había dicho Martha, la señorita Matty no tenía idea del acontecimiento que se acercaba. Así que dejé que los acontecimientos siguieran su curso, segura de que cuando acudiera a ella con el bebé en mis brazos, obtendría el perdón que Martha temía innecesariamente que la señorita Matty no le concedería, bajo la idea de que el nuevo solicitante requeriría atenciones de su madre, que sería una traición desleal prestar a la señorita Matty.

Pero yo estaba en lo cierto. Creo que debe de ser una cualidad hereditaria, pues mi padre dice que casi nunca se equivoca. Una mañana, una semana después de llegar, fui a ver a la señorita Matty, con un

19. *Old Hundredth*: himno cristiano atribuido al compositor francés Loys Bourgeois.

pequeño fardo de franela en mis brazos. Se quedó impresionada cuando le enseñé lo que era, y pidió que le acercara las lentes que tenía en la cómoda. Lo miró con curiosidad, con una especie de tierno asombro ante la pequeña perfección de sus partes. No pudo olvidar la idea de la sorpresa durante todo el día, pero caminaba de puntillas y en silencio. No obstante, se escabulló a ver a Martha y ambas lloraron de alegría. Se embarcó en un discurso elogioso a Jem, y no sabía salir de él. Sólo consiguió salirse del dilema con el sonido de la campana de la tienda, que resultó el mismo alivio para el tímido, orgulloso y honesto Jem, quién estrechó mi mano con tanta fuerza cuando le felicité que creo que aún siento el dolor.

Tuve una vida ocupada mientras Martha estuvo en cama. Atendía a la señorita Matty y preparaba sus comidas; revisaba sus cuentas, y examinaba el estado de sus latas y frascos. También la ayudaba ocasionalmente en la tienda, y me divertía mucho, aunque también me incomodaba a veces, ver sus costumbres allí. Si llegaba un niño para pedirle una onza de almendras confitadas (y cuatro de las grandes que vendía la señorita Matty ya pesaban aquello), ella siempre añadía una más «para redondear», tal como decía ella; aunque la balanza ya estaba suficientemente inclinada antes. Cuando la reprendía por ello, su respuesta era «¡A los chiquillos les encanta!». De nada servía decirle que la quinta almendra pesaba un cuarto de onza, y cada venta era una pérdida para ella. Así que recordé el té verde, y empleé sus mismas artimañas. Le dije lo indigestas que eran las almendras confitadas, y lo enfermos que podían poner a los niños pequeños en exceso. Aquel argumento tuvo algún efecto pues, a partir de entonces, siempre les decía que extendieran sus pequeñas palmas, y les daba caramelos de menta o jengibre, para prevenir los peligros que pudieran proceder de la venta previa. En general, la venta de dulces basada en aquellos principios no prometía dar muchos beneficios, pero me alegró averiguar que había ganado más de veinte libras durante el año anterior con la venta del té y, es más, ahora que se había acostumbrado, no le disgustaba el trabajo, que la hacía relacionarse con mucha gente de los alrededores. Si era generosa con el peso, a cambio, ellos traían diversos regalos del campo a «la hija del antiguo párroco»: un queso cremoso, huevos recién puestos, un poco de fruta fresca y madura, un ramillete de flores. Me decía que, a veces, el mostrador estaba bastante cargado con aquellas ofrendas.

En cuanto a Cranford en general, como siempre, ocurrían muchas cosas. La contienda Jamieson-Hoggins perduraba, si se podía denominar así, cuando sólo a una parte le preocupaba. El señor y la señora Hoggins eran muy felices juntos y, como la mayoría de la gente feliz, estaban muy dispuestos a ser amistosos. De hecho, la señora Hoggins estaba deseosa de recuperar el favor de la señora Jamieson, por su antigua amistad. Pero la señora Jamieson consideraba que su mera felicidad era un insulto a la familia Glenmire, a la que ella aún tenía el honor de pertenecer, y rechazaba obstinadamente cada avance. El señor Mulliner, como fiel miembro del clan, propugnaba el lado de su ama con ardor. Si veía al señor o a la señora Hoggins, cambiaba de acera, y aparentaba estar absorto en la contemplación de la vida en general, y en la de su propio camino en particular, hasta que los pasaba de largo. La señorita Pole solía divertirse imaginando qué haría la señora Jamieson, si ella, el señor Mulliner o cualquier otro miembro de la familia se ponía enfermo. No tendría el valor de llamar al señor Hoggins, después de la forma en la que se había comportado con ellos. La señorita Pole comenzó a impacientarse por que la señora Jamieson o sus criados tuvieran alguna indisposición o accidente, para que Cranford pudiera ver cómo actuaba bajo las desconcertantes circunstancias.

Martha comenzaba a manejarse de nuevo, y yo ya había establecido un final no muy lejano a mi visita cuando, una tarde, mientras estaba sentada en la tienda con la señorita Matty (recuerdo que el clima era más frío que en mayo, tres semanas atrás, y teníamos el fuego encendido y la puerta cerrada), vimos a un caballero que caminaba lentamente junto a la ventana y, entonces, se detuvo frente a la puerta, como si buscara el nombre que habíamos escondido con tanto cuidado. Sacó unas gafas y estuvo buscándolo con la mirada durante algún tiempo hasta que lo encontró. Entonces entró. Y, de repente, ¡se me ocurrió que era el mismísimo Aga! Sus prendas tenían un corte extranjero, y su cara era de un profundo color marrón, como si se hubiera bronceado una y otra vez al sol. Su complexión contrastaba de forma extraña con su cabello blanco como la nieve, sus ojos eran oscuros y penetrantes, y tenía una extraña manera de contraerlos y fruncir las mejillas en innumerables arrugas, cuando miraba los objetos con seriedad. Hizo lo mismo con la señorita Matty cuando entró. Su mirada se fijó y se posó en mí durante un momento pero, después se volvió, con la particular mirada inquisitiva que he descrito, hacia la señorita Matty. Ella estaba un poco agitada y nerviosa, pero no mucho más que en otras ocasiones en las que un hombre se presentaba en su tienda. Pensaba que probablemente tendría un billete, o un soberano al menos, y tendría que dar cambio; una operación que le disgustaba realizar. Pero este cliente permanecía frente a ella, sin pedirle nada, mirándola fijamente mientras tamborileaba los dedos sobre la mesa, de la forma exacta en la que la señorita Jenkyns lo solía hacer. La señorita Matty estaba a punto de preguntarle qué deseaba (según me diría después), cuando se volvió bruscamente hacia mí:

—¿Es usted Mary Smith?

—¡Sí! —dije yo.

Todas mis dudas sobre su identidad se desvanecieron, y sólo me preguntaba qué diría o haría después, y cómo soportaría la señorita Matty la alegre sorpresa de lo que tenía que revelarle. Por lo visto, no sabía cómo anunciarse, pues miraba alrededor, en busca de algo que comprar para ganar tiempo y, por casualidad, sus ojos se posaron en las almendras confitadas, y pidió descaradamente una libra de «aquellas cosas». Dudo que la señorita Matty tuviera una libra entera en la tienda y, además de por la poco habitual magnitud del pedido, se alteró con la idea de la indigestión que producirían, en cantidades tan ilimitadas. Levantó la vista para quejarse. Algo en la tierna relajación de la cara de él golpeó el corazón de ella, y dijo «Es... ¡oh, señor! ¿Es usted Peter?», y temblaba de pies a cabeza. Un momento después, él había rodeado la mesa y la tenía en sus brazos, sollozando el llanto sin lágrimas de la vejez. Le traje una copa de vino, pues su color había cambiado lo suficiente para alarmarme a mí, y al señor Peter también. Él no dejaba de decir: «He sido demasiado brusco, Matty. Le he sido, mi pequeña.»

Sugerí que subiera a la sala y se echara en el sofá. Miraba melancólica a su hermano, cuya mano agarraba con fuerza, casi a punto de desmayarse; pero al asegurarle que no la dejaría, ella le permitió que la subiera arriba.

Pensé que lo mejor que podía hacer era correr a poner la tetera al fuego para un té anticipado, y después atender la tienda, dejando que los hermanos intercambiaran las miles de cosas que tendrían que decirse. También tuve que contarle la noticia a Martha, que la recibió con un mar de lágrimas que casi me contagió. Se recuperaba para preguntarme si estaba segura de que era el hermano de la señorita Matty, pues yo había mencionado que tenía el pelo blanco, y ella siempre había oído que era un joven muy apuesto. Algo similar desconcertó a la señorita Matty a la hora del té, cuando se instaló en el enorme sillón frente al señor Jenkyns, para hartarse de mirarlo. Apenas podía beber por mirarle; en cuanto a la comida, eso estaba fuera de toda cuestión.

—Supongo que los climas calientes hacen que la gente envejezca rápido —dijo, casi para sí misma—. Cuando te fuiste de Cranford, no tenías ni una sola cana en la cabeza.

—Pero ¿cuántos años han pasado desde aquello?— dijo el señor Peter, sonriendo.

—¡Cierto! Sí, supongo que nos estamos haciendo viejos. ¡Aun así, no pensaba que fuéramos tan mayores! No obstante, el pelo blanco te favorece mucho, Peter —continuó, temiendo un poco haberle hecho daño, al mostrarle cómo la había impresionado su aspecto.

—Supongo que yo también he olvidado las fechas, Matty, pues, ¿qué crees que te he traído de la India? Tengo un vestido de muselina india, y un collar de perlas en algún lugar de mi baúl en Portsmouth.

Sonrió, como si le divirtiera la idea de la incongruencia de sus regalos ante el aspecto de su hermana; pero aquello no la sorprendió lo más mínimo, aunque sí la elegancia de los artículos. Pude ver que, durante un momento, su imaginación se posaba de forma complaciente en la idea de sí misma con semejante atuendo, y se llevó la mano a la garganta instintivamente (aquella delicada garganta que, según me había dicho la señorita Pole, había sido uno de sus encantos de juventud); pero la mano se encontró el tacto de los pliegues de la suave muselina con la que siempre se envolvía hasta la barbilla, y la sensación le recordó un sentimiento de lo poco apropiado de un collar de perlas a su edad. Dijo:

—Me temo que soy muy mayor, pero es muy amable por tu parte. Es justo lo que me hubiera gustado hace años, cuando era joven.

—Eso pensé, mi pequeña Matty. Recordé tus gustos; eran muy parecidos a los de mi querida madre. —Al mencionar el nombre, los hermanos se apretaron la mano con más fuerza aún y, aunque estaban completamente callados, creí que se hubieran dicho algo si yo no estuviera en su presencia, y me levanté para preparar mi habitación para el señor Peter aquella noche, con la intención de compartir la cama de la señorita Matty. Ante mi movimiento, dijo:

»Debo ir a tomar una habitación en el George. Mi maleta también está allí.

—¡No! —dijo la señorita Matty, muy alterada—. No te marches, por favor, querido Peter. Por favor, Mary. ¡No te vayas!

Estaba tan agitada que ambos le prometimos todo lo que deseaba. Peter se sentó de nuevo y le dio la mano que, para mayor seguridad, ella sostuvo entre ambas manos, y yo salí de la habitación para llevar a cabo los preparativos.

La señorita Matty y yo hablamos durante toda la noche hasta avanzada la mañana. Tenía mucho que contarme sobre la vida y las aventuras de su hermano, que éste le había transmitido mientras estaban solos. Dijo tenerlo todo muy claro, pero nunca comprendí bien toda la historia y, cuando posteriormente le perdí el temor suficiente al señor Peter para preguntarle yo misma, rió ante mi curiosidad, y me contó historias tan parecidas a las del barón Munchausen, que estaba convencida de que me estaba tomando el pelo. Lo que la señorita Matty me contó fue que había sido voluntario en el sitio de Rangún; los birmanos lo habían tomado prisionero y, de alguna manera, logró reputación y, con el tiempo, la libertad por saber cómo sangrar al jefe de la pequeña tribu, en algunos casos, ante enfermedades peligrosas. Al ser liberado tras sus años de cautividad, recibió de vuelta las cartas que había enviado a Inglaterra con la siniestra palabra «Muerto» en ellas y, pensando que era el último de su linaje, se estableció como plantador de índigo, y se había propuesto pasar el resto de su vida en el país con los habitantes y la forma de vida al que se había habituado, cuando mi carta le llegó; y, con la extraña vehemencia que le caracterizaba tanto en la vejez como en la juventud, había vendido su tierra y todas sus posesiones al primer comprador, y había vuelto a casa con su pobre y anciana hermana, que era más feliz y rica que ninguna princesa cuando le miraba. Me habló hasta que por fin nos quedamos dormidas, y después me despertó un ligero ruido en la puerta, por el que me pidió perdón mientras se arrastraba arrepentida a la cama. Al parecer, cuando yo ya no podía confirmarle más que su hermano perdido largo tiempo atrás estaba allí, bajo el mismo techo, había comenzado a temer que sólo fuera producto de soñar despierta; que nunca había habido un Peter sentado junto a ella aquella bendita tarde, y que el verdadero Peter yacía muerto muy lejos, bajo una salvaje ola de mar, o algún extraño árbol oriental. Aquel sentimiento nervioso se había vuelto tan fuerte, que había decidido levantarse para convencerse de que estaba realmente allí, escuchando su respiración regular a través de la puerta (no me gusta decir que eran ronquidos, pero yo misma lo oía a través de dos puertas cerradas) y, así, la señorita Matty se calmó hasta dormirse.

No creo que el señor Peter volviera de la India tan rico como un gobernador; incluso se consideraba pobre a sí mismo, pero ni a él ni a la señorita Matty les importaba demasiado. En cualquier caso, tenía lo suficiente para vivir «muy refinadamente» en Cranford; para vivir él y la señorita Matty, juntos. Y un par de días después de su llegada, se cerró la tienda, mientras tropas de pilluelos esperaban alegremente el baño de dulces y caramelos que de vez en cuando recibían, mientras miraban a través de la ventana de la sala de la señorita Matty. A ratos, la señorita Matty les decía (medio escondida tras las cortinas):

—Queridos niños, no enferméis. —Pero un fuerte brazo tiró de ella, y hubo una lluvia mayor que nunca.

Parte del té se envió a modo de regalo a las damas de Cranford; y otra parte se distribuyó entre los ancianos que recordaban al señor Peter en sus días de traviesa juventud. El vestido de muselina india se guardó para la querida Flora Gordon (la hija de la señorita Jessie Brown). Los Gordon habían pasado los últimos años en el continente, pero se esperaba que volvieran muy pronto; y la señorita Matty, con orgullo fraternal, se deleitaba anticipando la presentación del señor Peter. El collar de perlas desapareció y, durante aquella época, aparecieron muchos regalos bonitos y útiles en las casas de la señorita Pole y la señora Forrester; y unos extraños y delicados adornos indios embellecieron las salas de la señora Jamieson y la señora Fitz-Adam. Yo tampoco fui olvidada. Entre otras cosas, recibí la edición más bellamente encuadernada de las obras del doctor Johnson que existía y, la querida señorita Matty, con lágrimas en los ojos, me suplicó que lo considerara un regalo de su propia hermana. En resumen, nadie fue olvidado y, es más, todo aquel que había mostrado alguna bondad a la señorita Matty, por insignificante que fuera, recibió el cordial respeto del señor Peter.

Capítulo XVI. Paz en Cranford

No resulta sorprendente que el señor Peter se convirtiera en un favorito en Cranford. Las damas discutían quién le admiraba más, y no es de extrañar, pues la llegada de la India agitó tremendamente sus tranquilas vidas (especialmente, porque la persona que había llegado contaba historias más maravillosas que *Simbad el Marino* y, tal como dijo la señorita Pole, eran tan buenas como cualquiera de las historias de *Las Mil y Una Noches*. Por mi parte, yo dividía toda mi vida entre Drumble y Cranford, y creía posible que todas las historias del señor Peter fueran ciertas y maravillosas pero, cuando descubrí que, si nos tragábamos una anécdota de magnitud tolerable una semana, la dosis aumentaba considerablemente la semana siguiente, comencé a tener mis dudas; sobre todo, porque advertí que, cuando su hermana estaba presente, los relatos sobre su vida india eran relativamente insulsas, y no es que ella supiera más que nosotros, quizá supiera menos. También advertí que, cuando el párroco venía de visita, el señor Peter hablaba de forma diferente sobre los países en los que había estado. Pero no creo que las damas de Cranford le hubieran considerado un viajero tan maravillosos, si le hubieran oído hablar de la manera tranquila en la que le hablaba a él. Les gustaba muchísimo por ser lo que ellas llamaban «tan oriental».

Un día, en una selecta fiesta en su honor que dio la señorita Pole y que la señora Jamieson honró con su presencia, ofreciendo incluso enviar al señor Mulliner a servir (los señores Hoggins y la señora Fitz-Adam tuvieron que ser excluidos necesariamente aquel día), el señor Peter dijo estar cansado de sentarse recto contra los incómodos asientos de duro respaldo, y preguntó si se le permitiría sentarse con las piernas cruzadas. La señorita Pole dio su consentimiento con entusiasmo, y así se agachó con la mayor solemnidad. Pero cuando la señorita Pole me preguntó en un susurro audible si no me recordaba al Padre de los Fieles,[20] no pude evitar pensar en el pobre Simon Jones, el

20. Padre de los Fieles: referencia bíblica a Abraham. (*N. de la t.*)

sastre lisiado, y mientras la señora Jamieson comentaba lentamente la elegancia y la comodidad de la postura, recordé cómo habíamos seguido el liderazgo de aquella mujer al acusar al señor Hoggins de vulgaridad, por cruzar las piernas cuando se sentaba en su asiento. Muchos de los modales del señor Peter en la mesa resultaban un poco extraños para damas como la señorita Pole, la señorita Matty, y la señora Jamieson, especialmente cuando recordé los guisantes sin probar y los tenedores de dos dientes en la comida del pobre señor Holbrook.

La mención del nombre del caballero me recuerda una conversación entre el señor Peter y la señorita Matty, una noche de verano, después de que él regresara a Cranford. El día había sido muy caluroso, y la señorita Matty se había sentido muy oprimida por el tiempo, ante el calor con el que su hermano se deleitaba. Recuerdo que había sido incapaz de cuidar del bebé de Martha, lo cual se había vuelto su oficio favorito últimamente, y se sentía tan cómodo en sus brazos como en los de su madre, mientras que siguiera siendo ligero, y transportable por alguien tan frágil como la señorita Matty. El día al que me refiero, la señorita Matty parecía más débil y lánguida de lo habitual, y sólo revivió cuando se puso el sol. Su sofá estaba colocado frente a la ventana abierta, a través de la cual, aunque daba a la calle mayor de Cranford, entraba la fragancia de los almiares cercanos de vez en cuando, empujada por las suaves brisas que agitaban el aire plomizo del crepúsculo estival, y después morían. El silencio del ambiente bochornoso se perdió en los murmullos que procedían de diversas puertas y ventanas abiertas; incluso los niños estaban en la calle, tarde como era (entre las diez y las once), disfrutando de los juegos para los que no habían sentido ánimo durante el calor del día. Era motivo de satisfacción para la señorita Matty ver cómo se encendían las velas, incluso en los pisos de las casas que mostraban mayores señales de vida. El señor Peter, la señorita Matty y yo habíamos estado callados durante algún tiempo, cada uno con su respectiva ensoñación, cuando el señor Peter dijo:

—¿Sabes, querida Matty?, ¡hubiera jurado que estabas de camino al matrimonio cuando me marché de Inglaterra la última vez! Si alguien me hubiera dicho que vivirías y morirías soltera entonces, me hubiera reído a su cara.

La señorita Matty no respondió, y traté en vano de pensar en un tema que cambiara inmediatamente el giro de la conversación, pero fui muy estúpida, y antes de poder hablar, siguió:

—Era Holbrook, aquel buen hombre que vivía en Woodley, quien creía que llevaría al altar a mi pequeña Matty. Me atrevo a decir que no se lo creería ahora, pero esta hermana mía fue una vez una muchacha muy hermosa. Al menos, eso pensaba yo, y también sé que lo pensaba el pobre Holbrook. ¿Por qué ha muerto antes de que yo volviera para darle las gracias por toda su bondad con alguien tan inútil como yo? Fue aquello lo que me hizo pensar por primera vez que te quería, pues sólo hablábamos de Matty en todas nuestras salidas de pesca. ¡Pobre Deborah! Menudo sermón me echó una vez por invitarle a comer a casa una vez, cuando había visto el carruaje Arley en el pueblo, y pensaba que milady podría venir de visita. Bueno, eso fue hace mucho, más de media vida, y aun así ¡parece que fuera ayer! No hay hombre al que hubiera preferido como cuñado. Has debido de jugar mal tus cartas, mi pequeña Matty. Querías que tu hermano fuera un buen mensajero, ¿verdad, pequeña? —dijo, tomando su mano, mientras ella yacía sentada en el sofá—. ¿Qué sucede? Estás temblando con esa maldita ventana abierta. ¡Ciérrala inmediatamente, Mary!

Así lo hice, y después me agaché para besar a la señorita Matty y ver si de verdad tenía frío. Cogió mi mano y la apretó fuerte, aunque inconscientemente, creo, pues un par de minutos después nos habló con su voz habitual, y sonrió hasta hacer desaparecer nuestra incomodidad, aunque se sometió pacientemente a nuestras instrucciones relativas a una cama caliente y un vaso de negus suave. Me marchaba de Cranford al día siguiente, y antes de irme, advertí que todos los efectos de la ventana abierta habían desaparecido. Había supervisado la mayoría de los arreglos necesarios en la casa durante las últimas semanas de mi estancia. La tienda volvía a ser una sala: las resonantes habitaciones vacías volvían a estar amuebladas hasta la buhardilla.

Se habló algo de instalar a Martha y a Jem en otra casa, pero la señorita Matty no quería ni oír hablar de ello. De hecho, nunca la he visto más irritada que cuando la señorita Pole asumió que ése sería el arreglo más deseable. Mientras Martha siguiera con la señorita Matty, ésta no tenía más que gratitud hacia ella; sí, a Jem también, pues era un hombre muy agradable en la casa, aunque no le veía más que los fines de semana. En cuanto a la probable descendencia, si todos los niños resultaban ser tan hermosos como su ahijada, Matilda, a ella no le importaba la cantidad, ni a Martha tampoco. Además, la siguiente se llamaría Deborah (un punto en el que la señorita Matty había cedido a regañadientes, ante la obstinada determinación de Martha de que su primogénita se llamara Matilda). Así que la señorita Pole tuvo que bajar su tono, e incluso la voz, mientras me decía que, como los señores Hearn iban a seguir viviendo en la misma casa con la señorita Matty, habíamos hecho bien al contratar a la sobrina de Martha como asistenta.

Dejé a la señorita Matty y al señor Peter muy cómodos y contentos, siendo el único tema de disgusto para el tierno corazón de la primera y la naturaleza amistosa del otro, la desafortunada pelea entre la señora Jamieson y los plebeyos Hoggins y su descendencia. Bromeando, un día profeticé que aquello sólo duraría hasta que la señora Jamieson o el señor Mulliner enfermaran, en cuyo caso estarían encantados de ser amigos del señor Hoggins; pero a la señorita Matty no le gustó que esperara algo como la enfermedad de una manera tan ligera y, antes de que el año acabara, todo había salido de manera satisfactoria.

Recibí dos cartas de Cranford una prometedora mañana de octubre. Tanto la señorita Pole como la señorita Matty me escribían para pedirme que fuera a ver a los Gordon, que habían regresado a Inglaterra sanos y salvos con dos hijos, ya casi adultos. La querida señorita Jessie Brown había conservado su antiguo carácter amable, aunque hubiera cambiado de nombre y posición, y escribía para notificar que ella y el comandante Gordon esperaban llegar a Cranford el 14, y esperaban se lo recordaran a la señora Jamieson (la mencionó en primer lugar, tal como le correspondía por su honorable posición), a la señorita Pole y a la señorita Matty (jamás olvidaría su amabilidad hacia ella y su hermana), a la señora Forrester, al señor Hoggins (y volvía a mencionar la amabilidad mostrada a los muertos largo tiempo atrás) y a su nueva esposa, que como tal provocaba el deseo de la señora Gordon de conocerla y que era, además, una vieja amiga escocesa de su marido. En resumen, mencionaba a todo el mundo, desde el párroco (que había sido designado en el período entre la muerte del capitán Brown y la boda de la señorita Jessie, y había oficiado este último acontecimiento) hasta la señorita Betty Barker. Estaban todos invitados al banquete; todos excepto la señora Fitz-Adam, que había venido a vivir a Cranford después de la época de la señorita Jessie Brown, y a quien encontré sollozando por la omisión. La gente se preguntaba por qué se había incluido a la señorita Betty Barker en la honorable lista pero, tal como dijo la señorita Pole, debíamos recordar la indiferencia hacia los modales refinados en la que el pobre capitán había educado a sus hijas, y nos tragamos nuestro orgullo por él. De hecho, la señora Jamieson se lo tomó como un cumplido, como si pusiera a la señorita Betty (antes su criada) al nivel de los Hoggins.

Pero cuando llegué a Cranford, aún no se conocían con seguridad las intenciones de la señora Jamieson; ¿Iría la honorable dama, o no? El señor Peter afirmó que debía ir e iría; la señorita Pole meneaba la cabeza y desesperaba. Pero el señor Peter era un hombre de recursos. En primer lugar, convenció a la señorita Matty para que escribiera a la señora Gordon y le notificara la existencia de la señora Fitz-Adam, y le suplicara que incluyera a una persona tan buena, cordial y generosa en la agradable invitación. Llegó una respuesta por carta, con una breve nota para la señora Fitz-Adam, y la petición de que la misma señorita Matty se la entregara y le explicara la anterior omisión. La señora Fitz-Adam estaba encantada, y le daba las gracias a la señorita Matty una y otra vez. El señor Peter dijo que le dejáramos a él a la señora Jamieson, y así lo hicimos; especialmente, porque sabíamos que no podíamos hacer nada para alterar su decisión, una vez tomada.

Ni yo ni la señorita Matty sabíamos cómo iban las cosas, hasta que la señorita Pole me preguntó, justo el día anterior a la llegada de la señora Gordon, si pensaba que había algo entre el señor Peter y la señora Jamieson en el ámbito matrimonial, porque la señora Jamieson iba a ir al banquete en el George. Había enviado al señor Mulliner, para pedir que pusieran una banqueta para los pies frente al asiento más cálido de la habitación, pues pensaba venir, y había oído que los asientos eran muy elevados. La señorita Pole había oído la noticia, y de ella había concluido todo tipo de cosas, y lamentaba aún más.

—Si Peter se casa, ¿qué será de la pobre y querida señorita Matty? ¡Y la señora Jamieson, de entre todas las mujeres! —La señorita Pole parecía pensar que había otras mujeres en Cranford que hubieran dado más crédito a su selección, y creo que debía de tener a alguna soltera en mente, pues no dejaba de decir, que era «muy poco delicado por parte de una viuda pensar en tal cosa».

Cuando volví a casa de la señorita Matty, comencé a pensar de verdad que el señor Peter podía estar pensando en tomar a la señora Jamieson como esposa, y me produjo el mismo disgusto que a la señorita Pole. Él tenía el borrador de un gran letrero en su mano. El «signor Brunoni, mago del rey de Delhi, del rajá de Oude, y del gran lama del Tíbet», entre muchos otros, iba a «actuar en Cranford una sola noche», la noche siguiente; y la señorita Matty, exultante, me mostró una carta de los Gordon, en la que prometían quedarse para aquel entretenimiento, que la señorita Matty atribuía completamente al señor Peter. Él había escrito al signor para pedirle que viniera, y se haría cargo de todos los gastos del asunto. Se enviarían entradas gratuitas a tanta gente como cupiera en la sala. En resumen, la señorita Matty estaba encantada con el plan, y dijo que, al día siguiente, Cranford le recordaría a la Cofradía de Preston, en la que había estado en su juventud (un banquete en el George, con los queridos señores Gordon, y el signor en el Salón de la Asamblea por la noche). Pero yo... yo sólo veía las terribles palabras:

«Con el patrocinio de la HONORABLE SEÑORA JAMIESON»

Entonces, ella había sido la elegida para presidir aquel espectáculo del señor Peter; ¡quizá fuera a sustituir a mi querida señorita Matty en su corazón, y volver a dejarla sola! No podía esperar al mañana con placer alguno; cualquier tipo de anticipación inocente por parte de la señorita Matty sólo aumentaba mi irritación.

Así pues, seguí enfadada e irritada, y exagerando cualquier pequeño incidente que pudiera aumentar mi fastidio, hasta que todos nos reunimos en el gran comedor del George. El comandante y la señora Gordon, y la bonita Flora y el señor Ludovic eran muy inteligentes, apuestos y simpáticos; pero yo apenas podía prestarles atención por vigilar al señor Peter, y advertí que la señorita Pole estaba igual de ocupada. Nunca había visto a la señora Jamieson tan despierta y animada; su cara parecía llena de interés en lo que decía el señor Peter. Me acerqué para escuchar. Me sentí enormemente aliviada cuando oí que sus palabras no eran de amor, sino que, por su solemne rostro, estaba gastando bromas de nuevo. Le estaba contando sus viajes por la India, y le describía la increíble altura de las montañas del Himalaya: cada detalle aumentaba su tamaño, y superaba al anterior en lo absurdo; pero la señora Jamieson disfrutaba de buena fe. Supongo que necesitaba estimulantes fuertes para animarla a salir de su apatía. El señor Peter concluyó su relato diciendo que, naturalmente, a aquella altitud no existía ninguno de los animales que existían en las regiones más bajas; la caza... todo era distinto. Un día disparó a una criatura voladora, y se sintió consternado cuando cayó y ¡vio que le había dado a un querubín! El señor Peter me miró en ese instante, y me hizo un guiño tan gracioso que me convenció de que no pensaba tomar a la señora Jamieson por esposa. Ella parecía incómodamente maravillada:

—Pero, señor Peter, disparar a un querubín... ¿no le parece...? ¡Temo que fuera un sacrilegio!

El señor Peter recompuso el semblante en un momento, y se mostró horrorizado ante la idea que, tal y como dijo, le planteaban por primera vez. Pero, claro, la señora Jamieson debía recordar que había estado viviendo entre salvajes durante mucho tiempo. Todos ellos eran paganos y se temía que algunos de ellos fueran disidentes redomados. Después, al ver que la señorita Matty se acercaba, cambió de tema de conversación a toda prisa y, un rato después, volviéndose a mí, dijo:

—No se asuste con mis maravillosas historias, pequeña y remilgada Mary. Considero que la señora Jamieson es un blanco fácil y, además, estoy intentando apaciguarla. El primer paso para ello es mantenerla bien despierta. La he sobornado para que viniera, pidiéndole que me dejara emplear su nombre como patrocinadora para mi pobre ilusionista de esta noche; y no quiero darle tiempo suficiente para despertar su rencor contra los Hoggins, que entran ahora. Quiero que todos seamos amigos, pues Matty se altera mucho al oír esas peleas. Voy a empezar de nuevo dentro de un rato, pero no debe parecer sorprendida. Pretendo entrar esta noche en el Salón de la Asamblea, con la señora Jamieson a un lado, y milady, la señora Hoggins, al otro. Y verá si lo consigo.

De alguna manera, lo hizo, y consiguió que ambas conversaran. El comandante y la señora Gordon le ayudaron en su empresa, con su absoluta ignorancia en cuanto a ninguna frialdad existente entre los habitantes de Cranford.

Desde aquel día, ha existido una vieja y cordial sociabilidad entre la sociedad de Cranford que agradezco mucho, gracias al amor de mi querida señorita Matty por la paz y la amabilidad. Todos queremos a la señorita Matty, y creo que, de alguna manera, todos somos mejores cuando ella está cerca.

Milady Ludlow

Capítulo I

Soy una mujer mayor, y ahora las cosas son muy diferentes a como eran en mi juventud. En mi época los que viajaban lo hacían en coches de caballos de seis plazas y en trayectos de dos días. Hoy en día todo es muy distinto; la gente viaja de un lugar a otro en tan sólo un par de horas, rápidos y veloces, generando a su paso un fuerte ruido semejante a un silbido y tan intenso que hasta un sordo lo podría escuchar. Entonces, también llegaba el correo pero tres veces por semana; es más, en algunas zonas de Escocia que conocí cuando era una niña, las cartas no llegaban más que una vez al mes; pero en aquel entonces, las cartas eran cartas de verdad. Nos parecían grandes trofeos, y las leíamos y analizábamos cual si fueran libros. Ahora, el correo llega muy rápido, dos veces al día, y nos trae notas breves y entrecortadas, sin principio ni final, que tan sólo contienen una frase aguda que la gente de bien consideraría demasiado brusca para ser expresada en voz alta. ¡Bueno, bueno! Puede que hayamos mejorado en algunos aspectos..., debo reconocer que así es; pero no podrán encontrar una señora Ludlow hoy en día.

Voy a hablarles de ella. Ésta no es una historia al uso: como les he dicho antes, no tiene ni principio, ni desarrollo, ni final.

Mi padre era un párroco pobre con una familia numerosa a su cargo. Desde siempre he oído decir que mi madre era de buena cuna y cuando quería llamar la atención sobre su clase —especialmente entre los fabricantes democráticos ricos, por la libertad y la Revolución francesa— se ponía un par de encajes, tejidos con punto tradicional inglés, mucho más zurcido de lo que era estrictamente necesario para hacerlo más solido, pero que no era posible comprar a cambio de dinero ni de amor, ya que hacía muchos años que había desaparecido el arte de tejer ese tipo de productos tan exquisitos.

Ella decía que esos encajes eran la prueba de que sus ancestros habían sido alguien cuando los abuelos de esa gente rica que ahora le miraba por encima del hombro, no eran nadie —si es que alguna vez habían tenido algún abuelo. Desconozco si alguien fuera de nuestra familia se fijó en alguna ocasión en dichos encajes—, pero desde niños nos enseñaron a sentir un aleteo de orgullo cuando mi madre se los ponía, y a erguir la cabeza por ser descendientes como éramos de la primera mujer que vistió prendas con encaje. Y eso, a pesar de que mi querido padre nos repetía a menudo que el orgullo era un pecado muy grave; no se nos permitía sentir orgullo de otra cosa que no fueran los encajes de mi madre; y la inocente felicidad que ella sentía cuando los llevaba puestos —a menudo en el mismo vestido gastado y raído, pobre criatura— era tal que aún hoy, y a pesar de todas las experiencias vividas, sigo convencida de que eran una bendición para la familia. Estarán pensando que me estoy alejando de la historia de mi señora Ludlow. Y no es del todo cierto. La señora a la que habían pertenecido los encajes originariamente, Ursula Hanbury, era una antepasada que tenían en común mi madre y mi señora Ludlow. Y sucedió, que cuando mi pobre padre murió, mi madre se quedó sin saber a ciencia cierta qué hacer con sus nueve hijos, y buscaba aquí y allá en los demás algún signo de buena voluntad que le pudiera ofrecer ayuda. Fue entonces cuando la señora Ludlow envió la carta en la que le ofrecía ayuda y asistencia.

Todavía puedo ver la imagen de esa carta: una fina hoja amarilla de gran tamaño, con un amplio margen en el lado izquierdo donde empezaba el delicado trazo de escritura italiana, un tipo de escritura que contenía mucho más que cualquiera de las letras inclinadas o masculinas de hoy en día, en el mismo espacio de papel. Venía sellado con un escudo de armas —en forma de rombo— pues la señora Ludlow era viuda.

Antes de abrir la carta, mi madre nos mostró la consigna «*Foy et Loy*», y nos dijo dónde debíamos buscar la parte del emblema en la que figuraban las armas de los Hanbury. En realidad, creo que estaba nerviosa por el contenido de la misiva, pues, en medio de la ansiedad que le generaba la preocupación y el amor que sentía por sus pobres hijos huérfanos de padre, había escrito a mucha gente a la que, a decir verdad, tenía poco que reclamar; las respuestas que obtuvo fueron crueles y frías, y en más de una ocasión la hicieron llorar, cuando creía que no estábamos mirando. No sabría decir si había visto a la señora Ludlow antes de aquella ocasión: lo único que sabía de ella era que se trataba de una gran señora, cuya abuela había sido hermanastra de la bisabuela de mi madre; pero no sabía nada sobre su carácter y sus circunstancias; en realidad, creo que ni siquiera mi madre tenía más información sobre ella.

Incliné la cabeza por encima del hombro de mi madre para poder leer la carta; decía así: «Mi querida prima Margaret Dawson», y en el mismo momento en que leí esas primeras palabras, sentí un halo de esperanza. Continuaba diciendo (esperen, creo que recuerdo las palabras exactas):

> Mi querida prima Margaret Dawson:
> Lamento profundamente la gran pérdida que debe de haber supuesto para ti la muerte de tu tan venerable esposo y excelente párroco, por lo que he sabido que era conocido, mi primo lejano Richard.

—¡Esto! —exclamó mi madre, señalando con el dedo el párrafo—, lee esto en voz alta para los más pequeños. Quiero que escuchen lo lejos que ha llegado a conocerse la buena reputación de vuestro padre, y lo bien que habla de él incluso una persona que nunca llegó a conocerle personalmente. Primo Richard, ¡con qué belleza escribe la señora! ¡Sigue, Margaret! —Mientras hablaba, se secó los ojos y, posando un dedo sobre sus labios, hizo un gesto para acallar a mi hermana pequeña, Cecily, que no entendía lo que pasaba con esa carta tan importante y había empezado a hablar y a hacer ruido.

> Dices que te has quedado sola con nueve hijos. Yo también tendría nueve si muchos de ellos no hubieran muerto. Sólo me queda Rudolph, el actual señor Ludlow. Está casado y vive la mayor parte del año en Londres. Pero he recibido en mí casa de Connington a seis jóvenes señoritas, que son para mi como mis hijas (salvo en lo que respecta a restricciones en ciertas indulgencias respecto al vestuario y a la dieta, más apropiados para señoritas de un rango más alto y de mayor fortuna).
>
> Estas jóvenes —sin duda, todas de buena condición— me hacen compañía, y me esfuerzo por cumplir con mi labor de buena cristiana con ellas. Una de estas chicas murió (en su propia casa, durante una visita) el pasado mes de mayo. ¿Me harías el honor de permitir que tu hija mayor ocupara su lugar en mi casa? Debe de tener, según mis cálculos, unos dieciséis años. Aquí convivirá con chicas tan sólo un poco mayores que ella. Yo misma me encargo de la vestimenta de mis acompañantes, y cada una de ellas recibe una pequeña cantidad de dinero para sus gastos. Hay pocas opciones de que puedan adquirir un compromiso matrimonial, ya que Connington se encuentra muy alejada de cualquier núcleo urbano.
>
> El párroco es un viejo viudo y sordo; mi secretario es un hombre casa-

do; y en lo que respecta a los granjeros de los alrededores, no tienen noticia de las jóvenes señoritas que están bajo mi protección. De todos modos, si alguna de las chicas desea casarse, y estoy satisfecha con su comportamiento, me comprometo a regalarle el banquete de bodas, el vestido y la ropa blanca para su nueva casa. Y a mi muerte, recibirán una pequeña parte de mi legado que dejaré claramente especificada en mi testamento. Me reservo la opción de pagarles los gastos del viaje de novios; por una parte, no me gustan las mujeres ociosas; por otra, no apoyo una ausencia demasiado larga de la casa familiar que pudiera debilitar los lazos naturales de pertenencia.

Si mi propuesta es de tu agrado y del de tu hija —o más bien, si es de tu agrado, pues doy por hecho que tu hija es una joven demasiado bien educada para oponerse a una decisión tuya— házmelo saber, querida prima Margaret Dawson, y lo organizaré todo para recoger a la joven señorita en Cavistock, pues es el punto más cercano al que la llevará el carruaje.

Mi madre dobló la carta y se sentó en silencio.

—No sé qué debo hacer contigo, Margaret.

Tan sólo un momento antes, como chica inconsciente que era, la idea de conocer un lugar nuevo y empezar allí una nueva vida me había entusiasmado. Pero ahora —la mirada triste de mi madre, y los lloros de los pequeños en señal de protesta— me hicieron cambiar de opinión:

—Madre, no voy a ir —le dije.

—¡No! Será mejor que vayas —me contestó, agitando la cabeza—. La señora Ludlow tiene muchas influencias. No puedo desairarla.

Después de darle muchas vueltas, aceptamos su proposición. Más adelante, fuimos recompensados por ello con la presentación de uno de mis hermanos en el hospital de Cristo —o eso creímos nosotros—, porque cuando conocí a la señora Ludlow supe que nos habría ayudado de forma desinteresada independientemente de que hubiéramos aceptado o rechazado su oferta.

Y así fue como conocí a la señora Ludlow.

Recuerdo muy bien la tarde en la que llegué a Hanbury Court. La señora había mandado a alguien a recogerme a la ciudad más cercana en la que me había apeado del carruaje. Había un viejo que preguntaba por mí, me dijo el conductor, en caso de que mi apellido fuera Dawson —de Hanbury Court, creía—. Me pareció extraordinario; y por primera vez empecé a entender lo que significaba aquello de irse con extraños, cuando perdí de vista al guardia al que mi madre me había encomendado. Me acomodé en un carruaje alto cubierto con una tela, tirado por un solo caballo, uno de esos que en su tiempo llamaban silla, y mi acompañante conducía deliberadamente a través del terreno más pastoril que había contemplado hasta entonces. Poco a poco, ascendimos por una larga ladera y el hombre se bajó del coche y se deslizó hasta el lomo del caballo. En realidad, habría preferido caminar. Pero no sabía cuánto se extendería el camino; y de hecho, prefería callarme a abrir la boca para pedir ayuda para bajar los altos escalones de la silla. Por fin llegamos a la cima de la colina, —en un terreno amplio, ventoso, dramático y aislado, al que llamaban, como supe más adelante, Chase.

Mi guía se detuvo, respiró hondo, dio una palmadita al caballo, y volvió a montar una vez más en mi lado.

—¿Estamos cerca de Hanbury Court? —le pregunté.

—¡Cerca! ¿Por qué, señorita? Todavía nos quedan más de diez millas.

Una vez hubimos empezado a conversar, el viaje fue más fluido. Creo que él tenía miedo de hablar conmigo, igual que lo tenía yo; pero su timidez desapareció mucho antes que la mía. Dejé que fuera él quien eligiera los temas de conversación, si bien a menudo no alcanzaba a entender cuál podía ser su interés: por ejemplo, habló durante más de un cuarto de hora sobre una famosa raza que cierto perro-zorro le había dado, treinta años atrás; también habló de todas sus características y particularidades, como si yo dominara el tema tanto como él. Y durante todo ese rato yo me preguntaba qué tipo de animal debía de ser ese perro-zorro.

Después de que dejáramos atrás el Chase, el camino empeoró sustancialmente. Hoy en día, nadie que no haya visto un sendero de hace cincuenta años puede siquiera imaginar cómo era ese camino. Hubimos de descuartizar, como decía Randal, prácticamente todo el tramo a través de surcos muy profundos y húmedos senderos; Y los tremendos tumbos con los que tuve que lidiar ocasionalmente hicieron de mi silla un lugar poco seguro, por lo que el resto del trayecto me dediqué exclusivamente a sujetarme con fuerza a ella. El camino estaba tan embarrado que no pude evitar el manchar mi ropa más de lo que me habría gustado justo antes de mi primer encuentro con la señora Ludlow. Pero, a medida que nos íbamos acercando a los campos en los que terminaba el sendero, le pedí a Randal que me ayudara a bajar para restregar mis zapatos en la hierba sin riesgo de ser vista; y Randal, por compasión, se desplazó por el barro con dificultad, me agradeció mi paciencia con amabilidad y me ayudó a bajar del carruaje de un salto.

Los pastizales desaparecían gradualmente en dirección hacia las tierras bajas, rodeados por ambos lados por hileras de olmos de gran tamaño, como si alguna vez antes hubiera habido una gran avenida allí. Atravesamos el desfiladero cubierto de hierba mientras contemplábamos el cielo del atardecer al final de la sombreada pendiente. De repente, llegamos a un largo tramo de escalera.

—Si no le importa bajar la escalera por su propio pie, señorita, yo daré la vuelta y me encontraré allí con usted; y después será mejor que se vuelva a montar en la silla, pues mi señora quiere que la lleve hasta la misma puerta de la casa.

—¿Estamos cerca de la casa? —dije, sorprendida por la idea.

—Ahí está —me respondió, señalando con su látigo un montón de chimeneas torcidas que sobresalían por encima de un conjunto de árboles en sombra frente a la luz carmesí, ubicados delante de una gran plaza cubierta de césped en la base de una empinada ladera de cientos de yardas de extensión, en cuyo límite nos encontrábamos en aquel momento.

Bajé los escalones silenciosamente. Cuando llegué abajo, Randal y el coche me estaban esperando; nos introdujimos en una calle por el lado izquierdo, giramos tranquilamente y atravesamos la puerta de entrada y el patio principal de la casa.

El camino por el cual habíamos llegado quedó atrás.

Hanbury Court era una gran casa de ladrillo rojo —o al menos estaba, en parte, cubierta de ladrillos; la caseta del portero de la entrada y el muro que rodeaba la casa eran de ladrillo— con elementos de piedra en cada esquina, en cada una de las puertas y ventanas, igual que en Hampton Court. En la parte trasera del edificio se podían observar los gabletes, entradas en forma de arco, y los parteluces de piedra que eran señas identificativas (la señora Ludlow nos lo decía a menudo) de que en otro tiempo aquello había sido un priorato. Había un salón parroquial —sólo que para nosotras era la habitación de la señorita Medlicott—; también había una cochera grande como una iglesia, así como una serie de estanques, que en otros tiempos siempre estaban a punto para los días de ayuno del monje. Pero todo eso no lo vi hasta más adelante. Esa primera noche, casi ni me fijé en la enredadera de Virginia (se dice que fue la primera que se plantó en Inglaterra y lo hizo uno de los ancestros de la señora Ludlow) que cubría prácticamente la mitad de la fachada principal de la casa. Del mismo modo en que me había negado a separarme del vigilante que me había acompañado hasta el pueblo más cercano, ahora me negaba a aceptar la idea de separarme de Randal, un viejo amigo que, sin embargo, había conocido hacía tan sólo tres horas. Pero no podía hacer nada para evitarlo; tenía que entrar dentro de la casa, pasar por delante del viejo caballero de aspecto impecable que me había abierto la puerta, atravesar el magnífico *hall* que había a la derecha de la puerta principal, en cuya superficie los últimos rayos de sol generaban una luz roja maravillosa —el caballero ahora caminaba delante de mí—, subir la escalera hasta llegar a un estrado —como aprendí a llamarlo más adelante—, girar a la izquierda otra vez, atravesar una serie de salones, uno detrás de otro, cada uno de los cuales daba a un jardín majestuoso, con todas las plantas en flor, y solariego incluso al atardecer. Subimos los cuatro escalones que nos conducían a la puerta de salida de esas habitaciones, mi guía levantó una pesada cortina de seda y ahí estaba yo, en presencia de mi señora Ludlow. Era una mujer de baja estatura y se mantenía muy erguida. Lucía una maravillosa capa de encaje, que por su tamaño podría haber cubierto casi la totalidad de su pequeña figura y tenía la cabeza cubierta con ella (las capas que se llevan por debajo del mentón y que hoy en día conocemos con el nombre de «mantón» llegaron más tarde, y mi señora sentía un gran desprecio por ellas, y solía decir que la gente debería seguir cubriéndose con sus capas de noche).

En la parte delantera, la capa de mi señora tenía una cinta de un blanco satinado y llevaba otra cinta igual en la cabeza sujetando su cabello. Llevaba un fino chal de muselina india sobre los hombros que le cubría el pecho y un delantal de la misma tela. Su vestido era de seda negra, manga corta y estaba adornado con encajes; la cola del traje salía de una pequeña abertura, de manera que se pudiera acortar para adecuarlo a cada situación y así poder darle distintos usos: debajo del vestido llevaba, como pude ver claramente, unas enaguas satinadas de color lavanda. Su pelo era blanco como la nieve, pero no pude más que vislumbrar algunos mechones debajo de la capa: su piel, incluso a su edad, era tan delicada como la cera, en textura y en color; sus ojos eran grandes y de un azul oscuro intenso y debían de haber sido el mejor aliado de su belleza en su juventud, pues no había nada particularmente atractivo ni en su nariz y ni en su boca.

Tenía un bastón acabado en oro apoyado en la silla; pero creo que se trataba más de un signo de posición y de dignidad que de una necesidad real, pues tenía un paso rápido y ligero como cualquiera de las jovencitas de quince años que seleccionaba, y en su paseo matutino privado de meditación, caminaba veloz como cualquiera de nosotras.

Cuando entré en la estancia, ella estaba de pie. En el umbral de la puerta, articulé una reverencia de las que mi madre me había enseñado como parte del código de buenos modales, y me acerqué instintivamente a ella. No me ofreció la mano, pero se puso de puntillas y me dio dos besos en la mejilla.

—Estás helada, querida. Acompáñame a tomar una taza de té. —Hizo sonar una pequeña campana que tenía sobre la mesa e inmediatamente después, atravesando una pequeña antesala, entró en la habitación una doncella, y trajo consigo un pequeño servicio de té chino con el té listo para tomar y una bandeja con pan cortado con mucho esmero y mantequilla, como si todo hubiera estado minuciosamente calculado y estuviera esperando mi llegada para aparecer en escena. Tras el largo viaje que había realizado ese día, lo cierto es que estaba tan hambrienta que podría haber comido todo el contenido de la bandeja de un solo bocado. La doncella me ayudó a quitarme mi capa de viaje y me senté a la mesa, asustada por el repentino silencio que se había hecho en la sala, los silenciosos pasos de la doncella sobre la fina alfombra y la voz suave de mi señora Ludlow. Mi cucharilla hizo un ruido sordo al chocar contra la taza, algo que parecía estar tan fuera de lugar que me ruboricé avergonzada. Mi señora me miró directamente a los ojos. Sus ojos azules eran tan penetrantes como dulces. —Tienes las manos muy frías, querida; quítate los guantes —eran unos guantes de piel finos y prácticos y no me había atrevido a quitármelos sin que me invitaran a hacerlo—, y déjame que intente hacerte entrar en calor (los anocheceres son muy fríos). —Y cogió mis manos enrojecidas entre las suyas, suaves, calientes, blancas y llenas de anillos. Después, con una mirada melancólica, me dijo—. ¡Pobre niña! ¡Y eres la mayor de nueve hermanos! Tenía una hija que ahora habría tenido exactamente tu misma edad; pero no me la imagino como la mayor de nueve hermanos. —Estuvimos un rato en silencio. Y después, hizo sonar la campana una vez más y pidió a la doncella, Adams, que me enseñara mi habitación.

Era tan pequeña que podría ser una celda. Las paredes estaban hechas de piedra caliza; la cama era de un grueso algodón blanco. Había una pequeña alfombra roja a cada lado de la cama, y dos sillas.

Dentro de un armario contiguo había un lavamanos y una cómoda. En la pared de enfrente de la cama, había escrito un texto de las Sagradas Escrituras; y justo debajo habían colgado una imagen familiar del rey George y la reina Charlotte, con todos sus hijos, incluyendo a la pequeña Princesa Amelia, que aparecía montada en un *kart*; en los dos lados había un pequeño grabado de un retrato: el de la izquierda, era de Luis XVI; la de la derecha, de Marie Antoinette. Sobre la repisa de la chimenea había una caja de yesca y un libreto de oraciones. No recuerdo que hubiera nada más en la habitación. En realidad, en aquellos tiempos la gente no soñaba con escritorios, escribanías, carpetas o una silla poltrona y demás. Nos habían enseñado a utilizar la habitación únicamente para vestirnos, dormir y rezar. Poco después, me llamaron para la cena. Seguí a la joven que había venido a buscarme y bajé la escalera ancha y plana detrás de ella hasta llegar al magnífico *hall*, que había atravesado antes cuando iba de camino a la habitación de mi señora Ludlow. Había otras cuatro jovencitas en la sala de pie y en silencio que me hicieron una reverencia nada más entré en la estancia. Estaban vestidas con una especie de uniforme: capas de muselina sobre el cabello decoradas con cintas azules, una tela de muselina sujeta a la cintura a modo de mandil y vestidos de algún material de colores apagados. Entre todas formaban un grupo a poca distancia de la mesa en la que estaban dispuestos dos pollos fríos, una ensalada y una tarta de frutas. En una pequeña mesa redonda ubicada en un alto, había una jarrita de plata repleta de leche y un panecillo. Muy cerca de allí, había una silla tallada en cuya espalda estaba dibujada una corona de condesa. Creí que alguien se dirigiría a mí; pero eran tímidas, y yo también; o puede que hubiera otra razón que explicara su actitud; sea como fuere, justo un minuto después de que yo hubiera entrado en el *hall* por la puerta más alejada, la señora hizo su entrada a través de la puerta doble que había sobre el estrado, por lo que todas nosotras hicimos una delicada reverencia; en mi caso, lo hice porque vi a las demás hacerlo así. Se detuvo y nos miró un momento.

—Señoritas —dijo—, dad la bienvenida a Margaret Dawson—. Y me trataron con la cortesía reservada a los extraños, pero no me dijeron ni una sola palabra sobre la manera en la que me debía comportar en la mesa. Cuando la cena llegó a su fin, gracias a Dios dijo alguna de nosotras, mi señora hizo sonar su pequeña campanilla e inmediatamente después los sirvientes entraron en la habitación, retiraron los platos y despejaron la mesa; trajeron una mesa de lectura portátil, que colocaron en el estrado y frente a todos los allí presentes, mi señora invitó a una de mis compañeras a que leyera los salmos y lecciones del día. Recuerdo que pensé en lo aterrada que estaría si me encontrara en su lugar. No hubo ninguna oración. Mi señora tenía la firme convicción de que todo rezo que no figurara en el libro de rezos era un cisma; y sin embargo, podía perfectamente haber dado recientemente ella misma un sermón en la iglesia parroquial, pero jamás hubiera permitido, a nadie que no fuera ministro de la iglesia, leer los rezos en una casa particular. En realidad, ni siquiera estoy segura de que hubiera estado de acuerdo en que un diácono los leyera en un lugar que no fuera sagrado.

Había sido la dama de compañía de la reina Carlota; una auténtica Hanbury de antiguo linaje que vivió los años dorados de las estirpes, las herencias de las tierras pertenecientes a la familia, de las extensas propiedades que alguna vez habían convertido una misma tierra en cuatro países diferentes.

Hanbury Court le pertenecía por derecho. Se había casado con el señor Ludlow y había vivido durante muchos años en la gran cantidad de casas que poseía, lejos de su casa solariega. Había perdido a todos sus hijos, excepto a uno, y la mayoría de ellos murieron en las numerosas casas del señor Ludlow a las que hacíamos mención anteriormente; y debo decir que todos esos acontecimientos tuvieron una influencia decisiva en el desagrado que sentía la señora por aquellos lugares y en el deseo de volver a Hanbury Court, donde había sido tan feliz cuando era niña. Creo que la infancia fue la época más feliz de su vida; la mayoría de sus opiniones, cuando la conocí más a fondo más adelante, eran singulares, pero habían sido muy comunes cincuenta años atrás. De hecho, en el tiempo que duró mi estancia en aquella casa, empezaba a imperar la idea de la necesidad de la educación: el señor Raikes abrió su escuela dominical, y algunos clérigos se dedicaron a enseñar a leer y a escribir, y algo de aritmética. Mi señora no compartía esa idea; decía que era incendiaria y revolucionaria. Cuando una mujer era despedida, mi señora la hacía pasar a su casa, para determinar si le gustaba o no su apariencia y su vestuario y la interrogaba respecto a su familia. La señora prestaba especial atención a este último punto, pues aseguraba que si en el momento en que alguien mostraba algún tipo de interés o de curiosidad por la madre de una, o por su «bebé» (en caso de que hubiera alguno), una chica no hablaba con más entusiasmo del habitual, nunca podría ser una buena doncella. Después le pedía que le mostrara sus zapatos, para ver si estaban debidamente cepillados. La obligaba decir en voz alta el padrenuestro y el credo. Además, quería saber si la chica sabía escribir. Si la respuesta era afirmativa, y si le había gustado todo lo anterior, agachaba la cabeza en un gesto de negación —ésa solía ser una gran decepción, pues tenía una norma inviolable que establecía que nunca se debía contratar a una doncella que supiera escribir—. Pero alguna vez he sido testigo de cómo la señora rompía su propia norma y empleaba a chicas letradas. Pero, en esos casos, la señora les hacía pasar una última prueba que consistía en decir en voz alta los diez mandamientos. Recuerdo a una mujer joven muy descarada —incluso sentí lástima por ella, aunque más adelante se casó con un adinerado propietario de una tienda de telas en Shrewsbury— que había salido bastante bien parada de las pruebas, a pesar de ser letrada, pero que lo estropeó todo cuando, al final del último mandamiento, en un intento de embaucar a la señora, dijo: «Y también sé hacer cálculos.»

—¡Fuera de aquí, mujer! —exclamó mi señora de repente—, no vales para nada más que para el comercio; no eres la doncella que quiero. —La chica se marchó alicaída; inmediatamente después mi señora me ordenó ir tras ella para asegurarme de que tenía algo que llevarse a la boca antes de salir de la casa; en realidad, la mandó buscar una vez más, pero fue tan sólo para darle una biblia y advertirle acerca de los principios franceses que habían llevado al pueblo francés a cortar la cabeza de su rey y de su reina. La pobre chica, lloriqueando, le respondió, «la verdad, señora, es que yo no podría hacer daño ni a una mosca, y mucho menos a un rey; y lo cierto es que no soporto a los franceses, del mismo modo en que no me gustan las ranas».

Pero mi señora era inexorable y acabó por emplear a una chica que no sabía ni leer ni escribir y hacer de ese modo hincapié en su rechazo a la enseñanza de las sumas y las restas; más adelante, cuando el pastor que en aquel momento se encargaba de la parroquia de Hanbury murió, el obispo designó en su lugar a un clérigo más joven. Mi señora no pudo por menos que mostrar su desacuerdo a este respecto. En vida del sordo y buen señor Mountford, era habitual que la señora, no estando dispuesta a escuchar el sermón, se levantara del largo banco en el que se solía sentar —justo enfrente del púlpito— y que dijera: (en ese momento de la misa matinal en el que está establecido que el coro y todos aquellos lugares en los que se canta, entonen el himno): «Señor Mountford, no tengo intención alguna de interrumpir su discurso esta mañana.» Y todos nos arrodillábamos con gran satisfacción para la letanía; el señor Mountford, si bien tenía un grave problema de sordera, a estas alturas de la misa, estaba siempre alerta, con los ojos muy abiertos, atento a cualquier movimiento de mi señora. Pero el señor Gray, el nuevo clérigo, era de otra pasta. Era muy celoso de todo lo referente a su trabajo en la parroquia; y mi señora, que era tan generosa como podía serlo con los pobres, a menudo decía de él que era un ángel caído del cielo que sólo podía beneficiar a la parroquia; y por su parte, él nunca tuvo motivo alguno de queja, pues cada vez que necesitaba caldo, vino, gelatina o sagú para una persona enferma, se le proveía de todo ello sin problemas. Pero quiso participar de ese *hobby* que era para algunos la educación; y pude ver claramente cómo eso entristecía enormemente a mi señora cuando un domingo cualquiera, sospechó, aún no sé cómo, que en el sermón habría una parte dedicada al anuncio de una escuela dominical que estaba proyectando. La señora se puso en pie, como no lo había hecho desde la muerte de Mountford, hacía más de dos años y dijo:

—Señor Gray, no tengo intención alguna de interrumpir su discurso esta mañana.

Pero su voz no era firme y sonaba bastante insegura; nos arrodillamos, pero esta vez era mayor la curiosidad que la satisfacción. El señor Gray predicó un sermón conmovedor sobre la necesidad de crear una escuela Sabbath en el pueblo. Mi señora cerró los ojos y pareció quedarse dormida; pero estoy segura de que no se perdió ni una sola palabra del sermón, si bien no dijo nada de ese tema hasta el sábado siguiente, cuando, como venía siendo habitual, dos de nosotras la acompañábamos en el carruaje de camino a casa de una pobre mujer que estaba postrada en la cama, y que vivía a varias millas de distancia de Harboury Court, al otro lado de la propiedad; y cuando salíamos de la casa, nos encontramos de frente con el señor Gray, que caminaba hacia nosotras; llevaba un gran sombrero y parecía extremadamente cansado. Mi señora hizo un ademán para que se acercara y le dijo que estaba dispuesta a esperarle y a llevarle de vuelta a casa; añadió que le preocupaba verlo por allí, tan lejos de su casa, teniendo en cuenta que era la jornada del Sabbath y, al fin y al cabo, él mismo había proclamado a los cuatro vientos en el discurso del domingo anterior su posición favorable al judaísmo y por lo tanto, contrario al cristianismo.

El señor Gray le miró como si no supiera de lo que le estaba hablando; pero lo cierto es que, más allá de la manera en que habló a favor de las escuelas y de la escolarización, en su sermón había utilizado la palabra Sabbath en lugar de domingo; y como le dijo la señora, «El Sabbath es el Sabbath; eso es una cosa; significa «sábado»; y si digo eso, también podría decir que soy judía, pero no lo soy. Y un domingo es un domingo; y eso es algo totalmente diferente. Si lo digo así, también puedo decir que soy cristiana, cosa que humildemente creo ser».

Pero cuando el señor Gray parecía haber entendido a qué se estaba refiriendo la señora cuando hablaba de la jornada del Sabbath, en realidad sólo entendió una pequeña parte; esbozó una sonrisa e hizo una reverencia, y dijo que no había nadie que supiera más que la señora sobre las obligaciones que se derivaban del Sabbath; y que debía entrar en la casa para leer en voz alta para la vieja Betty Brown y así no interrumpir a la señora en sus quehaceres.

—Le esperaré, señor Gray —contestó ella—, o daré un paseo por Oakfield, y volveré en el plazo de una hora. —La única razón por la que lo dijo fue porque quería evitar que la idea de saber que la tenía esperando en la puerta distrajera su atención de la que era su misión principal: consolar a la vieja Betty y rezar con ella.

—Un joven muy apuesto, sin duda —nos dijo mientras nos alejábamos de la casa—. Pero, de todos modos, tendré que acristalar mi banco.

En ese momento no sabíamos a ciencia cierta lo que significaban aquellas palabras. El domingo siguiente lo averiguamos. Había quitado todas las cortinas que rodeaban el banco de la familia Hanbury y en su lugar había ahora piezas de cristal de una altura entre seis y siete pies. Entramos por una puerta que tenía una ventana incorporada que se podía abrir o cerrar, similar a las que se solían ver en los carruajes. Habitualmente, la ventana estaba abierta y eso nos permitía oír al pastor con absoluta claridad; pero cada vez que el señor Gray utilizaba la palabra «Sabbath» o se posicionaba a favor de la escolarización o de la educación, mi señora se levantaba de su asiento, en un extremo del banco, y cerraba la ventana con un decidido *clang* y *clash*.

Hay algo que es importante apuntar sobre el señor Gray. El clérigo se había presentado ante la sociedad de Hanbury con el apoyo de dos fiduciarias, una de las cuales era la señora Ludlow: el señor Ludlow había ejercido ese poder en el acuerdo con el señor Mountford, que se había ganado el favor del noble por su magnífica destreza en la equitación. El señor Mountford no era un mal pastor, sobre todo teniendo en cuenta el tipo de clérigos que uno se podía encontrar en aquellos tiempos. No bebía alcohol, aunque era un verdadero amante del buen comer. Y si se enteraba de que había enfermado alguien con pocos recursos, le mandaba los platos que más le gustaban de su propia cena; a veces eran comidas que resultaban tan dañinas para los enfermos como el veneno. Era amable con todo el mundo, excepto con los disidentes, y unía fuerzas con la señora Ludlow para que éstos abandonaran su distrito; dentro de los disidentes, detestaba muy particularmente a los metodistas —alguien dijo alguna vez que se debía exclusivamente al hecho de que John Wesley había objetado en contra de su actividad de caza—. Pero eso debió de haber ocurrido muchos años atrás, pues cuando yo le conocí era ya demasiado corpulento y grueso para practicar una actividad tan dinámica; además, el obispo de la diócesis no veía con buenos ojos la caza y había trasladado su desaprobación al clero. Por mi parte, creo que una buena carrera, incluso desde el punto de vista moral, no le habría hecho ningún daño al señor Mountford. Comía tanto, y hacía tan poco ejercicio que los rumores sobre las relaciones pasionales que mantenía con sus sirvientes, con el sacristán y con su secretario personal, ya eran habituales. Pero no sentía verdadero interés por ninguno de ellos, y muestra de ello era la rapidez con la que se recobraba de cada una de esas historias. Les hacía algún que otro regalo —algunos decían que el regalo variaba en función de su ira—; el sacristán, que era una persona graciosa (como todos los sacristanes, en realidad), decía que la expresión habitual del vicario «El diablo te lleve» merecía al menos un chelín, si bien su también frecuente «Diablos» no valía más de seis peniques, adecuado como era para un coadjutor.

Por otro lado, el señor Mountford era una persona de una gran bondad. No soportaba ver ningún tipo de dolor, de pena o de miseria; y si tenía noticia de alguna situación de ese tipo, no se quedaba tranquilo hasta aliviar de algún modo la situación al menos por algún tiempo. Pero le daba miedo que ese tipo de cosas le hicieran sentirse incómodo; así que evitaba, siempre que le era posible, visitar a cualquier persona que estuviera enferma o se sintiera infeliz; y no se sentía especialmente agradecido cuando alguien le informaba de esas situaciones.

—¿Y qué podría hacer yo, señora? —le dijo a mi señora Ludlow en una ocasión, cuando acudió a él para pedirle que fuera a visitar a un pobre hombre que se había roto una pierna—. No puedo curar una pierna como lo haría, sin duda, el médico; no puedo atenderle tan bien como lo hará su esposa; podría hablar con él, pero no entiendo más que él mismo el lenguaje de los alquimistas. Con mi visita, sólo voy a causar molestias; se colocará en una posición incómoda, eso sin hablar de la ropa, y durante el rato que yo esté allí se sentirá tan violento que no se sentirá libre para desahogarse ofendiendo, recriminando y maltratando a su mujer. Incluso ahora, señora, puedo imaginármelo suspirando de alivio cada vez que yo me diera la vuelta. Eso sin contar con el sermón que espera que pronuncie, y que en realidad cree que debería guardar para el próximo domingo y comunicar a sus vecinos (a los que quizá pueda servir de ayuda, seguro como está de que va dirigido a los pecadores) que se acabó, que todo ha terminado. Juzgo a los demás con la misma balanza con la que me juzgo a mí mismo; los trato como me gustaría que me trataran a mí. Sea como fuere, así es el cristianismo. Odiaría el hecho (con todos mis respetos hacia la señora) de tener un señor Ludlow que viniera a visitarme si cayera enfermo. Sería un gran honor, sin duda; pero eso me obligaría a ponerme un gorro de cama limpio para la ocasión, y con tal de ser cortés, mostrarme fingidamente paciente y no aburrir al señor con mis quejas. Estaría doblemente agradecido si pudiera enviarme alguna pieza de caza o una buena y carnosa pierna de cerdo para recuperarme lo antes posible y estar en las condiciones en las que uno debería estar para poder apreciar en su justa medida, el honor que supone recibir la visita de un señor de la nobleza. Así que enviaré una buena cena noche tras noche a la casa de Jerry Butler, hasta que recupere las fuerzas. Y libraré al hombre de tener que aguantar mi presencia y mis consejos.

Mi señora se quedó perpleja ante ese discurso y otros pronunciados por el señor Mountford. Pero él había sido elegido por el señor y ella no podía cuestionar el deseo de su marido ya fallecido; en efecto, la cena se enviaba cada noche y a menudo también una o dos guineas para ayudar a sufragar los gastos médicos; el señor Mountford era alguien digno de confianza; odiaba a los disidentes y a los franceses; y difícilmente podía tomarse una taza de té sin decir «La iglesia y el rey hasta el final». Es más, en una ocasión tuvo el gran honor de predicar en Weymouth, ante el rey y la reina, y dos de las princesas; y el rey aplaudió con entusiasmo su sermón y exclamó: «Muy bien; muy bien», y ése era un logro que servía de muestra de sus méritos ante los ojos de mi señora.

En las largas tardes de invierno solía venir a la casa a leernos un sermón y después jugaba con la señora a las cartas; hacía más llevadero el lento transcurrir del tiempo. En esas ocasiones, la señora lo invitaba a cenar con ella en el estrado del comedor; pero como su cena consistía únicamente en pan y leche, el señor Mountford prefería sentarse con nosotras y hacer chistes sobre aquellos heterodoxos que comían raciones muy escasas en domingo, cuando era el día de la iglesia. La vigésima vez que escuchamos el chiste sonreímos exactamente del mismo modo en que lo habíamos hecho la primera vez; sabíamos perfectamente cuándo estaba a punto de contarlo, pues siempre había una tos nerviosa que precedía al chiste, por temor a que la señora no lo aprobara; ninguno de los dos parecía recordar que esa escena ya se había repetido con anterioridad.

El señor Mountford murió de repente. Todos lamentamos mucho su pérdida. Legó sus propiedades (tenía una propiedad privada) a los pobres de la parroquia, para proveerles de lo que fuera necesario para su cena anual de Navidad, en la que tradicionalmente se servía rosbif y tarta de ciruela, y para cuya elaboración incluyó una receta excepcional en el codicilo de su testamento.

Además, quiso que sus albaceas se aseguraran de que la cripta en la que estaban enterrados los vicarios de Hanbury estuviera bien ventilada antes de introducir su ataúd en él; a lo largo de toda su vida había sentido verdadero terror por la humedad. De hecho, recientemente, había calentado sus aposentos hasta tal punto que fueron muchos los que pensaron que eso había acelerado su muerte.

Más tarde, la otra fiduciaria presentó a la sociedad local al señor Gray, ex alumno del Lincoln College, en Oxford. Era natural que nosotras, siendo de algún modo parte de la familia Hanbury, no estuviéramos de acuerdo con la elección de la otra fiduciaria.

Pero cuando alguien, con intenciones maliciosas, hizo circular el rumor de que el señor Gray era un moravo metodista, recuerdo a la señora decir: «No deberían dar crédito a comentarios tan malintencionados, a menos que haya una prueba definitiva que así lo determine.»

Capítulo II

Antes de empezar a hablar del señor Gray, creo que es necesario explicaros más cosas sobre el tipo de tareas que desempeñábamos en Hanbury Court a lo largo del día. En el tiempo al que ahora me estoy refiriendo, éramos cinco las chicas que vivíamos allí, todas jovencitas de buena descendencia, y relacionadas (aunque fuera de manera indirecta o algo distante) con gente de buena posición. Cuando no estábamos acompañando a mi señora, era la señorita Medlicott la que cuidaba de nosotras: era una mujer pequeña de carácter dulce, que había sido la acompañante de mi señora durante muchos años, y había oído decir que estaba de alguna forma emparentada con ella.

Los padres de la señorita Medlicott habían vivido en Alemania, y resultado de ello era el acento extranjero con el que hablaba inglés. También era consecuencia de ello su increíble destreza para realizar todo tipo de labores de costura, incluso aquellas a las que en aquellos tiempos todavía no se las designaba con un nombre específico.

Podía zurcir puntilla, mantelería, muselina india, medias, etc. de tal modo que nadie podía adivinar dónde estaba el agujero o el descosido. Aunque era protestante y nunca faltaba a la iglesia el día de Guy Faux, era tan habilidosa en las labores como cualquiera de las monjas de un convento católico. Podía coger una pieza de lino francés y, simplemente sacando y metiendo hilos, convertirlo en cuestión de unas pocas horas en un precioso y delicado encaje. Hacía lo mismo con el tejido holandés y creaba puntillas más fuertes y bastas, con las que estaban decorados todos los pañuelos y la mantelería de la señora. Trabajábamos con ella la mayor parte del día, tanto en la despensa como en una pequeña sala de costura que se encontraba a un lado del *hall* principal. Mi señora sentía un profundo desprecio por aquellas labores que hoy en día recibirían el nombre de trabajos creativos.

Consideraba que el uso de hilos y estambres de colores estaba restringido al ámbito de la diversión infantil; pero las mujeres adultas no debían ser sorprendidas utilizando colores como el azul o el rojo. Al contrario, debían limitar sus labores de costura a elaborar bordados bonitos y delicados. A modo de ejemplo, nos hablaba de un tapiz antiguo colocado en el *hall*, que era la muestra de las labores que hicieron sus antepasados, que perteneció a la época anterior al Reformismo, y desconocían los gustos puros y simples, como promulga la religión.

No es que mi señora no aprobara la moda de la época que a principios de siglo llevó a las mujeres elegantes a hacer zapatos. Ella creía firmemente era una consecuencia directa de la Revolución francesa, que contribuyó sin duda a la desaparición de los distintos rangos y clases, y de ahí que mujeres de noble cuna trabajaran rodeadas de plantillas, punzones y ceras de zapatos pringosas, cual si fueran hijas de un zapatero.

Muy a menudo, la señora llamaba a una de nosotras para que le leyera en voz alta algún libro educativo, mientras ella permanecía sentada en un pequeño salón algo apartado. Habitualmente leíamos la obra *El Espectador* del señor Addison; pero un año, recuerdo que tuvimos que leer *Reflexiones de Sturm*, una traducción de una obra alemana que la señorita Medlicott nos había recomendado. El señor Sturn nos señaló las cosas en las que teníamos que pensar cada uno de los días del año; era muy aburrido; pero creo que a la reina Carlota le había gustado muchísimo, y fue la idea de que la obra tenía el beneplácito real lo que mantuvo despierta a la señora durante su lectura. El resto de nuestra biblioteca para la lectura semanal, la componían *Cartas de la señorita Chapone* y *Los consejos del Dr. Gregory para jóvenes señoritas*.

Por una vez, yo estaba feliz de dejar a un lado mi labor de costura, así como mi lectura en voz alta (si bien esto me llevaba a compartir más tiempo con mi querida señora) e ir a entretenerme, a no hacer nada en particular entre conservas y aguas medicinales. No había ningún médico en varias millas a la redonda, y por eso, bajo la supervisión de la Señorita Medlicott y la colaboración del Doctor Buchan para ir a buscar recetas, realizábamos envíos de varias botellas de purgante, que no tenían nada que envidiar a los productos que salían de la droguería.

De todos modos, no creo que hiciéramos ningún daño; en el caso de que alguno de nuestros purgantes tuviera un sabor más fuerte del habitual, la señorita Medlicott nos lo hacía rebajar con cochineal y agua, para asegurarnos de que todo fuera seguro. Nuestros botes de medicamentos llevaban, en realidad, muy poca cantidad de purgante; teníamos mucho cuidado de poner etiquetas en todas ellas, cosa que les parecía muy misteriosa a los que no sabían leer y contribuía a que la medicina tuviera los efectos que se esperaban de ella. Había despachado un bote de sal y agua de color rojo; y cuando no teníamos nada más que hacer en la despensa, la señorita Medlicott nos ponía a hacer pastillas de pan, a modo de práctica; hasta donde yo sé, eran muy eficaces, pues antes de distribuir una caja, la señorita Medlicott siempre informaba al paciente de los síntomas que debía esperar. Y no creo recordar ninguna ocasión en la que haya escuchado a un usuario decir que no habían tenido efecto en él. Había un señor mayor que se tomaba seis pastillas cada noche para dormir, fueran las que fueran; y si por alguna razón a su hija se le pasaba por alto que no tenía suficientes, se sentía tan inquieto y miserable que creía que iba a morir. Creo que la práctica que llevábamos a cabo entonces podría ser el equivalente de lo que hoy en día conocemos como homeopatía. También aprendimos a hacer todas las tartas y postres característicos de cada estación del año. Hacíamos gachas de ciruela y tartaletas de frutas en Navidad, buñuelos y panqueques para el martes de carnaval, *frumenty* el día de la madre, tartas-violeta en Semana Santa, *pudding* de Atanasia el domingo de Resurrección, tartas de tres picos el domingo de la Santísima Trinidad, y así todo el año: lo cocinábamos todo en base a antiguas recetas de la iglesia, heredadas de los primeros antepasados protestantes de mi señora. Cada una de nosotras pasaba cada día un rato con la señora Ludlow; y de vez en cuando, la acompañábamos en el carruaje y en el coche de cuatro caballos. No le gustaba salir con coches de dos caballos, pues lo consideraba propio de alguien de un rango inferior; además, a menudo eran necesarios cuatro caballos que tiraran del pesado carruaje a través de los terrenos embarrados. Pero resultaba excesivamente pesado y torpe para atravesar las estrechos senderos de Warwickshire; a menudo he pensado que es una suerte que no haya un número muy limitado de condesas porque eso reducía considerablemente la posibilidad de encontrarnos de frente con otra señora de buena posición en otro coche de cuatro caballos, en cuyo caso no podríamos girar, pasar el uno al lado del otro, ni volver atrás.

En una ocasión, cuando la idea de encontrarnos con una condesa en un camino estrecho era para mí una preocupación permanente, me aventuré a preguntarle a la señorita Medlicott cuál podría ser la solución en esa situación; me respondió que «sin duda la última creación es la que tiene que volver atrás». A día de hoy entiendo a qué se refería pero en aquel momento, su respuesta me generó una gran confusión. Empecé a entender el uso que se le daba a la nobleza, un libro que sin embargo, antes me había parecido más bien aburrido; pero como yo era una cobarde, me familiaricé con las fechas de creación de nuestros tres condes Warwickshire y me alegré mucho cuando supe que el conde Ludlow ocupaba el segundo puesto. El primer puesto era de un viudo aficionado a la caza, por lo que no era muy probable que saliera de casa en carruaje.

Durante todo este rato me he desviado del tema del señor Gray. La primera vez que lo vimos fue en la iglesia, el día de su presentación. Tenía la cara enrojecida, de ese tipo de rojo que se suele asociar a personas de pelo claro y tez cándida; era menudo y de baja estatura y su pelo claro encrespado difícilmente podría tener polvos de color.

Recuerdo que mi señora hizo esta observación al tiempo que suspiraba profundamente; desde la hambruna de 1799 y del año 1800 se había establecido un impuesto para los polvos de color, y se consideraba revolucionario y jacobino el hecho de no utilizar una gran cantidad. A mi señora no le gustaban en absoluto las opiniones sobre cualquier hombre que luciera su propio cabello, pero ella misma hubiera reconocido que sus reservas se debían a algo más que a meros prejuicios; en su juventud, el populacho era el único que no llevaba peluca, y no podía evitar asociar su utilización al origen y a la educación recibida; relacionaba el cabello natural de un hombre con los amotinados de 1780, cuando George London se había convertido en una de las peores pesadillas en la vida de mi señora. Nos contó que en su diecisiete cumpleaños, su marido y los hermanos de éste, se vistieron con calzas cortas y se afeitaron la cabeza, para cubrirla después con una pequeña peluca a la última moda; era el regalo de cumpleaños que la vieja señora Ludlow les hacía a sus hijos por haber alcanzado la mayoría de edad. A partir de entonces y hasta el día de su muerte, no volvieron a ver su propio cabello. El hecho de no utilizar ningún tipo de tinte, como se decía quería hacer la gente de categoría inferior, constituía en realidad, un insulto a las normas del decoro. Se trataba de la era de los *sans-culottes*[21]. Pero el señor Gray llevaba unos pocos polvos de color: los suficientes para que mi señora no tuviera una

21. *Sans-culottes*: «sin calzones», término utilizado para denominar a la clase baja, pues los nobles vestían calzas cortas y ajustadas. (*N. de la t.*)

mala opinión de él, pero no los suficientes para lograr su aprobación definitiva.

La segunda vez que lo vi, fue en el *hall* principal. Mary Mason y yo íbamos a acompañar a la señora en su carruaje; y cuando bajábamos vestidas con nuestras mejores galas, nos encontramos con el señor Gray, que estaba esperando la llegada de nuestra señora. Tengo entendido que ya le había presentado sus respetos en alguna otra ocasión, pero nosotras nunca lo vimos; y él había rechazado la invitación de pasar la tarde del domingo en la casa (el señor Mountford solía venir muy a menudo, y jugaba a las cartas con la señora—), y según nos dijo la señorita Medlicott, la señora no estaba en absoluto, contenta con él.

Tuvimos la impresión de que cuando entramos en el *hall* y le saludamos con una reverencia, se puso más rojo que nunca. Tosió dos o tres veces, como si quisiera dirigirse a nosotras, pero no se le ocurría nada que decirnos; y cada vez que tosía, su cara se volvía de un rojo cada vez más intenso. Me avergüenza reconocer que prácticamente nos estábamos riendo de él; digo prácticamente porque nosotras éramos tan tímidas como él y conocíamos perfectamente la razón de su torpeza.

Mi señora entró en la estancia, con ese paso rápido y ligero tan propio de ella —siempre caminaba así cuando no llevaba consigo su bastón—, como si lamentara el habernos hecho esperar, e hizo una ronda de aquellas reverencias elegantes y de un alto grado de cortesía cuyo arte es algo, que estoy convencida, murió con ella; en esta ocasión decían, con la misma claridad con la que lo podrían decir las palabras: «Lamento mucho haberlos hecho esperar; discúlpenme.»

Se fue hacia la repisa de la chimenea, cerca de donde el señor Gray se encontraba antes de que ella entrara, y le hizo otra reverencia, esta vez muy profunda, por su vestimenta, y porque ella era la anfitriona, y él un invitado. Le preguntó si no le gustaría que conversaran en su salón privado, y daba la impresión de ser ella la que lo prefería. Pero sin más demora, él expuso el motivo de su visita. Y era tal su grado de excitación, que a cada rato se le entrecortaba la voz y sus grandes ojos azules se inundaban en lágrimas.

—Señora mía, quiero hablar con usted y persuadirla de que ejerza su influencia sobre el señor Lathom, Justice Lathom, de Hathaway Manor.

—¿Harry Lathom? —repitió mi señora, cuando el señor Gray se detuvo para intentar recuperar el aliento—. No sabía que fuera parte de la comisión.

—Acaba de ser designado; prestó juramento hace menos de un mes; ¡eso lo hace aún más lamentable!

—No comprendo por qué se ha de lamentar usted. Los Lathom han ocupado Hathaway desde la época de Eduardo I, y se dice que el señor Lathom tiene muy buen carácter, aunque pierda los estribos con mucha facilidad.

—¡Señora mía! Ha acusado a Job Gresson de robo (un delito del que es tan inocente como lo soy yo), y las pruebas que presenten se encargarán de confirmarlo ahora que el caso será llevado a juicio; sólo los terratenientes han hecho frente común, y en consecuencia, no pueden ser llevados ante la justicia. Quieren mandar a Job a prisión, por deferencia hacia el señor Lathom, pues no sería muy cortés por parte de la comisión hacerle ver, en el que es su primer auto, que no existe ningún tipo de prueba que demuestre la culpabilidad del acusado. Por Dios Santo, señora, hable con esos caballeros; a usted la escucharán. En cambio, a mí lo único que me dicen es que me meta en mis propios asuntos.

Es necesario señalar que mi señora siempre se inclinaba a favor de los de su clase, y los Lathom de Hathaway Court eran primos de los Hanbury. Además, en aquellos tiempos, era una cuestión de honor el alentar a un joven juez de primera instancia, dictando para ello una sentencia ejemplar en su primer caso; y Job Gregson era, a su vez, el padre de una chica que había pertenecido al personal de servicio de cocina de la señora y que recientemente había sido despedida por su descaro con la señora Adams, la doncella personal de la señora Ludlow; y el señor Gray no había dicho ni una sola palabra acerca de las razones que tenía para creer en la inocencia de aquel hombre —tenía tanta prisa que estoy segura de que hubiera llevado a mi señora al juzgado de Henley en ese mismo momento—; parecía haber muchas cosas en contra del acusado y tan sólo la palabra del señor Gray a su favor; entonces, mi señora se acercó un poco a él, y le dijo:

—¡Señor Gray! No veo ninguna razón por la que ni usted ni yo debamos interferir en ese caso. El señor Harry Lathom es un joven sensible, que es perfectamente capaz de asumir la verdad sin necesidad de nuestra ayuda.

—Pero, desde entonces, han salido a la luz nuevas pruebas, —le interrumpió el señor Gray. Mi señora se puso rígida y su voz sonaba un poco más fría.

—Supongo que esas pruebas adicionales se muestran ante los

jueces: hombres de buena familia, destacados y honorables caballeros muy conocidos en todo el condado. Naturalmente, creen que la opinión de uno de ellos debe tener más peso que la palabra de un hombre como Job Gregson, de carácter muy distinto (es sospechoso de practicar la caza furtiva, y ocupar ilegalmente las propiedades de Hareman), que, por otra parte, tengo entendido que es extraparroquial; en consecuencia, usted como clérigo no es responsable de lo que allí ocurra; y aunque sea una falta de cortesía, debe de haber algo de verdad en la advertencia que le hicieron los jueces de que se metiera en sus propios asuntos —dijo la señora, sonriente—, y estoy segura de que en caso de decidirme a interferir, estarán deseosos de preguntarme cuál es mi opinión, señor Gray. ¿No es así?

El señor Gray parecía sentirse extremadamente incómodo; medio enfadado. Empezó a hablar una o dos veces, pero se contuvo, como si sus palabras no fueran las adecuadas ni suficientemente prudentes. Al final dijo:

—Quizá suene algo presuntuoso por mi parte, un forastero que sólo lleva aquí unas pocas semanas, el que les haga saber mi opinión respecto al carácter del hombre frente a la del residente. —La señora Ludlow hizo un leve gesto de consentimiento que creo que fue involuntario y que él ni siquiera advirtió—, pero estoy convencido de que el hombre es inocente del delito del que se le acusa. Además, los mismos jueces reconocen que el único motivo por el que se retiene a ese hombre es esa ridícula costumbre de adular a un juez novato.

«¡Ridículo!» ¡Qué palabra más desafortunada! Deshizo en un instante todo lo que la modestia con la que había iniciado su alegato le había permitido lograr ante los ojos de la señora. No eran necesarias las palabras para saber que se sentía profundamente ofendida por escuchar esa expresión en labios de un hombre de clase inferior y aplicada a hombres de la clase social a la que ella misma pertenecía. Lo cierto es que fue, en efecto, una falta de respeto considerable, teniendo en cuenta a quién se estaba dirigiendo.

La señora Ludlow tomó la palabra y empezó a hablar despacio y con mucha suavidad; así lo hacía cada vez que se sentía realmente molesta; era una señal y todos conocíamos a estas alturas su significado.

—Creo, señor Gray, que deberíamos cambiar de tema. No parece que vayamos a ponernos de acuerdo en este asunto.

El color del rostro del señor Gray pasó del rojo al morado y después acabó por desaparecer del todo; se quedó extremadamente pálido. Creo que tanto la señora como él habían olvidado nuestra presencia en la estancia. Y nosotras empezábamos a sentirnos extraordinariamente incómodas, tanto que ni siquiera nos atrevíamos a recordársela. Y al mismo tiempo, no podíamos dejar de observar la escena con gran interés.

El señor Gray se enderezó, en una acción inconsciente de dignidad. Era de estatura baja, y había visto con mis propios ojos hacía sólo unos pocos minutos lo torpe y vergonzoso que era, pero cuando hablaba parecía casi tan distinguido como mi señora.

—Muy señora mía, tenga presente que está entre mis deberes el discutir con mis feligreses sobre numerosos temas en los que no coinciden conmigo. No tengo la libertad de guardar silencio, pues disienten de mi opinión.

La señora abrió sus magníficos ojos azules con sorpresa, y —en mi opinión— de enfado porque alguien le hubiera hablado así. No estoy muy segura de si la respuesta del señor Gray fue acertada o no. Él mismo parecía ahora asustado de las consecuencias que sus palabras pudieran tener, pero se mostraba firme en su actitud, decidido a asumirlas sin pestañear. Durante un minuto, la estancia se quedó en el más absoluto silencio. Después, mi señora contestó:

—Señor Gray, respeto el hecho de que me hable claro, pero me pregunto cómo un joven de su edad y su posición se cree con el derecho de suponer que es mejor juez que alguien con la experiencia que ha ido adquiriendo a lo largo de su vida, como es mi caso; y mucho más teniendo en cuenta la fase de mi vida en la que me encuentro ahora.

—Señora, si yo, como clérigo de esta parroquia, no oculto lo que creo que es la verdad a la gente más humilde, tampoco voy a hacerlo en presencia de los ricos y de la clase alta. —La expresión del rostro del señor Gray dejaba ver muy claramente que se encontraba en ese estado de excitación en el que si se tratara de un niño desembocaría en una buena sesión de llorera. Parecía reprocharse el hecho de que los nervios le hubieran traicionado (cosa que detestaba por encima de todo) hasta el punto de decir y hacer algunas cosas poco habituales en él y que jamás se hubiera atrevido a hacer de no verse obligado por una situación verdaderamente seria, como la que tenía entre manos.

Y en esos momentos, todos los recuerdos dolorosos vuelven a uno, con la misma intensidad que la primera vez. Pude ver cómo de pronto se percataba de nuestra presencia y cómo le hacía sentirse aún más incómodo si cabe.

Mi señora, por su parte, también se ruborizó.

—¿Es usted consciente —preguntó ella— de que se ha desviado totalmente del tema original de esta conversación? Pero, ya que ha hecho usted referencia a su parroquia, permítame recordarle que la propiedad de Hareman está más allá de los límites que a usted como pastor le conciernen y que, por lo tanto, no es usted responsable de las personas y propietarios que viven en esa tierra tan desafortunada.

—Señora, temo que nuestra charla sobre este caso sólo le haya causado molestias. Le pido disculpas. Será mejor que me retire.

Se inclinó para hacer una reverencia y observé que tenía un semblante muy triste. La señora Ludlow también se dio cuenta de la expresión de su cara.

—¡Buenos días! —exclamó con una voz más alta y de un modo ligeramente más rápido del que había empleado hasta entonces—. Y recuerde, Job Gregson es un cazador furtivo de mala reputación y un malhechor y lo que suceda en las propiedades de Hareman no es de su incumbencia.

Para entonces, él ya se encontraba cerca de la puerta del *hall*, y murmuró algo, en parte para sí mismo, y que escuchamos claramente (pues nosotras estábamos más cerca de él), pero mi señora no; aunque sí vio que decía algo.

—¿Qué es lo que ha dicho? —nos preguntó tan pronto como se hubo ido—. No lo he oído.

Nos miramos la una a la otra y después contesté:

—La señora ha dicho que Dios le ayude, pues él es responsable de todos y cada uno de los males contra los que no ha luchado.

Mi señora tenía una mirada afilada en los ojos, cuando se alejó de nosotras, y más tarde, Mary Mason nos contó que estaba extremadamente enfadada con nosotras por haber sido testigos de la discusión, y especialmente conmigo por haberle repetido las palabras del señor Gray. Pero no era culpa nuestra que en aquel momento estuviéramos en el *hall*; y cuando ella nos preguntó sobre lo que el señor Gray había dicho, creí que lo correcto era decírselo. Al cabo de unos minutos, nos ofreció acompañarla a dar un paseo en el carruaje.

La señora Ludlow siempre se sentaba ella sola en la parte delantera, y nosotras, las jovencitas, solíamos ir detrás. Era una regla que no se había cuestionado jamás. Es verdad que el hecho de ir sentadas en la parte trasera hacía que algunas de nosotras nos sintiéramos muy incómodas y mareadas; para remediarlo, mi señora siempre conducía con las dos ventanas abiertas, lo cual a su vez, le generaba en ocasiones dolores de reuma; pero siempre íbamos a través del viejo camino. Ese día no prestó mucha atención al sendero por el que circulábamos y el cochero tomó su propio camino. Mi señora no decía ni una sola palabra, por lo que íbamos sumidas en un silencio absoluto. Tenía una expresión muy seria. En otras ocasiones, el paseo solía ser una actividad muy entretenida (o al menos lo era para aquellos que no tuvieran reticencias respecto a sentarse en la parte de atrás), nos contaba con voz suave anécdotas que le habían ocurrido en distintos lugares del mundo: en París y en Versalles, donde había estado en su juventud, en Windsor y en Kew y en Weymouth, que había visitado con la reina, en la época en la que era su dama de compañía; y así sucesivamente. Pero ese día permanecía en silencio. En un momento dado, sacó la cabeza por la ventanilla.

—John Footman —exclamó—, ¿se puede saber dónde estamos? Estoy casi segura de que esto es la propiedad de Hareman.

—Sí, ¿adónde desea ir la señora? —dijo John Footman, y esperó a que le dieran nuevas indicaciones u órdenes concretas. Mi señora se quedó un momento pensando y luego le contestó que sacaría la escalera y saldría a dar un paseo.

Tan pronto como hubo salido del carruaje, nos miramos la una a la otra, y sin decir una sola palabra, fuimos tras ella. La vimos caminar con cuidado con los mismos zapatos que llevaba siempre, con un poco de tacón (porque habían estado de moda en su juventud), a través de las charcas de agua estancada que se habían formado en esa tierra arcillosa y habían adquirido un cierto tinte amarillento.

John Footman nos seguía majestuoso de cerca; estaba temeroso de que se le ensuciaran sus medias blancas. De repente, mi señora se volvió y le dijo algo, y él volvió al carruaje con un aire de ofensa y de agradecimiento a la vez.

Mi señora siguió andando hasta llegar hasta donde se encontraban una serie de casas de adobe, en la parte alta de la propiedad: casas construidas con zarzo y barro, como era habitual en aquellos tiempos, y un techo hecho con una combinación de cañas, juncos, hojas, paja y tierra fértil. La primera imagen que tuvimos de aquel lugar nos dejó sin palabras. La señora Ludlow había visto lo suficiente del interior de aquellas chabolas para dudar un momento antes de entrar o incluso para dirigirse a alguno de los niños que jugaban en los charcos. Tras una pausa, desapareció en el interior de una de las casas. Tuvimos la impresión de que tardaba mucho en salir; pero en realidad, no estuvo allí dentro más de ocho o diez minutos. Salió con la cabeza gacha, como si estuviera eligiendo el camino a seguir, pero supimos de inmediato que su actitud tenía más que ver con el pensamiento y con una sensación de desconcierto que con un propósito concreto.

Cuando volvió a subir al carruaje no dio ninguna instrucción acerca de la dirección que debíamos tomar. John Footman, que para entonces ya se había liberado de la gorra, esperó allí sentado a recibir las órdenes.

—A Hathaway. Queridas, si estáis fatigadas, o si tenéis algo que hacer para la señorita Medlicott, puedo dejaros en la esquina de Barford, y estaréis a tan sólo un cuarto de hora de la casa.

Por suerte, sabíamos a ciencia cierta que la señorita Medlicott no nos necesitaba y así se lo hicimos saber; y mientras el carruaje seguía su camino, nosotras, en la parte de atrás, íbamos susurrándonos al oído que muy probablemente mi señora había visitado a la esposa de Job Gregson. Estábamos demasiado ansiosas por saber cómo acababa todo aquello para decir que estábamos fatigadas. Así que todos nos dirigimos a Hathaway.

El señor Harry Lathom era un hombre soltero de unos treinta o treinta y cinco años aproximadamente, que prefería el campo a los salones, y los deportistas frente a las mujeres.

Por supuesto, mi señora no se apeó del carruaje; era el señor Lanthom el que debía venir a recibirla, y le dijo al mayordomo —tenía la apariencia de un guardabosques, que no tenía nada que ver con el caballero refinado y elegante que ocupaba ese mismo puesto en Hanbury— que le dijera a su señor que quería hablar con él. ¿Se pueden imaginar cuál fue nuestra sorpresa cuando descubrimos que podíamos escuchar perfectamente todo lo que se estaba diciendo?; aunque más tarde, lo sentimos profundamente cuando vimos cómo nuestra mera presencia desconcertaba al señor de la casa, para el que contestar a las preguntas de mi señora ya era una situación violenta de por sí, sin necesidad de que hubiera dos jovencitas entusiastas observándole en todo momento.

—Dígame, señor Lathom —comenzó mi señora, de un modo algo brusco, aunque estaba concentrada en el tema que le ocupaba—, ¿qué es eso que he oído acerca de Job Gregson?

El señor Lathom parecía sorprendido y avergonzado, pero sus palabras no decían lo mismo.

—He firmado una orden judicial contra él por robo, señora, —eso es todo. Sin duda, está usted enterada del tipo de hombre de que se trata: alguien que echa sus redes y coloca trampas en llanuras cubiertas de alta hierba. De la caza furtiva al robo no hay más que un paso.

—Eso es cierto —contestó la señora Ludlow (a la que horrorizaba la caza furtiva precisamente por esa razón)—, pero imagino que no envía a un hombre a la cárcel basándose única y exclusivamente en su mal comportamiento.

—Pillos y vagabundos —dijo el señor Lathom—. Un hombre debe ser encarcelado por ser un vagabundo; no por una acción específica sino por su modo de vida, en general.

Durante un instante tuvo la aprobación de la señora; pero después ésta le contestó:

—Pero en este caso, el delito del que le acusa es por robo; y su mujer me ha dicho que puede probar que se encontraba a varias millas de Holmwood, donde tuvo lugar el robo en cuestión, y que pasó allí toda la tarde; también dice que usted tiene las pruebas que lo confirman.

Llegados a ese punto, el señor Lathom interrumpió a la señora diciendo malhumorado:

—En el momento en el que firmé la orden de arresto, no tenía ninguna prueba de que eso fuera así. No soy responsable de las decisiones que tomaron otros jueces cuando tuvieron las pruebas frente a ellos. Fueron ellos los que lo enviaron a prisión. Yo no tengo nada que ver.

Mi señora no se impacientaba fácilmente; pero sabíamos a ciencia cierta que estaba irritada por los continuados y casi imperceptibles golpecitos que daba con su zapato de tacón bajo contra el suelo del carruaje. En ese mismo momento, alcanzamos a ver al señor Lathom a través de la puerta abierta, en un lado en sombra del *hall*. Sin duda, la llegada de la señora Ludlow había interrumpido la conversación entre el señor Lathom y el señor Gray. El clérigo debía de haber escuchado todo lo que estaba diciendo la señora; pero ella no era consciente de ello y el tema de la responsabilidad que había utilizado el señor Lathom a su favor la había cogido desprevenida, por lo que utilizó los mismos argumentos que ella había escuchado decir al señor Gray hacía menos de dos horas (a través de nuestra reproducción de las palabras del clérigo).

—Señor Lathom, ¿quiere decir que no se considera responsable de las injusticias o equívocos que podría haber evitado y no lo hizo? No, en este caso el primer germen de injusticia fue su propio error.

Me gustaría que hubiera estado conmigo hace tan sólo un rato para ver la miseria en la que viven en la chabola de ese pobre hombre.

Al decir esta última frase, bajó la voz y el señor Gray se acercó un poco más, con un movimiento involuntario, como si quisiera escuchar lo que ella estaba diciendo.

Fue entonces cuando nosotras lo vimos y, sin duda, el señor Lathom oyó el sonido de sus pasos, y supo quién era el que estaba escuchando la conversación detrás de él y estaba convencido de que estaría totalmente de acuerdo con la argumentación de la señora. Eso hizo que se volviera más huraño si cabe; pero mi señora seguía siendo mi señora, y no podía hablarle claro como lo habría hecho con el señor Gray. La señora Ludlow captó la expresión de tenacidad en el rostro del caballero y eso la enfadó más de lo que habríamos podido imaginar.

—Estoy segura de que no tendrá ninguna objeción a que yo pague la fianza. Me ofrezco a pagar la cantidad fijada y me encargaré personalmente de que asista a todas y cada una de las sesiones del juicio. ¿Qué me responde, señor Lathom?

—Los acusados de robo no tienen derecho a fianza, señora.

—No, en casos ordinarios. Pero creo que éste es un caso extraordinario. La única razón por la que ese hombre está en la cárcel es porque los demás jueces no le han querido desacreditar. Por lo que yo sé, está encerrado a pesar de que existen pruebas de su inocencia. Tendrá que pudrirse en la cárcel durante dos meses, y su mujer y sus hijos se morirán de hambre. Yo, la señora Ludlow, me ofrezco voluntaria para pagar una fianza a cambio de que le dejen en libertad, y me comprometo solemnemente a asegurarme de que asiste a todas las sesiones del juicio.

—Eso va en contra de la ley, señora.

—¡Bah! ¡Bah! ¡Bah! ¿Y quién rige las leyes? Gente como yo, en la Cámara de los Lores, o gente como usted en la Cámara de los Comunes. Somos nosotros los que hacemos las leyes en St. Stephen, los que tenemos que saber romper con algunas formalidades, en nuestra tierra y a favor de nuestra gente, cuando la justicia está de nuestro lado.

—Si el representante de la Corona se entera de esto, me expulsará de la comisión.

—Pues sería lo mejor que podría hacer, tanto por usted Harry Lathom, como por este condado, a menos que empiece a actuar con más sabiduría de la que has empleado hasta ahora. ¡Bonito panorama sería si la administración de la justicia de estas tierras estuviera en sus manos y en las de su hermano! Siempre he dicho que el buen despotismo es la mejor forma de gobierno; ¡y ahora que he visto lo que es un quórum estoy doblemente convencida de ello! ¡Queridas! —exclamó de repente volviéndose hacia nosotras—, si no os importa volver a casa dando un paseo, pediré al señor Lathom que me acompañe en el carruaje e iremos directamente a la prisión de Henley para liberar de inmediato a ese pobre hombre.

—No creo que sea conveniente que dos jovencitas caminen solas a través del campo y a estas horas —dijo el señor Lathom, sin duda ansioso de escapar del trayecto *tête-à-tête* con mi señora, y no estando posiblemente preparado para seguir el camino ilegal de medidas inmediatas que la señora tenía en mente.

Pero en ese momento, el señor Gray dio un paso adelante, demasiado ansioso por la liberación del prisionero para permitir que cualquier obstáculo que él pudiera sortear lo impidiese. La cara de la señora Ludlow cuando se percató de la identidad de aquel que había sido espectador privilegiado de su entrevista con el señor Lathom, era todo un poema. Había utilizado los mismos argumentos y razonamientos que tanto la habían ofendido en boca del señor Gray hacía tan sólo un par de horas. Había derruido las barreras del señor Lathom con elegancia ante los ojos de aquel ante el que lo había defendido a capa y espada, definiéndolo como un caballero, sensible y con una posición destacada en el condado, lo cual no dejaba de ser una tontería teniendo en cuenta sus acciones de absoluta irresponsabilidad. Pero antes de que el señor Gray acabara de hablar ofreciéndose para acompañarnos a casa, mi señora ya se había repuesto de la sorpresa. En su expresión no se advertía ningún gesto de extrañeza ni de desagrado cuando dijo:

—Se lo agradezco mucho, señor Gray. No me he dado cuenta de que se encontraba usted ahí, pero creo adivinar cuál ha podido ser el motivo de su visita. Y estando usted aquí por la misma razón por la que yo he venido, creo que le debo al señor Lathom una explicación. Señor Lathom, yo he hablado claro con usted hasta que he visto al señor Gray, de cuya opinión he diferido esta tarde; en ese momento, yo tenía la misma postura que ha adoptado usted ahora respecto al tema que nos ocupa; pensaba que era bueno para el condado librarse de un tipo como Job Gregson, tanto si era culpable como si no del delito del que se le acusaba. La conversación entre el señor Gray y yo no ha llegado a buen término —continuó, inclinando la cabeza en dirección a él—; pero se ha dado el caso de que he visitado a la mujer de Job Gregson y he visto su casa, y me he dado cuenta de que el señor Gray tenía razón y yo estaba equivocada; y debido a esa inconstancia tan propia de mi sexo, he venido hasta aquí a regañarle —le dijo al señor Lathom, que seguía malhumorado y en ningún momento suavizó su semblante serio ante la sonrisa de ella—, por tener las mismas opiniones que tenía yo hace apenas una hora. Señor Gray (una vez más, le hizo una ligera reverencia), tanto estas jovencitas como yo misma le estaremos muy agradecidas si me hiciera el favor de acompañarlas en su camino de vuelta a casa. Señor Lathom, ¿puedo pedirle que me acompañe hasta Henley?

El señor Gray le devolvió la reverencia, y se puso rojo como un tomate; el señor Lathom dijo algo que ninguno de nosotros llegó a oír; supongo que estaría murmurando algún tipo de protesta respecto al rumbo que estaban tomando los acontecimientos, e incluso él mismo. La señora Ludlow hizo caso omiso de sus murmuraciones y se acomodó en el carruaje con un semblante expectante; poco después de que empezáramos a caminar, vi cómo entraba el señor Lathom en el carruaje cual si fuera un perro herido. Debo decir que, teniendo en cuenta el estado de ánimo de mi señora, no envidiaba en lo más mínimo su paseo en coche —aunque creo que estaba en su derecho de objetar que ese viaje era ilegal—. Nuestro camino de vuelta a casa fue muy aburrido. No teníamos ningún miedo, y hubiéramos preferido hacerlo solas, sin la compañía del hombre torpe y vergonzoso en el que el señor Gray se había convertido. Cada vez que nos topábamos con los escalones que permiten pasar por encima de una cerca, dudaba —a veces, parecía que la iba a atravesar convencido de que de ese modo podría prestarnos ayuda—; pero después volvía sobre sus pasos, para dejar pasar primero a las damas. Tal como dijo una vez mi señora de él, la naturalidad no era una de sus virtudes, aunque cuando se trataba de desempeñar una labor, lo hacía con mucha dignidad.

Capítulo III

Hasta donde yo puedo recordar, fue poco después de que estos acontecimientos tuvieran lugar cuando sentí por primera vez el dolor en la cadera, que ha acabado por convertirme en una lisiada para el resto de mi vida. Difícilmente recuerdo más de un paseo tras la caminata de vuelta desde la casa del señor Lathom escoltadas por el señor Gray. De hecho, en aquel entonces, yo ya tenía la sospecha de que la causa de mi dolor era un gran salto que había dado en aquella ocasión desde uno de los escalones para atravesar las cercas.

Bueno, eso pasó hace mucho tiempo, Dios lo dispuso así, y no quiero aburrirles explicándoles lo que pensé ni lo que sentí en aquel momento, y cómo cuando supe cómo iba a ser mi vida a partir de entonces, me obligaba a duras penas a no perder la paciencia; pero lo cierto es que hubiera preferido morir de una vez. Pueden imaginarse lo difícil que fue para una chica de diecisiete años activa, terca y fuerte como yo convertirse de la noche a la mañana en alguien inútil, incapaz de moverse por sí sola, perdiendo poco a poco la esperanza de una posible recuperación, y saber que sera una carga para el resto de su vida; para una chica joven, ansiosa por descubrir el mundo y, a ser posible, ayudar a sus hermanos.

He de decir que en aquel tiempo en el que me envolvía una pena inmensa y todo me parecía de un color negro imposible, hubo también un pequeño rayo de luz; la señora Ludlow me acogió y estuve a su cargo durante muchos años; y ahora, en mi vejez, mientras permanezco tumbada sola y tranquila, ¡es un placer volver a pensar en ella!

La señorita Medlicott era una enfermera estupenda, y sé a ciencia cierta que jamás podré agradecerle en su justa medida toda su generosidad. Pero no sabía tratar conmigo en otros aspectos. Habitualmente sufría ataques de llorera; pensaba que debía volver a casa —¿y qué podían hacer allí conmigo?— y me invadían cientos de pensamientos inquietantes, algunos de los cuales podía compartir con la señorita Medlicott y otros no.

Su forma de consolarme consistía básicamente en procurarme algún alimento tentador o revitalizante: un plato de gelatina de pezuña fundida era para ella la solución de todos los males.

—¡Aquí tienes! ¡Tómatelo, querida, tómatelo! —me solía decir—, y no te sigas preocupando por cosas que no tienen solución.

Pero creo que a medida que pasaba el tiempo, vio que la terapia de comer cosas sabrosas no tenía la eficacia deseada y eso la tenía totalmente confundida; y un día, después de bajar renqueando a la sala de estar de la señorita Medlicott para que el médico me hiciera una revisión —una sala repleta de armarios, llenos de conservas y exquisiteces de todo tipo que hacía constantemente pero que no consumía jamás—, me disponía a volver a mi habitación a pasarme toda la tarde llorando, con la excusa de ordenar mi ropa, cuando John Footman me dio un mensaje de parte de mi señora (con la que el doctor había mantenido una conversación) para que me reuniera con ella en la sala privada ubicada al final de todas las estancias y a la que he hecho referencia en capítulos anteriores, en la descripción de mi primer día en Hanbury.

Apenas había entrado en aquella estancia desde entonces; de hecho, las lecturas en voz alta las hacíamos en el salón contiguo. Supongo que la gente importante no se da cuenta de las cosas que nosotros, la gente común, valoramos; me refiero a la privacidad. No creo que hubiera ninguna habitación que utilizara mi señora que no contara con una puerta de dos hojas. Es más, algunas de ellas tenían entre tres y cuatro hojas. Por otro lado, mi señora contaba con que la señora Adams estuviera siempre esperándola en su dormitorio; y era tarea de la señorita Medlicott sentarse a esperar a que la llamaran enfrente de la puerta de la sala privada que se utilizaba a modo de antesala. La casa era semejante a una gran plaza partida en dos por una línea. A un lado, estaba la puerta principal o la entrada; al otro lado, la entrada privada desde una terraza que desembocaba en una especie de puerta trasera enmarcada en una vieja pared de piedra gris, que daba acceso a las oficinas y a los edificios destinados a la administración de la finca; esta puerta estaba destinada a las personas que venían a discutir temas de negocios con mi señora, de modo que si ella se encontraba paseando por el jardín contiguo a su habitación, no tenía más que atravesar el apartamento de la señorita Medlicott, situado en el *hall* de la planta baja; después, se podía bajar por una escalera situada en un lado de la casa, hasta el maravilloso jardín, que consistía en un terreno amplio y extenso cubierto de césped repleto de pequeños parterres de flores de alegres colores y numerosos arbustos en flor, como era el caso del laurel, de unas hayas bien formadas o pequeños alerces que estaban prácticamente al ras del suelo.

Todos ellos habían sido traídos desde los bosques más lejanos y el resultado era similar a una composición de pintura. Creo recordar que la casa fue remodelada en la época de la reina Anne; pero la cantidad de dinero destinada a la reforma se quedó corta, y en consecuencia las nuevas ventanas largas y altas sólo se colocaron en los grandes salones, en las estancias con terraza y en la entrada privada; y para entonces ya eran lo suficientemente viejas para que a lo largo de los años se hubieran cubierto de rosas, madreselva, y espinos de fuego.

Bueno, volvamos al día en el que entré a la sala privada de mi señora, esforzándome por ocultar que había estado llorando y tratando de fingir que no sentía demasiado dolor. No sé a ciencia cierta si mi señora se dio cuenta de lo cerca que estaban mis lágrimas de salir a borbotones. Me dijo que me había mandado llamar porque necesitaba ayuda para organizar los cajones de su escritorio y me pidió —a modo de favor personal— que me sentara en la butaca que estaba al lado de la ventana (lo habían preparado todo con esmero, de modo que había un taburete y una mesa bastante cerca) y le echara una mano. Quizá se estén preguntando por qué no me invitó a sentarme en el sillón; lo cierto es que (aunque uno o dos días más tarde me sorprendí al ver que habían incorporado uno a la sala) en aquel momento no había sillón alguno en aquella estancia. Incluso creo que la butaca se colocó allí a propósito, para mi uso personal; de hecho, la señora no había estado sentada en aquella butaca el día en que la conocí, sino más bien en una silla que tenía grabada una corona de condesa en la parte superior. La silla en cuestión estaba mucho más tallada que el resto y era dorada. Más adelante, en un momento en el que mi señora había salido de la habitación, quise sentarme en ella para probarla y me sorprendió que pudiera desplazarme hasta ella por mí misma; era excepcionalmente cómoda. En ese momento, mi silla era suave y elegante y parecía relajar de algún modo la parte del cuerpo que más descanso necesitaba.

Ese primer día, no me sentí cómoda, ni tampoco en los días que le siguieron, a pesar de que mi butaca era muy confortable. La gran cantidad de cosas que sacamos de aquellos viejos cajones y su significado hicieron que me olvidara por un rato del dolor que soportaba en silencio. Sentía mucha curiosidad por saber por qué se habían guardado algunas de aquellas cosas; había notas que tan sólo tenían una docena de palabras comunes escritas, o un trozo de un látigo de equitación y una serie de piedras aquí y allá, muy poco particulares, que yo misma podría recoger en el transcurso de un paseo. Pero, al parecer, era mi ignorancia la que no me permitía ver lo que eran en realidad; mi señora me explicó que eran trozos de mármol muy valiosos que, hacía cientos de años, se habían utilizado para construir los palacios de los grandes emperadores romanos; me contó que cuando era niña e hizo ese largo viaje, su primo el señor Horace Mann, embajador en Florencia, le dijo que no perdiera la ocasión de entrar en los campos dentro de la muralla de la Roma antigua, cuando los granjeros estuvieran labrando la tierra para sembrar cebolla y tenían que conseguir que la tierra fuera buena, y que recogiera todos los trozos de mármol que pudiera. Así lo hizo; se suponía que tendría que haber construido con ellas una mesa; pero por alguna razón no lo hizo y ahí estábamos con los trozos extraídos de los campos de cebolla ante nosotras; una vez que las quise limpiar con agua y jabón, mi señora me dijo que no lo hiciera, pues aquello era suciedad romana —creo que lo llamó tierra— pero, fuera de lo que fuera, seguía siendo suciedad.

En esos cajones había muchas otras cosas cuyo valor podía entender sin demasiada dificultad —mechones de pelo etiquetados con mucho cuidado, a los que mi señora miraba con tristeza; medallones y brazaletes con ilustraciones en miniatura— dibujos muy pequeños en comparación a los que se hacen hoy en día y a los que atribuyen el nombre de miniaturas; algunas de ellas, había que verlas a través de un microscopio para poder distinguir las caras de cada una de las figuras y ser consciente de su belleza. No creo que la visión de estos objetos tuviera ningún efecto en particular en la señora. En cambio, el solo tacto de los mechones de pelo la ponía melancólica.

Seguramente, ese cabello era de alguien a quien ella amaba y que no podría volver a tocar ni acariciar nunca más, y cuyo cuerpo yacía bajo tierra marchito y estropeado, excepto quizá el cabello del cual había sido extraído el mechón que ahora ella tenía en las manos; después de todo, las fotografías no eran más que fotografías —mostraban a la persona amada, pero no eran más que papel—. El pelo, en cambio, era algo mucho más real. Éstas tan sólo son conjeturas que hice yo, para dar sentido tanto al objeto como a la reacción posterior. Mi señora sólo hablaba sobre sus sentimientos en contadas ocasiones. En primer lugar, porque tenía una posición social: decía que alguien de rango no habla de sus sentimientos sino con personas de su mismo rango y aun ante ellos acostumbran disimular sus emociones, excepto en ocasiones excepcionales. En segundo lugar —y ésta es una opinión personal—, era hija única y por tanto la heredera del legado familiar y, como tal, había desarrollado mucho más la habilidad de pensar que la de hablar, como suele pasar con la mayoría de los primogénitos y herederos.

En tercer lugar, era viuda desde hacía muchos años, por lo que desde entonces, había vivido sin un compañero de su misma generación con quien poder compartir referencias de otro tiempo, y el recuerdo de los placeres y sufrimientos vividos. La señorita Medlicott había ido a vivir con ella como alguien capaz de ofrecerle ese tipo de compañía; y la señora hablaba más con la señorita Medlicott, en un tono mucho más familiar del que empleaba para dirigirse a cualquiera de las demás personas que vivíamos en la casa. Pero la señorita Medlicott era de carácter muy reservado y no hablaba más que lo estrictamente necesario. En cambio, Adams era la que más hablaba con la señora Ludlow.

Después de ordenar los cajones durante una hora aproximadamente, la señora dijo que ya era suficiente por un día; y como ya era la hora de su paseo de la tarde, me dejó allí con un volumen de grabados del señor Hogarth a un lado (no me gusta escribir los títulos. No creo que eso moleste en absoluto a la señora), y su libro de rezos sobre una balda, abierto por la página de los salmos de la tarde, al otro.

No pude resistirme, y tan pronto como se hubo ido, empecé a revisar la habitación para entretenerme. La parte en la que se encontraba la chimenea estaba revestida en madera; una parte conservaba los elementos de la anterior decoración de la casa, y en el resto, las paredes estaban cubiertas por un papel indio con ilustraciones de pájaros, bestias e insectos. Había una serie de escudos de armas, en representación de las familias con las que se habían establecido lazos de unión por matrimonio colocadas en la parte más clásica de la estancia, llegando a ocupar la totalidad de la extensión de la pared revestida. Si bien había pocos espejos en la habitación, uno de los grandes salones recibía el nombre de «La Sala de los Espejos», que el bisabuelo de la señora había traído de Venecia en la época en que era embajador enviado en dicha ciudad. Había jarrones chinos de todas las formas y tamaños alrededor de toda la estancia. También vi algunos monstruos e ídolos de la cultura china que no eran en absoluto de mi agrado; eran muy feas, aunque tengo entendido que eran algunos de los objetos que más valoraba mi señora. En mitad de la estancia el suelo estaba cubierto por una delgada alfombra cuyo estampado estaba tejido; las puertas estaban la una frente a la otra, eran pesadas y estaban formadas por dos alas, que se abrían por la mitad y se desplazaban sobre un rail fijado en el suelo, que no habrían podido poner sobre la alfombra. Había dos ventanas muy estrechas que, sin embargo, eran tan altas que llegaban hasta el techo, y muy cerca de ellas, unos mullidos asientos apoyados contra la pared. El aroma que inundaba la estancia provenía de la mezcla de fragancias de las flores del jardín y los ramos distribuidos por toda la sala en grandes jarrones. Mi señora se hacía cargo personalmente de seleccionar los olores, pues creía firmemente que nada era tan infalible como el desarrollo del olfato para distinguir a aquellos de noble cuna. Todos en la casa conocíamos su antipatía por el almizcle, por lo que nunca lo mencionábamos en su presencia: creíamos que su tesis era que ninguna esencia derivada de un animal podría tener jamás una naturaleza suficientemente pura para agradar a alguien que proviniera de buena familia, pues su percepción de los sentidos habría sido cultivada a través de generaciones. Por ejemplo, identificaría claramente cómo los deportistas masculinos desprenden un olor fuerte característico de los perros; y cómo ésa es una cualidad que se transmite de generación en generación entre animales; seres que, por otra parte, parecen carecer del orgullo ancestral o hereditario que les correspondería. En consecuencia, en Hanbury Court nunca hablábamos del almizcle. Tampoco de la bergamota o el ajenjo, a pesar de que estos aromas provienen del medio natural. Decía que esos olores delataban el mal gusto de aquel que los utilizaba. Un domingo por la tarde, a la salida de la iglesia, descubrió que un joven por el que sentía cierto interés, en parte porque estaba prometido a una de sus empleadas, y en parte por otras consideraciones que no vienen al caso, había rociado su chaqueta con unas pocas gotas de una de esas fragancias; y sufrió una gran decepción. Definitivamente, el hombre tenía gustos muy vulgares; y creo que llegó incluso a la conclusión de que el hecho de que utilizara esa fragancia ordinaria, era un claro indicador de que tenía problemas con la bebida. Pero para ella existía una gran diferencia entre lo vulgar y lo común. Las violetas, los claveles, y las eglantinas rosa, por ejemplo, eran comunes; las rosas y las *mignonettes*, para aquellos que tenían jardín; madreselva para aquellos que paseaban por los senderos de Bowery; pero los aromas que de ellas se desprenden, no sugerían un gusto vulgar; incluso la reina, sentada en su trono, se sentiría dichosa de aspirar la fragancia de esas flores.

Prácticamente cada mañana había un bonito jarrón (o un *beau-pot* como decimos nosotros) con un ramo de rosas y claveles frescos dentro colocado en la mesa particular de mi señora. De entre todos los olores de origen natural, los que más le gustaban eran el extracto de lavanda y la asperilla dulce, porque su olor era muy duradero. Decía que la lavanda le recordaba a sus viejas costumbres y a las casitas con jardín con aire hogareño; mucha gente de la zona le regalaba pequeños fardos de lavanda. Pero volvamos a la asperilla dulce; crecía salvaje, en zonas boscosas, donde había buena tierra y soplaba un aire delicado: los niños pobres solían ir a buscarlas para ella a los bosques de la parte alta de la ladera. Como recompensa por el servicio prestado, la señora les entregaba siempre peniques nuevos y brillantes que su hijo le enviaba cada mes de febrero desde la Casa de la Moneda de Londres.

No le gustaba el aroma de las rosas. Decía que le recordaba a la ciudad, a las esposas de los mercaderes, exageradamente ricas, y exageradamente perfumadas. Lo mismo le pasaba con los lirios del valle. Eran dignos de ver, hermosos y elegantes (mi señora era muy honesta a este respecto), la flor, la hoja, el color,... todos los componentes eran agradables, excepto el olor. Era demasiado fuerte. Pero el verdadero talento que había heredado de sus ancestros —del que presumía a menudo, y con razón, pues no he conocido nunca a nadie que se le pudiera comparar— era su capacidad de percibir el olor de una cama de fresas al final del otoño, cuando las hojas caían de los árboles y se secaban en el suelo.

Uno de los pocos libros que tenía mi señora en su dormitorio era *Ensayos de Bacon*; y si lo cogías al azar, siempre se abría en el apartado *Ensayo sobre la jardinería.*

—Escucha —me solía decir— lo que dice este gran filósofo y estadista. Está justo aquí: habla sobre las violetas, querida. Es la rosa moschata, seguro que recuerdas aquel precioso arbusto en la esquina del lado sur de la pared, a la altura de las ventanas del salón azul; ésa es la vieja rosa moschata, la rosa moschata de Shakespeare que, en este momento, está en vías de extinción. Pero volviendo al señor Bacon: «Y luego las hojas de las fresas, que caen mientras desprenden su magnífico y cordial aroma.» Los Hanbury tenían la habilidad para detectar ese cordial aroma, tan delicioso y refrescante. En la época del señor Bacon no se celebraban tantas bodas entre parientes de la Corte y de la ciudad como en los tiempos de Su Majestad Carlos II; en la época de la reina Isabel, las grandes familias tradicionales de Inglaterra pertenecían a una raza distinta, como el caballo de tiro, muy útil en su contexto, o como Childer y Eclipse, que son criaturas distintas a pesar de pertenecer a una misma especie. Las viejas familias tenían unos privilegios y poderes exclusivos de una clase social superior a las demás. Querida, recuerda que si el próximo otoño eres capaz de oler la esencia de las hojas de las fresas al caer, pasarás a formar parte de ese círculo exclusivo. Hay un poco de sangre de Ursula Hanbury en ti, y eso hace que tengas una oportunidad.

Pero cuando llegó octubre, aunque intentaba oler algo por todas partes, no conseguí mi objetivo; y mi señora, que había estado observando el experimento con mucha intensidad, tuvo que aceptarme como un híbrido, producto de la unión de dos mundos distintos. Reconozco que me sentía muy avergonzada. La señora ordenó al jardinero que plantara un arriate de fresas en la parte de la terraza que estaba a la altura de las ventanas de su habitación, y en ese momento pensé que trataba de hacer ostentación de sus propio poder.

Vagaba a través del tiempo y del espacio. Les estoy narrando los acontecimientos de aquellos años, en el orden en que mis recuerdos van tomando forma en mi mente, y espero que a estas alturas de mi vida no me parezca a la señora Nickleby, cuyos discursos me fueron leídos en voz alta en una ocasión.

Con el tiempo, empecé a pasar cada vez más tiempo en la habitación que he descrito anteriormente, hasta llegar a permanecer en ella prácticamente todo el día; a veces me pasaba horas sentada en la butaca, tejiendo algunas pequeñas piezas elegantes para mi señora, y otras, hacía un arreglo de flores o clasificaba cartas por caligrafía, de manera que ella los pudiera ordenar mejor más tarde, y destruirlas o guardarlas, como había planeado hacer antes de su muerte. Más adelante, cuando trajeron el sofá, mi señora se quedaba mirándome fijamente, y si veía que mi cara cambiaba de color, me obligaba a tumbarme y a descansar. Por otro lado, cada día intentaba dar un breve paseo por la terraza; a decir verdad, el dolor seguía siendo muy intenso, pero el doctor lo había ordenado así, y sabía que mi señora deseaba que siguiera al pie de la letra todas sus indicaciones.

Antes de que yo conociera la vida de una señora de la alta sociedad desde dentro, me la había imaginado como una mezcla de diversiones y actividades elegantes. No sé lo que harán otros señores de su misma clase habitualmente, pero mi señora no era en absoluto una persona ociosa. Por una parte, tenía la obligación de supervisar al agente de toda la propiedad de los Hanbury. Creo que la habían arrendado a cambio de una cantidad de dinero que se destinó a aumentar las tierras escocesas de la familia; pero estaba deseosa de dar por finalizado el contrato antes de morir, y dejar así la herencia completa y libre de impedimentos lista para su hijo, el actual señor Ludlow, Earl, a quien, creo (es una opinión personal), la señora prefería ver como el heredero de los Hanbury (a pesar de que hasta entonces la suya había sido una línea de sucesión femenina) que como mi señor Ludlow, con media docena de títulos menores.

Estaba decidida a cancelar el acuerdo de arrendamiento, por lo que debía ser extremadamente hábil a la hora de administrar dicho asunto; y en la medida de sus posibilidades, se tomó todo tipo de molestias para gestionar el tema con el máximo cuidado. Tenía un gran libro, cuyas páginas se dividían en tres apartados: en la primera columna apuntaba la fecha y el nombre del inquilino que le hubiera enviado alguna carta de negocios; en la segunda, resumía brevemente el contenido de la carta, que habitualmente consistía en una petición de algún tipo. Esta petición solía presentarse rodeada y envuelta en un montón de palabras y a menudo insertada en medio de razonamientos y excusas tan raras que el administrador, el señor Horner, acostumbraba hacer un símil entre buscar un grano de trigo en un celemín de paja y extraer el verdadero motivo de la carta de entre un montón de palabras.

El grano significante extraído de la carta se anotaba de forma limpia y ordenada en el gran libro, cada mañana y en presencia de la señora. En ocasiones, solía pedir que le mostraran la carta original; a veces, respondía a la petición con un simple «sí« o «no»; y a menudo, pedía que le llevaran los contratos de arrendamiento y demás papeles administrativos, y los examinaba detenidamente, con el señor Horner a su lado, para determinar si las demandas de los inquilinos, tales como la del permiso para arar los campos de pasto, estaban incluidos en el acuerdo original. Cada jueves, de cuatro a seis de la tarde, se dedicaba a pasar a saludar a todos sus inquilinos. Ella hubiera preferido hacerlo por la mañana y, de hecho, tengo entendido que tradicionalmente esas cuestiones se dejaban bien atadas antes de las doce. Pero cuando el señor Horner insistió en que volvieran a fijar las visitas en horario matinal, ella misma le respondió que eso supondría que el inquilino perdiera todo un día de trabajo, pues si tenían que vestirse con sus mejores galas, deberían dejar sus tareas matinales (y a mi señora le gustaba ver a sus inquilinos vestidos de domingo; en caso contrario, seguramente no diría ni una sola palabra, pero movería con un gesto grave sus lentes y examinaría de arriba abajo sus ropas sucias y andrajosas; y lo haría con un aire de solemnidad tal, que sería capaz de estremecer al más fuerte de los hombres. Y en ese momento, el inquilino resolvería que por más pobre que fuera, antes de volver a estar en presencia de la señora, dedicaría algún tiempo a lavarse con agua y jabón y a vestirse apropiadamente). Los inquilinos de las zonas más alejadas de la propiedad eran invitados cada jueves a una cena que se servía en el salón del personal de servicio y a la que podía asistir cualquier persona que se quisiera unir a ellos. Mi señora decía que una vez terminaban la reunión de negocios con ella, a aquellos hombres no les quedaba mucho tiempo libre antes de la siguiente jornada de trabajo y que, para afrontarlo, necesitaban comida y descanso; qué menos que el León Luchador (tal como eran conocidas las armas de Hanbury) les proveyera de esos dos elementos una vez por semana. A lo largo de la cena, se servía más cerveza de la que eran capaces de beber; y cuando la comida se terminaba, se les ofrecía una copa de cerveza ale; y entonces, el inquilino más antiguo presente en la sala, se incorporaba, y brindaba a la salud de Madam. Inmediatamente después de acabarse la última copa, se ponían de camino a casa. En cualquier caso, no se les servía más alcohol. Todos y cada uno de sus inquilinos llamaban a la señora «Madam»; veían en ella a la heredera casada de los Hanbury, y no a la viuda del señor Ludlow, de quien ni sus antepasados ni ellos habían oído nunca hablar. De hecho, le guardaban a la memoria del señor Ludlow algo de rencor; nunca lo expresaban con palabras, pero era algo tácito. El motivo de ese sentimiento era evidente para los pocos que entendían la naturaleza de un arrendamiento. Además, estaban enterados de que el dinero de Madam se había destinado a enriquecer la tierra pobre que su esposo poseía en Escocia. Yo estaba siempre, como quien dice, entre bastidores, y estando sentada inmóvil en la sala privada de mi señora con las puertas que daban a la antesala en la que ella recibía al administrador y a los inquilinos abiertas de par en par, tenía la oportunidad de ver y oír muchas cosas. Es por eso, por lo que sé a ciencia cierta que el señor Horner estaba tan enojado como cualquiera de ellos por todo el dinero procedente de los Hanbury que se había invertido en las propiedades del señor Ludlow; y estaba prácticamente segura de que en alguna de sus conversaciones con la señora, le habría dado a entender su opinión respecto al tema; lo digo, porque cada vez que tocaba hacer los pagos de los intereses del préstamo o que mi señora escatimaba en gastos de cosas para su uso personal que el señor Horner consideraba conveniente adquirir en favor de su imagen como la heredera de los Hanbury, se sentía en el ambiente una tensión generada por la respetuosa protesta de él y la ofendida respuesta de ella.

Sus carruajes eran viejos y pesados, y pedían a gritos que se les aplicaran las mejoras que todas las personas de igual rango que mi señora en el condado ya habían adaptado a los suyos. El señor Horner hubiera querido adquirir un coche nuevo. El carruaje tirado por caballos ya había cumplido su función; todos los caballos de raza se estaban vendiendo por un buen dinero en toda la propiedad. Su hijo ejercía de embajador en algún país extranjero y todos nos sentíamos muy orgullosos de sus logros y de la dignidad con la que ocupaba su puesto de responsabilidad; pero me temo que todo aquello tenía un coste y mi señora era muy capaz de vivir a base de pan y agua antes que pedirle ayuda para saldar el préstamo adquirido para el mantenimiento de las tierras escocesas de su marido; y eso, teniendo en cuenta que era de suponer que, de lograr la señora su objetivo, él sería, sin duda, el más beneficiado por todos esos trámites.

El señor Horner era un administrador de total confianza y sentía un gran respeto por mi señora; sin embargo, había ocasiones en las que ella era mucho más severa con él que con cualquier otro; quizá porque, a pesar de su silencio, ella sabía que él no aprobaba que los Hanbury tuvieran que hacer frente a los pagos correspondientes a las tierras del conde Ludlow.

El anterior señor Ludlow había sido marino y tenía las extravagantes costumbres habituales de su profesión —o eso me dijeron, pues yo no había estado nunca en la mar—; y sólo miraba por sus propios intereses; pero fuera lo que fuera, mi señora amaba al hombre y a su recuerdo, con una ternura y un orgullo con el que nunca antes una esposa amó a su marido.

Durante un breve período de su vida, el señor Horner, que había nacido en la propiedad Hanbury, estuvo trabajando al servicio de un abogado en Birmingham; y esos pocos años le habían dado una cierta experiencia, que si bien habitualmente jugaba a favor de los intereses de la señora, ella no tenía en buena estima, pues pensaba que la visión de su administrador estaba demasiado orientada al comercio. Estoy segura de que ella habría preferido volver al sistema primitivo en el que el dinero no intervenía en las transacciones comerciales y en el que los individuos vivían de la producción de la tierra e intercambiaban los productos sobrantes por otros artículos de primera necesidad.

Pero, ella sostenía que el señor Horner se había dejado engañar por nuevos conceptos cuya máxima virtud era su carácter poco común, y que sin embargo serían considerados anticuados por los jóvenes de hoy en día; y se le habían metido en la cabeza algunas ideas del señor Gray, a pesar de que cada uno de ellos pertenecía a una realidad muy diferente. El señor Horner quería que todas las personas en este mundo fueran útiles y activas, y dirigir esa utilidad y esfuerzo a la mejora de las propiedades Hanbury y enaltecer a la familia Hanbury. Además, se había unido a aquellos que defendían la educación como una necesidad.

El señor Gray no estaba especialmente preocupado por nuestro mundo ni por la vida de ningún individuo ni familia entendido dentro de su contexto actual; pero estaba empeñado en preparar a todo el mundo para el mundo del futuro y era capaz de entender y adoptar ciertas doctrinas de las que sin duda había sacado la idea para lograr su propósito: el acceso a la educación. El señor Horner tenía la costumbre de pedir a un niño que leyera una de sus partes predilectas del catecismo, que decía así: «¿Cuál es nuestra obligación para con nuestros vecinos?» La parte que más le gustaba escuchar al señor Gray repetir era la que daba respuesta a la pregunta: «¿En qué consisten la gracia interior y la espiritual?» Pero cuando los domingos le contábamos en qué había consistido la clase de catecismo, la pregunta ante la cual la señora Ludlow inclinaba la cabeza no era ésa sino más bien, «¿Cuál es nuesto deber con Dios?». Ni el señor Horner ni el señor Gray habían escuchado nunca tantas respuestas a las preguntas que planteaba el catecismo como entonces. Y es que hasta ese momento, no habíamos tenido ninguna escuela dominical en Hanbury. La idea del señor Gray había surgido precisamente por esa razón. El señor Horner miraba más allá: tenía la esperanza de crear en un futuro, una escuela de día, en la que se formara a labradores inteligentes para que trabajaran en la propiedad. Mi señora no quería oír hablar ni de uno ni del otro; de hecho, ni el más valiente de los hombres se habría atrevido a mencionarle siquiera el proyecto de una escuela de día.

Así pues, el señor Horner se contentó con enseñar a escondidas a leer y a escribir a un chaval avispado y astuto, con la intención de convertirlo más adelante en un buen capataz. Con ese fin, había hecho una selección entre los chicos de la finca; eligió al más brillante y al más astuto que, sin embargo, resultó ser también el más andrajoso y sucio. Se trataba de Harry, el hijo Job Gregson. Pero mi señora nunca prestaba atención a las habladurías y nadie se dirigía directamente a ella a menos que fuera ella la que hablara primero. En consecuencia, no tuvo noticia alguna de las iniciativas educativas que se estaban desarrollando a su alrededor, hasta el momento en el que tuvo lugar el funesto incidente que paso a relatar a continuación.

Capítulo IV

Creo que mi señora no era consciente de la visión que tenía el señor Horner respecto a la educación (basado en ideas tales como convertir a los hombres en miembros más útiles para la sociedad), ni de las prácticas sobre las que estaba aleccionando a sus preceptos, ni de que Harry Gregson se había convertido en su pupilo y protegido —eso en caso de que fuera consciente de la mera existencia de Harry— hasta aquella desafortunada ocasión. La antesala, que hacía las veces de despacho de negocios de mi señora para recibir a su administrador y a sus inquilinos, estaba rodeada de baldas; no eran baldas pensadas para libros, aunque estaban repletas de ellos; pero el contenido de aquellos volúmenes estaba compuesto principalmente por manuscritos que relataban detalles relativos a la propiedad Hanbury. También había un par de diccionarios generales y otro geográfico, y obras de referencia en la administración de propiedades; todos ellos muy antiguos (recuerdo que el diccionario era el Baley; escondimos un estupendo Johnson en la habitación de mi señora, pero en ese punto donde los lexicólogos diferían, mi señora lo tenía muy claro: prefería el Baley).

Habitualmente había un mayordomo sentado en la antecámara, esperando instrucciones de mi señora; ella se agarraba a las viejas costumbres y sentía un profundo desprecio tanto por las campanas (excepto por su pequeña campanilla de mano) como por los inventos modernos; tenía a su gente siempre pendiente del sonido de la campanilla de plata o de su menos plateado tono de voz. Este hombre no tenía la sinecura que uno pudiera imaginar. Tenía que atender la entrada privada de la casa: lo que en una casa más pequeña llamaríamos puerta trasera. Sólo mi señora, y la gente a la que ella había honrado alguna vez con su visita, entraban por la puerta principal. Claro que los conocidos que respondían a estas características y que vivían más cerca de ella, estaban a ocho millas de distancia de Hanbury Court. En consecuencia, la mayoría de visitantes tocaba a la puerta de la terraza; no para que les dejaran pasar (pues la puerta permanecía abierta por orden de la señora tanto en invierno como en verano, de modo que muchas veces, las motas de nieve se colaban hasta el *hall* trasero y cuando hacía un tiempo muy malo se iban apilando en un montón), sino para pedir al mayordomo que recogiera su mensaje o transmitiera a la señora su petición de concertar una cita con ella. Recuerdo que pasó mucho tiempo hasta que el señor Gray entendió que la puerta principal tan sólo se abría para recibir visitas oficiales y, aun así, siguió entrando por ella o por la puerta de la terraza indistintamente. Mi primera toma de contacto con aquella casa fue en el umbral de la entrada principal; todos los desconocidos eran recibidos allí la primera vez que visitaban la casa; pero después (con las excepciones a las que hacía referencia en el párrafo anterior) casi instintivamente, todos rodeaban la casa hasta la entrada trasera. Era preferible hacer caso al instinto y ser consciente de la magnificencia y la fiereza de los perros lobo de los Hanbury, que si bien se habían extinguido en el resto de la isla, desde tiempos inmemoriales, habían estado y seguían estando atados en el patio principal de la casa, donde aullaban durante buena parte del día y de la noche y estaban siempre alerta para emitir un gruñido salvaje y profundo a la vista de cualquier persona (a excepción de su cuidador, el coche de caballos de la señora y la propia señora Ludlow). Era bonito ver cómo su pequeña figura se acercaba a las bestias, que golpeaban las banderas con movimientos bruscos de la cola, y cómo respondían a sus caricias babeando de placer. Ella no les tenía miedo; pero era una Hanbury de nacimiento y la leyenda contaba que los perros de esa raza reconocían a un Hanbury inmediatamente y sentían su supremacía, aun cuando los ancestros de aquella raza habían sido traídos desde el Este por el señor Urian Hanbury, cuya imagen estaba colocada con las piernas cruzadas sobre la tumba del altar de la iglesia. Es más, se decía que hacía menos de cincuenta años que uno de aquellos perros había devorado a un niño que se había perdido y se había puesto al alcance del animal. Así pues, se podrán imaginar por qué la mayoría de la gente que visitaba la casa prefería entrar por la puerta de la terraza. Al señor Gray los perros no parecían preocuparle en exceso. Quizá fuera el resultado de su inconsciencia pues, me contaron que un día se acercó más de lo conveniente al lugar donde estaban atados los animales y éstos dieron de repente un salto tal que el señor Gray se alejó de allí algo asustado; pero en realidad, no creo que tuviera nada que ver con su inconsciencia, pues otro día fue directamente hasta uno de los perros y le dio unas palmaditas en la espalda de forma amistosa; el perro le miró agradecido, mientras movía la cola alegremente, en el modo en que hubiera reaccionado con un Hanbury. Este hecho nos dejó a todos desconcertados, y a día de hoy sigo sin poder explicármelo.

Pero volvamos a la entrada de la terraza, y al mayordomo sentado en la antecámara para atender a la puerta. Una mañana, escuchamos durante un largo rato una discusión subida de tono y tan vehemente, que mi señora tuvo que tocar dos veces su pequeña campanilla antes de que el empleado pudiera oírla.

—¿Qué está pasando ahí, John? —preguntó cuando él entró en la sala.

—Se trata de un niño, mi señora, que dice que viene de parte del señor Horner, e insiste en que tiene que hablar con usted.

—¡Pequeño insolente! —(Esto lo dijo para sí misma)—. ¿Y qué es lo que quiere?

—Eso mismo le he preguntado yo, mi señora; pero no me lo quiere decir, sólo se lo dirá a usted y en persona.

—Probablemente se trate de un mensaje del señor Horner —dijo la señora Ludlow con una actitud ligeramente enojada; mandarle mensajes iba en contra de todo protocolo, y mucho más teniendo en cuenta ¡al mensajero!

—¡No! —exclamó el mayordomo—, le he preguntado si traía algún mensaje, y me ha contestado que no, que no traía ninguno; pero que precisamente por esa razón, tenía que ver a mi señora en persona.

—No se hable más. Será mejor que le dejes entrar y lo traigas ante mí —dijo la señora en voz baja, pero todavía algo irritada.

El mayordomo abrió las dos hojas de la puerta de par en par, como queriendo burlarse del humilde visitante, y en el umbral apareció un muchacho ágil y fuerte, de poblado cabello, que miraba a todas partes, como si estuviera siendo estimulado por una corriente eléctrica; tenía una cara pequeña de color marrón, ahora roja por el miedo y la excitación, una boca amplia y resuelta, y ojos profundos y brillantes, que inspeccionaban con interés y de forma muy rápida la habitación, como si quisiera recordar cada uno de los detalles (todo era nuevo y extraño para él) y reconstruir la imagen de lo que estaba viendo en un futuro. Tenía suficientes modales para permanecer en silencio y no hablar antes de que lo hiciera alguien de rango superior al suyo, o quizá estuviera asustado.

—¿Qué es eso tan importante que me tienes que decir? —le preguntó mi señora en un tono tan cortés que pareció pillar desprevenido al muchacho y lo dejó algo aturdido.

—Perdone, ¿qué decía la señora? —dijo él, como si no hubiera oído la pregunta.

—Vienes de parte del señor Horner: ¿qué es lo que quieres? —volvió a preguntar ella, subiendo un poco la voz.

—El señor Horner ha salido hacia Warwick esta mañana en un viaje imprevisto.

Su cara empezó a reaccionar; lo sintió e inmediatamente cerró los labios de forma decidida.

—¿Y?

—Y se ha marchado de repente.

—¿Y?

—Y me ha dejado una nota para que yo se la entregara a usted, señora.

—¿Eso es todo? Deberías habérsela dado al mayordomo.

—Con el debido respeto, señora, no la encuentro, creo que la he perdido.

En ningún momento despegó sus ojos del rostro de la señora. Si no hubiera mantenido su mirada fija en ella, estoy segura de que se habría echado a llorar.

—Has sido muy imprudente —dijo con tono amable mi señora—. Pero estoy segura de que estás muy arrepentido; será mejor que vayas a buscarla y la encuentres; podría tratarse de algo importante.

—Por favor, señora, yo puedo repetirle lo que decía la nota de memoria.

—¡Tú! ¿Qué quieres decir? —En ese momento me asusté de verdad. Los ojos de mi señora echaban chispas; no sólo estaba ofendida, sino también perpleja. Cuantas más razones había para que estuviera asustado, mayor era su valor. Estoy segura de que un chico tan listo como él percibió claramente el disgusto de la señora; pero continuó hablando cada vez con más rapidez y mayor seguridad.

—Mi señora, el señor Horner me ha enseñado a leer y a escribir y a hacer las cuentas. Esta mañana tenía tanta prisa que ha doblado la nota pero no la ha sellado; y la he leído, señora, y creo que puedo repetirle de memoria exactamente lo que se decía en ella. —Y elevando el tono de voz continuó reproduciendo lo que, sin duda, eran las palabras exactas que el señor Horner había escrito en la carta, incluyendo la fecha, la firma, y todo lo demás; se trataba únicamente de una escritura en la que se requería la firma de mi señora.

Cuando terminó, permaneció allí como si esperara una felicitación por su excelente memoria.

Los ojos de mi señora, contraídos al máximo, parecían agujas afiladas. Me miró fijamente, y me dijo:

—Margaret Dawson, ¿en qué se está convirtiendo el mundo? —y después se quedó en silencio.

El chico, que empezaba a percibir que había ofendido gravemente a la señora, estaba inmóvil, como si el guerrero que llevaba dentro le hubiera llevado hasta allí y le hubiera obligado a confesar, pero ahora hubiera desaparecido de su cuerpo, dejándolo vacío y estático, y que permanecería de ese modo, hasta que con una palabra o una acción alguien le ordenara abandonar la estancia. Sintió la mirada firme de la señora puesta en él y vio el ceño fruncido y el terror mudo que había provocado en ella su delito, y en qué grado le había afectado su confesión.

—¡Mi pobre muchacho! —exclamó ella, dulcificando su expresión—. ¿En manos de quién has caído?

Los labios del chico empezaron a temblar.

—¿Conoces el árbol del que habla el Génesis? ¡No! Supongo que aún no sabes leer tan bien para haber leído algo así. —Hizo una pausa—. ¿Quién te ha enseñado a leer y a escribir?

—Por favor, señora, yo no pretendía herir a nadie. —Estaba lloriqueando, superado por las circunstancias y la consternación y el pesar que detectaba en la actitud de la señora. La presión de la suave voz de ella le asustaba mucho más de lo que lo hubiera hecho una tormenta de palabras malsonantes y violentas.

—Te he preguntado quién te ha enseñado.

—Los empleados del señor Horner, mi señora.

—¿Y estaba el señor Horner enterado?

—Sí, mi señora. Y tengo mucho que agradecerle.

—¡Bueno! No puedo culparte por eso. El que me preocupa es el señor Horner. De todos modos muchacho, ahora que tienes las principales herramientas de la educación, debes conocer las normas sobre el modo en que deben ser utilizadas. ¿No te han dicho nunca que no se abren las cartas de los demás?

—Por favor, señora, la carta estaba abierta. El señor Horner olvidó sellarla en su marcha apresurada.

—Pero las cartas no se leen, a menos que estén dirigidas a ti. Nunca debes leer una carta dirigida a otra persona, aunque la abran delante de ti.

—Perdóneme señora, pensé que sería tan bueno para practicar como lo sería un libro.

Mi señora parecía desconcertada, como si no supiera cómo explicarle los códigos de honor que implicaba una carta.

—Estoy segura de que no escucharás nada que no quieras escuchar. ¿No es así?

El chico dudó un instante antes de responder, en parte porque no había entendido del todo la pregunta. Mi señora volvió a formularla. Una luz de inteligencia destelló en sus ojos, y vi claramente que no estaba seguro de si debía o no decir la verdad.

—Señora, yo siempre presto atención cuando oigo a los demás chicos contándose secretos; pero no pretendo ofender a nadie.

Mi pobre señora suspiró: no estaba preparada para elaborar un largo discurso sobre el valor de la ética. Para ella, el honor era una segunda piel y nunca se había planteado en qué principio se basaban esas normas. Así pues, le dijo al muchacho que quería ver al señor Horner en cuanto volviera de su viaje a Warwick y lo despachó con una mirada abatida; probablemente él estuviera en ese momento feliz de haber salido de aquella sala y haber perdido de vista a esa horrible señora.

—¿Qué le vamos a hacer? —dijo ella en voz alta, en parte a sí misma y en parte a mí. No pude responder, pues yo misma estaba también bastante aturdida—. Creo que he utilizado la expresión correcta cuando me he referido a la lectura y a la escritura como las principales herramientas de la educación. Si damos acceso a las clases bajas a esas herramientas, en poco tiempo se repetirán las terribles escenas de la Revolución francesa, pero esta vez en Inglaterra. Cuando era niña, no oía hablar de los derechos de los hombres, sino de sus obligaciones. Y sin ir más lejos, ayer por la noche, el señor Gray estaba aquí mismo, hablando sobre el derecho que tienen todos los niños a recibir una educación. Ni siquiera sé de dónde saco la paciencia para aguantarlo, pero en realidad, casi no nos dirigimos la palabra; y le dije que de ninguna manera aprobaría un proyecto para construir una escuela dominical (o una escuela-Sabbath, como él lo llama, con el mismo nombre que le daría un judío) en mi localidad.

—¿Y qué le contestó él, mi señora? —le pregunté; el enfrentamiento que se había mantenido en silencio durante tanto tiempo parecía haber llegado a su punto álgido.

—Perdió los estribos y me dijo que se veía obligado a recordarme que él estaba bajo la autoridad del obispo, y no la mía; lo cual implica que perseverará en sus proyectos, tanto con mi consentimiento como sin él.

—Mi señora —me interrumpió antes de que pudiera continuar.

—No podía hacer otra cosa que levantarme, hacerle una reverencia y despacharle. Cuando dos personas han llegado a un punto de la discusión en el que difieren en el modo en que lo hacemos el señor Gray y yo, el mejor camino a seguir, en caso de que quieran seguir siendo amigos, es cortar la conversación de raíz y sin previo aviso. Es una de las pocas situaciones en las que la brusquedad es necesaria e incluso deseable.

Sentía lástima por el señor Gray. Había venido a visitarme en numerosas ocasiones y me había ayudado a soportar y asumir mi enfermedad con más ánimo del que hubiera sido capaz por mí misma a falta de sus sabios consejos y oraciones. Y tuve ocasión de comprobar, por algunos comentarios que hacía, lo mucho que creía en ese proyecto. Me llevaba muy bien con él pero, por otro lado, también sentía un gran cariño y respeto por mi señora, y no podía soportar que estuvieran constantemente enfrentados el uno al otro. Pero no había nada que yo pudiera hacer a ese respecto, así que guardaba silencio.

Supongo que mi señora adivinó en qué estaba pensando porque, después de un par de minutos, añadió:

—Si el señor Gray supiera todo lo que yo sé, si tuviera mi experiencia, no estaría tan dispuesto a llevar a cabo su proyecto en contra de mi opinión. Pero cuando el clérigo local se atreve a desafiar a la señora de estas tierras en su propia casa, es cuando me doy cuenta de lo mucho que han cambiado los tiempos. En la época de mi padre, el cura del pueblo también era el capellán de la familia y compartía mesa con nosotros cada domingo.

»Era la última persona a la que se servía, y se esperaba que terminara el primero. Le recuerdo con su plato y los cubiertos en la mano y con la boca llena mientras decía:

»“Si me permiten señor Urian, señora, terminaré la ternera en la habitación del ama de llaves.” Como ves, cuando se trataba de ayudar, no perdía un solo segundo. ¡Sin duda, aquel era un clérigo glotón!

»Recuerdo que una vez mientras comía una pequeña ave durante la cena, y queriendo distraer la atención de su glotonería, contó que había oído decir que no se podía distinguir un grajo rehogado en vinagre y disfrazado de una forma particular, del ave que él se estaba comiendo. Supe por la severa mirada de mi abuelo, que se sentía molesto con los comentarios y acciones del párroco; aunque todavía era una niña, cuando el viernes siguiente, montada en mi blanco poni, paseando junto al abuelo, éste detuvo a un guardabosques y le pidió que disparara a uno de los grajos más viejos que pudiera encontrar, supe perfectamente cuáles eran sus intenciones. No volví a saber nada más de todo aquello hasta el domingo, cuando se le sirvió un plato al clérigo:

»"Verá pastor Hemming, he disparado a un grajo, lo he empapado en vinagre y disfrazado tal como usted describió el domingo pasado. Demuéstrenos su teoría, y cómala con el mismo buen apetito que tenía el pasado domingo. Cómaselo entero, o si no, ¡no volverá a sentarse a mi mesa ningún domingo más!" Vi la expresión del pobre señor Hemming en el momento en que intentaba tragar el primer bocado y quería hacernos creer que tenía un sabor excepcional; yo no me atrevía a volver a mirarle; mi abuelo se reía mientras nos preguntaba a cada uno de los comensales si teníamos alguna idea de cuál era la razón por la que el clérigo había perdido de repente el apetito.

—¿Y se lo comió todo? —pregunté.

—Oh, sí, querida. Lo que el abuelo decía que había que hacer, siempre se hacía. ¡Tenía muy mal genio! ¡Pero siguiendo con las diferencias entre el párroco Hemming y el señor Gray! O incluso entre nuestro querido señor Mountford y el señor Gray. ¡El señor Mountford jamás me hubiera desafiado en la manera en que lo hizo el señor Gray!

—¿Y está mi señora verdaderamente convencida de la inconveniencia de una escuela dominical? —le pregunté, sintiéndome extremadamente tímida mientras lo decía.

—En realidad, no. Tal como le dije al señor Gray, considero que el conocimiento del credo y el padrenuestro son esenciales para la salvación; y que todos los niños que asistan regularmente a misa con sus padres, deberían tenerlo. Después, tenemos los diez mandamientos, que enseñan los deberes fundamentales de una persona en un lenguaje muy sencillo. Claro que si enseñamos a un niño a leer y a escribir (como es el caso de ese desafortunado chico que ha estado aquí esta mañana), esos deberes se vuelven más complejos y las tentaciones son cada vez mayores; y al mismo tiempo, no ha heredado ni ha sido educado con base en unos principios éticos y morales, que pudieran servirle de salvaguarda. Voy a volver a emplear mi viejo símil entre un caballo de carreras y un caballo de tiro. Estoy preocupada —continuó de repente como resultado de una asociación de ideas— por ese muchacho. Todo este tema me recuerda a algo que le ocurrió a un amigo mío, Clément de Créquy. ¿Te he hablado alguna vez de él?

—No, señora —respondí.

—¡Pobre Clément! Hace más de veinte años, el señor Ludlow y yo pasamos un invierno en París. Él tenía muchos amigos allí; quizá no fueran los mejores hombres ni los más sabios, pero él era de ese tipo de personas que se llevan bien con todo el mundo, y todo el mundo se llevaba muy bien con él. Teníamos lo que los franceses llaman un apartamento, en la rue de Lille; era la primera planta de un hotel, y también disponíamos de un sótano, en el que se alojaban los sirvientes. En la planta superior a la nuestra, vivía la propietaria del edificio, la marquesa De Créquy, que había quedado viuda. Tengo entendido que, después de todos estos años, el escudo de armas de De Créquy sigue estando situado en una cubierta sobre el arco *porte-cochère* como lo estaba entonces, a pesar de que a día de hoy, ningún miembro de la familia vive.

»Madam De Créquy sólo tenía un hijo, Clément, exactamente de la misma edad que mi Urian; puedes ver su retrato en el *hall* principal; me refiero al de Urian.

Sabía que el capitán Urian había muerto ahogado en el mar; a menudo miraba la imagen de su rostro agradable y optimista, vestido con su uniforme de marino y con la mano derecha señalaba un barco que se encontraba a cierta distancia, como si quisiera decir, «¡Miradlo! Ya han zarpado y yo sigo aquí». ¡Pobre capitán Urian! ¡Naufragó en ese mismo barco menos de un año después de haber tomado la fotografía! Pero volvamos a la historia que me estaba contando la señora.

—Todavía hoy puedo ver a esos dos niños jugando juntos —continuó con voz suave y cerró los ojos, como si así pudiera evocar mejor aquel recuerdo—, como solían hacer hace veinticinco años en aquellos anticuados jardines franceses que había en la parte trasera de nuestro hotel. ¡Cuántas veces les veía jugar desde mi ventana!

»Probablemente aquél fuera un lugar mejor para jugar que un jardín inglés, pues había muy pocos parterres de flores y no había apenas césped; en cambio, las terrazas, las barandillas, los floreros y los tramos de escalera de piedra eran de estilo italiano; y había *jets-d'eau* y pequeñas fuentes en las que los niños se entretenían mucho, observando a las gallinetas crestadas que se escondían en ellas. ¡Cómo se divertía Clément chapoteando en el agua para salpicar a Urian, y con qué elegancia respondía éste, como si fuera un improvisado lobo de mar!

»Urian era tan moreno como lo sería un chico de raza gitana y era muy despreocupado en cuanto a su aspecto; se resistió a todos mis esfuerzos para hacer resaltar sus ojos negros y sus pestañas rizadas; Clément, por su parte, no parecía preocuparse en exceso por su apariencia; sin embargo, siempre tenía una imagen delicada y elegante, si bien en ocasiones sus ropas estaban un poco raídas. Solía llevar una chaqueta verde similar a la de un cazador, cubierto desde el cuello hasta el pecho de encajes con volantes; sus rizos de oro caían en cascada de forma similar a como lo haría el cabello de una chica, y su flequillo seguía una línea recta sobre sus oscuros ojos marrones. Urian aprendió más sobre el cuidado y el decoro con el que debía vestir un caballero en dos meses con ese chico que en todos los años anteriores con mis sermones. Recuerdo un día en el que estaban jugando juntos (y como tenía la ventana abierta, podía escuchar perfectamente lo que decían) y Urian estaba retando a Clément a practicar motocross o alpinismo; Clément se negaba a hacer ninguna de las dos cosas, pero no parecía muy convencido, como si hubiera algo que le impidiera hacerlo a pesar de estar deseándolo; y entonces, Urian, que era un muchacho impulsivo y descerebrado, mi pobre chico, le dijo a Clément que era un miedoso.

»“¿Miedoso, yo?”, exclamó el chico francés, recuperando la compostura. “No sabes lo que dices. Si vienes aquí a las seis de la madrugada, cuando todavía está amaneciendo, verás cómo soy capaz de coger el nido del estornino de esa chimenea de allí y traértelo aquí.”

»“¿Y por qué no ahora, Clément?”, le respondió Urian, pasándole el brazo por los hombros. “¿Por qué mañana y no ahora, que estamos de humor para hacerlo?”

»“Porque nosotros, los De Créquys, somos pobres, y mi madre no se puede permitir comprarme otro traje completo este año, y esa roca de ahí está totalmente dentada y rasgaría mis pantalones y mi chaqueta. Ahora bien, mañana por la mañana podré hacerlo sin problemas, si solo llevo puesta una vieja camiseta.”

»“Pero te rasgarás las piernas.”

»“A los de mi raza no nos importa el dolor”, contestó el chico, desprendiéndose del abrazo de Urian, y alejándose unos pasos, con el orgullo y la reserva apropiadas; estaba dolido porque le habían acusado de miedoso y porque se había visto obligado a confesar la verdadera razón por la que había declinado el reto. Pero Urian no era de los que se quedaba desconcertado sin saber qué hacer. Se acercó a Clément, y una vez más le pasó el brazo por los hombros, y los vi caminar juntos a través de la terraza fuera de mi campo de visión: Urian fue el primero en hablar y lo hizo con cierta impaciencia, con ansiedad, implorando ver el perdón en la expresión de su amigo, que seguía con la mirada fija en el suelo. Finalmente, el chico francés también habló, y poco a poco, rodeó con su brazo a Urian, y se pasearon de un lado a otro durante horas, inmersos en una profunda conversación, en un tono grave, pues estaban rozando ya la línea que separa al hombre del muchacho.

»Otra vez, escuché repiquetear las campanas de la pequeña iglesia de las Missions Étrangères, situada en la esquina de amplio jardín; anunciaban la elevación de Cristo. Clément se arrodilló, con las manos cruzadas y con la mirada baja: mientras tanto, Urian permaneció quieto, observándolo todo, sumido en un respetuoso silencio.

»¡Qué bonita habría podido ser esa amistad! Cada vez que sueño con Urian, también veo a Clément, Urian me habla, o hace algo, pero Clément se limita a revolotear en torno a Urian, ¡y parece que sólo le ve a él!

»He olvidado contarte lo más importante: a la mañana siguiente, antes de que Urian se hubiera levantado, un sirviente de madame Créquy vino a nuestro apartamento y le entregó el nido del estornino.

»¡Y bueno! Volvimos a Inglaterra y los muchachos mantuvieron el contacto a través de correspondencia; y madame De Créquy y yo intercambiábamos saludos; y fue entonces cuando Urian se hizo a la mar.

»Después de eso, fue todo a peor. Pero hay cosas que no te puedo contar, ante todo por respeto a los De Créquy. Recibí una carta de Clément; sabía que sentía profundamente la pérdida de su amigo; pero nadie lo diría por la carta que envió. Estaba escrita en un estilo muy formal; aquello no era más que paja para mi corazón hambriento. ¡Pobre chico! Estoy segura de que le resultó muy difícil escribirla. ¿Qué le podría decir él, o cualquier otro, a una madre que acababa de perder a su hijo? El mundo no suele pensar en ese tipo de cosas, y generalmente nos conformamos con las costumbres del mundo; pero a partir de mi experiencia, me atrevería a decir que en ocasiones, un silencio reverente es el mejor bálsamo. Madame De Créquy también me escribió. Pero yo sabía que no podía lamentar mi pérdida tanto como Clément, por lo que su carta no me supuso ninguna desilusión. Habíamos mantenido una relación educada y cordial, parecida a la que puede haber entre dos miembros de una misma comisión; en ocasiones, también nos presentábamos la una a la otra amigos y conocidos. Esa relación duró aproximadamente dos años y después dejamos de tener contacto. Y entonces llegó esa terrible revolución. Nadie que no haya vivido aquella época, puede imaginar siquiera la espera diaria de noticias —a cada hora circulaban terribles rumores acerca de las fortunas y la vida de aquellos que habían hecho las veces de anfitriones de la mayoría de nosotros y de quienes habíamos recibido calurosas bienvenidas en sus magníficas casas. Claro que detrás de esas escenas, se escondían pecados y sufrimientos; pero nosotros, visitantes ingleses en París, habíamos visto muy poco, si no nada, de todo aquello— y algunas veces he pensado en cómo incluso la muerte parecía ser reacia a elegir a sus víctimas fuera del brillante círculo en el que yo me había movido. El único hijo de madame De Créquy vivía aún; y sin embargo, ¡tres de mis seis hijos habían fallecido desde la última vez que nos habíamos visto! No creo que la suerte sea igual para todos, ni siquiera ahora que conozco en qué había invertido ella todas sus esperanzas; pero debo decir que sea cual sea nuestra suerte, es nuestra obligación aceptarla, sin hacer comparaciones con la de los demás.

»Era una época llena de desesperanza y miedo. "¿Qué ha pasado?", era la pregunta que le hacíamos a cualquiera que nos trajera noticias de París. ¿Dónde estaban escondidos todos aquellos diablos, hacía tan sólo unos pocos años, cuando bailábamos y acudíamos a banquetes y disfrutábamos de los brillantes salones y de la encantadora hospitalidad de París?

»Una tarde, estaba sentada sola en la plaza Saint James; mi marido estaba en el club con el señor Fox y otros amigos: me dejó allí, seguro de que asistiría a alguno de los numerosos acontecimientos a los que había sido invitada aquella tarde; pero no tenía ánimo para ir a ningún sitio, pues era el cumpleaños del pobre Urian. Ni siquiera había llamado para que encendieran las velas, a pesar de que ya estaba anocheciendo, pero no podía dejar de pensar en sus costumbres, en su naturaleza cálida y cariñosa y en cuántas veces había actuado de manera impulsiva en lo que a él se refiere, cegada por el amor incondicional que le profesaba; y en cómo había descuidado y abandonado a su querido amigo Clément, que en ese mismo momento podría necesitar ayuda, en esa ciudad sangrienta en la que se había convertido París. Pero si había algo de lo que me sentía particularmente responsable, era de Clément De Créquy con respecto a Urian; en ese momento, Fenwick se acercó a mí y me entregó una nota, sellada con un escudo de armas que conocía muy bien, pero no recordaba dónde lo había visto antes. Me quedé mirándolo fijamente como se suele hacer a veces, durante uno o dos minutos, antes de abrir la carta. Al momento supe que la misiva era de Clément De Créquy. "Mi madre está aquí", decía. "Está muy enferma y yo estoy un poco desconcertado en esta ciudad extraña. Le ruego que me reciba y me dedique unos pocos minutos de su tiempo." La portadora de la carta era la señora de la casa en la que estaban alojados. La hice pasar a la antesala y la interrogué yo misma, mientras preparaban mi carruaje. Habían llegado a Londres hacía unos quince días; no identificó su rango, a juzgar por sus ropas y su equipaje: sin duda, eran muy pobres. La mujer no había salido de la habitación desde el día en que llegaron; el joven le hacía compañía, lo hacía todo por ella; de hecho, nunca la dejaba sola; excepto ese mismo día, pues ella (la mensajera) había acordado con el joven que, una vez estuviera de vuelta, estaría pendiente de la señora mientras él salía a algún lugar. A duras penas entendía lo que le decía, pues hablaba un inglés muy pobre. No había vuelto a hablarlo desde la última vez que lo había hecho con Urian.

Capítulo V

Con las prisas del momento, apenas sabía lo que hacía. Pedí al ama de llaves que sirviera todo el manjar que tuviera, con el fin de tentar a la enferma, a quien aún tenía la esperanza de llevar conmigo a casa. Cuando el carruaje estuvo listo, llevé a la buena mujer conmigo para que nos mostrara el camino exacto, el cual mi cochero admitió no conocer, pues en efecto, se encontraban en un lugar pobre detrás de Leicester Square, del cual habían oído hablar, según me dijo después Clément, a uno de los pescadores que los había llevado a través de la costa holandesa disfrazados de campesino de Frisia y de su madre. Tenían algunas joyas de valor ocultas alrededor de su cuerpo, pero todo el dinero en efectivo lo habían gastado antes de que yo los viera, y Clément no había estado dispuesto a abandonar a su madre, ni siquiera durante el tiempo necesario para determinar la mejor manera de deshacerse de los diamantes. Derrotada por la angustia mental y la fatiga física, nada más llegar a Londres cayó en la cama con una especie de fiebre nerviosa, en la cual su principal y única idea parecía ser que se llevaban a Clément a una prisión o algo así; y en cuanto él estaba fuera de su vista, aunque fuera sólo por un minuto, lloraba como una niña y no había manera de tranquilizarla o consolarla. La casera era una mujer amable y buena, y aunque no entendió del todo el caso, realmente sintió lástima por ellos, por ser extranjeros y por la madre enferma en un país extraño.

La envié delante para solicitar permiso para entrar. Enseguida vi a Clément, un joven alto y elegante con un extraño traje de tela basta, de pie en la puerta abierta de una habitación, y obviamente, incluso antes de que me abordara, esforzándose por tranquilizar los temores de su madre en el interior. Me dirigí hacia él y habría tomado su mano, pero se inclinó y beso la mía.

—¿Puedo entrar, madame? —pregunté mirando a la pobre mujer enferma, acostada en una oscura y lúgubre cama con la cabeza apoyada en unas gruesas y sucias almohadas, y mirando fijamente de manera asustadiza todo lo que estaba pasando.

—¡Clément, Clément, acércate! —gritó, y cuando se acercó a la cabecera, ella se volvió, tomó su mano entre las suyas y comenzó a acariciarlo mirándolo a la cara. Apenas pude contener las lágrimas.

Él se quedó inmóvil, salvo en los ratos en los que le hablaba en voz baja. Al final entré en la habitación, y pude hablar con él sin renovar su alarma. Pedí la dirección del médico; por lo que había oído habían llamado a uno por recomendación de la casera, pero me costaba entender el inglés de Clément y la mala pronunciación de nuestros propios nombres, por lo que estuve obligada a dirigirme a la casera. No pude decirle mucho a Clément, ya que su atención estaba totalmente copada por las necesidades de su madre, la cual no parecía darse cuenta de que yo estaba allí. Pero le dije que no tuviera miedo, que por mucho que tardara, volvería antes de la noche. Ordené a la mujer se encargara de todo, y dejé a uno de mis hombres que entendía algo de francés en la casa con instrucciones de que tenía que acatar las órdenes de madame De Créquy hasta que le enviara o le diese nuevas órdenes. Lo que yo buscaba era su permiso para llevar a madame De Créquy a mi propia casa y saber cuál era la mejor manera de hacerlo, ya que veía que cada movimiento en la habitación, cada sonido que no fuera la voz de Clément, provocaba en ella un nuevo acceso de temblores y agitación nerviosa.

El médico me pareció un hombre inteligente, pero tenía esa clase de modales abruptos que acaban adquiriendo aquellos que tienen mucho contacto con las clases bajas.

Le conté la historia de su paciente, el interés que tenía en ella y el deseo que contemplaba de llevarla a mi propia casa.

—Eso no es posible —dijo—, cualquier cambio la mataría.

—Pero hay que hacerlo —le contesté—, y eso no la matará.

—Entonces no tengo nada más que decir —repuso, apartándose de la puerta del coche y haciendo como si volviera a entrar a la casa.

—Espere un momento. Debe ayudarme, y si lo hace, tendrá motivos para estar contento ya que le daré cincuenta libras con mucho gusto. Si no quiere hacerlo, lo hará otro.

Él me miró (con disimulo) desde el coche, vaciló, y luego dijo:

—Al parecer no le importan los gastos. Supongo que usted es una señora muy rica y de categoría. Estas personas no se paran ante nimiedades como la vida o la muerte de una mujer enferma con tal de conseguir su objetivo. Supongo pues que debo ayudarla, ya que si no lo hago yo, otro lo hará.

No me importó lo que dijo con tal de que me ayudara. Estaba bastante segura de que se encontraba en un estado en el que podía recibir opiáceos, y no me había olvidado de Christopher Sly,[22] puede estar seguro, así que le dije lo que tenía en mente. Al caer la noche —el momento más tranquilo de las calles— ella debería ser transportada en una camilla del hospital, silenciosa y calurosamente arropada desde la pensión de Leicester Square, a las habitaciones que yo tendría perfectamente preparadas para ella. Tal como lo planifiqué, así se hizo. Avisé a Clément de mi plan mediante una nota. Tenía todo preparado en casa, y anduvimos por ella como si calzáramos terciopelo, mientras el portero vigilaba la puerta abierta. Al fin, a través de la oscuridad, vi los faroles que llevaban mis hombres, los cuales encabezaban la pequeña procesión. La camilla parecía un coche fúnebre, por un lado caminaba el doctor, por el otro Clément. Llegaron silenciosa y rápidamente. No podía experimentar más, no nos atrevimos a cambiarle de ropa; la pusimos en la cama con el basto camisón de la casera, manteniéndola caliente con mantas, y la dejamos en la oscura y perfumada habitación con una enfermera y el doctor velando por ella. Mientras, llevé a Clément a la habitación contigua en la que había colocado una cama para él. No se alejaría más de aquí, y le habían llevado unos refrigerios.

Entretanto, había mostrado su gratitud mediante todos los gestos posibles (ya que ninguno de los dos nos atrevíamos a hablar): se había arrodillado a mis pies, me había besado la mano y la había dejado húmeda con sus lágrimas. Había alzado sus brazos al cielo y había orado fervientemente, como pude observar por el movimiento de sus labios. Le permití aliviarse mediante estas expresiones tontas, si se me permite llamarlas así, luego lo dejé y me fui a mi habitación a esperar a que llegara milord, y contarle lo que había hecho.

Por supuesto todo le pareció bien, y ni milord ni yo podíamos dormir pensando cómo madame De Créquy llevaría su despertar. Había contratado al médico, a cuyo rostro y voz se había acostumbrado por permanecer con ella toda la noche. La enfermera tenía experiencia y Clément estaba a su lado. Pero el mayor alivio fue cuando tuve noticias de mi propia sirvienta, cuando me trajo el chocolate, que madame De Créquy (según había dicho monsieur) había despertado más tranqui-

22. Christopher Sly es el nombre del chatarrero borracho del prólogo de la obra *La fierecilla domada* de William Shakespeare. (*N. de la t.*)

la que en días anteriores. Sin duda, el aspecto de la alcoba debió de haberle sido más familiar que el miserable lugar donde la había encontrado, y ella intuitivamente se sentía entre amigos.

Milord se escandalizó ante la ropa de Clément, la cual desde el primer momento se me había olvidado, al pensar en otras cosas, y para lo que no había preparado a lord Ludlow. Hizo venir a su propio sastre y le ordenó traer sus patrones, y exigió que sus hombres trabajaran día y noche hasta que Clément pudiera parecer de su rango. En definitiva, en unos días muchos de los rastros de su huida fueron eliminados. Nosotros casi habíamos olvidado las terribles causas de ello, y más bien sentíamos como si estuvieran de visita y no que habían tenido que abandonar su país. Los agentes de milord también vendieron sus diamantes, aunque las tiendas de Londres estuvieran repletas de alhajas y de muchos objetos de valor, algunos extraños y curiosos, que los emigrantes vendieron por la mitad de su valor real ya que no podían permitirse el lujo de esperar. Madame De Créquy estaba recuperándose, aunque desafortunadamente su fuerza había desaparecido, y jamás volvería a ser la misma frente a otro peligroso trance como el que ella acababa de protagonizar y del cual no podía soportar la más mínima referencia. Durante algún tiempo las cosas siguieron en este estado: los De Crequy seguían siendo nuestros invitados de honor. Muchas de las casas, además de la nuestra, incluidas las de nuestros propios amigos, abrían sus puertas para recibir a la pobre nobleza huida de Francia, expulsada de su país por los brutales republicanos. Cada emigrante recién llegado traía nuevos cuentos de horror, como si estos revolucionarios estuvieran borrachos de sangre y locos por idear nuevas atrocidades.

He de contarte que Clément había sido presentado a nuestro buen Rey George y a su encantadora reina. Ellos lo habían recibido muy gentilmente, y su belleza y elegancia, así como algunas de las de circunstancias sobre su huida, hacían que todo el mundo lo recibiera como un héroe de novela. Debía de haber tenido buenas relaciones porque fue recibido en casa de muchos distinguidos. Pero cuando nos acompañaba a milord y a mí mostraba tal aire de indiferencia y languidez que yo a veces pensaba que lo hacía aún más solicitado. Monkshaven (que era el título de mi hijo mayor) intentó en vano interesarlo en todos los deportes de los jóvenes. Pero no funcionó, era igual para todo. Su madre tomó mucho más interés en las «habladurías» del mundo en Londres, aunque estaba demasiado enferma para participar de ellas. Un día, como decía, un anciano francés de clase humilde se presentó ante nuestros sirvientes; varios de ellos comprendían el francés, y a través Medlicott me enteré de que estaba relacionado de alguna manera con los De Créquy; no con su vida en París, sino porque él había sido el administrador de sus propiedades en el país, propiedades que eran más útiles como tierras de caza que como suma a sus ingresos. Sin embargo, allí estaba el anciano, y con él había traído los largos pergaminos y las escrituras relativas de sus propiedades, envueltos alrededor de su cuerpo. Éstos no le serían entregados a nadie salvo a monsieur De Créquy, su legítimo propietario, pero Clément estaba fuera con Monkshaven, por lo que el anciano esperó. Cuando Clément volvió, le hablé de la llegada del administrador y de cómo había sido atendido por mi servicio. Clément fue directamente a verle. Tardó mucho y yo esperaba a que regresara para ir juntos a un sitio, por algún motivo que ahora no recuerdo. Lo que sí recuerdo era que estaba cansada de esperar, y a punto de tocar la campana para ordenar que le recordaran su compromiso conmigo, cuando llegó, con la cara blanca como el polvo en sus cabellos y sus hermosos ojos dilatados por el terror. Me di cuenta de que había oído algo que lo había tocado aún más de cerca que los cuentos habituales que cada nuevo emigrante traía.

—¿Qué pasa, Clément? —le pregunté.

Se apretaba las manos y parecía como si intentara hablar, pero no le salían las palabras.

—¡Han guillotinado a mí tío! —dijo finalmente.

Bueno, yo sabía que había un conde De Créquy, pero siempre había entendido que la rama mayor tenía poca comunicación con él. De hecho, que él fuera una oveja negra de alguna manera era más bien una desgracia que otra cosa para la familia. Así, tal vez yo era fría, pero estaba un poco sorprendida por aquel exceso de emoción, hasta que vi esa peculiar mirada en sus ojos que a muchas personas se les pone cuando sienten más terror en su corazón del que pueden expresar en palabras. Quería que entendiera algo sin decírmelo, pero ¿cómo podía? Nunca antes había oído hablar de una mademoiselle De Créquy.

—¡Virginie! —por fin se pronunció. En un instante lo entendí todo, y recordé que, si Urian estuviera vivo, también podría estar enamorado.

—¿La hija de tú tío? —le pregunté.

—Mi prima —respondió.

Yo no le dije su prometida, pero no tenía ninguna duda de ello. Me equivoqué, sin embargo.

—¡Oh, madame! —continuó—, su madre murió hace mucho, ahora su padre, y ella tiene miedo, está sola, abandonada.

—¿Está en la abadía? —le pregunté.

—¡No!, está escondida con la viuda del antiguo conserje de su padre. Cualquier día pueden ir a la casa en busca de aristócratas. Están buscándolos por todas partes. Entonces, no sólo su vida, sino la de la anciana, su anfitriona, será sacrificada. La anciana lo sabe, y tiembla de miedo. Aunque es lo bastante valiente para ser fiel, sus miedos podrían traicionarla, la casa puede ser registrada. No hay nadie para ayudar a Virginie a escapar. Está sola en París.

Vi lo que había en su mente. Estaba preocupado e impaciente por ir en busca de su prima, pero la idea de su madre le detuvo. Yo no habría contenido a Urian de participar en algo así. ¿Cómo podría? Y, sin embargo, tal vez hice mal en no instar más aún en las posibilidades de peligro. De todos modos, si había peligro para él, ¿no era el mismo o incluso mayor para ella? Para los franceses en aquellos días malos de terror no importaban ni la edad ni el sexo. Así pues, acepté su deseo y lo animé a pensar de qué manera podría ser mejor y más prudente llevar a cabo el plan; sin dudar, como ya he dicho, que él y su prima estaban prometidos.

Sin embargo, cuando fui a ver a madame De Créquy, después de que él le transmitiese su, o más bien nuestro, plan, averigüé mi error. Ella, que por lo general había estado demasiado débil para cruzar la habitación sino con lentitud y utilizando el bastón, iba de un lado a otro con pasos vacilantes; y, aunque de vez en cuando se dejaba caer en una silla, parecía como si no pudiera estar quieta, ya que se levantaba de nuevo y empezaba a dar vueltas, retorciendo sus manos y hablando rápidamente para sí misma. Al verme, se detuvo:

—Señora —dijo—, usted ha perdido a su hijo. Podría haber dejado al mío.

Me quedé tan asombrada que apenas sabía lo que decir. Había hablado con Clément como si el consentimiento de su madre estuviera asegurado (como sentía que habría sido el mío si Urian hubiera estado vivo para pedirlo). Por supuesto, tanto él como yo sabíamos que el consentimiento de su madre debía ser solicitado y obtenido, antes de que pudiera dejarle partir en tal empresa, pero, de algún modo, mi pulso siempre se aceleraba en presencia del peligro, quizá porque mi vida siempre había sido muy pacífica. ¡Pobre madame De Créquy! Yo era de otra manera, ella se desesperaba mientras yo tenía esperanza y Clément confiaba.

—Querida madame De Créquy —le dije—, regresará sano y salvo, tomaremos todas las precauciones que ni él, ni usted, ni milord o Monkshaven puedan imaginar; pero él no puede dejar abandonada a esa joven, su pariente más cercano tras usted, su prometida, ¿no?

—¡Su prometida! —gritó, en su punto más alto de excitación—. ¿Virginie prometida de Clément? ¡No, gracias a Dios, no estamos tan mal para eso! Sin embargo podría haberlo sido, pero ¡la señorita despreció a mi hijo! Ella no tendría nada que ver con él. ¡Ahora es el momento de que él no tenga nada que ver con ella!

Clément había entrado por la puerta de atrás mientras su madre hablaba. Su rostro estaba pálido, hasta el punto de parecer tan gris e inmóvil como si hubiera sido tallado en piedra. Vino y se puso delante de su madre. Ella se detuvo, echó atrás su cabeza altiva y los dos se miraron fijamente. Después de un minuto o dos en esta actitud, ella, con su orgullosa y decisiva mirada, ni se estremecía, y él se arrodilló, tomando su mano, una fuerte y dura mano que no se cerró sino que seguía siendo rígida y extendida.

—Madre —le suplicó—, retire su prohibición. ¡Déjeme ir!

—¿Cuáles fueron sus palabras? —Madame De Créquy contestó lentamente, casi forzando su memoria hasta el extremo de la exactitud—. «Primo mío», dijo, «cuando me case, me casaré con un hombre, no con un petimetre. Me casaré con un hombre que, independientemente de su rango, aumente la dignidad de la raza humana por sus virtudes, y no se conforme con vivir en una corte afeminada en las tradiciones de la grandeza del pasado.» Había tomado prestadas sus palabras del infame Jean-Jacques Rousseau, amigo de su no menos infame padre. ¡No! Debo decir que, si no fueron sus palabras, tomó prestados sus principios. ¡Y mi hijo pide casarse con ella!

—Fue el deseo escrito de mi padre —dijo Clément.

—Pero ¿no la amas? Abogas las palabras de tu padre, palabras escritas hace doce años, como si ésta fuera tu razón de ser indiferente a mi aversión a la alianza. Pero le pediste que se casara contigo y ella te rechazó con un desprecio insolente, y ahora estás dispuesto a dejarme, dejarme desolada en un país extranjero.

—¡Sola!, ¡mi madre! ¡La condesa Ludlow está presente!

—¡Lo siento, madame! Pero toda la Tierra, aunque estuviera llena de amables corazones, no es más que un lugar desierto y solitario para una madre cuando su único hijo está ausente. Y tú, Clément, me dejarías por esta Virginie, ¡esa degenerada de De Créquy manchada por el ateísmo de los enciclopedistas! Ahora está recogiendo el fruto de la cosecha que sus amigos sembraron. ¡Déjala! Seguro que tiene amigos, incluso puede que amantes, entre estos demonios que bajo el grito de libertad cometen libertinajes. ¡Déjala, Clément! Te rechazó con desprecio: sé orgulloso para pensar en ella ahora.

—Madre, no puedo pensar en mí; sólo en ella.

—¡Piensa en mí, entonces! Yo, tu madre, te prohíbo que vayas.

Clément hizo una reverencia y salió de la habitación al instante como un ciego. Ella vio su movimiento a tientas y, por un instante, pienso que su corazón se conmovió. Pero se volvió hacia mí tratando de exculpar su arrebato. El conde, el hermano menor de su marido, siempre había tratado de inmiscuirse entre el matrimonio. Él había sido el más astuto de los dos, y había poseído una extraordinaria influencia sobre su marido. Sospechaba que él había instigado aquella cláusula en el testamento de su marido, según la cual el marqués expresaba su deseo del matrimonio entre los primos. El conde había tenido cierto interés en la gestión de las propiedades de los De Créquy durante la minoría de edad de su hijo. Es más, recordé entonces que fue a través del conde De Créquy que lord Ludlow había escuchado por primera vez acerca del apartamento que más tarde ocupamos en el palacete de Créquy; y entonces el recuerdo de un sentimiento pasado apareció claramente de entre la niebla, y trataba de recordar cómo y cuándo nos fuimos al palacete De Créquy. Tanto lord Ludlow como yo imaginábamos que el acuerdo resultaba algo molesto para nuestra anfitriona, y nos había llevado un tiempo considerablemente largo antes de que hubiéramos podido establecer relaciones de amistad con ella. Años después de nuestra visita, ella comenzó a sospechar que Clément (a quien no podía impedir visitar la casa de su tío, considerando las condiciones que su padre había establecido con su hermano, aunque ella nunca pusiera un pie en el umbral del conde De Créquy) se relacionaba con mademoiselle, su prima, por lo que hizo preguntas cautelosas en cuanto al aspecto, el carácter, y la disposición de la joven. La joven no era guapa, se decía, pero tenía una fina figura, y se consideraba que, en general tenía una presencia muy noble y atractiva. Era de carácter audaz y terco (decían unos), original e independiente (decían otros). Estaba muy consentida por su padre, que le había dado algo de la educación masculina, y había seleccionado como su mejor amiga a una señorita de un rango inferior al suyo, una perteneciente a la burocracia, mademoiselle Necker, hija del ministro de finanzas. Mademoiselle De Créquy se introdujo así en todos los salones de libre pensamiento de París, entre la gente que estaba siempre concibiendo planes para derribar la sociedad. ¿Y afectó acaso a Clément esta gente?, se preguntó madame De Créquy con cierta ansiedad. ¡No! Monsieur de Créquy no tenía ojos ni oídos más que para su prima. ¿Y ella? Ella apenas se dio cuenta de su devoción, tan evidente para todos los demás. ¡Criatura orgullosa! Pero quizás era su manera arrogante de ocultar lo que ella sentía. Por eso, madame De Créquy escuchaba, y preguntaba, y no averiguó nada, hasta que un día ella sorprendió a Clément con una nota en la mano, de la cual ella recordaba muy bien las mordaces palabras, en las que Virginie había dicho, como respuesta a la propuesta que Clément le había enviado a través de su padre, que cuando se casara se casaría con un hombre, no con un petimetre.

Clément estaba indignado por la naturaleza insultante de la respuesta que Virginie había enviado a su propuesta, hecha en respetuoso tono pero que, al fin y al cabo, era más que fría, como la lava endurecida sobre un corazón ardiente. Él consintió al deseo de su madre de no volver a presentarse en los salones de su tío, pero no olvidó a Virginie, aunque nunca mencionaba su nombre.

Madame De Créquy y su hijo estaban entre los primeros proscritos, ya que eran monárquicos acérrimos y además aristócratas, que era como acostumbraban los horribles *sans-culottes* etiquetar a aquellos que conservaban los hábitos de expresión y de acción a los que habían sido educados con gran su orgullo. Habían salido de París unas semanas antes de llegar a Inglaterra, y Clément estaba convencido, en el momento de abandonar el palacete De Créquy, de que su tío no estaba solamente a salvo, sino que más bien era un hombre popular en el partido en el poder. Y puesto que se interceptaba toda la comunicación, monsieur De Créquy había sentido poca preocupación por su tío y por su prima, en comparación con lo que sentía por muchos otros amigos de diferentes opiniones políticas, hasta el día en que se quedó atónito por la fatal información de que incluso su progresista tío había sido guillotinado, y que su prima había sido apresada por la multitud, cuyos derechos (como ella los llamaba) siempre defendía.

Cuando escuché toda esta historia, confieso que se ganó el respeto que le pedía a él. La vida de Virginie no me parecía que mereciera el riesgo que correría Clément. Pero cuando lo vi triste, deprimido, sin esperanza, yendo como un oprimido por un sueño pesado del cual no puede desprenderse, sin preocuparse por comer, beber, dormir, y aun así llevando todo con silenciosa dignidad, y todavía tratando de forzar una pobre y débil sonrisa cuando veía que lo miraba con ojos ansiosos. Me volví de nuevo y me pregunté cómo madame De Créquy podía resistirse a esta muda súplica de la apariencia alterada de su hijo. En cuanto a lord Ludlow y a Monkshaven, en cuanto entendieron el caso, les indignó que una madre intentara detener a su hijo fuera del peligro honorable, y un claro deber (según ellos), de tratar de salvar la vida de una muchacha huérfana indefensa, pariente suya. Nadie excepto un francés, dijo milord, se detendría rodeado ante los caprichos y miedos de una anciana, aunque fuera su madre. Eso era acercarse a la muerte en virtud de la moderación. Si se marchara, sin duda alguna, esos desgraciados podrían ponerle fin, como habían hecho con muchos buenos hombres, pero milord sostenía que, en vez de ser guillotinado, salvaría a la chica y la traería a salvo a Inglaterra perdidamente enamorada de su salvador, y entonces celebraríamos una alegre boda en Monkshaven. Milord repitió su opinión con tanta frecuencia en su mente que se convirtió en una profecía que iba a cumplirse y, un día, viendo a Clément aún más pálido y delgado de lo que había estado antes, envió un mensaje a madame De Créquy, solicitando permiso de hablarle en privado.

—¡Por supuesto! —dijo él—. Oirá mi opinión, y no dejaré a este muchacho matarse de preocupación. Es demasiado bueno para hacerlo. Si hubiera sido un muchacho inglés, ya se habría fugado con su amor mucho antes de esto, sin dar razones, con su permiso o sin él, pero siendo francés está a favor de Eneas y la piedad filial, ¡tonterías! —(Me avergüenza decir que milord se había escapado a la mar cuando era un muchacho sin el consentimiento de su padre, y puesto que todo había terminado bien, y a su regreso encontró a sus padres vivos, no creo que fuera nunca consciente de su falta, como podría haberlo sido en otras circunstancias.)»

»No, milady —prosiguió—, no venga conmigo. Una mujer puede manejar a un hombre mejor cuando está obcecado, y un hombre puede persuadir a una mujer que abandone sus berrinches; pero cuando todos son del mismo sexo es un fracaso. Permite que vaya solo a mi *têtê-é-têtе* con la dama.

Lo que le dijo nunca podría repetirlo, pero volvió peor de como se fue. Sin embargo, se salió con la suya; madame De Créquy retiró su prohibición y le dio el permiso para decírselo a Clément.

—Pero es una vieja Cassandra[23] —dijo él—, no dejes que el muchacho esté mucho con ella; su conversación destruiría el coraje del hombre más valiente, está muy entregada a las supersticiones.

Algo que había dicho había tocado la fibra sensible que milord heredó de sus antepasados escoceses. Mucho tiempo después me enteré de lo que era. Medlicott me lo dijo.

Sin embargo, milord se quitó todas las fantasías que alertaban contra la realización de los deseos de Clément. Toda aquella tarde nos sentamos los tres juntos, planificando, y Monkshaven entraba y salía, cumpliendo nuestras órdenes, y preparándolo todo. Hacia el anochecer todo estaba listo para que Clément comenzara su viaje en dirección a la costa.

Madame había rehusado vernos desde la tempestuosa entrevista de milord con ella. Mandó decir que estaba cansada y que deseaba reposar. Pero, desde luego, antes de que Clément se pusiera en camino, estaba obligado a despedirse de ella y pedir su bendición. A fin de evitar una agitada conversación entre madre e hijo, milord y yo decidimos estar presentes en la cita. Clément ya vestía su ropa para el viaje, el traje de un pescador normando, que Monkshaven, con gran esfuerzo, había descubierto en posesión de uno de los emigrantes que se apiñaban en Londres, y que había escapado de la costa de Francia con este disfraz. El plan de Clément consistía en bajar a la costa de Sussex y conseguir enrolarse en uno de los barcos de pesca o de contrabando que lo llevara a través de la costa francesa cerca de Dieppe. Allí otra vez tendría que cambiar su vestuario. ¡Oh, estaba tan bien planeado! Su madre se asustó por su disfraz (acerca del cual no la habíamos prevenido) al entrar en su aposento. Y eso, o que de repente se había despertado de un sueño profundo en el que solía caer cuando se quedaba sola, le dio un aire salvaje que rozaba casi la locura.

—¡Ve, ve! —le dijo, casi apartándolo cuando él se arrodilló para besar su mano—. Virginie te está haciendo señas, pero tú no ves a qué tipo de lecho vas...

—¡Clément, date prisa! —dijo milord, con prisa, interrumpiendo

23. Cassandra, de la mitología griega (la que enreda a los hombres), hija de los reyes de Troya tenía el don de la profecía (*N. de la t.*)

a madame—. Es más tarde de lo que pensaba, y no puedes perder la marea de la mañana. Di adiós a tu madre de una vez y salgamos de aquí.

Milord y Monkshaven debían cabalgar con él hasta una posada cerca de la costa, desde donde él debía andar hasta su destino. Milord casi lo cogió por el brazo para separarlo, y se marcharon, y yo me quedé sola con madame De Créquy. Cuando oyó las pisadas de los caballos, pareció darse cuenta de la verdad, como si fuera la primera vez. Apretó los dientes.

—¡Me ha dejado por ella! —casi gritó—. ¡Abandonarme por ella! —seguía murmurando, y después, otra vez, la salvaje mirada volvió a sus ojos, y le dijo, casi con júbilo—: ¡Pero no le he dado mi bendición!

Capítulo VI

Toda la noche madame De Créquy desvarió en su delirio. Si hubiera podido, habría traído a Clément de vuelta. Envié a un hombre a buscarlo, pero supongo que mis instrucciones eran confusas, o ellos se equivocaron, ya que regresó la tarde siguiente de que milord volviera. Para entonces madame De Créquy estaba más tranquila, de hecho, dormía de agotamiento cuando lord Ludlow y Monkshaven entraron. Estaban de buen humor, y su optimismo me trajo de vuelta a un estado menos angustioso. Todo había salido bien: habían acompañado a Clément a pie a lo largo de la costa, hasta que se había reunido con un lugre, que milord saludó con buenos términos náuticos. El capitán había respondido a estos términos masones enviando un barco para recoger a su pasajero, e invitándolos a desayunar por medio de la bocina. Monkshaven no aprobó ni la comida ni la compañía, y había vuelto a la posada, pero milord había ido con Clément, y había desayunado a bordo: «Ponche, galletas y pescado fresco, el mejor desayuno que he comido en mi vida», dijo; pero probablemente se debía al apetito que le había despertado cabalgar toda la noche. Sin embargo, su buen compañerismo había ganado claramente el corazón del capitán, y Clément había zarpado bajo los mejores auspicios. Se acordó de que yo debería contarle todo esto a madame De Créquy si ella preguntase, en caso contrario, sería más inteligente no renovar su agitación aludiendo al viaje de su hijo.

Me senté con ella todo el tiempo durante muchos días, pero nunca habló de Clément. Se obligó a hablar de las pequeñas anécdotas de la sociedad parisina en tiempos pasados, intentando ser conversacional y agradable, y para no traslucir ansiedad, ni siquiera interés por el asunto del viaje Clément, lo que consiguió con esfuerzos constantes. Pero el tono de su voz era agudo y lamentable, como si tuviera un dolor constante, y la mirada de sus ojos era apresurada y temerosa, como si no se atreviese a posar la vista en ningún objeto.

Pasada una semana nos enteramos de que Clément había llegado bien a la costa francesa. Envió una carta por medio del capitán contrabandista para que la entregara a su regreso. Teníamos la esperanza de volver a saber algo más, pero las semanas iban pasando y no había noticias de Clément. Tal como habíamos planeado informé a lord Ludlow, en presencia de madame De Créquy, de la nota que había recibido de su hijo, informándonos de su llegada a Francia. Lo oyó, pero no hizo caso, y evidentemente comenzó a preguntarse por qué no volvíamos a mencionarlo de la misma manera ante ella; y a diario comencé a temer que su orgullo la traicionaría y que suplicaría por saber noticias antes de que yo tuviera alguna que transmitirle.

Una mañana, al despertarme, mi sirvienta me dijo que madame De Créquy había pasado una mala noche, y había pedido a Medlicott (la cual entendía y hablaba bastante bien francés, aunque con horrible acento alemán) que me dijera que solicitaba que yo fuera a la habitación de madame tan pronto estuviera vestida.

Sabía lo que se avecinaba, y temblé todo el tiempo mientras me peinaban y me arreglaban. Los sermones de milord no me animaron. Él había oído el recado, y seguía diciendo que preferiría ser fusilado a tener que comunicarle que no había noticias de su hijo; y sin embargo sostenía, de vez en cuando, cuando yo estaba en lo más bajo de mi inquietud, que no esperaba volver a recibir más noticias, que algún día no muy lejano le veríamos de vuelta y nos presentaría a mademoiselle De Créquy.

Sin embargo, al fin estaba lista, y debía ir.

Sus ojos estaban fijos en la puerta por la que entré. Me acerqué a la cama. No estaba maquillada, no lo estaba desde hacía varios días, ya no intentaba mantener en vano el espectáculo de no estar afectada, enternecida y asustada.

Durante un momento no habló, y agradecí la tregua.

—¿Clément? —dijo al fin, cubriendo su boca con un pañuelo en el instante en que había hablado, para que no la viera temblar.

—No ha habido más noticias desde la primera carta, en la que decía lo bien que había salido el viaje, y que había llegado sano y salvo a tierra, cerca de Dieppe... ya sabe —contesté tan alegremente como me fue posible—. Milord no cree que recibamos más cartas, piensa que lo veremos pronto.

No obtuve respuesta. Estaba allí, sin saber si hacer o si decir algo más, mientras se giraba despacio en la cama y se ponía cara a la pared; y como si aquello no la aislara de la luz del día y del ajetreo del feliz mundo, extendió sus manos temblorosas y se cubrió la cara con el pañuelo. No hubo violencia ni apenas sonidos.

Le conté lo que milord había dicho sobre la llegada de Clément uno de estos días, tomándonos a todos por sorpresa. Yo misma no lo creía, pero era posible, y no sabía qué más decir. La compasión para alguien que se esforzaba tanto para ocultar sus sentimientos, habría sido impertinencia. Me dejó hablar, pero no contestó. Sabía que mis palabras eran vanas y ociosas, y que no tenían ninguna raíz en mis creencias.

Quedé muy agradecida cuando Medlicott entró con el desayuno de madame, dándome así una excusa para irme.

Pero creo que aquella conversación me hizo sentir más ansiosa e impaciente que nunca. Casi me sentía comprometida con madame De Créquy a cumplir la visión que le había ofrecido. Había sitiado la cama para entonces, no porque se encontrara enferma, sino porque no tenía ninguna esperanza que la moviera a hacer el esfuerzo de vestirse. De la misma manera, apenas se preocupaba por la comida. No tenía apetito. ¿Para qué comer y prolongar una vida de desesperación? Sin embargo, dejaba que Medlicott le diera de comer, antes que hacer el esfuerzo de resistirse

Y así continuó, durante semanas, meses, me cuesta contar el tiempo, parecía haber pasado mucho tiempo. Medlicott me comentó que había notado en ella una sensibilidad sobrenatural en el oído de madame De Créquy, fruto del hábito de escuchar en silencio el acecho del más leve e insólito sonido de la casa. Medlicott siempre cuidaba al detalle a las personas que tenía a su cargo, y un día me hizo notar lo agudo del oído de madame, aunque la expectación no se dejó notar sino por un instante en la mirada y la respiración silenciosa, para luego dirigirse a la habitación de milord suspirando y con los ojos cerrados.

Finalmente el administrador de las tierras de los De Créquy, el anciano (seguro que lo recordarás) cuya información de Virginie de Créquy dio por primera vez a Clément el deseo de volver a París, vino a St. James's Square, y pidió hablar conmigo. Me apresuré en bajar con él al cuarto del ama de llaves antes de que se introdujera en el mío, por miedo a que madame oyera cualquier sonido.

El anciano estaba de pie, casi lo puedo ver ahora, con el sombrero en ambas manos; y al entrar yo, se inclinó tan despacio que casi lo tocó.Tal exceso de cortesía auguraba algo malo. Esperó a que yo hablara.

—¿Tiene alguna noticia? —le pregunté. Había venido a menudo a la casa para preguntar si habíamos recibido alguna noticia; y yo lo había visto una o dos veces, pero ésta era la primera vez que él había solicitado verme.

—Sí, madame —contestó, todavía de pie con la cabeza inclinada como un niño en desgracia.

—¡Y es mala! —exclamé.

—Es mala.

Por un momento me enfadé por el tono frío en el que se hizo eco de mis palabras, pero inmediatamente después vi las grandes, lentas y pesadas lágrimas cayendo por las mejillas del anciano y sobre las mangas de su pobre y raído abrigo.

Le pregunté cómo se había enterado: parecía como si yo no pudiera, de una vez, soportar oír lo que era. Me dijo que la noche anterior, en el cruce de Long Acre, se había topado con un viejo conocido suyo, uno que, como él, había estado a cargo de asuntos de la familia De Créquy, gestionando sus asuntos parisienses, mientras Fléchier se había encargado de sus asuntos en el campo. Ambos eran ahora emigrantes y vivían de los pocos beneficios que les daban los pocos talentos que disponían. Fléchier, como yo sabía, se ganaba un muy justo sustento aliñando ensaladas en las cenas de gala. Su compatriota, Le Fèbvre, había comenzado a impartir unas lecciones como profesor de baile. Uno de ellos se llevó al otro a su casa, y allí, tras intercambiar la mayoría de sus inmediatas aventuras personales a toda prisa, llegó la pregunta de Fléchier en cuanto a monsieur De Créquy.

Clément había muerto, guillotinado. Virginie había muerto, guillotinada.

Al decírmelo Fléchier, no podía contener los sollozos, y yo apenas pude contener las lágrimas lo suficiente hasta llegar a mi habitación y tener la libertad de romper a llorar. Pidió mi permiso para traer a su amigo Le Fèbvre, que estaba en la plaza, esperando una posible convocatoria para contar la historia. Más adelante me enteré de muchos detalles, que completaban la historia, y me hicieron sentir —lo que me devuelve al principio de mi relato—, lo poco que se puede confiar en las clases bajas para entregarles los temibles poderes de la educación. Ha sido un preámbulo largo, pero ahora llego a la moraleja de la historia.

Milady trataba de suprimir la emoción que claramente sentía repitiendo esta triste historia de la muerte de monsieur De Créquy. Se acercó a mí y arregló las almohadas, y luego, al ver que había estado llorando —pues en efecto, estaba débil de espíritu en ese momento, y poco bastaba para que llorara—, ella se inclinó, besó mi frente y dijo «¡Pobre niña!», casi como dándome las gracias por sentir su profunda pena.

Una vez en Francia, no fue difícil para Clément llegar a París. Lo difícil en aquellos días estaba en marcharse, no en entrar. Llegó vestido como un campesino normando, encargado del transporte de una carga de frutas y verduras, el cual fue fletado en una de las barcazas del Sena. Trabajó duro con sus compañeros en el desembarco y arreglo de los productos en los muelles; y luego, cuando se dispersaron para conseguir sus desayunos en alguno de los cafés cerca del antiguo Mercado de las Flores, se paseó por una calle que lo condujo, en un giro extraño, hacia un horrible callejón del Barrio Latino, apartándole de la calle l'Ecole de Médecine: un lugar horroroso, según he oído, no lejos de la sombra de aquella terrible abadía donde mucha de la mejor sangre de Francia esperaba su muerte. Pero allí vivía un anciano en cuya fidelidad Clément pensó que podría confiar. No estoy segura si había sido jardinero en aquellos jardines de detrás del palacete De Créquy donde Clément y Urian solían jugar juntos años antes. Pero, independientemente de cuál pudiera ser la morada del anciano, Clément se mostró muy contento de poder llegar a él, puedes estar segura. Había sobrevivido en Normandía, con todo tipo de identidades, muchos días después del desembarco en Dieppe, debido a la dificultad de entrar en París, sin levantar las sospechas de los muchos rufianes que estaban siempre a la busca de aristócratas. El anciano jardinero fue, creo, tanto fiel como leal, y protegió a Clément en su buhardilla tanto como pudo. Antes de que pudiera volver a salir, era necesario un nuevo disfraz, y uno más en consonancia de un habitante de París que el de un carretero normando. Después de esperar en la buhardilla durante uno o dos días, para ver si levantaba cualquier sospecha, Clément salió a buscar a Virginie.

La encontró en la posada de la antigua conserje. Señora Babette, se llamaba, y debía de haber sido menos fiel —o quizá debería decir, más interesada— con su invitada que el viejo jardinero con Clément.

He visto una miniatura de Virginie que una madame francesa resultó tener en su posesión en el momento de su huida de París, y que se trajo con ella a Inglaterra sin ser consciente, pues perteneció al conde De Créquy con quien estaba ligeramente emparentada. Deduje que Virgine era de una figura más alta y poderosa para ser mujer de lo que su primo Clément era como hombre. Llevaba el pelo castaño oscuro arreglado en rizos cortos; el modo de peinar el cabello presentaba la inclinación política de la persona en aquellos tiempos, tal como las insignias lo hicieron en la época de mi abuela; y el cabello de Virginie no era de mi gusto, o según mis principios era demasiado clásico. Sus grandes ojos negros miraban directamente desde el retrato. Uno no puede juzgar la forma de una nariz de una miniatura frontal, pero las fosas nasales estaban claramente definidas y en gran medida abiertas. No creo que su nariz fuera bonita, pero su boca tenía un carácter propio, y pienso que habría redimido un rostro más vulgar. Era amplio y el labio superior muy arqueado, y apenas cubría los dientes; de modo que la cara entera parecía (desde la seria y penetrante mirada en los ojos hasta la dulce inteligencia de la boca) escuchar con impaciencia algo, cuya respuesta estaba bastante preparada, y saldría de aquellos labios rojos y abiertos tan pronto como acabase el discurso, y anhelase saber qué iba a decir.

Pues bien, Virginie de Créquy vivía con madame Babette en la conserjería de una vieja posada francesa, en algún lugar al norte de París, lo bastante lejos del refugio Clément. La posada solía estar frecuentada por agricultores de Bretaña y ese tipo de gente en los tiempos en que tenía lugar ese tipo de relación de intercambio entre París y las provincias, cuyo flujo ya casi se había detenido. Pocos bretones venían ahora a la capital, y la posada había caído en manos del hermano de madame Babette, como pago de una deuda de vino del antiguo propietario. Puso a trabajar a su hermana y a su hijo, para mantenerla abierta, por así decirlo, y enviaba a toda la gente que podía para ocupar las habitaciones medio amuebladas de la casa. Pagaban a Babette por su alojamiento cada mañana y como salían fuera a desayunar, y volvían o no según decidieran, por la noche. Cada tres días, el comerciante de vino y su hijo se reunían con madame Babette y ella les hacía las cuentas del dinero que había ganado. Ella y su hijo ocupaban la oficina del portero (en la cual el niño dormía por las noches) y también un miserable pequeño dormitorio que abría la puerta hacia fuera y recibía toda la luz y el aire que entraba a través de la puerta de comunicación, que estaba acristalada. Madame Babette debe de haber tenido una especie de cariño por los De Créquy —sus De Créquy, como entenderás—, y por el padre de Virginie, el conde, pues, con algún riesgo para ella misma, había advertido tanto a él como a su hija del peligro inminente que les acechaba. Pero él, orgulloso, no creería que su querida raza humana pudiera alguna vez hacerle daño; y, mientras él no tuviera miedo, Virginie tampoco lo tendría. Fue mediante alguna artimaña, cuya naturaleza jamás supe, que madame Babette indujo a Virginie a ir a su morada a la misma hora en la cual el conde fue reconocido por la calle, y llevado rápidamente a la Lanterne. Fue después de que Babette la tuviera allí, segura, escondida en la pequeña guarida trasera, que le contó lo que le había ocurrido a su padre. A partir de aquel día, Virginie no se había movido de allí, ni había cruzado el umbral de la portería. No diré que madame Babette estuviera harta de su continua presencia, o lamentara el impulso, tras sentirse obligada a ello por culpa de las multitudes enloquecidas que habían cogido al conde y lo habían colgado, de dirigirse en busca de Virginie, conducirla rápidamente por callejones y callejuelas, hasta que por fin tuvo a la huérfana a salvo en su propio cuarto oscuro, y poder contarle la historia de horror. Pero madame Babette recibía de su avaro hermano una pequeña paga por su trabajo de portera y era bastante difícil encontrar comida para ella y para su hijo, que estaba en edad de crecer; y, aunque la pobre muchacha comiera bien poco, me atrevería a decir que parecía no tener fin la carga que madame Babette se había impuesto a sí misma. Los De Créquy habían sido saqueados, arruinados y se habían convertido en una raza extinta, sólo quedaba aquella solitaria chica sin amigos, débil en salud y espíritu; y, aunque ella no prestara ningún estímulo positivo a su pleito, para cuando Clément llegó a París, madame Babette comenzaba a pensar que tal vez Virginie aceptase las atenciones de monsieur Morin hijo, su sobrino, e hijo del comerciante de vino. Desde luego, él y su padre tenían entrada en la portería de la posada en calidad de propietarios y parientes. El hijo, Morin, había visto a Virginie de esa manera. Era totalmente consciente de que ella estaba muy por encima de él en rango, y dedujo por su aspecto en general que había perdido a sus protectores naturales en la terrible guillotina, pero él no conocía su nombre exacto ni su condición, ni tampoco pudo convencer a su tía para que se lo dijera. Sin embargo, se enamoró locamente de ella, fuera princesa o campesina; y, aunque al principio hubiera algo en ella que le hacía ocultar su amor apasionado bajo su tímida y torpe reserva, para aparecer luego en forma de una profunda y respetuosa devoción, mientras tanto, supongo, mediante el mismo proceso de razonamiento que había tenido frente a su tía, Jean Morin comenzó a expulsar la desesperanza de su corazón. A veces pensaba que, quizá al cabo de los años, que la solitaria, desvalida y reprimida dama contenida en la miseria, podría recurrir a él como amigo y consolador, y luego, y luego... Mientras tanto, Jean Morin estaba más atento con su tía, a quien anteriormente más bien había despreciado. Se ocupaba de las cuentas; le traía pequeños regalos; y sobre todo, hizo a Pierre, su pequeño primo, su protegido, el cual podría contarle todas las cosas del día a día de mamoiselle Cannes, que era como llamaba a Virginie. Pierre era completamente consciente del sentido y la causa de las preguntas de su primo, y era su ardiente partidario, según he oído, incluso antes de que Jean Morin hubiera reconocido sus deseos por él.

Clément de Créquy de debe haber requerido bastante paciencia y mucha diplomacia antes de que averiguara el lugar exacto donde su prima estaba oculta. El anciano jardinero se tomó la causa muy a pecho, pues, a juzgar por mis recuerdos, habría secundado cualquier deseo de monsieur Clément, por muy salvaje que fuera. (Luego te contaré cómo llegué a conocer tan bien todos estos detalles.)

Tras la vuelta de Clément sin encontrar ningún buen resultado de su peligrosa búsqueda, durante dos días sucesivos, Jacques suplicó a monsieur De Créquy que le dejara echarle una mano. Esto representaba que, como jardinero durante más de veinte años en el palacete De Créquy, tenía buen conocimiento de todos los sucesivos conserjes de la casa del conde, y no sería un extraño entre ellos, sino que lo recibirían como a un viejo amigo, ansioso de recuperar el contacto; y que si la versión que el administrador le había contado a monsieur De Créquy en Inglaterra era cierta, y mademoiselle estaba escondida en la casa de un antiguo conserje, por qué, algo relacionando con ella seguramente se filtraría en la conversación. Así que convenció a Clément para que permaneciera en casa mientras él salía a hacer su ronda, sin más objeto aparente que chismorrear.

Por la noche regresó a la casa habiendo visto a mademoiselle. Le contó a Clément la mayor parte de la historia de madame Babette que yo te he contado. Por supuesto, no había oído nada de las ambiciosas esperanzas de Morin hijo, de hecho, apenas sabía de su existencia, diría yo. Madame Babette lo había recibido con amabilidad, aunque por un rato lo había mantenido de pie en la puerta de la cochera, alejado de la casa. Pero, al quejarse de sed y de su reumatismo, ella le había invitado a pasar. Al principio miraba alrededor con cierta ansiedad, para ver quién estaba en la habitación tras ella. No había nadie cuando entró y se sentó. Pero, en un minuto o dos, una alta y delgada señorita, de grandes ojos tristes y mejillas pálidas, salió del cuarto interior, y viéndolo, se retiró. Ésta es mademoiselle Cannes, dijo madame Babette, más bien innecesariamente; porque si él no hubiera estado alerta de algún signo de mademoiselle de Créquy, apenas habría notado la entrada y la salida de la joven.

Clément y el anciano jardinero estaban más que perplejos ante la evidente elusión de madame Babette de toda mención de la familia De Créquy. Si estaba tan interesada en uno de los miembros hasta el punto de estar dispuesta a someterse a los castigos y a las penas de una visita domiciliaria, era extraño que nunca se interesase por la existencia de amigos y relaciones de su protegida a alguien que quizá había oído algo de ellos. Dedujeron que madame Babette debía de creer que la marquesa y Clément estaban muertos; y admiraron su reticencia para no hablar de Virginie. La verdad era, sospecho yo, que estaba tan deseosa del éxito de su sobrino en ese momento, que no quería contar a nadie el secreto del paradero de Virginie que pudiera interferir en su plan. Sin embargo, entre Clément y su humilde amigo arreglaron que el primero, vestido con la ropa de campesino con la que había entrado en París, aunque habían arreglado un par de detalles, para dar la impresión de que aunque fuera un hombre de campo tuviera dinero para gastar, debía ir y contratar una habitación en la vieja posada Bretona, donde, como ya dije, había alojamiento disponible para la noche. Así se hizo, en consecuencia, sin levantar las sospechas de madame Babette, ya que no conocía el acento de Normandía, y por consiguiente no notó la exageración que había adoptado monsieur De Créquy para disfrazar su acento parisino. Pero después de haber dormido dos noches en un extraño armario oscuro, al final de uno de los numerosos pasillos de la posada Duguesclin, y tras haber pagado con su dinero por tal alojamiento cada mañana en la pequeña oficina bajo la ventana de la conserjería, seguía sin encontrarse cerca de su objetivo. Estaba de pie en la entrada mientras madame Babette abría un cristal en la puerta, contaba el cambio, daba las gracias educadamente y cerraba el cristal rápidamente, antes de que pudiera pensar en algo que decir y poder entablar una conversación. Una vez ya en la calle, se hallaba en peligro con la muchedumbre sanguinaria, que estaba lista en aquellos días para cazar hasta dar muerte a todo el que pareciese caballero o aristócrata: y Clément, fuera como fuese, parecía un caballero, independientemente de la ropa que llevase. Sin embargo, era imprudente atravesar París para ir al viejo desván de su amigo el jardinero, por lo que tuvo que vagar por unas calles que apenas conozco. Sólo sé que dejaba la posada Duguesclin, que no iba adonde el anciano Jacques, y que no había otra casa disponible para él en París. Al cabo de dos días, se enteró de la existencia de Pierre, y comenzó a tratar de hacer amistad con el chaval. Pierre era demasiado listo y astuto para no sospechar algo de aquellos intentos confusos de amistad. No era casual que el agricultor normando estuviera merodeando por el patio y por la entrada, y trajese a casa pasteles. Pierre los aceptaba, y correspondía a sus discursos, pero mantuvo los ojos abiertos. Una vez, regresando a casa bastante tarde por la noche, sorprendió al normando estudiando las sombras en la persiana que se dibujaban cuando madame Babette encendía la lámpara. Al entrar, encontró a mademoiselle Cannes con su madre, sentadas a la mesa y ayudando a remendar.

Pierre tenía miedo de que el normando viera el dinero que su madre, como conserje, recolectaba para su hermano. Pero el dinero estaba a salvo a la siguiente tarde, cuando su primo, monsieur Morin hijo, vino para recogerlo. Madame Babette pidió a su sobrino que se sentara, y hábilmente bloqueó el paso de la puerta interior, de modo que Virginie no habría podido retirarse aunque hubiese querido. Ella se sentó en silencio a coser. De repente la pequeña reunión se vio sorprendida por una voz de tenor muy dulce, justo cerca de la ventana de la calle, cantando una de las arias de la ópera de Beaumarchais, que, unos años antes, había sido popular por todo París. Pero después de unos momentos de silencio y uno o dos comentarios, la conversación se reanudó otra vez. Pierre, sin embargo, se percató de que un aire de abstracción cada vez mayor se apoderaba de Virginie que, supongo yo, estaba recordando la última vez que había oído la canción, y no consideró, como su primo había esperado que hubiera hecho, que las palabras lanzadas al viento, palabras que se imaginó que ella recordaría, le habrían dicho tantas cosas. En efecto, sólo unos años antes, la ópera de Adam sobre el rey Ricardo contaba la historia del juglar Blondel y de nuestro inglés Corazón de León, conocida por todo el público parisino, y Clément había pensado en ella para establecer una comunicación con Virginie por este medio.

La siguiente noche, sobre la misma hora, la misma voz cantaba fuera de la ventana de nuevo. Pierre, que estaba irritado por los hechos de la noche anterior, ya que eso había desviado la atención de Virginie de su primo, que había estado haciendo todo lo posible por ser agradable, salió precipitadamente a la puerta, justo cuando el normando tocaba el timbre para ser admitido para pasar la noche. Pierre miró arriba y abajo de la calle; no había nadie a la vista. Al día siguiente, el normando lo apaciguó algo llamando a la puerta de conserjería y pidiendo la aceptación de monsieur Pierre de unas hebillas que había comprado el campesino el día anterior, mirando en las tiendas, pero que al ser demasiado pequeñas para él, se tomó la libertad de ofrecérselas a monsieur Pierre. Pierre, un muchacho francés inclinado a la moda, estaba encantado, embelesado por la belleza del regalo y con la bondad del monsieur, y comenzó a ajustarse sus pantalones inmediatamente, como pudo, al menos, en la ausencia de su madre. El normando, a quien Pierre mantuvo con cuidado en el umbral de la puerta, permaneció de pie, divertido por la impaciencia del muchacho.

—Ten cuidado —le dijo, clara y definidamente—, ten cuidado, mi pequeño amigo, no sea que te convierta en un petimetre, y, en ese caso, un día dentro de algunos años, cuando tu corazón esté dedicado a alguna señorita, ella puede estar inclinada a decirte —y aquí alzó su voz—: «No, gracias, cuando me case, me casaré con un hombre, no con un petimetre. Me casaré con un hombre, que, sea cual sea su posición, aumentará la dignidad de la raza humana por sus virtudes.»

Más allá de esta cita, Clément no se no atrevió a ir. Sus sentimientos (por el motivo evidente) se unieron con el aplauso de Pierre, a quien le gustaba contemplarse a sí mismo en el papel de amante, aun cuando pudiera ser rechazado, y que celebraba la mención de las palabras «virtudes» y «dignidad de la raza humana», a la jerga de un buen ciudadano.

Pero Clément estaba más ansioso por saber cómo la señorita invisible había tomado su discurso. No había ninguna señal por el momento. Sin embargo, cuando volvió aquella noche, oyó una voz que cantaba en voz baja, tras madame Babette, mientras le entregaba una vela, las arias que había cantado sin efecto las dos noches anteriores. Como si se le hubiera pegado la música de su voz susurrante, cantó en voz alta y clara mientras cruzaba el patio.

—¡Aquí está nuestro cantante de ópera! —gritó madame Babette—. El campesino normando canta como Boupré —dijo, nombrando a uno de los cantantes favoritos en el teatro vecino.

A Pierre le llamó la atención el comentario, y silenciosamente resolvió examinar al normando; pero, de nuevo, creo que se debía más al depósito de dinero de su madre que a cualquier pensamiento en relación con Virginie.

Sin embargo, a la mañana siguiente, para el asombro tanto de la madre como del hijo, mademoiselle Cannes propuso, con gran vacilación, salir y hacer algunas pequeñas compras por sí misma. Uno o dos meses atrás, esto era lo que madame Babette no hubiera tenido ningún temor en sugerir. Pero ahora estaba sorprendida, como si hubiera esperado que Virginie estuviera presa en su habitación el resto de su vida. Supongo había esperado que la primera vez que saliera fuera para irse a casa de monsieur Morin como su esposa.

Una rápida mirada de madame Babette hacia Pierre fue todo lo necesario para animar al muchacho a seguirla. Salió con cautela. Ella estaba al final de la calle. Miró arriba y abajo, como si esperara a alguien. No había nadie. Fue detrás de ella, tan rápido que casi lo pilló antes de que pudiera esconderse en el pórtico. Allí volvió a mirar. El barrio era pequeño, salvaje y extraño, y alguien le habló a Virginie —más bien, le puso la mano sobre el brazo—, cuya vestimenta y aspecto (había surgido de una calle transversal) Pierre no reconoció, pero sí Virginie, según se imaginó Pierre por el pequeño grito que soltó ella, y los dos giraron por la calle transversal de donde el hombre había salido. Pierre se escabulló rápidamente a la esquina de la calle; no había nadie, habían desaparecido por alguno de los callejones. Pierre volvió a casa para desatar la sorpresa infinita de su madre. Pero apenas habían empezado la conversación cuando Virginie regresó, con un color y un resplandor en su cara que no habían visto desde la muerte de su padre.

Capítulo VII

He dicho que escuché la mayor parte de esta historia de un amigo del administrador de los De Créquy, con el que se reunió en Londres. Algunos años después —el verano antes de la muerte de milord—, viajaba con él a Devonshire, y fuimos a ver a los prisioneros de guerra franceses en Dartmoor. Conversamos con uno de ellos, el cual resultó ser el mismo Pierre, cómplice en la fatal historia de Clément y Virginie, y por el que supe de sus últimos días; y así aprendí a tener cierta compasión con todos los que estuvieron involucrados en aquellos terribles acontecimientos; sí, incluso con el propio Morin, del cual Pierre habló con afecto, aun después del largo tiempo que había transcurrido.

Para cuando el joven Morin llamó a la portería durante la tarde del día en que Virginie había salido por primera vez después del confinamiento de tantos meses en la portería, se quedó sorprendido con la mejora de su aspecto. No es que pensara que su belleza había ido a más, independientemente del hecho de que no era hermosa; Morin había llegado al punto de enamoramiento en el que no importa si el querido es feo o hermoso, y ella lo había encandilado de tal forma que de ahí en adelante sólo la vería a través de su propio medio. Pero Morin notaba el leve aumento de color y luz en su semblante. Era como si su densa nube de agonía y dolor se hubiera abierto camino, y en adelante amaneciera en una vida más feliz. Y así, mientras que durante su pena él la había reverenciado y respetado incluso hasta un punto de mostrarle su compasión silenciosa, ahora su corazón se elevaba con las alas de una esperanza fortalecida. Incluso en la triste monotonía de la existencia en la conserjería, el tiempo seguía haciendo su trabajo, y ahora, quizá, podría esforzarse y ayudar humildemente. Al día siguiente regresó, con alguna excusa de negocios, a la posada Duguesclin, y dejó en el cuarto de su tía, más que a ella en persona, un ramo de rosas y geranios atados en con una cinta tricolor. Virginie estaba en el cuarto haciendo punto como le gustaba a hacer a madame Babette. Él vio cómo le brillaron los ojos al ver las flores: pidió a su tía que la dejara arreglarlas, él la vio desatar la cinta, y con un gesto de aversión, lo tiró al suelo y le dio una patada con su pequeño pie; incluso en esta manera infantil de insultar sus más queridos principios, él encontró algo digno de admirar.

Al salir, Pierre lo detuvo. El chaval había estado tratando de llamar la atención de su primo mediante muecas inútiles y gestos a espaldas de Virginie; pero monsieur Morin no veía nada más que a mademoiselle Cannes. Sin embargo, Pierre no era de los que se daba por vencidos, y monsieur Morin lo encontró esperándolo fuera del umbral de la puerta. Con el dedo sobre los labios, Pierre anduvo de puntillas al lado de su compañero hasta que estuvieron lejos de ser oídos o vistos desde la conserjería, aunque tenían huéspedes que se dedicaban al objetivo del espionaje o la escucha.

—¡Schisst! —dijo Pierre finalmente—. Ha salido a la calle.

—¿Y bien? —dijo monsieur Morin, dividido un poco entre la curiosidad y la molestia por ver en peligro el delicioso sueño sobre el futuro en el que deseaba caer.

—¡No! No está bien. Está mal.

—¿Por qué? No he preguntado quién es, pero tengo mis ideas. Ella es una aristócrata. ¿Comienza la gente a sospechar de ella?

—¡No, no! —dijo Pierre—. Pero ha salido dos mañanas. La he vigilado. Se encuentra con un hombre, son amigos, porque se dirige a él con el mismo entusiasmo que él a ella; mamá no sabe quién es él.

—¿Mi tía lo ha visto?

—No, apenas. Yo sólo lo he visto de espaldas. Me resulta una espalda familiar, y sin embargo no caigo en quién es. Pero se separan de repente, como dos pájaros que han estado juntos para alimentar a sus crías. En un instante estaban conversando, con las cabezas juntas susurrando, y al siguiente él ha desaparecido por algún callejón, y mademoiselle Cannes estaba prácticamente a mi lado, casi me pilla.

—Pero ¿no te vio? —preguntaba monsieur Morin, con una voz tan profunda que Pierre le dedicó una de sus rápidas miradas penetrantes. Estaba sorprendido por la manera en la que los rasgos de su primo —siempre ordinario y banal— se habían contraído y pinzado; y sorprendido también por la lívida mirada en su complexión cetrina. Pero, como si Morin fuera consciente de la manera en que su cara transluciera sus sentimientos, hizo un esfuerzo, se rió, acarició la cabeza de Pierre, le agradeció su inteligencia y le dio una moneda de cinco francos, diciéndole que siguiera con sus observaciones de los movimientos de mademoiselle Cannes y que le contara todo.

Pierre regresó a casa con el corazón más ligero, lanzando la moneda de cinco francos al aire mientras corría. Justo cuando estaba en la puerta de la portería, un hombre grande y alto que venía junto a él, le arrebató el dinero, volviéndose hacia él con una carcajada, que le añadió un insulto a la herida. Pierre no obtuvo ninguna ayuda; nadie había presenciado el descarado robo, y, si lo hubieran hecho, nadie en la calle era lo bastante fuerte para rendirle cuentas. Además, Pierre conocía suficientemente el estado de las calles de París en esos momentos para saber que se requerían amigos, no enemigos, y el hombre tenía un aire muy peligroso. Pero todas estas consideraciones no impidieron a Pierre estallar en un ataque de llantos cuando estuvo una vez más bajo el techo de su madre; y Virginie, que estaba sola allí (madame Babette había salido para hacer sus compras diarias), debió de pensar que lo habían apaleado hasta la muerte por la intensidad de sus sollozos.

—¿Qué ha pasado? —preguntó—. Habla, mi niño. ¿Qué te han hecho?

—¡Me ha robado! ¡Me ha robado! —era todo lo que Pierre pudo decir.

—¡Te han robado! ¿Y qué, mi pobre muchacho? —dijo Virginie, acariciando su pelo con cuidado.

—Mi moneda de cinco francos... una moneda de cinco francos —dijo Pierre, corrigiéndose a sí mismo y dejando de lado la palabra «mi», medio temeroso, no fuera que Virginie preguntara cómo se había hecho con tal cantidad y con qué servicios le habían sido dados. Pero, por supuesto, a ella no le vino esa idea a la cabeza, ya que eso habría sido impertinente, y ella era buena persona.

—Espera un momento, mi niño. —Y yendo a un pequeño cajón en la habitación interior, en la que guardaba las pocas pertenencias que había traído consigo (un pequeño anillo con un rubí), el cual había llevado en los días en los que le gustaba llevar joyas—, toma esto —dijo—, y corre con él a una joyería. No es más que una cosa pobre, sin valor, pero esto te devolverá tus cinco francos, por lo menos. ¡Vete!, te lo pido.

—Pero no puedo —dijo el muchacho, dudando, con cierto sentido del honor revoloteando por su brumosa moralidad.

—Sí, debes —prosiguió ella, impulsándolo con la mano hacia la puerta—. ¡Corre!, y si te dan más de cinco francos, me devuelves la diferencia.

Así, tentado por su urgencia, y, supongo, razonando consigo mismo en el sentido de que bien primero podía quedarse con el dinero, y decidir si pensaba que era correcto espiarla o no —una acción no se comprometía con la otra, ni tampoco ella hizo condición alguna por su regalo—, Pierre se marchó con su anillo y, después de reembolsarse sus cinco francos, estaba preparado para llevarle a Virginie dos más, pues había manejado sus negocios a la perfección. Pero, aunque la transacción entera no lo obligara, de ningún modo, a descubrir o expedir los deseos de Virginie, sí le comprometió, según su código de honor, a actuar en su favor; se consideró juez de la mejor manera de conseguir este fin. Y, además, esta pequeña bondad le hizo encariñarse de ella personalmente. Comenzó a pensar en lo agradable que debería ser tener a una persona tan amable y generosa cerca; la facilidad con la que sus problemas podrían resolverse si tuviera siempre a mano tan buena ayuda; lo mucho que le gustaría agradarle, y que ella acudiera a él para que la protegiera con su poder masculino. En primer lugar, entre sus funciones como su autoproclamado escudero, le llegó la necesidad de averiguar quién era su extraño nuevo amigo. Por lo tanto, como ves, llegó a ese mismo fin en su supuesto deber al que ya había llegado antes a través del interés. Creo que buena parte de nosotros, cuando alguna línea de acción promueve nuestro propio interés, puede hacernos creer que existen motivos que nos obligan a ello como deber.

En el transcurso de pocos días, Pierre había rondado tanto a Virginie para haber descubierto que su nuevo amigo no era otro que el campesino normando con una vestimenta diferente. Era una información a compartir con Morin. Pero Pierre no estaba preparado para el efecto físico inmediato que esto tuvo sobre su primo. Morin estaba sentado en uno de los asientos en los bulevares, lugar donde Pierre se lo había encontrado por casualidad, cuando se enteró de quién era con quien Virginie se reunía. Supongo que el hombre no tenía ni la menor idea del tipo de relación o parentesco que tenían, incluso la relación previa existente entre Clément y Virginie. Pensaría en algo más allá del mero hecho que se le presentaba, que su idolatrada estaba en comunicación con otro hombre más joven y guapo que él, y debió de haber sido que el campesino normando la había visto en portería y se había sentido atraído por ella, y, como era normal, había tratado de conocerla y había tenido éxito. Pero, por lo que Pierre me contó, no creo que ni siquiera este pensamiento pasara por la mente de Morin.

Parece ser que había sido un hombre de escasos apegos; violento, aunque de pasiones contenidas y reservadas; y, sobre todo, con una capacidad de celos que se veían en sus rasgos oscuros y orientales. Creo que si se hubiera casado con Virginie, se hubiera dejado la piel para llenarla de lujos y hacerla feliz; la habría cuidado y mimado hasta el autosacrificio, mientras ella se habría contentado de vivir con sólo él como única compañía. Pero tal como Pierre me lo expresó: «Cuando vi lo que era mi primo, cuando aprendí cómo era su naturaleza, demasiado tarde me di cuenta de que habría estrangulado un pájaro si éste la hubiera alejado de él.»

Cuando Pierre le contó a Morin su descubrimiento, Morin se sentó, como ya dije, de repente, como si le hubieran pegado un tiro. Averiguó que la primera reunión entre el normando y Virginie no era una accidental y aislada circunstancia. Pierre le torturaba con sus informes diarios, pues se veían cada día, pero no por un rato, a veces hasta dos veces al día. Y Virginie podía hablar con ese hombre, cuando con él era tan tímida y reservada que apenas podía pronunciar una frase. Pierre escuchaba estas palabras entrecortadas mientras el rostro de su primo se ponía cada vez más lívido y luego púrpura, como si lo que escuchaba le estuviera produciendo un gran efecto en su circulación. Pierre estaba tan asustado por los ojos extraviados y enloquecidos de su primo, que entró precipitadamente en un cabaret del vecindario por un vaso de absenta, por el cual él pagó, como recordó después, con una parte de los cinco francos de Virginie. Después de un rato Morin recuperó su aspecto natural; pero estaba sombrío y silencioso; y todo lo que Pierre podía sacar de él era que el campesino normando no debería dormir otra noche en la posada Duguesclin, dándole así más oportunidades de pasar una y otra vez por la conserjería. Estaba muy absorto en sus propios pensamientos para reembolsar a Pierre el medio franco que había gastado con la absenta, cosa que Pierre percibió, y parece ser que apuntó en el libro de contabilidad de su mente a favor de la balanza de Virginie.

En conjunto, estaba muy decepcionado en el modo en que su primo había recibido la información, pues el chaval pensó que valía otra moneda de cinco francos, al menos; o, si no pagaba con dinero, esperaba obtener una manifestación sincera de sentimientos. Por eso, durante un tiempo se convirtió en partidario de Virginie —la ignorante Virginie—, en contra de su primo, y sintió pena cuando el normando no volvió a dormir por la noche, y cuando la impaciente espera de Virgine, reflejada a través de la persiana, terminó con un suspiro de decepción. Si no hubiera sido por la presencia de su madre entonces, Pierre pensó que él debería haberle contado todo. Pero ¿cuán implicada estaba su madre con su primo en la expulsión del normando?

Sin embargo, unos días después, Pierre estuvo casi seguro de que habían establecido alguna nueva forma de comunicación. Virginie salía durante un rato cada día, pero aunque Pierre la siguiera tan de cerca como podía sin llamar su atención, fue incapaz de descubrir qué tipo de relaciones mantenía con el normando. Por lo general, ella solía hacer la misma pequeña ronda por las tiendas del vecindario, sin entrar en ninguna, pero deteniéndose en dos o tres de ellas. Pierre recordó más tarde que siempre se detenía en los ramilletes de flores expuestos en cierto escaparate, y los estudiaba por mucho tiempo, pero luego se entretenía también mirando gorros, sombreros, moda, confitería (todo ello de la clase humilde común en aquel barrio), así que, ¿cómo podría haber sabido que había alguna atracción especial por las flores? Morin iba más con regularidad que nunca a casa de su tía, pero Virginie era aparentemente ignorante de que ella era el motivo. Parecía más sana y esperanzada de lo que lo había estado durante meses, y sus modales para con todos eran más amables y no tan reservados. Casi como si deseara manifestar su gratitud hacia madame Babette por su larga y continuada amabilidad, la cual estaba a punto de dar por finalizada. Virginie mostró una inusual presteza en cumplir cualquier servicio a la anciana que estuviera a su alcance, y evidentemente intentó responder a las cortesías de monsieur Morin, ya que era el sobrino de madame Babette, con una suave gentileza que debió de ser uno de sus principales encantos, pues todo aquel que la conoció hablaba de lo fascinante de sus modales, muy encantadores y atentos hacia los demás, aunque sus opiniones y a menudo sus acciones marcaran su decidido carácter. Como ya he dicho, su belleza no era muy notable, aunque cada hombre que se acercaba a ella parecía caer rendido en la esfera de su influencia. Monsieur Morin se encontraba aquellos días más enamorado que nunca de ella y fue poniéndose en un estado capaz de realizar cualquier sacrificio, propio o ajeno, con tal de conseguirla finalmente. Se sentaba devorándola con los ojos (por utilizar la expresión de Pierre) cuando ella no podía verlo, pero si ella lo miraba, él miraba al suelo, o a cualquier parte, y prácticamente tartamudeaba si ella le hacía alguna pregunta.

Debía de estar, pienso yo, avergonzado de su extrema agitación en los bulevares, pues a Pierre le parecía que le rehuía en aquellos días. Debía de creer que al echarlo de su posada se había logrado librar del normando (¡mi pobre Clément!), y pensaba que la relación entre él y Virginie se había interrumpido por ser tan leve y transitoria que la menor dificultad la había apagado.

Sin embargo, debió de sentir que no avanzaba mucho y volvió a pedirle torpemente ayuda a Pierre, pero sin confesar aún su amor, sino tratando de ser amigo de nuevo del muchacho después de su silencioso distanciamiento. Pierre por un tiempo prefirió no percatarse de los avances de su primo, pero respondió a todas las preguntas indirectas que Morin le planteaba sobre las conversaciones de la casa o las ocupaciones del hogar, cuando él no estaba presente, y el tono de sus pensamientos sin mencionar el nombre de Virginie más de lo que lo hacía su interrogador. El muchacho creía suponer que el fuerte interés de su primo por las labores domésticas se debía en su totalidad a madame Babette. Por fin preparó a su primo hasta el punto de hacerle una confidencia, y entonces el chico se asustó un poco ante el torrente de palabras vehementes que había soltado. La lava corría con más velocidad por haber estado contenida durante tanto tiempo. Morin gritaba sus palabras con voz ronca y apasionada, apretaba los dientes, las manos y parecía tener convulsiones mientras confesaba su terrible amor a Virginie, que lo llevaría a matarla antes de verla con otro hombre, ¡y si alguien se interpusiera entre su amada y él! Y luego sonrió con una sonrisa fiera y triunfante, pero no dijo nada más. Pierre, como ya dije, estaba medio asustado pero también medio admirado. Esto era realmente amor —una *grande passion*—, una cosa muy dramática, como las obras que se representaban en el teatro allá a lo lejos. Ahora tenía doce veces más simpatía por su primo que antes, y fácilmente juró por los dioses del averno, pues eran demasiado ilustrados para creer en un dios, en la cristiandad, o algo por el estilo, que se entregaría en cuerpo y alma a seguir las visiones de su primo. Entonces su primo lo llevó a una tienda y le compró un elegante reloj de segunda mano en el cual grabaron la palabra *fidélité*, y así se selló el pacto. Pierre pensó para sí que, si fuera una mujer, le gustaría ser amada como Virginie era amada por su primo, y que sería extremadamente bueno ser la esposa de un ciudadano tan rico como Morin hijo; y para Pierre eso también sería bueno, ya que sin duda su gratitud le impulsaría a regalarle anillos y relojes ad infínitum.

Uno o dos días después, Virginie cayó enferma. Madame Babette dijo que era por empeñarse en salir con mal tiempo, después de haber estado confinada tanto tiempo en dos cálidas habitaciones; y ésa era probablemente la causa, ya que, según el relato de Pierre, debía de tener un resfriado y fiebre, agravada, sin duda, por su impaciencia ante las prohibiciones de madame Babette de salir a dar más paseos hasta que estuviera mejor. Cada día, a pesar de sus temblorosos y dolorosos miembros, se hubiera preparado de buena gana para dar su paseo a la hora habitual, pero madame Babette estaba absolutamente preparada para poner obstáculos físicos a su paso, si ella no era obediente y se quedaba tranquila en el pequeño sofá junto a la chimenea. Al tercer día, llamó a Pierre, cuando su madre no estaba atenta (de hecho, había guardado bajo llave las cosas de mademoiselle Cannes).

—Mira, mi niño —dijo Virginie—, debes hacerme un gran favor. Vete a la tienda del jardinero en la rue des Bons-Enfans, y mira los ramos del escaparate. Querría unas clavelinas, son mis flores favoritas. Toma dos francos. Si ves un ramo de clavelinas en el escaparate, aunque estén marchitas..., no, si ves dos o tres ramos de clavelinas, acuérdate, cómpralos todos y tráemelos, tengo un gran deseo de olerlas. —Se recostó débil y exhausta. Pierre salió rápidamente. Ahora era el momento, ahí estaba la clave de la larga inspección de los ramos en aquella tienda.

Y en efecto, allí había un ramo de clavelinas mustias en el escaparate. Pierre entró, y en su impaciencia, hizo el mejor negocio que pudo, alegando que las flores estaban marchitas y no servían para nada. Al final las compró a un precio muy moderado. Y ahora comprenderás las malas consecuencias de enseñar a las clases inferiores algo más de lo estrictamente necesario para aprender a ganarse el pan de cada día. El estúpido conde de Créquy, que había sido asesinado por los mismos canallas en los que tanto pensaba, el que había obligado a Virginie (indirectamente, es cierto) a rechazar a un hombre como su primo Clément inflándole la cabeza con sus teorías, en su momento el conde había tomado interés por Pierre, desde que vio al brillante y listo muchacho jugando en su jardín. Incluso había empezado a educarlo él mismo, para llevar a práctica algunos de sus principios, pero lo pesado del asunto lo aburrió, y además Babette había dejado de ser su empleada. Aun así, el conde tomó cierto interés en su antiguo pupilo e hizo ciertos arreglos por los que enseñaba a Pierre a leer y escribir, a hacer cuentas y a Dios sabe qué más (me atrevería a decir que latín también). Así que, Pierre, en vez de ser un mensajero inocente —como lo fue el muchacho Gregson del señor Horner esta mañana—, podía leer tan bien como tú y como yo. ¿Y qué hizo al tener el ramo?: lo examinó bien. Los tallos de las flores estaban atados con trozos de estera en musgo húmedo. Pierre lo desató, desenrolló el musgo y cayó un pedazo de papel mojado con la escritura borrosa por la humedad. No era más que un trozo de papel rasgado, aparentemente, pero los pícaros y maliciosos ojos de Pierre leyeron lo que estaba escrito en él, de manera que parecía un fragmento de algo: «Preparado cada noche a las nueve. Todo está listo. No temas. Confía en alguien que, independientemente de las esperanzas que una vez pude tener, ahora se contenta con serviros como tu fiel primo.» Se nombraba un lugar, el cual he olvidado, pero Pierre no lo hizo, y que claramente era donde se reunirían. Después de que el muchacho hubiese estudiado cada palabra, hasta que pudo repetirlas de memoria, colocó el papel donde lo había encontrado, lo envolvió en el musgo y lo ató de nuevo con cuidado. El rostro de Virginie se volvió escarlata cuando lo recibió. No paraba de olerlo y de temblar, pero no lo desató, aunque Pierre le sugería que las flores estarían más frescas si las pusiese en agua. Pero una vez, en cuanto se volvió por un minuto, lo vio desatado y a Virgine ruborizada y escondiendo algo en el pecho.

Pierre se encontraba ya impaciente por salir y encontrar a su primo, pero su madre parecía necesitarlo para más tareas domesticas de lo normal, y se retrasó por una multitud de recados relacionados con la posada antes de poder salir y buscar a su primo en los lugares habituales. Finalmente se encontraron, y Pierre le contó a Morin todo lo sucedido por la mañana. Le repitió la nota palabra por palabra. (El muchacho de esta mañana tenía algo del aire de cotorra de Pierre, me dieron escalofríos de verlo y oírlo repitiendo la nota de memoria.) Después Morin le hizo repetírsela de nuevo. A Pierre le sorprendieron los fuertes suspiros de su primo cuando le repitió la historia. Cuando llegó a lo de la nota por segunda vez, Morin trató de escribir las palabras, pero o bien no era un buen alumno, o le temblaban demasiado los dedos. Pierre apenas lo recordaba, pero, en cualquier caso, el muchacho fue quien tuvo que hacerlo con su malvado conocimiento de la lectura y la escritura. Cuado esto se hizo, Morin se sumió en un gran silencio. Pierre hubiera preferido el arrebato esperado, pues aquella impenetrable melancolía le dejaba perplejo y desconcertado. Incluso tuvo que hablar a su primo para despertarlo de su embobamiento, y cuando respondió, lo que dijo tenía tan poca conexión aparente con el tema que Pierre había esperado con que estuviera ocupada su mente que temió que su primo hubiera perdido el juicio.

—Mi tía Babette se ha quedado sin café.

—No tengo ni idea —dijo Pierre.

—Sí, la oí decirlo. Dile que un amigo mío acaba de abrir una tienda en la rue Saint Antoine, y que si en una hora se reúne allí conmigo, le daré una buena reserva de café, sólo por ayudar a mi amigo. Se llama Antoine Meyer, número ciento cincuenta, donde el signo del gorro frigio.

—Yo podría ir ahora, ¿sabes? Puedo cargar unos cuantos kilos de café mejor que mi madre —respondió Pierre con buena intención.

Me contó que nunca olvidará la expresión en el rostro de su primo cuando éste se volvió, le ordenó que se fuera y que le diera el recado a su madre. Evidentemente esto lo hizo correr a casa para obedecer las órdenes de su primo. El mensaje de Morin dejó atónita a madame Babette.

—¿Cómo ha sabido que no tenía café? —dijo—. Es verdad, pero se me ha acabado esta mañana. ¿Cómo se ha enterado Víctor?

—Te aseguro que no lo sé —dijo Pierre, que para ese entonces ya había recobrado su tenencia habitual—. Todo lo que sé es que monsieur está bastante furioso, y que si no estás a tiempo a la cita con el tal Antoine Meyer, te va a dedicar una de sus oscuras miradas.

—Bueno, es muy amable por su parte ofrecerme algo de café, pero ¿cómo se enteró de que se había acabado?

Pierre apresuraba a su madre impacientemente, ya que estaba seguro de que la oferta del café era sólo una tapadera para algún oscuro propósito por parte de su primo, y no tenía ninguna duda de que cuando su madre fuera informada de las verdaderas intenciones de su primo, él podría sacárselo persuadiéndola o intimidándola. Pero se equivocaba. Madame Babette regresó a casa callada, abatida, preocupada y cargada con el mejor café. Un tiempo después supo por qué su primo había buscado ese encuentro. Se trataba de sonsacar, mediante promesas y amenazas, el verdadero nombre de mamoiselle Cannes, lo cual le daría una pista sobre las verdaderas intenciones del fiel primo. Le ocultó el segundo motivo a su tía, quien no se había enterado de los celos del granjero normando ni de su relación con Virginie. Pero madame Babette rehusó instintivamente a darle ninguna información; debió de presentir que tras el sombrío humor en el cual él se encontraba, su deseo de obtener más conocimiento de los antecedentes de Virginie no presagiaba nada bueno. Aun así se confió a su tía, y le dijo lo que ella ya sospechaba, que estaba profundamente enamorado de mamoiselle Cannes, y que con mucho gusto se casaría con ella. Le habló a madame Babette de la fortuna amasada por su padre, y de lo que le correspondería como socio, en el momento actual; y de sus perspectivas de heredarlo todo, ya que era hijo único. Le dijo a su tía de las provisiones que tomaría hacia ella (para madame Babette), el día en que se casara con mamoiselle Cannes. Y aun así —y aun así—, Babette vio en sus ojos una mirada que la volvió más y más reacia a confiar en él. Poco a poco, él fue probando con amenazas. Ella debería abandonar la conserjería y encontrar empleo en otro lugar. Aún guardó silencio. Entonces se enfadó y juró que la denunciaría a la agencia del directorio por acoger a un aristócrata, a una dama que sabía que era aristócrata, fuera cual fuese su verdadero nombre. Su tía recibiría una visita domiciliaria, y vería si eso le gustaba. Los oficiales del gobierno eran gente que averiguaba secretos. En vano ella le recordaba que haciendo eso, expondría a un peligro inminente a la mujer a la cual profesaba su amor. Él le dijo, cayendo repentinamente en un silencio tras su vehemente demostración de pasión, que no se preocupara por eso. Al final agotó a la anciana, y tan asustada de sí misma como de él, le confesó todo: que mamoiselle Cannes era mademoiselle Virginie de Créquy, hija del conde del mismo nombre. ¿Quién era el conde? El hermano menor del marqués. ¿Dónde estaba el marqués? Falleció hace tiempo, dejando una viuda y un hijo. ¿Un hijo? (Ansiosamente.) Sí, un hijo. ¿Dónde estaba? *Parbleu!* ¿Cómo iba a saberlo ella?, pues recuperó un poco el coraje cuando la conversación se desvió de la única persona de la familia De Créquy que a ella le importaba. Pero a fuerza de algunos vasos de la botella de Antoine Meyer, le contó más acerca de los De Créquy de lo que más tarde recordaba. La euforia del *brandy* no duró mucho, y ella regresó a casa, como ya había dicho, depresiva, con el presentimiento de que se avecinaba algo malo. No le contestó a Pierre, pero le dio un cachetón de una manera a la que el mimado chico estaba poco acostumbrado. Las breves y enfurecidas palabras de su primo, y la repentina retirada de confianza, el insólito enfado y críticas de su madre, hicieron que el trato gentil y amable de Virginie fuera más que nunca encantador para el muchacho. Casi resolvió contarle lo que había hecho. Pero tenía miedo de Morin y había estado actuando como espía de sus actos, y de la venganza, la cual era segura, caería sobre él si violaba su confianza. Sobre las ocho y media de aquella tarde, Pierre vio a Virgine hacer varias cosas. Estaba en la habitación interior, pero él se sentó donde pudiera verla a través de la separación de cristal de la puerta. Su madre, estaba sentada —aparentemente dormida— en el gran sillón; Virginie se movía con delicadeza por miedo a despertarla. Hizo uno o dos paquetitos de las pocas cosas que ella podía llamar suyas, escondiendo uno de ellos encima y los otros dejándolos en la estantería. «Se marcha», pensó Pierre, y (según me dijo al contármelo) le dio un vuelco al corazón de pensar que nunca más volvería a verla. Tal vez si su madre o su primo hubieran sido más amables con él, quizá se habría atrevido a detenerla, pero tal como estaba, contuvo el aliento, y cuando ella salió, disimuló haciendo ver que estaba leyendo, sin apenas saber si deseaba que tuviera éxito en lo que estaba casi seguro de que iba a hacer. Se detuvo ante él, y le pasó la mano por el pelo. Me dijo que sus ojos se llenaron de lágrimas con esta caricia. Luego se detuvo por un momento a mirar a madame Babette durmiendo, y se inclinó y le dio un cálido beso en la frente. Pierre temía que su madre se despertara (porque para aquel entonces el caprichoso e indeciso muchacho ya debía de estar de parte de Virginie), pero el *brandy* que se había bebido la hizo dormir profundamente. Virginie se marchó. El corazón de Pierre latía rápido. Estaba seguro de que su primo intentaría detenerla, pero no sabía cómo. Ansiaba salir corriendo y ver la catástrofe, pero había dejado pasar la oportunidad, y también tenía miedo de despertar a su madre a su inusual estado de enfado y violencia.

Capítulo VIII

Pierre siguió fingiendo que leía, pero en realidad escuchaba con aguda tensión cada pequeño sonido. Sus sentidos se volvieron tan sensibles que era incapaz de medir el tiempo; cada momento parecía repleto de ruidos, desde el latido de su corazón hasta los carros rodando en la distancia. Se preguntó si Virginie habría llegado al lugar de la cita, pero era incapaz de calcular el paso de los minutos. Su madre, por suerte, dormía profundamente. Para entonces, Virgine ya debía de haberse encontrado con su fiel primo, si Morin no había hecho su aparición.

Al final, sintió como si no pudiera estar más tiempo esperando el resultado, sino que debía correr y ver qué había pasado. Su madre, en vano, medio se despertó, y lo llamó para preguntarle adónde iba, pero él no la oyó terminar la frase, y corrió hasta que se detuvo la visión de mademoiselle Cannes caminando tan rápido que casi corría, mientras a su lado Morin, dando zancadas, decidió ir junto a ella. Pierre acababa de doblar la esquina de la calle cuando se los encontró. Virginie habría pasado a su lado sin reconocerlo, estaba muy agitada, de no ser por el gesto de Morin, el cual no quería que Pierre los interrumpiese. Entonces, cuando Virginie vio al muchacho, lo cogió por el brazo, y dio gracias a Dios, como si en un muchacho de doce o catorce años hubiera encontrado a un protector. Pierre la sintió temblar de la cabeza a los pies, y estaba asustado de que se le desmayara en el suelo.

—¡Vete, Pierre! —dijo Morin.

—No puedo —contestó Pierre que, de hecho, estaba firmemente sujeto por Virgine—. Además, no lo haré —añadió—. ¿Quién ha estado atemorizando así a mademoiselle? —preguntó dispuesto a desafiar a su primo contra todo peligro.

—Mademoiselle no está acostumbrada a caminar sola por las calles —dijo Morin malhumorado—. Se ha topado con una multitud atraída por el arresto de un aristócrata, y los gritos la han asustado. Me he ofrecido a llevarla a casa. Mademoiselle no debería caminar sola por estas calles. Nosotros no tenemos la sangre fría de la gente de Faubourg Saint-Germain.

Virginie no dijo nada. Pierre dudaba si había oído algo de lo que estaban hablando. Se apoyó sobre él cada vez con más fuerza.

—¿Se dignaría mademoiselle coger mi brazo? —dijo Morin enfurruñado, pero con humildad.

Me atrevería a decir que hubiera dado lo que fuera por tener su mano en su brazo pero, aunque en silencio, se apartó de él, como cuando te encoges al tocar un sapo. Él había dicho algo durante el paseo, puedes estar seguro de eso, que le había hecho detestarlo. Él notó y comprendió el gesto. Se mantuvo distante, mientras Pierre le proporcionaba toda la asistencia que podía en su lento camino hacia casa. Pero Morin la acompañó de todas maneras. Había jugado demasiado desesperado para plantarse ahora. Había informado contra el que fue marqués De Créquy, como emigrante retornado, para que lo encontraran a cierta hora en determinado lugar. Morin había esperado que toda señal de arresto hubiera sido despejada antes de que Virginie llegara al lugar del encuentro, ya que aquellos terribles hechos ocurrían muy rápidamente en aquellos días. Pero Clément se había defendido desesperadamente. Virginie fue puntual al segundo, y aunque el hombre herido fue llevado a la abadía, en medio de una multitud de abucheos que se mezclaba con los oficiales armados del directorio, Morin tenía miedo a que Virginie lo reconociera, pues prefería que ella pensara que el fiel primo era desleal, en vez de verle en peligro por su culpa. Debía de pensar que, si Virginie no volvía ni a verlo ni a saber de él, su pensamiento no moraría en su simple desaparición como sí lo haría si supiera que estaba sufriendo por ella.

En cualquier caso, Pierre vio cómo su primo estaba profundamente mortificado, a tenor de su comportamiento, durante el camino de regreso a casa. Cuando llegaron a la posada de madame Babette, Virginie se desmayó, las fuerzas apenas le habían bastado para el esfuerzo de alcanzar el refugio de la casa. La primera señal de recuperación de la conciencia consistió en apartarse de Morin. Él había sido el más diligente en sus esfuerzos para volver a traerla en sí, bastante tierno en el trato, según dijo Pierre, y esa marcada e instintiva repugnancia hacia él claramente le dio un extremo dolor. Supongo que los franceses son más expresivos que nosotros, pues Pierre declaraba que vio los ojos de su primo llenos de lágrimas, cada vez que ella se apartaba si él la tocaba o si intentaba arreglar el chal que tenía puesto bajo la cabeza a modo de almohada, y cerraba los ojos cuando pasaba delante de ella. Madame Babette la urgió a ir y acostarse en la cama del cuarto interior, pero tuvo que pasar algún tiempo antes de que ella estuviera lo suficientemente fuerte para levantarse e ir.

Cuando madame Babette regresó de acomodar a la joven, los tres parientes se sentaron en silencio, un silencio que Pierre pensó que nunca se rompería. Quería que su madre le preguntara a su primo qué había pasado, pero madame Babette tenía miedo de su sobrino, y pensó que sería más discreto esperar qué migajas de información pensaba arrojarle él. Pero después de cerciorarse dos veces de que Virgine dormía, sin que ninguno de ellos respondiera a sus susurros, el poder de autocontrol de Morin cedió.

—¡Es muy duro! —dijo.

—¿Qué es muy duro? —preguntó madame Babette, después de tomarse una pausa para ser capaz de añadir algo, o terminar la frase si así lo deseaba.

—Es muy duro para un hombre amar a una mujer como yo lo hago —continuó—. Yo no busqué enamorarme de ella, surgió en mí antes de que fuera consciente, y antes de pensarlo, la amaba más que al mundo entero. Toda mi vida, antes de conocerla, me parece vacía. Ni sé ni me importa lo que hice antes. Y ahora sólo hay dos opciones: o es mía, o de nadie. Eso es todo, pero eso lo es todo. ¿Y qué puedo hacer para que me quiera? Dime tía —y cogió a madame Babette por el brazo y la sacudió tan fuerte, según dijo Pierre, que ella casi gritó y evidentemente alarmó a su sobrino.

—¡Cálmate, Víctor! —dijo ella—. Hay más mujeres en el mundo, si ésta no te quiere.

—No hay otra para mí —contestó él, hundiéndose desesperado—. Soy simple y tosco, no uno de esos perfumados señoritos o aristócratas. Puedes decir que soy feo y bruto, pero no es culpa mía, ni tampoco es mi culpa amarla. Es mi destino. Pero ¿tengo que rendirme a las consecuencias de mi destino sin luchar? No soy de ésos. Tan fuerte es mi amor como mi destino. No puede ser más fuerte —continuó taciturno—; tía Babette, debes ayudarme, debes hacer que quiera. —Era tan fiero, que Pierre dijo que no se extrañaba de que su madre estuviera asustada.

—Yo, Víctor —exclamó—, ¿conseguir que te ame? ¿Cómo puedo? Déjame que hable por ti ante mademoiselle Didot, o incluso ante mademoiselle Cauchois, o alguna como ellas, y lo haré encantada. Pero ante ¡mademoiselle de Créquy! ¿Por qué no ves la diferencia? Esta gente, la antigua nobleza, quiero decir, ¡no distinguen a un perro de un hombre fuera de su rango! Y no es extraño, ya que los jóvenes de calidad son tratados de manera diferente a nosotros desde su nacimiento. Si ella te aceptara mañana, serías un desgraciado. Sé de qué te hablo, que para eso he sido la conserje de un duque y tres condes. Te lo digo, sus modales son diferentes a los nuestros.

—Cambiaré mis modales, como tú los llamas.

—Sé razonable, Víctor.

—No, no seré razonable si te refieres a olvidarla. Te dije que sólo hay dos opciones: o con ella, o sin ella. Pero la última opción significaría una corta carrera para los dos. Dijiste que en la conserjería del palacete de su padre se comentaba que ella no quería saber nada del primo que he eliminado hoy, ¿no?

—Eso era lo que decía el servicio. ¿Cómo podría yo saberlo? Todo lo que sé es que él dejó de venir al hotel, y que antes de aquello jamás había estado más de dos días ausente.

—Mejor para él. Ahora sufre por haberse interpuesto entre mi propósito, intentando arrebatarla de mi vista. ¡Que te sirva de aviso, Pierre! No me ha gustado tu intromisión esta noche.

Y así se marchó, dejando a madame Babette meciéndose hacia adelante y hacia atrás, con el ánimo caído en combinación de la reacción del *brandy*, y sabiendo los propósitos amenazantes de su sobrino.

Al contar esto, simplemente he repetido el relato de Pierre, el cual anoté en su momento. Pero he aquí que su relato se detiene de repente, ya que a la mañana siguiente, cuando madame Babette se despertó, Virginie había desaparecido, y fue tiempo después cuando madame, Pierre o Morin, tuvieron la menor pista del paradero de la joven.

Y ahora debo retomar la historia tal como fue contada por el intendente Fléchier al anciano jardinero Jacques, con quien Clément se había alojado a su llegada a París. El anciano no podía recordar, me atrevo a decir, ni la mitad de lo ocurrido como Pierre; el anciano tenía la memoria más entorpecida por la edad, mientras que Pierre evidentemente había pensado la serie de eventos como una historia (como una obra de teatro, si es que uno puede llamarla así), durante las solitarias horas de su vida posterior, dondefuera que transcurriesen, bien en los solitarios campos de vigilancia, o en la prisión extranjera donde tuvo que pasar varios años. Clément, como dije, había regresado a la buhardilla del jardinero después de haber sido despedido de la posada Duguesclin. Había varias razones para este doble hachazo.

Una era que así ponía casi toda la ciudad de París entre él y su enemigo, aunque por qué Morin era un enemigo, y hasta dónde llegaba su desagrado u odio, Clément no lo sabía, por supuesto. Y la segunda razón para volver a donde Jacques era, sin duda, la convicción de que multiplicando sus residencias, multiplicaba las oportunidades de no ser sospechoso o reconocido. Y luego, de nuevo, el anciano conocía su secreto, y era su aliado, aunque sin embargo un aliado débil. Fue Jacques quien se inventó el plan de comunicación, mediante las clavelinas, y también fue el que le proporcionó el último disfraz que Clément iba a usar en París, o por lo menos esperaba y confiaba usarlo. Era el traje de un respetable vendedor que no era de ninguna clase particular; un disfraz que habría sido perfectamente adecuado para cualquier joven que lo hubiera llevado de manera natural, y aun, cuando Clément se lo probó y lo ajustó, le proporcionaba una especie de acabado y elegancia la cual yo siempre percibí en su apariencia, no tengo duda que parecía el normal atavío de un caballero. Ni la aspereza de la textura ni la torpeza del corte podían disimular al noble de treinta generaciones; pues, nada más llegar al lugar de la cita, fue reconocido por los hombres que estaban allí para arrestarlo, gracias a la información de Morin. Jacques, que le seguía a poca distancia, con un paquete bajo el brazo que contenía un disfraz para Virginie, lo vio rápido como la luz, mientras desenfundaba una espada escondida hasta el momento en un bastón, y vio cómo su ágil figura se ponía en guardia, defendiéndose con la rapidez y el arte de un hombre entrenado en el uso de las armas. Pero ¿de que le valió?, como solía preguntarse con lástima Jacques, según me contó monsieur Fléchier. Un fuerte golpe de un palo en la espada de monsieur De Créquy lo dejó indefenso e inamovible. Jacques siempre pensó que el golpe vino de uno de los espectadores que para aquel entonces se habían reunido a la escena de la reyerta. Un instante después, su amo, su pequeño marqués, había caído ante los pies de la multitud, y aunque volvió a levantarse antes de haber recibido muchos daños, mi pobre Clément era así de ligero y activo, no fue antes de que el viejo jardinero, cojeando hacia adelante, y con muchos juramentos y maldiciones antiguas, se proclamara partisano del lado perdedor, un seguidor del antes aristócrata. Fue suficiente. Recibió uno o dos golpes, los cuales de hecho iban dirigidos a su amo, y entonces, casi antes de darse cuenta, se encontró con sus brazos inmovilizados a su espalda con un liguero femenino, que una de las virago de la multitud no había tenido el menor escrúpulo de quitarse en público, tan pronto oyó para qué iba destinado. El pobre Jacques estaba sorprendido y disgustado, su amo estaba fuera del alcance de su vista, y no sabía adónde lo llevaban. Le dolía la cabeza de los golpes que había recibido, estaba oscureciendo, aunque era un día de junio, y la primera vez que supo exactamente lo que le había pasado fue cuando lo metieron en una de las grandes salas de la abadía, donde se acogía a quienes no tenían dónde dormir. Colgaban una o dos lámparas del techo con cadenas, dando una tenue luz a aquel pequeño círculo. Jacques se tropezó con uno de los cuerpos durmientes que estaban en el suelo. El durmiente se despertó lo suficiente para protestar, y la disculpa del anciano en respuesta captó el oído de su amo, quien hasta ese momento apenas se había dado cuenta de los apuros y las dificultades de su fiel Jacques. Y allí se sentaron, apoyados en una columna, pasando la noche entera cogiéndose de las manos y reprimiendo expresiones de dolor, por miedo a aumentar la angustia del otro. Aquella noche se hicieron íntimos amigos, a pesar de la diferencia de edad y de rango. Sus esperanzas frustradas, el profundo sufrimiento del presente y las aprensiones del futuro les hicieron buscar consuelo hablando del pasado. Monsieur De Créquy y el jardinero se encontraron debatiendo con interés en qué chimenea solía construir el estornino su nido, el mismo estornino cuyo nido Clément envió a Urian —como recordarás—, y discutiendo los méritos de los diferentes perales que crecían, y quizá seguían creciendo, en el viejo jardín del palacete De Créquy. Hacia el amanecer ambos cayeron dormidos. El anciano se despertó primero. Su constitución estaba insensibilizada por el sufrimiento, supongo, pues se sintió aliviado de su dolor, pero Clément gemía y lloraba en un sueño febril. Su brazo roto había empezado a inflamar la sangre. Además, estaba herido por las patadas recibidas de la multitud cuando se cayó. Mientras el hombre miraba tristemente sus pálidos y quemados labios, y las mejillas coloradas, contorsionado por el sufrimiento incluso durmiendo, Clément rompió en un agudo llanto que molestó a sus miserables vecinos, los cuales dormían alrededor en incómodas posturas. Le pidieron que se callara con palabrotas, y luego se volvieron a girar, intentando de nuevo olvidar sus propias miserias en sueños. Para que veas, la canallesca sedienta de sangre no había sido saciada con guillotinar y ahorcar a toda la nobleza que encontraran, sino que delataban, a diestro y siniestro, incluso unos a otros; y cuando Clément y Jacques estaban en la prisión, había pocas personas de sangre azul en el lugar, y menos aún con buenos modales. Al sonido de las enfadadas y amenazadoras palabras, Jacques pensó que sería mejor despertar a su amo de su febril e incómodo sueño, antes de que pudiera provocar más enemistades, y levantándole tiernamente, intentó arreglar su propio cuerpo, para que sirviera de apoyo y almohada al joven. El movimiento despertó a Clément y comenzó a hablar en un extraño y febril modo acerca de Virginie, cuyo nombre no se hubiera atrevido a pronunciar en tal lugar de haber estado en su estado natural. Pero Jacques tenía tanta delicadeza de sentimiento como una dama, aunque no sabía ni leer ni escribir, y agachó la cabeza, para que su amo pudiera decirle susurrando qué mensaje quería que le diese a mademoiselle De Créquy, en caso de que... ¡Pobre Clément, sabía que había llegado su hora! Ya no había escapatoria, con o sin disfraz de normando. O por la creciente fiebre o por la guillotina, le esperaba una muerte segura. Cuando esto sucediera, Jacques debía buscar a mademoiselle de Créquy y decirle que su primo la había amado al final como la había amado desde el principio, pero que nunca más debería escuchar otra palabra de cariño de sus labios, que sabía que no eran suficientes para ella, su reina, y que no había sido la idea de ganarse su amor por su devoción lo que había provocado su regreso a Francia, sino la idea de que, si fuera posible, podía tener el gran privilegio de servir a la dama que amaba. Y entonces empezó a hablar incoherencias sobre petimetres y ese tipo de expresiones, le dijo Jacques a Fléchier, el intendente, sin saber que aquella palabra reflejaba el sufrimiento del pobre muchacho.

La mañana de verano llegó lentamente a aquella oscura prisión, y cuando Jacques pudo echar una ojeada, su amo estaba durmiendo sobre su hombro, aún en el incómodo y febril sueño. Vio que había varias mujeres entre los prisioneros. (He oído a algunos de los que lograron escapar de la prisión decir que la mirada de desesperación y agonía de los rostros de los prisioneros que se encontraban allí en su primer despertar, y el crecimiento de ésta al darse cuenta de dónde se encontraban, era lo que más tardaban en olvidar los supervivientes. Y decían que en el caso de las mujeres, esta mirada desaparecía antes que del rostro de los hombres.)

Pobre Jacques seguía quedándose dormido y luchaba por despertarse de nuevo, por miedo a que si no atendía a su amo, alguien pudiese hacerle daño en el brazo hinchado y herido. Aunque su cansancio seguía en aumento a pesar de sus esfuerzos, al final cayó dando paso al irresistible deseo, aunque fuera sólo por cinco minutos. Pero justo entonces hubo un ajetreo en la puerta. Jacques abrió completamente los ojos para mirar.

—El carcelero llega pronto con el desayuno —dijo alguien perezosamente.

—Es la oscuridad de este maldito lugar lo que nos hace creer que es temprano —dijo otro.

Al mismo tiempo una discusión tenía lugar en la puerta. Alguien entró, no el carcelero, sino una mujer. La puerta se cerró con llave tras ella. Ella sólo dio uno o dos pasos, porque era un cambio demasiado repentino, de la luz del exterior a aquella oscura sombra, para poder ver con claridad los primeros minutos. Jacques tenía los ojos bastante abiertos en aquel momento, y estaba totalmente despierto. Era mademoiselle De Créquy, mirando feliz, clara y decidida. El fiel corazón del anciano leyó aquella mirada como si fuera un libro abierto. Su primo no moriría allí en su nombre, sin tener al menos el confort de su dulce presencia.

—Está aquí —murmuró él, cuando su ropa le rozó al pasar, sin que ella se diera cuenta, en la profunda oscuridad del lugar.

—Dios le bendiga, amigo —susurró ella, al ver al anciano, apoyado en la columna y sujetando a Clément en sus brazos, como si el joven fuera un bebé indefenso, mientras una de las manos del pobre jardinero, sujetaba la extremidad rota en la posición más cómoda. Virgine se sentó al lado del anciano y extendió sus brazos. Suavemente movió la cabeza de Clément a su hombro, y suavemente se transfirió la tarea de sujetarle el brazo herido. Clément yacía en el suelo, pero ella lo sostenía, y Jacques tuvo la libertad de levantarse y estirar su duro y cansado viejo cuerpo. Luego se sentó a poca distancia y miró a la pareja hasta caer dormido. Clément había murmurado a «Virginie» cuando medio lo incorporaban por los movimientos de su estupor, pero Jacques pensaba que sólo estaba soñando; tampoco pareció despierto del todo cuando abrió los ojos y miró directamente a la cara a Virginie inclinada sobre él, y se ruborizó bajo su mirada, aunque no se movió, por miedo a hacerle daño si se movía. Clément miraba en silencio, hasta que sus pesados párpados volvieron a caer lentamente, y se sumió en su opresivo sueño de nuevo. O no la reconoció, o creyó que ella entró completamente como parte de sus visiones y no le molestaba tenerla allí.

Cuando Jacques despertó, ya era de día, tanto como podía serlo en aquel lugar. Su desayuno, la ración de pan y vino ordinaria, estaba a su lado. Debía de haber dormido profundamente. Buscó a su amo. Él y Virginie se habían reconocido, tanto sus corazones como su apariencia. Se sonreían el uno al otro, como si aquella habitación oscura y abovedada de la lúgubre abadía fueran los soleados jardines de Versalles, con música y celebración a su alrededor. Aparentemente tenían mucho que decirse, pues no paraban de susurrarse preguntas y respuestas.

Virgine había hecho un cabestrillo para el brazo roto, tras haber obtenido de alguna manera dos astillas de madera, y otro de sus compañeros prisioneros, que parecía tener ciertos conocimientos de cirugía, se lo había entablillado. Jacques se sentía más desanimado que ellos, pues su cuerpo envejecido sufría las consecuencias de las noches pasadas, mientras que ellos debían de haber oído buenas noticias, o eso le parecía a él, por lo feliz y resplandecientes que parecían. Aun así Clément seguía teniendo dolores y sufría, y Virginie estaba prisionera en aquella terrible abadía por voluntad y decisión propia, cuya única salida era la guillotina.

Pero estaban juntos, se amaban y se entendían completamente el uno al otro.

Cuando Virgine vio que Jacques estaba despierto y mascaba lánguidamente su desayuno, se levantó del banco de madera en el que estaba sentada y se acercó a él extendiéndole las dos manos e impidiendo que el anciano se levantara, mientras le agradecía con impaciencia toda su amabilidad con el caballero. El propio caballero se acercó hacia él, siguiendo a Virginie, aunque cojeando, como si su cabeza estuviera débil y mareada, para agradecerle al pobre hombre que estaba casi llorando, y reconocerle sus fieles acciones que sentía habían sido casi involuntarias por su parte, pues la lealtad era casi un instinto en los buenos viejos tiempos, antes de que llegara la hipocresía de la educación. Así transcurrieron dos días. El único acontecimiento era la llamada de las víctimas por la mañana, un cierto número de ellos eran sometidos a juicios cada día. Y ser llamado a juicio era estar condenado. Todos los prisioneros se iban poniendo peor a medida que la hora de ser llamados se acercaba. Muchas de las víctimas se enfrentaban a su sino con resignación, y tras su marcha había un significativo silencio en la prisión, Pero poco a poco, como dijo Jacques, las conversaciones y el entretenimiento comenzaban de nuevo. La naturaleza humana no puede soportar la presión continua de tanta ansiedad profunda sin hacer el esfuerzo de mitigarla pensando en otra cosa. Jacques dijo que monsieur y mademoiselle estaban siempre hablando juntos de los días pasados, todo era: ¿Te acuerdas de esto?, o ¿recuerdas aquello? A veces le parecía que habían olvidado dónde estaban y lo que les esperaba. Pero Jacques no lo hizo, y cada día temblaba más y más cuando decían la lista.

Al tercer día de su encarcelamiento, el carcelero trajo a un hombre a quien Jacques no reconoció, y por lo tanto no observó al principio, pues estaba esperando, sirviendo en su deber a su amo y a su dulce dama (como siempre la llamaba al relatar su historia). Pensó que el nuevo era algún amigo del carcelero, pues ambos parecían conocerse bien, y permaneció unos minutos hablando con su visitante antes de dejarlo en prisión. Así pues Jacques se sorprendió cuando, al cabo de un rato, miró alrededor y vio la intensa mirada con la que el extraño estaba mirando a monsieur y mademoiselle De Crèquy, mientras la pareja tomaba el desayuno —desayuno servido de la mejor manera a la que Jacques le fue posible, en un banco sujeto a las paredes de la prisión—, Virgine sentada en su pequeño taburete y Clément medio recostado en el suelo a su lado, dejándose gustosamente que le alimentara con sus hermosos dedos blancos, ya que, según Jacques era uno de sus antojos hacer todo lo que pudiera por él, en consideración a su brazo roto. Y de hecho, Clément se atrofiaba diariamente, ya que había recibido otras heridas internas y más serias que la de su brazo, durante la pelea que había terminado en captura. El extraño hizo notar a Jacques su presencia mediante un gesto, que fue casi un gemido. Los tres prisioneros se volvieron al oír el sonido. El rostro de Clément apenas expresaba una indiferencia desdeñosa, pero el de Virginie se congeló en un odio glacial. Jacques dijo no haber visto nunca una mirada como ésa, y esperaba no volver a verla jamás. Y aun así, tras la primera revelación de sus sentimientos, su mirada estuvo fija y petrificada en otra dirección distinta a la del lugar donde estaba el extraño, aún inmóvil, sin dejar de mirar. Al final, se acercó un paso más.

—Mademoiselle —dijo. Ni el menor temblor de sus pestañas mostró que ella le había oído—. ¡Mademoiselle! —dijo otra vez, suplicando con tal intensidad que hizo que Jacques, que no sabía quién era, casi sintiera lástima por él, al ver el rostro obstinado de la dama.

Hubo un silencio total durante un tiempo que Jacques no pudo determinar. Entonces se oyó de nuevo la voz, que dudando, decía: «Monsieur.» Clément no pudo mantener el mismo semblante frío que Virginie, giró su cabeza con un impaciente gesto de disgusto, pero incluso esto envalentonó al hombre.

—Monsieur, pídale a mademoiselle que me escuche, sólo dos palabras.

—Mademoiselle De Créquy sólo escucha a quien ella elige. —Estoy segura de que mi Clément dijo esto con mucha altanería.

—Pero mademoiselle... —dijo el hombre bajando la voz, y acercándose uno o dos pasos. Virginie debió de mostrar su acercamiento, aunque no lo viera, pues se apartó un poco hacia un lado, intentando poner el mayor espacio posible entre ellos—. Mademoiselle, no es demasiado tarde. Puedo salvaros, pero mañana vuestro nombre estará en la lista. Puedo salvarla, si me escucha.

No consiguió sacarle una palabra o gesto. Jacques no comprendía de qué se trataba. ¿Por qué era tan obstinada con alguien que, por lo que sabía, podía estar dispuesto a incluir a Clément en el trato?

El hombre se apartó un poco, pero no se ofreció para abandonar la prisión. No apartaba los ojos de Virginie, parecía sufrir un profundo y terrible dolor al mirarla.

Jacques retiró las cosas del desayuno lo mejor que pudo, y sospecho que pasó a propósito cerca del hombre.

—¡Chisst! —dijo el extraño—, eres Jacques, el jardinero arrestado por ayudar al aristócrata. Conozco al carcelero. Podrás escapar, si quieres. Sólo dale este mensaje a mademoiselle. Ya has oído que no quiere escucharme. Yo no quería que acabara aquí. No sabía que estaba aquí, y mañana morirá. Pondrán su precioso cuello bajo la guillotina. Dile, buen anciano, dile lo dulce que es la vida, y cómo puedo salvarla, y que no quiero más que verla de vez en cuando. Ella es tan joven, y la muerte es la aniquilación. ¿Por qué me odia tanto? Quiero salvarla, no le he hecho ningún daño. Buen anciano, dile lo terrible que es la muerte, y que mañana morirá a menos que me escuche.

Jacques no vio daño alguno en repetir el mensaje. Clément escuchaba en silencio, mirando a Virginie con aire de infinita ternura.

—¿No lo intentarás, querida mía? —dijo él—. Sus intenciones pueden ser buenas —lo que me hace pensar que Virginie nunca repitió a Clément la conversación que había escuchado la noche anterior en casa de madame Babette—. ¡No estarás en peores circunstancias que antes!

—¡Que no serán peores, Clément! Sabría lo que fuiste y que te había perdido. ¡Mi Clément! —dijo ella con reproche.

»Pregúntale —dijo ella, volviéndose repentinamente hacia Jacques—, si puede salvar también a monsieur De Créquy. ¡Oh, Clément!

Podríamos escapara a Inglaterra, aún somos jóvenes. —Y ocultó su cara en su hombro.

Jacques regresó con el extraño y le hizo la pregunta de Virginie. Sus ojos estaban fijos en los primos, estaba muy pálido, y los tics y convulsiones, que debían de ser involuntarios cuando estaba agitado, convulsionaban su cuerpo entero.

Hizo una larga pausa

—Los salvaré si ella sale directamente de la prisión al ayuntamiento, y se casa conmigo.

—¡Su esposa! —no pudo evitar exclamar—. ¡Eso no lo será nunca, nunca!

—Pregúntele —dijo Morin con voz ronca.

Pero casi antes de que Jacques pudiera pronunciar esas palabras, Clément pilló su significado.

—¡Marchad! —dijo él—, ni una palabra más. —Virgine tocó al anciano mientras se aparataba—. Decidle que no sabe lo bienvenida que será mi muerte. —Y sonriendo, de una manera triunfante, se volvió de nuevo hacia Clément.

El extraño no habló mientras Jacques le transmitía el significado, que no las palabras de su respuesta. Se iba, pero se detuvo. Uno o dos minutos después, le hizo una seña a Jacques. El anciano jardinero parecía haber pensado que no era deseable echar a perder la oportunidad de ayuda, aunque fuera de un hombre así, por lo que fue a hablar con él.

—¡Escucha! Tengo influencias con el carcelero. Os dejará salir con las víctimas de mañana. Nadie se dará cuenta, ni os echarán de menos. Ellos irán a juicio, e incluso hasta en el último momento yo podría salvarla, si me envía el mensaje de que cede. Habla con ella, a medida que se acerca la hora. La vida es muy dulce, dile lo bella que es. Habla con él, puede tener más influencia en ella que tú. Insístele en vivir. Estaré hasta el último momento en el palacio de Justicia, en la Grève. Tengo seguidores, y tengo interés. Ven con el grupo que sigue a las víctimas, y yo te veré. No será peor para él, si ella escapa.

—Salvad a mi amo, y haré lo que me pedís —dijo Jacques.

—Sólo bajo mi condición —dijo Morin de manera esquiva; y Jacques estaba desesperado con que la condición se cumpliera.

Pero no veía por qué no podía salvar su propia vida. Permaneciendo en prisión hasta el día siguiente, serviría sus servicios a su amo y a la joven dama. Él, pobre hombre, se apartaba de la muerte, y acordó su fuga con Morin, si podía, de la manera que Morin había sugerido, para darle la respuesta de si mademoiselle De Créquy cedía. (Jacques no tenía esperanza de que lo hiciera, pero creo que no creía necesario decirle a Morin esta convicción.) Estas negociaciones con un hombre tan infame por una cosa tan leve como la vida, era el único defecto que encontré en el comportamiento del anciano jardinero. Por supuesto, el mero hecho de reabrir la cuestión era suficiente para agitar el desagrado de Virginie. Clément la impulsó, es cierto; pero la luz que había obtenido sobre los movimientos de Morin le hizo más bien intentar tratar el caso ante ella de la manera más justa posible en lugar del empleo de cualquier argumento persuasivo. Y, aun así, lo que dijo sobre el tema hizo saltar las lágrimas de Virginie, las primeras desde que había entrado en la prisión. Así, fueron llamados y fueron juntos a la llamada fatal del grupo a la asamblea de víctimas de la siguiente mañana. Él, débil por sus heridas y su salud postrada; ella, tranquila y serena, pidiendo únicamente que le permitieran andar a su lado para poder sostenerlo cuando se debilitara a causa de su extremo sufrimiento.

Juntos comparecieron ante el tribunal y juntos fueron condenados. Mientras el veredicto era pronunciado, Virginie se volvió hacia Clément y lo abrazó con apasionado cariño. Entonces, haciendo que se apoyara en ella, caminaron juntos hacia la place de la Grève.

Jacques ya era libre. Le había dicho a Morin que sus esfuerzos para persuadirla había sido en vano, y apenas notó el efecto que esta información producía en el hombre, pues estaba mirando a monsieur y a mademoiselle De Créquy. Y ahora los siguió hasta la Place de la Grève. Los vio subir a la plataforma, los vio arrodillarse juntos mientras se armaban de valor, y pudo ver cómo le pedía algo al verdugo, lo que al parecer era que Clément avanzara primero hacia la guillotina, y le fue concedido (y justo en ese momento hubo un revuelo entre la multitud, como si un hombre estuviera abriéndose paso hacia el patíbulo). Entonces ella, con el rostro frente a la guillotina, se santiguó lentamente y se arrodilló.

Jaques se tapó los ojos, cegados por las lágrimas. El sonido de una pistola le hizo mirar. Ella había muerto, y su lugar lo ocupaba otra víctima, y donde había tenido lugar cinco minutos antes un revuelo entre la multitud, unos hombres se llevaban un cadáver. Decían que un hombre se había pegado un tiro. Pierre me dijo quién había sido ese hombre.

Capítulo IX

Tras una pausa, me aventuré a preguntar qué había sido de madame De Créquy, la madre de Clément.

—Jamás preguntó por él —dijo milady—. Debió de enterarse que había muerto, aunque no sabemos cómo. Medlicott recordaba, después de que esto sucediera, si no sobre esa fecha, hasta el día de hoy declara que fue el mismo lunes diecinueve de junio cuando su hijo fue ejecutado, que madame De Créquy no quiso maquillarse y se metió en su cama, desconsolada y desesperada. Seguramente ocurriera en aquella época; y Medlicott, quien estaba profundamente impresionado por aquel sueño de madame De Créquy (aquél que dije que había afectado tanto a milord), en la que había visto la figura de Virginie como el único objeto luminoso en medio de la oscuridad de la noche, sonriendo y haciéndole señas a Clément, hasta que al final el brillante fantasma se detuvo, inmóvil, y los ojos de madame De Créquy comenzaron a penetrar en la turbia oscuridad, y vio cerrándose alrededor de ella las paredes sombrías que había visto una vez y nunca había olvidado —las paredes de la bóveda de la capilla de los De Créquy en Saint Germain l'Auxerrois, donde yacían los últimos De Créquy entre sus antepasados—; y madame De Créquy se despertó por el sonido de una gran puerta que llegaba hasta el cielo, cerrándose sobre ella. Le dije a Medlicott que estaba predispuesta por este sueño a buscar lo sobrenatural, siempre declaraba que madame De Créquy fue consciente, de algún modo misterioso, de la muerte de su hijo, en el mismo día y la misma hora en que esto ocurrió, y que después de esto no tuvo más ansiedad, pero era sólo consciente de una especie de desesperación pasmosa.

—¿Y qué fue de ella, milady? —pregunté de nuevo.

—¿Qué fue de ella? —contestó lady Ludlow—. Nunca se la pudo convencer de que volviera a levantarse de la cama, aunque sobrevivió más de un año después de la partida de su hijo. Permanecía en la cama, con la habitación a oscuras y su rostro vuelto hacia la pared siempre que estuviera alguien en la habitación que no fuera Medlicott. Casi no hablaba, y habría muerto de hambre de no ser por los tiernos cuidados de Medlicott, que le ponía bocados en los labios de vez en cuando, alimentándola, tal como un pájaro alimenta a sus crías. A mediados de verano milord y yo dejamos Londres. Con mucho gusto la hubiésemos llevado a Escocia con nosotros, pero el médico (teníamos al antiguo doctor de Leicester Square) nos prohibió moverla, y en ese momento nos dio tantas buenas razones que cedí. Dejamos a Medlicott y a una sirvienta para atenderla. Recibió todos los cuidados. Sobrevivió hasta nuestro regreso. De hecho, creo que se encontraba en el mismo estado en el que la habíamos dejado cuando volvimos a Londres. Pero Medlicott decía que estaba más débil, y una mañana, al despertar, me dijeron que había muerto. Envié a buscar a Medlicott, que se encontraba muy apenada, pues le había tomado mucho cariño al estar a su cargo. Dijo que alrededor de las dos la había despertado una inusual agitación por parte de madame De Créquy, por lo que se acercó a la cabecera de la cama y encontró a la pobre madame débil pero moviendo continuamente arriba y abajo su consumido brazo, y diciendo para sí con voz lamentosa: «¡No le di mi bendición cuando se marchó... no le di mi bendición cuando me dejó!» Medlicott le dio una o dos cucharadas de jalea, y se sentó con ella, acariciándole la mano, calmándola hasta que le pareció que se quedaba dormida. Pero por la mañana había fallecido.

—Es una historia triste, milady —dije yo, al cabo de un rato.

—Sí, lo es. La gente raramente llega a mi edad sin haber visto el comienzo, desarrollo y final de varias vidas y fortunas. Quizá no hablamos sobre ello, pues a menudo son demasiado sagradas para nosotros, habiendo tocado el interior de nuestros propios corazones, o el de otros que ya han muerto y se han ido y velan por los hombres, y no podemos contar esto como si fuera una mera historia. Pero los jóvenes deberían recordar que hemos tenido esta solemne experiencia de la vida, en la que basamos nuestras opiniones y formamos nuestros juicios, y por tanto no son meras teorías. Con esto no estoy aludiendo al señor Horner, pues casi es tan mayor como yo dentro de diez años, diría yo, sino al señor Gray, con sus interminables planes para hacer cosas nuevas: escuelas, educación, Sabbath, y demás. No ha visto adónde conducen estas cosas.

—Es una pena que no oyera a la señora contar la historia del pobre monsieur De Créquy.

—Para nada, querida. Un hombre joven como él, que por posición y edad ha debido de tener experiencias muy reducidas, no debería enfrentar su opinión a la mía; no debería necesitar que yo le diera razones, ni precisar de tales explicaciones de mis argumentos (si es que me dignase discutir), en relación a las circunstancias en las cuales están basados mis argumentos.

—Pero, milady, tal vez esto le convencería —dije yo, con quizá una imprudente perseverancia.

—¿Y por qué debería convencerlo? —preguntó ella, con suavidad en su tono—. Sólo tiene que consentir. Aunque lo haya nombrado el señor Croxton, yo soy la señora de la casa, como bien debe saber. Pero es con el señor Horner con quien debo hablar acerca de ese desafortunado muchacho, Gregson. Me temo que no hay método para hacerle olvidar sus desgraciados conocimientos. Su pobre cerebro estará intoxicado por la sensación de sus poderes, sin unos principios que lo contrapesen y lo guíen. ¡Pobre chico! Me temo que acabará en la horca.

Al día siguiente, el señor Horner vino a disculparse y a dar explicaciones. Él estaba —según pude oír por su voz, mientras hablaba con milady en la habitación de al lado— extremadamente molesto con el descubrimiento de milady de la educación que había estado dando a ese muchacho. Milady habló con gran autoridad y con razonables quejas sobre el tema. El señor Horner estaba bien al corriente de sus opiniones sobre el tema y había actuado desafiando sus deseos. Él lo reconoció, y dijo que no lo debería haber hecho, en cualquier caso, sin su permiso.

—El cual nunca os hubiera dado —dijo milady.

Pero el muchacho tenía extraordinarias capacidades, y de hecho, se hubiera autoeducado en la maldad si no hubiera sido rescatado y dado otro giro a sus facultades. Y todo lo que el señor Horner había hecho, lo había hecho en vista al servicio de milady. El negocio se le estaba yendo de manos con tantas cartas y tantas cuentas como requería el complicado estado en el cual estaban las cosas.

Lady Ludlow sentía lo que se venía encima: una referencia a la hipoteca en beneficio de las propiedades en Escocia de milord, de las cuales ella era perfectamente consciente, el señor Horner consideraba que había sido un procedimiento realmente imprudente, y se apresuró a observar:

—Puede que todo esto sea verdad, señor Horner, y estoy segura de que debería ser la última persona que desearа que usted trabaje demasiado o se le moleste, de lo que ya hablaremos en otro momento.

Lo que ahora quiero solucionar, si es posible, es el estado de la mente de ese pobre Gregson. Quizá el duro trabajo en el campo sea una manera sana y excelente de permitirle olvidar, ¿no?

—Yo esperaba, milady, que me permitiera que lo tuviera como una especie de empleado —dijo el señor Horner, soltando abruptamente su proyecto.

—¿Un qué? —preguntó milady, con infinita sorpresa.

—Una especie de... asistente, como copiando cartas y haciendo cuentas. Es un excelente calígrafo y es muy rápido con las cuentas.

—Señor Horner —dijo milady con dignidad—, al hijo de un cazador furtivo y un vagabundo no se le debería permitir jamás copiar cartas referentes a los terrenos de los Hanbury, y en cualquier caso, no lo hará. Me pregunto cómo es que, sabiendo el uso que ha hecho de su capacidad de leer una carta, puede aventurarse a proponer tal empleo para el que requeriría estar bajo su confianza, siendo usted el administrador de confianza de esta familia. ¡Se aprendería de memoria y repetiría al primero que se encontrase cualquier secreto! (y cualquier gran familia honorable tiene sus secretos, y usted lo sabe, señor Horner).

—Espero haberle enseñado, milady, para entender las reglas de la discreción.

—¡Enseñado! ¡Intente enseñar a una ave de corral ser un faisán, señor Horner! Eso le será una tarea más sencilla. Pero hace bien en hablar de discreción en lugar de honor. La discreción mira las consecuencias de los actos , el honor mira las acciones en sí, y es un instinto más que una virtud. Después de todo, es posible que le haya enseñado a ser discreto.

El señor Horner estaba en silencio. Milady se suavizó al ver que no contestaba, y comenzó, como siempre en estos casos, a temer que había sido demasiado severa. Puedo decir que por el tono de su voz y el discurso que pronunció a continuación, también era como si estuviera viendo su cara.

—Lamento mucho que se sienta presionado por los negocios; soy completamente consciente de que le he ocasionado muchos problemas adicionales con algunas de mis medidas. Debo intentar proporcionarle una asistencia adecuada. ¿Creo que ha dicho copiando cartas y haciendo cuentas?

El señor Horner ciertamente tenía la esperanza de convertir al joven muchacho, con la ayuda del tiempo, en un asistente, pero había llevado la posibilidad de la futura utilidad más allá de lo que había pretendido en un principio, mencionándoselo a milady como disculpa a su ofensa, y desde luego estaba más que dispuesto a retractar su afirmación sobre su aumento de trabajo, y a negar que necesitara algo o alguien que lo ayudara, cuando milady, después de una pausa de consideración, dijo de repente:

—Lo tengo. La señorita Galindo lo hará, estoy segura de que la señorita Galindo estará encantada de ayudarle. Yo misma hablaré con ella. El pago que le haríamos a un asistente sería de gran ayuda para ella.

No pude evitar repetir el tono de sorpresa del señor Horner cuando dijo:

—¡La señorita Galindo!

Pues debo decir quién era la señorita Galindo, o por lo menos, decir lo que sabía de ella. La señorita Galindo llevaba muchos años viviendo en el pueblo, manteniendo su casa con los mínimos medios posibles, pero siempre había podido mantener a una sirvienta. Y esta sirvienta era invariablemente escogida porque tenía alguna enfermedad, lo que la hacía indeseable para las demás. Creo que la señorita Galindo había tenido sirvientas cojas, ciegas y jorobadas. En una ocasión había cogido a una chica completamente consumida, porque, si no, tendría que haber ido al asilo de pobres, y no tendría lo suficiente para comer. Por supuesto, la pobre criatura no podía hacer ni una sola tarea que normalmente realiza una sirvienta, y la señorita Galindo se convirtió en sirvienta y enfermera.

Su actual sirvienta medía poco menos de metro y medio, y tenía un carácter terrible y malhumorado. Nadie, excepto la señorita Galindo, la habría aceptado, pero aunque ama y sirvienta discutían constantemente, eran en el fondo las mejores amigas. Una de las peculiaridades de la señorita Galindo era hacer todo tipo de buenas acciones, y decir de todas las maneras posibles cosas provocadoras. La coja, la ciega, la jorobada y la enana recibieron multitud de reprimendas, siendo sólo la muchacha consumida la única que jamás escuchó una brusca palabra. No creo que a ninguna de ellas les molestara mucho el temperamento y sus apasionadas maneras, pues sabían que tenía un corazón lleno de amabilidad y bondad, y además, tenía tantos cambios de humor, que a menudo sus discursos entretenían tanto o más de lo que molestaban, y, por otro lado, algo de ingeniosa insolencia por parte de su sirvienta le resultaba gracioso y de repente se ponía a reír en medio de su enfado.

Pero las conversaciones sobre la elección y trato de sus sirvientas estaban limitadas a las habladurías del pueblo, y nunca alcanzaron los oídos de lady Ludlow, aunque sin duda el señor Horner tenía buena cuenta de ellas. Lo que milady sabía era esto. Era costumbre en esos días que las damas ricas del condado crearan en los tribunales una especie de almacén. La supuesta gerente de este almacén era generalmente una dama venida a menos, la viuda de un clérigo o algo por el estilo. Sin embargo, estaba dirigido por un comité de damas y le pagaban en proporción a la cantidad de productos que vendiera, y esos productos estaban confeccionados por damas de poca o ninguna fortuna, cuyos nombres, si ellas querían, se reducían a sus iniciales.

Acuarelas mediocres hechas con tintas índigo e indias, mamparas adornadas con musgo y hojas secas, pinturas sobre terciopelo y demás trabajos ligeramente ornamentales se exhibían en un lado de la tienda. Fue siempre una marca característica de elegancia en el almacén tener sólo ventanas de guillotina de pesados marcos, las cuales dejaban pasar poca luz; por lo que nunca estuve del todo seguro de los méritos de aquellas obras de arte, como las habían llamado. Pero, en el otro lado, donde estaba el letrero de «Objetos Útiles», había una gran variedad de artículos de los cuales cada uno podía juzgar su inusual excelencia. ¡Delicados materiales para la costura! ¡Paquetes de delicadas medias y calcetines tricotados, y sobre todo, a los ojos de lady Ludlow, hileras de los más elegantes de hilo de lino!

Y los trabajos más delicados de todos eran los de la señorita Galindo, como lady Ludlow sabía bien. Sin embargo, pese a ser un trabajo muy fino, a veces pasaba que los patrones de la señorita Galindo estaban algo anticuados y la docena de gorritos de noche, en cuyos materiales se había gastado una buena cantidad de dinero, y en su confección había utilizado no menos tiempo y vista, estarían tendidos durante meses en un descuidado montoncito amarillento; y se decía que, en aquellas ocasiones, la señorita Galindo estaba mucho más graciosa de lo normal, más llena de chispa y humor, justo hasta el momento en el que llegaba algún pedido para X (la inicial que ella había elegido) de un producto bien pagado, se sentaba y vociferaba a su sirvienta mientras bordaba. Ella misma explicaba su práctica de esta manera:

—Cuando todo va mal, uno dejaría de respirar si no pudiera aligerar su corazón con una broma. Pero cuando tengo que estar sentada de la mañana a la noche, necesito hacer algo para remover mi sangre, o me daría un apoplejía, así que me peleo con Sally.

Aquélla era la manera de ser y de vivir en su propia casa. Fuera de ella, y en el pueblo, no era popular, aunque se le hubiera echado mucho de menos si se hubiera ido de allí. Pero hacía demasiadas preguntas personales (por no decir impertinentes) respecto a las tareas domésticas (pues incluso a los más pobres les gusta gastar a su manera su propio dinero), abría los cajones para encontrar extravagancias ocultas e interrogaba acerca de la cantidad de mantequilla semanal que se gastaba; hasta que un día se encontró con lo que para otra persona hubiera sido un desaire, pero con el que ella disfrutó.

Iba hacia una casa y en la puerta se encontró con la mujer de la casa persiguiendo un pato, aparentemente sin percatarse de su visitante.

—¡Fuera, señorita Galindo! —gritó, dirigiéndose al pato—. ¡Fuera! Oh, le pido perdón —continúo, como si viera a la dama por primera vez—. Es sólo que este cansino pato quiere entrar. Fuera, señorita Gal... —al pato.

—Así que la ha llamado como yo, ¿no? —preguntó su visitante.

—Oh, sí, señora, mi marido lo hizo, porque dice que el desafortunado pato está siempre fisgoneando en todos lados.

—¡Ja, ja, ja! ¡Muy bueno! Así que tu marido es ingenioso, ¿no? ¡Bien! Dile que venga a hablar conmigo esta noche acerca de mi chimenea, pues no hay nadie como él para arreglar chimeneas.

Y el marido fue, y le gustaron tanto las buenas maneras de la señora Galindo y su aguda perspicacia sobre los misterios de sus diferentes tipos de negocios (era albañil, desatascador de chimeneas y eliminador de ratas), que volvió a casa e insultó a su mujer la siguiente vez que llamó al pato por el nombre con que él mismo la había bautizado.

Pero, por extraña que la señorita Galindo fuera en general, cada vez que quería podía tener los modales de una dama. Y eligió siempre hacerlo cuando lady Ludlow estaba presente. De hecho, no conozco al hombre, mujer o niño que no enseñase instintivamente su mejor cara a milady. Así que ella no tenía noción de sus cualidades, las cuales, estoy seguro, hacían que el señor Horner pensara que la señorita Galindo sería lo más rebelde como asistente, y deseó de corazón que la idea no volviera a la mente de milady. Pero ahí estaba, y él ya había molestado a milady más de lo que convenía por ese día, así que no podría contradecirla directamente, sino instando dificultades que esperaba fueran insuperables. Pero lady Ludlow rechazaba cada una de ellas. ¿Cartas que copiar? Sin duda. La señorita Galindo podría venirse a la casa, tendría una habitación para ella; tenía una bonita letra y escribir podría salvar su vista. ¿Capacidad en relación a las cuentas? Milady también podía responder por ello y por todo lo que el señor Horner parecía pensar como necesario preguntar. La señorita Galindo era por nacimiento y educación una dama de honor estricto, y si fuera posible, olvidaría el contenido de las cartas que pasaran por sus manos, además de que nadie se enteraría de nada por ella. ¿Remuneración? ¡Oh! En cuanto a eso, lady Ludlow se encargaría de que fuera gestionado con la mayor delicadeza posible. Esa misma tarde, invitaría a la señorita Galindo a tomar té en la casa, si el señor Horner le diera a milady alguna idea del tiempo medio que debía solicitar a la señora Galindo para sacrificar de su tiempo personal.

—¿Tres horas? Muy bien.

El señor Horner parecía muy serio cuando pasó por las ventanas de la habitación donde yo estaba instalada. Creo que no les gustaba la idea de tener a la señorita Galindo como asistente.

Las invitaciones de lady Ludlow eran como órdenes reales. En realidad, el pueblo era demasiado tranquilo para permitir que sus habitantes tuvieran demasiados compromisos de cualquier clase. De vez en cuando, el señor y la señora Horner invitaban a un té y una cena a los principales terratenientes y a sus esposas, a las que el clérigo, la señorita Galindo, la señora Medlicott y una o dos viudas o solteronas estaban invitados. La gloria de la mesa en aquellas ocasiones estaba invariablemente adornada por su señoría: se trataba de un asado frío de pavo real, con la cola extendida como si estuviera vivo. La señora Medlicott empleaba toda la mañana arreglando las plumas en un correcto semicírculo, y siempre estaba agradecida de ver el asombro y la admiración que provocaba. Consideraba una recompensa y digno halago a sus esfuerzos que el señor Horner la invitara a cenar y la colocara frente al magnífico plato, lo que le hacía sonreír dulcemente durante toda la cena. Pero desde que la señora Horner había sufrido una apoplejía, estas fiestas se habían dejado; y la señorita Galindo escribió una nota a lady Ludlow en respuesta a su invitación, diciéndole que estaba totalmente libre de compromisos y que sería un gran placer tener el honor de atender a su señoría.

Quienquiera que visitara a milady comía con ella, sentándose en el estrado, y en presencia de todas mis antiguas compañeras. Así que no vi a la señorita Galindo hasta tiempo después del té, cuando las jóvenes muchachas ofrecieron enseñar sus labores para escuchar las valoraciones de un juez tan competente como ella. Finalmente, milady llevó a su visitante hasta la habitación en la que me encontraba —era uno de mis días malos, recuerdo— para tener con ella una conversación privada. La señorita Galindo vestía sus mejores galas, estoy segura, pero jamás había visto algo como aquello, salvo en los cuadros, de lo anticuado que era. Vestía un delantal de muselina blanco, delicadamente bordado, y un poco torcido, para, como nos dijo a todas incluso a lady Ludlow, antes de que acabara la noche, para disimular una mancha de limón que le había desteñido el color. Este efecto torcido era extraño, especialmente cuando vi que era intencionado; de hecho, ella estaba tan nerviosa por que el delantal estuviera correctamente colocado en aquel lugar que nos dijo abiertamente por qué lo llevaba así y preguntó a milady si la mancha quedaba correctamente oculta, mientras levantaba el delantal para enseñarnos lo grande que era.

—Cuando mi padre vivía, yo siempre le cogía el brazo derecho, y solía quitarle cualquier bola o hilo descolorido del lado derecho o izquierdo, si era un traje de paseo. Era la conveniencia de un caballero. Pero las viudas y las solteronas tienen que hacerlo como pueden. ¡Ay, querida! —refiriéndose a mí—, cuando esté calculando las bendiciones que tiene, aunque pueda pensar en lo duro de ciertos aspectos, ¡no olvide lo poco que necesita zurcir los calcetines por verse obligada a pasar tanto tiempo acostada! Yo preferiría tejer dos pares de medias que tener que zurcir una.

—¿Ha hecho últimamente alguna de sus maravillosas labores? —preguntó milady, que había sentado a la señorita Galindo en la silla más cómoda, y había cogido una silla de mimbre para ella, teniendo el tema de su trabajo entre manos, preparada para intentar sacar el tema.

—¡No, milady! En parte es por el calor, parece que la gente olvida que el invierno va a llegar, y en parte, supongo, que los que tienen dinero para pagar cuatro libras con seis peniques ya están abrigados.

—Entonces, ¿puedo preguntar si le queda algo de tiempo libre durante el día? —dijo milady, atisbando un poco más su propuesta, la cual deduzco encontraba un poco incómoda de hacer.

—Bueno, el pueblo me mantiene ocupada, cuando no tengo nada que bordar o coser. Ya sabe que tomé la X como mi inicial en el almacén, porque proviene de Xantippe, quien fue en el pasado una gran gruñona, como he podido saber. Pero estoy segura de que no sé cómo el mundo podría seguir adelante sin gruñir, milady. Se iría a dormir y el sol se quedaría parado.

—No creo que pudiera soportar regañar, señorita Galindo —dijo milady, sonriendo.

—¡No! Porqué milady tiene gente que lo hace por ella. Perdone, milady, me parece que la mayoría de la gente puede ser dividida entre santos, gruñones y pecadores. Ahora bien, milady es una santa, porque en primer lugar tiene una naturaleza dulce y piadosa, y, en segundo lugar, tiene gente que se enfada y veja por usted. Y Jonathan Walker es un pecador pues lo han enviado a prisión. Pero aquí estoy yo, a medio camino, pues en el mejor de los casos tengo mala disposición, pero aun así odio el pecado y todo lo que lleva hacia él, como el derroche, la extravagancia y el cotilleo... y todas estas mentiras pasan por el pueblo ante mis narices, y como no soy lo suficientemente santa para ser vejada, pues refunfuño. Y aunque preferiría ser una santa, aun creo que hago el bien a mi manera.

—No lo dudo, querida señorita Galindo —dijo lady Ludlow—. Siento oír que hay tanto mal en el pueblo, lo siento mucho.

—¡Oh, milady! Entonces siento haberlo dicho. Era sólo una manera de decir que cuando no tengo nada en particular que hacer en casa, me doy una vuelta y les digo las verdades a mis vecinos, sólo para alejarme del camino de Satán, pues como bien sabe, milady, Satán siempre encuentra travesuras que sugerir a manos ociosas.

No hubo manera de conducir el tema de manera delicada, pues era evidente que a la señorita Galindo le gustaba tanto hablar, que si le hacías una pregunta, hacía tan larga su respuesta que antes de llegar al final de la cuestión ya se había desviado del asunto original. Así que lady Ludlow se lanzó de una vez a lo que quería decir.

—Señorita Galindo, tengo un gran favor que pedirle.

—Milady, desearía poder expresarle el placer que es oírle decir eso —respondió la señorita Galindo, casi con lágrimas en los ojos, ya que todos estábamos encantados de hacer cualquier cosa por milady que pudiese llamarse un servicio y no simplemente un deber.

—Se trata de lo siguiente: el señor Horner me dijo que la correspondencia relacionada con mis propiedades se están multiplicando de una manera que le es imposible copiarlas todas por sí mismo, y que por eso necesita los servicios de una persona de confianza y discreta para copiar esas cartas, y ocasionalmente llevar algunas cuentas. Ahora hay una pequeña salita cerca de la oficina del señor Horner (sabe dónde está la oficina del señor Horner, ¿verdad? Las que están al otro lado del muro de piedra), y si pudiera venir hasta aquí para desayunar y luego estar allí unas tres horas cada mañana, y el señor Horner le llevaría o le enviaría los papeles.

Lady Ludlow se calló. El semblante de la señorita Galindo se había caído. Había un gran obstáculo en su mente que le impedía cumplir el deseo de lady Ludlow.

—¿Qué será de Sally? —dijo al fin. Lady Ludlow no sabía quién era Sally. Y de haberlo sabido, no habría entendido las dudas que inundaron el cerebro de la señorita Galindo ante la idea de abandonar a su tosca y olvidadiza enana, sin la perpetua supervisión de su ama. Lady Ludlow, acostumbrada a una casa donde todo transcurría en silencio y perfectamente puntual, conducido por una serie de sirvientes bien elegidos y pagados, no tenía la concepción de la naturaleza del rudo material del cual venían sus sirvientas. Además, en su casa, al tener buenos resultados, nadie se preocupaba si las pequeñas economías habían sido observadas en la producción. En cambio, en casa de la señorita Galindo, cada penique y cada medio penique eran su consecuencia; y la visión de las gotas de leche derramadas y cortezas de pan desperdiciadas hacían que se consternara. Pero se tragó todas sus aprensiones por consideración a lady Ludlow y por el deseo de serle útil. Nadie sabe lo grande que era la prueba para ella cuando pensó en una Sally sin supervisión durante tres horas cada mañana. Pero lo único que dijo fue:

—Al cuerno con Sally. Le pido disculpas, milady, hablaba para mí, es un hábito que tengo para ejercitar la lengua, y no me doy cuenta cuando lo hago. ¡Tres horas cada mañana! Estaré muy orgullosa de hacer lo que pueda por milady, y espero que el señor Horner no sea muy impaciente conmigo al principio. Quizá sepa que una vez estuve cerca de ser escritora, y parece como si estuviera a destinada a emplear mi tiempo escribiendo.

—No, no lo sabía, pero ya retornaremos luego al tema del trabajo, si me permite. ¡Una escritora, señorita Galindo! ¡Me sorprende!

—Pues sí, casi lo fui. Y estaba dispuesta. El doctor Burney solía enseñarme música, no porque pudiera llegar a aprender, sino porque era una ilusión de mi pobre padre. Y su hija había escrito un libro, y no era más que una jovencita, hija de un profesor de música, así que... ¿Por qué no intentarlo yo?

—¿Y bien?

—Conseguí papel y medio centenar de buenas plumas, un bote de tinta, y todo preparado...

—Y entonces...

—Terminó que cuando me sentaba a escribir no tenía nada que contar. Pero a veces, cuando tengo un libro entre manos, me pregunto por qué dejé que me detuviera una razón tan pobre. A los otros no los detiene.

—Pues yo pienso que hizo muy bien, señorita Galindo —dijo milady—. Estoy totalmente en contra de las mujeres que usurpan el trabajo de los hombres, los cuales son muy aptos para hacerlo. Pero quizá, después de todo, la noción de escribir un libro mejoró su mano. Su letra es de las más legibles que he visto jamás.

—Desprecio las zetas sin palos —dijo la señorita Galindo, con gran orgullo ante el elogio de milady.

Poco después, milady la llevó a ver un curioso y antiguo armario, que lord Ludlow había escogido en La Haya, y mientras estuvieron fuera de la habitación, supongo que hablaron del tema de la remuneración, pues yo no oí nada de ello.

Cuando regresaron, estaban hablando del señor Gray. La señorita Galindo era generosa en sus expresiones de opinión acerca de él, e iba mucho más lejos que milady, en su lenguaje, al menos.

—Que un hombre que se ruboriza tanto, que no puede ni hablarle a un ganso sin tartamudear y ponerse colorado, haya venido a este pueblo, el cual es el mejor pueblo en el que he vivido, y nos tenía a todos como a un grupo de pecadores, ¡como si hubiésemos cometido asesinatos o algo así! Yo no tengo paciencia con él, milady. Y así, ¿cómo va a ayudarnos a ganar el cielo? Por sus explicaciones, eso salvará las almas de nuestros pobres niños. Milady, sabía que estaría de acuerdo conmigo. Estoy segura de que mi madre era la criatura más buena que jamás ha existido, y si ella no está en el cielo, yo no quiero ir allí; y no podía ni deletrear decentemente. ¿Piensa acaso el señor Gray que Dios se lo tuvo en cuenta?

—Estaba segura de que estaría de acuerdo conmigo, señorita Galindo —dijo milady—. Nosotras podemos recordar cómo este discurso sobre la educación, con Rosseau y sus escritos, agitaron a los franceses hacia su reino de terror y todas aquellas escenas sangrientas.

—Me temo que Rosseau y el señor Gray están cortados por el mismo patrón —replicó la señorita Galindo, sacudiendo la cabeza—. Y aun así hay algo bueno en el joven hombre. Estuvo toda la noche al lado de Billy Davis, cuando su mujer estaba agotada de cuidarlo.

—¿Hizo eso? —dijo milady, iluminándose el rostro, como siempre le ocurría cuando oía de alguna buena o generosa acción, sin importarle de quién saliera—. Qué lástima que haya sido mordido por esas ideas revolucionarias, y esté tan preocupado por perturbar el orden establecido de la sociedad.

Cuando la señorita Galindo se marchó, dejó una impresión muy favorable de su visita a milady, quien me lo dijo con una sonrisa agradecida.

—Creo que he proporcionado al señor Horner una asistente mucho mejor de lo que podría haber hecho de ese muchacho Gregson en veinte años. Y enviaré al muchacho a las tierras de milord en Escocia para mantenerlo a salvo.

Sin embargo, algo le sucedió al muchacho antes de que pudiera cumplir ese propósito.

Capítulo X

A la mañana siguiente, la señorita Galindo hizo su aparición, y por algún error inusual en el bien entrenado servicio de milady, fue conducida a la habitación en la que yo estaba intentando andar, pues me habían prescrito algo de ejercicio, aunque el esfuerzo me era doloroso.

Traía consigo una pequeña cesta y se lanzó en conversación conmigo, mientras el mayordomo intentaba preguntar los deseos de milady (pues no creo que lady Ludlow esperara que la señorita Galindo asumiera tan pronto su asistencia, y de hecho, el señor Horner no tenía trabajo alguno para su nueva ayudante).

—¡Ha sido una cita repentina, querida! Sin embargo, como ya he dicho a menudo, desde algo que pasó hace tiempo, si lady Ludlow me hiciera alguna vez el honor de pedirme la mano derecha, me la cortaría y me vendaría el muñón tan pulcramente que no se daría cuenta ni de que sangraba. Pero de tener más tiempo, hubiese arreglado mejor mis plumas. Verá, he tenido que estar sentada hasta muy tarde para hacer estas mangas —y sacó de su cesta un par de sobremangas holandesas, muy parecidas a las que llevan los aprendices en las tiendas—, y sólo me dio tiempo de hacer siete u ocho plumas, a partir de unas de oca que me dio el padre Thomsom el pasado otoño. En cuanto a la tinta, me alegra decir que siempre la tengo preparada: una onza de limaduras de acero, una onza de savia de roble y medio litro de agua (o té, si una es extravagante, lo que ¡gracias a Dios!, yo no lo soy), todo mezclado en una botella y colgado tras la puerta de casa, para que se mezcle todo bien cada vez que dé un portazo —e incluso si se está en una discusión y se da un portazo, como Sally y yo solemos hacer a menudo, es mejor aún— y así está mi tinta lista para usarla, preparada para escribir el testamento de milady, si fuera necesario.

—¡Oh, señorita Galindo! —dije yo—. ¡No diga eso! ¿el testamento de milady! Si aún no ha fallecido.

—Y de haberlo hecho, ¿de qué serviría hablar de hacer su testamento? Ahora, si usted fuera Sally, debería decir: «¡Contéstame a eso, gansa!». Pero dado que es pariente de milady, debo ser civilizada y solamente decir: «¡No sé cómo puede decir esas tonterías! ¡Es mala!»

No sé cuánto tiempo más habría seguido así, pero milady entró, y yo, relevada de mi obligación de entretener a la señorita Galindo, me fui cojeando a la habitación de al lado. A decir verdad, estaba un poco asustada con la lengua de la señorita Galindo, ya que nunca sabía lo que iba a decir a continuación.

Al cabo de un rato, apareció milady, y comenzó a buscar algo en el escritorio mientras decía:

—Creo que el señor Horner debió de cometer algún error cuando dijo que tenía demasiado trabajo y requería a un ayudante, pues esta mañana no ha tenido nada que darle a la señorita Galindo; y ahí está ella, sentada con la pluma detrás de la oreja, esperando tener algo para escribir. He venido a buscar las cartas de mi madre, pues me gustaría que me hiciese unas copias bonitas de ellas. ¡Oh, aquí están! No te molestes, querida niña.

Cuando milady regresó, se sentó y comenzó a hablar del señor Gray.

—La señorita Galindo dice que lo vio montar un grupo de oración en una casa de campo. Eso me disgusta mucho, es como lo que solía hacer el señor Wesley cuando yo era joven, y desde entonces hemos tenido rebeliones en las colonias americanas y la Revolución Francesa. Puedes contar con ello, querida; popularizar la religión y la educación (vulgarizarlas, más bien) es malo para una nación. Un hombre que oye leer oraciones en la casa de campo donde acaba de comer su pan con *beicon*, olvida el respeto que le debe a la Iglesia; empieza a pensar que un lugar es tan bueno como otro, y poco a poco, que una persona es tan buena como la otra, y después de todo, me encuentro con gente hablando de sus derechos en vez de hablar de sus obligaciones. Ojalá el señor Gray hubiera sido más tratable y no hubiera venido. ¿Sabes lo que he oído esta mañana? Que las tierras de Home Hill, que tienen un hueco en la propiedad de Hanbury, han sido vendidas a un panadero baptista de Birmingham.

—¡Un panadero baptista! —exclamé. Yo nunca había visto a un disidente, al menos que yo supiera, pero siempre había oído hablar de ellos con horror, los veía como si casi fueran rinocerontes. Quería ver a uno de cerca, pero también deseaba que no existieran. Casi me sorprendió saber que algunos de ellos se dedicaran a ocupaciones tan pacíficas como hacer pan.

—¡Sí! Eso me dijo el señor Horner. Un tal señor Lambe, creo. Pero, por lo menos, era un baptista que estaba metido en comercio. Entre su cismatismo y el metodismo del señor Gray, me temo que el carácter primitivo de este lugar va a desaparecer.

Por lo que pude saber, el señor Gray parecía estar tomando su propio camino, al menos con más intensidad que cuando llegó al pueblo, cuando su natural timidez le hizo diferir con milady y buscar su consentimiento y autorización antes de emprender cualquier nuevo plan. Pero todo lo novedoso era una cosa que lady Ludlow especialmente detestaba. Incluso en moda y decoración, se aferraba a lo antiguo, a las modas que habían prevalecido cuando ella era joven, y aunque tenía una gran consideración por la reina Carlota (de quien, como ya dije, había sido dama de honor), había en ella cierto matiz jacobita que le hacía detestar oír llamar al príncipe Carlos, «el joven pretendiente», como lo hacían muchas personas leales en aquella época, y que le encantaba contar historias sobre el espino que había en el parque de milord en Escocia, el cual había sido plantado por la preciosa reina María en persona, y ante el cual todos los invitados al castillo de Monkshaven estaban obligados a quitarse el sombrero por respeto a la memoria y desgracias de la plantadora real.

Si nos apetecía, los domingos podíamos jugar a las cartas, o eso creo, pues milady y el señor Mountford solían hacerlo a menudo cuando llegué a la casa. Pero el 5 de noviembre y el 13 de enero no debíamos ni jugar a las cartas, ni leer, ni bordar, sólo debíamos ir a la iglesia, y meditar el resto del día, y meditar era un trabajo muy duro. Supongo que ésta era la razón por la que una vida pasiva había sido mejor la mejor disciplina para mí en vez de llevar una vida activa.

Pero estoy divagando en el tema de milady, y acerca de su repulsa a toda innovación. Lo que me pareció, por lo que pude oír, es que el señor Gray no traía ideas nuevas, y lo primero que hizo fue atacar a todas las instituciones establecidas tanto en el pueblo como en la parroquia, y también en la nación. En realidad, yo me enteraba de las cosas principalmente a través de la señorita Galindo, que era más apropiada para hablar más enérgicamente que con precisión.

—Ahí estaba —decía—, cloqueando con los niños como si fuera una vieja gallina, e intentando enseñarles algo acerca de la salvación de sus almas, y no sé que más cosas que simplemente es blasfemia hablarlas fuera de la iglesia. Y entretenía a los ancianos leyéndoles la

Biblia. Por supuesto, yo no quiero hablar irrespetuosamente sobre las Sagradas Escrituras, pero ayer me encontré con el viejo Job Horton ocupado leyendo su Biblia. Le dije: «¿Qué estás leyendo, de dónde lo has sacado y quién te lo ha dado?» Y me contesta que está leyendo *Susana y los Viejos*, porque había leído tantas veces *Bel y el Dragón*, que casi se la sabía de memoria, y que son dos de las historias más bonitas que ha leído nunca, y que le servía como advertencia contra los viejos tipos que estaban por el mundo. Ahora bien, como Job está postrado en cama, no creo posible que pueda tropezarse con los viejos, y pienso que repetir el Credo, los Mandamientos y el Padre Nuestro, y tal vez unos versos de los Salmos, si uno quiere cambiar un poco, le habría sido más útil que esas bonitas historias, como él las llamaba. ¿Y qué es lo siguiente que ha hecho nuestro joven párroco? Intentar que sintamos lástima por los esclavos negros. Va dejando retratos de negros con la pregunta impresa debajo: «¿Acaso no soy un hombre y un hermano?» Como si tuviera que saludar a cada lacayo negro que me tropiezo. Dicen que toma el té sin azúcar porque piensa que ve gotas de sangre en él. A eso yo lo llamo superstición.

Al día siguiente la historia era aún peor.

—Bueno querida, ¿cómo está? Milady me ha enviado para que me siente un rato aquí, mientras el señor Horner busca algunos papeles para que los copie. Entre nosotras, al señor Horner no le gusta tenerme como asistente. Me parece bien que no le guste, si fuera educado conmigo podría querer una carabina, ya sabe, ahora que la pobre señora Horner ha muerto —ésta era una de las bromas nefastas de la señorita Galindo—. De hecho, yo intento hacerle olvidar que soy una mujer, y lo hago todo como un asistente masculino. Me aseguro de que no pueda encontrar una falta, la caligrafía es buena, la ortografía es correcta y las sumas están bien. Y luego bizquea con el rabillo del ojo, y parece más aturdido que nunca, sólo porque soy una mujer, como si eso ayudara. He llevado las cosas al extremo para aliviarlo. Me he puesto la pluma detrás de la oreja, le he saludado con la cabeza en vez de hacerle una reverencia, he silbado (no una melodía, no puedo abrir la boca), y si no le cuenta a milady, no me importa decirle que he dicho «¡maldita sea!» y «¡por las heridas de Cristo!». No puedo ir más lejos. Pese a todo, el señor Horner no olvida que soy una dama, así que no soy ni la mitad de útil que podría ser, y si no fuera por complacer a lady Ludlow, el señor Horner y sus libros podrían irse a la porra (¡mira qué natural me ha salido!). Además hay un pedido de una docena de gorritos de noche para una novia, y me temo que no tengo tiempo para hacerlos. Y lo peor de todo es que ahí está el señor Gray intentando seducir a Sally en mi ausencia.

—¡Seducir a Sally! ¡El señor Gray!

—¡Pobre muchacha! Hay muchas maneras de seducir. El señor Gray está seduciendo a Sally porque quiere que vaya a la iglesia. Ha estado dos veces en mi casa, mientras yo estaba ausente por las mañanas, para hablar con Sally del estado de su alma y esa clase de cosas. Pero cuando me encontré la carne completamente carbonizada, le dije: «Vamos, Sally, se acabó el rezar cuando la carne está al fuego. Reza a las seis de la mañana o a las nueve de la noche, y no te molestaré.» Así que se puso descarada conmigo, y dijo algo sobre Marta y María, que implicaba que, ya que había dejado que la carne estuviera tan hecha que yo afirmé que difícilmente podría encontrar un pedazo para el nieto enfermo de Nancy Pole, había escogido la mejor parte. Estaba muy molesta, y quizá se sorprenda de lo que le contesté (en realidad, ni yo misma sabía si estaba bien), pero le dije que yo tenía también una alma como la de ella, y que si me fuera a salvar por estar sentada y pensar en la salvación, y nunca hiciera mis deberes, yo creía que tenía los mismos derechos que ella a ser María y así salvar mi alma. Así que aquella tarde, me quedé sentada y realmente fue una comodidad, porque a menudo estoy demasiado ocupada para rezar como debería. Primero es una persona, y luego otra, y ocuparse de la casa, hacer la comida y encargarse de los vecinos. Así que cuando llegó la hora del té, entró mi sirvienta con la joroba en la espalda y su alma lista para salvarse. «Disculpe, señora, ¿pidió la libra de mantequilla?», «No, Sally», le respondí negando con la cabeza, «esta mañana no he ido a la granja de Hale, y esta tarde he estado ocupada con cosas espirituales».

»Pues bien, a nuestra Sally le gusta el té con pan y mantequilla más que todas las cosas, y el pan solo no es de su gusto

»"Doy gracias", dijo la imprudente "de que haya tomado un giro hacia el buen camino. Confío en que hayan sido mis oraciones, que la han convencido".

»Yo estaba decidida a no mencionar el tema carnal de la mantequilla, así que se quedó allí, deseando preguntarme para ir corriendo a por ella. Pero no lo hice, y mastiqué mi pan solo, pensando qué gran tarta podía haber hecho para el pequeño Ben Pole con el trozo de mantequilla que nos habíamos ahorrado; y cuando Sally se tomó su té sin mantequilla, no estaba del mejor de los humores, pues Marta no había pensando en la mantequilla, y yo le dije tranquilamente: Bueno, Sally, mañana intentaremos cocinar bien la carne, y recordar coger la mantequilla, y trabajar por nuestra salvación al mismo tiempo, pues no veo por qué no puede hacerse todo, ya que Dios así lo ha decidido. Pero la oí de nuevo con el tema de Marta y María, y no tuve dudas de que el señor Gray le había enseñado a considerarme una oveja descarriada.

Había oído tantos discursos sobre el señor Gray por parte de unos y de otros, todos en contra de él, como una persona problemática, introductor de nuevas doctrinas y estilo de vida extravagante (y pueden estar seguros de que allí adonde fuera Lady Ludlow, la seguían la señora Medlicott y la señora Adams, cada una de ella mostrando a su manera la influencia que milady ejercía sobre ellas), que creo que terminé considerándolo como el verdadero instrumento del mal, y esperaba percibir en su rostro señales de su presunción, arrogancia e impertinente interferencia. Hacía varias semanas desde que lo había visto, y cuando una mañana lo hicieron pasar a la salita azul (a la cual me habían llevado, para cambiar de sitio), me sorprendió mucho al ver lo inocente y poco elegante joven que parecía, confundido incluso más que yo ante nuestro inesperado *tête-a-tête*. Se veía más delgado, con los ojos más deseosos y la expresión más ansiosa, y el color parecía ir y venir más que la última vez que lo vi. Intenté entablar una conversación, pues, para mi sorpresa, estaba más tranquila que él, pero era evidente que se sentía más preocupado por responder algo más que monosílabos.

Finalmente entró milady. El señor Gray se movía y estaba más ruborizado que nunca antes, pero fue directo al asunto.

—Milady, no puedo responder a mi conciencia si permito que los niños de este pueblo continúen por más tiempo en el paganismo. Debo hacer algo para cambiar su condición. Soy muy consciente de que milady desaprueba muchos de los planes que le he sugerido, pero aun así debo hacer algo, y ahora acudo a usted para pedirle, respetuosa pero firmemente, qué debo hacer.

Tenía las pupilas dilatadas y podría decir que casi tenía los ojos llenos de lágrimas con su empeño. Pero estoy segura de que es una mala idea recordar a la gente las firmes opiniones que expresaron una vez, si lo que deseas es que las cambien. Ahora bien, esto era lo que el señor Gray había hecho con milady, que aunque no quiero decir que ella fuera obstinada, no era alguien que se retractara.

Permaneció en silencio por un momento antes de responder.

—Me está pidiendo un remedio para un mal de cuya existencia no soy consciente —fue su repuesta, dicha de una manera muy fría y amable—. En tiempos del señor Mountford yo no oía quejas, cuando veo a los niños del pueblo (y por una cosa u otra, no son visitantes infrecuentes de esta casa), su comportamiento es bueno y decente.

—Oh, milady, no puede juzgar —interrumpió él—. Están entrenados para respetar su palabra y obra, usted es lo más elevado que han visto en su vida; no tienen noción de algo superior.

—No, señor Gray —dijo milady, sonriendo—, son tan leales como lo puede ser un niño. Vienen aquí cada cuatro de junio y beben a la salud de su majestad, y comen bollos, y (como la propia Margaret Dawson puede testificar) tienen un gran y respetuoso interés por todos los retratos que les enseño de la Familia Real.

—Pero, milady, yo pienso en alguien más alto de las noblezas terrestres.

Milady se ruborizó ante el error que había cometido, pues ella era realmente piadosa. Pero cuando retomó el asunto, me pareció que su tono era un poco más cortante que antes.

—Tanta falta de reverencia es, debo decir, por culpa del clérigo. Me disculpará, señor Gray, si hablo tan claro.

—Milady, prefiero hablar francamente. No estoy acostumbrado a este tipo de ceremonias y formalidades que, supongo, son protocolo del rango de vida que lleva milady, y que parecen evadirla de cualquier poder que yo tenga para alcanzarla. Entre todos los que han pasado por mi vida hasta la fecha, siempre ha sido costumbre hablar claramente de lo que hemos sentido con gran seriedad. Así pues, en lugar de necesitar una disculpa de milady por su manera directa de hablar, cumpliré con lo que diga inmediatamente, y admito que es fallo del clérigo, en gran medida, cuando los niños de la parroquia dicen juramentos y maldiciones, y son brutales e ignorantes de toda gracia salvadora; algunos de ellos del nombre de Dios. Y porque esta culpa recae sobre mí, como clérigo de la parroquia, las mentiras pesan en mi alma y cada día va a peor, hasta que estoy totalmente apabullado acerca de cómo actuar bien para estos niños, quienes huyen de mí como si fuera un monstruo, y que crecerán para convertirse en hombres preparados y capaces de cometer cualquier crimen, salvo los que requieran inteligencia y sentido común, y por eso acudo a usted, a quien me parece todopoderosa en lo que concierne a poderes materiales (pues milady sólo conoce la superficie de las cosas, y apenas eso, de lo que ocurre en el pueblo) para ayudarme con consejos, y con toda la ayuda que pueda darme.

El señor Gray se había levantado y sentado una o dos veces mientras había estado hablando de una manera agitada y nerviosa; y ahora había sido interrumpido por un violento ataque de tos, tras el cual tembló entero.

Milady mandó a traer un vaso de agua y parecía consternada.

—Señor Gray —dijo ella—, estoy segura de que no se encuentra bien, y eso le hace exagerar las faltas infantiles hasta convertirlas en auténticos males. Es siempre el caso cuando no nos encontramos bien de salud. Oigo hablar de usted por todas partes por los esfuerzos que está haciendo: trabaja demasiado, y la consecuencia es que imagina que todos somos peores de lo que somos.

Y milady le sonrió de manera muy amable y simpática, mientras él se sentaba, jadeando un poco y algo colorado, intentando recuperar el aire. Estoy segura de que ahora que estaban cara a cara, ella casi había olvidado lo mucho que le ofendían sus acciones cuando las escuchaba de los demás, y de hecho, era suficiente para ablandar el corazón de cualquiera ver a aquel joven, de rostro casi infantil, mirando de manera ansiosa y angustiosa.

—Oh, milady, ¿qué puedo hacer? —preguntó, tan pronto como pudo recobrar el resuello, y con tal aire de humildad que estoy segura de que nadie que lo hubiera visto podría volver a pensar que era un engreído—. El mal de este mundo es demasiado fuerte para mí. Puedo hacer tan poco. Todo es en vano. Hoy mismo... —Y de nuevo la tos y la agitación volvieron.

—Querido señor Gray —dijo milady (el día anterior, jamás hubiera creído que pudiera llamarle querido)—, debe seguir el consejo de una anciana. No está a la medida de hacer todo sino cuidar de su propia salud; descanse y vaya al médico (es más, yo me haré cargo de la cuenta), y cuando se encuentre mejor, descubrirá que ha estado magnificando estos males en su interior.

—Pero, milady, no puedo descansar. Los males existen, y la carga de su continuidad recae sobre mis hombros. Carezco de un lugar donde reunir a los niños, y poder enseñarles las cosas necesarias para la salvación. Las habitaciones de mi casa son demasiado pequeñas, pero allí lo intento. Dispongo de dinero propio y, como milady sabe, he intentado hacerme con parte del arrendamiento de una propiedad en la que poder construir una escuela con mis fondos. Pero su abogado ha venido, siguiendo sus instrucciones, para reclamar algún antiguo derecho feudal, por el cual ninguna construcción es permitida en una propiedad arrendada sin el permiso de la dueña de la casa. Quizá puede ser cierto, pero es una crueldad, es decir, si milady supiera (estoy seguro de que no lo sabe) el verdadero estado moral y espiritual de mis pobres parroquianos. Y ahora acudo a usted para saber qué tengo que hacer. ¡Descansar! No puedo descansar, mientras los niños a los que podría salvar están siendo abandonados en su ignorancia, su blasfemia y la suciedad de su crueldad. Es sabido por todo el pueblo que milady desaprueba mis esfuerzos y se opone a mis planes. Si cree que son erróneos, estúpidos y mal digeridos (he sido estudiante, he vivido en una universidad y he evitado a toda la sociedad salvo la de los hombres piadosos, hasta ahora, quizá no sea el mejor juez, dada mi ignorancia acerca de esta pecaminosa naturaleza humana), entonces dígame planes mejores y proyectos más sabios para alcanzar mi fin; pero no me pida que descanse, con Satanás rondando y robándome almas.

—Señor Gray —dijo milady—, puede que haya algo cierto en lo que dice, no lo niego. Aunque pienso que su actual estado de indisposición y excitación lo exagera en exceso. Creo (no, la experiencia de una larga vida me ha convencido de ello) que la educación es un mal si es administrada indiscriminadamente. Incapacita a las clases bajas a hacer sus obligaciones; obligaciones a las cuales han sido llamados por Dios; de sumisión ante aquellos con autoridad sobre ellos; de alegría con el modo de vida al que Dios les ha destinado, y de mostrarse a sí mismos humildes y respetuosos para sus superiores. Le he expuesto esta convicción mía y también le he expresado claramente mi desaprobación ante alguna de sus ideas. Puede imaginar, entonces, que no me ha complacido que se haya hecho con un cuarto de acre o más de las tierras de la granja Hale, y que estuviera construyendo una casa-escuela. Lo ha hecho sin pedir mi permiso, que, como señora feudal del granjero Hale, debería haber obtenido legalmente, además de solicitarlo como norma de cortesía. He puesto fin a lo que yo creo que perjudicaría al pueblo, a una población por la cual me intereso tanto como usted. ¿Cómo pueden la lectura, la escritura y la tabla de multiplicar (si decide llegar tan lejos), prevenir la blasfemia, la suciedad y la crueldad? Realmente señor Gray, no me gusta expresarme tan contundentemente sobre el tema en su actual estado de salud, como haría en otras circunstancias. Me parece que los libros hacen poco y el carácter, mucho; y el carácter no se forma con los libros.

—Yo no pienso en el carácter, pienso en las almas. Si no sujeto a esos niños, ¿qué será de ellos en el más allá? Debo tener más poder del que ellos tienen y que sean capaces de apreciarlo, antes de que me escuchen. Hoy en día a lo único que hacen caso es a la fuerza física, y yo no tengo ninguna.

—No, señor Gray, según ha admitido, me atienden a mí.

—No harían nada que pudiera disgustar a milady si creyeran que iba a enterarse, pero, si pudieran hacerlo delante de usted, el saber que le desagradaría no los detendría.

—¡Señor Gray! —exclamó con sorpresa y un poco de indignación—. ¡Ellos y sus padres han vivido en las tierras de Hanbury durante generaciones!

—No puedo ayudarle, milady. Le estoy diciendo la verdad, me crea o no.

Hubo una pausa; milady parecía perpleja y algo contrariada; el señor Gray, abatido y cansado.

—Entonces, milady —dijo por fin, levantándose mientras hablaba—, no puede sugerir nada para mejorar el estado en el que, le aseguro, se encuentran sus tierras y sus arrendatarios. Sin duda, no tendrá problema si hago uso del silo del granjero Hale cada Sabbath, ¿no? Él me lo dejará usar. Si usted concede su permiso.

—Ahora mismo no está en condiciones para realizar trabajo de más. —Y de hecho él había estado tosiendo mucho en el transcurso de la conversación—. Déjeme considerarlo. Dígame qué es lo que desea enseñar. Será capaz de cuidarse y recobrar fuerzas mientras yo lo considero.

Milady le habló muy amablemente, pero él estaba demasiado agitado para reconocer la amabilidad, mientras la idea de un retraso le producía una evidente irritación. Y le oí decir:

—Y tengo tan poco tiempo para hacer mi trabajo. ¡Señor! No dejes que caiga este pecado sobre mí.

Pero milady estaba hablando con el viejo mayordomo, al cual, mediante una señal, yo había llamado con una campanilla hacía un rato. Entonces, ella se volvió.

—Señor Gray, creo que aún tengo algunas botellas de Malmesey, cosecha de 1778. Como quizá usted sabe, solía considerarse un remedio específico para la tos producida por la debilidad. Me va a permitir que le envíe media docena de botellas, y dependiendo de eso, verá cómo adoptará una visión más alegre de la vida y sus obligaciones antes de que se las acabe, especialmente, si fuera tan amable de ir a ver al doctor Trevor, que va a venir a visitarme en el transcurso de la semana. Para cuando se encuentre con las fuerzas suficientes para trabajar, intentaré buscar alguna manera para prevenir que los niños no hagan uso de un lenguaje tan malo, y otras cosas que le molestan.

—Milady, es el pecado y no la molestia. Desearía que lo entendiera —habló con algo de impaciencia. Pobre hombre, estaba demasiado débil, exhausto y nervioso—. Me encuentro perfectamente bien, y puedo regresar a mi trabajo mañana mismo; haré lo que sea con tal de no sentirme oprimido pensando lo poco que estoy haciendo con mi labor. No quiero su vino. La libertad para actuar de la manera que yo considero la correcta me dará mejor bienestar. Pero no sirve de nada. Estoy predestinado a no ser sino un sufridor en la tierra. Le suplico perdón a milady por esta visita.

Se levantó y se mareó. Milady lo observó, profundamente dolida y no poco ofendida. Él le tendió la mano, pude ver cómo ella dudó un poco antes de estrechársela. Entonces, me miró, casi, creo, como la primera vez, y tendió su mano una vez más, la retiró, como indeciso, la volvió a extender y finalmente tomó la mía por un instante en su húmeda y lánguida mano, y se marchó.

Estoy segura de que lady Ludlow estaba descontenta tanto con él como consigo misma. De hecho, yo misma me encontraba descontenta con el resultado de la entrevista. Pero milady no era de las que expresaban sus sentimientos sobre el tema, y yo no era de las que no olvidaba quién era y empezaba una conversación que ella no hubiera empezado. Vino hacia mí y fue muy tierna conmigo, y sumado al recuerdo enfermo, desesperado y desilusionado del señor Gray, casi me pongo a llorar.

—Estás cansada, pequeña —me dijo milady—. Ve y túmbate un rato en mi dormitorio, mientras escuchas qué decidimos la señora Medlicott y yo sobre qué comida fortalecedora enviarle a ese pobre joven que se está matando a sí mismo con conciencia extremadamente sensible.

—¡Oh milady! —dije yo, y me paré.

—Dime, ¿qué pasa?— me preguntó.

—Si tan sólo pudiera dejarle usar el granero de la granja Hale, sería la mejor cura para él.

—¡Pobre muchacha! —aunque no creo que estuviera disgustada—, ahora no tiene fuerzas para seguir con el trabajo. Voy a ir a escribir al doctor Trevor.

Y durante la siguiente media hora no hicimos más que organizar comodidades físicas y curas para el pobre señor Gray. Cuando terminamos, la señora Medlicott dijo:

—¿Se ha enterado milady de que Harry Gregson se ha caído de un árbol y se ha roto el hueso del muslo, y que es probable que se quede lisiado de por vida?

—¡Harry Gregson! ¿El muchacho de ojos negros que leyó mi carta? ¡Todo esto viene del exceso de educación!

Capítulo XI

Pero no sé cómo milady podía relacionar el exceso de educación con el hecho de que Harry Gregson se rompiera la pierna, pues la manera en la que ocurrió el accidente fue así:

El señor Horner, que desgraciadamente había caído enfermo desde la muerte de su esposa, se había encariñado mucho con Harry Gregson. Ahora bien, el señor Horner tenía un trato frío con los demás, y nunca hablaba más de lo necesario, en el mejor de los casos. Y últimamente no había estado en el mejor de los casos. Me atrevo a decir que tenía motivos para estar preocupado por los asuntos de milady (de los cuales yo no sabía nada), y se sentía evidentemente molesto con el «capricho» de milady (como una vez lo llamó sin darse cuenta) de poner a la señorita Galindo bajo sus órdenes como ayudante. Siempre había sido amigo de la señorita Galindo, a su callada manera, y ella sentía devoción por su nueva ocupación con diligencia y puntualidad, aunque más de una vez se había quejado ante mí sobre los trabajos de costura que le habían enviado, y los cuales, debido a su ocupación al servicio de lady Ludlow, había sido incapaz de cumplir.

La única criatura viviente por la que el serio señor Horner podía sentir algo de cariño era Harry Gregson. Para milady era un sirviente fiel y devoto, velaba con mucho interés por sus intereses y con ansias de cumplirlos a toda costa. Pero cuanto más astuto era el señor Horner, más probabilidades había de que se molestara por ciertas peculiaridades de opinión que milady mantenía con una tranquila y discreta pertinacia, contra la que ningún argumento basado en meros cálculos mundanos sobre los negocios se podía hacer. Este frecuente enfrentamiento de las opiniones que el señor Horner contemplaba, aunque no interfería con el sincero respeto que se profesaban el uno al otro, impedía que surgiera cualquier otro tipo de sentimiento afectuoso. Resulta extraño decirlo, pero debo repetirlo: la única persona por la que, después de la muerte de su esposa, el señor Horner parecía sentir algo de cariño era el pequeño diablillo de Harry Gregson, con sus ojos brillantes y atentos, con el pelo enredado hasta las cejas que le daba un parecido a un skye terrier. Aquel muchacho, mitad gitano y mitad cazador furtivo, al que mucha gente estimaba, se juntó con el silencioso, respetable y serio señor Horner, y seguía sus pasos con algo semejante a la cariñosa fidelidad del perro al que se parecía. Sospecho que esta demostración de cariño a su persona por parte de Harry Gregson fue lo que ganó la consideración del señor Horner. En un primer momento, el administrador había elegido al muchacho únicamente como el instrumento más ingenioso que pudo encontrar para su propósito, y no quiero decir que, si Harry no hubiera sido casi tan serio como lo era el mismo señor Horner, tanto por su disposición original como por su experiencia posterior, el administrador no lo hubiera escogido como hizo, aunque el muchacho no hubiera mostrado tanto afecto por él.

Pero incluso con Harry, el señor Horner era un hombre callado. Aun así, le resultaba agradable verse tan rápidamente comprendido, percibir que su pequeño seguidor recogía las migas de conocimiento que dejaba caer y las guardaba como el oro; que había alguien para odiar a las personas y las cosas que el señor Horner detestaba con frialdad, y que se reverenciaba y admiraba aquellas que para él tenían aprecio. El señor Horner nunca tuvo un hijo, e inconscientemente, supongo, algo del sentimiento paternal había empezado a desarrollarse en él por Harry Gregson. Había oído una o dos cosas de personas diferentes, que siempre me habían hecho pensar que el señor Horner secretamente y casi de manera inconsciente esperaba entrenar a Harry Gregson primero como su ayudante, luego como su asistente personal y finalmente como su sucesor en su administración de las propiedades de Hanbury.

Estoy segura de que la deshonra de Harry con milady, como consecuencia de la lectura de esa carta, fue un golpe más duro para el señor Horner de lo que sus serios modales dejaban traslucir, o de lo que lady Ludlow jamás soñó infligir.

Probablemente Harry recibió en su momento una pequeña y severa reprimenda del señor Horner, pues sus modales eran siempre duros incluso con aquellos de los que más se preocupaba. Pero el cariño de Harry no era de los que son intimidados o sofocados por unas pocas palabras cortantes. Me atrevería a decir, por lo que oí después de ellos, que Harry acompañaba al señor Horner en su paseo por la granja el mismo día de la reprimenda; su presencia aparentemente pasó desapercibida para el agente, para el cual su ausencia habría sido dolorosa no sentirla jamás. Así eran las cosas, según me las habían contado. El señor Horner nunca le pedía a Harry que le acompañara, y nunca le agradecía que fuera o que estuviera pegado a sus talones preparado para hacer recados, veloz como una flecha a su destino, y regresando a su lado tan rápido como le era posible. Pero si Harry no estaba, el señor Horner jamás preguntaba el motivo a ninguno de los hombres que se suponía sabían si su padre lo había retenido, o tenía cualquier otro compromiso; y nunca le preguntaba al propio Harry dónde había estado. De hecho, la señorita Galindo decía que los campesinos que conocían bien al señor Horner le contaban que en los días en que el muchacho estaba ausente, siempre estaba más ojo avizor a los fallos y a las faltas.

Es más, la señorita Galindo era mi mayor autoridad para la mayoría de las noticias del pueblo. Fue ella quien me dio los detalles del accidente del pobre Harry.

—Verá, querida, el pequeño furtivo ha despertado un inexplicable antojo en mi patrón. —Éste era el nombre por el cual la señorita Galindo siempre llamaba al señor Horner en mi presencia, desde que ella había sido nombrada, como ella lo llamaba, su asistente—. Ni aun teniendo veinte corazones, nunca habría podido reservar ni un poco de ellos para este bueno, gris, cuadriculado y severo hombre. Pero hay gustos para todos, y ahí está este pequeño gitano juguetón, dispuesto a ser el esclavo de mi patrón, y aunque suene raro, mi patrón, que como ya he dicho antes, debería haber hecho menos por el diablillo y por su familia, y haber enviado a Hall, el portero, tras ellos sin pensarlo; mi patrón, según me han dicho, se ha encariñado del muchacho a su manera, y si pudiera, sin irritar a milady demasiado, lo habría convertido en lo que los lugareños aquí llaman latino. Sin embargo, parece ser que anoche alguien olvidó echar al correo una carta (no puedo decirle de qué se trataba, querida, aunque lo sé perfectamente, pero el «trabajo obliga» al igual que la nobleza, y le doy mi palabra de que era importante, y algo que me sorprende que mi patrón pueda olvidar), que era de bastante importancia. (El pobre buen hombre, tan disciplinado, no es el que era antes de la muerte de su esposa,) Bueno, pues parece que estaba de lo más enfadado por su olvido. Y estaba de lo más molesto, pues no tenía a nadie a quien echarle la culpa excepto a sí mismo. Respecto al tema, yo siempre reprendo a alguien cuando la culpa es mía, pero imagino que a mi patrón no se le ocurriría nunca pensar en hacer eso, lo que resulta un gran alivio. No obstante, ni pudo tomar té, además estaba molesto y triste. Y el pequeño fiel diablillo, percibiendo esto, supongo, se levantó como un paje en una vieja balada, y le dijo que correría con todas sus fuerzas atravesando el país hasta Comberford, y vería si podía llegar allí antes de que las sacas estuvieran hechas. Así que mi patrón le dio la carta, y no se supo nada más del pobre muchacho hasta esta mañana, pues el padre se pensaba que su hijo estaba durmiendo en el granero del señor Horner, como parece que hace en ocasiones, y mi patrón, como es natural, pensaba que se había ido a casa de su padre.

—Y se había caído en la vieja cantera, ¿no es cierto?

—Cierto. El señor Gray había venido aquí para apurar a milady con alguna de sus novedosas conspiraciones, y como el joven no pudo salirse con la suya, por lo que tengo entendido, estaba molesto y pensó que podía regresar a casa por el camino de atrás, en vez de atravesar el pueblo, donde los del pueblo notarían si el párroco estaba desanimado. Pero, sin embargo, eso fue una bendición, y no me importa decirlo, y lo digo de verdad, aunque pueda sonar metodista, pues, cuando el señor Gray pasó por la cantera, oyó un gemido, y al principio pensó que era un cordero que se había caído, y se quedó allí, y lo volvió a oír y entonces, supongo yo, miró hacia abajo y vio a Harry. Así que bajó él mismo por las ramas de los árboles hasta el saliente donde estaba Harry medio muerto, y con su pobre pierna rota. Allí había estado tirado desde la noche anterior. Volvía para decirle al patrón que había entregado la carta a tiempo y las primeras palabras que dijo cuando consiguieron recuperarlo de su estado de agotamiento fueron —la señorita Galindo intentaba no gimotear, al decirlo—: «He llegado a tiempo, señor. He visto con mis propios ojos cómo la metían en la saca.»

—Pero ¿dónde está? —pregunté—; ¿cómo lo sacó de allí el señor Gray?

—¡Ah! Ahí está la cosa. Parece que el caballero no es tan malo (no me atrevo a decir diablo en la casa de lady Ludlow) como lo pintan, y el señor Gray debe de tener mucho bien dentro de él, como yo suelo decir a veces, aunque luego a otros, cuando él ha ido en mi contra, no lo soporto, y piense que la horca es demasiada buena para él. Levantó al pobre muchacho, como si fuera un bebé, lo cargó por las grandes salientes que antes se usaban de escalones y lo tumbó suavemente en la hierba del camino; luego, corrió a casa, consiguió ayuda y una puerta, y lo llevó hasta su casa y lo tumbó en su cama; y entonces de alguna manera, por primera vez se dio cuenta, o quizá otros sí lo notaron, que estaba cubierto de sangre, de su propia sangre, pues se había roto un vaso sanguíneo; y cayó al suelo en el vestidor, tan blanco y tieso como si hubiera muerto. Mientras tanto el pequeño diablillo estaba en la cama del señor Gray, dormido, ahora que le habían colocado el hueso, como si las sábanas de lino y el colchón de plumas fueran su elemento natural, por así decirlo. Realmente, ahora que ya está bien, no tengo paciencia con él, tumbando en el lugar donde debería estar el señor Gray. Es justo lo que milady siempre profetizó que pasaría si se confundieran los rangos.

—¡Pobre señor Gray! —dije yo, pensando en su rostro ruborizado y sus maneras febriles y agitadas, cuando no hacía ni una hora que había estado con milady, antes de su esfuerzo por causa de Harry. Y le conté a la señorita Galindo lo enfermo que lo había visto.

—Sí —contestó ella—. Y ésa es la razón por la que milady mandó a llamar al doctor Trevor. Bueno, y ha salido todo de manera admirable, pues cuidó muy bien de ese viejo asno de Prince, y vi que no cometía errores.

Bien, con aquello de «viejo asno de Prince», se refería al cirujano, el señor Prince, con el cual la señorita Galindo tenía la guerra declarada, porque a menudo se encontraban en las casas del pueblo, cuando había alguien enfermo, y ella tenía sus extrañas y raras recetas, que él, con su solemne farmacopea, despreciaba completamente; y a consecuencia de sus riñas, hacía no mucho tiempo, había establecido una clase de norma por la cual se negaba a ir a visitar la casa del enfermo en el que la señorita Galindo fuera admitida. Pero las recetas y visitas de la señorita Galindo no costaban nada, y estaban a menudo hechas con física casera; por ello, aunque es cierto que nunca iba sin reñir por una cosa u otra, generalmente la gente la prefería a ella que al señor Prince.

—Sí, el viejo asno está obligado a tolerarme, y a ser educado conmigo, pues, como verás, yo llegué primero, y aun así mi señor asno quería el mérito de atender al párroco, y estar en conferencia con un gran médico de ciudad como el doctor Trevor. Y eso que el doctor Trevor es un viejo amigo mío —suspiró un poco, algún día les diré por qué—, y me trata con infinita reverencia y respeto; así que el asno, para no quedarse al margen de las costumbres médicas, también hizo una reverencia, aunque, tristemente en contra de sus principios, puso una cura como si hubiera oído arañar una tiza contra una pizarra cuando le dije al doctor Trevor que tenía pensado quedarme con los dos muchachos, pues el señor Gray era poco más que un muchacho, y un muchacho muy engreído también, a veces.

—Pero ¿para que va a quedarse ahí sentada con ellos? Acabaría agotada.

—No. Verá, hay que tranquilizar a la madre de Gregson, pues se sienta al lado del muchacho, preocupada y sollozando, y temo que moleste al señor Gray; y también hay que tranquilizar al señor Gray, ya que el doctor Trevor dice que su vida depende de ello, y hay que darle medicinas a uno, cambiarle los vendajes al otro, y hay que echar a la horda salvaje de hermanos y hermanas gitanos, y el padre, hay que evitar que se muestre muy efusivo con el señor Gray en su agradecimiento... ¿y quién va a hacer todo eso sino yo? La única sirvienta es la vieja y coja Betty, que una vez vivió conmigo, y me abandonó porque decía que yo siempre la estaba molestando, (y hay mucho de cierto en lo que dice, lo reconozco, pero no era necesario que lo dijera, pues las verdades es mejor dejarlas en el fondo del pozo), y ¿qué va a hacer ella si está sorda del todo?

Así pues, la señorita Galindo se salió con la suya, pero no le impidió estar en su puesto a la mañana siguiente, un poco más protestona y callada de lo habitual; lo primero no era tan raro y lo segundo era casi una bendición.

Lady Ludlow se había mostrado extremadamente ansiosa por el señor Gray y Harry Gregson. Ella siempre era amable y considerada ante cualquier caso de enfermedad y accidente, pero de alguna manera, en este caso, la sensación de que no eran... ¿Cómo llamarlo? —«amigos» parece no ser la palabra correcta para describir el posible sentimiento entre la condesa Ludlow y el pequeño mensajero vagabundo, que había estado solamente una vez en su presencia— y que no se había despedido de ninguno de ellos como le hubiera gustado hacerlo, si es que la muerte los estuviera rondando, y eso la dejaba más preocupada de lo normal. El doctor Trevor no reparaba en gastos y obtenía el mejor asesoramiento médico que el condado podía proporcionarle, cualquier cosa que ordenara en lo que se refiere a dietas, estaba preparada bajo la supervisión de la señora Medlicott, y enviada a la parroquia. Como el señor Horner había dado alguna vez instrucciones similares, al menos en el caso de Harry Gregson, había bastante más multiplicidad de consejeros y exquisiteces que de la falta de ellos. Y por ello, la segunda noche, el señor Horner insistió en hacerse cargo personalmente de los cuidados de los heridos, y se sentó y roncaba al lado de la cama de Harry, mientras la pobre y exhausta madre caía rendida al lado de su hijo —pensando que lo vigilaba, cuando en realidad dormía—, según dijo la señorita Galindo, que desconfiaba de las capacidades de vigilancia y cuidado de los demás, y había atravesado el tranquilo pueblo con el camisón bajo la capa y se había encontrado al señor Gray intentando en vano alcanzar la taza de agua de cebada que el señor Horner había dejado fuera de su alcance.

A consecuencia de la enfermedad del señor Gray, tuvimos que tener a un extraño coadjutor para hacer los servicios. Era un hombre que omitía las haches y apresuraba la misa; aun así le quedó tiempo suficiente para cruzarse en el camino de milady y hacerle una reverencia a la salida de la iglesia de una manera tan servil que creo que antes que verse ignorado por una condesa, habría preferido que le regañara o incluso que le diera un cachete. Ahora bien, descubrí que, por muy grande que fuera el gusto y aprobación de milady hacia las muestras de respeto o incluso reverencias, que se le debían como persona de importancia —una especie de tributo a su orden, de la cual no tenía derecho a condonar, o, es más, a exigir—, sin embargo ella, que personalmente era sencilla, sincera y que se tenía a sí misma en baja estima, no podía soportar nada parecido al servilismo del señor Crosse, el párroco temporal. Aborreció por completo sus perpetuas sonrisas y reverencias, su consentimiento instantáneo con la menor opinión que ella pronunciara, su cambio de dirección como si ella soplara el viento. A menudo he dicho que milady no hablaba mucho, como habría hecho si viviera entre sus iguales, pero todos la queríamos tanto que habíamos aprendido a interpretar sus pequeños gestos con gran precisión, y yo entendía lo que significaban movimientos como girar la cabeza y algunas contracciones de sus delicados dedos casi tan bien como si se hubiera expresado con palabras. Empecé a sospechar que milady estaría muy agradecida de tener de vuelta al señor Gray haciendo sus servicios, incluso con esa escrupulosidad que le llevaba a preocuparse a sí mismo y a poner nerviosos a otros; y aunque el señor Gray pudiera mantener las opiniones de milady en pequeña estima como las de cualquier mujer, era demasiado sensible para no notar la gracia de su conversación comparada con la del señor Crosse, que era simplemente su insípido eco.

En cuanto a la señorita Galindo, se mostró total y completamente partidaria del señor Gray casi desde que empezó con sus cuidados durante su enfermedad.

—Sabe que nunca me las doy de sensata, milady. Así que no pretendo decir, como haría si fuera una mujer prudente y demás, que los argumentos del señor Gray sobre esto y lo otro me han convencido. Porque una cosa, verá, ¡pobre hombre! No ha sido capaz de discutir, o casi ni hablar, ya que el doctor Trevor ha sido perentorio en eso. ¡Así que no ha habido oportunidad para discutir! Pero lo que quiero decir es lo siguiente: Cuando veo a un hombre enfermo pensando siempre en los demás, y nunca en sí mismo, que es paciente, humilde... una nimiedad la mayoría de las veces, pues lo he pillado rezando para ser perdonado por haber descuidado su trabajo en la parroquia como cura —la señorita Galindo iba poniendo unas caras horribles, para evitar llorar, guiñando los ojos de una manera que en otra situación me hubiera divertido, pero no ahora, hablando del señor Gray—; cuando veo a un hombre redomadamente bueno y religioso, soy propensa a pensar que está en el buen camino, y que lo mejor que puedo hacer es agarrarme a su abrigo y cerrar los ojos si tenemos que atravesar lugares inciertos en nuestro camino al cielo. Así que, milady, me perdonará usted si, cuando se recupere, se entusiasma con la idea de la escuela dominical, porque, si lo hace, yo me entusiasmaré también, y quizá el doble que él, ya que, como sabrá, mi constitución es fuerte comparada con la suya, y también fuertes mis maneras de hablar y actuar. Y se lo digo ahora a milady, porque creo que desde su rango (y aún más, si se me permite decirlo, por toda la bondad que me ha demostrado desde hace mucho tiempo y hasta este mismo día) tiene el derecho de ser la primera en saber todo sobre mí. No puedo llamarlo un cambio de opinión exactamente, pues no veo lo bueno de las escuelas y de que se enseñe el abecedario, como no lo veía antes; sólo que el señor Gray lo ve así, y yo debo cerrar los ojos y saltar la cuneta hacia el lado de la educación. Ya le he dicho a Sally que si no se ocupa de su trabajo y sigue cotilleando con Nelly Mather, me pondré a darle lecciones, y desde entonces no la he vuelto a pillar con la vieja Nelly.

Creo que el abandono de la señorita Galindo a las opiniones del señor Gray hirieron un poco a milady, pero ella solamente dijo:

—Por supuesto, si los parroquianos lo desean, el señor Gray deberá tener su escuela dominical. En tal caso, retiraré mi oposición. Lamento mucho no poder cambiar mi opinión tan fácilmente como usted.

Milady sonrió para sí misma mientras decía esto. La señorita Galindo vio que era un esfuerzo por su parte. Pensó un instante antes de volver a hablar.

—Milady no ha visto al señor Gray de manera tan íntima como lo he visto yo. Eso por un lado. Pero, en lo que se refiere a los parroquianos, seguirán a milady en todo lo que diga, así que no existe la posibilidad de que tengan la escuela dominical.

—Jamás he hecho nada para que me sigan, como usted lo llama, señorita Galindo —dijo milady con gravedad.

—Sí, sí lo ha hecho —respondió la señorita Galindo sin rodeos. Y entonces, corrigiéndose, dijo—: Milady le pido disculpas, pero lo ha hecho. Sus ancestros han vivido aquí toda la vida, y han poseído la tierra en la cual han vivido sus antepasados desde que ha habido antepasados. Usted misma ha nacido entre ellos, y ha sido como una especie de reina para este pueblo desde entonces, y ellos jamás han visto a milady hacer nada que no fuera amable y tierno, pero dejaré los sutiles discursos sobre milady para el señor Crosse. Sólo usted, milady, dirige los deseos de la parroquia, y salva a más de uno de un mundo de problemas, porque jamás podrían decidir qué sería lo correcto si tuvieran que pensar por sí mismos. Está muy bien que estén guiados por usted, milady... si simplemente estuviera de acuerdo con el señor Gray.

—Bien —repuso milady—, la última vez que estuvo aquí le dije que me lo pensaría. Creo que podría pensar mejor sobre ciertos asuntos si me dejaran tranquila, en vez de hablarme constantemente de ellos.

Milady dijo esto en su habitual suave tono, pero las palabras tenían un matiz de impaciencia sobre ellas, y de hecho estaba un poco más alterada de lo que solía verla, pero recobrando la compostura en un instante, dijo:

—Usted no sabe cómo el señor Horner se rezaga en este tema de la educación con motivo de cualquier cosa. No es que diga mucho al respecto en esas ocasiones; no es su manera. Pero no deja la cosa en paz.

—Yo sé por qué —respondió la señorita Galindo—. Ese pobre muchacho, Harry Gregson, nunca será capaz de ganarse la vida de manera activa, sino que será un lisiado toda su vida. Ahora mismo, al señor Horner le importa más Harry que cualquier otra persona en este mundo, salvo, quizá, milady. —¿No era esto un poco de compañerismo para milady?—. Y ha hecho sus propios planes para enseñar a Harry, y, si el señor Gray pudiera tener la escuela, el señor Horner y él piensan que Harry podría ser maestro en ella, ya que milady tiene reticencias para que venga como ayudante. Desearía que milady se involucrara en este plan; el señor Gray lo ha agradecería de corazón.

La señorita Galindo miraba con melancolía a milady, mientras decía esto. Pero milady solamente dijo con sequedad, y levantándose al mismo tiempo, como finalizando la conversación:

—Así que parece que el señor Horner y el señor Gray han llevado lejos gran parte de sus planes antes de tener mi consentimiento.

—¡Bueno! —exclamó la señorita Galindo, mientras milady abandonaba la sala, disculpándose por retirarse—. Ya he causado daños con mi larga y estúpida lengua. Por supuesto, hoy en día la gente hace planes a largo plazo, más especialmente si uno es un hombre enfermo, harto de estar postrado todo el día en el sofá.

—A milady se le pasará pronto el enfado —dije yo, como disculpándome. Sólo conseguí que la señorita Galindo dejara de hacerse reproches a sí misma para que comenzara a descargar su furia contra mí.

—¿Y no tiene derecho a estar enfadada conmigo si ella lo desea, y a seguirlo el tiempo que ella quiera? ¿Acaso me he quejado de ella para que usted me diga eso? Déjeme que le diga que conozco a milady desde hace treinta años, y si me cogiera por el hombro y me echara de su casa, yo la querría más. Así que ni piense en venir a entrometerse con sus poco refinados y pacificadores discursos. Yo he sido una cotorra que ha metido la pata, y prefiero que esté enojada conmigo. Así que adiós, señorita, ¡y espere a conocer a lady Ludlow tan bien como yo para volver a decirme que pronto se le pasará el enfado!

Y la señorita Galindo se marchó.

No podría decir exactamente qué era lo que había hecho mal, pero tuve cuidado de no volver a meterme entre milady y ella en ningún comentario que hiciera la una sobre la otra y viceversa, pues observé que la señorita Galindo tenía unos grandes vínculos afectivos y de agradecimiento hacia milady.

Mientras tanto, Harry Gregson iba cojeando un poco por el pueblo, aún siendo la casa del señor Gray su casa; pues allí él podía estar mejor cuidado por el doctor y recibir los cuidados requeridos y disfrutar de la comida necesaria. Tan pronto como se sintiera un poco mejor, tenía que ir a la casa del señor Horner, pero como el administrador vivía a cierta distancia, había acordado dejar a Harry en la casa a la que le habían llevado desde el principio, hasta que estuviera recuperado del todo, y por lo que me enteré más tarde, sospecho que lo hizo con mucho gusto, porque el señor Gray se dejó la poca fuerza que tenía para hablar en enseñar a Harry en la misma manera que el señor Horner deseaba.

Por la parte de Gregson, el padre, el hombre salvaje de los bosques, el gitano cazador furtivo, manitas... se estaba domando por la dulzura de su hijo. Hasta la fecha había estado en contra de todos, y todos estaban en contra de él. Aquel asunto ante la justicia, del que ya comenté, cuando el señor Gray e incluso milady se habían interesado para que lo pusieran en libertad por una encarcelación injusta, fue la primera muestra de justicia que había tenido en su vida, y eso le atrajo hacia las personas y le cogió cariño al lugar en el cual había estado viviendo, no de manera legal, por un tiempo. No estoy segura de si alguno de los lugareños le agradeció que permaneciera en la vecindad, en vez de levantar el campamento como había hecho otras veces, por buenas razones, sin duda, de seguridad personal. Harry era sólo uno más de una prole de diez o doce niños, en la que algunos de ellos se habían ganado por sí mismos no tener muy buen carácter; de hecho, uno de ellos había llegado a ser deportado por un robo cometido en un lugar remoto del condado; y en el pueblo aún era contada la historia de cómo Gregson padre había llegado al juicio en un estado de furia salvaje, andando a zancadas por el lugar y pronunciando juramentos de venganza para sí mismo, con los ojos negros brillantes entre el pelo enmarañado y sus brazos colgando a los lados y de vez en cuando lanzándolos en su impotente desesperación. Según contaban, su mujer lo seguía, cargando con los niños y llorosa. Tras esto, habían desaparecido del condado por un tiempo, dejando su casucha de barro cerrada y la llave, como contaban los vecinos, escondida tras unos setos. Los Gregson reaparecieron más o menos en las mismas fechas en que el señor Gray llegó a Hanbury. Él nunca había oído acerca de su carácter malvado o consideraba que eso les daba aún más derecho a recibir sus cuidados cristianos, y lo cierto fue que aquel basto, agreste y fuerte gigante ateo se convirtió en un leal sirviente del débil, agitado, nervioso y desconfiado párroco. Gregson también tenía una especie de respeto gruñón por el señor Horner, si bien no le gustaba el monopolio del administrador sobre su Harry; la madre lo llevaba de mejor gana, tragándose sus celos maternales ante la posibilidad de que su hijo progresara a una mejor y más respetada posición que la que sus padres habían luchado toda la vida. Pero el señor Horner, el administrador, y Gregson, el cazador furtivo y ocupante ilegal, habían tenido demasiados encuentros desagradables en el pasado para ser perfectamente cordiales en su trato futuro. Incluso ahora, cuando no había un motivo inmediato para que Gregson sintiera más que gratitud por el bien del niño, evitaba tropezarse en el camino del señor Horner si lo veía venir, y éste tenía que tirar de toda su reserva natural y adquirido autocontrol para mantenerse alejado de los modales de su padre como advertencia hacia Harry. Ahora, Gregson no sentía el deseo de mantenerse alejado del señor Gray. El cazador furtivo tenía un sentimiento de protección física hacia el párroco, mientras el segundo había mostrado la valentía moral, sin la cual Gregson jamás lo hubiera respetado, acudiendo a él más de una vez cuando hacía cosas ilegales, y diciéndole simplemente que lo estaba haciendo mal, con una confianza tan firme en los mejores sentimientos de Gregson, al mismo tiempo, que el fuerte furtivo no hubiera podido levantar ni un dedo contra el señor Gray aunque hubiera sido para salvarse a sí mismo de ser apresado y llevado al calabozo las horas siguientes. Más bien escuchaba las audaces palabras del párroco con una sonrisa de aprobación, como la que Gulliver hubiera escuchado del sermón de un liliputiense. Pero cuando las valientes palabras pasaron a amables hechos, el corazón de Gregson reconoció en silencio a su señor y cuidador. Y lo más hermoso de todo fue que el señor Gray no sabía nada del buen trabajo que había hecho, ni se reconocía a sí mismo como el instrumento utilizado por Dios. Le agradecía a Dios, eso es cierto, fervientemente y a menudo, por el fruto de su trabajo, y apreciaba al hombre salvaje por su tosca gratitud, pero al pobre párroco nunca se le ocurrió, mientras estaba enfermo en su cama rezando —como la señorita Galindo nos había contado—, para ser perdonado por su vida no rentable, pensar en el alma recuperada de Gregson como algo que hubiera hecho él. Habían pasado ya más de tres meses desde que el señor Gray había estado en la Corte de Hanbury. Durante todo aquel tiempo confinado en su casa, cuando no en su lecho, y él y milady no se habían vuelto a ver desde su última discusión y diferencias sobre el granero del granjero Hale.

Esto no era culpa de mi querida milady; nadie podría haber estado más atento en todos los sentidos hacia las más posibles e insignificantes necesidades de cualquiera de los enfermos, especialmente del señor Gray. Y habría ido a verlo a su casa, como le había dicho, pero se había resbalado en la escalera de roble pulido y se había torcido el tobillo.

Así que no habíamos visto al señor Gray desde su enfermedad, cuando un día de noviembre anunció que tenía el deseo de hablar con milady. Ella estaba sentada en la salita, la habitación donde a menudo yo estaba echada, y recuerdo que parecía sobresaltada cuando le anunciaron que el señor Gray estaba en la casa.

No podía ir a su encuentro, estaba demasiado coja para ello, así que pidió verlo en la sala donde ella estaba sentada.

La niebla se había ido acercando sigilosamente hacia las ventanas y minaba el poco resto de vida que quedaba en las brillantes hojas de la enredadera que cubrían la casa por el lado de la terraza.

Entró pálido, tembloroso, con sus grandes y salvajes pupilas dilatas. Se apresuró hasta la silla de lady Ludlow, y para mi sorpresa, le cogió una mano y la besó. Sin pronunciar palabra, pero temblando de arriba abajo.

—¡Señor Gray! —dijo ella rápidamente, con la aprensión trémula de un mal desconocido—. ¿Qué pasa? Noto algo extraño en usted.

—Ha ocurrido algo extraño —respondió él, intentando que sus palabras parecieran calmadas, aunque con gran esfuerzo—. Un caballero se ha presentado en mi casa, no hará ni media hora... un tal señor Howard. Venía directo de Viena.

—¡Mi hijo! —dijo mi querida dama, extendiendo los brazos en muda actitud interrogante.

—El Señor nos los da y el Señor nos los quita. Bendito sea el nombre del Señor.

Pero mi pobre milady no podía hacer eco de sus palabras. Era el último hijo que le quedaba vivo. Y una vez había sido la orgullosa madre de nueve.

Capítulo XII

Me avergüenza decir que el sentimiento se volvió más fuerte en mi mente en aquella época; junto a la compasión que todos sentíamos por mi querida señora en su profunda aflicción, quiero decir; pues era más grande y más fuerte que nada, aunque parezca contradictorio al oírlo.

Puede que sea porque estaba muy mal por aquel entonces, lo que provocaba una mente enferma en un cuerpo enfermo; pero se sentía completamente celosa por el recuerdo de mi padre cuando veía las numerosas señales de dolor por la muerte de mi señor, que apenas había hecho nada por el pueblo, y la parroquia, que ahora cambiaba su forma de vida cotidiana, porque su señoría había muerto en una ciudad lejana. Mi padre había pasado los mejores años de su madurez trabajando duro, en cuerpo y mente, para la gente entre la que vivía. Su familia, naturalmente, ocupaba el primer lugar en su corazón; él no hubiera valido de mucho, incluso en forma de benevolencia, si no lo estuvieran. Pero se preocupaba casi igual por sus feligreses y vecinos. No obstante, cuando murió, aunque tocaban las campanas de la iglesia y golpeaban nuestro corazón con una nueva y dura punzada a cada tañido, los sonidos de la vida diaria continuaban apretándonos de cerca: carros y carruajes, gritos, lejanos organillos (los amables vecinos los mantenían fuera de nuestra calle), la vida, la vida activa y ruidosa apretaba nuestra aguda conciencia de la muerte, y nos enervaba.

Y cuando fuimos a la iglesia (a la iglesia de mi padre), aunque los cojines del púlpito eran negros, y gran parte de la congregación se había puesto alguna humilde señal de duelo, no se había alterado el aspecto material del lugar. ¿Cuál era la relación de lord Ludlow con Hanbury, en comparación con el trabajo y el lugar de mi padre?

¡Era muy malvado por mi parte! Creo que si hubiera visto a mi señora, si me hubiera atrevido a pedir verla, no me hubiera sentido tan miserable, tan disgustada. Pero ella se sentaba en su propia habitación, rodeada de negro, incluso sobre las contraventanas. No vio más luz que la artificial (velas, lámparas y similares) durante más de un mes. Sólo Adams se acercaba a ella. No se permitía entrar al señor Gray, aunque venía a diario. Incluso la señora Medlicott no la vio durante casi quince días. Ver, o más bien, recordar el dolor de mi señora hacía a la señora Medlicott hablar más de lo que quería. Nos dijo, entre lágrimas y gesticulando mucho, incluso hablando en alemán cuando su inglés no fluía, que mi señora estaba allí sentada, como una blanca figura en medio de una habitación oscurecida, con una lámpara sombreada junto a ella, cuya luz iluminaba una Biblia abierta, la gran Biblia de la familia. No estaba abierta en ningún capítulo o verso de consuelo, sino en la página que registraba los nacimientos de sus nueve hijos. Cinco habían muerto en la infancia, sacrificados al cruel sistema que impedía a la madre amamantar a sus bebés. Otros cuatro habían vivido más; Urian había sido el primero en morir; Ughtred Mortimer, el conde Ludlow, el último.

Según la señora Medlicott, mi señora no lloraba. Estaba bastante compuesta; muy quieta, muy callada. Había dejado a un lado todo aquello que supiera a negocios: enviaba a la gente al señor Horner para aquello. Pero ella estaba orgullosamente dispuesta a cualquier forma posible de honrar al último de su linaje.

En aquella época, los trenes eran lentos, y los formularios más lentos aún. Antes de que las instrucciones de mi señora pudieran llegar a Viena, mi señor ya había sido enterrado. Se habló (o eso dijo la señora Medlicott) de exhumar el cuerpo y traerlo a Hanbury. Pero sus albaceas, contactos del lado Ludlow, objetaron. Si lo llevaban a Inglaterra, debían transportarlo a Escocia, y enterrarlo con sus ancestros Monkshaven. Mi señora, muy dolida, se retiró de la discusión, antes de que degenerara en un concurso indecoroso. Dada aquella mortificación implícita de mi señora, con más razón asumió el pueblo y la tierra de Hanbury todas las señales externas de duelo. Las campanas de la iglesia tañían mañana y noche. La misma iglesia estaba cubierta de negro por dentro. Se colocaron paños con la cota de armas en todas partes, en todos los lugares en los que se pudieran colocar. Todos los arrendatarios hablaron en voz baja durante más de una semana, apenas osando observar que toda carne, incluso la de un conde Ludlow y el último de los Hanbury, no era más que hierba al final. El mismo Fighting Lion cerró su puerta (no tenía contraventanas), y aquellos que necesitaban beber se escabullían por detrás, mirando sus vasos de forma silenciosa y sentimental, en lugar de bulliciosos y ruidosos. Los ojos de la señorita Galindo estaban hinchados de llorar, y me dijo, rompiendo a llorar de nuevo, que incluso habían visto a la jorobada Sally sollozando sobre su Biblia, y empleando su pañuelo de bolsillo por primera vez en su vida. Sus delantales le habían servido hasta entonces, pero no eran suficientes según la etiqueta que se debía emplear cuando se lloraba la muerte prematura de un conde.

Si todo aquello ocurría fuera, «puedes echar cuentas», tal como solía decir la señorita Galindo, y juzgar lo que ocurría dentro de la casa. Ninguno de nosotros emitía más que susurros: intentábamos no comer. Nuestra sorpresa había sido tremenda, y queríamos tanto a mi señora, que durante algunos días no tuvimos mucho apetito. Pero después, me temo que nuestra compasión se debilitó, mientras nuestra carne se volvía más fuerte. Pero aún hablábamos en voz baja, y nos dolía el corazón cuando pensábamos en mi señora, sentada sola en la habitación oscura, con la luz que iluminaba aquella solemne página.

Deseábamos, ¡cómo deseaba yo, que viera al señor Gray! Pero Adams dijo que pensaba que la señora necesitaba que un obispo viniera a verla. Aun así, ninguno tenía autoridad suficiente para mandar a buscar uno.

Durante aquel tiempo, el señor Horner sufría tanto como cualquiera. Era un sirviente demasiado fiel de la gran familia Hanbury para no llorar copiosamente su probable extinción, ahora que la familia se había reducido a una frágil anciana. Además, mostraba una simpatía y una reverencia más profunda en todas las cosas con y para mi señora de las que jamás se molestó en mostrar, pues sus modales eran siempre calculados y fríos. Sufría de pena. También sufría de injusticia. Los albaceas de mi señor le escribían continuamente. Mi señora se negaba a escuchar asuntos de negocios, diciendo que le confiaba todo a él. Pero el «todo» era más complicado de lo que nunca pude comprender. Por lo que entendía, venía a ser algo así: Había habido una hipoteca sobre la propiedad de Hanbury de mi señora, para que mi señor, su esposo, pudiera gastar dinero en cultivar sus fincas escocesas, siguiendo una nueva moda que requería capital. Mientras mi señor, su hijo que recibiría ambas propiedades tras su muerte, viviera, aquello no importaba; eso era lo que decía y sentía, y se había negado a dar ningún paso para asegurar la devolución del capital, o incluso el pago del interés de la hipoteca por parte de los posibles representante y poseedores de los terrenos escoceses al posible propietario de la propiedad Hanbury, diciendo que le parecía enfermizo calcularlo ante la muerte de su hijo.

Pero había muerto sin descendencia, soltero. El heredero de la propiedad Monkshaven era un abogado de Edimburgo, un pariente lejano de mi señor: con la muerte de mi señora, la propiedad Hanbury iría a los descendientes de un tercer hijo del escudero Hanbury en los días de la Reina Ana.

Aquella complicación de los asuntos era muy dolorosa para el señor Horner. Siempre se había mostrado opuesto a la hipoteca; odiaba el pago de intereses, pues obligaban a mi señora a llevar a cabo ciertos ahorros que, aunque ella cuidaba de que fueran tan personales como fuera posible, a él le disgustaban por ser peyorativos para la familia. ¡Pobre señor Horner! Era tan frío y duro en sus modales, tan seco y decidido en su discurso, que no creo que ninguno de nosotros le hiciera justicia. En aquella época, la señorita Galindo fue casi la primera en decir una palabra amable sobre él, o pensar en él siquiera, más allá de apartarnos de su camino cuando le veíamos acercarse.

—No creo que el señor Horner esté bien —dijo un día, unas tres semanas después de conocer el fallecimiento de mi señor—. Se sienta a descansar con la cabeza apoyada sobre su mano, y apenas me oye cuando le hablo.

Pero como la señorita Galindo no lo mencionó de nuevo, no lo pensé más. Mi señora volvió entre nosotros una vez más. Había pasado de ser mayor a ser una anciana: una anciana pequeña y frágil, envuelta en pesadas prendas negras, que nunca hablaba ni mencionaba su gran pesar; más silenciosa, más amable y más pálida que antes incluso; y mostraba una mirada turbia de tanto llorar, jamás vista antes por un mortal.

Había visto al señor Gray al final del mes de profunda reclusión. Pero no creo que le dijera, ni siquiera a él, una sola palabra de su aflicción particular. Cualquier mención parecía enterrada para siempre. Un día, el señor Horner avisó de que estaba demasiado indispuesto para atender los asuntos habituales en la casa; pero escribió algunas instrucciones y peticiones a la señorita Galindo, diciendo que estaría en su oficina a la mañana siguiente temprano. A la mañana siguiente estaba muerto.

La señorita Galindo se lo dijo a la señora. La señorita Galindo lloró muchísimo, pero mi señora, aún muy alterada, no podía llorar. Parecía tener una incapacidad física, como si ya hubiera derramado todas las lágrimas que tenía. Es más, casi pienso que su sorpresa era aún mayor ante el hecho de que ella viviera y el señor Horner muriera.

Era casi natural que el corazón de un sirviente tan fiel se rompiera cuando la familia a la que pertenecía había perdido su posición, su heredero y su última esperanza.

¡Sí! El señor Horner era un sirviente fiel. No creo que los haya tan fieles ahora, pero quizá no sea más que una de mis fantasías de anciana. Cuando se examinó su testamento, se descubrió que, poco después del accidente de Harry Gregson, el señor Horner había dejado los pocos miles de libras que poseía (tres, creo), a beneficio de Harry, mostrando a sus albaceas su deseo de que el chico se educara en algunos ámbitos para los que el señor Horner creía que tenía aptitudes especiales; y había una especie de disculpa implícita a mi señora en una frase, donde decía que la lesión de Harry impediría que pudiera volver a ganarse la vida mediante el uso de ninguna de sus facultades corporales, «tal como deseaba una dama cuyos deseos —decía el testamentario— se veía obligado a contemplar».

Pero el testamento tenía un codicilo fechado a la muerte de lord Ludlow, que había escrito débilmente el mismo señor Horner, como si estuviera preparando de una manera más formal su legado o, quizá, como disposición temporal hasta que pudiera ver a un abogado, y hacerse un nuevo testamento. En aquel codicilo, revocaba su legado anterior a Harry Gregson. Sólo dejaba doscientas libras, para que el señor Gray empleara como mejor dispusiera en beneficio de Henry Gregson. Con aquella única excepción, legaba el resto de sus ahorros a mi señora, con la esperanza de que formaran una base para pagar la hipoteca que tanto le había hecho sufrir a él en vida. No puedo repetir todo eso en la jerga del abogado; lo supe a través de la señorita Galindo, y puede que cometa errores. Aunque estaba muy lúcida, y pronto se ganó el respeto del señor Smithson, el abogado de mi señora de Warwick. El señor Smithson conoció a la señorita Galindo un poco antes, tanto personalmente como por su reputación; pero no creo que estuviera preparado para encontrarla instalada como secretaria de un administrador y, al principio, se sentía inclinado a tratarla, en aquella situación, con un desprecio educado. Pero la señorita Galindo era una dama y una mujer enérgica y sensata, y dejaba a un lado su autoindulgencia en la excentricidad de discurso y modales cuando quería. No, más aún; normalmente hablaba tanto que, si no hubiera sido divertida y cálida, a una le hubiera resultado pesada en ocasiones. Pero venía a ver al señor Smithson cada día con su vestido de los domingos; no decía más de lo necesario para responder a sus preguntas; sus libros y papeles estaban perfectamente ordenados y guardados metódicamente; sus extractos eran precisos y fiables. Era divertidamente consciente de su victoria sobre su desprecio hacia una secretaria y su opinión preconcebida de su excentricidad poco práctica.

—Déjeme sola —dijo un día, cuando vino a sentarse un rato conmigo—. Ese hombre es bueno y sensato, y no me cabe duda de que es un buen abogado, pero aún no entiende a las mujeres. Estoy segura de que volverá corriendo a Warwick, y no volverá a creer a aquellos que le hicieron pensar que yo estaba medio chiflada desde el principio. ¡Querida, lo ha hecho! Se ha mostrado veinte veces peor que lo que mi pobre señor lo hizo jamás. Era algo que soportaba para agradar a mi señora y, por ella, escuchaba mis declaraciones y miraba mis libros. En cualquier caso, hacer que una mujer se sintiera útil era evitar problemas. Leo al hombre. Y, gracias a Dios, él no sabe leerme a mí. Al menos, parte de mí. Cuando veo un fin que obtener, sé comportarme para lograrlo. Aquí había un hombre que pensaba que una mujer con un vestido de seda negro era una persona respetable y disciplinada; y yo era la mujer con el vestido de seda negro. Creía que una mujer no podía escribir en línea recta, y necesitaba de un hombre que hiciera que dos y dos sumen cuatro. Incluso permitía rayar mis libros, y tenía a cocker un poco más a mi alcance que él. Pero mi mayor triunfo ha sido contener mi lengua. Hubiera desdeñando mis libros, mis sumas y mi vestido de seda negro si hubiera hablado sin que me preguntaran. Así que he enterrado más razón en mi pecho durante estos diez días que el que he pronunciado durante toda mi vida. He sido tan seca, tan brusca, tan abominablemente insulsa, que yo seré la responsable si me considera digna de ser un hombre, pero debo volver con él, querida; así que adiós a la conversación y a usted.

Pero aunque el señor Smithson estuviera satisfecho con la señorita Galindo, me temo que ésa era la única parte del asunto con la que estaba contento. Todo lo demás iba mal. No sabría decir quién me lo dijo, pero aquella convicción parecía impregnar la casa. Nunca supe cuánto habíamos necesitado al silencioso y áspero señor Horner para que tomara decisiones hasta que murió. La señora era una empresaria bastante buena, en lo que a las mujeres de negocios se refiere. Su padre, viendo que sería la heredera de la propiedad Hanbury, la había preparado de una forma poco habitual en aquella época; y a ella le gustaba sentirse reina, y decidir en todos los casos entre ella y sus arrendatarios. Pero, quizá, el señor Horner lo hubiera hecho más sabiamente, pero siempre hacía lo que ella le decía. Comenzaba diciendo, clara e inmediatamente, lo que ella hubiera hecho y lo que no. Si el señor Horner lo aprobaba, se inclinaba y se marchaba a obedecerla directamente; si no lo aprobaba, se inclinaba, y se quedaba esperando tanto tiempo antes de obedecerla, que le pedía su opinión con un «¡Bien, señor Horner! ¿Qué es lo que tiene en contra?», pues ella siempre entendía su silencio como si hubiera hablado. Pero la finca necesitaba dinero en efectivo, y el señor Horner se había vuelto muy lúgubre y melancólico desde la muerte de su mujer, y ni siquiera sus asuntos personales estaban en el mismo orden en el que habían estado uno o dos años atrás, pues su viejo secretario se había quedado obsoleto o, en todo caso, se había vuelto incapaz de proporcionar el espíritu que necesitaba el señor Horner, por exceso de su propia energía e ingenio.

Día tras día, el señor Smithson parecía cada vez más nervioso e irritado ante el estado de las cosas. Como cualquier otro empleado de lady Ludlow, hasta donde yo sabía, tenía un vínculo hereditario con la familia Hanbury. Desde que los Smithson son abogados, han sido abogados de los Hanbury. Siempre acudían a las grandes ocasiones familiares, y entendían los caracteres y conectaban los vínculos de lo que una vez había sido una familia grande y dispersa mejor que cualquier otro individuo que haya existido.

Mientras que un hombre había sido el líder de los Hanbury, los abogados habían actuado como sirvientes, y sólo daban su consejo cuando se lo solicitaban. Pero habían adoptado una actitud distinta con la memorable ocasión de la hipoteca: habían protestado en contra. La señora se había ofendido ante aquella protesta, y desde entonces había existido una ligera y silenciosa frialdad entre ella y el padre del señor Smithson.

Lo lamentaba mucho por mi señora. El señor Smithson se inclinaba a culpar al señor Horner por el desorden en el que se encontró algunas de las granjas periféricas, y por las deficiencias en el pago anual de las rentas. El señor Smithson era demasiado bueno para formular la culpa; pero el rápido instinto de mi señora la llevó a responder a un pensamiento cuya existencia ella percibía. Ella hizo el juramento en silencio, y explicó cómo había interferido repetidamente, para evitar que el señor Horner diera algunos pasos deseables, que discordaban con su sentimiento hereditario del bien y del mal entre amo y arrendatario. También habló de la necesidad de dinero en efectivo como una desgracia que se podía remediar, mediante un mayor ahorro personal por su parte, con el que se podía lograr una reducción de cincuenta libras al año. Pero en cuanto el señor Smithson mencionó ahorros mayores que afectaban al bienestar de otros, o al honor y posición de la gran casa Hanbury, se mostró inflexible. Su casa constaba de unos cuarenta sirvientes, de los cuales alrededor de veinte no podían ejercer su labor correctamente y, aun así, se hubieran sentido dolidos si hubieran sido despedidos; así que tenían el mérito de llevar a cabo tareas, mientras mi señora pagaba y mantenía a sus sustitutos. El señor Smithson hizo un cálculo, y hubiera ahorrado cientos de libras al año, jubilando a aquellos viejos sirvientes. Pero la señora no quería ni oír hablar de ello. No obstante, he sabido en privado que la instaba a permitir que algunos de nosotros volviéramos a nuestras casa. Hubiéramos lamentado amargamente la separación de lady Ludlow; pero hubiéramos vuelto gozosos, si en ese momento hubiéramos sabido que las circunstancias lo requerían: sin embargo, ella no quiso escuchar la propuesta ni por un instante.

—No puedo actuar de forma justa con todo el mundo, renunciaré a un plan que ha sido una gran fuente de satisfacción; al menos, no lo llevaré a tales extremos en el futuro. Pero me debo a estas jóvenes damas que me hacen el favor de vivir conmigo en la actualidad. No puedo retirar mi palabra, señor Smithson. Será mejor que no volvamos a hablar de esto.

Mientras hablaba, entró en la habitación en la que yo yacía. Ella y el señor Smithson venían a buscar unos papeles del escritorio. No sabían que yo estaba allí, y el señor Smithson se sobresaltó un poco al verme, pues debió de darse cuenta de que había oído algo. Pero la señora no cambió ni un solo músculo de la cara. Todo el mundo podía oír sus dichos buenos, justos y puros, y no temía que se malentendieran. Se me acercó y me besó en la frente. A continuación, fue a buscar los papeles necesarios.

—Ayer cabalgué a las granjas Conington, señora. He de decir que me afligió ver su estado; toda la tierra que no está baldía, está exhausta a causa de los sucesivos cultivos de cereales. No se ha extendido ni una pizca de abono en la tierra en años. He de decir que no hay mayor contraste que el existente entre la granja de Harding y los campos adyacentes: verjas perfectas, rotación de cultivos, ovejas comiendo los nabos de las tierras baldías... Todo lo que se podría desear.

—¿De quién es esa granja? —preguntó la señora.

—Siento decir que, por lo que he podido ver, no hay ninguna de su señoría que haya adoptado métodos tan buenos. Esperaba que fuera suya: detuve mi caballo para preguntar. Me respondió un hombre extraño, sentado sobre su caballo como un sastre, observando a sus hombres con los ojos más agudos que he visto jamás, y arrastrando las haches de cada palabra, me dijo que era suya. No podía seguir preguntándole quién era, pero comencé a conversar con él, y pude averiguar que había ganado algún dinero comerciando en Birmingham, y había comprado la finca (quinientos acres, creo que dijo) en la que había nacido. Ahora estaba comenzando a cultivarla con seriedad, e iba a Holkham y a Woburn, y cruzaba medio país, para aprender sobre el tema.

—Ése sería Brooke, ese panadero disidente de Birmingham —dijo la señora con un tono helado—. Señor Smithson, siento haberle retenido durante tanto tiempo, pero creo que éstas son las cartas que quería ver.

Si su señoría pretendía saciar al señor Smithson con aquel discurso, estaba equivocada. El señor Smithson miró las cartas, y siguió hablando del mismo tema.

—Señora, se me ha ocurrido que si tuviera un hombre como él que ocupara el lugar del pobre Horner, trabajaría las rentas y la tierra de forma satisfactoria. No desdeñaría inducir a este hombre a hacerse cargo del trabajo. No me importaría hablar con él yo mismo sobre el asunto, pues nos hemos hecho muy amigos mientras comíamos un tentempié que me ha pedido que compartiera con él.

Lady Ludlow posó su mirada sobre el señor Smithson mientras hablaba, y no la retiró de su cara hasta que terminó. Se quedó callada un minuto antes de contestar.

—Es usted muy bueno, señor Smithson, pero no quiero preocuparle con arreglos de ese tipo. Esta tarde escribiré al capitán James, amigo de uno de mis hijos que, según he oído, sufrió serias heridas en Trafalgar, para pedirle que me haga el honor de aceptar el puesto del señor Horner.

—¡Un capitán James! ¡Un capitán de marina! ¡Gestionando la propiedad de su señoría!

—Si es tan amable de aceptar. Me parecería condescendencia por su parte, pero he oído que tendrá que dejar su oficio, dado su mal estado de salud, y le han prescrito especialmente la vida rural. Espero tentarle para que venga, pues me he enterado de que tendrá poco con lo que vivir si renuncia a su profesión.

—¡Un capitán James! ¡Un capitán inválido!

—A usted le parece que pido un favor enorme —siguió mi señora. (Nunca supe decir hasta qué punto era sencillez o un tipo de malicia inocente la que le hacía malinterpretar las palabras y las caras del señor Smithson, tal como lo hacía.)—. Pero no es un capitán de correos, sólo un comandante, y su pensión será pequeña. Puede que pueda ayudarle a recuperar su salud, ofreciéndole aire del campo y una ocupación saludable.

—¡Ocupación! Señora, ¿puedo preguntarle cómo va a administrar la tierra un marino? Sus arrendatarios se reirán de él con desdén.

—Creo que mis arrendatarios no se comportarán tan mal para reírse de nadie a quien elija para dirigirlos. El capitán James tiene experiencia en dirigir hombres. Tiene talentos prácticos magníficos; y un gran sentido común, según me ha dicho todo el mundo. Pero, sea lo que sea, el asunto es entre él y yo. Sólo puedo decir que me sentiré afortunada si viene.

No había nada más que decir, después de que mi señora hablara así. Había oído mencionar al capitán James antes, como un aspirante a oficial de marina que había sido muy bueno con su hijo Urian. Creí recordar entonces que había mencionado que sus circunstancias familiares no eran demasiado prósperas. Pero he de confesar que, con lo poco que sabía de la administración de la tierra, me posicionaba con el señor Smithson. Tras prohibírsele hablar de nuevo a la señora sobre el asunto, le abrió su mente a la señorita Galindo, de la que yo oía casi todas las opiniones y noticias de la casa y el pueblo. Yo le gustaba mucho, porque decía que hablaba de forma agradable. Creo que era porque escuchaba muy bien.

—Bueno, ¿ha oído las noticias —comenzó— sobre ese tal capitán James? Un marino, con pata de palo, sin duda alguna. ¿Qué hubiera dicho el pobre, querido y difunto señor si hubiera sabido quién sería su sucesor? Querida, a menudo he pensado que recibir una carta del cartero será uno de los placeres que echaré de menos en el cielo. Pero, en serio, creo que el señor Horner puede estar agradecido de no poder recibir las noticias, o si no se hubiera enterado de que el señor Smithson se ha hecho amigo del panadero de Birmingham, y que ese capitán cojo viene a administrar la finca. Supongo que se ocupará de los labradores a través de un catalejo. Sólo espero que no se quede atrapado en el lodo con su pata de madera; yo, al menos, no le ayudaré. Sí, lo haría —dijo corrigiéndose—. Lo haría por mi señora.

—Pero ¿seguro que tiene una pata de palo? —pregunté—. Oí a lady Ludlow hablarle de él al señor Smithson, y dijo que había sido herido.

—Bueno, la mayoría de los marinos sufren heridas en la pierna. Mire el hospital Greenwich. Diría que hay veinte jubilados de una pierna por cada manco. Pero, aunque tuviera media docena de piernas, ¿qué tiene eso que ver con la administración de la propiedad? Me parecería muy insolente que viniera, aprovechándose del buen corazón de la señora.

No obstante, vino. Al mes siguiente, se envió un carruaje a buscar al capitán James, tal como habían enviado uno para mí, tres años atrás. Se había hablado tanto de su llegada, que todos estábamos deseando verle y saber cómo respondería un experimento tan poco habitual. Pero antes de contarles nada sobre nuestro nuevo administrador, he de hablar de algo igual de interesante, que me parece también muy importante. Y es que la señora se hizo amiga de Harry Gregson. Creo que lo hizo por el señor Horner pero, naturalmente, sólo puedo hacer conjeturas del porqué de las cosas que hacía mi señora. Un día, escuché a través de Mary Legard, que la señora había mandado llamar a Harry para que fuera a verla, si se había recuperado lo suficiente como para caminar hasta allí; y al día siguiente se le condujo a la habitación en la que había estado una vez antes, en desafortunadas circunstancias.

El muchacho estaba pálido, mientras permanecía de pie apoyándose en su muleta y, en el instante en que la señora le vio, le pidió a John Footman que colocara un taburete para que se sentara mientras le hablaba. Puede que fuera su palidez la que le daba un aspecto más refinado y amable a su cara; pero sospecho que era que el muchacho tendía a la imitación, y las formas solemnes y respetables del señor Horner y los modales tiernos y discretos del señor Gray le habían cambiado. Y es que la idea de la enfermedad y la muerte parece convertirnos en damas y caballeros, mientras esos pensamientos perduren en nuestra mente. En esas ocasiones, no podemos hablar en voz alta o enfadada; tendemos a no ser ansiosos con las cosas mundanas, pues nuestro temor en nuestro acelerado sentido de proximidad del mundo invisible nos vuelve calmados y serenos ante las insignificancias actuales. Al menos, sé que ésa fue la explicación que me dio el señor Gray en cuanto a la gran mejora de comportamiento que todos veíamos en Harry Gregson.

La señora dudó tanto en lo que le iba a decir, que Harry se asustó un poco ante su silencio. Unos meses antes, me hubiera sorprendido más de lo que lo hacía ahora, pero desde la muerte de mi señor, su hijo, parecía cambiada en muchos aspectos (más insegura y desconfiada de sí misma).

Finalmente, dijo, creo que con lágrimas en los ojos:

—Mi pobre muchachito, apenas has mejorado desde que te vi por última vez.

A esto, no tuvo más que decir que un «Sí»; y volvió el silencio.

—Y has perdido a un buen amigo en el señor Horner.

Los labios del chico se movieron, y creo que dijo «No, por favor». Pero no estoy segura. En cualquier caso, la señora siguió:

—Y yo también. Era un buen amigo para los dos, y deseaba mostrarte su bondad de una forma más generosa de la que lo ha hecho. El señor Gray te ha hablado de su herencia, ¿verdad?

No hubo señal de alegría en la cara del muchacho, como si se diera cuenta del poder y el placer de recoger lo que a él debía de haberle parecido una fortuna.

—El señor Gray dijo que me había dejado una cantidad de dinero.

—Sí, te ha dejado doscientas libras.

—Preferiría que estuviera vivo, señora —saltó, sollozando como si se le rompiera el corazón.

—Muchacho, te creo. Preferiríamos tener vivos a nuestros muertos, ¿verdad? Y el dinero no tiene nada que consuele su pérdida. Pero ya sabes (el señor Gray te lo ha dicho) quién ha designado todas nuestras muertes. El señor Horner era un hombre bueno y justo; y nos ha hecho bien a ambos, a ti y a mí. Quizá no lo sepas —y ahora entendía por qué la señora había estado pensando qué decirle a Harry, durante todo el tiempo que dudaba cómo empezar—, pero hubo una vez cuando el señor Horner quiso dejarte mucho más: probablemente todo lo que tenía, excepto una herencia para su antiguo secretario, Morrison. Pero sabía que esta finca, en la que mis antepasados han vivido durante seiscientos años, estaba endeudada, y que yo no tenía los medios para liquidar esa deuda. Sintió que era muy triste que una antigua propiedad como ésta pasara a manos de otros hombres que nos habían prestado el dinero. Creo que me entiendes, ¿verdad, muchacho? —dijo, cuestionando el semblante de Harry.

Había dejado de llorar, e intentaba entender con todas sus fuerzas. Creo que tenía una idea bastante general del estado de las cosas;

aunque probablemente se quedó perplejo al oír que «la finca estaba endeudada». No obstante, estaba suficientemente interesado para querer que la señora siguiera, y asintió con la cabeza, para hacérselo saber.

—Así que el señor Horner cogió el dinero que una vez quiso dejarte, y me dejó a mí la mayor parte, para ayudarme a liquidar la deuda que te he mencionado. Servirá de mucho, e intentaré con todas mis fuerzas salvar el resto; así moriré feliz, dejando la tierra libre de deudas. —Hizo una pausa—. Pero no moriré feliz pensando en ti. No sé si tener dinero, o si tener una gran finca y honor es bueno para ninguno de nosotros. Pero Dios decide que algunos de nosotros tengamos esta condición, y es nuestro deber permanecer en nuestros puestos, como valientes soldados. La primera intención del señor Horner era que tú recibieras el dinero. Sólo lo consideraré como un préstamo por tu parte, Harry Gregson, si lo tomo y lo uso para saldar la deuda. Le pagaré intereses por el dinero al señor Gray, pues él será tu albacea hasta que cumplas la mayoría de edad; y es él quien debe establecer lo que se hará con él, de la forma más conveniente para ti, para gastarlo en cuanto la finca pueda pagarte. Supongo que te parecerá bien recibir educación. Ésa es otra trampa que conlleva tu dinero. Pero sé valiente, Harry. Tanto la educación como el dinero se pueden emplear bien, si luchamos contra las tentaciones que traen.

Harry no podía responder, aunque estoy segura de que lo entendió todo. Mi señora quería que hablara un poco, para conocer lo que pasaba por su mente, y le preguntó qué le gustaría haber hecho con el dinero, si pudiera disponer de una parte ahora. Ante una pregunta tan sencilla que no implicaba hablar de sentimientos, respondió rápidamente.

—Construir una granja para padre, con escalera, y darle una escuela al señor Gray. ¡Padre desea que el señor Gray obtenga su deseo! Vio todas las piedras extraídas y labradas en la tierra del granjero Hale; el señor Gray las había pagado. Y padre dijo que trabajaría día y noche, y que el pequeño Tommy llevaría mortero, si el párroco lo permitía, antes de que se preocupara, al no tener a nadie que le echara una mano o le ofreciera una buena palabra.

Harry no sabía nada de la participación de la señora en el asunto, era evidente. Mi señora calló.

—Si tuviera parte de mi dinero, le compraría tierra al señor Brooke. Tiene un pedazo que quiere vender en la esquina de Hendon Lane, y se lo daría al señor Gray. Quizá, si su señoría piensa que puedo aprender, podría llegar a ser director de escuela.

—Eres un buen chico —dijo la señora—. Pero hay más cosas en las que pensar para llevar a cabo ese plan de las que sabes. No obstante, lo intentaremos.

—¿La escuela, milady? —exclamé, casi pensando que no sabía lo que decía.

—Sí, la escuela. Por el señor Horner, por el señor Gray y, por último, aunque no por ello menos importante, por este muchacho, probaré este nuevo plan. Pídele al señor Gray que venga a verme esta tarde, para hablar de la tierra que desea. No hace falta que se la pida a un disidente. Y dile a tu padre que tendrá mucho que hacer en la construcción, y Tommy podrá llevar el mortero.

—¿Y yo podré ser director de escuela? —preguntó Harry, ansioso.

—Ya veremos —dijo la señora, divertida—. Pasará algún tiempo hasta que el plan se apruebe, muchacho.

Volvamos al capitán James. Lo primero que supe de él fue a través de la señorita Galindo.

—No tiene más de treinta, y yo debo empaquetar mis plumas y mi papel y marcharme, pues sería muy inapropiado que me quede como su secretaria. Todo iba muy bien en la época del antiguo señor. Pero aquí estoy yo, que cumpliré cincuenta en mayo, y ese joven soltero, ¡que ni siquiera es viudo! Los chismes serían interminables. Además, me mira con tanto recelo como yo a él. Mi vestido de seda negro no ha hecho efecto. Teme que me case con él, pero no lo haré, puede estar tranquilo. Y el señor Smithson ha estado recomendándole un secretario a milady. Preferiría mantenerme a mí, pero no me puedo quedar. No me parecería apropiado.

—¿Qué aspecto tiene?

—Nada especial. Bajo, castaño y bronceado por el sol. No me pareció apropiado mirarle. En cuanto a los gorros de dormir, no quisiera que otro los hiciera, ¡pues tengo un patrón precioso!

En cuanto a la marcha de la señorita Galindo, hubo un enorme malentendido entre ella y la señora. La señorita Galindo había imaginado que milady le había pedido como favor que copiara las cartas y anotara las cuentas, y había aceptado hacer el trabajo sin saber que le pagaban por ello. De tanto en tanto, se había lamentado de haber dejado pasar un trabajo de costura muy provechoso por no tener tiempo, dado su trabajo en la mansión; pero nunca se lo mencionó a milady, y siguió con su escritura durante todo el tiempo que hizo falta como secretaria. La señora estaba molesta por no haber dejado más clara su intención de pagar a la señorita Galindo, en la primera conversación que tuvo con ella; pero supongo que había sido demasiado delicada para ser muy explícita en cuanto a temas monetarios. Ahora, la señorita Galindo estaba dolida de que la señora quisiera pagarle por lo que había hecho de buena voluntad.

—No —dijo la señorita Galindo—. Querida señora, puede enfadarse conmigo todo lo que quiera, pero no me ofrezca dinero. ¡Piense en veintiséis años atrás y el pobre Arthur, y en cómo fue usted conmigo! Además, quería dinero (no lo ocultaré), para un propósito concreto; y cuando descubrí (¡Dios la bendiga por pedírmelo!) que podía ofrecerle un servicio, cambié de opinión, renuncié a un plan, y emprendí otro. Todo está en orden. Bessy dejará la escuela y vendrá a vivir conmigo. Por favor, no me vuelva a ofrecer dinero. No sabe lo que me alegra haber podido hacer algo por usted. ¿Verdad, Margaret Dawson? ¿No me oyó decir, un día, que me cortaría la mano por milady, si olvidara su bondad? Me ha encantado trabajar para usted, y ahora viene Bessy. Nadie sabe nada sobre ella, como si hubiera hecho algo malo, ¡pobre chiquilla!

—Querida señorita Galindo —respondió la señora—, nunca le pediré de nuevo que tome el dinero. Sólo que pensaba que se daba por hecho. Y sabe que ha cogido dinero para una serie de capas de día, antes.

—Sí, señora, pero no es ningún secreto. Ahora estaba muy orgullosa de hacer algo por usted de forma confidencial.

—Pero ¿quién es Bessy? —preguntó la señora—. No entiendo quién es, ni por qué viene a vivir con usted. Querida señorita Galindo, ¡debe honrarme contándome confidencias a cambio!

Capítulo XIII

Siempre había sabido que la señorita Galindo había vivido en mejores circunstancias antes, pero nunca había querido hacer preguntas sobre ella. No obstante, en aquella época, surgieron muchas cosas sobre su vida anterior que trataré de relatar, aunque no en el orden en el que las oí, sino en el que ocurrieron.

La señorita Galindo era la hija de un clérigo de Westmoreland. Su padre era el hermano menor de un baronet, y su ancestro había sido uno de los ordenados por Jacobo I. Aquel tío baronet de la señorita Galindo era una de aquellas personas extrañas que dio la época en aquella zona del norte de Inglaterra. Nunca supe mucho de él, excepto un gran dato: que había desaparecido pronto de su familia, que constaba de un hermano y una hermana que habían muerto solteros, y nadie sabía dónde vivía (se suponía que en algún lugar del continente, pues nunca volvió del gran viaje al que lo habían enviado, según la moda de la época, en cuanto salió de Oxford). Escribía ocasionalmente a su hermano clérigo, pero las cartas pasaban por las manos de un banquero. El banquero había jurado confidencialidad y, tal como le dijo al señor Galindo, si rompía su promesa, perdería todo su beneficioso negocio, y le quitarían toda la administración de los asuntos del baronet, sin ventaja alguna para el que preguntaba, pues sir Lawrence había dicho a los señores Graham que, si revelaban su lugar de residencia, no sólo dejaría su banco, sino que tomaría medidas para frustrar cualquier pregunta futura sobre su paradero, mudándose a otro lejano país.

Sir Lawrence ponía cierta suma de dinero al año en la cuenta de su hermano, pero la época del pago variaba y, a veces, pasaban dieciocho o diecinueve meses entre los depósitos. No obstante, no superaría la cuarta parte de ese período, dado que pretendía ser anual; pero como nunca expresó dicha intención con palabras, era imposible apoyarse en ella, y gran parte de ese dinero desaparecía con las necesidades del señor Galindo, al vivir en la enorme, vieja y destartalada mansión familiar, que había sido uno de los deseos que rara vez expresaba sir

Lawrence. Los señores Galindo planeaban a menudo vivir de su pequeña fortuna y los ingresos derivados de su trabajo (una vicaría, cuyos diezmos iban a manos de sir Lawrence como beneficiario), así como ahorrar los pagos del baronet para Laurentia, nuestra señorita Galindo. Pero supongo que les resultaba difícil vivir económicamente en una casa grande, aunque no tuvieran que pagar la renta. Tenían que seguir el ritmo de los vecinos y amigos hereditarios, y apenas podían evitar hacerlo de la forma hereditaria.

Uno de aquellos vecinos, un tal señor Gibson, tenía un hijo unos cuantos años mayor que Laurentia. Las familias eran lo suficientemente íntimas para que los jóvenes se vieran mucho, y me dijeron que aquel joven señor, Mark Gibson, era un hombre extremadamente atractivo (parecía haber impresionado a todos aquellos que habían hablado con él, pues decían de él que era un hombre apuesto, varonil y de buen corazón), justo lo que una chica hubiera deseado. Los padres olvidaron que sus hijos se estaban convirtiendo en hombre y mujer, o no les pareció mal la proximidad y el creciente cariño, aunque aquél llevara al matrimonio. Aun así, el joven Gibson nunca dijo nada hasta después, cuando fue demasiado tarde. Iba y volvía de Oxford; cazaba y pescaba con el señor Galindo, venía a patinar en invierno; se le pedía que acompañara al señor Galindo a la mansión, cuando este último volvía a cenar tranquilamente con su esposa y su hija; y así sucesivamente, no se sabe cómo, hasta que un día, el señor Galindo recibió una carta formal de los banqueros de su hermano, anunciando la muerte de sir Lawrence a causa de malaria en Albano, y felicitando a sir Hubert por su acceso a las propiedades y el título de baronet. «El rey ha muerto. ¡Qué viva el rey!», tal como he oído que dicen los franceses.

Sir Hubert y su esposa se quedaron muy sorprendidos. Sir Lawrence era dos años mayor que su hermano, y no habían sabido nada de ninguna enfermedad, hasta que se enteraron de su muerte. Lo lamentaban mucho, estaban muy sorprendidos, pero también un poco eufóricos ante la sucesión al rango de baronet y las propiedades. Los banqueros de Londres habían gestionado bien todo. Había una enorme suma de dinero en efectivo en sus manos, a disposición de sir Hubert, hasta que recibiera sus rentas, que ascenderían a unas ocho mil libras al año. Y sólo Laurentia lo heredaría todo. Su madre, la hija de un clérigo pobre, comenzó a planear todo tipo de buenos casamientos para ella, y su padre le seguía los pasos a su esposa en cuanto a ambición. La llevaron a Londres, cuando fueron a comprar nuevos carruajes, vestidos y muebles. Fue entonces cuando conoció a milady. No sabría decir cómo llegaron a gustarse. La señora era de antigua nobleza: magnífica, compuesta, amable y majestuosa en sus formas. La señorita Galindo debe de haber sido siempre apresurada en su actitud, y su curiosidad y extravagancia han debido de mostrar su energía, incluso en su juventud. Pero no pretendo justificar las cosas, sólo relatarlas. Y el hecho era que la elegante y fastidiosa condesa se sintió atraída hacia la campesina que, por su parte, casi adoraba a milady. El hecho de que la señora se fijara en su hija supongo que hizo pensar a los padres que no había enlace que no pudiera ordenar: ella, la heredera de ocho mil libras anuales, y de visita entre condes y duques. Así pues, cuando volvieron a Westmoreland Hall, y Mark Gibson se acercó para ofrecer su mano, su corazón, y una futura propiedad de novecientas libras anuales a su antigua compañera de juegos, Laurentia, sir Hubert y lady Galindo no perdieron el tiempo. Le rechazaron ellos mismos, y cuando suplicaba que se le permitiera hablar con Laurentia, encontraban alguna excusa para denegarle la oportunidad de hacerlo, hasta que ellos mismos hablaron con ella, y sacaron cada argumento y hecho que tenían en su poder para convencerla a ella, una chica sencilla y consciente de su sencillez, de que el señor Mark Gibson nunca había pensado en ella para el matrimonio hasta que su padre heredó su fortuna, y que era la propiedad, y no la joven, lo que él amaba. Supongo que nunca sabremos hasta dónde era cierta esa suposición. Lady Ludlow siempre había hablado como si así fuera, pero quizá los acontecimientos que llegaron a su conocimiento en esta época cambiaron su opinión. En cualquier caso, el hecho es que Laurentia rechazó a Mark, y casi se le partió el corazón al hacerlo. Él descubrió las sospechas de sir Hubert y lady Galindo, y que habían convencido a su hija de que eran ciertas. Así que se marchó con grandes palabras, diciendo que no distinguían un corazón sincero cuando se encontraban con uno, y que, aunque nunca se había declarado hasta la muerte de sir Lawrence, su padre siempre había sabido que estaba encariñado con Laurentia, sólo que él, al ser el mayor de cinco hijos y no tener oficio, había tenido que ocultar, en lugar de expresar, el encariñamiento que, en aquella época, él creía recíproco. Siempre había pensado estudiar derecho, con el objetivo último de tener unos ingresos moderados, que pediría a Laurentia que compartiera con él. Eso, o algo así, es lo que dijo. Pero la mención a su padre tenía dos vertientes. Se sabía que el viejo señor Gibson era un entusiasta del dinero. Era igual de probable que instara a Mark a que le ofreciera su amor a la heredera, ahora que era heredera, que le hubiera retenido antes, tal como había dicho Mark que había hecho. Cuando le repitieron aquello a Mark, se volvió muy reservado o huraño, y dijo que Laurentia, en cualquier caso, lo hubiera debido conocer mejor. Dejó el campo y se fue a Londres a estudiar derecho poco después, y sir Hubert y lady Galindo pensaron que se habían librado de él. Pero Laurentia nunca dejo de reprochárselo entonces, ni hasta el día de su muerte, creo. Las palabras «Debería conocerme mejor», que le había transmitido alguna amable amiga, le dolían y nunca las olvidó. Sus padres la llevaron a Londres al año siguiente; pero no quería ir de visita (temía salir incluso de paseo, y encontrarse con los ojos llenos de reproche de Mark Gibson), se quedó inmóvil y perdió la salud. Lady Ludlow observó aquel cambio con pesar, y supo la causa a través de lady Galindo que, naturalmente, le dio su propia versión de la conducta y los motivos de Mark. Milady nunca hablaba de ello con la señorita Galindo, pero trataba constantemente de entretenerla y agradarla. Fue en aquella época cuando milady le contó tanto sobre su propia juventud y sobre Hanbury a la señorita Galindo, que ésta decidió que, si podía, iría a ver aquel antiguo lugar que su amiga amaba tanto. Finalmente, tal como sabemos, vino a vivir aquí.

Pero antes habría un gran cambio. Antes de que sir Hubert y lady Galindo se marcharan de Londres tras ésta, su segunda visita, recibieron una carta de su abogado, diciendo que sir Lawrence había dejado un heredero, un hijo con una mujer italiana de bajo rango. Al menos, había recibido una reclamación legal del título y la propiedad en nombre del chiquillo. Sir Lawrence siempre había sido un hombre de gustos aventureros y artísticos, más que lujuriosos; y se supuso, cuando se tuvo que probar en el juicio, que se sintió cautivado por la vida libre y hermosa que llevaban en Italia, y se casó con la hija de un pescador napolitano, que tenía gente suficientemente astuta a su alrededor para asegurarse de que la ceremonia se celebraba de forma legal. Ella y su marido habían deambulado por las costas del Mediterráneo durante años, llevando una vida feliz, descuidada e irresponsable, sin hacerse cargo de ninguna obligación, excepto aquellas relacionadas con una numerosa familia. A ella le bastaba que nunca quisieran dinero, y que el amor de su marido hacia ella fuera siempre continuado. Odiaba el nombre de Inglaterra (Inglaterra maldita, fría y herética), y evitaba mencionar temas relacionados con la juventud de su marido. Por tanto, cuando murió en Albano, su vehemente dolor se convirtió en ira hacia el doctor italiano, que declaró que debía escribir a cierta dirección para anunciar la muerte de Lawrence Galindo. Durante algún tiempo, temió que se le abalanzaran bárbaros ingleses reclamando a los niños. Se escondió y escondió a los niños en Abruzzi, viviendo de la venta de los muebles y las joyas que poseía sir Lawrence a su fallecimiento. Cuando se le acabaron, volvió a Nápoles, donde no había estado desde su boda. Su padre había muerto, pero su hermano había heredado parte de su entusiasmo. Interesó a los sacerdotes, que investigaron y descubrieron que merecía asegurar la sucesión Galindo con un heredero de la verdadera fe. Removieron el asunto, obtuvieron consejo de la embajada inglesa, y de ahí la carta a los abogados, pidiendo que sir Hubert renunciara al título y la propiedad, y devolviera el dinero que se había gastado. Éste se mostró muy vehemente en su oposición a la reclamación. No podía soportar pensar que su hermano se había casado con una extranjera (una papista, la hija de un pescador); no, lo que no soportaba era que él mismo se hubiera vuelto papista. Estaba desesperado al pensar en que su propiedad ancestral fuera a pasar a la descendencia de semejante matrimonio. Luchó con uñas y dientes, creando enemigos entre sus parientes, y perdiendo casi toda su propiedad privada, pues siguió luchando, en contra del consejo de los abogados, mucho tiempo después de que todo el mundo estuviera convencido excepto él y su esposa. Finalmente, fue derrotado. Renunció a su forma de vida con una lúgubre desesperación. Se hubiera cambiado el nombre si hubiera podido, deseoso como estaba de romper todo lazo entre él y el mestizo baronet papista, su madre italiana y toda la serie de niños y amas que tomaron posesión de la mansión, poco después de que el señor Hubert Galindo se marchara, se quedaran un invierno, y volvieran felices y contentos a Nápoles. El señor y la señora de Hubert Galindo vivían en Londres. Había obtenido la coadjutoría de algún lugar de la ciudad. Hubieran agradecido recibir de nuevo la oferta del señor Mark Gibson. Nadie le habría acusado de motivos mercenarios si lo hubiera hecho. Como no lo hizo, tal como deseaban, convirtieron ese silencio en una justificación de lo que previamente le habían atribuido. No sé qué pensaría la señorita Galindo, pero lady Ludlow me contó cómo se encogió al oír los insultos de los padres hacia él. Lady Ludlow suponía que él era consciente de que estaban viviendo en Londres. Su padre debía de conocer el dato, y hubiera resultado curioso que nunca se lo mencionara a su hijo. Además, el nombre era muy poco común, y era poco probable que nunca lo viera en los anuncios de sermones de caridad que le pedían al nuevo y elocuente coadjutor del este de Saint Mark. Durante aquel tiempo, lady Ludlow no los perdió de vista por la señorita Galindo. Y cuando sus padres murieron, fue milady quién apoyó a la señorita Galindo en su determinación de no pedir nada a su primo, el baronet italiano, y vivir de las cien libras anuales que había establecido su viejo abuelo, sir Lawrence, para su madre y los hijos del matrimonio de su hijo Hubert.

El señor Mark Gibson se había vuelto bastante ilustre como abogado en el Circuito Norte, pero había muerto soltero en vida de su padre, víctima (según decían) del abuso del alcohol. El doctor Trevor, el médico al que habían llamado para el señor Gray y Harry Gregson, se había casado con una de sus hermanas. Y aquello era todo lo que milady sabía sobre la familia Gibson. Pero ¿quién era Bessy?

Aquel misterio y el secreto se revelaron, también, con el tiempo. La señorita Galindo había estado en Warwick, algunos años antes de que yo llegara a Hanbury, haciendo algún tiempo de compra que sólo se puede hacer en una villa condal. Había un viejo vínculo de Westmoreland entre ella y la señora Trevor, aunque creo que la última era demasiado joven para conocer la oferta de su hermano a la señorita Galindo cuando ocurrió, y tales asuntos, si no tienen éxito, apenas se mencionan posteriormente en la familia del caballero. Pero los Gibson y los Galindo habían sido vecinos del condado durante demasiado tiempo para que no se mantuviera el vínculo entre dos miembros establecidos lejos de sus antiguos hogares. La señorita Galindo siempre deseaba que enviaran sus paquetes a casa del doctor Trevor, cuando iba a Warwick de compras. Si se iba de viaje, y el carruaje no pasaba por Warwick en cuanto ella llegaba (en el carruaje de milady o de otra forma) de Hanbury, se iba a casa del doctor Trevor a esperar. Se esperaba que se sentara a la mesa en las comidas, como si fuera de la familia; y, años después, fue la señora Trevor la que administraba el negocio del almacén en su lugar.

Así pues, el día del que hablo, había ido a casa del doctor Trevor a descansar y, posiblemente, a comer. En aquella época, el correo llegaba a cualquier hora de la mañana; y las cartas del doctor Trevor no habían llegado hasta su salida para la ronda matutina. La señorita Galindo estaba sentada a comer con la señora Trevor y sus siete hijos, cuando entró el doctor. Estaba agitado e incómodo, y echó a los niños tan pronto como pudo. Entonces (pensando que la presencia de la señorita Galindo sería una ventaja, tanto como limitación de la violencia del dolor de su esposa, y como consuelo cuando él estuviera ausente en su ronda vespertina), le relató a la señora Trevor la muerte de su hermano. Se había puesto enfermo cuando estaba de viaje, y se había apresurado a volver a sus habitaciones en Londres, sólo para morir. Lloró terriblemente, pero el doctor Trevor dijo después, que nunca le pareció que a la señorita Galindo le importara demasiado. Le ayudó a calmar a su esposa, prometió quedarse con ella toda la tarde en lugar de volver a Hanbury, y después se ofreció a quedarse con ella, mientras el doctor asistía al funeral. Cuando supieron de su antigua historia de amor entre el fallecido y la señorita Galindo (que mencionaron amigos mutuos de Westmoreland, al hacer el habitual repaso de los acontecimientos de la vida de un hombre que todos solemos hacer cuando muere), trataron de recordar los discursos y las maneras de la señorita Galindo durante aquella visita. Estaba un poco pálida, un poco callada, sus ojos estaban hinchados a veces, y su nariz estaba roja; pero tenía una edad en la que tal aspecto se atribuía a un mal resfriado de cabeza, en lugar de a cualquier razón más sentimental. La querían como a una vieja amiga, una solterona amable, útil y excéntrica. No esperaba más, ni deseaba que recordaran que una vez tuvo otras esperanzas y sentimientos más juveniles. El doctor Trevor le dio las gracias calurosamente por quedarse con su mujer, cuando volvió a casa desde Londres (donde el funeral había tenido lugar). Suplicó a la señorita Galindo que se quedara con ellos, cuando los niños se habían acostado, y se estaba preparando para dejar solos a los esposos. Les contó muchos detalles a ella y a su mujer; después hizo una pausa y siguió:

—Mark ha dejado un hijo, una niña pequeña...

—¡Pero nunca se casó! —exclamó la señora Trevor.

—Una niña pequeña —continuó su esposo—, cuya madre he concluido que está muerta. En cualquier caso, la niña estaba en posesión de sus habitaciones; ella y una vieja ama que parecía estar a cargo de todo, y ha engañado al pobre Mark, creo que no poco.

—¡Pero la niña! —preguntó la señora Trevor, aún casi sin aliento del asombro—. ¿Cómo sabes que es suya?

—El ama me dijo que lo era, con gran aspecto de indignación cuando lo dudé. Le pregunté a la chiquilla su nombre, y todo lo que pude sacar fue «¡Bessy!» y un grito de «¡Quiero papá!». El ama dijo que la madre estaba muerta, y que no sabía más que el señor Gibson la había contratado para cuidar de la chiquilla que llamaba su hija. Uno o dos abogados amigos que conocí en el funeral me dijeron que conocían la existencia de la niña.

—¿Qué harán con ella? —preguntó la señora Gibson.

—No lo sé —respondió él—. Mark apenas ha dejado dinero suficiente para pagar sus deudas, y no parece que tu padre vaya a hacerse cargo.

Aquella noche, mientras el doctor Trevor se sentaba en su estudio, después de que su esposa se hubiera ido a la cama, la señorita Galindo golpeó su puerta. Tuvieron una larga conversación. A consecuencia, el día siguiente acompañó a la señorita Galindo al pueblo, tomaron posesión de la pequeña Bessy, la trajeron, y la instalaron en una granja en el campo cerca de Warwick. La señorita Galindo se haría cargo de pagar la mitad de los gastos y vestirla, y el doctor Trevor asumió que la otra mitad la pondría la familia Gibson, o él mismo en su defecto.

A la señorita Galindo no le gustaban los niños, y me atrevo a decir que temía llevarse a aquella niña a vivir con ella por más de una razón. Lady Ludlow no soportaba mención alguna a hijos ilegítimos. Tenía por principio que la sociedad los ignorara. Y creo que la señorita Galindo siempre había estado de acuerdo con ella hasta entonces, cuando la chiquilla vino a casa, a su corazón femenino. Aún se sentía sobrecogida al tener la niña de una mujer extraña bajo su techo. Solía ir a verla de vez en cuando; trabajaba en sus ropitas cuando todo el mundo creía que ya estaba acostada; y cuando llegó el momento de enviar a Bessy a la escuela, la señorita Galindo trabajó con más diligencia que nunca, para pagar los gastos añadidos. Y es que, al principio, la familia Gibson había sufragado su parte del acuerdo, pero con desgana y poca voluntad. Después, dejaron de hacerlo completamente, y fue muy duro para el doctor Trevor y sus doce hijos. Finalmente, la señorita Galindo había asumido casi toda la carga. Una difícilmente puede vivir y trabajar, y hacer planes y sacrificios por una criatura humana, sin llegar a quererla. Y Bessy también quería a la señorita Galindo, pues todos los pequeños placeres de la pobre chiquilla procedían de ella, y la señorita Galindo siempre tenía una palabra amable y, últimamente, muchas caricias, para la hija de Mark Gibson; mientras que si iba a casa del doctor Trevor de vacaciones, se sentía ignorada y desatendida en aquella bulliciosa familia, que parecía creer que si tenía un alojamiento cómodo bajo su techo, ya era suficiente.

Estoy segura de que la señorita Galindo había deseado a menudo que Bessy viviera con ella pero, mientras que pudiera pagar su escuela, no quería dar un paso tan audaz como traerla a casa, conociendo cuál sería el efecto de la consecuente explicación en milady. Y como la chica ya tenía más de diecisiete años, había superado la edad de las jovencitas de estar en la escuela, no había gran demanda de institutrices en aquellos días, y Bessy no había aprendido ningún oficio del que pudiera vivir, no sé exactamente qué podía hacer la señorita Galindo más que traerla a su propia casa en Hanbury. Pues, aunque la chica había crecido últimamente, de forma inesperada, hasta convertirse en una joven mujer, a la señorita Galindo le hubiera gustado mantenerla en la escuela un año más, si hubiera podido permitírselo; pero aquello se volvió imposible cuando se convirtió en la secretaria del señor Horner, y renunció a todo pago de su trabajo creativo. Quizá, después de todo, no lamentaba sentirse empujada a dar el paso que tanto deseaba. En cualquier caso, Bessy fue a vivir con la señorita Galindo unas pocas semanas después de que el capitán James liberara a la señorita Galindo para supervisar su propio ahorro doméstico de nuevo.

Durante mucho tiempo, no supe nada de esa nueva habitante de Hanbury. Milady nunca la mencionaba de ninguna manera. Aquello se debía a los conocidos principios de lady Ludlow. Ella no veía ni oía, ni era consciente, en forma alguna, de la existencia de aquellos que no tenían derecho legal de existir. Si la señorita Galindo esperaba que se hiciera una excepción a favor de Bessy, estaba equivocada. Milady envió una nota en la que invitaba a la señorita Galindo a tomar el té una tarde, alrededor de un mes después de la llegada de Bessy; pero la señorita Galindo «estaba resfriada y no podía asistir». La siguiente vez que fue invitada, «tenía un compromiso en casa», un paso más cerca de la verdad absoluta. Y la tercera vez, «tenía una joven amiga que se alojaba con ella, y a la que no podía dejar». Milady aceptaba cada excusa de buena fe, y no le prestaba más atención. Yo echaba mucho de menos a la señorita Galindo; todos lo hacíamos, pues cuando era secretaria, siempre encontraba la oportunidad de decirnos algo divertido antes de marcharse. Y a mí, como inválida, o quizá por tendencia natural, me gustaban especialmente aquellos pequeños chismes del pueblo. En aquella época, ya no estaba el señor Horner (que entraba de vez en cuando con noticias formales y majestuosas) ni la señorita Galindo. La echaba mucho de menos. Y también milady, estoy segura. Detrás de aquellas formas tranquilas, estoy segura de que su corazón anhelaba, en ocasiones, algunas palabras de la señorita Galindo, que parecía haber desaparecido de la mansión completamente, ahora que Bessy había llegado.

Puede que el capitán James fuera muy sensato y todo eso, pero ni siquiera milady podía convertirlo en sustituto de las viejas caras conocidas. Era un marino profundo, tal como eran los marinos por aquel entonces —juraba y bebía mucho (sin que le afectara lo más mínimo)—, y era muy rápido y bondadoso en todas sus acciones, pero no estaba acostumbrado a las mujeres, tal como dijo la señora una vez, y juzgaba todas las cosas por sí mismo. Creo que mi señora esperaba encontrar a alguien que cogiera sus ideas sobre la administración de la propiedad de la misma señoría; pero hablaba como si fuera responsable de toda la buena administración y, por lo tanto, debiera permitírsele plena libertad de acción. Había estado demasiado tiempo a cargo de hombres en el mar para que le gustara ser dirigido por una mujer en cualquier cosa que emprendiera, aunque la mujer fuera milady. Supongo que ése era el sentido común del que hablaba la señora pero, cuando el sentido común va en contra de nosotros, no creo que lo valoremos tanto como deberíamos.

Lady Ludlow estaba orgullosa de su supervisión personal de la propiedad. Le gustaba contarnos que su padre solía llevársela en sus visitas, la hacía observar esto y lo otro, y le decía que no debía permitir que se hicieran tal y cual cosa. Pero oí que, la primera vez que le contó todo aquello al capitán James, él le dijo abiertamente que el señor Smithson le había dicho que las granjas estaban abandonadas y las rentas muy atrasadas, y que quería ponerse a estudiar agricultura, y ver cómo podía remediar el estado de las cosas. Estoy segura de que milady estaría muy sorprendida, pero ¿qué podía hacer? He ahí un hombre que ella misma había elegido, empeñado con todas sus fuerzas en vencer el defecto de la ignorancia, que era todo lo que aquellos que habían presumido ofrecer consejo a su señoría habían podido decir en su contra. El capitán James leyó los *Viajes* de Arthur Young en su tiempo libre, mientras estuvo inválido; y meneó la cabeza ante las explicaciones de la señora, cuando ésta le contó cómo se había cultivado o dejado en barbecho la tierra desde tiempos inmemoriales. Después, se puso a ello, e intentó demasiados experimentos a la vez. Milady observaba con un circunspecto silencio; pero todos los granjeros y los arrendatarios estaban alborotados, y profetizaban cientos de fracasos. Quizá ocurrieron cincuenta, que eran la mitad de los que temía lady Ludlow; pero eran el doble, cuatro, ocho veces más de los que había anticipado el capitán. El disgusto que expresó abiertamente le devolvió la popularidad. La tosca gente del campo no hubiera entendido el pesar silencioso y digno ante el fracaso de sus planes; pero simpatizaban con un hombre que juraba ante su falta de éxito —simpatizaban, mientras se reían de su incomodidad—. El señor Brooke, el comerciante retirado, no dejaba de culparle por no tener éxito, y por jurar.

—Pero ¿qué se puede esperar de un marino? —preguntó el señor Brooke, en presencia de milady, aunque era posible que supiera que el capitán James era una elección personal de milady, por la vieja amistad que el señor Urian siempre le había mostrado.

Creo que fue aquella observación del panadero de Birmingham la que hizo que mi señora decidiera apoyar al capitán James, y animarlo a que lo intentara de nuevo. Y es que no permitiría que su elección fuera la equivocada, a juicio de un comerciante disidente; la única persona de la zona que había aparecido con atuendo de color, cuando todo el mundo lloraba al único hijo de la señora.

El capitán James hubiera tirado la toalla si mi señora no se hubiera sentido obligada a justificar la sabiduría de su elección, instándole a quedarse. Él se sintió muy conmovido por su confianza en él, y juró que el año siguiente haría que la tierra produjera como no lo había hecho jamás. No era costumbre de milady repetir nada de lo que había oído, especialmente en perjuicio de otra persona. Así que no creo que nunca le contara al capitán James la observación del señor Brooke, en cuanto a la probabilidad de que un marinero gestionara mal la propiedad, y el capitán estaba demasiado ansioso por tener éxito en éste, su segundo año de prueba, para dejar de acudir al próspero y astuto señor Brooke, y pedirle consejo sobre la mejor manera de administrar la finca. Me atrevo a decir que, si la señorita Galindo hubiera seguido siendo tan cercana como antes en la mansión, todos hubiéramos sabido de esta nueva amistad del administrador mucho antes de lo que lo hicimos. Así pues, estoy segura de que milady nunca pudo imaginar que el capitán, cuyas opiniones eran más autoritarias que las suyas, pudiera ser amigo de un panadero baptista de Birmingham, incluso para servir a los intereses de su señoría de la forma más leal.

Lo supimos por el señor Gray, que venía a menudo a ver a milady, pues ninguno de los dos podía olvidar el solemne lazo que el hecho de que él le hiciera saber la muerte de milord había creado entre ellos. Y es que, pese a no tener referencia para nada más allá de los serios temas de la vida y la muerte, las palabras sinceras y santas que hablaron en aquella época hicieron que ella retirara su oposición al deseo del señor Gray de crear una escuela en el pueblo. Había suspirado un poco, es cierto, y tenía más miedo que esperanza ante el resultado, pero, casi como si fuera un recuerdo a milord, había permitido que se construyera una especie de basta escuela en la hierba, junto a la iglesia; y había usado amablemente el poder que sin duda tenía, al expresar su fuerte deseo de que los chicos sólo aprendieran a leer y a escribir, y las cuatro primeras reglas de la aritmética, mientras que las chicas debían aprender a leer, a sumar de cabeza, y emplear el resto del tiempo en arreglar sus prendas, tejiendo medias e hilando. Milady le regaló a la escuela más ruecas de las necesarias, y pidió que se estableciera una norma por la que hubieran hilado tantas madejas de lino y tejido tantos pares de medias, antes de enseñarles a leer. Después de todo, era lo más parecido a un trabajo para mi pobre señora; pero la vida no era lo que había sido para ella. Recuerdo bien el día en que el señor Gray sacó un hilo fino y delicado (y yo juzgaba bien aquellas cosas) de su bolsillo, y lo colocó junto a un magnífico par de medias ante milady, como los primeros frutos de su escuela, por decirlo de alguna manera. Recuerdo verla ponerse sus lentes y examinar ambos productos con cuidado. Después me los pasó.

—Está bien, señor Gray. Estoy complacida. Tiene suerte con su directora. Tiene un buen conocimiento de la materia femenina, y mucha paciencia. ¿Quién es? ¿Alguien del pueblo?

—Milady —dijo el señor Gray, balbuceando y sonrojándose a su manera—. La señorita Bessy es tan amable de enseñar todas estas cosas... La señorita Bessy, y la señorita Galindo, a veces.

La señora le miró a través de sus lentes: pero sólo repetía las palabras «señorita Bessy» y hacía una pausa, como si tratara de recordar quién era aquella persona: y si él pretendía decir algo más, se calló ante su actitud, y dejó el tema. Siguió diciendo que le había parecido su deber rechazar la donación a la escuela que había ofrecido el señor Brooke, porque era un disidente; que él (el señor Gray) temía que el capitán James, a través del cual había ofrecido su dinero el señor Brooke, se hubiera ofendido porque él rechazara aceptarlo de un hombre de opiniones heterodoxas; de un hombre del que el señor Grey sospechaba que estaba poseído por la herejía de Dodwell.

—Creo que debe de haber un error —dijo milady—, o le he malentendido. El capitán James nunca distinguiría tanto a un cismático para ayudar a ese Brooke a distribuir su caridad. Hasta ahora dudaba de si el Capitán James le conocía.

—Milady, no sólo le conoce, sino que lamento decirle que son íntimos. He visto al capitán y al señor Brooke paseando juntos repetidas veces, yendo a los campos. Y la gente dice...

Milady levantó la mirada, inquisitiva, ante la pausa del señor Gray.

—No apruebo el chismorreo, y puede que no sea cierto; pero la gente dice que el capitán James es muy atento con la señorita Brooke.

—¡Imposible! —dijo la señora, indignada—. El capitán James es un hombre leal y religioso. Disculpe, señor Gray, pero es imposible.

Capítulo XIV

Como muchas otras cosas declaradas imposibles, aquella noticia de las atenciones del capitán James hacia la señorita Brooke resultaron ser muy ciertas.

La mera idea de que su administrador tuviera la más mínima relación de amistad con el disidente, el comerciante, el demócrata de Birmingham, que había venido a instalarse en nuestra buena, ortodoxa, aristocrática y agrícola Hanbury, hacía que milady se sintiera muy incómoda. El delito menor de la señorita Galindo al tomar a la señorita Bessy para que viviera con ella se convirtió en un error, en un simple error de juicio, en comparación con la intimidad del capitán James en Yeast House, tal como llamaban los Brooke a su fea granja cuadrada. Milady hablaba muy complacida de la señorita Galindo, e incluso mencionó a la señorita Bessy por su nombre (la primera vez que he sido consciente de que la señora reconociera su existencia), pero recuerdo que era una larga tarde lluviosa, y yo estaba sentada con su señoría, y tuvimos tiempo para una larga charla interrumpida (siempre que nos quedábamos calladas un rato, comenzaba de nuevo con algo parecido a un sentimiento de sorpresa ante el hecho de que el capitán James hubiera comenzado una amistad con «ese Brooke». Milady recapitulaba todas las veces que podía recordar en las que había ocurrido algo, o el capitán James había dicho alguna cosa que ahora entendía como algo que arrojaba luz sobre el asunto.

—Una vez dijo que estaba deseoso de traer el sistema de cultivo de Norfolk, y que había hablado mucho sobre el señor Coke de Holkham que, de paso, no es más Coke que yo (colateral en la línea femenina) lo cual no significa mucho entre las antiguas familias plebeyas de sangre pura, y sus nuevos métodos de cultivo. Naturalmente, los nuevos hombres introducen nuevos métodos, pero eso no significa que sean mejores que los anteriores. No obstante, el capitán James se ha mostrado muy ansioso por probar el nabo y abono óseo, y es un hombre de tanto sentido común y energía, y lamenté tanto su fracaso el año pasado, que consentí; y ahora comienzo a ver mi error. Siempre he oído que los panaderos de pueblo adulteran la harina con polvo óseo; y, naturalmente, si el capitán James lo supiera, iría a ver a Brooke para preguntarle dónde comprar el artículo.

Mi señora siempre ignoraba el hecho que a menudo le habían presentado antes sus ojos en sus salidas: que los campos del señor Brooke cultivaban mucho más que los suyos; así que, naturalmente, no pensaba que hubiera ningún conocimiento que pudiera adquirir a partir del consejo de un comerciante convertido en granjero.

Pero, al tiempo, el dato de la amistad de su administrador con la persona que menos le gustaba en el mundo (ese tipo de disgusto que combina una gran incomodidad, el disgusto que la gente concienzuda a veces siente por otra sin saber por qué y que, aun así, no pueden permitirse aliviar sin tener una razón moral) apareció ante mi señora de muchas maneras. Y es que estoy segura de que el capitán James no era un hombre que escondiera o se avergonzara de sus actos. No puedo imaginarle bajar su siempre fuerte y clara voz, o teniendo una conversación confidencial con alguien. Cuando sus cultivos fracasaron, todo el pueblo lo supo. Se quejó, se lamentó, se enfadó, se autodenomino estúpido mientras cruzaba toda la calle mayor; y la consecuencia fue que, aunque era un hombre mucho más pasional que el señor Horner, a los arrendatarios les gustaba mucho más. La gente, en general, se interesa más por una persona cuyos procesos mentales y sentimentales pueda observar y comprender, que por un hombre que sólo te permite saber lo que ha estado pensando y sintiendo por lo que hace. Pero Harry Gregson era fiel a la memoria del señor Horner. La señorita Galindo me ha dicho que solía verle cojear para apartarse del camino del capitán James, como si aceptar sus avisos, por muy bien que se los diera, fuera una especie de traición a su antiguo benefactor. Pero Gregson (el padre) y el nuevo administrador se caían bien y, un día, para mi sorpresa, escuché que el «vagabundo furtivo», tal como la gente solía llamar a Gregson cuando vine a vivir a Hanbury, había sido nombrado guardabosque, con el señor Gray como responsable de su honradez, si se le confiaba algo; lo cual, en aquel momento, me parecía un experimento —sólo que funcionó, tal como hacían muchos de los osados actos del señor Gray—. Era curioso ver cómo se estaba convirtiendo en una especie de autócrata en el pueblo, y lo poco consciente que era de ello. Era igual de tímido, torpe y nervioso que siempre en cualquier asunto que no tuviera alguna consecuencia moral para él. Pero en cuanto se convencía de que algo estaba bien, «cerraba los ojos, y corría y embestía como un carnero», tal como lo expresó el capitán James una vez, cuando hablábamos de algo que el señor Gray había hecho. La gente del pueblo decía que «nunca sabían qué estaría tramando el párroco», o, tal como hubieran dicho, «dónde aparecería su reverencia». He oído que marchó sobre un grupo de cazadores furtivos, reunidos para una acción desesperada de medianoche, o que caminó hasta una taberna ubicada justo en los límites de la finca de mi señora, y en esa parcela de tierra extraparroquial que he mencionado antes, que se consideraba el lugar de encuentro para toda la gente adinerada de millas a la redonda, y donde un párroco y un guardia recibían la misma estima que los visitantes no bienvenidos. Aun así, el señor Gray tenía sus largos períodos de depresión, en los que se sentía como si no hiciera nada, sin avanzar en su trabajo, inútil y poco rentable, y mejor fuera del mundo que dentro de él. Comparado con el trabajo que se había autoimpuesto, lo que hacía le parecía muy poco. Supongo que aquellos ataques de desánimo que tenía por esta época iban con su constitución; quizá una parte del nerviosismo que le volvía tan torpe, siempre que venía a la mansión. Incluso la señora Medlicott, que casi adoraba el suelo que él pisaba, tal como dice el dicho, dejó saber que el señor Gray nunca entraba en una de las habitaciones de milady sin tirar algo y, a menudo, romperlo. Hubiera preferido enfrentarse a un cazador furtivo desesperado que a una joven, cualquier día. O, al menos, eso pensábamos.

No sé cómo fue que, en esta época, coincidió la reconciliación de milady con la señorita Galindo. Ya fuera porque su señoría estaba cansada de la frialdad no expresada con su vieja amiga, o que las muestras de delicada costura y fino hilado la habían ablandado para con la señorita Bessy, me sorprendió saber un día que la señorita Galindo y su joven amiga vendrían aquella tarde a tomar el té en la casa. Recibí aquella información a través de la señora Medlicott, como mensaje de milady, que deseaba una serie de pequeños preparativos en su salita privada, donde yo pasaba la mayor parte de mis días. Por la naturaleza de aquellos preparativos, me di cuenta de que milady pretendía honrar a las visitantes que esperaba. De hecho, lady Ludlow no perdonaba las medias tintas, igual que hacen otros. No importaba quién viniera a visitar a milady, ya fuera una noble o una chica sin nombre, había una serie de preparativos necesarios para hacer los honores correspondientes. No pretendo decir que los preparativos tuvieran el mismo nivel de importancia en cada caso. Me atrevo a decir que si una noble nos viniera a ver a la casa, se hubieran quitado las sábanas de los muebles de la salita blanca (nunca estuvieron descubiertos durante todo el tiempo en que viví en la casa), porque mi señora desearía ofrecer sus adornos y lujos a los que este gran visitante (que nunca venía... ¡desearía que lo hiciera! ¡Quería ver los muebles descubiertos!) estaba acostumbrado en casa, y presentárselo de la mejor forma que milady pudiera. La misma norma, más blanda, funcionaba con la señorita Galindo. Había algunas cosas que milady sabía que le interesaban y que exhibía, para que las examinara cada día; y, es más, se exhibían enormes libros de imágenes, como los que recordé que milady me había traído para cautivar mis primeros días de enfermedad —las obras del señor Hogarth y similares— que me aseguré que se retiraban para la señorita Bessy.

Nadie sabe la curiosidad que sentía yo por ver a aquella misteriosa señorita Bessy —veinte veces más misteriosa, naturalmente, por la falta de apellido—. No obstante (para intentar justificar mi gran curiosidad que, al recordar, me hace sentir avergonzada), había estado llevando la vida tranquila y monótona de una inválida durante muchos años, encerrada a la vista de nuevas caras; y aquélla iba a ser la cara de la persona en la que había pensado mucho y desde hacía mucho... Creo que se me disculpará.

Naturalmente, tomaron el té en el gran salón, con las cuatro jóvenes que, junto conmigo misma, formaban el pequeño grupo a cargo de su señoría. No quedaba ninguna de las que estaban cuando llegué a Hanbury por primera vez; todas se habían casado o se habían marchado a vivir a otra casa que pudieran denominar propia, aunque la cabeza de familia fuera el padre o el hermano. Yo misma tenía esperanzas similares. Mi hermano Harry era ahora coadjutor en Westmoreland, y quería que fuera a vivir con él, tal como hice durante una temporada tiempo después. Pero no hablamos de eso ahora. Estoy hablando de la señorita Bessy.

Después de que transcurriera un tiempo razonable, ocupado como yo bien sabía con la comida en el gran salón (la comedida aunque agradable conversación posterior) y cierto paseo por el salón de baile y las salas, con pausas ante distintas imágenes cuya historia contaba milady a todos los nuevos visitantes (como si les mostrara la vieja residencia familiar, al describir el tipo y el carácter de los grandes progenitores que habían vivido allí antes que la narradora), oí pasos que se acercaban a la habitación de milady, donde yo yacía. Creo que estaba tan expectante que, si hubiera podido moverme con facilidad, me hubiera levantado y hubiera huido. Y, no obstante, no era necesario, pues la señorita Galindo no estaba alterada en lo mas mínimo (ciertamente, su nariz estaba un poco más roja, pero puede que fuera algo temporal, a causa de la sesión de llanto privado que sé que habría tenido antes de venir a ver a su querida lady Ludlow otra vez). Pero casi hubiera podido empujar a la señorita Galindo cuando me impidió la vista de la misteriosa señorita Bessy.

Tal como ya sabía, la señorita Bessy tenía alrededor de dieciocho años, pero parecía mayor. Cabello oscuro, ojos oscuros, una figura firme y alta, un rostro bueno y sensato de expresión serena, para nada alterada ante lo que a mí me parecía que debían de ser unas circunstancias muy incómodas para la presentación ante milady, que había desaprobado su existencia: Aquéllas son mis impresiones más claras sobre mi primera entrevista con la señorita Bessy. Parecía observarnos a todas con su actitud discreta, casi igual que hacía yo, pero hablaba muy poco; tal como había planeado la señora, se ocupaba mirando grandes libros de grabados. Creo que debí de intentar (estúpidamente) hacerla sentirse cómoda con mi apoyo; pero se sentó lejos de mi sofá para tener luz, y parecía tan despreocupada ante sus extrañas circunstancias, que no necesitaba mi aprobación ni mi amabilidad. Había una cosa que me gustaba: su mirada vigilante a la señorita Galindo de vez en cuando. Aquello demostraba que sus pensamientos y su simpatía estaban siempre al servicio de la señorita Galindo, tal como debía ser. Cuando la señorita Bessy habló, su voz resultó ser fuerte y clara, y lo que dijo fue apropiado, aunque había un ligero acento provincial en su manera de hablar. Un rato después, milady nos puso a jugar al ajedrez, un juego que había aprendido recientemente a sugerencia del señor Gray. Aun así, no hablamos mucho, aunque creo que comenzamos a sentirnos atraídas por la otra.

—Juega usted bien —dijo—. Sólo lleva alrededor de seis meses aprendiendo, ¿verdad? Y aun así, casi me gana a mí, que llevo jugando muchos años.

—Comencé a jugar en noviembre. Recuerdo cuando el señor Gray me trajo el *Ajedrez* de Philidor, un día nublado y sombrío.

¿Qué fue lo que la hizo levantar la vista con semejante curiosidad en los ojos? ¿Qué fue lo que la hizo callarse durante un momento pensativa, y después seguir hablando de algo, no sé qué, en un tono alterado?

Milady y la señorita Galindo seguían hablando, mientras yo estaba sentada pensando. Había oído mencionar el nombre del capitán James a menudo y, finalmente, la señora dejó su labor, y dijo, casi con lágrimas en los ojos:

—No podría, no puedo creerlo. Debe ser consciente de que es una cismática, la hija de un panadero, y que él es un caballero por virtud y sentimiento, así como por oficio; aunque sus modales puedan ser un poco toscos, en ocasiones. Mi querida señorita Galindo, ¿adónde vamos a llegar?

Puede que la señorita Galindo fuera consciente de su parte de culpa en llevar el mundo al estado que ahora consternaba a milady —pues, naturalmente, aunque todo había terminado y se había olvidado, el hecho de que la señorita Bessy fuera recibida en la casa de la señora de una doncella respetable era uno de los portentos que alarmaban a su señoría en cuanto al futuro del mundo—; y la señorita Galindo lo sabía pero, en cualquier caso, se había perdonado demasiado tarde por no suplicar piedad por la siguiente ofensa al delicado sentido de la idoneidad y el decoro de milady, así que respondió:

—De hecho, señora, hace tiempo que he dejado de intentar comprender qué es lo que hace que a Jack le guste Gill, o a Gill Jack. Es mejor aceptar la creencia de que los matrimonios están hechos para nosotros, en algún lugar fuera de este mundo, y fuera de la razón y las leyes de este mundo. No estoy tan segura de que deba afirmar que estaban hechos en el cielo; otro lugar me parece, como mucho, un taller pero, en cualquier caso, he dejado de preocuparme de la razón por la que tienen lugar. El capitán James es un caballero: no tengo duda desde que le vi detenerse para recoger a la vieja Goody Blake (cuando se resbaló el pasado invierno), después maldecir a un chiquillo que se estaba riendo de ella, y agarrarlo hasta que se echó a llorar. No obstante, necesitamos pan y, aunque yo lo prefiero horneado en casa en un buen horno de ladrillo, como algunos no consiguen que suba, no entiendo por qué no puede ser uno panadero. Verá, señora, considero que la panadería es sencillamente un tipo de comercio y, por tanto, lícito. No hay máquina que asimile el poder de un hombre o una mujer de ganarse la vida que, como la rueca (siendo entrometida como es), levante el ánimo de todas nuestras buenas ancianas, y las envíe a la tumba antes de tiempo. Es un invento del enemigo, ¿no le parece?

—¡Eso es muy cierto! —dijo milady, sacudiendo la cabeza.

—Pero hornear pan es un trabajo físico sano y honrado. Aún no hay que inventar ningún trasto para eso, ¡gracias a Dios! No me parece natural, ni acorde a las Escrituras, que el hierro y el acero (cuyas frentes no sudan) hagan el trabajo del hombre. Por eso digo que todos esos oficios en los que el hierro y el acero llevan a cabo el trabajo que se le ordenó al hombre al principio de los tiempos son ilícitos, y nunca los apoyo. Pero digamos que este panadero Brooke amasaba su pan y lo hacía subir, y entonces la gente que quizá no tenía buenos hornos, acudía a él y le compraba su pan bueno y ligero, sacando así sus peniques honestamente, y convirtiéndose en rico: lo que quiero decir es que me atrevo a decir que hubiera nacido en Hanbury o hubiera nacido lord si hubiera podido, y si no fue así, no fue culpa suya; entiendo que hiciera buen pan (siendo panadero de oficio), consiguiera dinero, y comprara su tierra. Fue su desgracia, y no su culpa, no haber sido noble de nacimiento.

—Totalmente cierto —dijo milady, tras hacer una pausa para pensar—. Pero, aunque era panadero, hubiera podido ser un hombre de iglesia. Ni su elocuencia, señorita Galindo, me convencerá de que eso no es culpa suya.

—Disculpe, milady, pero tampoco lo veo así —dijo la señorita Galindo, envalentonada por el primer éxito de su elocuencia—. Cuando un baptista es bebé, si entiendo correctamente su credo, no es bautizado y, por consiguiente, no tiene padrinos ni madrinas que puedan hacer algo por él en su bautismo, ¿no le parece, señora?

Milady hubiera preferido saber a qué la iba a conducir su aquiescencia, antes de reconocer que no podía disentir de aquella afirmación; no obstante, mostró su acuerdo tácito con una inclinación de cabeza.

—Ya sabe que se espera nuestros padrinos y madrinas prometan y juren tres cosas en nuestro nombre cuando somos bebés, y no podemos hacer nada más que berrear. Es un gran privilegio, pero no seamos duros con aquellos que no han tenido la suerte de tener padrinos. Sabemos que algunos nacen con cucharas de plata (es decir, un padrino que nos da cosas, nos enseña el catecismo, y observa que nos confirmamos como buenos cristianos practicantes) y otros con cucharones de madera. Estos últimos pobres deben contentarse con ser huérfanos sin padrinos y disidentes durante todas sus vidas; y si además son comerciantes, mucho peor. Pero seamos humildes cristianas, querida señora, y no alcemos tanto nuestra cabeza por haber nacido nobles ortodoxas.

—¡Va demasiado rápido, señorita Galindo! No puedo seguirla. Además, me parece que disentir es un invento del diablo, ¿por qué no pueden creer como nosotros? Está mal. Además, es cisma y herejía, y ya sabe que la Biblia dice que es tan malo como la brujería.

Observaba que milady no estaba convencida. Después de marcharse la señorita Galindo, envió a la señora Medlicott a buscar algunos libros de la vieja biblioteca de arriba, e hizo que los empaquetaran bajo su atenta mirada.

—Si el capitán James viene mañana, hablaré con él sobre los Brooke. No he querido hablar con él hasta ahora, porque no quería hacerle daño, suponiendo que había algo de cierto en los rumores sobre su amistad con ellos. Pero ahora lo intentaré, y cumpliré mi deber por él y por ellos. Seguramente, esta colección de divinidad los devolverá a la verdadera iglesia.

No podía decir, pues mi señora me leía como un libro abierto, que yo conociera mejor su contenido. Además, yo estaba mucho más preocupada por consultarle a la señora mi cambio de residencia. Le mostré la carta que había recibido de Harry; y hablamos una vez más sobre la conveniencia de que fuera a vivir con él, e intentar que el cambio de aires reestableciera mi defectuosa salud. Podía decirle cualquier cosa a mi señora, pues estaba segura de que me entendía perfectamente. Para empezar, nunca pensaba en sí misma, así que no temía herirla al decir la verdad. Le dije lo feliz que había sido durante los años que había pasado bajo su techo, pero que ahora había comenzado a preguntarme si no tenía deberes en otra parte, creando un hogar para Harry, y si el cumplimiento de esos deberes (debían ser tranquilos, en el caso de una lisiada como yo) no evitaría que me hundiera en el lastimero hábito de pensar y hablar, en el que ocasionalmente me veía caer. A eso había que añadir las perspectivas de beneficio del aire más fresco del norte.

Entonces se decidió que mi salida de Hanbury, mi feliz hogar durante tanto tiempo, tendría lugar en unas semanas. Y como, cuando se va a cerrar un período vital para siempre, nos aseguramos de recordarlo con tierno pesar, yo, aún feliz con mis perspectivas futuras, no puede evitar recordar todos los días de mi vida en la mansión, desde que llegué como una muchacha torpe y tímida que apenas había superado la infancia, hasta ahora, cuando estaba a punto de dejar la casa de mi señora (como residencia) para siempre, como casi una mujer adulta —pasada la infancia y la juventud a causa de la naturaleza de mi enfermedad—. Resultó que no volvería a verla a ella ni la casa. Como un pedazo de navío naufragado, me he distanciado de aquellos días: días tranquilos, felices y sin acontecimientos, ¡muy felices de recordar!

Pensé en el bueno y jovial señor Mountford, y su pesar por no poder mantener un grupo, «un grupo muy pequeño», de aguiluchos. También pensé en sus ademanes alegres, y en su amor por el buen comer; recordé la primera llegada del señor Gray, y los intentos de mi señora de sofocar sus sermones, cuando tendían a impulsar cualquier deber relacionado con la educación. Y ahora teníamos una escuela en el pueblo; y desde que la señorita Bessy toma el té en la mansión, milady ya ha entrado dos veces para dar instrucciones sobre un hilo fino que estaba haciendo hilar para una mantelería. Y su señoría había olvidado tanto su vieja costumbre de repartir sermones y discursos, que incluso durante la predicación provisional del señor Crosse nunca tuvo nada que replicar; aunque creo que hubiera tenido a toda la congregación de su parte si lo hubiera hecho.

El señor Horner estaba muerto, y el capitán James reinaba en su puesto. ¡El bueno, serio, y silencioso señor Horner, con su regularidad de reloj, sus prendas de colores apagados y hebillas plateadas! Me he preguntado a menudo a quién echa uno más de menos cuando muere: a las criaturas brillantes y llenas de vida que están aquí, allí y en todas partes, de manera que nadie puede controlar de dónde vienen y adónde van, y con quien la quietud y el prolongado silencio de la tumba parece irreconciliable, dados sus vívidos movimientos y su pasión; o la gente lenta y seria, cuyos movimientos, cuyas palabras, parecen funcionar como una maquinaria de reloj; que nunca parecen afectar demasiado el curso de nuestras vidas mientras están con nosotros, pero cuyas formas metódicas se muestran entretejidas con las mismas raíces de nuestra existencia diaria cuando se van. Creo que echo más de menos a los últimos, aunque puede que haya querido más a los primeros. El capitán James nunca fue para mí lo que había sido el señor Horner, aunque este último apenas cruzó una docena de palabras conmigo, el día de su muerte. Recordaba a señorita Galindo de entonces como si fuera ayer, cuando no era más que un nombre (muy extraño, por cierto) para mí; después se convirtió en una solterona extraña, brusca, desagradable y ocupada. La quería mucho, y descubrí que estaba casi celosa de la señorita Bessy.

Nunca pensé en el señor Gray con amor; era más un sentimiento de reverencia el que tenía hacia él. No he querido hablar demasiado sobre mí misma, o les hubiera dicho lo mucho que hizo por mí durante aquellos largos años de enfermedad. Pero significaba mucho para todo el mundo, ricos y pobres, desde la señora hasta la Sally de la señorita Galindo.

El pueblo también tenía un aspecto diferente. No sabría decir qué había provocado el cambio, pero ya no había más jóvenes holgazaneando en el cruce del camino, en horas del día en las que hubieran debido estar trabajando. No digo que todo aquello fuera obra del señor Gray, pues había tanto que hacer en los campos, que ya no había tiempo para holgazanear en la actualidad. Enviaban a los niños al colegio, y también se portaban mejor fuera de él que en la época en la que era capaz de ir a hacer los encargos de mi señora al pueblo. Ahora salía tan poco que ya no sé a quién reprendía la señorita Galindo; no obstante, parecía tan bien, tan feliz, que creo debía de hacer su habitual sesión de sano ejercicio.

Antes de marcharme de Hanbury, se confirmó el rumor de que el capitán James iba a casarse con la señorita Brooke, la hija mayor del panadero Brooke que tenía una única hermana con la que compartir su propiedad. Él mismo se lo anunció a milady; con una valentía ganada, supongo, en su antigua profesión en la que, según he oído, había conducido su navío en muchas situaciones de peligro, preguntó a su señoría, la condesa Ludlow, si podía traer a su prometida (la hija del panadero baptista) y presentársela.

Me alegro de no haber estado presente cuando hizo aquella solicitud; me hubiera avergonzado por él, y no hubiera podido evitar sentirme nerviosa hasta oír la respuesta de milady, si hubiera estado allí. Naturalmente, aceptó; pero imagino la gran sorpresa de su rostro. Me pregunto si el capitán James lo advirtió.

Después de la entrevista, apenas me atrevía a preguntar a mi señora lo que pensaba de la prometida, pero intuyó mi curiosidad, y me dijo que si la joven le hubiera solicitado el puesto de cocinera a la señora Medlicott y la señora Medlicott la hubiera contratado, le hubiera parecido un arreglo muy conveniente. De aquello concluí lo poco adecuado que le parecía un matrimonio con el capitán James.

Alrededor de un año después de que me marchara de Hanbury, recibí una carta de la señorita Galindo. Creo que está por aquí. Sí, es ésta.

Hanbury, 4 de *Mayo* , 1811.

Querida Margaret:

Pide noticias sobre todos nosotros. ¿Es que no sabe que no hay noticias en Hanbury? ¿Ha sabido alguna vez de algún acontecimiento que tuviera lugar allí? Si mentalmente ha respondido «Sí» a estas preguntas, ha caído en mi trampa, y nunca ha estado más equivocada en su vida. Hanbury está llena de noticias, y tenemos más acontecimientos entre manos de los que podemos sobrellevar. Seguiré el orden de los periódicos: nacimientos, decesos y matrimonios. En cuanto a los nacimientos, Jenny Lucas tuvo gemelos hace apenas una semana. Desafortunadamente, demasiado para cosa buena, diría. Cierto: pero entonces murieron, así que su nacimiento no es importante. Mi gata también ha parido; ha tenido tres gatitos, lo cual observará que también es demasiado para nada bueno; y así sería, si no fuera por la siguiente noticia que le voy a dar. El capitán y la señora James han arrendado la vieja casa que está junto a la de Pearson; y está infestada de ratones, lo cual es tan favorable para mí como el reino de ratones del rey de Egipto lo fue para Dick Whittington.[24] Y es que la camada de mi gata decidió ir a visitar a la esposa, con la esperanza de que quisiera un gato. Y lo quería, como mujer sensata que creo que es, a pesar de bautismos, panaderos, pan, Birmingham, y algo mucho peor que en seguida sabrá, si tiene un poco de paciencia. Como llevaba mi mejor sombrero, el que me compré la última vez que lord Ludlow estuvo en Hanbury en el noventa y nueve, me pareció una gran condescendencia por mi parte (siempre recordando la fecha del rango de baronet de los Galindo) ir a visitar a la esposa; aunque no le doy demasiada importancia a mi atuendo diario, como ya sabrá. Y quién estaba allí, ¡sino lady Ludlow! Tiene el mismo aspecto frágil y delicado de siempre, pero creo que está mejor desde que aquel anciano comerciante de la ciudad llamado Hanbury se empeñó en que era cadete de los Hanbury de Hanbury, y le dejó una buena herencia. Le garantizo que la hipoteca se liquidó bastante rápido; y el dinero del señor Horner —o el dinero de mi señora, o el dinero de Harry Gregson, como quiera llamarlo— está invertido en su nombre, y dicen de que es el líder de la escuela, o experto en griego, o algo así, ¡y que irá a la universidad después de todo! ¡Harry Gregson, el hijo del cazador furtivo! ¡Ciertamente vivimos tiempos extraños!

Pero no he terminado con los matrimonios aún. El capitán James está muy bien, aunque a nadie le importa ya, porque estamos encantados con la boda del señor Gray. Sí, efectivamente. El señor Gray se va a casar, ¡nada más y nada menos que con mi pequeña Bessy! Le digo que tendrá

24. Dick Whittington: referencia a un cuento popular británico, sobre un hombre que llega a alcalde de Londres, gracias a las habilidades de su gato. (*N. de la t.*)

que cuidarlo la mitad de los días de su vida, al ser de cuerpo tan frágil. Pero ella dice que no le importa, que mientras que su cuerpo aguante su alma, le es suficiente. Tiene buen ánimo y un corazón valiente, ¡mi Bessy! Es fantástico que no tenga que volver a marcar sus prendas, pues cuando se tejió el ultimo par de medias, le dije que pusiera una *G* de Galindo, si no la quería poner por Gibson, pues sería mi hija si no lo era de nadie más. Y ahora lleva la *G* de Gray. Así que hay dos matrimonios, ¿y qué más quiere? Ha prometido llevarse otro de mis gatitos.

En cuanto a los decesos, ha muerto el viejo granjero Hale —pobre anciano—. Creo que su mujer lo agradeció, pues le pegaba siempre que se emborrachaba, y nunca estaba sobrio, a pesar del señor Gray. No creo (y así se lo digo) que el señor Gray hubiera tenido el valor de hablar a Bessy mientras viviera el granjero Hale, pues se tomaba muy a pecho los pecados del anciano caballero, y parecía pensar que era su culpa no poder convertir a un pecador en santo. El toro de la parroquia ha muerto también. Nunca me he alegrado tanto, pero dicen que traerán uno nuevo en su lugar. Mientras tanto, cruzo la plaza en paz, lo cual resulta muy conveniente ahora, cuando tengo que ir tan a menudo a casa del señor Gray, a hablar de muebles.

Le parecerá que te he contado todas las noticias de Hanbury, ¿verdad? Para nada. Lo mejor está por llegar. No la atormentaré, se lo diré en seguida, pues nunca lo adivinaría. Lady Ludlow ha dado una fiesta, como cualquier otro plebeyo. Tomamos té y tostadas en el salón azul, y el viejo John Footman sirvió con Tom Diggles, el muchacho que solía asustar los cuervos en los campos del granjero Hale, siguiendo las órdenes de milady, con el cabello empolvado y todo. La señora Medlicott preparó el té en la misma habitación de milady. Milady tenía el aspecto de una espléndida hada madrina de edad madura, en terciopelo negro y encaje antiguo que nunca la había visto llevar desde antes del fallecimiento de milord. Pero ¿y la compañía?, se preguntará. Vinieron el clérigo de Clover, el clérigo de Headleigh, y el clérigo de Merribank, y sus tres esposas; también estuvieron el granjero Donkin y dos señorita Donkins; el señor Gray (naturalmente), Bessy y yo; el capitán y la señora James; sí, y los señores Brooke; ¡imagínese! No estoy segura de que a los clérigos les gustara, pero estaba allí. Ha estado ayudando al capitán James a poner en orden la tierra de milady; y después su hija se casó con el administrador. El señor Gray dice (que debería saberlo) que, después de todo, los baptistas no son tan mala gente; y que una vez estuvo en su contra, como ya recordará. La señora Brooke es, ciertamente, un diamante en bruto. La gente ha solido decir eso de mí, lo sé. Pero, al ser una Galindo, aprendí modales en mi juventud, y puedo emplearlos cuando lo desee. La señora Brooke nunca aprendió modales, estoy segura. Cuando John Footman le acercó la bandeja con las tazas de té, le miró como si estuviera completamente confundida ante su forma de actuar. Yo estaba sentada junto a ella, así que fingí no advertir su desconcierto, y le serví crema y azúcar. Estaba todo listo para servírselo, cuando apareció ese insolente muchacho, Tom Diggles (le llamo «muchacho», porque lleva el cabello empolvado, y ya sabe que su pelo no es gris natural), con su bandeja llena de pasteles y demás, todo tan bueno porque lo preparó la señora Medlicott. Para entonces, debo decirle que todas las esposas los clérigos observaban a la señora Brooke, pues ya había mostrado su falta de educación antes; y aquéllas, que estaban un escalón por encima en cuanto a modales, se sentían muy inclinadas a sonreír ante sus actos y dichos. ¡Bueno! Entonces se le ocurrió sacar un pañuelo limpio de seda roja y amarilla, y extenderlo sobre su mejor vestido de seda; probablemente era nuevo, pues Sally me dijo que su prima Molly, que es lechera de los Brooke, le había dicho que los Brooke estaban muy emocionados con la invitación para tomar el té en la mansión. Allí estábamos, Tom Diggles incluso sonreía (me pregunto cuánto llevaba siendo un espantapájaros, y no se vestía tan decentemente), y la esposa del clérigo de Headleigh —y he olvidado su nombre y no importa, pues es una criatura mala, y espero que Bessy se comporte mejor— se estaba partiendo de risa, rebuznando casi como un burro cuando, ¿qué hizo mi señora? ¡Ay! ¡Ésa es mi querida lady Ludlow! ¡Dios la bendiga! Se sacó su propio pañuelo de batista impoluta, y se lo colocó suavemente sobre su regazo de terciopelo, como si lo hiciera a diario, igual que la señora Brooke, la mujer del panadero; y cuando una fue a sacudir las migas en la chimenea, la otra hizo lo mismo. ¡Pero con qué gracia! ¡Y menuda mirada nos echó a todos! Tom Diggles se sonrojó completamente; y la señora del clérigo de Headleigh apenas volvió a hablar durante el resto de la velada. Las lágrimas anegaban mis viejos ojos estúpidos; y el señor Gray, que estaba antes callado e incómodo de una forma que le digo a Bessy que debe curarle, se sintió tan feliz por la acción de milady, que habló durante el resto de la noche, y dio vida a la compañía.

¡Oh, Margaret Dawson! A veces me preguntó si hizo bien en dejarnos. Está claro que está con su hermano, y la sangre es la sangre. Pero cuando veo a milady y al señor Gray, que son tan distintos, no me mudaría a ningún otro lugar de Inglaterra.

Desgraciadamente, no volvía a ver a milady. Murió en 1814, y el señor Gray no vivió mucho más. Me atrevo a decir que ya sabrán que el reverendo Henry Gregson es el nuevo vicario de Hanbury, y su esposa es la hija del señor Gray y de la señorita Bessy.

AUSTRAL